O Menino Americano

SUMA
de letras

ANDREW TAYLOR

O Menino Americano

Tradução
Fabiano Morais

SUMA de letras

Título original:
The American Boy

Todos os direitos desta edição reservados à
EDITORA OBJETIVA LTDA. Rua Cosme Velho, 103
Rio de Janeiro — RJ — CEP: 22241-090
Tel.: (21) 2199-7824 — Fax: (21) 2199-7825
www.objetiva.com.br

Capa
Silvana Mattievich

Revisão
Elisabeth Lissovsky
Rodrigo Rosa de Azevedo
Isa Laxe

Editoração Eletrônica
Abreu's System Ltda.

CIP-BRASIL. CATALOGAÇÃO-NA-FONTE
SINDICATO NACIONAL DOS EDITORES DE LIVROS, RJ.

T24m

Taylor, Andrew
O menino americano / Andrew Taylor ; tradução Fabiano Morais. — Rio de Janeiro : Objetiva, 2007

499p. ISBN 978-85-60280-00-1
Tradução de : *The american boy*
Apêndice

1. Poe, Edgar Allan, 1809-1849 - Ficção. 2. Romance inglês. I. Morais, Fabiano. I. Título

06-3583 CDD 813
CDU 821.111(73)-3

Para Sarah e William
E, como sempre, para Caroline.

Não desejaria, mesmo que pudesse, relatar meus últimos anos de indizível agonia e crimes imperdoáveis.

De "William Wilson", de Edgar Allan Poe

AGRADECIMENTOS

Gostaria de agradecer ao pequeno exército de pessoas que ajudaram a tornar este romance realidade — tantas que só me é possível creditar algumas delas: Vivien Green, Amelia Cummins, entre outros da Sheil Land; Julia Wisdom, Anne O'Brien e seus colegas da HarperCollins; Patricia Wightman; Bill Penn; e os sofredores membros da minha família mais próxima, aos quais dedico este livro.

Um romance histórico depende inevitavelmente da ajuda inconsciente dos mortos. Gostaria de registrar minha gratidão em especial à Clarissa Trant (1800-44), uma mulher extraordinária cujos diários merecem ser muito mais conhecidos do que são.

ÍNDICE

A Família Wavenhoe, 1819:

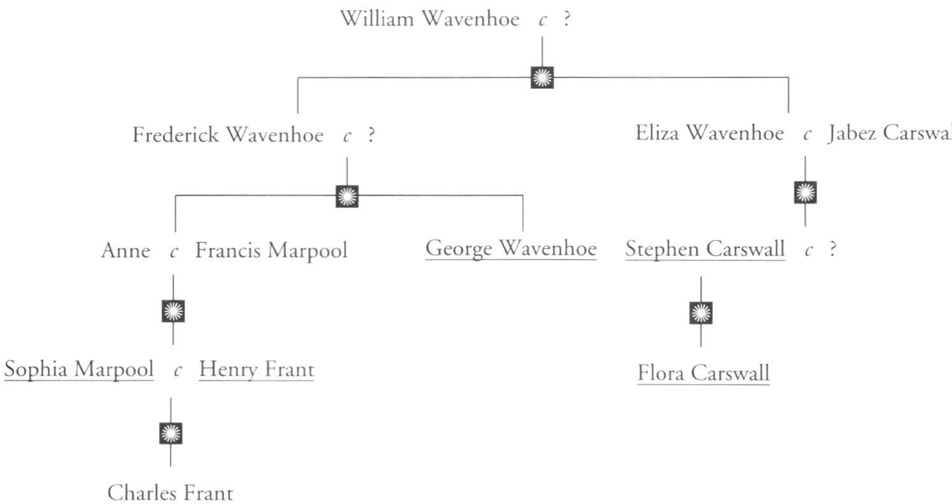

Nota: Os nomes sublinhados são os dos membros da família vivos em setembro de 1819

A NARRATIVA DE THOMAS SHIELD

8 de setembro de 1819 — 23 de maio de 1820

1

Devemos respeito aos vivos, nos diz Voltaire em sua *Première Lettre sur Oedipe*, mas aos mortos devemos apenas a verdade. A verdade é que há dias em que o mundo muda e um homem não percebe, pois está com a cabeça em seus próprios assuntos.

Eu vi Sophia Frant pela primeira vez pouco antes do meio-dia de uma quarta-feira, 8 de setembro de 1819. Ela saía da casa em Stoke Newington e, por um instante, ficou emoldurada no batente da porta como se estivesse em um quadro. Algo nas sombras do hall às suas costas a fizera parar, a voz de alguém, talvez, ou algum movimento inesperado.

A primeira coisa que notei foram seus olhos, grandes e azuis. Em seguida, outros detalhes grudaram na minha memória como carrapichos em um casaco. Ela não era alta nem baixa, era bem feita de corpo, tinha traços simétricos e a pele clara. Usava um elaborado chapéu de pala, decorado com flores. Seu vestido consistia de uma saia branca, mangas bufantes e um corpete azul-claro, que combinava com a sandália de couro que despontava sob a bainha da saia. Carregava na mão esquerda um par de luvas brancas e uma bolsinha.

Ouvi o barulho do criado saltando da boléia da carruagem e o estrépito quando ele baixou os degraus. Um corpulento homem de meia-idade vestido de preto se juntou à moça na porta e deu-lhe o braço enquanto os dois andavam na direção da carruagem. Não olharam para mim. Em ambos os lados do caminho que ligava a casa à rua havia arbustos em miniatura contidos por cercas. Senti-me fraco e me apoiei em uma das hastes das cercas da entrada.

— De fato, senhora — disse o homem, como se continuasse uma conversa começada dentro da casa —, nossa localidade é bastante rural e o ar é particularmente saudável.

A moça olhou para mim e sorriu. Isso me surpreendeu de tal forma que esqueci de fazer a mesura. O criado abriu a porta da carruagem e o homem corpulento a conduziu para dentro.

— Obrigada — ela murmurou. — O senhor tem sido muito paciente.

Ele se inclinou sobre a mão dela.

— Em absoluto, senhora. Mande meus cumprimentos ao sr. Frant.

Fiquei parado lá como um palerma. O criado fechou a porta, guardou os degraus e subiu até seu assento. O madeiramento envernizado da carruagem era pintado de azul e as rodas douradas estavam tão reluzentes que feriam os olhos.

O cocheiro desembainhou as rédeas. Estalou o chicote e um par de cavalos baios iguais, tão lustrosos quanto a cartola do cocheiro, trotaram pela rua em direção à High Street. O homem corpulento ergueu a mão num gesto que mais parecia uma bênção do que um aceno. Quando se voltou para a casa, relanceou os olhos para mim.

Soltei a cerca e arranquei meu chapéu.

— Sr. Bransby? Quero dizer, tenho a honra de?...

— Sim, você tem — ele me olhou com olhos azul-claros, parcialmente ocultos pelas pálpebras rosadas, inchadas. — O que deseja de mim?

— Meu nome é Shield, senhor. Thomas Shield. Minha tia, a sra. Reynolds, lhe escreveu, e o senhor teve a bondade de responder que...

— Sim, sim — O reverendo sr. Bransby esticou um dedo em cumprimento. Olhou-me dos pés à cabeça. — O senhor não se parece nada com ela.

Ele me conduziu pelo caminho e através da porta aberta até o hall revestido de lambris. Abriu uma porta à direita e entrou em um aposento decorado como uma biblioteca, com um tapete turco e duas janelas que davam para a rua. Sentou-se pesadamente na cadeira atrás da mesa, esticou as pernas e enfiou dois dedos grossos no bolso direito do colete.

— O senhor parece cansado.

— Vim andando de Londres, senhor. Não é uma caminhada leve.

— Sente-se — ele tirou uma caixa de marfim de rapé, serviu-se de uma pitada e espirrou em um lenço cheio de manchas marrons. — Então o senhor quer um emprego?

— Sim, senhor.

— E, segundo a sra. Reynolds, existem pelo menos dois bons motivos pelos quais o senhor estaria totalmente incapacitado para qualquer posto que eu pudesse lhe oferecer.

— Se o senhor me permitir, eu poderia explicar.

— Dizem que os fatos explicam a si mesmos. O senhor saiu do seu último emprego sem referência. E, nos últimos tempos, se eu entendi bem sua tia, tem sido tão útil quanto um aleijão.

— Não posso negar nenhuma dessas acusações, senhor. Mas existem motivos para o meu comportamento, assim como existem motivos porque essas coisas aconteceram e porque elas jamais acontecerão novamente.

— O senhor tem dois minutos para me convencer.

— Senhor, meu pai era um boticário na cidade de Rosington. Seu negócio prosperou e um de seus fregueses era cônego da catedral, e ele conseguiu uma vaga para mim na escola secundária. Quando saí de lá, matriculei-me no Jesus College da Universidade de Cambridge.

— O senhor tinha uma bolsa de estudos?

— Não, senhor. Meu pai me auxiliava. Ele sabia que eu não tinha aptidão para ser boticário e queria que eu recebesse as ordens sacras. Infelizmente, perto do fim do meu primeiro ano, ele morreu de febre pútrida, e descobriu-se que seus negócios estavam bastante comprometidos, de modo que saí da universidade sem receber meu diploma.

— E sua mãe?

— Eu era criança quando ela morreu. Mas o mestre da escola secundária, que me conheceu quando eu era menino, ofereceu-me um emprego de professor assistente, para dar aulas aos mais jovens. Tudo correu bem por alguns anos, mas, para o meu azar, ele morreu e seu sucessor não me via com bons olhos — eu hesitei, pois o mestre tinha uma filha chamada Fanny, cuja lembrança ainda me era dolorosa. — Tivemos um desentendimento, senhor; em linhas gerais, foi isso. Eu disse bobagens das quais me arrependi no mesmo instante.

— Como é comum acontecer — disse Bransby.

— Estávamos em abril de 1815, e conheci um sargento recrutador.

Ele cheirou mais uma pitada de rapé.

— Sem dúvida ele o embebedou de tal forma que o senhor praticamente arrancou o alistamento da mão dele e saiu para enfrentar o monstro Bonaparte sozinho. Bem, o senhor me deu provas que cheguem de que é um jovem tolo e cabeça-dura, de natureza beligerante e com um fraco para a bebida. Vamos falar agora sobre Bedlam?

Apertei a aba grossa do meu chapéu até ela dobrar com a pressão.

— Senhor, eu nunca estive lá.

Ele franziu o cenho.

— A sra. Reynolds escreveu que o senhor foi preso e viveu por um tempo sob os cuidados de um médico. Se foi de fato em Bedlam ou não, é irrelevante. Como o senhor chegou a este ponto?

— Muitos homens tiveram o infortúnio de se ferir na guerra. No meu caso, fui ferido tanto no corpo quanto na mente.

— Ferido na mente? O senhor fala como uma colegial desfalecida. Por que não fala claramente? O senhor estava mal do juízo.

— Eu estava doente, senhor. Como se estivesse febril. Agi com imprudência.

— Imprudência? Bom Deus, é assim que chama o que fez? Pelo que sei, o senhor jogou sua medalha de Waterloo em um oficial da Guarda na Rotten-row

— Eu me arrependo profundamente, senhor.

Ele espirrou e seus olhinhos se umedeceram.

— É verdade que sua tia, a sra. Reynolds, foi a melhor governanta que meus pais tiveram. Quando criança, não tive o menor motivo para duvidar da sua sinceridade ou mesmo da sua bondade. Mas esses dois fatos não necessariamente me animam a dar a um lunático e a um bêbado uma posição de autoridade sobre os rapazes entregues aos meus cuidados.

— Senhor, eu não sou nenhuma dessas duas coisas.

Ele olhou para mim.

— Especialmente em se tratando de um homem cujos antigos patrões se negam a falar por ele.

— Mas minha tia fala por mim. O senhor a conhece, sabe que ela não o faria levianamente.

Por um instante, ficamos os dois calados. O som dos cascos dos animais na estrada entrava pela janela aberta. Uma mosca voou ruidosamente pelo ar pesado. Eu estava assando devagar, untado em suor no forno das minhas próprias roupas. Meu paletó preto era quente demais para um dia como aquele, mas era o único que eu tinha. Usava-o abotoado até o pescoço para esconder o fato de que não vestia uma camisa por baixo.

Levantei-me.

— Não vou tomar mais o seu tempo, senhor.

— Faça o favor de sentar. Esta conversa ainda não terminou. — Bransby tirou os óculos e pôs-se a girá-los entre o indicador e o polegar. — Estou convencido a oferecer-lhe um período de teste — ele falou com rispidez, como se estivesse dando uma sentença. — Vou providenciar acomodações para um semestre. Também vou lhe adiantar uma pequena quantia em dinheiro para que o senhor possa se vestir de acordo com a sua posição de professor assistente neste estabelecimento. Se sua conduta deixar a desejar de alguma forma, será imediatamente dispensado. No entanto, se tudo correr bem, ao término de três meses, posso decidir renovar nosso acordo, talvez em outros termos. Fui claro?

— Sim, senhor.

— Toque aquela sineta. O senhor precisa de uma bebida antes de voltar para Londres.

Tornei a me levantar e puxei a corda à esquerda da lareira.

— Diga-me — ele acrescentou, sem mudar em nada o tom de voz —, a sra. Reynolds está morrendo?

Senti lágrimas alfinetando minhas pálpebras. Falei:

— Ela não me diz nada, mas está mais fraca a cada dia.

— Sinto muito. Ela recebe uma pequena pensão anual, não é verdade? Perdoe-me se pareço insensível. É melhor que sejamos francos sobre este tipo de assunto.

Há uma sutil diferença entre franqueza e crueldade. Nunca soube em qual dos casos se enquadrava Bransby. Ouvi uma batida na porta.

— Entre! — gritou o sr. Bransby.

Virei-me, esperando encontrar um criado em resposta ao chamado. Em vez disso, um menino pequeno, bem-arrumado, entrou no aposento.

— Ah, Allan. Bom-dia.

— Bom-dia, senhor.

Ele e Bransby apertaram as mãos.

— Cumprimente o sr. Shiled, Allan — Bransby lhe disse. — Você irá vê-lo bastante nas próximas semanas.

Allan olhou para mim e obedeceu. Era uma criança bem-feita, com olhos grandes e brilhantes e uma testa alta. Trazia uma carta nas mãos.

— O sr. e a sra. Allan estão bem? — perguntou Bransby.

— Sim, senhor. Meu pai me pediu para lhe enviar seus cumprimentos e entregar-lhe isto.

Bransby pegou a carta, olhou o endereço e jogou-a na mesa.

— Espero que você se aplique com afinco extra após esse longo feriado. A preguiça não lhe cai bem.

— Não, senhor.

— *Adde quod ingenuas didicisse fideliter artes.* — Ele cutucou o menino no peito. — Complete e traduza.

— Sinto muito, senhor, não sei.

Bransby deu um safanão na orelha do menino com uma eficiência descontraída. Virou-se para mim.

— Ahn, sr. Shield? Não preciso pedir que o senhor traduza, mas faria a gentileza de completar a frase?

— *Emollit mores nec sinit esse feros.* A mistura do estudo das artes liberais com a diligência refina as maneiras e evita que elas se tornem vulgares.

— Está vendo, Allan. O sr. Shield não negligencia seus estudos. *Epistulae Ex Ponto*, livro segundo. Ele conhece Ovídio, e você também deveria.

Quando ficamos a sós, Bransby limpou os restos de rapé de suas narinas com um lenço grande e manchado.

— É preciso mostrar a eles sempre quem é o mestre, Shield — ele disse. — Lembre-se disto. A bondade é muito bonita, mas não dá resultados em longo prazo. Veja o jovem Edgar Allan, por exemplo. O menino tem talento, não há como negar. Mas os pais o mimam. Não gosto nem de pensar o que seria dele sem os castigos. Dispense a palmatória, senhor, e a criança está estragada.

Assim foi. Em questão de minutos, consegui um cargo de respeito, ganhei um novo teto, e vi pela primeira vez tanto a sra. Frant quanto o menino Allan. Embora tenha notado uma pequena porém estranha nasalidade em seu sotaque, não pude saber naquela hora que Allan era americano.

Também não pude saber que a sra. Frant e Edgar Allan me guiariam, passo a passo, em direção ao coração negro de um labirinto, até o lar de segredos terríveis e do pior dos crimes.

2

Antes de adentrar o labirinto, gostaria de falar brevemente sobre a questão da minha loucura.

Não via minha tia Reynolds desde os tempos da escola, mas ainda assim mandei chamá-la quando me botaram na cadeia, pois não tinha nenhuma outra pessoa no mundo que pudesse me reconhecer como parente.

Ela me defendeu frente aos magistrados. Um deles havia sido soldado e estava inclinado à clemência. Uma vez que havia de fato atirado a medalha diante de várias testemunhas e, ainda por cima, gritado "Seu canalha assassino", ninguém tinha dúvidas, incluindo eu mesmo, de que eu era culpado. O oficial da guarda era um homem vingativo, pois, embora a medalha mal lhe houvesse ferido, seu cavalo empinara e o derrubara diante das mulheres.

De modo que parecia haver apenas uma possibilidade de clemência: declarar-me louco. Naquele momento, não fiz muita objeção. Os magistrados decidiram que eu era vítima de acessos periódicos de loucura, e que durante um deles ataquei o oficial em seu cavalo preto. Eles chegaram à conclusão de que era um tipo de insanidade que deveria ser tratada. Isso possibilitou que eu fosse libertado sob os cuidados da minha tia.

Ela conseguiu uma consulta para mim com o dr. Haines, a quem havia contatado durante o julgamento. Haines era um homem compassivo, que não gostava de acorrentar seus pacientes como cachorros e vivia próximo deles, com a família. "Concordo com Terêncio", disse-me o médico. "*Homo sum; humani nil a me alienum puto.* Sem dúvida, alguns desses pobres-diabos têm hábitos estranhos que nem sempre são convenientes à sociedade, mas são feitos do mesmo barro que eu e você."

A maioria dos pacientes era louca ou débil mental, alguns violentos, outros tolos, todos tristes; dementes, sifilíticos, estúpidos, vítimas de alucinações estranhas e terríveis, ou indo de um extremo do ânimo para o outro em sua *folie circulaire*. Porém, havia alguns outros como eu, que viviam separados dos demais e eram convidados a fazer as refeições com o doutor e sua esposa na parte reservada da casa.

— Dê a ele tempo e sossego, exercícios leves e uma dieta rica e completa — dr. Haines disse à minha tia na minha presença —, e seu sobrinho ficará curado.

No princípio, duvidei dele. Meus sonhos eram repletos de lamentos dos mortos, medo da morte, e da minha própria insignificância. Por que deveria viver? O que fiz para merecer estar vivo enquanto tantos homens melhores que eu estavam mortos? No começo, acordava noite após noite banhado em suor, com o pulso acelerado, e sentia a presença dos meus gritos no ar, embora o som deles já houvesse desaparecido. Outros gritavam à noite naquela casa, então por que não eu?

O doutor, no entanto, disse que aquilo não estava certo e deu-me uma dose de láudano todas as noites, o que melhorou minha inquietação, ou pelo menos diminuiu sua intensidade. Ele também me fez conversar sobre as coisas que havia feito e visto. "Lembranças nocivas", ele me disse certa vez, "devem ser tratadas como comidas nocivas. É melhor colocá-las para fora do que deixá-las dentro de você." Eu relutava em acreditar nele. Agarrava-me à minha tristeza porque ela era tudo que eu tinha. Disse-lhe que não conseguia me lembrar; fingi raiva; chorei.

Depois de uma ou duas semanas, ele começou a trabalhar minhas emoções com astúcia, sugerindo que, se eu passasse meia hora por manhã ensinando um pouco de latim e grego para seus filhos, ele poderia remitir uma pequena parcela dos honorários que minha tia lhe pagava para que eu pudesse me reestruturar financeiramente. Durante a primeira semana de aulas, ele se sentava na sala de estar lendo um livro enquanto eu fazia as crianças decorarem a gramática e recitarem as declinações. Em seguida, passou a me deixar sozinho com elas, primeiramente apenas por alguns minutos, e depois por mais tempo.

— O senhor tem um dom natural para ensinar os jovens — disse-me o doutor uma noite.

— Não sou complacente com eles. Faço-os trabalhar duro.

— O senhor faz com que eles queiram lhe agradar.

Pouco tempo depois ele disse que havia feito tudo o que podia por mim. Minha tia me levou para sua casa em uma ruazinha estreita que subia até a Strand. Empoleirei-me lá como um cuco preguiçoso, a boca sempre aberta, em seu confortável ninho. Ficava na sala de estar durante o dia e dormia nela à noite, em uma cama improvisada para mim no sofá. Naquele verão, o fedor do rio era quase insuportável.

Não demorei a notar que minha tia não estava bem, que eu causara um grande aumento em suas despesas desde a minha estúpida agressão com a medalha de Waterloo, e que minha presença, embora ela se empenhasse em escondê-lo, não podia deixar de ser um fardo. Também ouvia os gemidos que ela abafava nas primeiras horas da manhã e via a doença devastar seu corpo como um exército de ocupação.

Um dia, enquanto tomávamos chá depois do jantar, minha tia me devolveu a medalha de Waterloo.

Ela parecia fria e pesada na palma da minha mão. Toquei a faixa, com sua tira larga, vermelho-sangue, entre as bordas azul-escuras. Inclinei a mão e deixei a medalha deslizar para a mesa, ao lado da colher de chá. Empurrei-a na direção dela.

— De onde saiu isso?

— O magistrado me deu para lhe entregar — ela disse. — Aquele que foi generoso, que serviu na Península. Ele disse que era sua, que você a mereceu.

— Eu a joguei fora.

Ela balançou a cabeça.

— Você a jogou no capitão Stanhope.

— Não dá no mesmo?

— Não — ela acrescentou, quase implorando. — Você devia se orgulhar, Tom. Lutou com honra pelo seu Rei e pelo seu país.

— Não há honra nenhuma nisto — murmurei. Mas peguei a medalha para agradá-la e a enfiei no meu bolso. Em seguida, falei, e uma coisa levou a outra:

— Preciso achar um emprego. Não posso mais ser um fardo para a senhora.

Naquela época, era difícil encontrar qualquer tipo de trabalho, especialmente quando se era um lunático que acabara de receber alta, havia saído do seu último emprego de professor sem referências e não tinha qualificação ou recomendações. Porém, minha tia Reynolds havia sido governanta da família do sr. Bransby no passado, e ele era afeiçoado a ela. A felicidade de muitos, até mesmo suas vidas, depende deste tipo de laços, destes vínculos de memória, hábito e ternura que nos ligam com elos frágeis e invisíveis.

Tudo isso explica porque eu estava prestes a assumir meu cargo de professor assistente na Manor House School, em Stoke Newington, segunda-feira, dia 13 de setembro. Deixei a casa da minha tia pela última vez, fui para o leste na direção da cidade e segui para a London Bridge. Parei na ponte por alguns instantes e observei a água cinza e vagarosa se movendo entre os píeres e as embarcações que subiam e desciam o rio. Então, por fim, tateei o bolso da calça e tirei a medalha. Joguei-a na água. Eu estava no lado oposto à correnteza e o pequeno disco rodou e brilhou enquanto caía, refletindo o sol do fim da tarde. A medalha deslizou com elegância rio adentro, como se voltasse para casa. Era como se nunca houvesse existido.

— Por que não fiz isto antes? — disse em voz alta, e duas balconistas que passavam de braços dados riram de mim.

Ri em resposta e elas se encabularam, ergueram as saias e saíram andando depressa. Eram garotas bonitas, e senti o desejo se agitar dentro de mim. Uma delas era alta e morena, e me recordou um pouco Fanny, meu primeiro amor. As garotas deslocavam-se como folhas no vento e notei como seus corpos gingavam sob os vestidos finos. Enquanto minha tia piora, pensei, eu me recupero, como se me alimentasse da sua angústia.

3

Mais uma vez, fui andando para economizar dinheiro. Um carregador levara minha arca na frente. Segui a antiga estrada romana para Cambridge, a Ermine-street, que se estendia ao norte de Shoreditch; os prédios da cidade acompanhando-a cegamente como formigas seguindo uma trilha de mel.

A menos de 2 quilômetros de Stoke Newington, os veículos ficaram ruidosamente detidos na estrada. Sem parar de andar, passei pela inquieta e contorcida serpente de cabriolés e troles, carruagens e carroças, diligências e carroções, até alcançar a causa da obstrução. Um tílburi maltratado que seguia para o sul chocou-se com uma carreta de cerveja que voltava de Londres. Um dos varais do tílburi arrebentou e a pobre égua a qual ele estava atrelado se contorcia no chão, ainda embaraçada em seus arreios. O cocheiro brandia a peruca ensangüentada para o carreteiro e gritava, enquanto ao redor deles se reunia uma multidão cada vez maior de viajantes enfurecidos e transeuntes curiosos.

A uns dez metros de distância, parada na fila de veículos que iam para Londres, estava uma carruagem puxada por um par de cavalos baios iguais. Quando a vi, senti uma aflição, estranhamente parecida com fome. Já vira aquele veículo antes — em frente a Manor House School. O mesmo cocheiro estava na boléia, observando a cena do acidente com uma expressão de tédio. O vidro estava baixado e a mão de um homem descansava no peitoril.

Parei e dei meia-volta, fingindo interesse no acidente, e examinei com mais atenção a carruagem. Até onde podia ver, havia apenas um passageiro, um homem que olhou para mim e em seguida desviou o olhar para algo em seu colo. Seu rosto era longo e pálido, com um toque de verde em sua brancura e traços finos e simétricos. O colarinho engomado ia quase até as orelhas, e o cachecol descia-lhe do pescoço numa cachoeira da cor da neve. Os dedos no peitoril moviam-se ritmadamente, como se marcassem o tempo de uma canção inaudível. No indicador havia um grande anel com sinete de ouro.

Um criado veio correndo da direção do acidente pela estrada, passando pela multidão aos empurrões. Foi até a janela da carruagem. O passageiro ergueu a cabeça.

— Um dos cavalos caiu, senhor, a carruagem está em frangalhos e o carreteiro perdeu sua roda dianteira externa. Estão dizendo que a única coisa a fazer é esperar.

— Pergunte àquele sujeito o que ele está olhando.

— Perdoe-me, senhor — eu disse, e minha voz me pareceu minguada e débil. — Não estava olhando para ninguém, estava apenas admirando o seu transporte. É um exemplo de carruagem feita com esmero.

O criado já estava em cima de mim, inclinando-se para perto. Cheirava a cebola e cerveja.

— Vá embora — ele me cutucou com o ombro e prosseguiu com uma voz mais baixa. — Já admirou o bastante, agora dê o fora daqui.

Não me mexi.

O cocheiro ergueu o chicote.

Enquanto isso, o homem da carruagem me encarava. Não demonstrava irritação ou interesse. Um ar de ameaça impessoal pairava, denso como gás, mesmo em plena luz do dia e em uma rua apinhada de gente. Eu era um incômodo pequeno, como uma coceira. O cavalheiro na carruagem decidira me coçar.

Esbocei uma mesura e saí andando. Não podia saber que o encontro era, na verdade, um presságio.

4

Stoke Newington era um lugar bonito, apesar da proximidade com Londres. Lembro-me das árvores e das gralhas com afeto. O menino mais jovem da escola tinha 4 anos, e o mais velho, 19; praticamente um homem, que ostentava suíças fartas e, dizia-se, havia engravidado a filha do padeiro. Os filhos de pais mais ricos e ambiciosos eram preparados para entrarem nas instituições públicas. A maioria, no entanto, recebia toda a instrução necessária na escola do sr. Bransby.

— Os pais confiam a nós não só a educação dos seus filhos, como também seu sustento — disse-me o sr. Bransby. — Uma dieta nutritiva e uma cama confortável são essenciais para o aprendizado de um menino. Além do mais, se uma criança vive entre a nobreza, ela adquire suas maneiras. Seguimos à risca nosso regime. Ele é a base para a sobriedade na vida futura.

O regime não afetava o sr. Bransby e sua família, que viviam separados do resto da escola e já eram, sem dúvida, sóbrios o suficiente. Eu dormiria no lado dos meninos, como o único outro mestre que vivia na escola, o professor titular

— O sr. Dansey está comigo há vários anos — disse-me Bransby quando fomos apresentados. — O senhor verá que ele é um intelectual digno de respeito.

Edward Dansey estava provavelmente na casa dos 40, um homem magro, que vestia roupas pretas tão velhas e desbotadas que já haviam se transformado em uma mistura de tons de verde e cinza. Usava uma pequena peruca empoeirada, geralmente caída para um lado, e tinha um olho torto, o que não o tornava propriamente zarolho, mas o deixava praticamente estrábico. Tanto naquele momento quanto no futuro, ele se mostraria sempre perfeitamente cortês. Tinha os modos de um cavalheiro, apesar das roupas esfarrapadas. Ele possuía o grande mérito de não demonstrar curiosidade alguma pelo meu passado.

Quando conheci Dansey melhor, percebi que ele tinha o hábito de olhar para o mundo com o queixo levantado e os lábios entortados assimetricamente, de modo que um canto da sua boca curvava-se para cima e o outro para baixo, como se metade dele estivesse sorrindo e metade estivesse carrancuda. Assim, nunca se sabia bem o que ele pensava de você. O olho vesgo acentuava a ambigüidade da sua expressão. Os meninos o chamavam de Jano, talvez por acreditarem que o seu humor variava de acordo com o lado do rosto que você enxergasse. Eles temiam Bransby, que deixava uma vara em cada sala da escola para poder castigar os meninos sem demora onde quer que estivessem, mas morriam de medo de Dansey.

Na minha segunda quinta-feira na escola, o criado seguiu direto para a sala comunal, enquanto os meninos saíam aos borbotões para suas duas horas de liberdade antes do jantar, e me pediu para esperar pelo seu patrão.

Meu medo imediato era ter desagradado de alguma forma o sr. Bransby. Passei pela porta que separava as suas instalações do resto da casa, o que era como pisar em um país diferente. Lá, o ar recendia a cera virgem e flores, as paredes eram forradas com papéis de parede novos, e os painéis, recém-pintados. O sr. Bransby tinha silêncio o suficiente para ouvir o tique-taque de um relógio, um luxo em uma casa cheia de crianças. Bati à porta e fui convidado a entrar. Ele olhava pela janela, tamborilando os dedos no tampo de couro da sua mesa.

— Sente-se, Shield. Temo ser o portador de uma notícia triste.

Eu disse:

— Minha tia Reynolds?

Bransby baixou a cabeça pesada.

— Meus sinceros pêsames. Ela era uma mulher formidável.

Minha mente estava nula, um espaço vazio e enevoado.

— A sra. Reynolds encarregou a senhoria de escrever para mim quando ela morresse. Ela se foi na tarde de ontem — ele pigarreou. — Parece que no fim foi tudo muito súbito, ou eles teriam lhe chamado. Mas há uma carta. Sua tia ordenou que ela fosse entregue ao senhor depois da morte.

O selo estava intacto. Fora estampado com o que parecia ser o cabo de uma pequena colher. Achei que podia distinguir a marca das caneluras.

Minha tia provavelmente usou a colherinha de prata que guardava na lata de chá. A cera era raiada, uma mistura de laranja desbotado e azul-escuro. Econômica em todas as coisas, ela guardava os selos das cartas que recebia e voltava a derreter a cera quando mandava uma carta sua.

A mente é uma criatura ingovernável, principalmente sob a influência da dor; não conseguimos ter sempre o controle sobre nossos pensamentos. Surpreendi-me pensando se a colher ainda estava lá, e se agora era minha por direito. Por um instante, a névoa se dissipou e vi minha tia na minha mente, mas tão concreta quanto o próprio Bransby, sentada na mesa depois do jantar, franzindo o cenho para a lata de chá enquanto media a dose.

— Algumas providências devem ser tomadas — dizia Bransby. — O sr. Dansey assumirá suas obrigações por um ou dois dias — ele espirrou e depois disse com irritação. — Vou lhe adiantar uma pequena quantia em dinheiro para cobrir quaisquer despesas que venha a ter. Sugiro que vá até a cidade esta tarde. Bem? O que o senhor me diz?

Lembrei-me que minha sanidade ainda estava em teste, e já não havia ninguém para me defender, de modo que precisava encontrar uma maneira de fazê-lo sozinho. Ergui a cabeça e disse que estava grato pela enorme gentileza do sr. Bransby. Pedi permissão para me retirar e me preparar para a viagem.

Logo depois, subi até meu quartinho no sótão, um abrigo isolado sob o beiral do telhado. Lá, finalmente chorei. Gostaria de poder dizer que minhas lágrimas eram apenas pela minha tia, a melhor das mulheres. Mas elas também eram por mim. Minha protetora estava morta. Agora, disse a mim mesmo, eu estava verdadeiramente sozinho no mundo.

5

A morte da minha tia me atraiu mais para dentro do labirinto. Ela me levou ao sr. Rowsell e à sra. Jem.

Sua última carta para mim foi breve e, a julgar pela caligrafia, escrita nos últimos estágios da doença. Nela, ela deu vazão à esperança de que pudéssemos nos reencontrar em um lugar melhor no além e assegurou-me que, se o céu permitisse, olharia por mim. Voltando-se para questões mais práticas, informou-me que havia deixado dinheiro para custear as despesas do funeral. Não sobrara nada para eu fazer, pois ela decidira todos os detalhes, até mesmo o tipo de memorial e o maçom para gravar as letras. Por fim, ela me orientou para procurar o advogado dela, sr. Rowsell, na Lincoln's Inn.

Fui até o escritório do advogado. O sr. Rowsell era um homem grande, de rosto corado, que se avolumava na prisão das suas roupas, como se o sangue estivesse lutando para escapar do seu corpo. Ele mandou seu escriturário de cara redonda pegar os papéis da minha tia. Enquanto aguardava, Rowsell rabiscava seu bloco de notas. Quando o escriturário voltou, ele correu os olhos pelo testamento, erguendo-os para mim com um olhar brilhante, de passarinho; seus modos uma curiosa mistura de secura e dissimulação. Havia duas heranças de cinco libras cada, ele me disse, uma para a criada e a outra para a senhoria.

— O restante é seu, sr. Shield — ele disse. — Fora os meus honorários, é claro, que serão descontados do patrimônio.

— Não pode ser muito.

— Ela fez um inventário, se não me engano — disse Rowsell, enfiando a mão em um cofrinho. — Mas não fique muito esperançoso, meu jovem. — Tirou uma folha de papel, olhou para ela e a entregou para mim. — Os bens móveis e imóveis dela, conforme se encontravam — ele prosseguiu, olhando para mim por sobre os óculos —, e uma quantia em dinheiro. Pouco mais de cem libras, provavelmente. Deus sabe como ela conseguiu juntar esse dinheiro com aquela pensão que recebia. — Ele se levantou e estendeu a mão. — Estou muito ocupado esta manhã, de modo que não vou mais tomar o seu tempo. Deixe seu endereço com Atkins na saída que, assim que estivermos prontos para fechar o negócio, escreverei para você.

Cem libras! Desci até a Strand em um torpor semelhante à embriaguez. Meus passos estavam vacilantes. Cem libras!

Fui até a casa que minha tia havia alugado e cuidei da distribuição dos seus bens. Dos artigos maiores, fiquei apenas com a lata de chá e a colher. A senhoria trouxe uma amiga chamada sra. Jem, que estava interessada em comprar a mobília. Imaginei que teria conseguido um preço mais alto se tivesse me preparado para pesquisar, mas não quis me dar o trabalho. A sra. Jem também comprou as roupas da minha tia.

— Não que elas valham mais do que alguns xelins — ela disse com um sorriso sofrido; era uma mulher enorme, com traços pequenos e bonitos enfiados no rosto largo. — Servem mais para remendar do que para qualquer outra coisa. Mas o senhor não vai mesmo querê-las, então estou lhe fazendo um favor. Tenho somente trinta xelins. O senhor espera aqui enquanto eu vou buscar o resto do dinheiro?

— Não. — Já não suportava mais ficar ali, queria refletir tanto sobre minha perda quanto sobre minha boa sorte em paz. — Vou levar os trinta xelins e venho pegar o restante mais tarde.

— Como preferir — ela disse. — Gaunt-court número três. Não é do outro lado da rua.

— Não mesmo.

Ela me olhou duramente.

— Não se preocupe, o seu dinheiro estará separado. Seis xelins, nem mais, nem menos. Eu pago minhas dívidas, sr. Shield, e espero que os outros paguem as deles.

Não pude resistir ao trocadilho infantil:

— Sra. Jem — eu disse solenemente —, a senhora é mesmo uma jóia rara.

— Já chega do seu atrevimento — ela respondeu. — Se está de partida, que vá logo.

A alegria arrefeceu na medida em que me afastei da casa em que minha tia vivera. Então a vida se resumia a isto — um monte de terra fresca em um cemitério, algumas peças de mobília espalhadas pelas casas de desconhecidos e um punhado de roupas que ninguém além dos pobres iria querer comprar.

Havia ainda a questão do dinheiro que eu herdaria. Pela primeira vez na vida, estava prestes a me tornar um homem de posses, o dono absoluto de 103 libras e alguns xelins e centavos. A compreensão disto me modificou. A riqueza pode não trazer felicidade, mas ao menos tem o poder de afastar algumas das causas da tristeza. E faz um homem sentir que ele tem um lugar no mundo.

6

Riqueza. Isso me leva ao banco Wavenhoe. Foi o sr. Bransby que mencionou este nome para mim pela primeira vez. Jamais havia entrado lá, somente conheci o próprio velho sr. Wavenhoe no seu leito de morte, mas o Wavenhoe era o elo que nos unia a todos, os ingleses e os americanos, os Frants e os Carswalls, Charlie e Edgar. O dinheiro tem suas próprias regras e todos nós, cada um ao seu modo, acabamos por acatá-las.

No começo de outubro, pedi uma licença a Bransby para ir à cidade. Foi nesta ocasião que ele mencionou o Wavenhoe. Eu precisava visitar Londres pois o sr. Rowsell tinha papéis aguardando minha assinatura e eu queria apanhar os poucos xelins que a sra. Jem me devia. Ele não se opôs ao meu pedido.

— Sob uma condição, no entanto — ele prosseguiu. — Preferiria que fosse na terça-feira. Assim, o senhor poderia resolver dois compromissos para mim enquanto estivesse por lá. Eles não lhe darão aborrecimento — muito pelo contrário, creio eu. Quando for para a cidade, levará o menino Allan consigo e o deixará na casa dos pais na Southampton-row. Número 39. O pai dele escreveu dizendo que a mãe quer que lhe tirem as medidas para um terno de inverno.

— Devo buscá-lo na volta, senhor?

— Não. Fui informado de que ele irá voltar mais tarde e que o sr. Allan tomará as providências necessárias. Assim que o tiver deixado na casa do pai, o senhor pode ir cuidar dos seus negócios. Mas, depois, gostaria que fosse a uma casa na Russell-square para transportar um novo aluno à escola. Ou, melhor dizendo, ele irá transportá-lo. O pai do menino disse-me que vai chamar a carruagem. — Bransby recostou na cadeira, o corpo fazendo pressão contra os botões do colete. — O nome dele é Frant.

Assenti com a cabeça. Lembrei-me da moça que sorrira para mim nos portões da escola, e também do homem que quase mandou seus criados me atacarem enquanto eu subia a Ermine-street. Senti meu pulso batendo em algum lugar entre os dedos das minhas mãos cruzadas.

— O mestre Frant deve nos vir bem a propósito. O pai dele é um dos sócios do banco Wavenhoe. Um belo investimento, sem dúvida.

— Quantos anos tem o menino?

— Dez ou 11. Por coincidência, a escola foi recomendada ao sr. Frant pelo pai de Allan. Ele é um americano de ascendência escocesa, mas vive em Londres. Fui informado de que ele e o sr. Frant já fizeram negócios juntos. Guarde bem, Shield: em primeiro lugar, um pai satisfeito irá dividir sua satisfação com outros pais; em segundo lugar, o sr. Frant é um cavalheiro que não só transita na alta sociedade como também conhece homens ricos enquanto faz negócios. Assim sendo, quero que o sr. e a sra. Allan e o sr. e a sra. Frant fiquem particularmente bem impressionados.

— Vou me empenhar neste sentido, senhor.

Bransby se inclinou para frente na mesa para me estudar com mais atenção.

— Tenho certeza de que seus modos serão impecáveis. Mas preciso confessar — e não me entenda mal — que talvez seja melhor fazermos algumas mudanças no seu vestuário. Eu lhe adiantei uma pequena quantia para a compra de roupas, não foi mesmo? Mas talvez não tenha sido suficiente.

Comecei a falar:

— Infelizmente, senhor...

— E de fato — atalhou Bransby, com um tom de voz mais carregado — o senhor já está conosco há quase um mês, e seu trabalho tem sido, no geral, satisfatório. Assim sendo, a partir do próximo trimestre, proponho pagar-lhe um salário de 12 libras anuais, além das suas acomodações. Subentende-se, naturalmente, que suas vestimentas deverão estar de acordo com a posição de professor neste estabelecimento e que a sua conduta deverá continuar a ser satisfatória em todos os sentidos. Dadas as circunstâncias, estou inclinado a lhe adiantar talvez metade do seu primeiro salário, para que o senhor possa fazer as compras necessárias.

Três dias depois, em uma terça-feira, 5 de outubro, viajei para Londres. O jovem Allan sentou-se o mais longe possível de mim na carruagem e respondeu com monossílabos às perguntas que fiz a ele. Entreguei o garoto aos cuidados de um criado na casa de seus pais. Dera apenas alguns passos na calçada quando senti a mão de alguém na minha manga. Parei e dei meia-volta.

— Com licença, senhor.

Um homem alto, vestindo um paletó verde puído, inclinava o tronco para frente desde a cintura. Usava uma peruca sebosa, óculos azuis grossos e uma barba desgrenhada como o ninho de um pássaro desleixado.

— Estou procurando... procurando a casa de um conhecido — tinha uma voz gutural, que combinava com ele, do tipo que faz os óculos tremerem. — Um cavalheiro americano... um certo sr. Allan. Esta é a casa dele?

— Sim, é.

— Ah... o senhor é muito prestativo... então o menino que o acompanhava é filho dele? — ele se balançava ao falar. — É um menino bonito.

Fiz uma mesura. O rosto do homem estava virado na direção oposta a mim, mas seu hálito recendia levemente a bebida destilada e fortemente a dentes podres ou gengivite. Entretanto, ele não estava bêbado, ou pelo menos não a um ponto que afetasse suas ações. Imaginei que talvez fosse um desses homens que ficam mais sóbrios quando estão ligeiramente embriagados.

— Sr. Shield!

Virei-me na direção da casa dos Allans. O criado abrira a porta.

— Uma mensagem da sra. Allan, senhor. Ela gostaria que mestre Edgar ficasse até amanhã. O assistente do sr. Allan o levará de volta a Stoke Newington pela manhã.

— Está bem — eu disse. — Informarei o sr. Bransby.

Sem uma palavra de despedida, o homem de paletó verde saiu andando rapidamente na direção de Holborn. Eu o segui, pois minha próxima parada ficava depois de lá, na Lincoln's Inn. O homem olhou por sobre os ombros, viu-me andando atrás dele e começou a caminhar mais depressa. Topou em uma mulher que vendia cestas e não deu atenção quando ela o xingou. Dobrou a Vernon-row e, quando cheguei à esquina, ele já havia desaparecido.

Pensei que talvez o homem de paletó verde tivesse me confundido, ou alguém atrás de mim, com um credor. Ou talvez tivesse apressado o passo por algum outro motivo sem relação com sua olhada para trás. Tirei-o da cabeça e continuei andando para o sul. Mas o incidente ficou gravado na minha memória, e eu ficaria agradecido mais tarde que tenha sido assim.

No escritório do sr. Rowsell na Lincoln's Inn, o escriturário estava com os papéis prontos para a minha assinatura. Mas quando eu estava prestes a me retirar, o advogado saiu da sua sala particular e apertou minha mão com inesperada cordialidade.

— Deixe-me lhe dar os parabéns pela sua herança. O senhor está um tanto mudado, sr. Shield, se me permite dizer. E para melhor.

— Obrigado, senhor.

— Paletó novo, eu suponho. Já começou a gastar sua nova fortuna?

Sorri para o sr. Rowsell, em resposta mais ao seu bom humor do que às suas palavras.

— Ainda nem toquei na herança da minha tia.

— E o que pretende fazer com ela?

— Vou deixá-la em um banco por alguns meses. Não quero gastá-la precipitadamente em algo de que vá me arrepender depois. — Hesitei, e então acrescentei por impulso:

— O sr. Bransby, meu patrão, mencionou que o Wavenhoe é um belo investimento.

— Wavenhoe, é? — Rowsell deu de ombros. — Eles têm nome, é verdade, mas andaram surgindo alguns boatos... não que isso tenha importância; a cidade é um verdadeiro moinho de boatos, girando sem parar, moendo as especulações de ontem e transformando-as nos fatos de hoje. O sr. Wavenhoe é um senhor de idade, e dizem que ele delega muito dos assuntos do banco aos seus sócios.

— E isso é preocupante?

— Não exatamente. Talvez seja só o fato de que a cidade não gosta de mudanças. E se o sr. Wavenhoe se aposentar, ou mesmo morrer, sua falta pode afetar a confiança no banco. Esta é mais uma observação sobre a natureza humana do que sobre o banco propriamente dito. Se quiser, posso fazer algumas perguntas para o senhor.

Almocei em uma pensão entre advogados gordos e escriturários magrelos. Meus afazeres levaram mais tempo do que eu esperava e decidi adiar a visita à sra. Jem em Gaunt-court. Depois do jantar, fornido com carne e cerveja, subi até a Southampton-row, passando pela casa dos Allans. Era uma agradável tarde de outono. Com meu novo paletó, meu novo emprego e minha nova fortuna, sentia que havia me tornado um Tom Shield completamente diferente daquele que havia sido há menos de um mês.

Enquanto andava, observava os transeuntes — mulheres, em sua maioria. Meu olhar se fixou em um rosto sob um chapéu, em um pé bonito que despontava sob a bainha de um vestido, na curva de um antebraço, no volume de um seio, em um par de olhos brilhantes. Ouvi suas risadas, seus cochichos. Senti seu perfume. Meu bom Deus, eu era como um garoto com o rosto colado no vidro da janela de uma doceria.

Uma delas chamou em particular a minha atenção, uma mulher alta, com cabelos negros, corada e bonita de corpo. Quando subiu em uma carruagem de aluguel, pensei por um instante que fosse Fanny — a garota que um dia conheci —, não como ela fora, mas como teria se tornado, e, por um momento, uma ou duas nuvens nublaram minha felicidade.

7

A casa dos Frants ficava no lado sul da Russell-square. Toquei a campainha e aguardei. A placa brilhava. A pintura era nova. Havia sido polida até onde uma superfície pode ser polida. E esfregada até onde podia ser esfregada.

Um criado atendeu a porta, um sujeito alto, com nariz de gancho. Disse a ele meu nome e o motivo da minha visita e ele me deixou conversando com as paredes em uma grande sala de jantar com vista para a praça. Fui até a janela e olhei para o jardim público. As cortinas eram de seda listrada, creme e verde, e o verde parecia ter sido escolhido para combinar exatamente com a grama lá fora.

A porta se abriu, virei-me e dei de cara com o sr. Henry Frant. Ao fazê-lo, olhei pela primeira vez para a parede ao lado da porta, que se opunha à janela. Havia um retrato, uma reprodução perfeita da sra. Frant, sentada em um parque com um menininho sentado em seu joelho e um *spaniel* aos seus pés. À distância via-se a imagem de uma enorme mansão de pedra.

— O senhor deve ser o professor do sr. Bransby. — Frant andou rapidamente em minha direção, a mão esquerda no bolso, trazendo consigo o perfume de água de lavanda. Ele era o homem que eu vira na janela da carruagem na Ermine-street. — O menino vai descer em um instante.

Não havia sinal de reconhecimento em seu rosto. Eu era insignificante demais para que ele se lembrasse de mim, é claro, mas também era possível acreditar que minha própria aparência houvesse mudado no último mês. Frant não fez menção de apertar minha mão; tampouco ofereceu uma bebida ou mesmo uma cadeira. Havia um ar de agitação nele, de imersão em seus próprios assuntos.

— O menino tende a ser efeminado, o que é estimulado pela mãe — ele declarou. — Desejo particularmente que esses traços sejam erradicados.

Fiz uma mesura. No retrato, a mãozinha branca da sra. Frant brincava com um pequeno cacho castanho que escapava das bordas do chapéu.

— Ele não deve ser mimado, entendido? Isso ele já foi bastante. Mas agora ele está muito velho para a delicadeza das mulheres. Já está na hora de aprender a ser homem. Comportar-se como uma donzela acanhada não vai lhe servir de nada quando ele for para Westminster. Este é um dos motivos que me levaram a mandá-lo para a escola do sr. Bransby.

— Então esta é a primeira vez que ele vai à escola, senhor?

— Ele teve professores particulares. — Frant brandiu a mão direita como se os espantasse, e o grande anel com sinete em seu indicador brilhou ao receber a luz que vinha da janela. — Ele já se dá bem o bastante com os livros. Agora é hora de aprender algo tão útil quanto como lidar com seus colegas. Mas não vou mais tomar o seu tempo. Envie meus cumprimentos ao sr. Bransby.

Antes que pudesse ao menos fazer outra mesura, Frant já saíra da sala, a porta batendo às suas costas. Eu o invejava: lá estava um homem que tinha tudo que os deuses podiam conceder, incluindo um ar de refinamento e bom senso que lhe caía naturalmente, como se fosse seu por direito. Mesmo agora, Deus tenha piedade da minha alma, parte de mim o inveja por como ele era.

Permaneci lá por mais um instante, estudando o retrato. Meu interesse, disse a mim mesmo, era ao mesmo tempo puro e objetivo. Admirava a pintura como admiraria uma bela estátua ou um verso que falasse ao coração com elegância e força. O estilo era particularmente refinado, e a pele parecia extraordinariamente viva. Uma beleza assim também é revigorante, como um copo d'água para um viajante sedento. Portanto, não havia motivo para não analisá-la o quanto eu quisesse.

Ah, você dirá, o senhor estava se apaixonando por Sophia Frant. Mas isso é uma bobagem romântica. Se quiser que eu seja sincero, eu serei, da mesma forma que fui comigo mesmo naquele dia fatídico: deixando de lado as considerações artísticas, eu a odiei por ela ter tanto do que me faltava em riqueza e admiração; e também a odiei porque a desejava, como desejava quase qualquer mulher bonita que visse, e sabia que ela jamais seria minha.

Ouvi passos do outro lado da porta e uma voz forte falando incompreensivelmente, mas alto. Afastei-me e fingi grande interesse no relógio de ouropel sobre a lareira. A porta se abriu e um menino entrou na sala, seguido por uma mulher pequena e simples, vestida de preto e com uma verruga do lado do queixo. O que me chamou a atenção imediatamente foi a impressionante semelhança entre o jovem Frant e Edgar Allan, o menino americano. Com suas sobrancelhas altas, olhos brilhantes e traços delicados, eles quase podiam ser irmãos. Então atentei para as roupas do menino.

— Boa-tarde, senhor — ele disse. — Eu sou Charles Augustus Frant.

Apertei a mão que ele me ofereceu.

— E eu sou o sr. Shield.

— Esta é a sra. Kerridge, minha... uma de nossas criadas — o menino seguiu falando. — Não havia necessidade de ela descer comigo, mas ela insistiu.

Cumprimentei-a e ela inclinou a cabeça.

— Gostaria de perguntar se a arca do senhor Charles já chegou à escola, senhor.

— Infelizmente não sei. Mas tenho certeza de que eles dariam falta dela.

— E minha patroa pediu que eu dissesse que o mestre Charles é sensível ao frio. Quando o tempo começar a mudar, talvez seja bom vesti-lo com uma camiseta de flanela colada à pele.

O menino bufou. Eu assenti com a cabeça com seriedade. Estava pensando nas roupas do rapaz, embora não do jeito que a sra. Kerridge ou mesmo a sra. Frant gostariam. Seja por vontade própria ou por capricho da mãe, o mestre Charles vestia um sobretudo cor de oliva muito bem cortado com alças pretas. Carregava sob o braço um chapéu do qual pendia uma longa e formosa borla, e agarrava um bastão com a mão esquerda.

— A carruagem já está vindo, senhor — disse a sra. Kerridge —, e a mala do senhor Charles está no hall. O senhor deseja algo antes de partir?

O menino pulava de uma perna para a outra.

— Não, obrigado — eu disse.

— Lá está a carruagem — ele correu até a janela. — Sim, é a nossa.

A sra. Kerridge ergueu os olhos para mim, e seu rosto se fechou em uma carranca.

— Pobre cordeirinho — ela murmurou em um tom baixo demais para ele ouvir. — É a primeira vez que sai de casa.

Assenti com a cabeça de um modo que esperava que a mulher achasse reconfortante. Quando abrimos a porta, um criado estava esperando à porta da frente e um pajem negro não muito mais velho do que o próprio Charles foi logo pegando a mala. Sorrindo graciosamente para os serviçais do pai, Charles Frant desceu marchando os degraus com uma nobreza digna da Guarda Montada, uma nobreza levemente estragada pela maneira como ele saltou para dentro da carruagem. A sra. Kerridge e eu o seguimos mais devagar, andando alguns passos atrás como uma dupla de acólitos.

— Ele é muito jovem para a idade que tem, senhor — murmurou a sra. Kerridge.

Sorri para ela.

— É um menino bonito.

— Puxou a mãe.

— Ela não está aqui para se despedir?

— Está cuidando do tio — a sra. Kerridge fez uma cara feia. — O pobre cavalheiro está morrendo, e não está sendo nada fácil. Se não fosse por isso, a senhora estaria aqui. Ele vai ficar bem, senhor? Garotos podem ser tão cruéis. Ele não sabe. Não conhece muitos meninos.

— Pode não ser fácil no começo. Mas a maioria das crianças descobre que há muito o que gostar na escola também. Uma vez que se acostumam.

— A mãe se preocupa muito com ele.

— Muitas vezes uma coisa é muito mais preocupante por antecipação do que na realidade. É preciso tentar...

Parei de falar, percebendo que a sra. Kerridge já não olhava para mim. Havia sido distraída pela visão de uma carruagem adentrando a praça, vinda da Montague-street. Era um coche leve e elegante, pintado de verde e dourado, e puxado por dois alazões. O cocheiro ultrapassou duas carretas e parou o veículo logo atrás do nosso, as rodas perfeitamente alinhadas a poucos centímetros do meio-fio. Ele recostou na boléia com o ar de um homem muito satisfeito consigo mesmo.

— Oh, meu Deus — murmurou a sra. Kerridge, embora estivesse sorrindo.

O vidro baixou. Vislumbrei um rosto pálido e um volume de cachos ruivos parcialmente escondidos por um chapéu grande decorado com gorgorão.

— Kerridge! — chamou a menina. — Kerridge, minha querida. Cheguei a tempo? Onde está Charlie?

Charles saltou da carruagem dos Frants e correu pela calçada.

— Você gosta dessa carroça, prima Flora? Uma beleza, não é?

— Você está muito bonito — ela disse. — Um verdadeiro militar.

Ele suspendeu a cabeça para que ela o beijasse. Ela se abaixou e pude vê-la melhor. Era mais velha do que eu pensara — uma moça; e não uma menina. A sra. Kerridge se adiantou para receber o seu beijo. Então, o olhar da jovem se voltou para mim.

— E quem é esse? Você poderia nos apresentar, Charlie?

Ele corou.

— Perdoe-me. Prima Flora, permita-me lhe apresentar o sr. Shield, um professor do colégio do sr. Bransby, a minha escola, você sabe. — Ele engoliu e então falou rapidamente. — Sr. Shield, minha prima, srta. Carswall.

Fiz uma mesura. A srta. Carswall estendeu a mão com grande condescendência. Era uma mãozinha pequena, que parecia sumir na minha. Lembro-me de que ela usava luvas lilases, que combinavam com a peliça que vestia sobre o vestido branco de musselina.

— O senhor está levando meu primo para a escola, não é mesmo? Não vou tomar muito o seu tempo, senhor. Queria apenas me despedir dele, e dar-lhe isto.

Ela desfez o laço da sua bolsinha, tirou uma pequena carteira e a entregou ao menino.

— Guarde-a em um lugar seguro, Charlie. Você pode querer fazer um agrado aos seus amigos. — Ela se abaixou, beijou o topo da cabeça dele e deu-lhe um empurrãozinho para afastá-lo. — Sua mamãe manda todo o amor dela, por sinal. Eu a encontrei brevemente na casa do tio George.

Por um instante, o rosto do menino ficou perfeitamente inexpressivo, despido de todo o divertimento e empolgação.

A srta. Carswall deu palmadinhas em seu ombro.

— Ela não pode deixá-lo, não agora. — Olhou para além do menino, para mim e para a sra. Kerridge. — Não vou atrasá-los mais. Kerridge, minha querida, podemos tomar um chá antes de eu ir? Seria como nos velhos tempos.

— O sr. Frant está na casa, senhorita.

— Oh. — A jovem deu uma risadinha e as duas trocaram um olhar de cumplicidade. — Bom Deus, quase esqueci. Tenho um compromisso com Emma Trenton. Talvez numa outra hora, e então teremos uma bela conversa.

A partida da srta. Carswall foi a deixa para a nossa. Entrei na carruagem dos Frants junto com Charlie. Instantes depois, pegamos a Southampton-row. O menino se aconchegou no canto e virou a cabeça para olhar pela janela. A borla daquele chapéu ridículo balançava e pulava às suas costas.

Flora Carswall jamais poderia ser considerada bonita, ao contrário da sra. Frant. Mas ela possuía uma certa plenitude, como uma fruta esperando para ser arrancada, pedindo para ser comida.

8

Tive dificuldade para dormir naquela noite. Minha mente estava possuída por uma excitação estranha que não me deixava descansar. Sentia que no decorrer do dia fizera a passagem de uma parte da minha vida para a outra, como se os eventos formassem um rio entre dois países. Deitado na minha cama estreita, meu corpo se contorcia, revirava e suspirava. Media a passagem do tempo pelo bater dos relógios. Finalmente, um pouco depois da uma da manhã, minha inquietude me tirou do calor da cama e fui fumar um cachimbo.

O sr. Bransby sustentava que rapé era a única forma de tabaco aceitável para um cavalheiro, de modo que eu e Dansey precisávamos sair para fumar. Mas eu sabia onde a chave para a porta lateral ficava guardada. Em questão de instantes andava pelo gramado, meus passos silenciosos na grama molhada. Havia algumas nuvens, mas as estrelas estavam brilhantes o suficiente para me mostrarem o caminho. Ao sul, a escuridão ficava um pouco menor, formando uma névoa amarela, a falsa aurora de Londres à noite, a cidade que nunca dorme. Entre as árvores o breu era total. Fumei sob uma faia púrpura, recostando-me no tronco. Folhas se agitavam sobre a minha cabeça. Pequenos estalos e ruídos perto do meu pé sugeriam a passagem de animais pequenos, furtivos.

Então surgiu outro som, um guincho tão agudo, forte e inesperado que saltei para longe da árvore e quase engasguei com a fumaça. Vinha da direção da casa. Havia um outro barulho, mais baixo, o raspar de metal contra metal, seguido de uma risada abafada.

Agachei-me e bati o cachimbo na terra fofa, úmida. Andei para frente, os pés produzindo ruídos leves no húmus e nas cascas dos frutos caídos das faias. Alguma coisa branca estava pendurada em uma janela do sótão da ala dos meninos. O quarto atrás dela estava na escuridão. Desloquei-me para a faixa um pouco mais escura que corria paralela a uma cerca viva.

O sótão não era na mesma ala da casa que a minha e de Dansey. A maioria dos meninos ficava nos dormitórios, com dez ou 12 deles amontoados em um dos aposentos maiores da parte de baixo. Porém, naquele pedaço do andar do sótão, dois ou três meninos podiam dividir um dos quartos menores, se os pais estivessem dispostos a pagar mais pelo privilégio.

Ouvi mais uma vez o murmurinho de uma risada, abafada logo depois de começar. De repente, com uma raiva tão penetrante que me apunhalou como uma faca, entendi o que tinha visto. Entrei rapidamente na casa, acendi minha vela e fui até a escada que levava aos sótãos dos meninos. À luz da vela, vi cinco portas, todas fechadas.

Testei uma por uma até encontrar a que queria. Vi três camas de armar à luz tremeluzente da chama da vela. De duas delas vinha o som de um ronco alto, constante. Da terceira, a respiração entrecortada de uma pessoa tentando não chorar. A janela estava fechada.

— Quais meninos estão neste quarto? — perguntei, sem me preocupar em baixar a voz.

Uma das crianças parou de roncar. Em compensação, o outro passou a roncar duas vezes mais alto. A terceira, a que estava tentando não chorar, ficou em silêncio total.

Puxei as cobertas da cama mais próxima e as joguei no chão. Seu ocupante continuou a roncar. Segurei a vela perto do seu rosto.

— Quird — eu disse. — Você vai ficar detido depois das aulas da manhã.

Arranquei as cobertas da cama seguinte. Outro menino me encarava, sem fingir dormir.

— Você vai acompanhá-lo, Morley.

Meu pé bateu em algo no chão. Agachei-me e descobri um pedaço de corda enrolado como uma cobra, a maior parte escondida debaixo da cama de Morley.

Com um grunhido de raiva, puxei as cobertas da terceira cama. Lá estava Charlie Frant, com a camisola levantada até a cintura e um lenço amarrado na boca.

Praguejei. Coloquei a vela no peitoril da janela, ergui o menino e puxei sua camisola para baixo. Ele tremia incontrolavelmente. Desamarrei o lenço. O rapaz cuspiu um trapo que haviam empurrado para dentro da sua boca. Golfou uma vez. Então, sem dizer palavra, caiu de volta na cama, deu as costas para mim, enterrou a cabeça no travesseiro e começou a soluçar.

Morley e Quird o haviam pendurado do lado de fora da janela. Os meninos mais velhos haviam atado os tornozelos de Charlie ao caixilho central para que ele não caísse e quebrasse o pescoço no caminho de saibro abaixo.

— Vejo vocês amanhã — ouvi minha voz dizendo a eles. — No momento, não consigo imaginar nenhum motivo que me impeça de açoitar vocês duas vezes por dia, todos os dias, até o Natal.

Fiquei na dúvida se devia afastar o jovem Frant dos seus torturadores, mas o que iria fazer com ele? O menino tinha que dormir em algum lugar. O xis da questão era que, cedo ou tarde, de dia ou de noite, o jovem Frant teria que enfrentar Quird e Morley. Puni-los era uma coisa, mas tentar protegê-lo era outra completamente diferente.

Voltei para o meu próprio quarto. Não dormi até o amanhecer. Quando peguei no sono, no que pareceu um instante o sino tocou para mais um dia ouvindo pequenos selvagens interpretando as *Metamorfoses* de Ovídio.

9

Observei Charlie Frant durante as aulas da manhã, antes e depois do desjejum. O menino ficava sentado sozinho no final na sala. Não creio que virasse uma única página do livro à sua frente ou mesmo visse o que estava escrito nele. Seu paletó já estava maltratado demais para ter um aspecto militar. Tinha marcas de lágrimas nas faces e suas narinas estavam encrostadas de sangue e muco. Manchas na manga mostravam onde ele havia limpado o nariz.

No café-da-manhã, contei a Dansey o que acontecera à noite. O homem mais velho deu de ombros.

— Se o menino for para a Westminster School, vai enfrentar coisas muito piores.

— Mas não podemos ignorar.

— Não temos como impedir.

— Se ao menos os meninos mais velhos exercessem algum tipo de autoridade sobre os mais jovens...

Dansey balançou a cabeça.

— Esta não é uma escola pública. Não temos uma tradição de autogoverno por parte dos meninos.

— Será que se eu falasse com o sr. Bransby ele os expulsaria, ou pelo menos lhes daria um castigo? Quird e Morley, quero dizer.

— Você está se esquecendo, meu caro Shield, que o verdadeiro objetivo deste estabelecimento não é educacional. Analisando-o devidamente, não passa de uma máquina de fazer dinheiro. É por isso que o sr. Bransby investiu todo o seu capital aqui. É por isso que eu e você estamos aqui bebendo café ralo às custas dele. Tanto Quird quanto Morley têm irmãos mais novos. — Os lábios de Dansey se contorceram naquele sorriso carrancudo à Jano. — Os pais deles são bons pagadores.

— Então não há nada a fazer.

— Você pode dar uma surra tão grande nos miseráveis que lhes diminua a vontade de perseguir seu mal-aventurado amigo. Pelo menos eu poderia lhe ajudar nisso.

Às onze, depois do segundo período das aulas da manhã, açoitei Morley e Quird com mais força do que jamais açoitara um menino antes. Eles não gostaram, mas também não se queixaram. O hábito embota até a dor.

Mais tarde, vi Charlie Frant no pátio de recreio. Meia dúzia de garotos haviam se juntado ao redor dele em círculo. Jogavam o chapéu um para o outro, encorajando-o a tentar apanhá-lo inutilmente. O chapéu perdera a borla. Algum gaiato tivera a idéia de prendê-la nas costas do paletó verde-oliva.

— Burro — eles entoavam. — Quem é um burrinho? Zurre, zurre, *zurre.*

Quando as aulas voltaram depois do almoço, Frant não estava na sua mesa. Havia se escondido para lamber as feridas. Decidi que se Lord Nelson podia fazer vistas grossas aos problemas que não queria enxergar, então eu também podia. No entanto, não fiz vistas grossas a Quird ou Morley. Seus trabalhos, que nunca foram dignos de nota, mirraram diante da atenção implacável que dediquei a eles. Obriguei-lhes a copiar dez páginas do livro de geografia na manhã seguinte.

Perto do fim das aulas da tarde, o criado veio da parte da casa do sr. Bransby e pediu que Dansey e eu fôssemos ter com seu patrão sem demora. Fomos encontrá-lo em seu escritório, andando de um lado para o outro atrás da mesa, com o rosto sombrio de raiva e uma trilha de rapé esparramado descendo em cascata no seu colete.

— Que bela confusão — ele começou sem preâmbulos, antes mesmo de eu fechar a porta. — Frant, aquele menino desgraçado.

— Ele fugiu? — perguntou Dansey.

Bransby bufou.

— Nada pior que isso, espero. — Havia um traço mínimo de divertimento na voz de Dansey, como um sussurro intelectual em um tom baixo demais para a faixa de audição do sr. Bransby. — Ele... feriu a si mesmo?

Bransby balançou a cabeça.

— Parece que ele saiu andando, com toda a tranqüilidade do mundo, depois do almoço dos meninos. Caminhou um pouco e então encontrou um carregador disposto a lhe dar carona até Holborn. Disseram-me que a sra. Frant não está em casa, mas os criados informaram imediatamente o sr. Frant. — Ele brandiu uma carta como se quisesse esmagar uma mosca. — O cavalariço dele trouxe isto.

Ele deu outra volta no escritório em silêncio. Nós o observamos circunspectos.

— É vexaminoso — ele prosseguiu, lançando olhares ameaçadores para nós alternadamente —, que isto afete o sr. Frant — o homem que deveríamos nos esforçar para agradar em todos os aspectos.

— Ele está decidido a tirar o garoto da escola? — perguntou Dansey.

— Pelo menos disso fomos poupados. O sr. Frant quer que o filho volte para cá. Mas exige que o menino seja devidamente castigado por sua transgressão, para que entenda que a disciplina da escola está rigorosamente aliada à autoridade paterna. O sr. Frant deseja que um professor vá apanhar seu filho, e sugere que o professor o castigue na presença dele, ou seja, do sr. Frant, e na própria casa do garoto. Ele acredita que dessa maneira a criança vai perceber que não tem outra escolha senão se curvar à disciplina da escola e que isto vai ensiná-la uma lição valiosa, que lhe será muito útil no futuro — Bransby voltou seus olhos de pálpebras volumosas para mim. — Tinha certeza de que iria se oferecer, Shield. De qualquer forma, o teria escolhido. É mais jovem que o sr. Dansey e, portanto, tem um braço direito mais forte. Além do mais, posso passar sem o senhor com mais facilidade do que sem o sr. Dansey.

— Senhor — comecei a dizer —, esse tipo de medida não é?...

Dansey, que estava de pé atrás de mim, à esquerda, cutucou minhas costas.

— Este tipo de medida é sem dúvida um tanto incomum — ele interrompeu com serenidade —, mas, dadas as circunstâncias, estou certo de que será eficaz. A preocupação do sr. Frant é louvável.

Bransby assentiu com a cabeça.

— Sem dúvida — ele olhou para mim. — O cavalariço já voltou para a cidade com a minha resposta. A carruagem da pensão chegará em cerca de meia hora. Tenha a bondade de decidir com o sr. Dansey qual a melhor maneira de ele executar as suas tarefas noturnas, assim como as dele próprio.

— Quando devo encontrar com o sr. Frant?

— O quanto antes. Neste momento ele está na Russell-square.

Instantes depois, Dansey e eu passávamos pela porta da ala privada da casa para a escola. Uma multidão de garotos sujos se dispersou como se tivéssemos a peste.

— Você já viu coisa mais insensível? — explodi, mantendo minha voz baixa por medo que alguém ouvisse. — É uma barbaridade.

— Você se refere ao comportamento do sr. Frant ou ao do sr. Bransby?

— Ao... ao do sr. Frant. Ele quer humilhar o próprio filho.

— Ele tem todo o direito de fazê-lo, você não acha? Você não contestaria o direito que um pai tem de exercer autoridade sobre o filho, contestaria? Se isto vai ser feito de forma direta ou indireta, é completamente irrelevante.

— Claro que não. Por sinal, tenho que lhe agradecer por sua oportuna interrupção. Confesso que estava ficando um pouco esquentado.

— O sr. Frant e seu banco poderiam comprar essa instituição inteira quantas vezes quisessem — observou Dansey. — E comprar o sr. Quird e o sr. Morley também, por sinal. Além do mais, o sr. Frant é um homem refinado, que transita pelos melhores círculos. O sr. Bransby vai fazer todo o possível para agradá-lo. Não é de se surpreender.

— Mas não é justo. São os torturadores do menino que merecem castigo.

— Não faz sentido queixar-se de situações que não podem ser modificadas. E lembre-se de que, sendo o agente do sr. Bransby nesta questão, você pode atenuar a severidade do castigo.

Paramos ao pé da escada, Dansey para cuidar de suas obrigações e eu para ir pegar meu chapéu, luvas e bengala no meu quarto. Olhamos um para o outro por um instante. Homens são criaturas estranhas, repletas de contradições, e incluo-me neste juízo. Naquele momento ao pé da escada, o silêncio se tornou quase opressivo com o peso das coisas não ditas. Então, Dansey cumprimentou-me com a cabeça, eu fiz uma mesura, e seguimos nossos caminhos diferentes.

10

Chego agora a um episódio de grande importância para essa história; o aparecimento dos americanos.

A Providência, na forma do sr. Bransby, determinou que eu deveria testemunhar uma cena de idas e vindas na Russell-square. Um homem acredita na Providência porque, de outra forma, teria de ver a vida como uma coisa arbitrária, conduzida pelas regras caprichosas do acaso, tão fora do seu controle quanto o rolar dos dados ou a composição de uma mão de cartas. Pois acreditemos então na Providência. Ela cuidou para que eu encontrasse o sr. Frant na mesma tarde em que os americanos chegaram.

A maltratada carruagem da pensão levou-me até Londres. O veículo rangia e chiava como se tivesse artrite. O assento era encaroçado, o couro, rasgado e manchado. O interior cheirava a tabaco velho, corpos sem banho e vinagre. O cavalariço que dirigia xingava o cavalo em um fluxo constante de obscenidades pontuadas pelo estalar do chicote. Enquanto rodávamos, a luz do dia esvaiu-se da tarde. Quando chegamos a Russell-square, o céu estava apinhado de nuvens negras e serpeantes da cor de borrões de tinta.

Bati à porta e fui atendido por um criado, que me levou até a sala de jantar para esperar. O aposento estava quase na escuridão por conta do tempo e do avanço da tarde. Dei as costas para o retrato. A chuva já caía na praça, pingos gordos de água que batiam na calçada e tamborilavam no teto das carruagens. Ouvi vozes no corredor e, em seguida, uma porta sendo fechada.

Instantes depois, o criado retornou.

— O sr. Frant irá recebê-lo agora — ele falou, e então entortou a cabeça para que eu o seguisse.

Ele me conduziu pelo piso de mármore xadrez do hall até uma porta que se abriu quando nos aproximamos. O mordomo apareceu.

— Diga ao mestre Charles que ele deve vir aqui — ele disse ao criado.

O criado foi embora. O mordomo me levou até um aposento pequeno e quadrangular, mobiliado como uma sala de leitura. Henry Frant estava sentado na escrivaninha, com uma caneta na mão, e não ergueu os olhos. As persianas estavam fechadas e havia velas acesas em candeeiros sobre a lareira e no candelabro em uma mesa perto da janela.

A pena arranhava o papel. A luz de velas cintilava no anel com sinete de Frant e nos poucos fios grisalhos do seu cabelo. Depois de um bom tempo ele recostou, releu o que havia escrito, alisou o papel e o dobrou. Quando abriu uma das gavetas da escrivaninha, notei que ele não tinha as duas primeiras falanges do indicador esquerdo, uma mácula em sua perfeição que me agradou. Pelo menos, pensei, tenho algo que o senhor não tem. Ele enfiou o papel na gaveta.

— Abra o guarda-louça à esquerda da lareira — ele disse sem olhar para mim. — Embaixo das gavetas. O senhor vai encontrar uma vara no canto direito.

Obedeci. Era um bastão, uma bengala de Malaca grossa com cabo de prata e a ponta revestida de bronze.

— Doze golpes fortes bastariam, na minha opinião — observou o sr. Frant. Ele indicou um banquinho com a caneta. — Coloque-o em cima daquilo, com o rosto virado para mim.

— Senhor, a vara é pesada demais para a tarefa.

— O senhor vai ver que ela é perfeita. Use-a com toda a força do seu braço. Quero ensinar uma lição ao menino.

— Dois garotos mais velhos o agrediram na escola — eu disse. — Foi por isso que ele fugiu.

— Ele fugiu por que é fraco. Não digo que seja um covarde, ainda não; mas pode se tornar se for mimado. Rogo-lhe que deixe claro para o sr. Bransby que espero que, assim como eu, a escola não tolere sua fraqueza. — Bateram na porta. Ele ergueu a voz. — Entre.

O mordomo abriu a porta. O menino se esgueirou para dentro.

— Senhor — ele começou em uma voz baixa, aguda —, espero que esteja bem, e...

— Cale-se — disse Frant. — Espere que lhe dirijam a palavra.

O mordomo permaneceu no batente da porta, como se aguardasse ordens. No hall às suas costas, estavam o criado e o pequeno pajem negro. Vislumbrei a sra. Kerridge na escada.

Frant olhou para trás do filho e viu os empregados.

— Bem? — ele falou com rispidez. — O que estão olhando? Não têm trabalho a fazer? Sumam daqui.

Naquele instante, a campainha tocou. Os empregados se viraram na direção dela, como se estivessem ligados ao som por um conjunto de fios. Ela voltou a tocar, seguida imediatamente pelo som de batidas. O criado olhou por sobre os ombros para o mordomo, que olhou para o sr. Frant, que apertou os lábios em uma linha horizontal e cerrada e assentiu. O criado seguiu às pressas para a porta da frente.

A sra. Frant adentrou o hall quando a porta estava poucos centímetros entreaberta, seguida de uma criada. Estava corada, como se tivesse corrido, e apertava a capa contra a garganta. Ela atravessou a passos largos os quadrados de mármore até a porta da biblioteca, parando repentinamente na entrada, como se houvesse se deparado com uma barreira invisível. Sua capa de viagem cinza escorregou dos ombros e caiu no chão.

— Senhora — disse Frant, levantando-se e fazendo uma mesura. — Que alegria vê-la.

A sra. Frant ergueu os olhos para o marido, mas não disse nada. Ele era um homem alto e espadaúdo, e ao seu lado ela parecia tão indefesa quanto uma criança.

— Permita-me lhe apresentar o sr. Shiled, um dos professores do sr. Bransby.

Fiz uma mesura; ela inclinou a cabeça.

Frant disse:

— A senhora vem da Albermarle-street? Espero que essa visita inesperada não signifique que a condição do sr. Wavenhoe tenha piorado.

Ela olhou furiosamente para ele.

— Sim, quero dizer, não, ele não piorou e talvez esteja até um pouco melhor.

— Que ótima notícia. Agora, sra. Frant, não sei se a senhora está ciente de que o seu filho decidiu sair da escola para nos fazer uma visita não-autorizada. Ele está prestes a ser punido por isso, e então o sr. Shield o levará de volta para Stoke Newington.

A sra. Frant olhou para mim, e viu a bengala de Malaca na minha mão. Olhei para o menino, que tremia como vara verde.

— Posso falar como o senhor? — ela disse. — Uma palavra em particular?

— Infelizmente não estou livre no momento. Por favor, permita-me que eu vá falar com a senhora na sala de jantar depois que o sr. Shield e Charles se retirarem.

— Não — disse a sra. Frant tão baixo que mal pude escutá-la. — Preciso lhe perguntar...

A campainha tocou mais uma vez.

— Que maçada! — disse Frant. — Sr. Shield, o senhor nos daria licença um instante? Frederick irá levá-lo à sala de jantar. Feche a porta desta sala, Loomis. Então vá ver quem é. Nem eu nem a sra. Frant estamos em casa.

Apoiei a bengala contra uma estante de livros e fui para o hall. A sra. Kerridge seguiu para os fundos da casa, enxotando a criada que estava na sua frente. Loomis abriu a porta da frente. Olhei por sobre o ombro dele.

Por um momento, achei que fosse muito mais tarde do que era de fato. A chuva caía forte sobre a praça de um céu preto como carvão. O cheiro de terra recém-molhada entrou pela porta, juntamente com o chiado e o tamborilar da chuva. A breve ilusão de noite foi reforçada por um enorme guarda-chuva que se estendia por todo o batente da porta. Sob ele, vislumbrei um homem baixo e grisalho em um paletó cor de rapé.

— Meu nome é sr. Noak — anunciou o recém-chegado em uma voz forte, nasalada. — Por favor, informe o sr. Frant da minha presença.

— O sr. Frant não está em casa, senhor. Se o senhor quiser deixar o seu...

— Tolice, homem. Disseram-me no seu trabalho que ele estaria aqui. Ele está me aguardando.

O homenzinho adentrou o hall e Loomis abriu-lhe espaço. Ao meu lado, Frederick inspirou fundo, provavelmente por conta daquela quebra de decoro, daquela afronta à autoridade do sr. Loomis. Um outro homem seguiu Noak, muito mais alto e talvez com o dobro do peso, que entrou de costas no hall, baixando, fechando e sacudindo o guarda-chuva. Ele se virou, estendendo o guarda-chuva para Frederick. Esse sujeito era um negro, embora não tão escuro quanto o pajem, e com traços um pouco mais europeus. Ele tirou o chapéu, revelando um cabelo grisalho cortado rente. Seus olhos escuros examinaram a entrada, pousando por um instante em mim.

— Entregue meu cartão ao sr. Frant — disse Noak, desabotoando o paletó e enfiando a mão em um bolso interno. — Espere um momento. Vou escrever algo no verso.

O mordomo nem ao menos tentou impedi-lo. O homenzinho tinha uma autoridade natural que causaria inveja a qualquer diretor de escola. Ele encontrou um lápis no colete e escreveu com rapidez no verso do cartão. O negro aguardou, com o chapéu nas mãos. O guarda-chuva pingava no chão. Frederick ergueu o pescoço, tentando ver o que Noak estava escrevendo. Desloquei-me para mais perto da sra. Kerridge para ter uma melhor visão dos acontecimentos. Ela ergueu os olhos para mim e esfregou a verruga em um dos lados do seu queixo.

Noak deu o cartão a Loomis.

— Muito agradecido. — Ele entregou o chapéu para Frederick.

Loomis bateu na porta da biblioteca e entrou. Ficaram todos em silêncio no hall. Noak deu as costas para Frederick e levantou os braços, para que o criado o ajudasse a tirar o paletó. O negro estava parado como um poste, com os olhos fixos em algum ponto atrás da cabeça da sra. Kerridge.

A porta da biblioteca tornou a abrir e, para minha surpresa, o próprio sr. Frant apareceu, seu rosto iluminado por um sorriso de boas-vindas. A cabeça do negro girou na direção do sr. Frant, e sua expressão tinha algo de calculista, que me fez lembrar a maneira como fazendeiros avaliam um bezerro ou uma égua no mercado. Naquela hora, aquilo não me pareceu importante — e por que deveria? Somente mais tarde compreendi o que estava de fato acontecendo no hall da casa na Russell-square.

— Meu caro senhor — disse Frant, indo de encontro a Noak com a mão estendida —, que grande honra. Eu não o esperava tão cedo, embora tenha deixado um recado com o meu assistente para o caso de darmos sorte. O senhor fez baldeação em Liverpool, eu presumo.

— Sim, senhor. Chegamos pouco depois do meio-dia.

— Mas onde está a minha educação — Frant soltou a mão de Noak e virou-se para a sra. Frant, que estava de pé atrás dele, no batente da porta. — Minha querida, permita-me lhe apresentar o sr. Noak, de Boston, nos Estados Unidos. Já me ouviu falar bastante dele — ele é amigo dos Allans e de muitos dos nossos amigos americanos. E esta, senhor, é a sra. Frant.

Ela corou convenientemente e fez reverência.

— Como vai, senhor? O senhor deve estar exausto depois desta longa viagem.

— E este é o meu filho — Frant prosseguiu antes que Noak pudesse responder. — Charles, venha cumprimentar o sr. Noak.

É preciso admitir pelo menos uma coisa em relação aos nobres: eles sabem se unir para se defender diante de estranhos. Você jamais imaginaria que os Frant não eram a família mais feliz do mundo se visse a maneira como eles se comportavam. A sra. Frant acariciava o cabelo do filho e sorria primeiro para o convidado e depois para o marido. Acredito que o único sintoma da sua agitação interna era a respiração: parecia-me que seu peito subia e descia mais rápido do que o natural.

— Charles já vai voltar para a escola — disse o sr. Frant. — Por favor, dê-lhe licença.

Noak inclinou a cabeça.

— Não gostaria de ser eu a interromper a educação de um jovem.

Ele olhou rápida e desinteressadamente para a minha direção; Frant não me considerou digno de ser apresentado. A sra. Frant sorriu de forma deslumbrante para o sr. Noak, pegou o menino pelos ombros e o guiou até a sra. Kerridge.

— Charlie e o sr. Shield estão de partida — murmurou a sra. Frant. — Cuide para que eles levem algo para comer. — Ela acrescentou de súbito, ainda sussurrando. — Mas eles devem partir sem demora, Kerridge, já está tarde. Já atrasamos demais o sr. Shield.

A sra. Kerridge fez reverência.

A sra. Frant se voltou para mim.

— Confio meu filho aos seus cuidados, senhor. Perdoe-me se lhe causei alguma inconveniência.

Fiz uma mesura, sentindo meu próprio rosto corar. Você precisa entender que ela era linda, e que sua beleza tinha o poder de conferir encanto às palavras mais banais. Em sua presença, eu era como um homem no deserto que topa com uma lagoa de água fresca cercada de palmeiras. Você não conseguirá compreender nada do que virá daqui para frente se não entender isso.

— Como o senhor chegou até aqui? — ela perguntou.

— Aluguei uma carruagem, senhora. Ela está lá fora.

— Mande-lhes dar a volta até a porta dos fundos. Vai ser... vai ser mais rápido do que pela porta da frente.

Mais rápido, e mais discreto. Ela abraçou o filho. Seu marido e o sr. Noak conversavam sobre o aborrecimento que é viajar fazendo baldeações, à mercê dos cavalos exaustos de estranhos. Olhei para o ângulo entre seu pescoço e seu ombro e imaginei como devia ser macia a pele, e qual seria o cheiro dela.

A sra. Frant empurrou Charles para longe dela com cuidado.

— Vá com o sr. Shield, Charlie. E escreva sempre.

— Mas mamãe...

— Vá, meu querido. Vá logo.

— Por aqui, mestre Charles. — A sra. Kerridge passou um braço por sobre os ombros magros do menino e o apressou a sair da frente do hall. Olhando de volta para mim, ela acrescentou. — O senhor faria a gentileza de me acompanhar?

Ela sorriu para o homem do sr. Noak, que ainda estava parado, e ainda observava com um interesse solene.

— Eu sou a sra. Kerridge, senhor.

— Salutation Harmwell, senhora. Ao seu dispor.

— Venha se secar no hall dos empregados. Posso lhe oferecer uma bebida enquanto o senhor aguarda?

Ele se deteve por um instante, como se meditasse sobre o significado das palavras dela; então assentiu com uma mesura e, por um momento, sua gravidade se dissolveu em algo que era um quase sorriso.

Imaginava quanto Harmwell falava de inglês. No entanto, ele era sem dúvida um belo homem, fosse qual fosse sua língua. E, sim, a sra. Kerridge também concordava com isso; percebi pela maneira como ela tropeçou na escada, se agarrou aos braços dele e o agradeceu tão gentilmente, em seguida. Notei pela primeira vez que, embora não fosse de forma alguma uma mulher bonita, ela possuía uma aparência boa e madura e um sorriso agradável, quando resolvia usá-lo.

No porão, a cozinheira apareceu e atraiu o jovem Frant para a cozinha para escolher o conteúdo da cesta que levaríamos na viagem de volta à escola. Aguardei na penumbra ao lado da escada, ignorado e me sentindo um tanto idiota. A sra. Kerridge conduziu o sr. Harmwell até o hall dos empregados. Instantes depois ela voltou, pedindo uma garrafa de Madeira e um prato de biscoitos. Ignorando minha presença, ela ergueu um dedo para deter Frederick, que estava saindo para chamar a carruagem.

— O que aquele sujeitinho escreveu no cartão? — ela murmurou. — Você viu?

Ele olhou para os dois lados, e então falou em voz baixa, para combinar com a dela.

— Não pode ter sido mais do que duas ou três palavras. Só consegui ler uma delas. Carswall.

— *Sr.* Carswall?

Frederick deu de ombros.

— Quem mais? — ele deu uma bufada divertida. — A não ser que seja a srta. Flora.

— Não seja atrevido — disse a sra. Kerridge. — Bem, bem. É melhor você ir buscar aquela carruagem.

Enquanto o criado saía, transferi o peso do corpo de um pé para o outro. Minha bota rangeu. A sra. Kerridge olhou rapidamente na minha direção, e então desviou o olhar. Mantive uma expressão tranqüila no rosto. Talvez ela estivesse pensando se eu notara a estranheza daquilo. Se o sr. Frant estava esperando tão ansiosamente a chegada do sr. Noak, por que ele não entregou o cartão simplesmente? E por que o nome de Carswall serviu como Abre-te Sésamo?

O pajem desceu pisoteando as escadas numa velocidade indecorosa.

— Não corra, Juvenal — zangou-se a sra. Kerridge. — É falta de educação.

— A patroa falou pro sr. Loomis mandar a carruagem dar a volta — arquejou o menino. — A do sr. Wavenhoe, quer dizer. Ela vai nela. Ela tá voltando pra Albemarle-street.

Frederick sorriu.

— Eu também não ficaria por aqui se fosse o meu tio que estivesse morrendo, ainda mais se ele fosse podre de rico.

— Já chega, Frederick — disse a sra. Kerridge. — Não cabe a você ficar tagarelando sobre os seus superiores. Se quiser manter esse emprego, é melhor controlar a língua. — Ela se virou para mim, certamente para alertar os demais da minha presença. — Sr. Shield, perdoe-me por fazê-lo esperar aqui embaixo. Ah, aí está o mestre Charles.

O rapaz saiu da cozinha com um cesto coberto por um pano. Frederick avisou que a nossa carruagem estava à porta. Instantes depois, o menino e eu estávamos na estrada de volta para Stoke Newington. Abri a cesta e Charlie Frant chorou silenciosamente no guardanapo que servira de embrulho para o lanche.

— Daqui a um ano — eu disse —, você vai rir disso.

— Não vou, não, senhor — ele retrucou com a voz embargada de tristeza. — Jamais esquecerei este dia.

Disse-lhe que tudo passa, até mesmo as lembranças, e comi galinha fria. Enquanto comia, fiquei pensando se falara a verdade: pois como um homem poderia esquecer o rosto da sra. Frant?

11

O próximo incidente desta história teria sido muito diferente não fosse a semelhança física entre o jovem Allan e Charlie Frant. A semelhança era tanta que o sr. Bransby chegava, às vezes, a confundir os dois.

Um dia após o meu retorno de Londres, castiguei novamente Morley e Quird depois das aulas da manhã. Fiz com que uivassem, e pela primeira vez na vida infligir dor trouxe-me uma melancólica satisfação. Charlie Frant estava pálido, porém calmo. Acredito que o tenham deixado em paz à noite. Morley e Quird não sabiam bem até onde podiam testar meus limites.

Depois do almoço, fui dar uma volta no jardim. Fazia uma tarde agradável e caminhei até as árvores no fim do caminho de saibro. À minha esquerda, havia uma grande cerca viva que separava o gramado da parte do jardim que servia de pátio de recreio para os meninos. O tagarelar ruidoso e indistinto das suas vozes formava um pano de fundo para as minhas reflexões. Então uma voz mais estridente, de súbito muito mais alta do que as demais, como se o seu dono estivesse sendo acossado, penetrou os meus pensamentos.

— Ele é seu irmão, não é? Só pode. Então ele é um bastardinho igual a você?

Outra voz falou. Não consegui entender o que dizia.

— Vocês são irmãos, eu sei que são. — A primeira voz era de Quird, que parecia ainda mais estridente pelo fato de, às vezes, descer para um tom muito grave. — Dois bastardinhos... com a mesma mãe, mas de pais diferentes.

— Vá para o inferno — gritou uma voz que reconheci como sendo de Allan, a raiva deixando sua nasalidade americana mais nítida do que o normal. — Não insulte minha mãe.

— Vou insultar, sim, seu bastardinho traidor. Sua mãe é uma... uma mulher da vida. Um... um colega que a conhece a viu na Haymarket. Ela não passa de uma prostituta.

— Minha mãe está morta — Allan disse baixinho.

— Mentira. Morley a viu, não foi, Morley? Então você é um bastardo e um mentiroso.

— Não sou mentiroso. Minha mãe e meu pai estão mortos. O sr. e sra. Allan me adotaram.

Quird fez um som de desdém com a boca.

— Ah, é? E eu sou o Imperador da China, você não sabia, seu bastardo ianque?

— Vou lutar com você.

— Você? Seu plebeuzinho. Lutar comigo?

— Não se pode lutar sempre com os filhos dos cavalheiros — disse o menino americano. — Por mais que se queira.

Houve um instante de silêncio e, em seguida, o som de um tapa.

— Eu *sou* um cavalheiro! — gritou Quird com o que parecia uma angústia genuína. — Meu pai é um homem da alta sociedade.

— Vamos com calma — interveio Morley, crocitando como um corvo. — Se vocês vão lutar, que seja dentro das regras. — Morley era mais velho que o amigo, um jovem pesadão de 14 ou 15 anos. — Depois das aulas, e você precisa conseguir um ajudante, Allan. Eu vou ser o de Quird.

— Ele vai trazer o outro bastardinho — disse Quird —, o que nós penduramos da janela. Aquilo foi esplêndido, meu caro, mas isso vai ser melhor ainda.

Eu não podia intervir. Desde tempos imemoriais, brigas são comuns nas escolas. Os garotos menores imitavam os maiores. Um estabelecimento como o do sr. Bransby imitava as grandes escolas públicas. As escolas públicas imitavam de um lado a arte nobre do pugilismo e do outro o costume do duelo. Uma coisa era intervir em um episódio de abuso noturno, mas tentar evitar um briga conduzida com a aprovação tácita do sr. Bransby era outra completamente diferente. Confesso que fiquei surpreso com a ternura dos meus sentimentos. Estava perfeitamente acostumado com o fato de que meninos são animaizinhos violentos, que maltratam uns aos outros como filhotes de cachorros.

Durante as aulas da tarde ouvi uma boa quantidade de cochichos. Imaginei que os meninos mais velhos tivessem agarrado com entusiasmo a oportunidade de organizar a luta. Aconselhei-me com meu colega Dansey, que disse, conforme eu esperava, que eu não deveria me envolver.

— Eles não vão lhe agradecer, Shield. Os meninos são criaturas moralmente delicadas. Vão achar que você interferiu em uma questão de honra.

Até a hora do jantar, nada havia acontecido. Isso ficava claro por conta dos rostos ilesos de Quird e Allan e do murmurinho excitado que corria pelas mesas longas.

— Acredito que vá ser depois do jantar — observou Dansey. — Ainda vai haver luz o suficiente e o sr. Bransby já vai ter se retirado para os seus aposentos. Eles terão mais de uma hora para fazer picadinho um do outro antes da hora de dormir.

Não fiquei sabendo do resultado da luta até a manhã seguinte. Não foi nenhuma surpresa. Há casos em que Davi derrota Golias, para a alegria geral, mas são poucos e espaçados. Quird era pelo menos uma cabeça mais alto do que Allan e alguns quilos mais pesado. De braços dados com Morley, Quird chegou de peito estufado para as aulas da manhã. Edgar Allan, por outro lado, trazia dois olhos roxos, as maçãs do rosto esfoladas e os lábios inchados.

Procurei e encontrei motivos para dar tarefas a Morley e Quird que os manteriam ocupados depois das orações todas as noites por uma semana. Às vezes, é mais fácil punir os culpados do que defender os inocentes.

Fui descobrindo aos poucos que a derrota foi reconhecida largamente como honrosa. Dansey contou-me que ouviu dois garotos mais velhos conversando sobre a luta no café-da-manhã: um disse que o ianquezinho era muito valente, ao que o outro replicou que ele lutara como o diabo e que Quird deveria ter vergonha de brigar com um menino tão novo.

— Está vendo, não há mal nenhum nisso — falou Dansey. — Nenhum mesmo.

12

Nos dias que se seguiram, não prestei muita atenção em Charlie Frant e no menino americano. Eu os via, é claro, e notava que não mostravam mais sinais de maus-tratos, ou pelo menos nada além do esperado no caso de garotos pequenos na situação deles. Observava, no entanto, que se sentavam e brincavam quase sempre juntos. Certa vez, ouvi dois rapazes mais velhos fingindo confundir um pelo outro, mas de uma maneira jocosa, que sugeria que a semelhança entre os dois se tornara mais fonte de brincadeiras amigáveis do que de zombaria.

O próximo acontecimento importante dessa história ocorreu no dia 11 de outubro, segunda-feira. Os meninos estavam mais ou menos de folga no período entre o fim das aulas da manhã, às onze horas, e o almoço, duas horas depois. Podiam brincar, escrever cartas ou fazer seus deveres. Também lhes era permitido pedir autorização para ir até a vila.

No entanto, o itinerário deles fora da escola era rigorosamente controlado, ao menos em teoria. O sr. Bransby decretou, por exemplo, entre outras coisas, que os meninos deveriam fazer compras em certos estabelecimentos em detrimento de outros. Somente os meninos mais velhos tinham permissão de comprar álcool, e precisavam de uma autorização especial do sr. Bransby. Os rapazes ignoravam essa regra, geralmente com impunidade, e estavam freqüentemente bêbados nos fins de semana e feriados; e alguns dos mais jovens não tardavam a seguir o exemplo. Mas confesso que fiquei surpreso quando vi Charlie Frant tentando esconder sem sucesso uma garrafa debaixo do paletó.

Eu havia ido até a vila para comprar um cachimbo de tabaco. No caminho de volta à escola, calhei de passar pelo jardim de entrada da pensão em que alugávamos nossas carruagens. O encontro foi realmente inevitável. Parecendo tão furtivos quanto uma dupla de arrombadores, Frant e Allan se esgueiraram do jardim, parando exatamente na minha frente. Eu estava à esquerda dos dois, mas a atenção deles estava voltada para a escola, à direita; em outras palavras, para o lugar de onde esperavam vir a encrenca. Frant literalmente topou comigo. Vi o choque se espalhar pelos seus rostos.

— O que vocês estão escondendo aí? — perguntei com firmeza.

— Nada, senhor — respondeu Charlie Frant.

— Não seja tolo. Parece bastante com uma garrafa. Dê para mim.

Ele me entregou. Puxei a rolha e funguei. O conteúdo cheirava a frutas cítricas e álcool.

— *Rum-shrub*, hem?

Os meninos me encararam com os olhos arregalados, apavorados. *Rum-shrub* era umas das bebidas favoritas entre os rapazes mais velhos da Manor House School, pois a combinação de rum com açúcar e suco de laranja ou limão era uma maneira barata, doce e rápida de se embriagar. Mas não era uma bebida comum entre meninos de 10 anos.

— Quem mandou vocês comprarem isso? — perguntei.

— Ninguém, senhor — disse Frant, olhando para os sapatos e corando.

— Bem, Allan, a sua memória está funcionando melhor?

— Não, senhor.

— Neste caso, ficaria muito agradecido se você dois fossem me encontrar depois do jantar. — Enfiei a garrafa no bolso do paletó. — Tenham um bom dia.

Segui adiante, rodando minha bengala e imaginando qual dos rapazes mais velhos teria mandado os dois. Eu teria que castigar Allan e Frant, só pelo aspecto da coisa. Allan e Frant me seguiram pelo quarteirão. Olhei para trás a tempo de ver um homem vindo atrás deles. Era alto e vestia um paletó azul com botões de metal.

— Garoto — disse o homem, pegando Charlie pelo braço com a mão grande e agachando-se para olhar no seu rosto. — Venha cá, deixe-me dar uma olhada em você.

O rosto dele estava na direção oposta à minha, mas era a voz que era um tanto familiar — profunda, rouca e audível, embora o tom estivesse pouco acima de um sussurro. Devia ter me visto mais à frente, mas sem perceber minha relação com os meninos.

— Solte-me — disse Charlie, tentando se livrar.

— Você vai fazer o que eu digo, meu garoto, porque...

— Solte-o, senhor — gritou Allan com sua voz aguda. Ele agarrou o outro braço de Charlie e tentou libertá-lo.

Charlie me viu.

— Senhor! Sr. Shield!

O homem ergueu a bengala. Não sabia ao certo qual menino ele queria atingir. Em vez de esperar para descobrir, gritei e comecei a correr.

— Já chega, senhor. Deixe os garotos em paz.

Ele soltou Charlie e virou na minha direção.

— E quem diabos é você?

— O professor deles.

Ele franziu a testa. Seus olhos estavam escondidos por óculos escuros. Não podia dizer se ele me reconhecera ou não.

— Maldito seja.

— Dê o fora. Ou vou chamar a polícia.

O rosto do homem mudou: era como se os traços se dissolvessem em uma poça de carne descolorida.

— Não queria fazer mal, senhor, eu juro. Não tem pena de um velho soldado? Só queria saber se esses jovens cavalheiros poderiam me conseguir o dinheiro de uma bebida.

Suprimi a tentação de dar a garrafa de *rum-shrub* para ele. Em vez disso, ergui a bengala. Ele balbuciou algumas palavras que não consegui entender e foi embora rapidamente, com os ombros curvados.

Charlie Frant olhou para mim com os olhos da mãe.

— Obrigado, senhor.

— Sugiro que voltem à escola antes que arranjem mais problemas — eu disse.

Eles saíram correndo pela alameda. Fiquei pensando se devia interpelar o homem, mas ele já havia sumido de vista. Então segui os meninos, andando devagar e quebrando a cabeça para encontrar alguma explicação, ao mesmo tempo em que pensava se era de fato necessário haver uma. O que tínhamos era um velho patife, disse a mim mesmo, um bêbado espreitando uma pensão na esperança de conseguir um trago. Sem dúvida ele vira dois meninos saindo com uma garrafa de *rum-shrub* e os seguiu como um caçador segue sua caça.

Era a coisa mais natural do mundo, pensaria qualquer homem, não há nada de estranho. Mas havia algo de estranho para mim. Não tinha certeza, mas acreditava já ter visto o sujeito antes. Não era ele o homem que havia me abordado na semana anterior em frente à casa do sr. Allan na Southampton-row? O paletó e o chapéu eram diferentes, e o sotaque também; mas a voz em si era parecida, e também os óculos azuis e a barba como o ninho de um pássaro desleixado.

13

Escolhi o caminho dos covardes e desisti da questão. Depois do jantar, açoitei os meninos da forma mais leve que pude, embora mantendo a compostura. Os dois me agradeceram no fim, conforme mandava o costume. Allan estava pálido, mas, a não ser pelos gemidos que dava quando a vara descia, não demonstrou dor. Frant chorou em silêncio, mas desviei os olhos para que ele não soubesse que testemunhei seu momento de fraqueza. Ele era o mais dócil dos dois, e seguia Edgar Allan para onde ele fosse.

O sr. Bransby geralmente trocava algumas palavras com Dansey e eu quando o encontrávamos antes das orações da noite. Naquela noite, aproveitei o encontro para dizer a ele que Frant e Allan haviam sido abordados por um bêbado na vila à tarde. Acrescentei que estava presente para lidar com o homem, de modo que nada de mal aconteceu.

— O senhor está dizendo que ele atormentou o jovem Frant? — Bransby estava com pressa. (Ele nunca se demorava antes ou depois das orações da noite, pois jantava logo em seguida.) — Bem, não aconteceu nada de mal. Folgo em saber que o senhor estava por perto para dar conta dele.

— Creio ter visto o vagabundo na cidade alguns dias atrás, senhor. Ele afirmou conhecer o pai de Allan.

— Esses sujeitos tentam a sorte em qualquer lugar. Onde estão os magistrados, que os deixam andar pelas ruas e molestar cidadãos honestos?

O sr. Bransby não disse mais nada naquela ocasião. Mas deu seqüência ao assunto na semana seguinte. No dia 20, ele quis que eu fosse vê-lo depois das aulas da manhã.

— Sente-se, Shield, sente-se — ele disse com incomum afabilidade, cheirando uma pitada de rapé e espirrando. — Recebi uma carta da sra. Frant a seu respeito. Parece que o mestre Charles enviou para ela um relato bastante parcial do seu confronto com o vagabundo naquele dia. Ao que tudo indica, o senhor é um herói entre os meninos mais jovens.

Inclinei a cabeça, mas não falei nada.

— Há também a questão de que amanhã é o décimo quarto aniversário da Batalha de Trafalgar e, portanto, meio feriado para a escola.

Eu sabia muito bem disso, assim como todos na escola. O sr. Bransby tinha um sobrinho que havia se destacado no exército, lutara em Trafalgar e certa vez apertara a mão do próprio Lord Nelson. Assim, o sr. Bransby tinha grande respeito pelos feitos da Marinha Real.

— A sra. Frant propõe que o menino passe o meio feriado com ela em Londres. Allan também foi convidado. Fui informado de que ele também teve um desempenho heróico na grande batalha de Stoke Newington.

Bransby lançou-me um olhar cheio de expectativa. Ele não era um humorista sutil, tampouco habitual, e seus esforços me irritavam de tal forma que tudo o que consegui produzir foi um sorriso sem graça.

— Além disso — ele prosseguiu —, a sra. Frant sugeriu que o senhor acompanhasse os rapazes. Espero que não considere isso uma inconveniência.

Fiz uma nova mesura e disse que não haveria o menor problema.

Na tarde seguinte, a carruagem estava a nossa espera depois do almoço dos meninos. Tanto Charlie Frant quanto Edgar Allan estavam muito entusiasmados e ansiosos para se verem fora da escola.

— Você vai visitar seus pais enquanto estiver na cidade? — perguntei ao menino americano.

— Não, senhor. Eles estão viajando.

— E eles não são os pais dele, senhor — disse Charlie, contorcendo-se de entusiasmo por ser dono de uma informação que acreditava que eu não tivesse. — São pais adotivos.

Olhei para Edgar.

— É mesmo?

Charlie corou.

— Eu não devia ter contado? Você se importa, Edgar?

— Não é segredo — Allan se virou para mim. — Sim, senhor, meus pais morreram quando eu era criança. O sr. e a sra. Allan trouxeram-me para o seu lar e sempre me trataram como um filho.

— Tenho certeza de que você retribui a bondade deles — respondi e gesticulei aleatoriamente para o mundo além da janela da carruagem dos Frants. — Aquilo é uma andorinha comum ou uma andorinha-dos-beirais?

A distração foi improvisada, porém, bem-sucedida. Conversamos sobre outras coisas no restante da viagem. Quando chegamos a Russell-square, fui até a casa com os meninos para saber quando a sra. Frant queria que eu os trouxesse de volta. Loomis, o mordomo, quis que eu subisse com os dois. Ele nos conduziu até a sala de estar. A senhora Frant estava sentada a uma das janelas com um livro nas mãos. Charlie, sem dúvida porque Allan e eu estávamos presentes, foi bastante frio e comedido com ela, mais se submetendo ao abraço da mãe do que o retribuindo. Instantes depois, ela se voltou para mim com a mão estendida.

— Devo agradecê-lo, senhor — ela disse —, tremo só de pensar o que poderia ter acontecido a Charlie se não estivesse por perto para ajudá-lo.

— A senhora não deve exagerar o perigo em que ele estava — eu disse, pensando que a mão dela era macia e quente como um pássaro vivo.

— Mas uma mãe jamais poderia exagerar os perigos que rondam seu filho, sr. Shield. E este é Edgar Allan?

Enquanto ela apertava a mão de Allan, Charlie disparou:

— O avô dele era soldado, mamãe, igual ao meu. Talvez eles tenham se enfrentado. Ele era um general no Exército Revolucionário Americano.

A sra. Frant olhou curiosa para Edgar.

— Sim, senhora. Quer dizer, ele era conhecido como general Poe entre os amigos e vizinhos, mas o sr. Allan, meu pai adotivo, me informou que este não era de fato o posto dele. Creio que ele era major.

— E mãe dele foi uma famosa atriz inglesa — Charlie prosseguiu, embora eu percebesse que a conversa estava encabulando um pouco Edgar.

— Que fascinante — disse a sra. Frant. — Você vem de uma família talentosa. Como ela se chamava?

— Elizabeth Arnold, senhora. Embora fosse inglesa, ela atuava sobretudo nos Estados Unidos. E foi lá que morreu.

— Pobre criança. — Ela mudou de assunto. — Talvez vocês devessem visitar o cozinheiro antes de qualquer coisa. Não ficaria surpresa se ele tivesse algo pronto para vocês.

Os meninos saíram ruidosamente da sala, felizes em escapar da presença dos seus responsáveis, e pela primeira vez fiquei totalmente a sós com a sra. Frant. O vestido dela farfalhava à medida que ela se afastava da janela, atravessava a sala e se sentava em uma poltrona grega de mogno entalhado. O ar se deslocou à minha volta quando ela passou e senti seu perfume. Fui tomado por um desejo louco de me ajoelhar aos seus pés, enlaçá-la com os braços e afundar a cabeça na maciez doce do seu colo.

— Gostaria de um pouco de chá, sr. Shield? — ela perguntou.

— Não senhora, obrigado — falei abruptamente, e me apressei a suavizar a recusa com uma mentira. — Tenho vários assuntos para resolver. Quando a senhora gostaria que eu retornasse?

— Pedi a carruagem para as seis e meia. Mas se quiser chegar antes, talvez às seis, os meninos estarão jantando, e o senhor poderia juntar-se a eles. — Sua pele clara ganhou um delicioso tom rosado, e ela começou a falar mais rápido. — Eu o convidaria para a ceia, mas meu marido prefere cear mais tarde.

Fiz uma mesura em agradecimento à sua condescendência e me despedi logo em seguida. Quando já estava em segurança, com a porta da sala de estar fechada às minhas costas, levei a mão à testa e senti o suor. Estava aterrorizado pela intensidade do meu desejo.

Desci lentamente os degraus de pedra até o hall. Loomis estava me esperando no fim da escada. À medida que me aproximava, ele tossiu discretamente.

Segui o empregado até a sala de leitura nos fundos do hall. Ele bateu na porta, a abriu e me anunciou. O sr. Frant estava sentado à escrivaninha, da mesma forma que o encontrara na visita anterior. Desta vez, no entanto, minhas boas-vindas foram muito mais cordiais. Ele ergueu os olhos da carta que estava lendo e um sorriso se espalhou pelo seu rosto pálido.

— Sr. Shield, que prazer vê-lo. Por favor, sente-se. Não irei tomar muito do seu tempo — ele dobrou a carta e a trancou em uma gaveta. — Minha esposa me disse que o senhor nos prestou um grande serviço alguns dias atrás.

— Não foi nada demais, senhor — eu disse, encabulado por conta de os Frants estarem dando tanta importância ao incidente.

— De qualquer forma, estou muito agradecido. Diga-me, o senhor poderia me descrever o que aconteceu exatamente?

Expliquei que um rapaz mais velho havia incumbido Frant e Allan de uma tarefa na vila — não considerei prudente me estender sobre a natureza dela — e que o homem se aproximou deles na volta. Acrescentei que tive a sorte de presenciar o instante em que ele abordou os meninos.

— O que ele fez exatamente, sr. Shield?

— Ele agarrou Charles pelo braço.

— Por que faria isso se fosse um mendigo? Não seria mais comum ele pedir dinheiro?

— Ele estava provavelmente desorientado, senhor. Havia bebido. Não sei dizer se pretendia ser violento ou se queria apenas chamar a atenção dos meninos e pedir dinheiro. O jovem Allan tentou puxar Charles.

— É um rapaz corajoso. O homem tinha uma bengala, certo?

— Sim, senhor.

— E ele o ameaçou?

— Sim, senhor, mas sem resultado. Eu também trazia uma bengala e creio que mesmo sem ela não estaria em apuros.

— Meu filho disse à mãe que o homem era bem maior do que o senhor.

— É verdade, senhor, mas, por outro lado, eu sou bem mais jovem.

Henry Frant virou de lado para apontar um lápis.

— O senhor poderia satisfazer um pouco mais a minha curiosidade e descrevê-lo?

— Era bem mais alto do que a média e tinha uma barba desgrenhada. Usava óculos azuis e um paletó azul com botões de metal e, se bem me lembro, calças marrons. Ah, e um chapéu de três bicos e peruca — hesitei. — E mais uma coisa, senhor. Não tenho certeza absoluta, mas acredito que já o tenha visto antes.

— Não acredito! Onde?

— Na Southampton-row. Foi no dia em que vim buscar o seu filho na primeira vez que ele foi para a escola. No caminho, levei Edgar Allan até a casa dos pais. O homem estava perambulando por lá e perguntou-me quando eu estava partindo e se aquela era a casa do sr. Allan, e então foi embora às pressas.

Frant bateu com o lápis nos dentes.

— Se ele estava interessado no filho de Allan, por que agarrou o meu? Não faz sentido.

— Não, senhor. Mas os meninos são parecidos. E notei que o homem se curvou para olhar para mim.

— Então o senhor teve a impressão de que ele enxergava mal? Talvez. Serei franco, sr. Shield. Um homem na minha posição faz inimigos. Sou um banqueiro, compreende? E banqueiros não podem agradar a todos o tempo todo. Há também a questão de que certas mentes depravadas podem pensar em raptar o filho de um homem rico para extorquir dinheiro. Essa agressão pode não passar de uma casualidade, um ato não planejado de um bêbado. Ou pode ser que o homem estivesse mais interessado no filho do sr. Allan. Mas ainda resta uma terceira possibilidade: a de que ele tenha bolado algum plano contra o meu filho, ou até mesmo, a longo prazo, contra mim.

— A julgar pelo pouco que vi dele, senhor, eu duvidaria da sua capacidade de colocar qualquer tipo de plano em prática, a não ser, talvez, o de levar um copo ou uma garrafa à boca.

Frant soltou uma gargalhada.

— Gosto de homens que falam sem rodeios, sr. Shield. Posso lhe pedir que não comente nossa conversa com a minha esposa? Especulações dessa natureza fatalmente lhe aborreceriam.

Fiz uma mesura.

— Pode confiar em mim, senhor.

— Fico agradecido, sr. Shield — Frant olhou para o relógio sobre a lareira. — Mais uma coisa, para me tranqüilizar, eu gostaria de encontrar esse sujeito e fazer algumas perguntas a ele. Caso o veja novamente, o senhor teria a gentileza de me informar? Bem, não vou mais impedi-lo de gozar o seu meio feriado.

Ele apertou minha mão cordialmente. Instantes depois, eu seguia para Holborn. Minha mente rodopiava. Existe algo de muito gratificante em ser tratado com civilidade pelos ricos e sofisticados. Sentia-me eu mesmo um homem refinado.

Talvez, pensei enquanto andava sob o sol de outono, minha sorte estivesse mudando. Com o sr. a sra. Frant como patrões, o que não poderia conseguir?

14

A tarde mudou inesperadamente de rumo enquanto eu descia a Long Acre a caminho de Gaunt-court e dos seis xelins da sra. Jem, o restante da quantia que havíamos combinado pelos bens da minha tia Reynolds. Parei para comprar uma botoeira e, enquanto a mulher a costurava à minha lapela, olhei por sobre o ombro dela para o caminho pelo qual viera. Vi a uns vinte metros de distância, muito claramente, o homem da barba desgrenhada.

Como se percebesse que eu o reconhecera, ele se esgueirou para as sombras da entrada de uma loja. Dei um *penny* para a mulher e voltei correndo pela rua. Ele saiu às pressas da entrada da loja e pegou uma das travessas que seguiam para Covent Garden.

Sem refletir, comecei a segui-lo. Agi por impulso — em parte, sem dúvida, porque o sr. Frant queria saber mais sobre o homem, e acolhi com prazer a oportunidade de agradá-lo. Mas não era apenas isso: era como um gato perseguindo a ponta de um novelo; fui ao encalço do homem não por que queria pegá-lo, mas porque ele se movia.

O comércio estava em vias de fechar. Abrimos caminho aos encontrões por um mar revolto de pessoas e vegetais. Era uma tremenda barulheira — de rodas revestidas de ferro e cascos no asfalto, de meia dúzia de realejos, cada um tocando uma melodia diferente, de pessoas praguejando, gritando e anunciando seus produtos. Apesar da sua idade, peso e condição, minha presa era impressionantemente ágil. Ziguezagueamos pelo mercado, onde ele tentou se esconder atrás de uma barraca de laranjas. Encontrei-o, mas ele me viu e fugiu novamente. Pulou como um cão de caça por sobre um carrinho de cocos, passou pela igreja e dobrou para a entrada da Henrietta-street.

Mas havia um monte de folhas de repolho podres na esquina e foi isto, literalmente, que o derrubou. Escorregou, caiu e, embora tenha tentado se levantar, seu tornozelo cedeu e ele desabou novamente, praguejando. Ergui-o pelo ombro. Ele ajeitou os óculos e olhou para mim, o rosto vermelho por conta do esforço.

— Não quis fazer mal, senhor — ele arquejou naquela voz absurdamente gutural. — Juro por Deus, não quis fazer mal.

— Então por que saiu correndo?

— Tive medo, senhor. Pensei que fosse chamar a polícia.

— Então por que me seguiu?

— Porque... — ele se interrompeu. — Não importa — a voz dele ganhou um tom mais harmonioso e as palavras que se seguiram entraram em uma cadência, como se fossem repetidas com freqüência:

— Dou-lhe minha palavra, senhor, de cavalheiro para cavalheiro, que sou completamente inocente. É verdade que estou numa fase ruim, mas a culpa não é minha. Não tenho dado sorte na escolha dos companheiros, talvez, e tenho sido amaldiçoado por ter um espírito generoso, por uma tendência fatal de confiar nos meus iguais. Porém...

— Já chega, senhor — interrompi. — Por que vem me seguindo?

— Não se pode negar os sentimentos de um pai — ele disse, batendo no peito com as duas mãos. — O coração que bate nesse peito é o de um cavalheiro de uma antiga e distinta família irlandesa.

A essa altura ele se ajoelhava na sarjeta, e um cinturão de curiosos se juntava ao nosso redor para assistir ao espetáculo.

— Raio de vagabundo — gritou um garoto de rua. — Está lelé da cuca.

— O senhor deve estar se perguntando qual foi a maior das minhas perdas — prosseguiu meu companheiro. — Terá sido a perda do meu patrimônio? A partida forçada da minha terra natal? A certeza amarga de que minha reputação foi manchada injustamente por homens indignos de engraxar meus sapatos? Terá sido o desencanto com minha profissão e a perda da esperança, por conta da inveja desenfreada dos outros, de reconquistar minha fortuna através do meu próprio esforço? A morte da minha amada esposa? Não, senhor, por mais terríveis que tenham sido essas coisas, nenhuma delas foi o pior dos golpes que recebi — ele ergueu o rosto para os céus. — O céu é minha testemunha, nenhuma tristeza se compara à perda dos meus querubins, das minhas adoradas crianças. Eu tinha dois belos filhos e uma filha, destinados a serem a alegria da minha maturidade e o arrimo da minha velhice. Ai de mim, eles me foram roubados — ele parou para enxugar os olhos com a manga do paletó.

— Se isso fosse uma peça — disse outro espectador —, eu não pagaria um *penny* para vê-la. Não pagaria meio *penny* que fosse. Nem um quarto de *penny*.

— Seu canalha repugnante! — urrou o homem, brandindo o punho para o garoto. Mais uma vez ele ergueu o rosto para os céus. — Por que, meu Deus? — questionou. — Por que revelo meus sentimentos mais profundos diante da ralé?

— Quem é você para nos ofender? — falou outra voz.

— O cavalheiro não está bem — eu disse com firmeza.

— Não está mesmo. Está biruta.

— Talvez esteja um pouco desorientado — reconheci, ajudando meu prisioneiro a se levantar.

O homenzarrão começou a chorar.

— O rapaz está falando apenas a verdade, senhor — ele disse, apoiando-se de tal forma em mim que eu mal conseguia suportar o seu peso. — Não negarei que na minha tristeza tenha ocasionalmente buscado conforto em um copo de conhaque — ele aproximou os lábios da minha orelha. — A propósito, já que o senhor mencionou, uma pequena dose de algo quente seria um excelente profilático contra esse friozinho de outono que estou começando a sentir.

Eu o conduzi, resmungando em meu ouvido, pela Henrietta-street. A multidão se afastou de nós, pois o homem já não era mais divertido. Na Bedford-street, ele me fez ir até uma taberna, onde sentamos um de frente para o outro em um canto. Meu convidado me agradeceu pela hospitalidade e pediu conhaque e água. Pedi uma cerveja. Quando a moça trouxe os drinques, ele ergueu o copo na minha direção e disse:

— À sua saúde, senhor — ele deu uma bela golada e então olhou curioso para mim. — O senhor não está bebendo.

— Estou pensando se devo mandá-lo para a cadeia e dar queixa contra o senhor — eu disse. — Infelizmente, serei obrigado a isso se não me revelar a origem do seu interesse em mim e nos garotos que tocaiou em Stoke Newington.

— Ah, meu caro senhor — ele espalmou as mãos. Estava mais calmo, quase à vontade, e o tom melífluo da sua voz contrastava estranhamente com seu desalinho. — Mas eu já expliquei. Ou melhor, estava no meio da explicação quando aquele bando de facínoras me interrompeu.

— Não consigo entender.

— O menino, ora — ele disse com impaciência. — O menino é meu filho.

15

Voltei para Russell-square pouco depois das seis horas, tendo perdido os seis xelins da sra. Jem; na verdade, graças ao sr. Poe, eu estava mais pobre do que antes e adquirira uma pequena dor de cabeça. O criado, Frederick, que eu conhecera antes, atendeu à porta. Pedi para ele averiguar se o seu patrão estava disponível. Instantes depois, o sr. Frant desceu as escadas, perguntou como eu estava com extrema cordialidade e me conduziu até a sala de leitura.

Olhou de modo penetrante para mim e pareceu adivinhar no meu semblante o motivo da minha presença.

— O senhor tem informações sobre o homem que agrediu Charles?

— Sim, senhor. Depois de sair daqui, fui caminhando para a Leicester-square. Ao que parece ele estava perambulando pelas cercanias, e me seguiu. — Pontos corados surgiram nas faces lívidas de Frant.

— Por que ele faria isso? É no senhor que ele está interessado?

— Creio que não. Eu o vi atrás de mim por acaso. Ele correu mas eu o segui.

Frant fez um movimento impaciente com a mão, instando-me a ser breve.

— Em linhas gerais, eu o alcancei e em seguida paguei-lhe uma bebida. Ele me segredou que é um irlandês-americano que caiu em desgraça. Seu nome é Poe, David Poe. A família acredita que ele está morto.

— E o que ele quer com o senhor e com os meninos?

— O objeto de interesse dele é Edgar Allan, senhor, e ele esperava que eu pudesse guiá-lo até o garoto essa tarde. Ele alega que os Allans são meramente pais adotivos — o que ouvi da boca do próprio menino, por sinal — e que Edgar é na verdade seu filho. Contou-me que as circunstâncias o forçaram a abandonar a esposa em Nova York, e que ela morreu logo em seguida em Richmond, Virginia, deixando três crianças.

— Supondo que ele esteja dizendo a verdade, o que quer do filho? Dinheiro?

— Muito possivelmente. Entretanto, ele talvez não tenha agido apenas em interesse próprio.

Frant soltou sua gargalhada.

— O senhor não está sugerindo que ele tenha sentido de repente o peso das suas responsabilidades como pai?

— Não... mas um homem pode às vezes agir por mais de um motivo. Talvez esteja curioso. Pode haver um vestígio de ternura nele. Ele me disse que queria tão-somente ver o menino, ouvir sua voz.

Frant fez que sim com a cabeça.

— Fico mais uma vez agradecido, sr. Shield. Onde ele mora? O senhor conseguiu descobrir?

— Ele se recusou a dar o endereço exato. Vive em St. Giles. Como o senhor sabe, aquilo é um perfeito labirinto de becos e quadras, e ele duvidou que eu conseguisse encontrar sua casa mesmo que dissesse onde ela ficava. Mas informou-me que está sempre em uma taberna local chamada Fountain. É lá que tira o seu sustento.

— Ele está empregado?

— Como escriba.

Frant deu de ombros.

— E bebe todo o dinheiro, sem dúvida.

Ele ficou em silêncio e deu uma volta na sala. Logo em seguida, disse:

— Então o senhor me prestou um segundo serviço, sr. Shield. Posso lhe pedir para prestar um terceiro?

Fiz uma mesura.

— Ficaria grato se o senhor fosse de uma discrição absoluta quanto a este assunto. Em todos os aspectos, esta é uma questão delicada. Nem tanto no que diz respeito a você ou a mim, mas para outras pessoas. Nos meus negócios, tenho muito contato com o sr. Allan, e sei que ele gosta muito do menino e o trata como um filho. A chegada de alguém que diz ser o pai natural do rapaz seria um choque profundo. Na verdade, sei que a sra. Allan não está bem de saúde, e um choque desses poderia matá-la.

— O senhor acha que o sr. Poe pode ser um impostor?

— É possível. Algum patife americano, talvez, que sabe da fortuna do sr. Allan, da sua generosidade para com o menino e do afeto que dispensa a ele. Mas também temos que levar em consideração o sr. Bransby, concorda? Caso esta questão se torne pública, assim como o fato de que um velhaco irlandês de St. Giles atacou meninos que estavam aos cuidados dele, não creio que o efeito sobre a escola venha a ser positivo. Uma escola é como um banco, sr. Shield; deve haver uma confiança mútua entre a instituição e seus clientes, nesse caso, entre a escola e os pais que pagam as mensalidades. Se um boato sobre esta questão ganhar a rua, ele vai se espalhar a passos largos, e sem dúvida será exagerado no processo.

— Então o que devemos fazer, senhor? — Eu estava ciente, conforme o sr. Frant sem dúvida esperava que eu estivesse, que meu bem-estar estava até certo ponto ligado ao bem-estar da escola, e que se os lucros do sr. Bransby diminuíssem, o mesmo aconteceria com a dimensão do seu estabelecimento.

— Também estou atento ao fato de que o jovem Edgar Allan se tornou amigo do meu filho — Frant prosseguiu, como se pensasse alto, como se eu não houvesse falado. — Assim, levando tudo em consideração, acredito que devamos encorajar o *soi-disant* sr. Poe a... ah... negligenciar seus deveres de pai. Vou garantir que ele saia lucrando com isso, é claro — ele me mostrou um sorriso repentino e encantador. — O sr. Bransby sem dúvida sabe escolher seus assistentes. Se um dia enjoar da docência, sr. Shield, não deixe de me informar. Sempre há lugar para jovens de talento e discrição.

Vinte minutos depois, os meninos e eu saímos daquela casa enorme e luxuosa na Russell-square. Os garotos conversavam alegremente sobre o que haviam feito e o que tinham comido. Sentei-me no meu canto, desfrutando do cheiro do couro e do aroma fraco do perfume da sra. Frant. Confesso que durante o dia minha opinião sobre Henry Frant mudara consideravelmente. Antes o considerava um homem orgulhoso e irritante. Agora sabia que ele possuía um lado mais amistoso. Entretive-me com um sonho agradável no qual o sr. Frant usava sua influência para me conseguir um trabalho fácil e bem remunerado no Whitehall ou levava-me para o banco Wavenhoe para trabalhar como seu assistente. Coisas estranhas aconteciam, disse a mim mesmo, então por que elas não poderiam acontecer comigo?

16

Minha ingenuidade era tanta que acreditei que o sr. Rowsell, o advogado da minha tia, tivesse subitamente passado a gostar de mim. A prova aparente disso veio na forma de um convite para jantar.

Ele escreveu que havia outro documento relacionado à herança da minha tia que eu deveria assinar. E que, além disso, havia refletido sobre qual seria a melhor maneira de eu dispor das minhas modestas economias. Acreditava que estava em posição de me oferecer alguns conselhos, caso eu achasse necessário. A não ser que preferisse encontrá-lo na Lincoln's Inn, a sra. Rowsell ficaria feliz se eu pudesse jantar com eles em um sábado de minha escolha. Ele compreendia, é claro, que no momento eu não era dono do meu tempo, mas que sem dúvida meu patrão entenderia como seria melhor se a distribuição da herança fosse concluída o quanto antes.

Os Rowsells viviam na Northington-street, no bairro de Theobalds-road. Aos sábados, o sr. Rowsell ia a Lincoln's Inn pela manhã e eles jantavam às cinco. Quando cheguei, a sra. Rowsell fez uma breve aparição, com a face corada, limpando as mãos farinhentas no avental. Era uma senhora roliça, consideravelmente mais jovem que o sr. Rowsell. Depois de me cumprimentar, ela pediu licença e retornou à cozinha.

O sr. Rowsell parecia ter esquecido o verdadeiro propósito da minha visita. Chamou as crianças, que estavam com a mãe. Eram quatro, o mais novo com 3 anos e o mais velho com 9. Resfolegando, ele nos conduziu à sala de estar no primeiro piso, onde fiz o que pude para entreter o menino e a menina mais velhos com truques de cartas e afins.

O jantar foi servido em uma varanda na frente da casa. A sra. Rowsell estava visivelmente aflita, mas à medida que os pratos foram sucedendo sem incidentes ela ficou mais alegre. Depois de atacarmos uma enorme sobremesa e termos saído derrotados, a toalha foi retirada e a sra. Rowsell nos deixou com o vinho. Enquanto ela dava a volta na mesa, o marido inclinou-se para trás na cadeira e, acreditando que eu não estava vendo, beliscou sua coxa. Ela soltou um grito — "Ui! Sr. Rowsell!" — deu um tapa na mão dele e saiu às pressas da varanda.

O sr. Rowsell sorriu para mim.

— O homem nasceu para o matrimônio, sr. Shield. Os benefícios que ele traz são inestimáveis. Um brinde, senhor! Um brinde! Bebamos a Himeneu!

Foi o primeiro de muitos brindes. Quando terminamos a segunda garrafa de vinho do porto, o sr. Rowsell estava recostado, com uma taça na mão, as roupas afrouxadas, tentando lembrar a letra de uma balada romântica da sua juventude. Transpirava benevolência. Porém, seus pequeninos olhos azuis ficavam me olhando fixamente, de uma maneira que me incomodava, e ocorreu-me que ele talvez estivesse menos bêbado do que queria parecer. Tirei a idéia da cabeça quase imediatamente, pois ele não tinha o menor motivo para me enganar.

Na terceira garrafa, deixou a música de lado e começou a falar com inesperada eloqüência sobre dinheiro, um assunto que o interessava de forma abstrata: fascinava-o, em particular, a sua habilidade de crescer e diminuir aparentemente por vontade própria, sem relação com os bens e serviços aos quais, na teoria, ele se presta. Isso finalmente me deu a oportunidade de levar a conversa ao motivo do convite.

— O senhor escreveu que estava em posição de me dar conselhos sobre como dispor do dinheiro da minha tia.

— Hã? Ah, sim — ele recostou na cadeira e olhou para mim muito solenemente. — Se estivesse em seu lugar, evitaria correr riscos. Lembro-me que assim que nos conhecemos, o senhor mencionou que o seu estimado patrão recomendou-lhe o banco Wavenhoe.

— Sim, senhor.

— Creio que exista algum tipo de ligação pessoal.

— Temos um aluno na escola cujo pai, o sr. Henry Frant, é um dos sócios.

O sr. Rowsell secou a testa rosada e úmida com um guardanapo respingado de molho de carne.

— Creio que o sr. Frant seja o mais jovem dos sócios, mas atualmente é ele o maior responsável pelos negócios.

— Soube que o sr. Wavenhoe não está bem de saúde.

— Lembro-me que o senhor mencionou o fato. Todos sabem que ele está para morrer. Dizem na cidade que é uma questão de semanas.

Pensei em Sophia Frant.

— Sinto muito em ouvir isso, senhor.

— As coisas eram muito diferentes quando Wavenhoe era jovem. Foi o pai dele que fundou o banco. As pessoas da cidade costumavam evitar essas contas do West End, é claro. Sempre digo que quanto mais para o oeste você for maior o lucro, mas maior o risco. Obviamente, ele teve a sorte de conseguir Carswall. Em uma sociedade privada, não se faz nada sem capital — ele olhou sisudo para mim. — Stephen Carswall pode não ser um homem agradável, mas ninguém pode negar que ele tem capital. E perspicácia. Vendeu as plantações de açúcar nos anos noventa, cedo o suficiente para conseguir um bom preço. Guarde bem, muitos homens acharam que ele estava louco. Mas ele conseguia ver o rumo que a maré estava tomando. Aqueles malditos abolicionistas, hã? Uma vez que o tráfico fosse abolido, seria só uma questão de tempo até a própria instituição se ver ameaçada. Quando a instituição ruísse, como de fato ruiu, toda a base econômica das Índias Orientais seria destruída. Mas Carswall já estava um passo à frente. Essa é a beleza do negócio bancário: você só precisa de capital; não tem que se preocupar com terras ou outra propriedade imóvel. Graças a Deus, eles não podem abolir o dinheiro. Embora não me surpreenderia se tentassem — ele empurrou o vinho do Porto na minha direção. — Mas onde eu estava?

— O senhor descrevia como o sr. Carswall se tornou sócio do sr. Wavenhoe. Ele atuava diretamente no gerenciamento do banco?

— Deixava isso nas mãos de Wavenhoe a maior parte do tempo, até onde sabe a cidade, pelo menos. Mas o que acontecia por debaixo dos panos pode ser outra história. Carswall tem muitos amigos na América, especialmente nos estados do sul, e eles fizeram muitos negócios por lá. E se saíram muito bem no Canadá, apesar da guerra recente. — O sr. Rowsell referia-se, é claro, àquela disputa inconclusa e inteiramente desnecessária entre a Grã-Bretanha e os Estados Unidos, e não à grande guerra com a França.

Eu disse:

— Então eles atuavam em todas as frentes possíveis?

— Bem, amplie os riscos e aumente os lucros. Foi Carswall quem trouxe o jovem Frant. Não que ele ainda seja tão jovem assim. O senhor o conheceu?

— Sim, senhor. Tive a chance de prestar-lhe um pequeno serviço, e ele foi muito afável. É um verdadeiro cavalheiro, sem dúvida.

— A família passou por tempos difíceis, o que o forçou a entrar no mundo dos negócios. Quanto à afabilidade dele, ouço histórias diferentes. Frant é habilidoso, isso é inquestionável. É apenas que... a sua taça, senhor, está vazia.

Respirando pesadamente, o sr. Rowsell encheu tanto a taça que ela transbordou. A distração fez com que ele perdesse o fio da meada. Bebericou seu vinho e olhou carrancudo para o mogno envernizado.

— O sr. Carswall é casado? — perguntei após alguns instantes.

— Casado? Não no momento. Já houve uma esposa, ao que parece, mas ela morreu. Mas veja bem — ele baixou a voz e se inclinou na minha direção —, não estou dizendo que ele não tenha procurado consolo. Stephen Carswall tinha uma certa reputação, se é que o senhor me entende — ele bateu de leve no nariz para se fazer ainda mais claro. — Ele é parente de George Wavenhoe. O senhor sabia que eles são primos?

Balancei a cabeça.

— A mãe de Stephen Carswall era irmã do pai de George. De modo que eles são primos em primeiro grau — ele riu e meteu o guardanapo na testa mais uma vez. — O jovem Frant era esperto. Ele chega como o homem de Carswall e o que faz em seguida? Casa-se com Sophia Marpool, a sobrinha do velho Wavenhoe. E lá está ele, com ligações familiares com os dois sócios. Um casamento por amor, dizem, mas aposto que a maior parte do amor vinha de um só lado. O mestre Henry acredita que é o herdeiro legítimo, o príncipe. Mas contar os ganhos antes do fim do jogo dá azar, não é mesmo?

Rowsell se levantou, cambaleou até a porta, abriu-a com dificuldade e gritou para o criado trazer outra garrafa.

— Alguma coisa saiu errada? Algo a ver com o sr. Carswall?

— Havia inúmeros motivos. Primeiro Carswall decidiu retirar seu capital. Ele havia se firmado no país, tornado-se um cavalheiro, não queria ter nada a ver com o banco. O fato é que Wavenhoe foi pressionado a conseguir o dinheiro vivo quando ele foi necessário. Era uma grande quantia. Mas Wavenhoe não tem andado bem de saúde nesses últimos anos. Ele foi deixando a condução dos negócios cada vez mais nas mãos de Henry Frant. A cidade não confia plenamente em Frant. Não é apenas porque ele é um cavalheiro que está se metendo no mundo dos negócios. Existem boatos de que ele gosta do jogo, como o pai. Foi assim que os Frants perderam seu dinheiro.

A criada trouxe outra garrafa. Quando ela foi aberta, Rowsell reabasteceu nossas taças e deu uma bela golada.

— É uma questão de confiança, compreende? Todos os negócios dependem dela, e mais ainda no caso dos bancos. Se você perder a estima daqueles com quem faz negócios, é melhor fechar logo as portas. Não, meu rapaz, voltando ao seu caso, se quiser deixar seu dinheiro seguro, uma boa opção talvez seja os Fundos Consolidados — o senhor Rowsell olhou com frieza para mim e por fim continuou a falar, embora lentamente e demorando-se nas consoantes. — O senhor não vai ficar rico, mas também não vai falir.

Ele se deteve. Piscou rapidamente. Sua boca abriu e fechou várias vezes sem emitir nenhum som. Arqueou-se como um enorme carvalho desabando, imponente mesmo na ruína. A cabeça bateu na mesa, derrubando a taça. Começou a roncar.

17

À medida que as semanas passavam e o tempo ficava invariavelmente frio, a amizade entre Charlie Frant e Edgar Allan prosperou. Como muitas amizades escolares, era em parte uma aliança defensiva, uma estratégia para lidar com um mundo repleto de Morleys e Quirds. Embora fossem parecidos fisicamente, os dois eram díspares em comportamento. O menino americano era orgulhoso e não aceitava insultos calado; quando provocado, investia contra seus algozes. Charlie Frant era mais meigo, e tinha mais dinheiro à mão. Se você ofendesse um dos dois, provava da ira de Edgar Allan, o que era formidável. No entanto, se os agradasse, provavelmente seria um dos beneficiados na próxima visita à doceria patrocinada por Charlie Frant.

Quanto a mim, sentia a vida na escola se ajeitar sobre meus ombros como um casaco velho. Mas uma parte da minha vida estava incompleta. Confesso que passava muito tempo sonhando acordado naquele período. Quando ficava nesse estado insatisfatório, já não pensava muito em Fanny, a moça cuja presença fantasmagórica vagara pela minha mente por anos a fio. Em vez disso, deparava-me com freqüência com a srta. Carswall e com sua prima, a sra. Frant. Os devaneios têm essa vantagem sobre a vida real: não se é obrigado a ser fiel.

Nada me alertou dos problemas que estavam por vir. No entanto, certa noite, o sr. Bransby convocou a mim e a Dansey ao seu escritório particular.

— Recebi uma mensagem preocupante da sra. Frant, cavalheiros — ele disse. — Ela escreveu que seu filho e o jovem Allan foram acostados na vila pelo mesmo patife que os abordara antes. A audácia desse homem é inacreditável.

— E os meninos não nos contaram nada sobre o ocorrido, senhor? — falou Dansey.

Bransby balançou a cabeça.

— Ele não se demorou. E não fez nada de mal. Não, parece que simplesmente se aproximou dos meninos na High-street, deu-lhes meia libra cada, mandou-lhes cuidar dos estudos e foi embora.

— Que extraordinário — falou Dansey. — Havia ficado com a impressão de que ele não era o tipo de homem que andasse com meias libras no bolso para gastar.

— Exatamente — o sr. Bransby tateou em busca da sua caixa de rapé. — Eu interroguei Frant e Allan, é claro. Frant mencionou o encontro para a mãe em uma carta. Eles não tinham nada de relevante a acrescentar à correspondência, apenas enfatizaram que o comportamento do homem foi muito mais benevolente do que na ocasião anterior. Allan acrescentou que ele estava mais bem vestido.

— Então devemos inferir disso tudo que ele melhorou de situação?

— Sem dúvida. Mas a sra. Frant está compreensivelmente perturbada. Ela não gosta da idéia de que os alunos deste estabelecimento, e especialmente seu filho, fiquem à mercê de estranhos. Sugiro informar aos meninos que eles devem nos comunicar imediatamente quando virem qualquer figura suspeita na vila. Além disso, sr. Dansey, ficaria muito agradecido se o senhor alertasse os donos de pousada e comerciantes do perigo. O senhor e o sr. Shield podem fazer circular uma descrição do homem em questão.

— O senhor acredita que ele vá voltar?

— Não importa no que eu acredito, sr. Dansey, o que importa é tentar aliviar os temores da sra. Frant.

Dansey fez uma mesura.

Eu poderia ter revelado a identidade do estranho. Mas não cabia a mim contar o segredo. Não acredito que seria justo com Edgar Allan. A lacuna entre pai e filho era muito vasta para ser transposta com facilidade, especialmente quando o menino não tinha informação alguma sobre o pai natural e acreditava que ele havia morrido há tempos nos Estados Unidos. Seria um choque para o rapaz descobrir que David Poe era um bêbado arruinado que vivia debaixo do seu nariz.

Eu disse:

— O senhor não acha que ele vá se arriscar a retornar?

— Da minha parte, duvido. Ele não vai mais dar as caras por aqui.

Pelo menos nisto o sr. Bransby estava completamente correto.

18

Durante todo esse tempo, George Wavenhoe estava moribundo em sua bela casa na Albemarle-street. O velho custava a se decidir, hesitando entre este mundo e o outro, mas em novembro a situação se agravou, e ficou claro que o fim não tardaria a chegar. Fui convocado novamente ao escritório do sr. Bransby, dessa vez sem Dansey.

— Recebi outra carta da sra. Frant — ele disse com um traço de irritação na voz. — O senhor está ciente de que o tio dela, o sr. Wavenhoe, está doente há tempos?

— Sim, senhor.

— Agora os médicos acreditam que ele esteja à beira da morte. Ele expressou o desejo de dizer adeus ao sobrinho-neto. A sra. Frant pede que o senhor leve o filho até a casa do sr. Wavenhoe, onde ela e o restante da família estão reunidos. E deseja também que o senhor fique com o menino enquanto ele estiver lá.

Confesso que o meu coração saltou diante da possibilidade de ficar sob o mesmo teto que Sophia Frant por alguns dias.

— Mas isso não seria uma enorme inconveniência para a administração da escola, senhor? Em vez disso, ela não poderia mandar um criado buscá-lo?

Bransby ergueu a mão.

— A casa do sr. Wavenhoe está em desordem. Tanto a sra. Frant quanto a velha aia do menino estão ocupadas cuidando do sr. Wavenhoe em tempo integral. Ela não quer que o filho fique abandonado, ou entediado, enquanto estiver com eles. — Ele cheirou uma pitada de rapé e espirrou. — Quanto à inconveniência, ela vai ser um pouco atenuada pelo fato de que a sra. Frant está disposta a pagar generosamente pelo privilégio de ter o senhor para fazer companhia ao filho. Deve ser apenas por alguns dias.

Por um instante, uma esperança alucinada me atravessou: poderia a sra. Frant ter me convidado para si mesma, e não para o filho? Um instante de reflexão foi o bastante para revelar minha tolice.

— O senhor parte essa tarde — disse Bransby. — Eu preferiria que fosse de outra forma. Mais cedo ou mais tarde o menino vai ter que aprender a se virar sozinho.

Quando Charlie Frant soube que eu iria levá-lo até a casa do seu tio Wavenhoe seu rosto envelheceu. A pele enrugou, a cor se esvaiu. Vislumbrei o velho que ele talvez se tornasse em algum ponto do futuro.

— Allan pode ir comigo, senhor? — ele perguntou.

— Não, infelizmente, não. Mas você precisa levar seus livros.

Mais tarde naquele mesmo dia, fomos de carruagem para a cidade. Charlie resistiu às minhas tentativas de conversa, e recordei-me daquela outra viagem, quando o trouxera de volta à escola caído em desgraça. Embora ainda estivéssemos no meio da tarde, fazia um dia tão frio, úmido e cinza que a hora parecia estar bem mais avançada. Quando saímos do alvoroço de sons e luzes do Piccadilly e entramos na Albemarle-street, a primeira coisa que notei foi o silêncio. Haviam forrado o calçamento com palha para abafar o som das rodas e subornado os tocadores de realejo, mendigos e vendedores de rua para que sumissem dali.

O sr. Wavenhoe vivia em um casarão próximo à extremidade norte da rua. O criado recolheu nossos chapéus e casacos no hall. Homens falavam alto em um aposento à direita da porta da frente. Escutei passos nas escadas. Olhei para cima e vi Flora Carswall vindo em nossa direção, seus pés subindo e descendo nos degraus de pedra. Ela se abaixou e beijou Charlie, que repeliu o abraço. Sorriu para mim e estendeu a mão.

— Sr. Shield, não é isso? Conhecemo-nos brevemente em frente à casa do meu primo na Russell-square.

Disse-lhe que me lembrava bem da ocasião, o que era verdade. Ela disse que descera para levar Charlie até a mãe. Perguntei pelo sr. Wavenhoe.

— Temo que ele esteja piorando rápido — ela baixou a voz. — Os últimos meses não têm sido nada fáceis para ele, então de certa forma é um alívio — seus olhos se voltaram para Charlie. — Não chega a ser aflitivo. Quero dizer, pelo menos não para quem está vendo — ela corou muito convenientemente. — Oh, meu Deus, meu pai costuma dizer que eu tenho a língua solta, e acho que ele tem razão. O que quis dizer é que a aparência do sr. Wavenhoe é a de alguém muito cansado e sonolento. Nada mais que isso.

Sorri para ela e inclinei a cabeça. Era um pensamento atencioso. A visão dos moribundos é geralmente uma coisa desagradável, especialmente para uma criança. O som das vozes masculinas ficou mais alto atrás da porta fechada.

— Oh — disse a srta. Carswall —, papai e o sr. Frant estão lá dentro — ela mordeu o lábio. — Estou ficando aqui para ajudar a sra. Frant a cuidar do sr. Wavenhoe, e papai vem pelo menos uma vez por dia para saber como estamos. Mas agora tenho que levar Charlie para sua mamãe e Kerridge, ou elas vão ficar preocupadas — ela se virou para o criado. — Mostre ao sr. Shield o quarto dele, sim? E ele e mestre Charles vão precisar de um lugar para estudar. A sra. Frant deixou instruções?

— Fui informado de que a governanta acendeu a lareira na antiga sala de aula, senhorita. O quarto do sr. Shield fica ao lado.

Subimos as escadas. A srta. Carswall levou Charlie embora. Olhei-a se afastar, observando seu quadril gingar sob a musselina do vestido. Notei que o criado fazia o mesmo e desviei o olhar rapidamente. Nós homens somos todos iguais no íntimo: tememos a morte e, quando maduros e saudáveis, desejamos o coito.

Subimos mais e o criado conduziu-me primeiramente até um quarto sob o beiral do telhado e, em seguida, para a longa sala de aula contígua. O fogo queimava nas grades de ambos os aposentos, um luxo ao qual eu não estava acostumado. O homem perguntou muito educadamente se eu desejava beber algo, e pedi chá. Ele fez uma mesura e saiu, deixando-me para aquecer as mãos ao fogo.

Um pouco depois, escutei passos na escada, seguidos de uma batida na porta. Olhei em torno, esperando ver Charlie ou o criado. Mas foi a sra. Frant quem entrou no quarto. Levantei-me às pressas e, embaraçado pela surpresa, esbocei uma mesura desajeitada.

— Por favor, sente-se, sr. Shield. Obrigado por vir com Charlie. Espero que o tenham deixado confortável.

Ela estava corada e segurava as ancas com uma das mãos, como se a subida tivesse lhe causado uma pontada. Eu disse que fui bem recebido e perguntei pelo sr. Wavenhoe.

— Temo que ele não vá durar muito.

— Charlie já o viu?

— Não... meu tio está dormindo. Kerridge desceu com Charlie para dar-lhe algo de comer — um sorriso surgiu em seu rosto e foi imediatamente reprimido. — Ela acha que tem que alimentá-lo toda vez que o vê. Ele estará com o senhor logo em seguida. Por sinal, se quiser beber algo mais, basta tocar a sineta. Quanto às refeições, achei que seria mais conveniente se Charlie e o senhor comessem aqui em cima.

Ela foi até a janela gradeada, que ficava sobre uma calha de chumbo de cerca de 40 centímetros e dava para o lado de dentro do parapeito da fachada. Ela vestia roupas verdes e lilases, um estágio de transição antes do preto que poria assim que o tio morresse. Uma mecha de cabelo escapara-lhe da touca, e ela a empurrou de volta com um dedo. Seus movimentos eram sempre graciosos, prazerosos de ver.

Ela se virou na minha direção, estalando a língua contra o céu da boca como se estivesse impaciente consigo mesma.

— O senhor precisa de luz aqui — ela disse, quase irritada, puxando a sineta. — Está ficando escuro. Não suporto a escuridão.

Enquanto aguardávamos o criado, ela me perguntou como Charlie estava se saindo na escola. Tranqüilizei-a da melhor maneira que pude. Ele estava bem mais alegre do que antes. Não, não era exatamente aplicado, mas cumpria com seus deveres conforme o esperado. Sim, foi castigado algumas vezes, mas o mesmo acontecia com todos os meninos e não havia nada de anormal nisso. Quanto ao apetite, eu quase nunca via os meninos comendo, de modo que não podia falar com propriedade, mas o havia visto várias vezes saindo da doceria na vila. Por fim, quanto às idas e vindas do menino, infelizmente não tinha informação nenhuma.

A sra. Frant corou e pediu-me desculpas pela preocupação de mãe.

Instantes depois, o criado trouxe o meu chá e uma lamparina. Quando as sombras desapareceram dos cantos do quarto, o mesmo aconteceu com a estranha intimidade da minha conversa com a sra. Frant. Ainda assim, ela permaneceu comigo. Perguntei qual a rotina que queria que seguíssemos enquanto estivéssemos ali. Ela respondeu que talvez pudéssemos trabalhar durante a manhã, folgar à tarde, e voltar um pouco aos livros à noite.

— É claro que pode haver interrupções — ela rodou a aliança no dedo. — Não é possível prever o rumo dos acontecimentos. Sr. Shield, não posso...

Ela se interrompeu ao ouvir o som de passos nas escadas. Bateram na porta e a sra. Kerridge e Charlie entraram.

— Eu o vi — disse Charlie. — Pensei que ele estava morto no começo, estava tão parado, mas então ouvi a respiração.

— Ele acordou?

— Não, senhora — disse a sra. Kerridge. — O boticário deu o remédio para o sr. Wavenhoe e agora ele está dormindo profundamente.

A sra. Frant se levantou e passou os dedos pelo cabelo do menino.

— Então a senhora pode tirar o restante da tarde de folga.

— Vou ver as carruagens, está bem mamãe?

— Sim. Mas não demore muito. O seu tio pode acordar e chamar por você.

Logo eu estava sozinho novamente no quarto longo e estreito. Bebi o chá e li por mais de uma hora. Então fiquei agitado e decidi sair para comprar fumo.

Fui pela escada da frente. Ao descer do último degrau para o piso de mármore do hall, uma porta se abriu e um velho apareceu, respirando com dificuldade, do quarto mais adiante. Não era alto, mas era espadaúdo e tivera um corpo sólido no passado. Tinha os cabelos negros raiados de prata e um rosto pelancudo dominado por um nariz grande e adunco. Vestia um paletó azul-escuro e uma gravata vistosa, porém desalinhada.

— Rá! — ele disse quando me viu. — Quem é você?

— Meu nome é Shield, senhor.

— E quem diabos é Shield?

— Eu trouxe o mestre Charles da escola. Sou professor lá.

— O domador de Charlie, hem? — ele tinha uma voz suntuosa, que parecia vir do fundo do peito. — Por um instante pensei que fosse o maldito vigário com esse seu paletó preto.

Sorri e fiz uma mesura, tomando aquilo por brincadeira.

A figura elegante de Henry Frant surgiu na porta atrás dele.

— Sr. Shield — ele disse. — Boa-tarde.

Fiz outra mesura.

— Às ordens, senhor.

— Não sei por que o senhor e Sophie acharam que o menino devia ter um tutor — disse o velho. — Aposto que ele já lê livros o bastante na escola. Já dão muito disso a esses garotos. Estamos criando uma geração de maricas.

— Suas opiniões sobre a educação dos jovens, senhor — observou Frant —, sempre merecem a mais profunda consideração.

O sr. Carswall descansou uma das mãos no pilar do corrimão, olhou para nós e fez um som de desdém com a boca. Era curioso que aquele homem velho e doente tivesse o poder de fazer uma pessoa se sentir menos importante do que de fato era. Até mesmo Henry Frant era diminuído pela sua presença. O velho grunhiu e, balançando como uma árvore em um vendaval, subiu as escadas. Frant me cumprimentou com a cabeça, cruzou o hall e entrou em outro aposento. Eu abotoei meu paletó, peguei meu chapéu e minhas luvas e saí para o ar frio de novembro.

A Albemarle-street era um lugar silencioso e funesto, à sombra da morte. O cheiro acre de carvão mineral preenchia minhas narinas. Atravessei a rua e olhei de volta para a casa. Por um momento, vi de relance o vulto branco de um rosto em uma das janelas da sala de estar no primeiro piso. Alguém ficara parado ali — olhando ao acaso para a rua, ou me observando? — e havia voltado para dentro da sala.

Fui andando depressa na direção das luzes e da agitação. Charlie havia dito que queria ver as carruagens, e eu sabia para onde ele tinha ido. Durante minha longa convalescença, enquanto estava na casa da minha tia, às vezes eu andava até Piccadilly e observava as carruagens velozes que entravam e saíam do celeiro White Horse. Metade dos meninos de Londres, de todas as posições sociais e de todas as idades, sofriam da mesma compulsão.

Cheguei animado a Piccadilly, atravessei a rua esquivando-me do tráfego, e cruzei a calçada apinhada de gente até uma tabacaria. A loja estava lotada de fregueses, e somente depois de 15 minutos consegui sair com um pacote de fumo no bolso.

Poucos passos à minha frente, um casal andava de braços dados e agasalhado contra o frio. O homem ergueu a bengala e chamou uma carruagem que passava. Ajudou a senhora a entrar e me pareceu que roçou a mão em seu seio, não saberia dizer se por acidente ou de propósito. Ela se virou, metade do corpo dentro da carruagem e metade fora, e bateu de brincadeira no rosto do homem, fingindo um gesto de reprovação. A mulher era a sra. Kerridge, e o rosto em que ela bateu possuía um tom escuro familiar.

— Brewer-street — disse Salutation Harmwell, e entrou junto com a sra. Kerridge na carruagem.

Não havia nada de suspeito naquilo, é claro, ou pelo menos não naquele instante. Não era incomum ver uma mulher branca de braços dados com um negro bem-apessoado. Dizia-se que cavalheiros de cor tinham certas vantagens no que diz respeito a agradar as mulheres, vantagens negadas aos homens de outras raças. Mas confesso que fiquei chocado e um pouco surpreso. A sra. Kerridge parecia tão séria, tão cerimoniosa, tão velha. Ora, pensei comigo, ela deve ter pelo menos 40. Porém, quando ela olhou para Harmwell, seu rosto brilhou como o de uma debutante.

Observei a carruagem se afastar, imaginando o que os dois iriam fazer na Brewer-street e sentindo uma desagradável pontada de inveja. Neste instante, a mão de alguém puxou minha manga. Dei meia-volta, esperando ver Charlie à altura do meu cotovelo.

— Sempre disse que a sra. Kerridge era uma mulher misteriosa — disse Flora Carswall. — Acho que o meu primo a mandou fazer alguma coisa para ele na Russell-square.

Ergui o chapéu e fiz uma mesura. Uma criada de capa preta se afastou alguns passos, desviando discretamente o olhar.

— E para onde o senhor está indo, sr. Shield, nesta tarde lúgubre?

— Para o celeiro White Horse — não me pareceu muito nobre confessar que eu havia saído para procurar uma tabacaria. — Acredito que Charlie esteja lá.

— O senhor está procurando por ele?

— Não exatamente. Estou de folga por cerca de uma hora.

— É muito agradável ver as carruagens partindo, não é mesmo? Toda essa agitação e movimento, e a idéia de que uma pessoa possa comprar um bilhete, entrar em uma delas e ir para qualquer lugar, para qualquer lugar do mundo.

— Eu estava pensando em algo do gênero.

— A maioria das pessoas também, provavelmente. Como eu odeio esse lugar.

Olhei para ela por um instante. Por que uma moça como Flora Carswall não gostaria de uma cidade que podia satisfazer todos os seus caprichos? Eu disse:

— Então, para o seu bem, espero que fique aqui por pouco tempo.

— Isso depende do pobre sr. Wavenhoe. Mas não é estar na cidade que me desagrada, pelo contrário, para dizer a verdade, e sim a melancolia da Albemarle-street e algumas das pessoas que se é obrigado a encontrar lá — ela sorriu para mim, seu acesso aparentemente esquecido. — Estava pensando, já que o senhor está de folga, posso pedir a gentileza da sua companhia? Assim eu poderia mandar minha criada para casa; a pobrezinha está atolada de costuras. Tenho uma ou duas coisas para resolver; não vai demorar.

Eu dificilmente recusaria o pedido, mesmo se quisesse. A srta. Carswall enlaçou meu braço e descemos a St. James's-street, cortando a multidão. Em Pall Mall, ela passou os olhos pelos novos romances na Payne and Foss por alguns minutos e demorou-se muito mais na loja dos senhores Harding, Howell & Co. Os funcionários de lá a trataram muito bem. Ela comprou um par de luvas, examinou uma renda que acabara de chegar da Bélgica e perguntou a quantas andava o chapéu que havia mandado fazer. Chegou até a perguntar para mim se uma determinada cor combinava com seus olhos e discordou gentilmente da minha opinião. Estava muito animada, e quanto mais ficávamos juntos, mais gostava dela, e pensava cada vez mais se nosso encontro tinha de fato sido casual.

No caminho de volta ao Piccadilly, não conversamos muito. Ela escorregou na lama, e teria caído se eu não estivesse ao seu lado. Por um instante ela apertou um pouco mais meu braço e a vi erguendo os olhos para o meu rosto. Quando finalmente voltamos a Albemarle-street, ela tirou a mão do meu braço e andamos lado a lado, mas separados. À medida que nos aproximávamos da casa do sr. Wavenhoe ela começou a andar mais devagar, apesar do frio e da chuva que começara a cair.

— O senhor conheceu meu pai?

— Sim, quando estava saindo da casa, há pouco.

— Arrisco-me a dizer que o senhor o achou um pouco rude — ela falou. — Por favor, não responda. A maioria das pessoas pensa assim.

Mas espero que não permita que as maneiras dele o ofendam. Ele é naturalmente irritadiço, e a gota piora a situação.

— Não se incomode, srta. Carswall.

— Dificilmente ele é amigável.

— Serei o mais tolerante possível.

Ela olhou com atenção para mim e parou de andar de vez.

— Gostaria de lhe contar uma coisa. Não, não é isso: a questão é que prefiro contá-lo eu mesma do que esperar que o senhor descubra de outra pessoa. Eu...

— Senhor! Prima Flora! Esperem!

Viramos em direção a Piccadilly. Charlie vinha correndo ao nosso encontro. Suas faces estavam coradas por conta do frio e do esforço. Um lado do seu casaco estava coberto de lama. Quando ele se aproximou, meu nariz me revelou que não era lama, mas bosta de cavalo.

— Senhor, foi tão divertido. Eu escovei um cavalo. Dei uns trocados ao cavalariço e ele disse que eu era um verdadeiro profissional.

Em sua empolgação, ele soltou um gritinho de alegria. Estávamos logo debaixo das janelas da casa onde George Wavenhoe agonizava. Olhei por cima da cabeça de Charlie para a srta. Carswall. Acredito que nós dois esperávamos que o outro reprovasse o rapaz por fazer tanto barulho. Em vez disso, sorrimos.

Então a srta. Carswall entrou animadamente na casa e me deixou imaginando o que esteve para me contar.

19

Na minha ausência, a sala de aula se enchera de fumaça. Ninguém recordara quando haviam acendido a lareira naquele quarto pela última vez. O cano da chaminé parecia estar parcialmente bloqueado, e o limpador de chaminés foi chamado para a manhã seguinte. Enquanto isso, a sra. Frant decidiu que Charlie e eu devíamos usar a biblioteca no primeiro andar para nossas aulas.

Sentamo-nos em uma mesa que fora arrastada para perto da lareira. Pedi que Charlie traduzisse 12 versos de Ovídio. Ele estava solícito o bastante, mas não conseguia se concentrar na tarefa por muito tempo. Eu também estava com dificuldade para me concentrar. Então a porta se abriu e o criado conduziu o sr. Noak para a biblioteca. Usava um traje de noite simples, mas respeitável.

Saltei de pé, pronto para me retirar com Charlie. O criado disse, amuado, que não sabia que a sala estava sendo utilizada.

— Por favor, não se incomodem — disse o sr. Noak para mim. — Se me permitir, eu ficarei sentado aqui e lerei um pouco até que o sr. Frant esteja disponível.

O criado se retirou. O sr. Noak veio em direção à lareira com as mãos estendidas.

— Boa-noite, senhor — disse Charlie. — Nos conhecemos na casa do meu pai alguns dias atrás.

— Mestre Charles, não é isso?

Eles apertaram as mãos. Charlie era um menininho bem educado, e se virou em seguida para mim.

— Deixe-me lhe apresentar o meu... meu tutor, sr. Shield.

Noak estendeu a mão para mim também.

— Acho que o vi na mesma ocasião, sr. Shield. Não fomos apresentados, e fico feliz que isso tenha sido remediado agora.

As palavras eram gentis, mas Noak tinha uma maneira rude, entrecortada de dizê-las, que as fazia soar quase como um insulto. Afastei-me da mesa para que ele pudesse se aquecer ao fogo. Ele baixou os olhos para o livro.

— Eu não aprovo Ovídio — ele disse, exatamente no mesmo tom de voz que empregara antes. — Ele pode ter sido um grande poeta, mas, pelo que sei, tinha um estilo de vida libertino.

Charlie olhou com os olhos esbugalhados para o sr. Noak.

Eu disse:

— Nós escolhemos passagens que expõem o seu gênio sem se deterem nas suas qualidades menos admiráveis.

— Por outro lado, há de se questionar a utilidade de estudar as línguas da antiguidade. Vivemos em um mundo em que o comércio é rei.

— Permita-me lembrá-lo, senhor, que o latim é a língua das ciências naturais. Ademais, o estudo da língua e da literatura de grandes civilizações não pode ser um esforço em vão. No mínimo serve para ilustrar a mente.

— Civilizações pagãs, senhor — disse Noak. — Civilizações cujo auge foi há dois mil anos ou mais. Acredito que já tenhamos avançado um pouco desde então.

— O fato de termos conseguido nos elevar tão alto se deve, sem dúvida, à solidez dos alicerces.

O sr. Noak olhou para mim, mas ficou calado. Na posição em que me encontrava, não podia me dar ao luxo de irritar ninguém. Porém, ele falara tolices tão grandes que me senti no dever de apresentar alguns contra-argumentos, nem que fosse apenas pelo bem de Charlie. Neste instante, a porta se abriu e Henry Frant entrou. A elegância quase afetada de suas roupas contrastava de forma gritante com a indumentária discreta do sr. Noak. Charlie prendeu a respiração. Tive a curiosa impressão de que ele gostaria de poder se encolher.

— Meu caro senhor — gritou Frant —, que prazer vê-lo.

Enquanto eles se adiantavam para apertar as mãos, juntei nossas coisas e me preparei para sair.

— Vejo que o senhor está conhecendo melhor Charles e o senhor Shield.

Noak fez que sim com a cabeça.

— Temo tê-los atrapalhado em seus estudos.

— Em absoluto, senhor — eu disse.

O sr. Noak prosseguiu como se eu não houvesse falado.

— O sr. Shield e eu estávamos tendo uma conversa muito interessante sobre o lugar das línguas clássicas no mundo moderno.

Frant relanceou os olhos para mim, mas desviou do assunto.

— Eu lhe fiz esperar, sinto muito. Foi muita gentileza do senhor vir me encontrar aqui.

— Como está indo o sr. Wavenhoe?

Frant espalmou as mãos.

— Tão bem quanto se pode esperar. Temo que ele não ficará mais muito tempo entre nós.

— Talvez o senhor prefira... — começou Noak.

— Nada me faria adiar o nosso jantar — disse Frant rapidamente. — O sr. Wavenhoe está dormindo agora, e os médicos explicaram-me que não há expectativa de crise imediata. E ele também não deve acordar por algumas horas. Disseram-me que a carruagem está à porta.

Noak se demorou em frente ao fogo.

— Pensei que talvez encontraria o sr. Carswall aqui — ele comentou. — Ele é sobrinho do sr. Wavenhoe, não é mesmo?

— Ele esteve aqui hoje, sim, e talvez volte — Frant disse com serenidade. — Mas não creio que esteja a caminho neste momento.

— Tive o prazer de conhecê-lo e à sua filha rapidamente na noite passada. Embora já o conhecesse de reputação, é claro.

Noak parou à porta, virou e se despediu de Charlie e de mim. Por fim, a porta se fechou e ficamos a sós novamente. Charlie sentou-se na cadeira e pegou a caneta. Toda a cor e animação da tarde haviam desaparecido de seu rosto. Parecia aflito e triste. Disse a mim mesmo que um pai deveria inspirar ao mesmo tempo temor e afeição em seus filhos. Mas o sr. Frant sempre tornou mais fácil para Charlie temê-lo do que amá-lo.

— Vamos fechar nossos livros por hoje — eu disse. — Aquilo em cima da mesa é um tabuleiro de gamão? Se você quiser, podemos jogar.

Sentamo-nos um de frente para o outro na mesa próxima à lareira e dispomos as peças. O clique familiar das fichas e o chocalhar dos dados tiveram um efeito calmante. Charlie ficou absorto no jogo, e ganhou com facilidade. Esperei que ele dispusesse as fichas novamente para que eu fosse à forra, mas, em vez disso, ficou brincando com elas, movendo-as aleatoriamente no tabuleiro.

— Senhor? — disse Charlie. — Senhor, o que é um fornizinho?

— É uma criança cujos pais não são casados.

— Um bastardo?

— Sim. Às vezes as pessoas usam palavras desse tipo quando não têm prova alguma do que estão falando, simplesmente para magoar. O melhor a fazer é ignorá-las.

Charlie balançou a cabeça.

— Não foi assim, senhor. Foi a sra. Kerridge. Eu a ouvi falando com Loomis...

— Não se deve ficar ouvindo o disse-me-disse dos criados — falei automaticamente.

— Não, senhor, mas não pude deixar de ouvir. Eles estavam falando alto e a porta estava aberta, e eu estava na cozinha com o cozinheiro. Kerridge falou, “pobre da criança, ela é uma fornizinha” e, mais tarde, quando perguntei o que significava, ela me disse para tirar aquilo da cabeça. Eles estavam falando sobre a morte do tio Wavenhoe.

— E ela disse que você era um fornizinho?

— Oh, não, senhor, eu não. A prima Flora.

20

Os cálculos de Henry Frant estavam errados. Enquanto ele jantava naquela noite com o sr. Noak em seu clube, George Wavenhoe recobrava as forças. Por um instante, o velho esteve lúcido, embora muito fraco. Ele exigiu que a família fosse chamada à sua presença.

Àquela altura, os Carswalls já haviam retornado à casa e estavam jantando com a sra. Frant. Charlie estava na cama, e eu estava lendo ao calor do fogo em uma pequena sala de estar nos fundos da casa. A sra. Kerridge pediu-me para acordar Charlie e descer com o menino quando ele estivesse vestido; não podia se encarregar disso porque necessitavam dela no quarto do doente. Poucos minutos depois, Charlie e eu descemos até o segundo andar, onde encontramos a sra. Frant conversando baixinho com um médico no patamar da escada. Ela se interrompeu quando viu Charlie.

— Meu amor, seu tio quer vê-lo. Eu... ele quer se despedir de você.

— Sim, mamãe.

— Entende o que estou dizendo, Charlie?

O menino fez que sim com a cabeça.

— Não há nada a temer — ela disse com firmeza. — Mas ele está muito doente. Você deve lembrar que ele está indo para o Céu, onde ficará bom novamente.

— Sim, mamãe.

Ela olhou para mim. Seu rosto estava adorável à luz suave.

— Sr. Shield, o senhor faria a gentileza de aguardar aqui? Não creio que meu tio vá prender Charlie por muito tempo.

Fiz uma mesura.

Ela e Charlie entraram no quarto do velho. O médico os seguiu. Fiquei sozinho com um criado. O homem estava vestido para dormir. A peruca, uma grande crista de talco branco e endurecido, as panturrilhas parecendo dois troncos de árvore gêmeos revestidos de seda. Ele examinou seu reflexo disfarçadamente em um espelho de coluna. Andei de um lado para o outro no corredor, fingindo observar os quadros, embora não soubesse dizer o que eles retratavam um segundo depois. Ouvi em algum lugar da casa o rumor da voz de Stephen Carswall; embora oscilasse, o som era constante, como o barulho do mar em uma noite silenciosa de verão. A porta do quarto se abriu e o médico pediu com as mãos que eu me aproximasse.

— Por favor, entre por um instante — murmurou, chamando-me para junto dele.

Ele levou um dedo à boca, ficou na ponta dos pés e conduziu-me para dentro do quarto. Era amplo e mobiliado com luxo, em um estilo que deve ter sido a última moda trinta ou quarenta anos antes. As paredes que encimavam as sancas eram cobertas por cortinas de um vermelho vivo. Havia um enorme espelho sobre a lareira que fazia o quarto parecer ainda maior do que já era. Velas espaçadas queimavam nas paredes em candelabros ornamentados. Um fogo alto ardia na grade lustrosa de aço, preenchendo o quarto com um brilho laranja tremeluzente. O que saltava aos olhos, no entanto, era a própria armação da grande cama de quatro colunas, com uma cornija maciça de madeira entalhada e cercada de cortinas de seda com motivos de flores.

Em meio a todo aquele esplendor fora de moda, aquela pompa digna de Brobdingnag, havia um velho minúsculo, sem cabelos e sem dentes, com a pele da cor de uma vela apagada, cujas mãos apalpavam o bordado do cobertor. A figura dele atraía meus olhos, como se a cama fosse um palco e ele o único ator. Era estranho, pois ele era em vários aspectos a pessoa menos importante no quarto. Com exceção do doutor e da sra. Kerridge, que estavam afastados nas sombras, quatro pessoas se juntavam ao redor do moribundo. Próximo à cabeceira, estava o sr. Carswall, com o corpo esparramado em uma cadeirinha dourada de madeira entalhada. Atrás dele estava a srta. Carswall, que ergueu os olhos quando entrei e lançou-me um breve sorriso. Do outro lado da cama, de frente para os dois, estava a sra. Frant, sentada em outra cadeira, com Charlie em um dos braços do assento recostando-se nela.

— Ah, sr. Shield — Carswall fez com as mãos que eu me aproximasse. — Meu primo deseja fazer uma alteração em seu testamento. Ele ficaria agradecido se o senhor pudesse testemunhar a assinatura, juntamente com o médico.

Ao adentrar a luz, vi na cama uma folha de papel escrita de cima a baixo. Um estojo estava aberto na penteadeira ao lado.

— O advogado já foi chamado — disse a sra. Frant. — Não deveríamos esperar que ele chegasse?

— Isso levaria tempo, senhora — apontou Carswall. — E tempo é exatamente o que não temos. Não paira a menor dúvida sobre as intenções do seu primo. Quando Fishlake chegar, pediremos para ele redigir outra alteração, se necessário. Mas, por ora, vamos nos certificar de que esta esteja devidamente assinada e testemunhada. Estou convencido de que assim desejaria o sr. Wavenhoe, e que o sr. Frant compreenderia a sensatez dessa medida.

— Muito bem, senhor. Façamos a vontade do meu tio. E obrigada. Os senhores são muito gentis.

Enquanto essa conversa se desenrolava, o velho estava recostado contra uma grande montanha de travesseiros bordados. Ele respirava devagar e ruidosamente pela boca, parecendo uma bomba velha necessitada de graxa. Os olhos estavam quase fechados.

Carswall pegou a folha de papel de cima do cobertor.

— Flora, a pena.

Ela entregou a pena e o tinteiro ao pai. Ele afundou o bico na tinta, ergueu a mão direita de Wavenhoe e colocou-lhe a pena entre os dedos.

— Vamos, George — ele resmungou —, aqui está a cláusula adicional: a única coisa que falta para acertar tudo é o seu nome assinado aqui.

Carswall ergueu o papel em sua outra mão. As pálpebras de Wavenhoe tremularam. Sua respiração ficou irregular. Duas gotas de tinta caíram no cobertor bordado. Carswall guiou a mão de Wavenhoe até o espaço em branco sob as palavras. Com uma lentidão dolorosa de ver, Wavenhoe desenhou seu nome. Em seguida, a pena deslizou dos seus dedos e ele se deixou cair novamente contra os travesseiros. A respiração voltou a se regularizar. A pena rolou pelo papel, deixando uma trilha de manchas de tinta, e parou sobre o cobertor.

— E agora, sr. Shield — disse Carswall. — Por favor, tenha a gentileza de fazer a sua parte. Flora, dê-lhe a pena. Assine aqui, senhor, ao lado do estojo. Não, espere, antes de assinar, escreva estas palavras: "Assinatura do sr. Wavenhoe, testemunhada por mim", e então escreva o seu nome, senhor, o nome completo, "no dia 9 de novembro de 1819".

Enquanto dava as instruções, ele dobrou a parte de cima do papel para que eu não visse a cláusula, apenas a assinatura do sr. Wavenhoe. Entregou o papel à Flora, que estava ao meu lado, segurando a vela para que eu visse o que estava fazendo. Escrevi o que o sr. Carswall pediu e assinei meu nome. Flora estava muito perto de mim, embora não me tocasse; mas creio ter sentido o calor do seu corpo.

— Quando terminar, tenha a bondade de passar o papel para o doutor — disse Carswall.

Atravessei o quarto e entreguei a cláusula para o médico. Os olhos de Wavenhoe estavam arregalados. Ele olhou para mim e franziu o cenho.

— Quem... — ele sussurrou.

— O sr. Shield é o tutor de Charlie, senhor — disse Flora.

Wavenhoe afastou os olhos de mim e virou a cabeça para poder ver os Frants do outro lado da cama. Ele olhou para a sra. Frant.

— Anne? — disse com uma voz mais firme. — Pensei que estivesse morta.

Ela se inclinou sobre o corpo dele e pegou-lhe a mão.

— Não, tio, não sou Anne, sou a filha dela, Sophie. Mamãe está morta há muitos anos, mas dizem que eu pareço muito com ela.

Ele reagiu ao toque, embora não às palavras.

— Anne — ele disse, e sorriu. — Estou feliz em vê-la.

Suas pálpebras se contraíram e ele caiu no sono. O doutor rabiscou sua assinatura e deu o papel a Carswall, que o agitou no ar até a tinta secar e então o guardou dobrado em sua agenda. Ninguém me mandou sair. Creio que o pequeno grupo ao redor da cama se esquecera da minha existência. Recuei até a parede e fiquei nas sombras com a sra. Kerridge e o doutor. Flora sentou-se na cadeira ao lado do pai. A sra. Frant apanhou um livro de orações da mesa-de-cabeceira ao lado e olhou interrogativa para Carswall, que fez que sim com a cabeça. Ela o abriu e começou a ler uma passagem do Salmo 51:

> *Eis que amas a verdade no íntimo, e no oculto me fazes conhecer a sabedoria. Purifica-me com hissope, e ficarei puro; lava-me, e ficarei mais branco do que a neve. Faze-me ouvir júbilo e alegria, para que gozem os ossos que tu quebraste.*

Enquanto ouvia, imaginei que estávamos todos presos em um lugar entre a luz e a escuridão, a vida e a morte, e que os únicos sons que importavam no mundo eram o ronco lento de Wavenhoe, o chiado e o crepitar do carvão na grade da lareira e a oscilação da voz de Sophia Frant.

Depois de alguns instantes, Stephen Carswall puxou seu relógio. Suspirou alto, empurrou a cadeira para trás, as pernas raspando as tábuas de carvalho, e se levantou, resfolegando com o esforço de manobrar o corpo grande, desajeitado. A sra. Frant interrompeu a leitura no fim de um verso. Carswall não fez menção de se desculpar ou mesmo de admitir a indelicadeza.

— Vamos descer para a sala de estar? — ele disse à filha.

— Se o senhor não se importar, eu preferiria ficar aqui.

Ele deu de ombros.

— Faça como quiser, senhorita.

Baixou os olhos para o homenzinho na cama e cabeceou. Foi um gesto curioso: como o leve meneio que as criadas fazem com a cabeça ao receberem uma ordem. Ele cruzou o quarto batendo os pés e a sra. Kerridge abriu-lhe a porta. Do primeiro andar veio o som abafado de uma batida na porta da frente e o murmúrio distante de vozes.

— Ah — disse Carswall, entortando a cabeça, subitamente todo ouvidos. — O advogado, finalmente, a não ser que Frant tenha voltado mais cedo. Se for Fishlake, eu mesmo vou falar com ele.

— Meu amor — disse a sra. Frant para Charlie —, está na hora de você ir para a cama. Dê um beijo de boa-noite no seu tio, para que o sr. Shield possa subir com você. Não devemos mais incomodá-lo, não é mesmo?

Charlie se desvencilhou da cadeira da mãe. Reparei no rosto dele naquele instante, o vi juntando coragem para fazer o que devia ser feito. Ele se inclinou sobre o homem na cama e roçou os lábios contra a testa pálida. Recuou e, evitando o abraço da mãe, veio andando trêmulo em minha direção.

George Wavenhoe tossiu. Flora se sobressaltou, e todos nos voltamos de repente para a cama. O velho se agitou e abriu os olhos.

— Boa-noite, meu querido menino — ele disse baixinho, mas com toda a clareza. — E bons sonhos.

21

Sonhei com George Wavenhoe na minha cama, vários andares acima dele, e no meu sonho eu o observava assinar a cláusula mais uma vez, e via seus dedinhos amarelos agarrarem a pena. Suas unhas haviam crescido e se tornado garras, e eu ficava imaginando por que ninguém as havia cortado. Ao acordar, fui informado de que ele morrera.

A sra. Frant chamou-me à sala de desjejum. Seu rosto estava pálido, os olhos margeados de vermelho de chorar. Ela não olhou para mim, dirigindo-se ao balde de carvão. Ela e o sr. Frant, disse, haviam decidido que Charlie deveria ficar com os dois na Russell-square até o funeral do sr. Wavenhoe. Agradeceu minha ajuda e falou-me que havia mandado que a carruagem me levasse de volta à escola.

A conversa deixou um gosto amargo na minha boca. Ela fez com que eu me sentisse um criado, disse a mim mesmo, o que, para todos os efeitos, eu era. Juntei meus poucos pertences, me despedi de Charlie e fui levado de volta a Stoke Newington.

À medida que os dias passavam, tentava mergulhar no cotidiano da escola. Mas era-me difícil não pensar sobre os Frants, os Carswalls e o sr. Wavenhoe. A sra. Frant e a srta. Carswall preenchiam meus pensamentos muito mais do que seria apropriado. E mais coisas me intrigavam: o que Salutation Harmwell e o sr. Noak tinham a ver com tudo aquilo? A srta. Carswall era de fato filha natural de seu pai?

Também não podia ignorar o comportamento do sr. Carswall. Embora o sr. Wavenhoe tenha sem dúvida assinado a cláusula que eu testemunhara, e a sra. Frant e o médico parecessem ter estado perfeitamente de acordo quanto à retidão da atitude do sr. Carswall, o velho sabia o que estava assinando? Aquilo não estava claro na minha cabeça. Não havia nada que pudesse ser chamado exatamente de suspeito, mas havia muito para atiçar a curiosidade, levantar dúvidas.

Para piorar a situação, um passar de olhos pelos jornais e por algumas das correspondências do sr. Bransby revelavam que os presságios do sr. Rowsell justificavam-se amplamente. Algo estava muito errado com o banco Wavenhoe. Havia rumores de que ele iria fechar as portas e suspender pagamentos. A morte do sr. Wavenhoe desencadeara uma crise de confiança. Não percebi a rapidez com que as coisas estavam acontecendo até cerca de dez dias após meu retorno da Albemarle-street. Àquela altura, o sr. Wavenhoe já havia sido enterrado e Charlie voltara à escola, trajando luto, porém, no mais, aparentemente inabalado pela experiência.

Depois das aulas da manhã, caminhei até a vila, como de hábito quando o tempo estava seco. Uma carruagem verde e dourada, puxada por dois alazões, parou ao meu lado na High-street. O vidro foi baixado, e a srta. Carswall olhou para fora.

— Sr. Shield, este é um prazer que eu não esperava.

Ergui o chapéu e fiz uma mesura.

— Srta. Carswall, eu tampouco. A senhorita veio ver seu primo?

— Sim; o sr. Frant escreveu para o sr. Bransby; ele vai passar a noite na cidade. Mas estou um pouco adiantada. Não gostaria de chegar antes da hora. Estudantes são tão fiéis à rotina, não é mesmo? Será que eu conseguiria convencê-lo a me mostrar um pouco da vila e da região? Tenho certeza de que é melhor manter os cavalos em movimento.

Eximi-me de dar qualquer informação topográfica de valor, mas disse que ficaria feliz em mostrá-la o que estivesse ao meu alcance. O criado baixou os degraus e entrei na carruagem. Flora Carswall deslizou pelo assento até o canto para me dar espaço.

— Que gentil da sua parte, sr. Shield — ela disse, brincando com um cachinho ruivo. — E que sorte tê-lo encontrado.

— Sorte? — disse baixinho.

Ela corou muito convenientemente.

— Charlie mencionou que o senhor geralmente sai para caminhar depois das aulas da manhã.

— Sorte para mim, ao menos — eu disse com um sorriso. — Como no outro dia, quando nos encontramos em Piccadilly.

A srta. Carswall sorriu de volta, e vi que meu palpite estava certo: ela havia me seguido desde a Albemarle-street naquela tarde.

— Suponho que às vezes deve-se dar um empurrãozinho na sorte — ela disse. — Não concorda? E confesso que estou feliz em ter a oportunidade de conversar em particular com o senhor. O senhor pediria... pediria para John, o cocheiro, sair alguns quilômetros da vila?

Obedeci.

Ela limpou a garganta e prosseguiu.

— Temo que o banco esteja em um mau momento.

— Li alguma coisa sobre o assunto nos jornais.

— É ainda pior do que se supõe. Por favor, não mencione isso à vivalma, mas meu pai está bastante abalado. Ele não sabia que... quero dizer, há sérios motivos para se alarmar. Ao que parece, diversos pagamentos venceriam neste período, alguns de quantias vultuosas, e, em tempos normais, eles poderiam ser prorrogados. Mas não: os credores querem ser pagos imediatamente. E além do mais, para piorar a situação, havíamos presumido — para dizer a verdade, o mundo inteiro presumia — que o sr. Wavenhoe fosse um homem muito rico. Mas aparentemente esse não era mais o caso quando da sua morte.

— Sinto muito ouvir isso. Posso perguntar-lhe por quê?...

— Por que estou lhe contando? Porque eu... eu fiquei preocupada com o que aconteceu na noite em que o sr. Wavenhoe morreu. Sinto dizer que meu pai parece muitas vezes tirânico. Ele é um homem acostumado a suas próprias maneiras. Aqueles que o conhecem fazem concessões, mas para um estranho, isso pode parecer... pode parecer outra coisa.

— Eu testemunhei uma assinatura, srta. Carswall. Isso foi tudo.

— O senhor viu o sr. Wavenhoe assinar, não viu? E não assinou o senhor mesmo imediatamente depois? E poderia testemunhar que não houve coerção alguma, e que o sr. Wavenhoe estava lúcido e sabia o que estava fazendo?

Até então, as mãos da srta. Carswall haviam permanecido dentro do seu regalo. Porém, enquanto falava, em sua agitação, ela retirou a mão direita e a pousou sobre a minha manga. Quase imediatamente percebeu o que fizera e, com um sobressalto, a retraiu.

— Posso sem dúvida testemunhar isso, srta. Carswall. Mas os demais presentes fariam o mesmo? A palavra do doutor naturalmente teria mais peso que a minha, e a da sra. Frant também.

— É possível que o sr. Frant venha a contestar a cláusula — ela disse, voltando a corar, e com mais intensidade. — O senhor sabe como são as famílias. Ouso dizer que a disputa por uma herança pode causar os mais terríveis estragos.

Eu disse suavemente:

— Esta cláusula, srta. Carswall: por que o sr. Frant iria querer contestá-la?

— Serei franca com o senhor, sr. Shield. Ela se refere à disposição de uma propriedade em Gloucester que pertencera, parece-me, à avó do sr. Wavenhoe, ou seja, à avó que ele tinha em comum com meu pai. Por conta disso, o sr. Wavenhoe tinha um vínculo sentimental com aquela casa, pois guardava lembranças de infância do lugar. Meu pai me revelou que esta é a única das propriedades dele que não está atravancada por uma hipoteca. E a cláusula a transfere para mim.

— A senhorita me permite perguntar quem a teria recebido se o sr. Wavenhoe não tivesse assinado a cláusula?

— Não tenho certeza. Talvez minha prima, a sra. Frant, a tivesse mantido sob tutela para o filho. Existem várias pequenas heranças, mas independentemente delas, ela e Charlie são co-herdeiros, e o sr. Frant foi indicado como executor. Meu pai e o sr. Wavenhoe tiveram uma desavença por conta de uma questão profissional, de modo que ele não foi mencionado no testamento. Porém, nas últimas horas do meu tio, quando papai expôs ao sr. Wavenhoe que ele não tinha desavença alguma comigo, o sr. Wavenhoe ficou bastante tocado pela força do argumento e quis que a cláusula fosse redigida imediatamente.

— E o sr. Frant?

— O sr. Frant não estava presente. Sophie estava entrando e saindo do quarto, mas sua cabeça estava em outros assuntos — a srta. Carswall hesitou e em seguida acrescentou em um tom de voz não muita acima do sussurro. — Na verdade ela se confundiu. Achou que seria a beneficiária da cláusula.

Lembrei-me das palavras que ela disse ao sr. Carswall antes de o sr. Wavenhoe assinar a alteração: *Façamos a vontade do meu tio. E obrigada. Os senhores são muito gentis.*

A srta. Carswall se aproximou um pouco de mim e baixou a voz.

— Sei que o sr. Frant não acredita que meu tio estivesse em condições de tomar uma decisão dessa natureza, que ele na verdade não fazia idéia do que estava subscrevendo.

Concordei com a cabeça, sem me comprometer. Seria mesmo possível que a sra. Frant tivesse sido enganada, e que eu houvesse sido um agente inconsciente no esquema para defraudá-la de sua herança? Isso explicaria seu comportamento diferente para comigo na manhã que se seguiu à morte do sr. Wavenhoe?

— Isso não teria tanta importância — soltou a srta. Carswall —, se os negócios do meu tio não estivessem tão comprometidos. Meu pai acredita que depois que as dívidas forem quitadas, mal vai haver dinheiro para pagar as contas da casa. Quanto ao banco, ele está sendo tão atacado no momento que meu pai diz que com certeza vai haver uma suspensão de pagamentos, e talvez até mesmo um pedido de falência. Temo que vá ser muito duro para Sophie.

— E para o sr. Frant.

— Se o banco entrou em dificuldades, então ele deve ser pelo menos em parte responsabilizado — a srta. Carswall disse com acidez. — Desde que meu pai se retirou da sociedade, o sr. Frant tem sido amplamente responsável pela condução dos negócios.

A carruagem havia saído da vila e seguia rapidamente por uma estrada campestre.

A srta. Carswall ergueu os olhos para mim.

— Preciso ir para a escola — sua voz ficara mais suave, assumindo um tom quase de súplica. — Eu... eu nem sei como dizer...

— Dizer o quê?

— É tão absurdo — ela respondeu, atropelando as palavras. — E, de qualquer maneira, não deve ser verdade. Mas dizem que o sr. Frant está ressentido com o senhor.

— Mas por que ele estaria?

— Andam dizendo que ele acredita que o senhor não deveria ter testemunhado a assinatura do meu tio.

— Andam dizendo? Quem anda dizendo isso?

— Shh, sr. Shield. Eu... eu o ouvi conversando com meu pai e o advogado na manhã que meu tio morreu. Quero dizer, eles estavam no quarto ao lado, e não se incomodaram em baixar a voz.

— Mas por que o sr. Frant se oporia ao meu testemunho da assinatura? Se eu não o tivesse feito, outra pessoa o faria. Ele também está ressentido com o médico?

A srta. Carswall não respondeu. Ela cobriu o rosto com as mãos.

— Além do mais, o seu pai foi tão incisivo que eu não tinha como recusar — eu disse, com a mente se enchendo com a lembrança do rosto frio e pálido da sra. Frant na sala de desjejum na Albemarle-street. — Nem havia motivo algum para que eu o fizesse.

— Eu sei — ela murmurou, espiando-me por entre os dedos enluvados. — Eu sei. Mas os homens nem sempre são criaturas racionais, não é verdade?

22

Na terça, dia 23 de novembro, o banco Wavenhoe fechou suas portas para sempre. No mesmo dia, dois correntistas preferiram cometer suicídio a encarar a ruína.

Quando um banco vai à falência, as conseqüências se espalham como uma epidemia pela sociedade: pais de família apodrecem na prisão de Marshalsea ou estouram os miolos, mães começam a costurar para fora ou se prostituem, crianças são retiradas das escolas e começam a mendigar, criados perdem o emprego e comerciantes levam calote; e assim a praga se espalha, indo cada vez mais longe, atingindo pessoas que nunca tinham ouvido falar do banco Wavenhoe ou da Russell-square.

— Frant se queimou feio quando o mercado de tabaco entrou em colapso — contou-me Dansey enquanto fumávamos nossos cachimbos noturnos no jardim. — Sei de fontes confiáveis que ele teve que procurar os israelitas para poder respirar um pouco. Ah, e os empregados foram embora. Sempre um sinal claro de que o navio está afundando.

Na quarta, houve mais suicídios e ficamos sabendo que os cobradores haviam ido àquela casa opulenta na Russell-square. Dansey e eu paramos diante da janela e observamos Charlie Frant, de braços dados com Edgar Allan, marchando pelo pátio de recreio e soltando nuvens de hálito quente no ar gelado.

— Tenho pena do garoto, é claro. Mas aceite meu conselho: não se envolva mais com os Frants, se puder evitar. Eles só vão lhe trazer tristezas.

Era um bom conselho, mas eu não podia aceitá-lo, pois, no dia seguinte, a tragédia dos Frant e dos Wavenhoe chegou ao que muitos acreditaram ser o seu ápice. As primeiras notícias sobre os terríveis acontecimentos da noite chegaram a nós na hora do desjejum. O leiteiro contou para as empregadas, e a notícia fez com que os criados cochichassem e se agitassem como um milharal ao vento.

— Aconteceu alguma coisa — falou Dansey enquanto tomávamos nosso café fraco e amargo. — Não é normal vê-los tão ativos a essa hora da manhã.

Mais tarde, Morley se aproximou de nós com Quird na sua cola, como sempre.

— Com licença, senhor — ele falou para Dansey, pulando de um pé para o outro, o rosto brilhando de excitação. — Aconteceu uma coisa horrível.

— Então eu o aconselho a não me contar o que é — falou Dansey. — Pode lhe deixar mais aflito.

— Não, senhor — Quird atalhou. — É sério, o senhor não está entendendo.

Dansey franziu o cenho para o menino.

— Perdoe-me, senhor — disse Quird rapidamente. — Eu não quis...

— Alguém foi assassinado esta noite — atalhou Morley, levantando a voz em sua empolgação.

— Estão dizendo que a cabeça foi esmagada — sussurrou Quird. — E que ele foi desmembrado.

— Poderia ter sido qualquer um de nós — disse Morley. — O ladrão poderia ter invadido e...

— Então um ladrão começou a matar? — falou Dansey. — Talvez Stoke Newington não seja um lugar tão maçante no fim das contas. Onde esse interessante evento teria acontecido?

— Não foi exatamente na vila, senhor — respondeu Morley. — Aconteceu em algum lugar no caminho para a cidade. Não fica tão perto daqui, na verdade.

— Ah. Eu devia ter desconfiado. Então Stoke Newington continua tão maçante quanto antes. Quando houver mais notícias, eu gostaria de saber. Enquanto isso, não estou interessado em gastar os poucos momentos de descanso que me restam ouvindo fofocas requentadas dos criados. Tenham um bom dia.

Morley e Quird se retiraram. Observamos os dois saírem da sala.

— Que criaturas mais enfadonhas e grosseiras — falou Dansey.

— Será que alguma coisa do que eles falaram é verdade?

Dansey deu de ombros.

— Muito possivelmente. Sem dúvida esse assunto vai durar por semanas a fio. Não consigo pensar em nada mais aborrecido.

Isso não era afetação da parte de Dansey. Ele podia ser extremamente reticente, mas quase nunca se dava ao trabalho de mentir. Na verdade, ele quase nunca se dava ao trabalho de fazer coisa alguma; eu às vezes imaginava o que teria sido dele se fosse de outra forma.

Não tive que esperar muito para saber mais detalhes. Na metade das aulas da manhã, o criado do sr. Bransby veio me buscar. Encontrei meu patrão no escritório, com um homenzinho vestido com roupas cinzas e manchadas de lama. Bransby andava de um lado para o outro, seu rosto mais vermelho do que o normal.

— Permita-me apresentar-lhe o sr. Shield, um dos meus professores — ele disse, parando para se servir de uma pitada generosa de rapé. — Sr. Shield, este é o sr. Grout, o procurador que atua como assistente dos magistrados. Sinto dizer que um acontecimento perturbador veio à tona, e ele pode lançar uma sombra sobre a escola.

O rosto do sr. Grout era um apêndice do nariz, como o de uma toupeira.

— Um homem foi assassinado, sr. Shield. O corpo foi encontrado no começo desta manhã por um vigia em um terreno em construção a pouco mais de 2 quilômetros daqui. Talvez o senhor possa identificar a infeliz vítima.

Olhei consternado de um homem para o outro.

— Mas eu nunca estive lá. Nem sei...

— Não estamos preocupados com a localização — interrompeu o procurador —, e sim com a identidade da vítima. Temos motivos para crer — e não pretendo afirmar mais do que isso — que ele não é um desconhecido para o senhor.

Bransby espirrou.

— Para ser franco, Shield, o banco Wavenhoe estava envolvido neste projeto imobiliário.

— O banco é o arrendatário do terreno. Ou, melhor dizendo, *era* — Grout franziu o nariz. — Dada a escassez de dinheiro no momento, o homem que possui o principal direito de superfície, um certo sr. Owens, foi forçado a fazer uma série de empréstimos. Infelizmente, o dinheiro que o banco ofereceu não foi suficiente para que ele cumprisse com suas obrigações. O pobre-diabo se enforcou em Hertford alguns meses atrás.

Bransby balançou a cabeça.

— E agora o pobre Frant foi conhecer o seu Criador. Sem dúvida um péssimo investimento.

— O sr. Frant está morto? — falei depressa.

— Essa é a questão — disse Grout. — O vigia acredita que o corpo é do sr. Frant. Mas ele o viu apenas uma vez, e ainda assim brevemente, e não pode ser considerado uma testemunha confiável. Com tão pouca antecedência, não consegui encontrar ninguém nas redondezas que conheça o sr. Frant. Mas fui informado que ele tem — tinha, melhor dizendo — um filho que estuda nesta escola, então vim até aqui para ver se alguém seria capaz de identificar o corpo; ou não, é claro, se for o caso. O sr. Bransby me disse que também nunca viu o sr. Frant, mas que o senhor, sim.

— Sim, senhor, várias vezes. Diga-me, e a sra. Frant? Ela foi informada?

Grout balançou a cabeça.

— É uma questão delicada. Não seria apropriado dizer a uma senhora que seu marido morreu para descobrir em seguida que a vítima na verdade era outra pessoa. O sr. Bransby me disse que o senhor foi um soldado, e que serviu em nosso glorioso exército em Waterloo. Espero não estar enganado ao inferir que a visão de um homem que sofreu uma morte violenta seja menos aterrorizante para o senhor do que para um mero civil.

O sr. Bransby estava com uma expressão de tédio no rosto. Lançou-me um sorriso de lábios cerrados e fez que sim com a cabeça. Eu sabia que não tinha escolha senão aceitar o papel que ele havia reservado para mim.

O sr. Grout fez uma mesura para o meu patrão.

— O sr. Shield deve estar de volta a tempo para o jantar.

— Bem, o quanto antes isso estiver resolvido, melhor — Bransby fixou o olhar em mim. — Só podemos esperar e rezar para que o pobre homem não seja o sr. Frant.

Alguns minutos depois, o sr. Grout e eu seguíamos rapidamente em sua carruagem. Descemos chacoalhando a Church-street e entramos à direita na High-street. Foi naquela rua, não muito ao sul de onde estávamos, que eu encontrara o sr. Frant pela primeira vez — em setembro, quando fora andando até Stoke Newington para assumir meu cargo na escola do sr. Bransby. Lembrava-me bem do encontro — como de costume quando um homem praticamente ameaça mandar seus criados para cima de você —, mas ele jamais demonstrara ter a menor lembrança da ocasião. Ocorreu-me que agora eu tinha uma possível explicação para a presença dele na estrada, naquele dia, uma explicação que também justificaria o mau humor do sr. Frant: ele viera inspecionar um de seus investimentos fracassados.

Pegamos uma rua estreita, cercada por moitas altas. Enquanto saltávamos e derrapávamos naquele chão de lama irregular e congelada, vislumbrei hortas e pastos baixos por sobre as moitas. Grout enfiou a carruagem em uma abertura à esquerda que levava até um campo grande. Havia pouca grama — somente um monte de areia e saibro, pilhas de tijolos e, acima de tudo, lama. Poucos muros eram mais altos do que a minha cintura. O terreno parecia ter sofrido um bombardeio recente que deixara duas fileiras de ruínas separadas por um montão de destroços. Grout estacionou em frente a um barraco de madeira. Ficamos um instante observando o cenário lúgubre.

— Se não me engano, o projeto é de vinte casas uma de frente para outra com um jardim comunitário no meio — disse Grout. — Wellington-terrace. O próprio sr. Owens desenhou as plantas. De acordo com o prospecto, os londrinos iriam se acotovelar para gozarem do ar saudável.

— Está na cara porque ele se viu obrigado a se enforcar — observei.

— Concordo. Não é um lugar nada alegre. Deu tudo errado do início ao fim.

A porta da cabana se abriu e um homem apareceu, levando a mão ao chapéu.

— Ah, aí está o policial — Grout levantou a voz. — Bem, onde está ele?

— Nós o trouxemos para dentro, como o senhor mandou.

Grout olhou para mim.

— Está preparado, sr. Shield? Então vamos logo.

Descemos da carruagem e seguimos o policial pela lama endurecida até a cabana. Meus olhos se ajustaram lentamente à penumbra. Uma pequena fornalha estava acesa em um canto e preenchia o ar com uma fumaça pesada, acre. Um homem estava encolhido ao lado dela, com um cachimbo de argila queimando na boca. Nas sombras dos fundos da cabana havia o vulto de uma porta deitada sobre um tripé. Em cima da porta, estava o volume longo e escuro de um corpo. Funguei: em meio à fumaça, havia outros cheiros: o travo de espíritos e o eflúvio sombrio do ossuário.

Grout apontou o homem ao lado da fornalha.

— O nome deste camarada é Orton, Jacob Orton.

— Veterano do 73º regimento, senhor — disse Orton em um tom choroso. — E tenho o atestado do comandante da minha tropa para provar — ele ergueu a mão com o cachimbo em um arremedo de saudação militar e uma chuva de faíscas voou pelo ar como meteoros. — Eles me chamavam de Jake Honesto no regimento — ele disse. — Esse é meu nome, senhor, e essa é a minha índole.

— Não tem mais luzes aqui? — Grout perguntou.

— O dia está terrivelmente nublado, sem dúvida — disse Orton, sugando o cachimbo.

Grout arremeteu contra ele e o agarrou pelo colarinho.

— Tem certeza que não ouviu nada à noite? Pense com cuidado. Uma mentira vai lhe custar caro.

— Juro por Deus, senhor, eu estava dormindo como um bebê nos braços da mãe — Orton gemeu. — Não foi culpa minha, vossa excelência.

— Você não é pago para dormir: é pago para vigiar.

— Estava bêbado feito um gambá — disse o policial. — Foi isso o que ele quis dizer.

— Não nego ter bebido um gole de alguma coisa para espantar o frio.

— Bebeu tanto que o Juízo Final poderia ter chegado sem que ele percebesse alguma coisa de errado — traduziu o policial. Ele inclinou a cabeça na direção do vulto silencioso deitado sobre o tripé. — Basta olhar para ele para ver que não foi uma morte tranqüila. Não é verdade, sr. Grout?

O procurador ignorou a pergunta. Virou de lado e puxou o pano que cobria uma das janelas, que eram pequenas e altas para desencorajar os ladrões. O pano caiu, revelando um quadrado sem vidro. Uma luz fraca de inverno se espalhou com relutância pela pequena cabana. Orton gemeu baixinho, como se a luz o ferisse.

— Mostre — disse o policial.

— Ele se mexeu — sussurrou Orton. — Eu juro. Vi a mão dele se mexer. Agora mesmo, juro por Deus.

— Você não está num estado confiável — disse Grout. — Traga a lamparina. Por que não temos mais luz? Talvez devêssemos ter deixado o pobre homem onde ele estava.

— Aqui tem raposas e ratos que não acabam mais — disse Orton.

Grout fez sinal para que eu me aproximasse da mesa improvisada. O corpo estava totalmente oculto por um cobertor cinza, exceto pela mão esquerda.

— Bom Deus! — gritei.

— Prepare-se, sr. Shield. O rosto está pior.

A voz dele parecia vir de muito longe. Olhei para o que sobrou da mão. Agachei-me e o policial jogou a luz sobre ela. Havia sido reduzida a uma massa sanguinolenta de carne, pele e lascas impressionantemente brancas de osso. Lutei contra o impulso de vomitar.

— As primeiras falanges do indicador parecem estar faltando — disse com uma voz fraca, calculada. — O sr. Frant tinha uma lesão parecida.

Grout soltou um suspiro.

— Está preparado para o resto?

Assenti. Não me atrevia a falar.

O policial colocou a lamparina no chão à beira da porta, ficou na ponta dos pés, pegou as duas pontas do cobertor e o puxou para baixo lentamente. O corpo estava deitado de costas e imóvel como uma efígie. O policial ergueu a lanterna e a segurou na altura da cabeça.

Estremeci e recuei um passo. Grout agarrou meu cotovelo. Minha mente escureceu. Por um instante, achei que a escuridão estava fora de mim, que a chama na lamparina tinha se apagado e que o dia havia virado noite tão rápido quanto em um país tropical. Sentia o odor pungente de fezes e suor, de tabaco e gim velhos.

— Ele devia se considerar um sujeito de sorte — Orton falou ofegante atrás de mim. — Quero dizer, olhe só para ele, o resto está quase intacto. Sortudo, hem? Precisa ver o que uma bala bem no meio da barriga pode fazer com um homem. Isso é que eu chamo de estrago. Eu me lembro de uma vez em Waterloo...

— Cale a boca, droga — eu disse, vagamente irritado com o fato de que aquele homem não parecia ter passado as batalhas se escondendo atrás de um cavalo morto.

— Você está obstruindo a luz, Orton — disse Grout, com inesperada brandura. — Saia da frente.

Fechei os olhos e tentei conter as imagens, sons e cheiros que lutavam para preencher a escuridão ao meu redor. Isso não é uma batalha: isso é apenas um cadáver.

— O senhor consegue chegar a uma conclusão? — perguntou Grout. — Entendo que o rosto dele está... está bastante destruído.

Abri os olhos. O homem na mesa improvisada estava sem chapéu. Ainda havia pedaços de gelo tanto nas roupas quanto nos cabelos. A noite estava fria demais para ficar ao relento. Ele usava um sobretudo escuro de muitas camadas — a versão luxuosa para cavalheiros de um sobretudo de cocheiro. Vislumbrei um paletó azul-escuro, calças marrom-claras e botas de montaria grossas. O cabelo, cortado rente, estava ficando grisalho nas têmporas.

Quanto ao rosto, era impossível identificá-lo. Via-se apenas um olho — só Deus sabe o que aconteceu com o outro — e me parecia que a cor dele era de um azul-acinzentado claro.

— Ele está muito diferente, é claro — eu disse, e as palavras saíam tão fracas e inadequadas quanto a luz da lamparina. — Mas tudo que vejo está de acordo com o que sei do sr. Frant: a cor dos cabelos, quero dizer, a cor dos olhos, ou melhor, do olho, e a constituição e o peso, até onde posso calculá-los.

— E as roupas?

— Não posso ajudá-lo nisto.

— Há também um anel — Grout contornou a cabeceira da mesa, mantendo-se o mais à distância possível. — Ainda está na outra mão, de modo que o motivo deste ato abominável não parece ter sido roubo. Por favor, venha para esse lado.

Obedeci como se estivesse em um transe. Não conseguia desviar os olhos daquilo que estava sobre a mesa. O sobretudo estava sujo de lama. Uma mancha escura se espalhava como um babador sinistro por sobre o peito. Pensei ter divisado lascas de ossos expostos na devastação vermelha que era o rosto.

O olho solitário parecia me seguir.

— Veja a cavalaria, por exemplo — sugeriu Orton do seu canto escuro perto da fornalha. — Quando estão todos juntos, e atacando, de modo que os cavalos não podem escolher onde pisam com as ferraduras. Se um homem estiver caído no chão, ferido, por exemplo, não se pode fazer nada. Ele é feito em pedaços. Os senhores nem imaginam.

— Feche a matraca — disse o policial, aborrecido.

— Pelo menos ainda sobrou um olho — prosseguiu Orton. — Os corvos costumam ir atrás dos olhos, sabiam?

O policial o calou às cacetadas. Grout baixou a lamparina para que eu pudesse examinar a mão direita do cadáver. Como a esquerda, havia sido reduzida a uma massa sanguinolenta. No indicador, estava o grande anel com sinete de ouro.

— Preciso de ar fresco — eu disse. Passei aos empurrões por Grout e o policial e irrompi porta afora. O procurador me seguiu. Observei a paisagem desolada de lama endurecida pelo frio e tijolos nus. Três pombos saíram assustados dos galhos sem folhas de um carvalho remanescente de uma época em que a terra não havia dado lugar a projetos mirabolantes e fortunas perdidas.

Grout colocou um cantil em minha mão. Bebi um gole de conhaque e tossi à medida que o calor descia até minha barriga. Ele andava de um lado para o outro, batendo as mãos enluvadas para afastar o frio.

— E então, senhor? — ele disse. — Qual o seu veredicto?

— Acredito que seja o sr. Frant.

— Não tem certeza?

— O rosto dele... está muito danificado.

— O senhor notou a falta do dedo.

— Sim.

— Isso assegura a identificação.

— É verdade.

Hesitei e então disse rapidamente:

— Mas quem faria uma coisa dessas? A violência do ataque é inacreditável.

Grout deu de ombros. Seus olhos derivaram para a casa semiconstruída mais próxima.

— O senhor gostaria de ver o local do assassinato? Não é para estômagos fracos, mas não é nada se comparado ao que já viu.

— Eu gostaria muito — o conhaque dera-me uma falsa coragem.

Ele me conduziu por uma série de tábuas vacilantes que serpeavam através da lama. Aquilo mal podia ser chamado de casa. Muros baixos cercavam a cavidade rasa do porão, que ficava menos de um metro abaixo do chão que pisávamos. Grout pulou no buraco com o alarde de um pombo procurando migalhas de pão. Eu o segui, quase pisando em uma poça de excremento fresco. Ele apontou com a bengala o canto mais afastado. Apesar da sua advertência, não havia muito para ver, além de poças de água congelada e, beirando os tijolos do canto da parede, uma porção de terra irregular mais escura do que o resto, pois fora matizada com o sangue de Henry Frant.

— Havia pegadas? — perguntei. — Certamente uma briga deixaria várias marcas.

Grout balançou a cabeça.

— Infelizmente, a cena foi visitada por várias pessoas desde o assassinato. Além do mais, o chão estava congelado.

— Quando Orton descobriu o corpo?

— Logo depois do amanhecer. Quando acordou, descobriu que alguém o trancara dentro da cabine. Teve que sair por uma das janelas. Ele veio até aqui para se aliviar, e foi então que encontrou o corpo — Grout franziu o nariz. — Avisou primeiro um fazendeiro das redondezas, que veio se embasbacar com meia dúzia de empregados. Depois avisou os magistrados. Se havia pegadas, ou outro tipo de marcas, vai ser difícil distingui-las das que foram feitas antes ou depois.

— E o que aconteceu com o chapéu e as luvas do sr. Frant? Como ele veio até aqui? E por que viria a essa hora da noite?

— Se eu tivesse a resposta para essas perguntas, sr. Shield, certamente saberíamos a identidade do assassino. Achamos o chapéu ao lado do corpo. Está na cabana, e tem o nome do sr. Frant do lado de dentro. E as luvas estavam sob o próprio corpo.

— Não lhe parece estranho, senhor?

— O quê?

— Que um homem viesse a retirar as luvas em uma noite tão fria.

— O caso inteiro é um emaranhado de circunstâncias estranhas e contraditórias. Os bolsos do sr. Frant foram esvaziados. Porém, o anel foi deixado no dedo — Grout esfregou o nariz bicudo, cuja ponta estava rosada de frio. — A arma principal deve ter sido um martelo ou alguma ferramenta do gênero — prosseguiu, atropelando as palavras de tal forma que percebi que ele também não estava indiferente à visão abominável sobre a mesa. — Embora seja possível que o agressor tenha usado também um tijolo.

Ele saiu desajeitadamente do porão e voltamos andando devagar para a cabana.

— Talvez eles tenham vindo para cá a pé — disse Grout. — Mas é mais provável que tenham vindo a cavalo ou de carruagem. Alguém deve tê-los visto pelo caminho.

— Homens arruinados podem tomar atitudes desesperadas, e não é impossível que uma das pessoas prejudicadas pelo sr. Frant tenha perdido a cabeça por conta dos problemas e decidido se vingar.

Grout lançou-me um olhar comprido.

— Ou isso pode ser obra de algum amante enciumado. Ou de um louco.

Já não havia mais nada que eu pudesse fazer em Wellington-terrace. Enquanto o sr. Grout me levava de volta para a escola em sua carruagem, fiquei em silêncio ao seu lado, com a mente muito cheia para conversar. Passamos o cantil um para o outro. Estava vazio quando nos aproximamos da Manor House School.

Eu disse:

— Posso contar para o sr. Bransby o que aconteceu?

Grout deu de ombros.

— Ele ou sabe ou pressupõe tudo o que eu ou você poderíamos contar. Da mesma forma que o bairro inteiro dentro de mais ou menos uma hora.

— Há ainda a questão do menino. O filho do sr. Frant.

— De fato. O sr. Bransby deve fazer o que achar melhor nesse caso — ele inclinou o nariz na minha direção. — Não sei como os magistrados vão proceder e, se soubesse, não seria apropriado lhe revelar. Porém, deve haver um inquérito, e o senhor pode ser chamado para depor. Contudo, enquanto isso — ele abriu bem os braços —, as pessoas vão falar. Não tenho a menor dúvida.

23

Na noite daquele dia terrível, fumei um cachimbo com Dansey no jardim quando os meninos já estavam dormindo. Andamos de um lado para o outro, encolhidos em nossos sobretudos. Logo depois que voltei, o sr. Bransby mandou chamar Charlie Frant. O menino não havia sido visto desde então. Uma mensagem fora enviada a Edgar Allan pedindo que ele levasse as coisas do amigo para o lado da casa do sr. Bransby.

— Estão dizendo que um homem já foi preso — Dansey falou baixinho.

— Quem?

— Não sei.

Inclinei a cabeça.

— Mas por que o assassino mutilou o corpo?

— Um homem em busca de vingança é um homem fora de si. Se é que foi vingança.

— Sim, mas por que as mãos?

— Na Arábia, eles cortam as mãos dos ladrões. Já fizemos isso aqui, se não me engano, ou algo do gênero. Esmagar as mãos da forma que você descreveu pode ser uma variação da prática. Talvez o assassino do sr. Frant achasse que a vítima fosse um ladrão.

Nossos cachimbos chiaram e estalaram. Paramos no limite do jardim e ficamos por um instante sob o abrigo das árvores, olhando para a casa.

Dansey suspirou.

— Seja como for, esse assunto vai causar um rebuliço considerável. Rogo-lhe que não considere abuso da minha parte se eu lhe falo como um amigo, mas meu conselho é que guarde suas opiniões para você.

— Fico agradecido. Mas por que insiste tanto nisso?

— Eu mesmo não sei ao certo. Os Frants são poderosos. E quando os poderosos caem, costumam levar os mais humildes consigo — ele sugou o cachimbo. — É uma pena que tenha sido chamado para identificar o corpo. Você não devia ter se envolvido nesse caso de forma alguma.

Dei de ombros, tentado sem sucesso afastar da mente a lembrança da carcaça ensangüentada que vira pela manhã.

— Vamos entrar? Está ficando frio.

— Como preferir.

Pareceu-me haver um traço de arrependimento na voz de Dansey. Andamos devagar de volta para a casa — devagar porque ele atrasava o passo. A lua estava muito luminosa, e nossos pés esmagavam o gramado prateado. A casa se erguia diante de nós, o luar incidindo sobre o jardim da frente.

Dansey colocou a mão no meu braço.

— Tom? Posso chamar-lhe assim, não posso? Por favor, me chame de Ned. Eu não quero...

— Shh — eu disse. — Veja, alguém está nos observando. Está vendo? Na terceira janela do sótão, da esquerda para a direita.

Era a janela do quarto que Morley e Quird haviam dividido com Charlie Frant. Apertamos o passo e um instante depois entramos na casa.

— A luz da lua prega peças estranhas — falou Dansey.

Balancei a cabeça.

— Eu vi um rosto. Brevemente.

Não sonhei naquela noite, embora houvesse temido que meus pesadelos brutais voltassem depois do que vi na cabana de Jacob Orton.

Durante o dia, a própria escola era melhor do que qualquer remédio. Nos dias que se seguiram, nossas vidas continuaram em seu curso tranqüilo, aparentemente inalterado. Não obstante, as notícias continuavam a chegar do mundo externo. O homem que foi levado em custódia era o irmão do sr. Owens, o construtor que cometera suicídio. Dizia-se que o irmão era vítima de acessos de ira incontrolável; testemunhas confiáveis o ouviram ameaçar Henry Frant, a quem ele responsabilizava pelo suicídio do irmão. Era um homem violento, e quase matara um vizinho por desconfiar que ele estivesse flertando com sua esposa. Mas no dia seguinte, os magistrados o soltaram. Ficou-se sabendo que ele passara a noite em questão bebendo na casa do tio, e dividira a cama com o primo, de modo que a família lhe servia de álibi.

O inquérito foi breve. Não fui chamado para depor, para alívio meu e do sr. Bransby. O assistente particular do sr. Frant, um homem chamado Arndale, que o conhecera por quase vinte anos, não hesitou em identificar o corpo como sendo do seu patrão. O júri chegou a um veredicto de assassinato cometido por réu ou réus desconhecidos.

Apesar da morte horripilante, houve poucas demonstrações de pesar pelo sr. Frant ou de compaixão pela viúva. À medida que as informações sobre o colapso do banco Wavenhoe e sobre os motivos dele vinham à tona, a imprensa se apressou em condená-lo.

Nunca se soube ao certo a extensão do estrago feito por Frant, mas ouvi falar de cifras que iam desde 200 mil libras até meio milhão. Muitos dos correntistas, confiando na reputação do banco, elegeram o sr. Wavenhoe e o sr. Frant como seus gestores financeiros. Nessa posição, Frant comprara centenas de milhares de dólares em ações dos Fundos Consolidados a 3 por cento. Nos últimos três anos, ele se fez passar por procurador, o que o possibilitou vender essas ações. O sr. Wavenhoe assinou os documentos que foram colocados na sua frente, embora certamente não soubesse o que significavam. A assinatura de um terceiro sócio, um outro gestor, foi forjada em todas as ocasiões, da mesma forma que a de diversas outras testemunhas. O sr. Frant se apossou dos rendimentos dessas vendas, conservando uma reserva suficiente para pagar dividendos aos correntistas, evitando assim o surgimento de qualquer suspeita.

Arndale, o assistente de Frant, declarou não saber nada sobre o assunto. (Dansey acreditava que o homem evitara uma acusação ao cooperar com as autoridades.) Arndale confirmou que a retirada do capital do sr. Carswall foi um golpe pesado para o banco. Ele também atestou que o banco cedera muitos empréstimos para especuladores, o que tornou necessária a criação de um sistema de abatimentos. Conseqüentemente, o sr. Frant foi obrigado a ceder mais empréstimos a essas pessoas, de modo a garantir os valores das dívidas originais. Além disso, continuavam a circular boatos que o sr. Frant era viciado em jogo, e que ele perdera grandes quantias de dinheiro nas cartas e nos dados nas casas de jogos.

— Quem quer que o tenha matado fez um favor ao carrasco — falou Dansey. — Se Frant já não estivesse morto, eles o teriam acusado de falsificação e o mandado para a forca por fraude.

Houve muita especulação na época se a sra. Frant estava ou não ciente dos esquemas do marido. Alguns a consideravam duplamente culpada por associação; ela não era esposa de um dos sócios e sobrinha de outro? Mas nem todos concordavam.

— Um homem não discute seus negócios com a esposa — argumentou Dansey. — Não, ela é culpada meramente por associação. A opinião pública prefere ter um bode expiatório vivo, se isso for de alguma forma possível.

O fato de a sra. Frant não ter ninguém para falar em sua defesa complicava ainda mais as coisas. O sr. Carswall lhe ofereceu um teto, mas permaneceu calado neste e em todos os outros assuntos. Dizia-se que ela foi acometida de uma febre, seus ânimos derrubados pela dupla tragédia da morte do marido e da revelação de seus crimes.

Quanto a Charlie, ele passava pelos dias como um autômato. Fiquei surpreso que o sr. Carswall não o tenha retirado da escola. Meninos são criaturas imprevisíveis. Esperava que os colegas dele fossem atormentá-lo, que o fizessem pagar pelos crimes do pai. Em vez disso, a maioria o deixou em paz. Na verdade, quando não o ignoravam, eles o tratavam com uma certa bondade rude. Charlie parecia doente, e eles o tratavam como tal. Edgar Allan raramente saía do seu lado. O jovem americano cuidava do amigo com uma solicitude e um tato incomuns em alguém tão moço.

No entanto, tato não era uma característica que pudesse ser atribuída a Morley ou Quird. Bons modos tampouco. Peguei-os brigando com Allan e Frant em um canto da sala de aula. Morley e Quird eram tão mais velhos e tão mais fortes que a luta estava mais para um massacre. Pela primeira vez, intervim. Castiguei-os no ato e mandei que viessem a mim naquela noite para que pudesse castigá-los novamente.

— Tem certeza de que quer fazer isso, senhor? — Morley perguntou com a voz mansa quando ele e Quird apareceram na hora marcada.

— Vou lhe bater mais ainda se você não tirar esse sorriso insolente da cara.

— É só que eu e Quird vimos o senhor e o sr. Dansey algumas noites atrás. Fumando debaixo das árvores.

— Então vou castigá-los por serem dois moleques pirracentos e bisbilhoteiros — rosnei, fervendo de raiva. — E podem me dizer por que não estavam na cama?

Morley teve a petulância de ignorar minha pergunta.

— E vimos os dois, senhor, outras noites.

Olhei para ele, minha raiva cessando rapidamente. Uma demonstração de ira pode ser útil quando se está lidando com meninos, mas deve-se evitar sempre explosões desgovernadas.

— Incline-se — ordenei.

Ele não se mexeu.

— Talvez, senhor, seja minha obrigação informar o sr. Bransby. Devemos botar a mão na consciência. Ele abomina a prática de...

— Você pode contar ao sr. Bransby o que quiser — eu disse. — Mas primeiro vai se inclinar e eu vou surrá-lo como você nunca foi surrado na vida.

O sorriso desapareceu do rosto largo e malévolo de Morley.

— Isso não é nada prudente, senhor, se me permite dizê-lo.

As palavras foram calculadas, mas sua voz se tornou um guincho no final da frase, quando bati em sua boca com as costas da mão. Ele tentou protestar, mas o agarrei pela garganta, girei seu corpo e o atirei na cadeira que serviu de local para o castigo. Ele não se mexeu. Levantei-lhe as abas do paletó e o açoitei. Já não sentia mais raiva: agia com frieza e deliberação. Não se pode deixar um menino falar com tanta arrogância. Quando acabei, ele mal conseguia andar, e Quird teve que ampará-lo na saída.

Não obstante, o incidente me deixou abalado, embora Morley tivesse mais que merecido o castigo. Nunca havia batido em um menino com tanta brutalidade, ou dado vazão à minha fúria daquela forma. Fiquei pensando se o assassinato de Henry Frant não teria me afetado de maneiras que eu não suspeitara antes.

O que só comecei a suspeitar mais tarde era que Morley poderia conhecer Dansey melhor do que eu, e que quisera dizer algo completamente diferente do que eu havia imaginado.

Nove dias depois do assassinato, no sábado, dia 4 de dezembro, fui chamado ao escritório do sr. Bransby. Ele não estava sozinho. Esparramando-se de uma cadeira de braços ao lado da mesa estava a figura grande, deselegante do sr. Carswall. Sua filha se empoleirava circunspecta em uma poltrona de frente para a lareira.

Quando entrei, Carswall me encarou através das sobrancelhas desgrenhadas e então baixou os olhos para o relógio aberto na mão.

— É melhor se apressar — ele disse. — Ou só chegaremos à cidade de noite.

Olhei atônito de um homem para o outro.

— O senhor irá acompanhar Charles Frant até a casa do sr. Carswall — disse Bransby. — O pai dele será enterrado na segunda.

24

— Eu sou uma bastarda — a srta. Carswall disse para mim na noite de segunda após o funeral do sr. Frant.

Fiquei tão chocado com seu impudor que não sabia como responder. Olhei para a porta com medo que ela se abrisse, que as palavras dela tivessem sido ouvidas. Naquele momento, a srta. Carswall e eu estávamos sozinhos na sala de estar da casa do seu pai na Margaret-street; Charlie subira para apanhar um livro.

Ela me encarou com seus olhos castanhos.

— Vamos chamar as coisas pelos nomes certos. Era isso que eu queria lhe contar na Albemarle-street. Naquele dia em que Charlie nos interrompeu.

— Isso não tem a menor importância — eu disse, sentindo que devia dizer alguma coisa.

Ela bateu o pé.

— Se o senhor fosse um bastardo, saberia como o que disse soa ridículo.

— Perdoe-me. Não quis dizer que não tem importância para você, ou dentro do esquema geral. Eu... eu quis dizer que não tem importância para mim.

— O senhor sabia, admita. Alguém lhe contou.

A senhorita Carswall olhou-me fixamente por um momento. Ela tinha a pele clara, quase translúcida, que geralmente acompanha os cabelos ruivos. Ficava atraente quando afogueada.

— Papai prefere não revelar as circunstâncias do meu nascimento — ela prosseguiu após um instante de silêncio. — O que tem sido um tanto inconveniente para mim. Pode levar a situações em que as pessoas, ou melhor, elas podem vir a se aproximar de mim com falsas intenções.

— A senhorita não precisa se preocupar quanto a mim, srta. Carswall — eu disse.

Ela estudou a ponta dos seus pequeninos sapatos.

— Até onde sei, minha mãe era filha de um fazendeiro respeitável. Não a conheci, ela morreu antes de eu completar 1 ano de idade.

— Sinto muito.

— Não há necessidade. Quando eu tinha 6 anos, meu pai me mandou para um seminário em Bath. Fiquei lá até os 15, e então fui morar com minha prima, a sra. Frant. Papai e o sr. Frant eram amigos na época. O sr. Frant estava na América cuidando de negócios do banco, de modo que éramos apenas nós três, a sra. Frant, o pequeno Charlie e eu. Eu gostaria...

— O que a senhorita gostaria?

— Eu gostaria de ter ficado lá. Mas a mulher do meu pai morreu, então nada mais me impedia de morar com ele. E ele e o sr. Frant se desentenderam, e minha permanência na Russell-square já não era conveniente. Então eu vim para cá — ela começou a falar entrecortado, como se bombeasse as palavras de um poço fundo dentro de si. — Como uma espécie de acompanhante. Uma espécie de governanta. Uma espécie de filha. Ou até mesmo... ah, eu nem sei ao certo. Todas essas coisas e nenhuma delas. Quando meu pai recebe os amigos em casa, eles não sabem o que eu sou, eu não sei o que sou. — Ela parou de falar e se sentou no pequeno sofá em frente à lareira. A agitação fazia seu peito arfar.

— Fico honrado que a senhorita tenha me escolhido como confidente — disse com a voz mansa.

Ela ergueu os olhos para mim.

— Que bom que o funeral terminou. Eles sempre me deixam melancólica. Ninguém veio, não é? Só mesmo aquele cavalheiro americano. Pode não parecer, mas Henry Frant teve muitas pessoas que se orgulhavam de chamá-lo de amigo na vida.

— O cavalheiro americano?

— Sr. Noak. Ele conhecia o sr. Frant, ao que parece, e o sr. Rush, o ministro dos Estados Unidos, o apresentou a papai e a mim algumas semanas atrás.

— Acho que o conheci. O sr. Noak, quero dizer.

Ela franziu o cenho.

— Quando?

— Ele estava na Russell-square um dia, logo depois de chegar da América. O vi depois também, na Albemarle-street, na noite em que o sr. Wavenhoe morreu.

— Mas por que ele viria ao funeral? Eles não pareciam ser íntimos, e os crimes do sr. Frant afastaram os outros amigos.

— Não sei — olhei no rosto dela. — Por que a senhorita mesma não pergunta a ele?

Ela balançou a cabeça.

— Mal o conheço. Fomos apresentados, mas não chegamos a conversar. De qualquer forma, por que ele iria perder tempo conversando bobagens com uma garota insignificante?

Não disse nada; não havia necessidade de responder, não com palavras. A questão ficou suspensa no ar e ela corou. Nossos olhos se encontraram e sorrimos um para o outro. Flora não era bonita, mas quando sorria fazia o seu coração saltar.

— Pobrezinha da Sophie, da sra. Frant — ela falou de repente, talvez no intuito de mudar o rumo da conversa. — Ela não tem mais nada, nada mesmo. O sr. Frant tomou até o resto das jóias. Ela já lhe havia dado a maioria delas, mas no dia da morte ele arrombou uma gaveta da penteadeira e levou o restante, as que tinham um valor especial para ela, que ela esperava salvar da ruína.

— As jóias não foram encontradas?

— Não. Imagina-se que o assassino as tenha levado. Ainda assim, Sophie não está sem amigos, não enquanto eu estiver aqui. Eu a amo como a uma irmã mais velha. Minha casa será dela pelo tempo que ela precisar.

Ouvimos passos correndo pelas escadas. A srta. Carswall fuzilou-me com o olhar, como se avaliasse o efeito de seus sentimentos edificantes, e virou o rosto para passar uma linha pela agulha à luz da vela em sua mesa de trabalho.

Charlie irrompeu no quarto, desacelerando imediatamente para o passo contido e sóbrio de alguém que havia enterrado o pai naquele mesmo dia. Ele demonstrava o mais profundo luto, mas em alguns momentos de descuido seu rosto revelava que a aparência de tristeza era mentirosa. Creio que ele estava extremamente chocado com a morte do sr. Frant — como não estaria? —, mas não acredito que tenha sofrido pelo pai. Ele se sentou diante do fogo. A srta. Carswall apanhou um bordado. Eu abri meu volume do *De Consolatione*, de Boécio.

Ocasionalmente, ouvia-se o barulho de uma página, ou a mão com a agulha se mexia, mas não creio que tenhamos feito muita coisa. O dia havia sido muito frio, e eu ainda estava gelado até os ossos. A melancolia da situação atingiu cada um de nós a seu modo. O funeral do sr. Frant foi na capela de St. George, o Mártir, perto da Russell-square, e o corpo estava enterrado no cemitério ao norte do Foundling Hospital. Em algum lugar acima das nossas cabeças estava a sra. Frant, aos cuidados da sra. Kerridge. A viúva insistira em ir ao funeral do marido, o que fizera a febre voltar.

Foi a sra. Frant quem pediu que Charlie fosse afastado da escola pelo resto do período, e que eu fosse contratado para servir de tutor e companhia masculina. De acordo com a srta. Carswall, em um de seus momentos de indiscrição, a sra. Frant defendeu tão ardorosamente essa idéia quando Carswall inicialmente se opôs a ela que os médicos temeram pela sua vida.

E lá estávamos os três em silêncio, fingindo estar ocupados com algo útil, mas na verdade imersos em pensamentos e aguardando o criado trazer a bandeja de chá. Porém, eu continuaria com sede, pois quando o homem apareceu, disse que o sr. Carswall me esperava.

Desci as escadas. A casa ficava a leste da Cavendish-square, e era menor e menos bem localizada do que eu havia esperado, dada a reputação de riqueza do sr. Carswall. Encontrei-o na sala dos fundos do piso inferior. Com um charuto na mão, ele estava sentado em uma cadeira de braços diante de uma grande lareira.

— Shield, feche logo a porta, sim? Está um frio dos diabos. Funerais sempre me dão calafrios. Vá para lá, homem, fique na luz para eu poder vê-lo — ele me olhou de cima a baixo por um instante. — Charlie me contou que o senhor foi um soldado. Um dos heróis da nação em Waterloo.

— Eu estive lá, senhor, sim.

Ele soltou uma gargalhada, abrindo e fechando de súbito a boca como se pegasse uma mosca.

— Nunca entendi a utilidade de se fazer fila para morrer. Porém, concordo que é importante para o país que alguns dos jovens pensem o contrário — ele pegou uma taça de uma mesa ao seu lado e bebericou. — Disseram-me que o senhor viu Harry Frant morto.

— Sim, senhor.

— Caído no local do crime, não foi? Wellington-terrace, rá! Aquilo sim foi um péssimo negócio. E tudo para acabar em um porão escuro e sinistro.

— O porão estava a céu aberto, senhor. Os muros das casas tinham apenas alguns centímetros de altura. E, apesar de tê-lo visto no local em que foi morto, quando cheguei lá ele já havia sido removido. Estava em uma cabana próxima.

— Oh — Carswall limpou a garganta com estardalhaço. — Não fui informado disso. Disseram-me que o corpo foi bastante mutilado.

— Correto.

— Como? Desembuche, homem. Não há necessidade de medir as palavras. Posso não ter sido soldado, mas não tenho estômago fraco.

— Os jornais disseram que ele foi atacado com um martelo.

— De fato. Encontraram um martelo numa balsa. Disseram que havia sangue nele, e cabelos. Em sua opinião, tendo visto os ferimentos, o assassino poderia ter usado essa ferramenta?

— Muito possivelmente, senhor. O sr. Frant sofrera muitos golpes na cabeça. Na verdade, um dos olhos estava para fora.

— Mas o senhor acredita que era ele?

— Não pude ter certeza. O cabelo, o peso, as roupas, até mesmo as mãos: tudo levava a essa conclusão.

— Mas o rosto estava irreconhecível. Em linhas gerais é isso, não é?

— Se não era ele, havia uma grande semelhança. O conjunto das características, o...

— Sim, claro — interrompeu Carswall. — Mas e as mãos?

— O anel do sr. Frant estava na mão direita. As primeiras falanges do indicador da outra mão estavam faltando.

— Eram as mãos de um cavalheiro?

Dei de ombros.

— Difícil dizer. Elas também haviam sido muito castigadas. Também não tive a chance ou a presença de espírito de examiná-las com atenção. Além do mais, a luz era pouca.

Carswall consultou um relógio que retirou do bolso do colete. Suspirou como se não tivesse gostado do que contei. Ficou observando por um instante o centro do fogo. Sua gravata estava afrouxada, os calções estavam desabotoados na cintura e nos joelhos. O paletó estava amarrotado e manchado, os cabelos, desalinhados. Mas sua mente podia ser tão vigorosa, e o tom habitual de sua voz era tão enfático, que era fácil esquecer que se tratava de um homem velho e doente.

De repente, ele ergueu os olhos e sorriu para mim, e o efeito foi devastador. Era como se sua filha tivesse sorrido: um rearranjo parecido de traços em algo completamente diferente.

— O senhor percebe para onde essas perguntas estão levando, não?

— O dedo.

Ele assentiu.

— O senhor pôde chegar à conclusão se a amputação havia sido recente ou não?

— Acredito que naquelas circunstâncias até mesmo um médico teria dificuldades em decidir.

— E a pele sob as roupas?

— Não tive a oportunidade de examiná-la — hesitei. — A pele de um cadáver não é igual a de um homem vivo. O corpo passara a noite ao relento. Estava muito frio. A não ser que houvesse alguma marca característica, uma cicatriz, ou um sinal...

— Não havia.

Carswall meditou e bebeu vinho. Somente duas velas estavam acesas, uma em cada ponta da lareira. A sala estava repleta de sombras. Pensei na caverna que Platão descreve na *República*: lá estavam as sombras e o fogo; mas será que um dia eu seria capaz de ver o que estava além da chama, no mundo real? Ou os Frants e os Carswall me deixariam preso para sempre em suas cavernas?

— Serei franco com o senhor — disse Carswall. — Mas antes preciso pedir-lhe que honre minha confiança. O senhor me dá sua palavra?

— Sim, senhor.

— A sra. Frant me disse que em duas ocasiões um patife foi a Stoke Newington e importunou Charlie. E que na primeira vez ele tentou atacar, ou talvez raptar, o menino e que o senhor estava próximo para resgatá-lo. Isso é verdade?

— Sim, senhor. Embora...

— E que na segunda vez o homem tinha dinheiro o suficiente para dar uns trocados para os meninos — Carswall ergueu a mão para evitar que eu falasse. — Vou lhe contar uma coisa que o senhor não sabe. Na sexta-feira anterior à sua morte, enquanto o sr. Frant atravessava a Russell-square a caminho de casa por volta do meio-dia, ele foi abordado em frente à casa por um homem cuja descrição combinava com a que tanto o senhor quanto Charlie fizeram do estranho de Stoke Newington. Por acaso, a sra. Frant estava olhando para a rua pela janela da sala de estar. Ela se lembra bem da ocasião, pois naquele momento eles estavam sendo constantemente atormentados por credores. Porém, o homem não parecia ser um credor, um beleguim, ou o que fosse. Embora a sra. Frant não conseguisse ouvir o conteúdo da conversa, os gestos do sr. Frant deixavam claro que ele estava irritado e que o homem estava intimidado pela sua raiva. O sr. Frant entrou na casa e o homem se afastou rapidamente. A sra. Frant perguntou ao marido quando ele subiu quem era o homem. E agora vem a coisa mais estranha: Frant negou terminantemente ter conversado com alguém — Carswall fez uma pausa, enfiou o indicador na fenda entre dois botões do colete e coçou a barriga. — Agora, por que o senhor acha que ele faria uma coisa dessas?

— Não sei dizer, senhor.

— Isso me faz pensar. A sra. Frant acredita que o senhor tinha negócios particulares com o marido dela.

— É verdade que tive a oportunidade de ser útil ao sr. Frant em uma ocasião — Virei-me para que ele não visse meu rosto. — Confesso que não entendo por que o senhor acredita que esse encontro que a sra. Frant presenciou tenha tanta importância no caso da morte do sr. Frant.

— Ficaria surpreso se o senhor entendesse. Ainda não contei tudo. Apesar do frio, a janela da sala de estar estava aberta, pois a sra. Frant a estava arejando. O estranho ergueu a voz, e ela o ouviu dizer muito claramente as palavras *Wellington-terrace*. Além do mais, ela acredita, e não sei dizer quanta importância devemos dar a isso, que o homem tinha um sotaque irlandês, ou talvez americano — Carswall bateu com a base da taça no braço da cadeira. — Não nego que ela pode ter ouvido, pelo menos em retrospecto, o que queria ouvir. Mais uma coisa: ela está convencida de que o negócio particular que o senhor tinha com o marido estava relacionado ao estranho de Stoke Newington. A sra. Frant não está bem o suficiente para conversar no momento, mas ela me incumbiu de lhe passar todas essas informações.

Inclinei a cabeça. Uma onda de vergonha tomou conta de mim.

— Acredito que o senhor não gostaria de fazer com que ela sofresse mais — disse Carswall.

— Não, senhor.

— Então não vai se opor a revelar o que sabe.

— Muito bem. Depois da primeira visita do homem a Stoke Newington, o sr. Frant ficou naturalmente preocupado com a segurança do filho. Certa tarde, vi o homem novamente, por acaso, em Long Acre. Eu o segui, acabei por alcançá-lo e ouvi sua história. Ele me contou que era americano, mas descendente de irlandeses. Disse que se chamava David Poe. O motivo da visita a Stoke Newington não era Charlie ou o sr. Frant. Ele estava interessado no amigo de Charlie, Edgar Allan.

— Allan? O filho do americano que vive na Southampton-row? O sr. Allan que sofreu um golpe pesado quando o mercado de tabaco entrou em colapso?

— Não sei quanto aos negócios do sr. Allan, senhor, mas ele certamente é o pai de Edgar — ou melhor, o pai adotivo. O jovem Allan não esconde o fato de que foi adotado. Este David Poe afirma ser o pai natural dele.

— E por que ele apareceria agora, depois de todos esses anos?

— Estava atrás de dinheiro — hesitei. — E também acredito que houvesse algum amor paterno envolvido. Ou pelo menos curiosidade.

Carswall assoou o nariz longa e ruidosamente em um enorme lenço amarelo.

— Não entendo. Na segunda vez, ele *deu* dinheiro para eles.

— Sim, senhor. Só posso imaginar que nesse ínterim a situação financeira do sr. Poe tenha melhorado consideravelmente.

Carswall consultou o relógio.

— Há uma outra questão: a sra. Frant deixou claro que na primeira ocasião o homem estava interessado em Charlie, e não no outro menino.

— Acho provável que o sr. Poe tenha se enganado. Devo esclarecer que naquela ocasião o homem parecia estar embriagado. E existe também uma certa semelhança entre os meninos.

— Um sósia, hã?

— Não exatamente, senhor. Eles se parecem, nada além disso.

Carswall jogou a guimba do charuto no fogo.

— Diga-me, o senhor conseguiu descobrir onde o homem vive?

— Em St. Giles. Ele não quis dizer onde exatamente, mas informou-me que está com freqüência na Fountain, onde trabalha como escriba.

— E o senhor contou tudo isso ao sr. Frant?

— Sim, senhor.

— Pouco depois, o tal Poe reaparece em Stoke Newington, miraculosamente em melhores condições. Mais tarde, a sra. Frant vê o marido conversando com um homem, que pode ser esse Poe, na Russell-square, um encontro que o marido nega em seguida, e também ouve as palavras Wellington-terrace. Mais tarde ainda, um corpo que pode ser o do sr. Frant é descoberto brutalmente assassinado em Wellington-terrace. Bem? O que acha disso?

— Diante dos fatos atuais, senhor, é impossível dizer se essas circunstâncias estão relacionadas, se elas se ligam de alguma forma.

Carswall bateu com a palma da mão esquerda no braço da cadeira.

— Não venha querer me ensinar, jovenzinho. Esse é o problema de vocês professores, acham que o mundo inteiro é uma sala de aula. Diga-me, o senhor conhece bem St. Giles?

— Já andei por lá uma vez.

— A passeio?

Como não respondi, ele deu mais uma de suas risadas, um som estranho, duro, quase inumano, que poderia sair da boca de um grande pássaro.

— O senhor conhece a Fountain?

— Fica em algum lugar ao norte da igreja — eu disse. — Perto da Lawrence-street, se não me engano.

— O senhor poderia ir até lá amanhã e procurar pelo sr. Poe?

— Eu sou, como o senhor me recordou, um professor, e...

— Sim, sim, sr. Shield. O senhor também é um homem que conhece alguma coisa do mundo. E, até onde sei, é a única pessoa, além da sra. Frant, talvez, que sabe qual é a aparência desse tal Poe.

— Mas a sra. Frant encarregou-me de tomar conta do seu filho.

— Maldito seja, eu não estou pagando pelo privilégio da sua presença?

Os ricos partem do princípio que estamos sob o poder deles, e geralmente têm razão. Por ora, eu mal passava de mais um dos criados de Carswall. Se despertasse sua ira, ele falaria com o sr. Bransby e eu seria despedido.

Apertou o botão de repetição do relógio e ele emitiu um pequeno som.

— Além do mais — disse cordialmente —, não estou pedindo para o senhor fazer isso por mim. Estou pedindo que o faça para a própria sra. Frant. E sei que o senhor não vai se negar.

25

Na manhã seguinte, saí da casa, passei pelo mercado na Oxford-street, e segui ao leste na direção de St. Giles. Comprara um paletó velho, remendado, do homem que trouxera a lenha. Trazia uma bengala pesada, que o sr. Carswall havia me emprestado.

O dia estava feio, o ar quase opaco por conta de um nevoeiro amarelo que entrava pela boca e tinha gosto de fuligem. Andei às cegas pelas calçadas, topando com os demais pedestres e, num determinado momento, quase morrendo atropelado por uma caçamba de carvão.

Na época em que sofria do que eles gostavam de chamar de loucura, eu andava com freqüência pelas Pocilgas de St. Giles-in-the-Fields. As piores partes ficavam ao norte da igreja, naquele losango sombrio de quadras, becos e travessas que ficava entre a Bainbridge-street, a George-street e a High-street. No entanto, nunca fui incomodado, nem mesmo pelos cachorros que corriam soltos pelas ruas. A pobreza reconhece a pobreza. Eles sabiam que eu era um deles.

À medida que me aproximava do coração negro do lugar, os cheiros e os sons ergueram-se para me dar as boas-vindas, envolvendo-me, sugando-me, como se fossem extensões do nevoeiro. Nas Pocilgas, a ordem natural das coisas se invertia: as presas se tornavam predadoras, e caçavam por sua vez seus inimigos naturais.

Saí da High-street e peguei a Lawrence-street. Uma mulher usando apenas um vestido, apesar do frio, agarrou meu paletó com dedos pequenos como os de uma criança. Afastei-me dela às pressas e acabei tropeçando em um porco magro que atravessava lentamente uma poça de dejetos que ia da calçada até a entrada de um beco. Uma dupla de meninos de rua correu atrás do animal, gritando obscenidades estridentes em sua empolgação. Apertei o passo. Passei por uma mulher enrolada em cobertores cinzas, encolhida em uma soleira, com um bebê ao seio.

— Vou ser boa com você, queridinho — ela disse num gemido débil e sem vida. E a ouvi me xingar no mesmo tom enquanto a deixava para trás.

— O senhor teria uma moeda para um velho soldado beber à saúde de Vossa Majestade? — uma voz rouca perguntou, vinda da altura dos meus joelhos.

Olhei para baixo e vi um homem de rosto vermelho, sem pernas, enroscado em um carrinho baixo.

— O senhor saberia me indicar onde fica a Fountain? Não é longe daqui, é?

— À saúde de Vossa Majestade — insistiu o homem.

Encontrei um *penny* em meu bolso e o larguei em sua mão aberta.

Seus dedos se fecharam em volta da moeda.

— Tem um beco à esquerda entre a Church-street e a George-street: entre nele e o senhor vai achar.

Porém, os olhos dele se voltaram para um bando de bêbados que saíam de uma cervejaria. Isso foi o suficiente para me deixar em alerta, e fui embora a passos largos, balançando minha bengala e tentando parecer o mais sisudo e ameaçador possível. A filantropia é um luxo. Não é possível encontrá-la nas Pocilgas, onde até mesmo se render a um impulso de caridade pode ter seu preço.

Cheguei à entrada do beco. O caminho não era pavimentado, tinha pouco mais de um metro de largura, e estava coberto por um mar de lama e excremento, tanto humano quanto animal, em parte úmido e em parte congelado. A passagem estava repleta de pessoas dormindo, bebendo e conversando. Duas garotinhas estavam sentadas na imundície, embalando trouxas de pano e fazendo bolinhos de lixo. A menos de um metro de distância, um homem e uma mulher gemiam e grunhiam em uma cópula que parecia causar mais dor do que prazer.

Com a bengala estendida ameaçadoramente diante de mim, varei o bando de gente. Da quadra enevoada no fim do beco vinha uma melodia dançante, uma rabeca tocando "St. Patrick's Day". Já ouvira a canção antes, quando estávamos aquartelados perto de um regimento irlandês. Eles chamavam as Pocilgas de Terra Sagrada, ou Pequena Dublin, por conta dos irlandeses pobres que iam parar lá vindos das outras partes da cidade, e das outras partes do reino.

Cheguei à pequena e sombria quadra no fim do beco. A casa à direita ostentava uma placa tosca representando uma fonte. Abri a porta e, passando por mais uma criança, entrei no que parecia ser a taverna.

Era baixa e escura, com menos de quatro metros quadrados, e devia ter pelo menos trinta pessoas. Atravessei com dificuldade a turba até alcançar uma mulher do tamanho de um guarda, com um cinturão de couro em volta do corpo, do qual pendia uma algibeira de couro e um molho de chaves. Arranquei o chapéu e fiz, da melhor maneira que pude naquele lugar apertado, uma educada mesura.

— Senhora — eu disse —, talvez possa me ajudar. Estou procurando pelo sr. Poe, o escriba.

Ela deu uma longa golada da caneca de cerveja em sua mão e a colocou em um balcão próximo. Virando-se na minha direção, limpou a espuma de cima da boca e disse:

— Infelizmente o senhor chegou tarde demais — suas pálpebras se agitaram sobre uns olhinhos castanhos como pedaços de frutas secas em cima de um doce. — Ele é um cavalheiro com um extraordinário conhecimento de poesia. Já tivemos noites de recitais tão bonitos. E tem mão de cavalheiro também, nunca lhe falta trabalho. Uma petição aqui, uma carta com conselhos e admoestação a um filho querido acolá, um apelo a um parente idoso além-mar — deu outra golada da caneca. — O sr. Poe tem um estilo para cada ocasião.

— Mas ele já não fica mais aqui, senhora?

— É uma pena que não, embora a cama sob a janela da frente do meu segundo andar tenha sido sua por tanto tempo que era como se ele fosse da família. "Maria, minha querida", ele costumava dizer, "a senhora me trata como um rei; a senhora é minha rainha, e este quarto é o seu palácio."

Ela aproximou o rosto do meu e sorriu, revelando gengivas rosadas e inchadas. Senti o cheiro ácido de destilados e o fedor pungente e carregado de carne podre.

— Ora, eu poderia lhe mostrar o quarto, se o senhor quiser. "Que cama mais confortável", costumava dizer o sr. Poe, e ele nem precisava dividi-la com ninguém, a não ser que quisesse, se é que o senhor me entende. E então? O senhor quer vê-la comigo?

— A senhora é muito gentil. Mas infelizmente tenho um assunto urgente para tratar com o sr. Poe...

— Existem urgências e urgências, é o que eu sempre digo — disse Maria, cutucando-me com seus peitos enormes. — Nada tão urgente que o senhor não possa beber uma taça de algo quente para espantar o frio, espero. Se esse nevoeiro for parar no pulmão, pode acabar com um homem numa questão de dias. Meu primeiro marido era tuberculoso, e o terceiro também.

Vi que não tinha saída, e perguntei se ela me daria a honra de beber uma taça de destilado comigo. Ela me arrancou um xelim, abriu uma portinhola sobre o balcão e tirou garrafas de gim e água.

Logo em seguida, minha anfitriã se sentiu indisposta. Primeiro ela recostou na parede e, agarrando meus ombros com as duas mãos musculosas, disse-me que eu era um belo homem. Tentou me beijar, e então bebeu um pouco mais de gim e chorou um pouco pelo terceiro marido, que, segundo ela, tocou seu coração mais do que os outros.

— O endereço do sr. Poe, senhora — interrompi. — A senhora teve a gentileza de dizer que o passaria para mim.

— O sr. Poe — ela se lamentou, tentando sem sucesso tirar o avental pela cabeça. — O meu sr. Poe abandonou o seu passarinho apaixonado. Ele foi embora do nosso ninho feliz.

— Sim, minha senhora, mas para onde?

— Seven Dials — ela fungou, e de repente pareceu ficar tão sóbria quanto uma freira. — Arranjou um trabalho como assistente de um cavalheiro, ele disse, e precisava se mudar para mais perto do novo trabalho. A verdade é que Fountain-court já não era boa o bastante para ele.

— Onde em Seven Dials?

— Ele está hospedado em uma casa na Queen-street — enquanto falava, suas pernas cederam e ela começou a escorregar lentamente pela parede, os joelhos subindo como montanhas até encostarem-se às beiradas salientes dos seus seios. — Tem um cartomante na casa. Muito refinado. Ele tem um papagaio que fala francês. O sr. Poe disse que ele olhou nos olhos dele, o homem, não o papagaio, e disse que via uma bela mulher aos seus pés, e uma fortuna que vai além de qualquer sonho de ganância.

26

Quando saí da Fountain, o nevoeiro havia piorado mais ainda. Meus olhos ardiam e lacrimejavam. Meu nariz escorria. Segui para Seven Dials abrindo caminho pela multidão que tossia e escarrava. No caminho, passei pelo cemitério da igreja de St. Giles. A igreja se agigantava como uma baleia imensa e manchada pela fumaça na superfície do oceano. Era como se eu viajasse por uma cidade no fundo do mar, por um mundo submerso.

A fantasia mal se formara na minha cabeça quando recordei que St. Giles era de fato um lugar onde as pessoas haviam se afogado. Alguns anos antes, próximo à igreja, um tanque enorme explodira na cervejaria Horseshoe. Milhões de litros de cerveja invadiram a paróquia como um vagalhão, levando embora barracas, carruagens, cabanas, animais e pessoas. Naquele lugar, muita gente vive em porões. A bebida inundou esses lares subterrâneos, e oito pessoas morreram afogadas em cerveja.

A idéia dessa onda vingativa deslizando pelas ruas e travessas conferiu peso à suspeita crescente de que eu estava sendo seguido. A sensação me invadiu aos poucos, de forma imperceptível, tornando-se cada vez mais palpável, como uma pequena umidade em um lençol. Embora virasse para olhar por sobre os ombros a todo o momento, o nevoeiro dificultava a identificação de indivíduos em meio à massa de pessoas que se amontoava aos meus calcanhares.

Parei em uma esquina para me localizar, e a passada às minhas costas também pareceu se deter. Virei à direita, entrando na New Compton-street, afastando-me de Seven Dials. Naquele momento eu já estava convencido de que alguém de fato me seguia. Continuei seguindo na direção oeste, e então desci e virei para a Lower Earl-street, pegando o caminho para Seven Dials. Minha convicção aumentava. Ouvia tantos passos ao meu redor que não conseguia identificar os que achava estarem me seguindo.

Atravessei Seven Dials e subi lentamente a Queen-street, mantendo-me na calçada da esquerda e olhando para dentro de cada estabelecimento no caminho. Quase na metade da rua, encontrei uma lojinha com uma gaiola de papagaio visível do lado de dentro da janela encardida. O papagaio grasnou, um chamamento estranho e áspero de três sílabas, repetido à exaustão. Logo em seguida o grasnido se transformou em palavras e ganhou sentido.

— *Ayez peur** — gritou o pássaro. — *Ayez peur.*

O lugar tinha cerca de 2,5 metros quadrados e fedia a fumaça e restos de carvão. Apesar disso, cheirava melhor do que a rua, e era sem dúvida mais quente. Um homem estava agachado diante de um forno nos fundos da loja. Usava um casaco que arrastava no chão, cachecol e um barrete de veludo preto. Um cobertor cobria-lhe as pernas para protegê-lo das correntes de ar. Ele se virou para me cumprimentar, e vi um rosto bem barbeado, com traços cheios por sob uma testa enrugada, porém alta.

— Sorte; baladas, tanto políticas quanto amorosas; remédios para homens e animais — ele entoou em uma voz profunda, cultivada, com uma elocução que não faria feio no púlpito —; remédios para problemas venéreos; encantos de eficácia garantida para satisfazer todos os desejos humanos neste ou no outro mundo; quarto para a semana ou para um dia. Theodore Iversen a seu dispor, seja qual for a sua necessidade.

Para não ficar para trás em termos de civilidade, tirei meu chapéu e fiz uma mesura.

— Terei eu o prazer de me dirigir ao dono deste estabelecimento?

— *Ayez peur* — disse o papagaio atrás de mim.

— Sou o arrendatário, porém se vou ou não poder continuar sendo no ano que vem é outra história — Iversen pousou um cachimbo na mesa ao lado do forno. — Suponho que o senhor não queira saber o futuro, tampouco veio atrás um encanto. Sobram medicamentos e acomodação.

— Nenhum dos dois, senhor. Fui informado que um dos seus locatários é um velho conhecido meu, um certo sr. David Poe.

— Ah, o sr. Poe — ele se virou para mexer em uma caçarola que estava ao fogo. — Um cavalheiro refinado. Sofria de uma terrível dor de dente.

— E ele se encontra no momento, senhor?

— Infelizmente, não. Sinto dizer que ele deixou o meu teto. Pelo menos suponho que sim.

---

* Tenha medo! (N. da E.)

— Posso saber quando foi isso?

O sr. Iversen ergueu as sobrancelhas.

— Dois dias atrás, não, minto: faz três dias. Ele alugou o quarto por um ou dois dias antes de a dor de dente começar, um sofrimento cruel em qualquer idade; na minha opinião, seria melhor se fossemos completamente banguelas. Dispus-me a oferecer algo para aliviar a dor, mas ele recusou minha ajuda. Por outro lado, se um cavalheiro deseja sofrer, quem sou eu para impedi-lo?

— E ele não falou para onde ia?

— Não disse absolutamente nada para mim. Sumiu como um ladrão na noite, exceto que, ao contrário de um ladrão, não roubou nada. Não tem importância, ele deixou o quarto pago até o fim da semana.

— Então não foi embora de vez?

— Isso eu não sei dizer. Tenho vários métodos infalíveis para revelar o que o futuro reserva, e como sétimo filho de um sétimo filho, tenho, é claro, o dom da premonição, assim como extraordinários poderes medicinais. Mas tenho por regra jamais usar meus talentos de prognosticação para benefício próprio.

— *Ayez peur* — disse o papagaio.

— Maldito pássaro — disse o sr. Iversen. — Tem um pano na cadeira logo atrás do senhor. Poderia fazer a gentileza de jogá-lo sobre a gaiola?

Quando me virei, tive a impressão de notar um movimento com o rabo do olho. Alguém estivera nos observando pela janela? O vidro estava embaçado e continha sujeiras que faziam os objetos do outro lado dele ficarem ondulantes, como se estivéssemos debaixo d'água. Não era impossível, disse a mim mesmo, que minha imaginação tivesse transformado uma daquelas ondulações em um espião. Cobri a gaiola e voltei a encarar o dono da loja.

— Já que o senhor imagina que o sr. Poe pode voltar — eu disse —, isso não implica que a bagagem dele ainda está no quarto?

O sr. Iversen sorriu com afetação.

Eu disse:

— Gostaria de ver o quarto do meu amigo. Talvez haja alguma pista do seu destino.

— Tenho por regra também que apenas os locatários podem entrar nos quartos. Locatários atuais e, é claro, *prováveis* locatários, que podem querer, muito naturalmente, verificar o aspecto, o tamanho *et cetera.*

— Então não seria problema eu ver o quarto se fosse um provável locatário? Se planejasse, talvez, alugá-lo por um dia quando ele vagar.

— Problema algum — O sr. Iversen sorriu para mim. — Cinco xelins o pernoite para a utilização individual do quarto e do colchão de espuma. Bomba d'água comunitária no jardim. Taxas extras se o senhor quiser que a menina traga água ou lave os lençóis, e assim por diante.

— Cinco xelins?

— Incluindo um xelim para as pequenas despesas.

Tirei minha carteira e paguei o preço abusivo por um quarto que eu nunca usaria.

— Obrigado — ele disse, enfiando o dinheiro entre as roupas. — E agora, preciso que o senhor me ajude.

Ele arrancou o cobertor de cima das pernas. Vi então que não usava um casaco, como eu havia pensado, mas um manto, como o hábito de um monge, cuja superfície era bordada com símbolos de alquimia ou de astrologia, embora o tempo e a sujeira os houvessem turvado de tal forma que mal se conseguia vê-los na luz fraca da loja. Seus pés estavam calçados com duas enormes sandálias de couro. A retirada do cobertor também revelou a cadeira na qual ele estava sentado. Rodas haviam sido fixadas às pernas; uma tábua para o sr. Iversen descansar os pés se projetava da frente; e um cabo fora anexado na parte de cima do encosto.

Ele soltou um molho de chaves do cinto que circundava o manto.

— Ficaria muito agradecido se o senhor fizesse a gentileza de me empurrar por aquela porta. Felizmente, o quarto do sr. Poe é no primeiro piso. Essas escadas são uma provação para mim — ele fungou. — Os aposentos do meu querido pai ficam no andar logo acima, e muito me dói não poder subir e descer para satisfazer seus pequenos desejos.

Iversen era um homem pesado, e não foi fácil empurrá-lo pela porta. Entramos, então, em um outro mundo da pequena loja, um mundo que era quase tão populoso quanto a Fountain-court. Viam-se pessoas na cozinha aos fundos e pessoas nas escadas. Roupas lavadas haviam sido penduradas pelo salão, de modo que tínhamos de passar por cortinas cinzas de linho gotejante. Homens cantavam e batiam o pé no andar de cima, e um som de marteladas vinha de baixo.

— Temos uma sapataria no porão — disse-me meu anfitrião. — Eles fazem as melhores botas de montaria de Londres. O senhor gostaria de encomendar um par? Tenho certeza que eles lhe dariam um belo desconto, já que o senhor também é inquilino.

— Não teria utilidade para elas no momento, obrigado.

Quando passávamos pelo pé da escada, Iversen gritou:

— Por favor, não fique agitado, papai. Estarei com o senhor em um instante.

Não houve resposta.

Paramos diante de uma porta próxima à cozinha. Ele se inclinou para frente e a abriu. O quarto era um cubículo escuro, não passava de um gabinete, com espaço apenas para uma pequena cama e uma cadeira. O vidro da janelinha estava quebrado, o buraco tapado com retalhos de pano e pedaços de papel. Havia um penico cheio debaixo de uma cadeira, com uma garrafa vazia ao lado. A cama estava desfeita.

Iversen apontou para debaixo da cama.

— A maleta dele ainda está lá.

— Posso abri-la? — perguntei. — Ela pode ter alguma pista sobre o paradeiro do meu amigo, e é de interesse dele próprio que eu o encontre.

Ele deu uma risada que se transformou em tosse.

— Sinto muitíssimo, mas o senhor terá que pagar mais um xelim se quiser abri-la.

Não falei nada, mas dei-lhe o dinheiro. A maleta não estava trancada. Remexi o conteúdo — entre outras coisas, um par de sapatos que precisava de uma nova sola, uma camisa remendada, um desenho a lápis da cabeça e ombros de uma mulher com olhos grandes e cabelo cacheado, armado à moda de vinte ou trinta anos atrás. Havia também uma edição contendo algumas das peças de Shakespeare: o livro perdera a contracapa e trazia o nome de David Poe escrito na folha de guarda.

— O senhor sabe onde ele arranjou emprego? — perguntei.

Iversen balançou a cabeça.

— Se um homem paga o aluguel e não cria confusão, não tenho motivos para me meter nos negócios dele.

— Onde estão os outros pertences do sr. Poe?

— Como vou saber? Talvez isso seja tudo que ele tem. Como amigo, o senhor com certeza sabe mais da situação dele do que eu.

— Alguém aqui poderia saber para onde ele foi?

— Tem a garota que traz a água e faz a limpeza. O senhor poderia perguntar a ela, se quiser. Mas vai lhe custar mais um xelim.

— Já não lhe dei dinheiro que chegue?

Ele espalmou as mãos.

— Os tempos estão difíceis, meu jovem amigo.

Dei-lhe um xelim. Ele me pediu para empurrá-lo até a cozinha, onde bebês choravam e duas mulheres brigavam despudoradamente por uma pilha de trapos, depois por uma outra cozinha de teto baixo nos fundos, onde três homens jogavam dados enquanto uma mulher fervia ossos, e por fim até um pequeno jardim. O fedor que subia da fossa transbordante obrigou-me a pegar meu lenço.

— Lá está — disse o meu guia, apontando para uma cabana de madeira do tamanho de um canil espaçoso, que se escorava contra o muro dos fundos do quintal. — Essa é a casa de Mary Ann. Talvez o senhor tenha que acordá-la. A noite foi agitada.

Atravessei o jardim entulhado de lixo e bati na porta baixa da cabana. Ninguém respondeu. Bati novamente e aguardei.

— Eu avisei — disse o dono da loja. — Ela deve estar dormindo. Tente abrir a porta.

A madeira podre raspou as pedras do chão do jardim. Não havia janela, mas a luz que entrou pela porta revelou uma mulher pequena, enrolada em uma pilha de trapos e jornais em um canto.

— Não se assuste, Mary Ann. Sou um amigo do sr. Poe, e quero lhe fazer uma ou duas perguntas.

Ela ergueu lentamente a cabeça e olhou para mim. Emitiu um som alto, sem palavras, como o grito de um pássaro.

— Não vim lhe fazer mal — eu disse. — A senhorita se lembra do sr. Poe, que está hospedado no quarto próximo à cozinha?

Ela se sentou, apontou a boca e voltou a emitir aquele grito sem palavras.

— Estou tentando descobrir para onde ele foi.

Ao ouvir isso, Mary Ann saltou de pé, se retraiu para o canto da sua casa miserável e, sem deixar de apontar a boca, emitiu novamente o mesmo som. A pobrezinha era muda. Agachei-me, de modo que meus olhos ficaram na altura dos dela. Ela não usava touca e seu cabelo fino e ruivo estava tomado de piolhos cinzas.

— A senhorita se lembra do sr. Poe? — insisti. — Consegue me ouvir? Faça que sim com a cabeça caso esteja me ouvindo e se recorde dele.

Ela esperou um instante e então assentiu lentamente.

— E ele foi embora daqui três dias atrás.

Ela assentiu mais uma vez.

— A senhorita sabe para onde ele foi?

Dessa vez ela balançou a cabeça.

— Ou onde ficava o trabalho dele?

Ela balançou a cabeça com mais força do que antes.

— Ele levou uma sacola quando foi embora?

A moça deu de ombros. A luz que vinha da porta incidia em seu rosto, e seus olhos pestanejavam. Enfiei a mão no bolso e tirei um punhado de moedas, empilhando-as no chão ao lado dela. Para minha absoluta vergonha, ela prendeu minha mão nas suas e a cobriu de beijos, emitindo sem parar seus guinchos de pássaro.

— Não fique agitada — disse sem jeito, puxando minha mão e levantando-me. — Por favor, perdoe-me por perturbar seu sono.

Ela fez um gesto, pedindo que eu esperasse, e remexeu o monte de cobertas que protegiam seu corpo frágil do mundo. Ela guinchava e gritava o tempo todo, embora os sons tivessem ficado mais brandos, lembrando-me do arrulhar de pombas. Por fim, seu rosto se iluminou, e ela me entregou uma folha de papel amassada que parecia ter sido arrancada de uma agenda. Nela havia um desenho a lápis da cabeça e dos ombros de um menino, isso estava claro, embora não fosse um menino que pudesse existir no mundo real. Era o tipo de desenho que um homem faz quando sua cabeça está ocupada com outros assuntos.

Sorri como se o desenho tivesse me agradado e tentei devolvê-lo para Mary Ann. Ela soltou um gritinho, arrulhou e gesticulou, deixando claro que queria que eu ficasse com ele. Enfiei o papel dentro do paletó e me despedi. Ela sorriu acanhada para mim, acenou com toda a discrição e voltou a se meter debaixo das roupas de cama.

Iversen ainda estava esperando em sua cadeira na porta dos fundos.

— O senhor a conquistou, meu caro. Pode acreditar. São raras as vezes que temos o prazer de ouvir Mary Ann tagarelar tanto.

Ignorei sua tentativa de ser engraçado.

— Obrigado. Se o senhor não tiver mais nada para me dizer, vou-me embora.

— Agora que está no jardim, é mais conveniente para o senhor sair pelo corredor — Iversen indicou a passagem estreita ao lado do banheiro, um túnel barulhento que cruzava a extensão da casa até a rua do outro lado. — A não ser que deseje que eu leia sua sorte, ou que faça um encanto para a moça arder de paixão pelo senhor.

Balancei a cabeça e entrei na passagem. Fui andando rapidamente pelo corredor em direção à agitação enevoada da rua. O ar tinha um cheiro particularmente úmido e podre. Uma ratazana cinza passou por cima do meu pé. Tentei acertá-la com a bengala, mas errei e atingi o muro. Minha mente estava cheia de pena pela garota e de raiva de Iversen, que eu suspeitava ser seu cafetão.

O ataque me pegou completamente de surpresa.

Já havia descido dois terços do caminho quando um homem surgiu do nada e deu um encontrão no meu ombro direito. Fui jogado contra o muro à esquerda e tentei erguer minha bengala. Porém, a estreiteza da passagem e o próprio corpo do homem impediram-me. Tive um instante para perceber que uma porta lateral da casa se abrira no corredor. A porta ficava em uma reentrância, e havia espaço o bastante para um homem se esconder na soleira.

Não um só homem, mas dois: o outro se jogou em cima de mim. Ambos estavam de preto. Retorci-me quando o segundo me agarrou. Metal tiniu nos tijolos. Senti o cheiro de um hálito quente e rançoso. Uma voz xingou. Ouvi passos correndo na lama vindos da rua.

— Maldito seja — berrou um homem.

Uma pancada forte atingiu minha cabeça. A dor embaçou minha visão. A última coisa que ouvi foi outro homem gritando:

— Minha nossa Senhora! Pegue o maldito tição!

27

Tenho pouca lembrança do que aconteceu em seguida. Perdi totalmente a noção de onde estava por vários segundos, ou mais. Quando a recuperei, continuava sem muitas condições de me localizar. Foi apenas com muito esforço intelectual que pude determinar que o nevoeiro continuava denso, e que, por alguma razão, alguém meio me carregava, meio me arrastava por uma multidão de pessoas.

Arquejei. Um homem gritou alguma coisa bem perto do meu ouvido e, instantes depois, fui empurrado para dentro de um carruagem. Desabei no assento.

— Brewer-street — disse um homem ao meu lado.

— Ele está bêbado — disse uma segunda voz.

— Não. Ele está desmaiado. Só isso.

— Se ele vomitar aqui dentro...

Ouvi o tilintar de uma moeda, e as vozes se calaram. Logo depois o coche começou a se mover. Andávamos devagar. Encolhi-me no canto com a cabeça nas mãos. O chacoalhar da carruagem embrulhou meu estômago, e por um instante imaginei que os temores do cocheiro pudessem ser justificados. Minha companhia não tentou conversar comigo. Duvido que conseguisse responder se ela houvesse tentado.

A carruagem seguiu em ziguezague, e com o tempo me acostumei ao chacoalhar, que se tornou quase uma fonte de alívio e não de incômodo. Olhei para fora com os olhos semicerrados. Erguendo-se do nevoeiro estava o vulto inconfundível da igreja de St. Ann, com seu campanário de ripas e sua flecha imensa. O reconhecimento deu um solavanco na minha mente que pareceu engatilhar algum mecanismo interno: os processos cerebrais começaram a funcionar bem novamente.

O que diabos eu estava fazendo em uma carruagem? Havia sido raptado? Por mais que tentasse, não conseguia me lembrar de nada entre o instante em que fui empurrado para dentro do coche e, em algum momento anterior indefinido, a hora em que Iversen, o dono da loja, me observava revirar o conteúdo da maleta do sr. Poe. Virei a cabeça lentamente, e o movimento piorou a dor.

— Ah — disse Salutation Harmwell. — A cor voltou ao seu rosto, sr. Shield. Isso é um bom sinal.

— Sr... sr. Harmwell. Não estou entendendo.

— Não se lembra de nada?

— Não... parece haver uma lacuna na minha memória — enquanto eu falava, o vácuo misterioso regurgitou um fragmento de informação. — O tição.

— Perdão, senhor?

— Lembro-me de alguém, não faço idéia de quem, quando, ou por quê... uma voz com sotaque irlandês, se não me engano... alguém dizendo alguma coisa sobre um tição. E, em St. Giles, até onde sei, a palavra costuma ser usada...

— Para descrever um homem de cor.

— Exatamente. Por favor, sr. Harmwell, o senhor pode esclarecer como cheguei até aqui?

— Eu estava descendo por acaso a Queen-street quando ouvi um barulho de briga. Olhei para dentro do corredor da loja pela qual estava passando e vi o senhor lutando com dois bandidos afoitos. Não que o tivesse reconhecido a essa altura, entendi apenas que algum pobre inocente estava em vias de ser espancado e roubado. Então, derrubei um deles. O outro saiu correndo e achei que seria mais prudente nos retirarmos o quanto antes.

Baixei os olhos para as mãos dele e vi que os nós dos dedos estavam bastante esfolados.

— Fico muito agradecido, senhor — esfreguei o lado da cabeça, onde um galo já se formava. — Não... não sei o que eu teria feito se o senhor não estivesse de passagem.

— Infelizmente, o senhor perdeu o chapéu. Na verdade, acredito que ele tenha absorvido o impacto da pancada, e que o senhor estaria bem pior se não estivesse com ele. O senhor ainda estava com uma bengala, mas ela também sumiu.

Assenti. Não havia dado falta de nenhum dos dois. Guardei para mim a observação de que era uma coincidência extraordinária que Harmwell estivesse passando por lá. O fato de que as coincidências estavam me sendo muito úteis não tinha a menor importância.

— O senhor ainda está com sua carteira?

Apalpei meu bolso.

— Sim.

— Isso é curioso.

Sabia apenas que devia ser cauteloso, mas não por quê. Falei lentamente:

— Talvez eu estivesse passando pela rua e eles me arrastaram para dentro do corredor para me roubar.

— Pouco provável — respondeu Harmwell. — Acredito que eu o teria visto, apesar do nevoeiro. O senhor deve ter entrado no corredor pelo outro lado, ou então de alguma das portas laterais das casas que dão para ele.

A carruagem seguia direto para o oeste, serpeando pelas ruas movimentadas até o coração do Soho. Por fim, chegamos a Brewer-street. Harmwell guiou o cocheiro até uma casa no lado norte, perto da esquina com a Great Pultney-street. Ele recusou com a mão minha tentativa de pagar a corrida.

A tontura voltou quando me levantei. Harmwell me ajudou a descer e ofereceu-me o braço à medida que entrávamos na casa. Um criado com um rosto inexpressivo e um uniforme esfarrapado nos conduziu para o andar de cima. Parecia que o sr. Noak havia ocupado todo o primeiro piso. Havia uma sala de estar na parte da frente, e Harmwell me acomodou em uma poltrona ao lado da lareira e mandou o criado trazer uma taça de conhaque para mim. Em seguida, foi buscar o patrão. Quando retornou com o sr. Noak, eu já havia engolido metade do conhaque e recuperado um pouco mais os sentidos. Mas ainda não conseguia me lembrar do que acontecera no intervalo de tempo entre a hora em que estava no quarto do sr. Poe na Queen-street e o instante em que Harmwell me atirou dentro da carruagem.

Maldito tição?

Na medida em que ouvia aquela voz rude na minha mente, uma imagem daqueles momentos perdidos da minha vida se esgueirou para frente da minha memória: a imagem de uma criatura pequena e infantil agarrando minha mão e beijando-a. A lembrança era tão clara que vi os piolhos cinzas andando em seus cabelos ralos e ruivos.

Levantei-me quando o sr. Noak entrou e descobri que conseguia ficar de pé sem me apoiar em nada. Ele estendeu a mão e perguntou como eu estava. Despejei meus agradecimentos a Harmwell por ter salvado minha vida e ao sr. Noak pela hospitalidade.

— Harmwell não fez nada mais do que o seu dever como cristão — disse Noak com sua entonação ríspida da Nova Inglaterra. — Foi uma sorte ele estar de passagem.

— Sem dúvida — eu disse.

— Por favor, sente-se — Noak se acomodou em uma cadeira de braços do outro lado da lareira. — Da última vez que nos encontramos, sr. Shield, discutimos sobre a importância de se ler Ovídio. Não conheço bem Londres, mas meu assistente me disse que lhe encontrou em uma parte da cidade que não é muito freqüentada por professores.

— Fui lá a pedido do sr. Carswall.

— Sr. Carswall? Sim, tive o prazer de encontrá-lo recentemente, embora em uma ocasião triste — ele me lançou um olhar penetrante. — Perdoe a minha curiosidade, mas pensei que o senhor estivesse empregado em uma escola fora de Londres.

— Estou, senhor, mas no momento estou na casa do sr. Carswall na Margaret-street para dar aulas a Charles Frant.

A boca do sr. Noak se retesou.

— Devemos louvar a caridade do sr. Carswall em oferecer um lar para a sra. Frant e o seu filho órfão.

Ele se deteve, parecendo estar mergulhado em pensamentos sombrios. O tempo passou. Meus próprios pensamentos não eram nada alegres. Talvez a sra. Frant não tivesse precisado da caridade do sr. Carswall se eu não houvesse testemunhado a assinatura de George Wavenhoe em seu leito de morte.

Muito tempo depois, ele prosseguiu:

— O senhor consegue se lembrar quem o atacou? Sem dúvida vai querer dar queixa deles na Bow-street.

— Infelizmente não me recordo das circunstâncias do ataque, tampouco da intervenção do sr. Harmwell.

— É uma pena. Ainda assim, o senhor sabe onde tudo aconteceu, e Harmwell viu os assaltantes.

Harmwell tossiu.

— O corredor estava escuro, senhor. Não pude vê-los bem.

— E St. Giles é um lugar sem lei — salientei. — Os homens que me atacaram já não estarão por lá.

Noak olhou para Harmwell e depois para mim.

— E as pessoas da casa? Estavam envolvidas no ataque?

Harmwell deu de ombros.

Eu disse:

— Não me recordo de nada que pudesse provar que estivessem.

— Mas elas poderiam estar, não é?

— É impossível saber — contraí-me por conta da dor na cabeça. — Não... não me lembro. Vou consultar o sr. Carswall quando voltar, senhor, mas creio que ele vá me aconselhar a deixar o assunto de lado.

— Entendo — disse o sr. Noak, e tive a desconfortável sensação que ele percebeu mais do que eu gostaria de revelar.

— Não devo abusar mais da sua bondade — eu disse. — A sra. Frant e o sr. Carswall vão ficar preocupados.

— Harmwell o levará de volta.

— Mas eu não poderia incomodá-lo mais, ou ao senhor.

— Não é incômodo algum — disse Noak bruscamente, levantando-se. — Pelo menos não para mim. E mesmo se fosse, o senhor sofreu uma pancada feia na cabeça, e é minha obrigação enquanto cristão garantir que volte em segurança, assim como é a obrigação de Harmwell ajudá-lo.

Despediu-se de mim inclinando a cabeça e deixou o aposento. Harmwell chamou o criado com a sineta. Dez minutos depois estávamos em outra carruagem, seguindo tão lentamente pelo nevoeiro que teríamos ido mais rápido a pé. Ficamos os dois calados. Alguns instantes depois, o silêncio se tornou opressivo e disparei a falar.

— Quais são suas impressões de Londres, sr. Harmwell?

— Bem, a cidade é tão grande e tão variada que quase não temos tempo de formar uma opinião antes que outra venha e a jogue pelos ares. Há tanta riqueza aqui, a mente mal consegue concebê-la.

— Mas tenho certeza que vocês americanos também têm muitas riquezas nos Estados Unidos.

— Não sou americano, senhor. Sou do Canadá. Meu pai nasceu na Virginia, mas se mudou para o norte com o senhor dele depois da Revolução.

— Eles eram legalistas? O pai do senhor sofreu muitas perdas com a mudança?

— Não, senhor, ele ganhou tudo — Harmwell se virou e lançou-me um olhar calmo. — Ele ganhou a liberdade. Uma propriedade foi concedida ao sr. Saunders no Alto Canadá e meu pai continuou a trabalhar para ele. E eu também, até me alistar no exército na guerra contra os Estados Unidos — sua voz ganhou um tom áspero. — Se a família não tivesse morrido nesse meio-tempo, eu teria voltado para o meu serviço assim que fosse dispensado das forças armadas.

— Sinto muito. Mas o senhor encontrou outra ocupação?

— O sr. Noak teve a gentileza de me oferecer um cargo de secretário.

Minha curiosidade já havia me levado bem mais longe do que as boas-maneiras permitiam, de modo que direcionei a conversa para assuntos mais triviais. Conversamos principalmente sobre Nova York e Boston. Harmwell não dava informações com facilidade, mas demonstrou ser um homem sensato em suas opiniões.

Já passava das três da tarde quando cruzamos o agitado rio de pessoas que enchia a Oxford-street. Quando chegamos a Margaret-street, insisti que ele descesse e aceitasse uma bebida. Harmwell hesitou, e então disse que, se não fosse incômodo, faria uma visita à sra. Kerridge, se ela estivesse livre, pois ela havia prometido copiar uma receita para ele mandar para a mãe no Canadá. Falou com tanta solenidade, seu rosto a imagem da devoção filial, que quase desatei a rir quando lembrei da maneira como sua mão roçara o seio da sra. Kerrigde naquela tarde no Piccadilly, e do tapinha que ela deu em seu rosto como punição.

Assim que entramos no calor da casa, um criado desceu as escadas com Harmwell para levá-lo até a sra. Kerridge. O sr. Carswall estava na casa, mas quis lavar o rosto e trocar de paletó antes de ir vê-lo. Subi até meu quarto e acendi uma vela, pois já estava tão escuro que eu mal enxergava a um palmo do nariz. Ainda havia um pouco d'água no jarro em cima do meu lavatório. Derramei-a na bacia. Quando tirei o paletó, um pedaço de papel caiu no chão. Agachei-me para pegá-lo.

Era uma página arrancada de uma agenda. Segurei-a diante da chama tremeluzente da vela e vi um rascunho tosco da cabeça e dos ombros de um menino. Algo se agitou na minha memória. A gravura não se assemelhava a nenhuma criança de carne e osso. Ainda assim, o formato da cabeça — a testa alta, a curva das faces — lembrava-me tanto Charlie Frant quanto Edgar Allan.

A chama estava atrás do papel e letras diáfanas brilhavam no verso. Virei a folha. Escritas a tinta estavam as seguintes palavras: *9 Lambert-place*.

Não havia indicação de quem havia escrito as palavras, ou quando, ou por quê. Observando-as à luz daquela vela, fiquei tentado a encostar a ponta do papel na chama e esquecer que ele um dia existira. Ainda não havia recuperado a lembrança daqueles momentos perdidos. Não obstante, sentia que estava sendo atraído para uma intriga cuja natureza, propósito ou dimensão eu não podia nem ao menos começar a compreender. O assassinato em Wellington-terrace; a ida a St. Giles, a pedido do sr. Carswall; o ataque em frente à loja do sr. Iversen, a intervenção providencial de Harmwell — todas aquelas coisas deviam fazer algum sentido juntas, disse a mim mesmo, e as palavras de Dansey ecoavam desconfortavelmente na minha cabeça: *Quando os poderosos caem, costumam levar os mais humildes consigo.*

A beirada do papel escureceu e uma pequena espiral de fumaça subiu no ar. Com um grito abafado, tirei a folha de cima do fogo. Afinal, disse a mim mesmo, precisava ter alguma coisa para mostrar ao sr. Carswall pelo dia de trabalho. Havia também a questão de que não gostava de me dar por vencido.

O tempo revela as coisas assim como as oculta: ele desvenda nossas mentiras, até as que contamos para nós mesmos. Agora penso que tirei o papel do fogo por um único motivo. Se eu não tivesse nada para mostrar ao sr. Carswall, ele me mandaria de volta para Stoke Newington; Charlie seria afastado da escola do sr. Bransby; e eu jamais veria a srta. Carswall ou a sra. Frant novamente.

28

— O negro de Noak — disse o sr. Carswall, retorcendo a boca com aversão. — Feche os olhos e ouça-o e nem desconfiaria que ele não é branco como nós dois. Mas não é a mesma coisa. Nunca é. Um negro educado é uma abominação aos olhos de Deus. E por que o senhor não me disse que estava aqui? Não sabia até Pratt me informar.

Foi Pratt, um criado com cara de fuinha, que subira de má vontade até os meus aposentos e informara-me que o seu patrão me convocava. O homem era todo sorrisos para os Carswalls e desdenhava qualquer outra pessoa.

— Perdoe-me, senhor. Quando Harmwell trouxe-me de volta, eu precisei...

— Harmwell! — interrompeu Carswall, sua mente retornando ao assunto anterior. — Eis um belo nome para ele. O problema desses malditos abolicionistas é que eles nunca estudam o negro no seu ambiente natural. Eu vi um monte deles nas minhas plantações. São como animais. Se esses hipócritas falastrões se dessem ao trabalho de saber o que se passa em uma senzala, mudariam logo de opinião.

Embora ainda não fossem quatro da tarde, e o sr. Carswall ainda não tivesse jantado, ele estava alterado. Não exatamente bêbado, tampouco exatamente sóbrio. Sentava-se diante do fogo em seu gabinete dos fundos que recendia a tabaco e servia-lhe de sala de estar particular. As cortinas estavam fechadas e as velas, acesas. Vestia um roupão bordado e chinelos. Imaginava se Pratt também havia contado ao patrão que o sr. Harmwell ainda estava nos andares de baixo, pesquisando para a mãe as receitas da sra. Kerridge.

Carswall remexeu no bolso do colete e tirou seu relógio.

— O senhor teve tempo de sobra para resolver tudo, Shield. Bem? Quais são as novidades? O que diabos estava fazendo com o negro?

Resumi o que havia descoberto: que o sr. Poe saíra do seu endereço na Fountain-court, aparentemente porque havia conseguido um novo emprego, e se mudara para a Queen-street em Seven Dials. De acordo com o senhorio de lá, ele vinha sofrendo de dor de dente. Três dias atrás, desaparecera, deixando algumas de suas coisas para trás.

— Três dias? — disse o sr. Carswall. — Então ele foi visto depois do assassinato? E o negro de Noak com isso?

— Sim, senhor. Mas deixe-me voltar ao sr. Poe por um instante. Há a questão da dor de dente.

— Ah... o senhor quer dizer que o rosto dele estava coberto? Então o homem pode não ter sido Poe.

— Existe a possibilidade. Ao contrário da mulher na Fountain-court, o sr. Iversen, ou melhor, o senhorio de Poe, não parecia conhecê-lo bem, ou há muito tempo.

Minha cabeça estava estourando de dor, e era difícil ordenar os pensamentos e enfileirar as palavras. Por outro lado, desde que achara o desenho do menino, a amnésia retrocedera como um nevoeiro em recuada, e lembrava-me da maior parte dos acontecimentos daqueles instantes perdidos. Contei para o sr. Carswall sobre a serviçal muda e entreguei-lhe o desenho com o endereço no verso.

Ele estudou o desenho do menino por um instante e então o virou e examinou o endereço no verso.

— Lambert-place? Onde fica isso?

— Não tenho certeza, senhor. Mas ainda há mais: enquanto vinha andando pelo corredor que liga o jardim nos fundos da casa à rua, fui atacado por dois bandidos.

— Ligados ao senhorio?

— Não necessariamente. Podem ter vindo da rua. Felizmente, meus gritos chamaram a atenção do sr. Harmwell, que me salvou.

— Ah, o negro. Eis que voltamos a ele. O que ele estava fazendo lá?

— Ele e o sr. Noak quiseram me convencer de que foi uma coincidência.

— As hipóteses são que ele estava em conluio com o senhorio, ou que ele o seguiu.

— Houve um momento no caminho da Fountain-court para Seven Dials em que pensei que alguém pudesse estar me seguindo. Mas o nevoeiro estava tão espesso que não pude ter certeza. E, quando estava na loja do sr. Iversen, tive a impressão de que alguém nos espiava pela vitrine.

Carswall puxou o lábio inferior e deu um grande suspiro.

— Como eles trataram o senhor, ele e o sr. Noak?

— Não poderiam ter sido mais gentis. O sr. Harmwell levou-me de carruagem até a casa em que o sr. Noak está hospedado na Brewer-street, e deram-me uma taça de conhaque. Não tentaram arrancar informações de mim. Então o sr. Noak mandou o sr. Harmwell me trazer de volta para cá. Não me deixaram nem ao menos pagar a corrida.

— Pela manhã, encontre Lambert-place e descubra se os moradores do número 9 sabem alguma coisa sobre um visitante da Queen-street.

— Devo procurar pelo sr. Frant, senhor, ou pelo sr. Poe?

Carswell me fuzilou com o olhar.

— Como diabos eu vou saber?

— Pensei que talvez a caligrafia...

— Uma ou outra palavra? Qual a utilidade disso?

— O desenho parece ser de um menino.

— O senhor está querendo dizer Charlie? Ou o americano? Bem, isso não nos leva a lugar nenhum, não é mesmo? E nada garante que a mão que escreveu o endereço seja a mesma que fez o desenho. Mas talvez a sra. Frant saiba dizer se Frant costumava se entreter desenhando... sim, toque aquela sineta.

Obedeci. Instantes depois, o criado reapareceu e Carswall perguntou como estava a sra. Frant. Pratt respondeu que ela descera por alguns minutos para a sala de estar, com a srta. Carswall para lhe fazer companhia. Eu sabia que era a primeira vez que ela deixara o quarto de dormir depois de vários dias, com a exceção da ida ao funeral. Charlie também estava com ela. Com uma consideração pouco habitual, Carswall mandou o homem perguntar se seria conveniente que ele fosse encontrá-la.

Enquanto esperávamos a resposta, Carswall se levantou com dificuldade. Cambaleando, apoiou-se na lareira.

— Nós vamos para o campo dentro de alguns dias — ele disse. — A sra. Frant e o filho nos acompanharão, é claro.

— Ele não voltará para a escola do sr. Bransby?

Carswall balançou a cabeça pesada.

— Não vejo motivo para a despesa extra, principalmente com a sra. Frant não morando mais em Londres. Discuti o assunto com ela, e ela concorda comigo: será melhor para o menino sair imediatamente da escola. As circunstâncias da ruína e o desaparecimento de seu pai irão pesar contra ele lá.

A idéia me atingiu como um soco, embora de certa forma já a esperasse. Fiquei em um silêncio triste enquanto Carswall assobiava desafinado. A sra. Frant devia saber que o sr. Carswall a enganara para ficar com a última herança do seu tio Wavenhoe. Porém, sua situação era tão difícil que ela não tinha escolha senão seguir o conselho do homem que transformara seu filho em um pobretão.

Por fim, o criado retornou com uma mensagem da sra. Frant. Ela pedia para ser dispensada: ainda não se sentia em condições para o esforço.

O sr. Carswall murmurou para si mesmo:

— Não tem importância. Ela falará comigo mais cedo ou mais tarde. Todas elas adoram provocar um homem.

Ele ficou plantado ali por um instante, coçando-se como um porco velho em um chiqueiro. Então pareceu se lembrar que não estava sozinho. Sentou-se pesadamente em sua cadeira de braços, ergueu os olhos para mim e sorriu, desconcertando-me novamente com o olhar da srta. Carswall em seu rosto horrível.

— Fico muito agradecido, senhor, muito agradecido por tudo o que o senhor fez. Pelo que vejo, não tem sido uma tarefa fácil. E é bondade sua aceitar ser meus olhos e pernas — ele apalpou o colete, procurando o relógio. — Se ao menos tivéssemos mais tempo — disse, olhando para os ponteiros. — Porém, não vou lhe atrasar mais, o senhor tem um aluno lhe esperando. Nos vemos amanhã, quando o senhor voltar.

Uma vez dispensado, subi lentamente as escadas. Estava sem ânimo. Deprimido diante da perspectiva de voltar para a escola que há tão pouco tempo havia sido um refúgio para mim. Porém, assim que cheguei no patamar do primeiro piso, a porta da sala de estar se abriu. Um vestido preto farfalhou e meu nariz capturou a fragrância de violetas de Parma.

— Sra. Frant! Espero... espero que a senhora esteja melhor.

— Sim, obrigada, senhor — ela disse, fechando a porta atrás de si. — Tenho andado muito doente, mas agora estou um pouco melhor.

Suas faces estavam pálidas e fundas, e os olhos ardiam como se ainda estivesse febril. Ela lançou um olhar rápido pelo patamar e escada acima.

Comecei a falar, sem muita noção do que estava dizendo:

— Não posso dizer o quanto eu sinto...

— A sra. Kerridge disse que o senhor estava ferido — ela me interrompeu com uma voz baixa e aflita, e foi bom ela não ter deixado que eu terminasse a frase. — Que o senhor foi atacado por bandidos.

Minha mão se precipitou para o machucado na cabeça.

— Não foi nada, senhora. Por favor, não se preocupe com isso.

— Oh, mas como não? Venha para perto do espelho, deixe-me ver.

Havia um candelabro sobre uma mesa de canto com tampo de mármore, as chamas das velas refletidas no espelho alto na parede que a encimava. Parei com a cabeça inclinada. A sra. Frant ficou na ponta dos pés e espiou o local à direita da minha têmpora, onde eu recebera a pancada.

— Chegue um pouco mais perto — ela ordenou. — Estou vendo. Tem um inchaço e uma ferida. Felizmente a pele está mais esfolada do que aberta.

— Meu chapéu absorveu o impacto do golpe.

— Graças a Deus!

Senti as pontas dos dedos dela roçarem minha testa. Um arrepio me percorreu, e segurei firme na mesa para disfarçar o tremor de excitação.

— Ah! Ainda está sensível. Sua cabeça está doendo?

— Sim, senhora.

— O senhor estava a serviço do sr. Carswall, suponho?

— Sim. Felizmente perdi apenas o chapéu e a bengala. O assistente do sr. Noak estava de passagem e me salvou.

A sra. Frant se afastou e vi que ela corava, o sangue vivo em seu rosto pálido.

— O senhor deve descansar esta noite. Charlie ficará comigo por enquanto. Vou mandar os criados levarem uma compressa fria e algo para comer. Mas nada muito pesado. Um caldo talvez, e uma taça de xerez — ela olhou para a porta da sala de estar, de onde vinha o som de vozes. — Tenho certeza que o senhor estará revigorado pela manhã.

— Obrigado, senhora. O sr. Carswall informou-me que Charlie não voltará para a escola.

Ela desviou o rosto.

— Isso está correto, sr. Shield. Charlie e eu estamos nas mãos do sr. Carswall agora, e ele decidiu que seria melhor para Charlie e para mim se fôssemos para o campo por algum tempo, depois dessa grande mudança na nossa situação — depois de hesitar, ela prosseguiu: — Eu naturalmente desejo poupar o sr. Carswall de qualquer despesa desnecessária — ela desviou o olhar e acrescentou com um claro traço de ironia na voz: — Ele já fez tanto por nós.

Fiz uma mesura, ciente de que ela me honrava ao falar com tanta franqueza.

— Vamos sentir falta dele na escola.

Os lábios dela tremeram.

— E ele sentirá falta de todos vocês. Sou muito grata ao senhor — ela se afastou um passo de mim, se virou e respirou fundo. — O senhor... o senhor se importaria de responder uma pergunta?... uma pergunta que pode parecer um pouco indelicada? Mas espero que possa perdoar uma viúva.

— Por favor, pergunte-me o que quiser, senhora, e eu tentarei responder da melhor forma possível.

— Estou correta ao presumir que o senhor foi uma das primeiras pessoas a ver o meu falecido marido? Depois... depois que o corpo foi encontrado?

Assenti.

— Creio que quando ele saiu de casa naquele dia, ele levava no bolso uma caixinha feita de mogno, revestida de pau-rosa, com uma tampa concheada.

Lembrei-me do que a srta. Carswall havia me confidenciado na noite depois do funeral do sr. Frant.

— Uma caixa de jóias, talvez?

— Sim, embora a caixa em si fosse mais valiosa para mim do que o seu conteúdo. Não estava mais no bolso dele, mas pensei que talvez pudesse ter caído no chão.

— Gostaria de tê-la visto, senhora, mas não a vi.

A sra. Frant deu um sorriso abatido.

— Não tem importância, de verdade. Era só que eu tinha um apego bobo a ela, e às lembranças que ela trazia. Mas não vou lhe tomar mais o tempo, o senhor precisa descansar.

Demos boa-noite um para o outro. Ela se afastou mais uma vez, e mais uma vez se deteve e virou na minha direção.

— Por favor... por favor, tenha cuidado, sr. Shield — ela murmurou. — Principalmente nos seus negócios com o sr. Carswall.

Instantes depois, eu estava sozinho no patamar com minha dor de cabeça e com o perfume dela. Não tinha motivo para estar feliz, mas estava.

29

Londres pode ser a maior cidade que o mundo já conheceu, mas é também um aglomerado de vilas — amontoadas pelas marés da história e da geografia, mas cada qual conservando seu caráter individual. Mesmo nos bairros recém-construídos, o padrão se reafirma: a humanidade é atraída pelo campo e teme a metrópole.

Descobri no guia de ruas que Lambert-place ficava no entroncamento de ruas a oeste da Tottenham Court-road, não muito longe da Margaret-street ou das Pocilgas de St. Giles. Andei até lá em meio ao nevoeiro. Um sol baixo, cor de sangue, tentava em vão dissipar a névoa, mas seus raios débeis conseguiam apenas produzir efeitos de luz intensos e peculiares. Eu não estava plenamente recuperado dos eventos do dia anterior, e às vezes sentia-me como se estivesse vagando por um mundo de alucinações, e não por uma cidade concreta. Meu espírito ainda não tinha se desvencilhado das sombras do ataque na Queen-street, e eu estava dolorosamente alerta à menor circunstância que pudesse denotar perigo.

À medida que me aproximava do meu destino, a natureza do bairro, desta vila fora de lugar, ficou clara para mim. Os cavalheiros viviam na Margaret-street ou nos seus arredores, e davam inevitavelmente o tom da vizinhança. Nas Pocilgas estavam os piores exemplos de vício e pobreza que a capital podia oferecer, e isso deixava uma marca indelével na freguesia de St. Giles. Porém, o pequeno distrito em torno de Lambert-place também era diferente — tranqüilo e respeitável, habitado por pequenos comerciantes e artesãos.

A rua propriamente dita era um *cul-de-sac* com 12 casinhas e a entrada de uma estrebaria que servia duas ruas maiores paralelas a ela. Bati na porta do número 9. Uma mulher pequena e cansada a abriu, com duas crianças agarradas nas saias e uma terceira nos braços. Perguntei pelo meu amigo sr. Poe. A mulher balançou a cabeça, e o bebê começou a chorar. Descrevi meu amigo como um homem de belo porte, talvez com o rosto coberto por conta de uma dor de dente.

— Por que o senhor não disse logo? — ela reclamou. — É com o sr. Longstaff que o senhor tem que falar — ela virou a cabeça e chamou por sobre os ombros. — Matilda!

Ela se afastou para me deixar entrar. Assim que o fiz, uma porta se abriu nos fundos do hall e uma velha apareceu.

— Um cavalheiro está procurando o sr. Longstaff — a mulher mais jovem arrastou as crianças na direção da escada. — E eu ficaria muito agradecida se você o lembrasse do aluguel da semana passada, Matilda. Não posso ficar pagando o açougueiro com vento e promessas para sempre.

— Vou falar com ele — a velha ergueu os olhos para mim e sua voz encarquilhada virou um lamento cortês. — O senhor teve sorte, o sr. Longstaff está desocupado no momento. Por favor, suba por aqui.

Eu a segui até um quartinho com vista para o jardim dos fundos da casa. Em frente à janela havia uma cadeira de braços com espaldar alto, na qual estava sentado um homem que parecia ainda menor do que a mulher que havia me conduzido. A cadeira fora cravada no chão com suportes de ferro.

O homem saltou de pé quando entrei, e percebi que ele era muito mais jovem do que a mulher. Era baixo e espadaúdo, com uma corcunda e uma perna menor do que a outra. Dava a impressão de estar torto, como um homem andando em uma ladeira íngreme.

— Bem, senhor, qualquer coisa que quiser para os seus dentes, irá encontrar aqui — ele disse de supetão. — Cauterização de nervos, obturações, extrações simples feitas com tanta habilidade e rapidez que são quase indolores. Transplante, no entanto, senhor, é a minha especialidade. Uma prática endossada pelo sr. Hunter, de quem fui aluno quando jovem. Uso apenas dentes de doadores vivos, senhor, os de cadáveres nunca servem, embora médicos charlatões tentem lhe enganar com eles. Se o senhor desejar, posso fazer-lhe uma arcada completa de dentes falsos que podem durar por anos a fio, e embelezam a boca, além de deixarem a fala muito mais clara. Eu costumava fazê-los de madrepérola, prata, ou até mesmo de cobre esmaltado, senhor. Mas recomendo dentes de morsa ou humanos, eles descolorem menos que os outros.

Enquanto despejava a torrente de palavras, o sr. Longstaff chegou muito perto de mim. Com a mão trêmula, colocou uns óculos com lentes da grossura de uma moeda e olhou fixamente para os meus lábios.

— Por gentileza, abra a boca, senhor.

— Não necessito de tratamento no momento — eu disse. — Vim perguntar sobre um amigo que creio ter sido seu paciente alguns dias atrás.

— O cavalheiro da extração — disse a velha, falando alto e tão prontamente que suspeitei que ele havia sido o único paciente dos últimos dias. — O senhor se lembra.

— Ele não teria lhe dado um nome? — perguntei. — Não estou plenamente convencido de que era o meu amigo.

— Não que eu me lembre.

— Então como ele era, senhor? Sem dúvida viu o seu rosto.

— Olho a boca dos pacientes, senhor, não os rostos; mas a dele não era nada bonita de se ver.

Virei na direção da velha.

— E a senhora? Teria reparado na aparência dele?

Ela disparou a rir, revelando uma bela arcada de dentes falsos, feitos aparentemente de marfim.

— Já não enxergo muita coisa hoje em dia, senhor — ela ergueu o rosto de encontro ao meu e a luz da janela caiu sobre ele. Entendi de uma só vez o que ela dizia. Seus olhos tinham uma aparência excepcionalmente embaçada e sem foco, tão diferentes dos olhos saudáveis quanto a água estagnada da água corrente.

Olhei de um para o outro, minha frustração aumentando.

— Então será que poderiam me dizer como era a voz dele?

O homem deu de ombros, mas a mulher assentiu vigorosamente.

— Uma voz gutural. Talvez tivesse um pouco de sotaque irlandês. Depois, ele parecia mais um cavalheiro do West End. Mas não sei dizer: era muito difícil entender o que ele falava.

— É claro, mamãe; era por causa da dor de dente — zombou o dentista. — Depois, ele não teve tempo para falar e estava com tanto sangue na boca que seria impossível.

— Ele não poderia ter saído mais depressa — a mãe do dentista revelou. — É sempre assim. Eles ficam tão apavorados, senhor, que temos que amarrá-los naquela cadeira. E quando os soltamos, saem correndo como um coelho assustado.

— Se o senhor souber onde ele está hospedado, pode levar a mala dele — disse o dentista.

— Mala, senhor?

— Ele estava carregando várias delas. Mas estava com tanta pressa de ir embora que deixou uma bolsa para trás.

— Estava era chorando — observou a mulher, e estalou os lábios.

— Quieta, mamãe — disse o dentista, virando-se para mim e mais uma vez a torrente de palavras começou jorrar. — Na minha profissão, senhor, é inevitável que mesmo o mais talentoso médico inflija ocasionalmente um momento de dor ao paciente. Láudano e conhaque podem diminuir a intensidade, mas não resolvem todo o problema. E operações envolvendo o siso podem ser especialmente dolorosas. Os molares posteriores são sempre os mais difíceis de retirar.

Senti uma pontada solidária nos meus próprios dentes.

— Se o senhor desejar, posso assumir a tarefa de devolver a bolsa ao meu amigo.

— O senhor estará nos fazendo um favor — disse o dentista.

— Mas precisa nos dar um recibo — disse a mulher com aspereza, virando aquelas órbitas aflitivas na minha direção

Tirei minha agenda e escrevi um recibo, enquanto o dentista foi pegar a bolsa que estivera o tempo todo pendurada em um cabide atrás da porta. Era feita de couro marrom, estava muito gasta e as presilhas haviam quebrado, de modo que estava fechada com um cordão. Arranquei a página com o recibo e fiz menção de ir embora. O dentista implorou que eu me lembrasse dos serviços dele caso precisasse de tratamento dentário e até ofereceu um exame gratuito, no ato. Recusei e saí às pressas.

Fui a passos rápidos para uma taverna na Charlotte-street, onde encontrei uma mesa vazia e pedi uma cerveja. Quando a moça foi embora, ataquei os nós que fechavam a bolsa. Minhas mãos estavam geladas e os nós, firmes. Perdi a paciência e cortei o cordão com meu canivete.

O nevoeiro lá fora era uma bela metáfora para o nevoeiro dentro da minha própria mente. Abri a bolsa e a primeira coisa que vi, escrito em tinta borrada no lado de dentro, foi o nome David Poe. As letras haviam desbotado, adquirindo a cor de sangue seco.

O conteúdo da bolsa se espalhou na superfície reduzida da mesa. Passei os dedos pelo punhado de objetos — um pequeno frasco, que já estivera cheio de conhaque, uma camisa de boa qualidade, mas precisando ser lavada, um cachecol imundo e uma charuteira de couro. Abri a charuteira e remexi o que estava dentro.

Enquanto o fazia, tinha a impressão, a cada vez que virava algo que acreditava ser uma prova, que quanto mais eu investigava mais voltava ao terreno das hipóteses. Buscava certeza, provas irrefutáveis. Parecia provável, mas de forma alguma certo, que o paciente do dentista tinha sido de fato David Poe, o americano. Neste caso, é claro, concluía-se que não havia mais motivo algum para supor que o cadáver em Wellington-terrace fosse outra pessoa que não Henry Frant. Mas essa especulação era tão frágil quanto a plúmula de um dente-de-leão. Uma lufada de vento bastaria para destruí-la.

Às minhas costas, e sobre meus ombros, ouvi um som forte de inspiração. Virei-me rápido. A moça havia trazido a cerveja. A bandeja tremia em suas mãos. Ela não olhava para mim, e sim para um objeto sobre a mesa.

Seguiu-se então um momento de lucidez sobre-humana, de raciocínio prodigioso: minha mente acelerou e agrupou em um só instante pensamentos que normalmente encheriam um minuto, uma hora, um dia.

— Sou um estudante de medicina — falei abruptamente. — O que está olhando? É apenas um espécime raro de *digitus mortuus praecisus* que o próprio professor me emprestou. Se tem amor ao seu emprego, não derrame cerveja nele.

Cobri o objeto com o cachecol — casualmente, como se estivesse abrindo espaço para ela colocar a bandeja sem risco de respingar. A moça riu — ainda nervosa, mas a nebulosidade tranqüilizadora das palavras em latim apaziguou o susto. Porém, apesar da minha advertência, algumas gotas de cerveja caíram na mesa. Ela levou a mão à boca, murmurou um pedido de desculpas e saiu correndo.

Tomei um longo gole de cerveja. Uma vez sozinho, sem perigo de ser observado, puxei o cachecol. Parte do objeto tinha cor de ferrugem, mas era quase todo de um amarelo sujo. Em uma ponta havia uma longa unha, suja do que poderia ser tinta.

O problema dos desejos é que algumas vezes eles se tornam realidade. Finalmente encontrara algo que, por mais que observasse, não se dissolvia em mera especulação. Descobrira uma prova irrefutável. E desejei de todo coração que não a tivesse descoberto.

30

— Meu caro jovem amigo — disse o sr. Rowsell, vindo entusiasmado ao meu encontro com a mão estendida. — Que prazer vê-lo. A sra. Rowsell perguntou dia desses se eu tinha notícias suas.

Ele apertou minhas mãos com muita cordialidade e insistiu que eu bebesse algo. Minha mente rodopiava. Àquela altura dos acontecimentos, daria tudo pelo conselho de um amigo desinteressado. Lembrava-me da recente bondade do sr. Rowsell para comigo, e estava muitíssimo tentado a revelar-lhe tudo. Mas não tínhamos intimidade o suficiente para eu saber se podia confiar plenamente nele.

Havia ficado em uma posição delicada e suscetível a interpretações erradas. Nos últimos dois dias, segui a trilha de David Poe, contando um monte de mentiras no caminho. Não podia ter a mínima certeza de que não estava cometendo um crime ao não alertar as autoridades do que já sabia e suspeitava. Necessitava do conforto da companhia de um amigo, mas não de conselhos. Ou melhor — precisava desesperadamente de conselhos, mas não me atrevia a pedi-los. Era possível que o sr. Rowsell se sentisse no dever de alertar as autoridades ele mesmo. Também não seria justo pedir-lhe para guardar um segredo que poderia colocá-lo no lado errado da lei.

— Bem, meu caro, devo dizer, e rogo-lhe que não me considere intrometido, que o senhor parece desanimado.

— É o nevoeiro, senhor. Ele ataca o meu pulmão.

— Sem dúvida — ele disse confortavelmente. — É uma ferida isso que estou vendo sobre a sua têmpora?

— Mais... mais uma vez é culpa do nevoeiro. Tropecei e caí em cima de uma cerca.

— E o que o traz aqui?

Expliquei que fora incumbido de passar alguns dias em Londres com Charlie Frant, e que estávamos hospedados na casa do seu primo, o sr. Carswall, na Margaret-street.

— O sr. Carswall encarregou-me de resolver um assunto para ele, e quando me vi com um pouco de tempo livre, decidi vir até aqui para saber se o senhor poderia me receber.

— Sr. Carswall? O senhor está hospedado na casa dele?

— Não por muito tempo. A família deseja se retirar para o campo em um ou dois dias.

— Sem dúvida para a propriedade do sr. Carswall em Gloucestershire. E o menino e a sra. Frant irão com ele?

— Creio que sim, senhor.

Rowsell balançou a cabeça com pesar.

— Sinto muito pela sra. Frant e pelo filho. Assim caem os grandes! Fui informado de que eles não têm mais um tostão — O sr. Rowsell abriu um guarda-louça e tirou uma garrafa e taças. — É uma família desafortunada. O sr. Henry Frant quase levou o banco à falência por conta de sua queda pelo jogo, e seu pai e seu tio iam pelo mesmo caminho. Quarenta anos atrás, os Frants eram grandes proprietários de terras, tanto aqui quanto na Irlanda.

Ergui os olhos bruscamente.

— Não sabia que os Frants tinham ligações irlandesas.

— Ah, sim. Acredito que a propriedade na Irlanda tenha sido a última a ser vendida — o sr. Rowsell colocou a garrafa e as taças na mesa e ficou de pé um instante, acariciando a barriga que, como sempre, parecia estar prestes a explodir do colete. — Pelo bem da sua tia, Tom, devo dizer-lhe que a reputação do sr. Carswall não é completamente imaculada. Não gostaria que o senhor prejudicasse suas possibilidades futuras associando-se a ele. Ele é muito rico, sem dúvida, mas riqueza não é tudo, especialmente quando ela é conquistada da maneira que dizem que a dele foi.

Eu estava mais calmo, minha agitação diminuíra um pouco com a voz conhecida de Rowsell. Mas ao lado da minha cadeira, no chão, estava a bolsa de David Poe. Dentro, estava a charuteira com seus conteúdos terríveis. O sr. Rowsell serviu o vinho e me estendeu uma taça.

Antes de beber, eu disse:

— Eles estão retirando Charlie Frant da escola. Não tenho motivos para voltar a ver nenhum deles. Então o sr. Carswall carrega uma reputação de ter sido um jogador, como o seu sócio?

— Ele não é tolo como Frant. Não, mas há boatos sobre seus negócios durante a guerra com os Estados Unidos. Nunca se provou nada, compreende? Mas é certo que ele saiu da guerra muito mais rico do que quando entrou. E Frant também.

Bebemos em silêncio por um momento. O sr. Rowsell se levantou e foi até a janela. Olhou para baixo, para o nevoeiro que se estendia, tão grosso quanto creme batido, tão venenoso quanto gás sufocante em uma mina, obscurecendo até mesmo o chão sob ele.

— O sr. Frant foi agente de Wavenhoe na América do Norte por um tempo — disse Rowsell, escolhendo as palavras com cuidado. — Nos primeiros anos da guerra. Tornou-se sócio do banco quando voltou. Então houve algum desentendimento, e Carswall retirou o capital.

— Esses boatos, senhor, dizem respeito a quê?

— Não é segredo. Todo mundo sabe o que aconteceu. O banco comprou uma empreiteira do exército em Kingston, no Canadá, e diz-se que houve irregularidades na venda de suprimentos. E a história foi de boca em boca, e nem gosto de repeti-la, pois as paredes podem ter ouvidos, e isso com certeza significaria um processo por calúnia. Diziam que alguns suprimentos comprados para as nossas tropas acabaram caindo nas mãos dos americanos. E não só suprimentos. Em alguns quartéis, informações precisas sobre os nossos planos e sobre o posicionamento das nossas tropas valiam muito dinheiro.

— Mas certamente o sr. Carswall...

— Não seria tão tolo? Por outro lado, Frant estava no Canadá naquela época, e era cria de Carswall. De qualquer forma, é por isso que nem todos recebem o sr. Carswall de braços abertos.

Prometi ficar atento. Rowsell voltou à sua cadeira e ao seu vinho.

— Espero que não se importe que eu o diga, Tom, mas o senhor me parece muito abatido. A sra. Rowsell acha que não se alimenta bem. O que me lembra: se o sr. Bransby permitir, gostaria de se juntar a nós na nossa ceia de Natal? A sra. Rowsell insistiu que eu me esforçasse para garantir a sua presença.

— Meus respeitos e meus mais sinceros agradecimentos a sra. Rowsell, senhor. Ficarei feliz em comparecer.

— Ótimo, ótimo. Serão apenas nós e alguns parentes da minha esposa — ele parou enquanto erguia a taça à boca e olhou para mim, um vinco se formando em sua testa macia e rosada. — Não há nada errado, espero?

— Absolutamente nada, senhor.

— E o senhor está bem na escola do sr. Bransby?

— Sim, sem dúvida.

— Fico feliz em ouvir isso — Ele engoliu um gole de vinho. — Caso deseje um dia mudar de profissão, poderia talvez se arriscar no direito. Acredito que poderia arranjar-lhe algo com boas possibilidades de crescimento. Em Holborn, talvez, ou na cidade. Levaria tempo e dedicação, sem dúvida. E quanto à moradia, ora, tenho certeza que a sra. Rowsell adoraria ter uma pessoa de respeito no nosso sótão.

Eu ainda estava enfraquecido por conta do dia anterior. Senti lágrimas encherem meus olhos diante desta bondade imerecida.

— Obrigado, senhor — disse e baixei a cabeça.

Ficamos os dois calados. O sr. Rowsell andou de um lado para o outro, parando para observar o nevoeiro quando chegou à janela. Pareceu-me por um instante que meu nevoeiro interno havia se dissipado.

31

— Que sorte dos infernos — disse Stephen Carswall. — Um homem que só olha dentro de bocas e uma mulher que não enxerga praticamente nada.

— A mulher disse que achava ter ouvido um sotaque irlandês. E depois o tom de um cavalheiro.

— Isso não significa nada. Frant podia começar a falar com sotaque irlandês quando bem entendesse. Quando menino, ele costumava visitar a casa da família em County Wicklow, e podia soar como um irlandês qualquer se assim quisesse. Então, um mero sotaque não nos permite saber se era Frant ou Poe. Quanto a soar como um cavalheiro, veja quem está julgando. A mãe de um tira-dentes! A opinião dela não conta — ele fez uma pausa e baixou os olhos para o objeto na palma da mão. — Mas isso é outra coisa.

— Não parece ter saído das mãos de um cavalheiro.

— É verdade. Mas isso também não quer dizer que tenha pertencido a Poe — Carswall inclinou a palma da mão e deixou o dedo rolar para dentro da charuteira, seu rosto não revelando nenhuma outra expressão além de cansaço. Ele mancou até a escrivaninha aberta — sua gota doía naquele dia — e enfiou a charuteira em uma gaveta. — Vamos supor que o homem que extraiu o dente fosse Frant, e que, para fazer o mundo inteiro acreditar que ele estava morto, matou Poe e mutilou o cadáver. Mas por que ele guardaria o dedo que cortou da mão do homem?

— Isso eu não sei dizer, senhor. A não ser que estivesse esperando até achar um lugar seguro para destruí-lo.

— Não, não. Ele poderia ter jogado uma coisa desse tamanho no fogo. Ou em uma fossa. Ou no rio, até. Maldição, seja como for, continuamos sem prova alguma.

Pensei, mas não disse, que isso podia ser exatamente a intenção do homem que deixou a bolsa. Também não mencionei que o dedo parecia estranhamente enrugado e amarelado. O que teria acontecido a ele desde que foi separado do resto da mão? Sua aparência atual dava alguma pista de onde tinha sido guardado? Era mesmo possível ter certeza de que era um indicador?

— Fico agradecido ao senhor, de qualquer forma — Carswall retirou seu relógio. — Não há nada mais a fazer no momento — Então, sem mudar o tom de voz, ele prosseguiu:

— Escrevi ao sr. Bransby avisando que o senhor retorna amanhã.

Fiz uma mesura.

— Arrisco dizer que o senhor ficará aliviado em retomar suas obrigações habituais. Farei questão de dizer ao sr. Bransby que o trabalho do senhor foi satisfatório, e que se mostrou de confiança — Carswall apalpou o relógio. — Tenho um compromisso na cidade. O senhor pode passar o resto do dia com Charlie.

Instantes depois, subi as escadas até a sala de estar, onde Pratt, o criado de quem eu não gostava, dissera-me que Charlie estaria. Não havia sala de aula na casa da Margaret-street e, de qualquer forma, a sala de estar era mais quente e confortável. Não esconderei o fato de que enquanto subia os degraus de pedra da escada meu coração bateu um pouco mais rápido diante do pensamento de quem eu poderia encontrar com Charlie.

A srta. Carswall ergueu os olhos quando entrei na sala, seu rosto se abrindo em um sorriso. Estava sozinha, sentada ao fogo com um véu para proteger o rosto. Havia um jornal dobrado em seu colo.

— Perdoe-me — eu falei. — Disseram-me que Charlie estava aqui.

— Ele vai descer logo, sr. Shield. Subiu para ficar um pouco com a mãe. Por favor, venha esperar perto do fogo. O frio está terrível, não é verdade?

Aceitei com prazer a sugestão. Vi que ela estava lendo o *Morning Post* e vislumbrei a palavra "assassinato" na página aberta.

— A sra. Frant teve uma recaída? — perguntei. — Ela parecia muito melhor quando a vi ontem.

— Folgo em dizer que ela está muito melhor. Mas se cansa com facilidade, e o médico recomendou que ela repousasse no quarto durante a tarde — a srta. Carswall olhou nos meus olhos, havia uma franqueza em sua conduta, uma sinceridade, que eu achava muito atraente, e disse:

— Já que estamos falando de saúde, o senhor está muito melhor do que eu esperava. A sra. Frant me contou que foi atacado.

— Foi mais desagradável do que grave.

— Imagino que o senhor esteja suavizando a história — ela tremeu deliciosamente. — Ninguém mais está seguro!

— Não aconteceu nada. O sr. Harmwell afugentou os assaltantes, e depois teve a gentileza de me acompanhar até a casa em uma carruagem.

O rosto da srta. Carswall se abriu em um sorriso como o sol por trás das nuvens.

— Será mesmo que os motivos dele não tenham sido inteiramente desprovidos de interesse, senhor? Tendo em mente aquela cena comovente que presenciamos em Piccadilly?

Sorri para ela.

— Soube que a sra. Kerridge andou copiando receitas para a mãe do sr. Harmwell.

O sorriso dela se transformou numa risadinha.

— Não me diga — enquanto falava, a srta. Carswall se mexeu na cadeira e a bainha da sua saia se levantou, revelando belos calcanhares e panturrilhas elegantes cobertos por meias de seda francesa. — Minha nossa, me parece tão estranho que Kerridge tenha um admirador. Ela deve ter idade para ser minha mãe.

Ao falar isso, ela corou e ficou em silêncio, pois a observação não era exatamente de bom tom, especialmente vinda de alguém na posição da srta. Carswall. Eu imaginava, e não pela primeira vez, se havia algo além no interesse que Harmwell tinha pela sra. Kerridge. Ela estava em condições de saber melhor do que a maioria das pessoas o que exatamente estava acontecendo naquela família. Era a criada da sra. Frant, a única empregada que sobrou da casa perdida na Russell-square. Também cuidou da srta. Carswall quando ela viveu com o primo por mais de dois anos enquanto o sr. Frant estava no Canadá e, é claro, conhecia Charlie desde bebê. Os três gostavam muito dela, e muitas vezes a tomavam como confidente. Por conta disso, a sra. Kerridge possuía uma influência sobre os demais criados desproporcional à sua posição oficial.

— O sr. Carswall me disse que vocês estão prestes a se mudar para o campo — eu falei, para quebrar o silêncio antes que ele se tornasse incômodo.

— Sim, estamos. Papai é tão irritante. Ele fala de despesas extras, o que não faz o menor sentido. Mas ele não vai ouvir a ninguém — ela falou essas últimas palavras em um tom de auto-zombaria, o que as transformava de uma crítica ao pai em uma observação sobre sua própria impotência.

— Então a senhorita prefere a cidade?

— Oh, sim. Eu me lembro como foi maravilhoso quando vim morar com Sophie na Russell-square, e de repente a própria Bath não parecia mais interessante do que uma vila. Eu sei que agora a cidade está praticamente vazia, e vai ficar ainda mais depois do Natal. Mas ainda assim é muito mais agradável para mim do que a falta de perspectiva e os habitantes rudes do interior. Eu... eu vou sentir falta dos meus amigos também. Em Londres se conhece tantas pessoas que é possível escolher com quem você vai ser relacionar. Mas em Monkshill é muito diferente. Conhecemos muito pouca gente. — Ela se interrompeu por um instante e então acrescentou, com mais ênfase. — Sim, vou sentir muita falta de alguns amigos.

Ela estivera olhando para o jornal no colo, mas quando falou essa última frase, ergueu o rosto para mim, o que conferiu às suas palavras uma força especial, e tornou difícil não interpretá-las de uma determinada maneira. A srta. Carswall sorriu e estava prestes a dizer algo. Mas nesse momento interessante, a porta da sala se escancarou e Charlie irrompeu em nossa direção.

— Prima Flora! — ele gritou. — Mamãe disse que eu não tenho que voltar para a escola!

32

Retornei para Stoke Newington na terça, dia 9 de dezembro. À medida que o mês passava, o clima piorou. O frio e as noites mais longas combinavam perfeitamente com o meu humor sombrio. Às vezes tinha acessos de desespero. Quando minha mente estava desocupada, duas faces se apressavam a preencher o vazio, a da sra. Frant e a da srta. Carswall. Estava impressionado com a minha tolice: se já era ridículo sofrer por uma mulher tão distante da minha esfera social, imagine o absurdo que era sofrer por duas. Ainda assim, por mais que buscasse ajuda na razão, não conseguia expulsar aquelas duas imagens encantadoras dos meus pensamentos.

— Você não está bem, Tom — disse Edward Dansey uma noite, enquanto nos sentávamos diante dos restos do fogo.

— É só uma indisposição. Perdoe-me, não quero ser um estorvo.

— A alma tem suas estações, assim como o clima. O que está lendo?

Passei-lhe o livro.

— *Carmina*, de Catulo? — ele ergueu o livro à luz das velas e virou as páginas. — Fascinante. Fascinante — murmurou. — Toda a paixão da juventude está aqui, e toda a sua insensatez. Porém, não devo deixar que o sr. Bransby o pegue lendo isto.

— Estou relendo os poemas por conta da métrica, e não por conta do assunto — eu disse.

— Sim, há elementos interessantes no uso que Catulo faz dos hendecassílabos falécios e dos coliambos. Quanto aos hexâmetros, é inegável que sua métrica é muito mais elegante do que a de Lucrécio, embora em minha opinião um melhor uso do encavalgamento os teria aperfeiçoado ainda mais. Por outro lado, suas elegias não são dignas de serem imitadas, e os pentassílabos são decididamente canhestros — ele ergueu os olhos, viu minha expressão e mostrou-me seu sorriso enviesado. — Não me dê atenção, Tom, também estou um pouco abatido. — Ele me devolveu o livro. — Já ouviu as notícias? Quird vai sair da escola.

— Não posso dizer que fico triste.

— Parece que o pai dele levou um golpe pesado quando o Wavenhoe foi à falência. A família perdeu quase tudo o que tinha.

— Temo que essa história já tenha virado rotina — estiquei minhas mãos em direção ao fogo. — Espero que não estejam na miséria.

— Não exatamente. É um negócio terrível — os olhos de Dansey ficaram laranjas à luz das velas. — Mas é claro que poucos sofreram tanto quanto a sra. Frant. É verdade que ela depende completamente da caridade do seu primo, o sr. Carswall?

— Creio que sim — detectei um traço de agitação na minha voz, pois recordei daquela cláusula fatal que a privara, com minha ajuda inconsciente, da sua última esperança de independência financeira. Forcei-me a prosseguir:

— E Charlie também, é claro.

Dansey brandiu sua mão de dedos longos.

— Pelo menos ele é jovem. A juventude tem uma capacidade de recuperação impressionante. Mas a sra. Frant deve estar verdadeiramente arrasada.

Murmurei minha aquiescência, sem confiança para falar.

— Ela sem dúvida o amava?

Não disse nada, embora Dansey esperasse uma resposta.

— Sim, mas o amor é um sentimento curioso — ele prosseguiu um instante depois, como se eu tivesse respondido que sim. — Geralmente usamos uma palavra quando pelo menos três seriam necessárias. Quando os poetas falam do amor, descrevem uma ligação passional a outro indivíduo. Talvez seja menos uma ligação e mais uma espécie de fome. Porém, eles a maquiam com uma linguagem sentimental, quando no fim das contas é um apetite físico pelo ato sexual, um desejo pela permissão derradeira. É verdade que se trata de um apetite extraordinariamente poderoso, e direcionado com impressionante intensidade para um único indivíduo; uma intensidade que pode beirar a loucura, como aconteceu com o pobre Catulo em relação à sua Lésbia. Porém, ela costuma durar pouco. Conheci muitos jovens que se apaixonavam uma vez por semana. E quando esse tipo de homem se casa com a amada do momento, a paixão raramente sustenta o nível que alcançou antes de ser saciada.

Olhei para o fogo. A voz de Dansey assumira uma qualidade morosa, de sonho. Desejei estar sozinho em um quarto silencioso.

— Quanto ao segundo sentido — ele disse depois de outra pausa, outra oportunidade para eu falar. — Muitas vezes o amor não passa de um sinônimo respeitável para a luxúria, para um apetite universal pelo coito, uma carnalidade desenfreada. A palavra amor joga sobre ela um véu de retidão. É uma tentativa de disfarçar sua natureza, protegê-la da censura dos moralistas. Porém, se considerado com sinceridade, o fenômeno não tem mais amor ou desamor do que o comportamento de um porco em um comedouro.

Retesei-me na cadeira.

— Por favor, não se agite — ele se apressou em dizer. — A taxonomia das emoções deve ser a seara do verdadeiro filósofo, assim como a do poeta. E, para o observador despreparado pelo menos, está claro que uma pessoa madura pode sentir por... por... outra pessoa uma espécie de emoção que pode muito bem ser chamada de amor; de fato, pode-se dizer que ela merece essa denominação mais do que as categorias anteriores. Essa seria a minha terceira definição da palavra. Refiro-me à preocupação calma e desinteressada de um indivíduo pelo bem-estar do outro.

Abafei um bocejo.

— Isso se parece muito com a amizade. Ou com os sentimentos de uma mãe pelo filho.

— Não, Tom, não exatamente. Esse sentimento não exclui a paixão, percebe? A paixão pode ter um papel, não obstante guiada pela razão, pela experiência. Às vezes ele pode ser visto nos cônjuges, quando os ardores iniciais já se apaziguaram. Pode-se encontrá-lo às vezes, também, nas amizades entre indivíduos do mesmo sexo, muitas vezes entre soldados ou marinheiros que enfrentaram perigos terríveis juntos. Se fôssemos tentar caracterizar esse tipo de afeto, acredito que talvez pudéssemos nos valer da noção de *completude*. O amante se sente incompleto sem a pessoa amada. É uma emoção que pode aflorar com liberdade em lugares inesperados. Embora possa abarcar a esfera sexual, não se limita a ela.

Ele se inclinou para frente, os cotovelos nos joelhos. Vi duas chamas gêmeas brilharem em seus olhos. É uma coisa terrível olhar fundo na carência de outra pessoa.

Empurrei minha cadeira para trás e me levantei.

— Ned, perdoe-me. Foi um dia longo. Vou cair no sono se me demorar mais um instante. Estou certo de que você não vai me interpretar mal se eu me retirar?

— Não — falou Dansey. — Não, é claro que não. Você estava cochilando. Duvido que tenha ouvido uma só palavra do que eu estava dizendo.

Desejei-lhe boa-noite. Quando cheguei à porta, ele me chamou.

— Não se esqueça disso — ele falou. — O seu Catulo.

33

Nenhum de nós dois voltou a falar sobre aquela conversa. Havia a possibilidade de Dansey acreditar, ou fingir acreditar, que eu já estava semi-adormecido durante a última parte dela, e que não havia ouvido tudo que ele dissera, ou compreendido a idéia geral de suas observações. De modo que vivíamos e trabalhávamos juntos tão amigavelmente quanto antes. Ainda assim, algo havia mudado. Depois daquela noite, poucas foram as vezes que fiquei sentado com ele até mais tarde, ao calor mortiço da lareira da sala de aula, ou passeei fumando em sua companhia pelo gramado frio depois que os meninos já haviam ido dormir.

Não obstante, mais de uma vez surpreendi meus pensamentos voltando às suas observações sobre o amor. Se fosse verdade que a paixão amorosa podia ser dividia em três categorias, qual delas compreendia meus sentimentos por Sophia Frant — ou por Flora Carswall? Via com excepcional clareza em minha mente a imagem do porco de Dansey em seu comedouro.

Não podia dizer que estava ansioso pelo fim do período, pelas seis semanas de recesso natalino da escola. Embora alguns meninos fossem ficar no estabelecimento, ele se encontraria bem mais vazio, e Dansey e eu passaríamos inevitavelmente mais tempo juntos. Concordara em passar a ceia de Natal com os Rowsells, mas não tinha outros compromissos ou distrações planejados.

Cerca de uma semana antes do Natal, encontrei o jovem Edgar Allan nas escadas e ele me disse, naquela maneira apressada e especialmente afobada, típica de meninos novos:

— Senhor, por favor, senhor, Frant me pediu que eu lhe enviasse os cumprimentos dele na esperança de que o senhor aceite.

Parei onde estava.

— Aceite o quê, Allan? Os cumprimentos?

— O senhor não está sabendo?

— Só posso lhe responder se você me disser o que eu deveria estar sabendo, não é verdade?

Alguma coisa nessa lógica deve ter agradado o garoto, pois ele disparou a rir. Quando parou de gargalhar, disse:

— Frant escreveu para mim dizendo que a mãe dele está me convidando para passar o Natal na casa do sr. Carswall. E o sr. Carswall vai escrever para mamãe e papai e para o sr. Bransby, pedindo que o senhor me acompanhe, embora o cocheiro possa cuidar perfeitamente da minha segurança. Mas Charlie diz que as mulheres sempre criam caso e às vezes devemos fazer a vontade delas.

— Não ouvi nada até o momento sobre essa excursão — disse. — Não estou convencido de que vai ser de todo conveniente. — Vi o rosto de Allan mudar, como se uma nuvem tivesse passado por sobre seu bom humor. — De qualquer modo, vamos ver o que o sr. Bransby tem a dizer sobre o assunto.

O menino tomou isso como uma forma de consentimento. Foi embora pulando alegremente, deixando-me a imaginar se a informação que ele havia dado era precisa e, se ela fosse, se o sr. Bransby me permitiria ir, e se seria sensato de minha parte fazê-lo. Sensato ou não, tinha certeza de que queria. Idéias altivas sobre a taxonomia do amor em geral e sobre porcos e comedouros em particular ficavam muito bem no plano das abstrações, mas eu já não queria mais persegui-las.

Na tarde seguinte, o senhor Bransby retransmitiu o convite da sra. Frant.

— Não sabemos ao certo quando o senhor irá voltar — prosseguiu o sr. Bransby. — O sr. Carswall acredita que o jovem Frant não tem dado atenção suficiente aos estudos desde que nos deixou. Talvez queira que o senhor fique mais tempo com eles, para dar aulas aos meninos e talvez trazer Edgar Allan de volta à escola no começo do período. Charlie Frant não irá retornar, é claro. O senhor não teria outros planos para o dia de Natal?

— Para dizer a verdade, senhor, eu tinha. Mas não tem importância.

Naquela noite, sentei-me diante da lareira na sala de aula para escrever para o sr. Rowsell lamentando não poder passar a ceia de Natal na companhia deles. Mal começara e Dansey entrou.

— O sr. Bransby me contou que você vai levar o jovem Allan para o interior — ele disse repentinamente. — É verdade que você vai passar lá todo o recesso?

— É possível. O sr. Carswall é quem vai decidir.

Dansey se afundou em uma cadeira.

— Tem certeza de que isso é sensato, Tom?

— E por que não seria? — Falei com mais exaltação do que pretendia. — Uma mudança de ares me fará bem.

— E uma mudança de companhia também, sem dúvida.

Murmurei que estava perfeitamente satisfeito com a minha posição atual.

— Perdoe-me — Dansey prosseguiu depois de um instante. — Não tenho direito de lhe dar conselhos. Você irá com o jovem Allan, estou certo?

— Fiquei surpreso que o sr. Allan tenha permitido que ele fosse. Faz apenas um mês que o sr. Frant morreu.

— Imagino que o tenha feito para agradar o sr. Carswall. A riqueza é um passaporte para a estima. Perdoe-me; não desejo me intrometer, mas você está completamente tranqüilo quanto a isto?

— Por que não estaria?

Dansey hesitou.

— Sou um homem racional, você sabe. Mas às vezes tenho intuições quando as coisas não vão bem. Talvez esteja sendo fantasioso.

Ele ficou parado por um momento. A boca enviesada remexendo-se em seu rosto de Jano como se quisesse dizer algo, mas não conseguisse convencer os lábios a formar as palavras. Deu meia-volta e saiu da sala. Baixei os olhos para a folha de papel, as poucas palavras nela tremulando e se movendo à luz das velas. Era outra noite glacial, e eu tremi.

Dansey tinha uma intuição, mas me ocorreu que eu tinha motivos mais concretos para ser cauteloso: a maneira como primeiro o sr. Frant e depois o sr. Carswall haviam me enredado em seus assuntos; a cláusula que custara a sra. Frant sua herança; o cadáver mutilado em Wellington-terrace; e o dedo cortado que descobrira na bolsa de David Poe.

34

Em 1819, o Natal foi em um sábado. O sr. Bransby decretou que o período terminaria oficialmente na quinta anterior. Na tarde daquele dia, fui até Londres com Edgar Allan. Paramos para passar a noite na casa dos pais adotivos do menino na Southampton-row. A sra. Allan, uma mulher ansiosa e franzina, com tendência à hipocondria, mimava e ignorava alternadamente Edgar. No fim da tarde, o sr. Allan voltou do trabalho. Era um homem muito tenso, de aparência austera. Em sua presença, Edgar parecia irradiar vitalidade e inteligência; ele era tão diferente deles quanto um pedaço de giz de um pedaço de queijo.

— Se forem para Cheltenham — disse a sra. Allan no jantar com sua voz aguda e vacilante —, vocês têm que ficar no Stiles Hotel. Lembra-se, querido? — ela disse ao marido. — Eles são tão atenciosos lá.

— Mas eles não estão indo para Cheltenham — falou o sr. Allan.

Um silêncio desconfortável se instaurou na mesa de jantar, quebrado apenas pelo ruído dos talheres e pelos passos dos criados. Até então, supunha que era Charlie que precisava da companhia de Edgar. Mas, relembrando o entusiasmo de Edgar com a proposta, imaginava se não podia ser o contrário.

Após o jantar, o sr. Allan se retirou para o escritório afirmando que precisava fazer suas contas. A sra. Allan sentou-se na sala de estar e jogou cartas com Edgar. Enquanto jogava, falava sem parar sobre seus amigos e sua família, suas saudades de Richmond, na Virgínia, seu medo de enjoar no mar, e a quantidade e a natureza das suas doenças, que eram, ao que parece, motivo de constante surpresa e interesse para os médicos.

Depois do chá, pedi licença e saí. Como um tolo sentimental, andei até a Russell-square e fiquei parado por um instante na calçada em frente à antiga casa dos Frants. Havia uma luminária sobre a porta, e via-se luzes por entre as frestas das venezianas. Fui esmagado pela consciência da minha própria tolice. Afastei-me a passos rápidos, como se quanto mais depressa andasse, mais cedo a deixaria para trás.

Por fim, me vi dentro de uma taverna na Lambs Conduit-street. Passei quarenta minutos lá, fumando e bebendo conhaque. Não conseguia me livrar do único pensamento que corria pela minha cabeça como um rato preso em uma armadilha: *irei vê-la amanhã.*

Fui andando de volta para a casa de Allan, onde caí em um sono agitado. A mente humana é uma criatura perversa. Quando acordei, percebi que o rosto que mais havia visto na lanterna mágica dos meus sonhos fora o de Flora Carswall.

35

Pela manhã, tive tempo de ir até o escritório do sr. Rowsell na Lincoln's Inn. Pareceu-me que seria grosseiro da minha parte estar tão perto e não fazer uma visita; e queria também me despedir e transmitir minhas desculpas à sra. Rowsell. Ele me recebeu com o bom humor habitual e mandou Atkins, seu assistente, buscar café.

Entretanto, assumiu uma expressão séria quando contei para onde estava indo.

— Não posso fingir que gosto desse plano, Tom — ele disse —, embora obviamente não seja da minha conta. Mas as crianças vão sentir muito a sua falta no sábado. O sr. Bransby está feliz com a sua ida?

— Ele está disposto a considerar que no fim das contas as vantagens superam os inconvenientes.

Rowsell assentiu.

— Existem as questões financeiras, não há dúvida, e ele deve estar bastante ciente da importância delas. O senhor vai ficar quanto tempo?

Enquanto respondia, alguém bateu na porta e Atkins fez entrar o menino com a bandeja. O assistente me olhou com seus olhos pequenos como respingos de lama e desviou o rosto redondo e pálido. Rowsell fez silêncio até ficarmos a sós. Conhecia-o bem o suficiente para perceber que ele não estava com a mente tranqüila. Achei sua solicitude tão fora de lugar quanto a de Dansey.

Ele serviu o café e me deu uma xícara.

— O senhor se lembra da nossa conversa sobre a conduta do sr. Carswall e do sr. Frant durante a guerra com a América?

— Ora, mas é claro, senhor.

— Eu estava na cidade dia desses e ouvi outra história sobre o banco Wavenhoe de que não gostei nem um pouco. Para ser franco, talvez não passe de um boato. Mas veio de mais de uma fonte, de modo que imagino que haja alguma verdade nela — ele provou o café e contraiu o rosto. — É sobre o motivo de todo esse caso terrível, quero dizer, a falência do banco, a descoberta dos negócios ilegais do sr. Frant e seu assassinato. Aparentemente, o banco tinha algumas dívidas, que chegavam a um valor considerável, com vencimentos no fim de outubro. A maioria dizia respeito à especulação imobiliária na qual o banco investira.

Assenti, pois a srta. Carswall me contara parte disso quando havia me emboscado em Stoke Newington.

— Não havia dinheiro para pagar?

— Esse não era o problema. Em condições normais, Frant poderia negociar sem dificuldade a extensão do prazo de pagamento. Porém, parece que poucas semanas antes dos vencimentos, várias contas mudaram de dono. Foram compradas por uma casa comercial que geralmente serve de intermediária em transações em que o outorgante não quer que seu nome seja revelado. Ao fim do mês, o pagamento foi exigido, e Frant descobriu que não podia negociar extensão de prazo para nenhuma delas.

— Então o senhor acredita que um inimigo do sr. Frant pode ter planejado sua ruína?

— Não exatamente planejado, esta é uma palavra muito forte. Os negócios ilegais de Frant tornaram a derrocada do banco inevitável. Não, se for verdade, o que isso me sugere é que a ruína do banco pode ter sido adiantada, talvez em muitas semanas, ou até meses.

Rowsell fez uma pausa para nos servir mais café.

— E qual seria a vantagem disso? — perguntei.

— A essa altura, não temos como saber. Mas para colocar em prática um plano desses, um homem precisaria controlar uma soma considerável, e também ter um ódio inveterado contra o sr. Frant. Por que outro motivo alguém compraria as dívidas de uma firma em falência? Diante desses fatos, o sucesso do plano acarretaria um prejuízo financeiro considerável ao seu autor. Desde que o banco Wavenhoe fechou as portas, aquelas dívidas não valem o papel em que estão escritas.

— Sim — eu disse. — Estou vendo onde o senhor quer chegar.

— Não *onde* — disse o sr. Rowsell, abrindo os braços com tanta energia que algumas gotas do seu café saíram voando da xícara e espalharam-se em um arco de gotas pretas no chão. — *A quem.*

— Oh. O senhor... o senhor não pode estar falando do sr. Carswall.

Acanhado como uma dama, ele olhou para mim por sobre a borda da pequena xícara. No seu rosto grande e rosado não havia malícia ou emoção alguma, a não ser uma benevolência generalizada e uma leve curiosidade.

36

Na noite fria e enevoada, Edgar e eu embarcamos no Gloucester Mail. Enquanto descíamos vagarosamente Piccadilly, olhei para a aglomeração de pessoas nas calçadas, suas faces iluminadas pelo clarão insalubre das luzes da rua. Edgar ficou sentado quietinho, seus olhos enormes no rosto, observando e escutando, embora não desse atenção às minhas tentativas de conversa; era como se estivesse sob um feitiço.

Aos poucos, começamos a ganhar velocidade. Logo, o movimento e a monotonia fizeram o menino cabecear de um lado para outro, alternando-se entre mim e a mulher de um merceeiro, entre o sono e a vigília. Um a um, os demais passageiros seguiram seu exemplo. Gostaria de ter podido fazer o mesmo. Viagens são empolgantes para os que chegam ou partem, mas o ínterim é geralmente caracterizado por desconforto e tédio.

A carruagem rodopiava pela escuridão. Um clérigo baixote roncava no banco à minha frente. As janelas estavam hermeticamente fechadas, a pedido da mulher do merceeiro, que cochilava o tempo todo, acordando quando ouvia o som da sirene nos pedágios e revigorando-se com uma garrafa em sua bolsa. O interior da carruagem estava carregado com os vapores de rum jamaicano e água. O clérigo teve um pesadelo; seus membros se contorciam desesperadamente; seu pezinho escapava de baixo do seu cobertor e chutava minhas canelas.

Os únicos momentos interessantes se deram quando passamos pelas cidades silenciosas do interior. Ergui a cortina, esfreguei o vidro e olhei para as ruas vazias. Aqui e ali, uma luz queimava na janela da parte de cima de uma casa. Há algo de misterioso nas cidades adormecidas; como um navio abandonado pela tripulação, ela se torna uma entidade completamente diferente quando desprovida das necessidades e da agitação humana.

Então o cocheiro fazia uma curva e passava sob uma arcada, entrando no pátio da hospedaria, e tudo se tornava luzes e alvoroço, gritos dos cavalariços e taberneiros, troca de cavalos, passageiros subindo e descendo das carruagens, vozes fazendo piadas, praguejando, dando conselhos e se despedindo. A mente humana é tão perversa que nos segundos que gastamos adentrando o pátio, eu já começava a ansiar pela obscuridade e pela solidão do campo.

Assim que os cavalos foram trocados, seguimos caminho, quilômetro a quilômetro. Todos os passageiros estavam indo para Gloucester ou prosseguiriam até Hereford e Carmathen. Em algum momento das horas escuras antes do amanhecer, caí em um sono profundo, do qual fui rudemente acordado, assim como os demais passageiros, quando o cocheiro errou a curva para o pátio de uma hospedaria e bateu com a roda traseira esquerda contra o batente de um arco.

Depois disso, não voltei a dormir. A noite deu lugar lentamente ao demorado crepúsculo cinza de um amanhecer de inverno. Um a um, meus companheiros de viagem despertaram para o dia. Toda a empolgação da noite anterior havia desaparecido. Estávamos sem banho, com a barba por fazer, em jejum e cansados. Nossos corpos doíam por conta da dureza dos assentos.

Chegamos a Gloucester antes do meio-dia, e desembarcamos com a bagagem na Bell Inn, na Southgate-street. A carruagem do sr. Carswall já havia chegado. Os cavalos estavam comendo e o cavalariço estava ansioso para partir. Tomamos um desjejum tardio no café. Mais tarde, arrisquei desagradar o cavalariço e fui procurar um barbeiro. Fui movido tanto pela curiosidade quanto pela vaidade; barbeiros sabem de tudo.

— A propósito — disse ao homem enquanto ele afiava a navalha —, se não me engano o sr. Wavenhoe tinha uma propriedade nessa cidade.

— Wavenhoe? Oh, sim, senhor. Embora o velho cavalheiro passasse a maior parte do tempo em Londres. Ele morreu no mês passado.

Chacoalhei as moedas no bolso.

— E qual era a propriedade?

— Oxbody-lane, senhor, uma bela pensãozinha, e também algumas das propriedades vizinhas. Está tudo alugado, naturalmente — com a cabeça entortada para um lado como um pintarroxo, o barbeiro me fuzilou com o olhar. — Se estiver interessado, posso lhe indicar um advogado que poderia lhe dar mais detalhes.

— Não — apressei-me a dizer. — Não há necessidade.

O lugar em que o sr. Carswall morava, Monkshill-park, ficava a menos de 20 quilômetros ao sul e a oeste de Gloucester, na direção de Lydmouth. Viajamos rápido quando deixamos a cidade, pois a primeira parte da jornada era composta de estradas com pedágio. Os últimos quilômetros eram de estradas menores e ruelas. O tempo se arrastava. Edgar se impacientava. Meu corpo doía com o cansaço imerecido do viajante sedentário.

Quando saímos da estrada, a tarde já se transformava no crepúsculo. Um caseiro mal-encarado abriu os portões. Seguimos pelo caminho tortuoso e ascendente que cortava o parque. Árvores balançavam como bacantes contra um céu carregado. O vento jogava gotas de chuva contra as janelas da carruagem.

A casa irrompeu o campo de visão, um grande bloco retangular com três andares e cinco estrebarias, revestido de pedras que reluziam friamente contra a paisagem que escurecia. Era óbvio que nos esperavam, pois assim que nos aproximamos da porta, dois criados saíram com guarda-chuvas e nos guiaram pela chuva e pelos degraus até o hall. Reconheci Pratt como sendo um deles, o sicofanta de rosto chupado que o sr. Carswall devia ter trazido consigo da cidade. Charlie Frant saiu correndo para cumprimentar o amigo, seguido em uma passada mais moderada por duas senhoras de braços dados.

— Edgar! — gritou Charlie. — Deixe-me mostrar o seu quarto. Oh, nós vamos nos divertir à beça! — Sua mãe o tocou no ombro lembrando-o da minha presença. Corando, ele se voltou para mim. — Sr. Shield, que bom que o senhor veio.

A sra. Frant apertou minha mão e ofereceu-me seu sorriso gentil.

— Meu pai está em reunião com seu agente sobre um negócio imobiliário — disse a srta. Carswall. — Mas o senhor irá vê-lo no jantar. — Ela olhou para os criados a nossa volta. — Pratt o levará até o seu quarto. Imagino que queira descansar depois dessa viagem fatigante. Mas não muito, infelizmente; jantamos às cinco e meia. Respeitamos os horários do interior aqui em Monkshill.

Subi as escadas atrás do criado. Muito acima da minha cabeça, havia uma clarabóia oval que parecia servir mais para frisar a altura da casa e a largura da caixa da escada do que para permitir a entrada de luz. Monkshill fora construída em grande escala, uma moradia digna de gigantes. Pressentia uma imobilidade lá embaixo, como se as mulheres no hall estivessem prendendo a respiração.

Meu quarto era grande, um pouco mal conservado e muito frio. Lavei-me e troquei de roupa o mais rápido que pude. Em algum lugar da casa, um relógio batia as cinco horas quando saí à procura da sala de estar. Lampiões e velas iluminavam os patamares e as escadas. Mas não bastavam para afastar a escuridão dos espaços imensos da mansão.

No hall, hesitei, tentando adivinhar onde ficava a sala. Uma figura saiu das sombras à minha direita.

— Boa-noite, senhor.

Assustado, dei meia-volta.

— Ora, sra. Kerridge! Espero que a senhora esteja bem.

— Tão bem quanto possível — ela indicou com a cabeça a porta à minha direita. — Se estiver procurando os meninos, eles estão na sala de estar.

Ela partiu tão repentinamente quanto chegou, seus modos secos lembrando-me da ambigüidade da minha posição; não era um cavalheiro, tampouco um criado. Bati de leve na porta e entrei. A sala de estar estava cheia da luz amarela tremeluzente e mortiça de uma dúzia de velas. A sra. Frant estava sentada muito próxima da grade da lareira, com um livro nas mãos. Os meninos estavam encolhidos na poltrona, conversando aos cochichos.

— Pe... Perdoe-me, senhora — eu disse. — Estou adiantado?

— Nem um pouco, sr. Shield — disse a sra. Frant. — Sente-se, por favor. E, no caminho, o senhor faria a gentileza de tocar a sineta? Precisamos de mais carvão para o fogo.

Fiz o que ela pediu e então me sentei na sua frente. É curioso o efeito do luto naqueles que o vestem. Algumas mulheres são absorvidas pelas roupas negras; elas se transformam na sua angústia. Porém, a sra. Frant pertencia à segunda categoria: a simplicidade do seu vestido preto liso ressaltava sua beleza.

— Meus primos estarão aqui em um instante — ela disse. — O senhor não está com frio, espero.

— Nem um pouco — menti.

— Temo que esta seja uma casa fria — ela disse com um sorriso apagado. — Ainda não ficamos tempo o suficiente aqui para aquecê-la.

A porta foi aberta e a srta. Carswall entrou no quarto. Seu rosto se abriu em um sorriso.

Posso estar enganado, mas pensei ter ouvido Sophia Frant acrescentar em um sussurro:

— E é também uma casa desafortunada.

37

Éramos cinco no jantar — o sr. Carswall, a srta. Carswall, a sra. Frant, uma senhora idosa chamada sra. Lee e eu. A sra. Lee era tia de um clérigo local, e fui informado que ela estava fazendo uma longa visita a Monkshill-park. Quase toda conversa partia do próprio sr. Carswall. Ele comia com frugalidade, mas bebia muito, esvaziando uma taça de clarete depois da outra.

— Resolvi investigar o estado do latim de Charlie — ele anunciou. — O reitor nos visitou algumas manhãs atrás e pedi que ele argüisse o menino sobre a *Eton Latin Grammar*. Ele ficou escandalizado, escandalizado, sr. Shield, quando descobriu a extensão da ignorância do rapaz. Ora, ele não sabia nem ao menos a diferença entre o gerúndio e o gerundivo. O que o sr. Bransby está ensinando?

— Ele não teve oportunidade de ensinar muita coisa a Charlie, senhor. Nenhum de nós teve. Charlie freqüentou a escola por menos de um período, e faltou a maior parte dele.

A sra. Frant desviou o rosto.

— Não tem sido fácil para ele — opinou a srta. Carswall.

Carswall fuzilou a filha com o olhar.

— É bem verdade, minha querida — ele bradou. — Mas isso não muda nada. O menino precisa de instrução, e atrevo-me a dizer que Edgar Allan também. É melhor o senhor ficar aqui o restante do recesso, Shield, e ler com eles pela manhã.

Fiz uma mesura.

— Isso se o acordo for conveniente para o sr. Shield — disse a sra. Frant, olhando para mim.

— É claro que é — falou Carswall. — O sr. Bransby não levantou objeção quando o sugeri a ele, então por que o sr. Shield o faria? Nenhum dos dois sairá perdendo.

— E tenho certeza que o sr. Shield se provará útil de outras formas — disse a srta. Carswall. — Ele será um belo acréscimo à nossa pequena sociedade. O senhor gosta de jogar xadrez à noite, não é verdade, papai? E estou certa de que ele pode ser um quarto jogador no uíste. Quando o tempo está ruim, quase não se vê ninguém no campo, principalmente no inverno.

— As pessoas não se incomodavam com o clima quando eu era garoto — rosnou Carswall. — Éramos mais sociáveis naquela época.

— Ora, papai, ainda somos sociáveis. Ou pelo menos tentamos ser. O reitor não veio até aqui aquele dia? E debaixo de chuva!

A refeição prosseguiu até o fim maçante. Houve uma certa hesitação quanto a qual das senhoras daria a deixa para todos se retirarem. No fim das contas, a srta. Carswall foi a primeira a se levantar. Segurei a porta para elas. A sra. Lee e a sra. Frant passaram depressa, os rostos virados, mas a srta. Carswall sorriu para mim. A toalha foi recolhida. Carswall fez um gesto para eu voltar à mesa e empurrou a garrafa na minha direção.

— O senhor não irá jantar conosco todas as noites.

— Sim, senhor.

— Veja bem, Flora pode ter razão. O senhor joga xadrez ou *piquet*? Uíste?

— Não muito bem, infelizmente.

— Não há problema. O senhor joga, isso é que importa — Carswall olhou para o interior da garrafa. — Não fazemos ou recebemos muitas visitas nessa parte do país.

Bebemos em silêncio. Um relógio tiquetaqueou. Enquanto o sr. Rowsell bebia vinho porque gostava e por conta dos seus efeitos, o sr. Carswall o bebia como se fosse uma obrigação.

— Não quis alarmar as senhoras no jantar — ele disse depois de um tempo —, mas fui informado essa tarde de que há um bando de arrombadores nas redondezas. Temos que ficar atentos. De modo que não é uma má coisa ter outro homem na casa, especialmente um ex-soldado.

O velho mordiscou o lábio inferior por um instante e então me pediu para tocar a sineta. Quando o mordomo chegou, o sr. Carswall mandou que ele trancasse a casa com atenção redobrada. Em seguida, para meu alívio, deu-me permissão para me retirar. Deixei-o com seu vinho e sua lareira e fui até a sala de estar em busca de chá. Somente a srta. Carswall e a sra. Lee estavam lá, cada qual de um lado da lareira. A sra. Lee dormia. O rosto da srta. Carswall estava estranhamente triste, embora tenha erguido os olhos com um sorriso quando entrei e dado batidinhas na poltrona ao seu lado.

— Sente-se e beba um pouco de chá, sr. Shield. Não sei dizer o quanto Sophie e eu estamos felizes em vê-lo. Papai fica um tanto grosseiro sem companhia masculina. Tenho certeza que o senhor conseguirá baixar o fogo dele admiravelmente bem. Não é assim que vocês militares dizem?

Retribuí o sorriso e disse que faria o meu melhor. Enquanto falava, olhei para a sra. Lee.

— Não se importe com ela — murmurou a srta. Carswall. — A sra. Lee enxerga muito mal e é bem surda: em outras palavras, não se pode querer uma dama de companhia melhor.

— Ela mora perto daqui?

— Não. Na verdade, não a conhecia antes de ela aparecer na quinta-feira. Mas me parece muito agradável, e não acho que eu vá ouvir nada contra ela. Até onde sei, todos os seus amigos são clérigos, o que aos olhos de papai é o seu maior charme.

Disparei a rir.

— Mas é verdade — ela prosseguiu. — Papai não tem a Sophie nem a mim em alta conta, embora por motivos diferentes. Ele está louco para que sejamos aceitas na vizinhança, para que assumamos nossas devidas posições na sociedade. É aí que entra a sra. Lee. Ela tem tanta respeitabilidade que não consegue deixar de derramar o excesso naqueles à sua volta. É o modelo ideal em todos os sentidos, e um de seus sobrinhos conheceu sir George Ruispidge quando eles estavam em Oxford — os olhos dela brilharam à luz das velas. — Acredite-me, sr. Shield, não há melhor recomendação.

— Temo não conhecer o cavalheiro.

— O quê? Como pode? Sir George Ruispidge é o nosso mais ilustre cidadão. Ele mora próximo a Clearland-court. Dizem que seus rendimentos são de seis ou sete mil anuais — ela baixou os olhos para o colo, mas eu vi o sorriso em seu rosto. — E o homem ainda possui minas de carvão, além de uma casa encantadora na Cavendish-square e uma cadeira no Parlamento. Sua família faz parte dele há gerações, conhecem todo mundo, vão para todos os lugares. De modo que o senhor pode ver porque o consideramos um excelente vizinho. — Ela ergueu a cabeça a tempo de apanhar meu sorriso de resposta. — E todas as mulheres comentam que ele também é um homem muito bonito.

— E qual a sua opinião, srta. Carswall?

Seus cílios tremularam.

— Seria indelicado de minha parte não concordar com um juízo sustentado com tanta firmeza pela maioria dos membros do meu gênero, sr. Shield. Mas o senhor poderá julgar por si mesmo em breve. Talvez vejamos os Ruispidges na igreja no dia de Natal. Meu pai com certeza espera que sim. Ele tem um motivo urgente para tanto.

— E a senhorita me permite perguntar qual?

Por um instante, a pele se retesou sobre os ossos do rosto da srta. Carswall.

— Ora, ele espera que sir George peça minha mão em casamento.

38

Flora Carswall era filha de seu pai em mais de um aspecto. As virtudes e os vícios dos dois andavam de mãos dadas. Ambos não tinham papas na língua e não eram hipócritas, mas ambos também podiam ser impressionantemente francos.

Era quase certo que Carswall fosse mais rico do que sir George Ruispidge, mas os Ruispidges eram umas das principais famílias do país, e fazia gerações que era assim. Pode-se dizer que Carswall queria comprar uma espécie de imortalidade ao juntar sua família com a dele. Não há dúvida que não lhe seria difícil comprar um cavalheiro, mesmo um que tivesse um título, um homem disposto a ignorar o berço pobre do pai e a ilegitimidade da filha em prol do dote que ela traria. Mas é da natureza humana desejar o que não é de fácil obtenção. Carswall queria um cavalheiro que não estivesse à beira da ruína, ou já mergulhado em um abismo sem fundo. Queria um cavalheiro que andasse de cabeça erguida pelo mundo.

Já inferira tudo isso não apenas da conversa com a srta. Carswall na noite em que cheguei a Monkshill, mas também do que sabia do seu pai. O que eu não sabia então é que havia outro motivo que tornava Sir George Ruispidge tão adequado para o papel de genro do sr. Carswall. No entanto, olhando para trás, percebi que havia recebido uma pista na minha primeira noite lá.

Eu havia deixado a sala de estar e subia as escadas em direção ao meu quarto quando ouvi uma porta se fechar e passos no andar de cima. No topo da escada, encontrei a sra. Kerridge. Imaginei que ela estivesse atendendo a sra. Frant. Fiz alguma observação de passagem sobre o tamanho da casa em relação a da Margaret-street ou a de Russell-square — um mero gracejo, sugerindo que havíamos subido de vida.

— Ele nunca vai ser grande o bastante para essa casa — sibilou a sra. Kerridge. — Não para Monkshill, e ele sabe disso.

— Perdão?

Ela se aproximou de mim.

— Eu não falei claro o bastante?

— Quem nunca será grande o bastante? O sr. Carswall?

— E quem mais? Todos os outros homens desta casa são criados — ela ergueu a vela que carregava na mão esquerda e lançou-me um olhar duro, de avaliação.

— Sra. Kerridge...

Ela me interrompeu com uma gargalhada.

— Mas isso não é da nossa conta, não é mesmo? Por sinal, mestre Charlie está dormindo; fui olhar mais cedo. O amigo dele estava lendo, mas o fiz apagar a vela — ela se afastou de mim, virando-se no caminho para jogar-me algumas palavras a mais sobre o ombro:

— Não é bom para o senhor vir aqui. Esse lugar não é bom para ninguém. O senhor deveria ter ficado naquela sua escola.

39

O dia seguinte, sexta, era véspera de Natal. Pela manhã, os dois meninos e eu continuamos nossa longa marcha pela *Eton Latin Grammar*. À tarde, andamos no parque. Aquele ano estava excepcionalmente frio. Em todas as partes, o chão estava duro e branco de gelo.

A mansão ficava na extremidade sul de uma colina. Os meninos me levaram para o norte por um caminho que subia a crista da colina, que dava vista para as curvas sinuosas e brilhantes do rio além da rodovia com pedágio no vale abaixo. Não pouparam gastos para acentuar a natureza pitoresca do local. Um obelisco cercado de bancos esculpidos com esmero em pedra rústica marcava o ponto mais alto do parque e também o local em que seis caminhos se encontravam. Seguimos o mais largo deles, que levava na direção noroeste e descia suavemente até um laguinho formado por um córrego represado que dava no rio. Ao norte e ao oeste, além da extensão de águas congeladas, ficava uma floresta cerrada.

Charlie apontou para as árvores.

— O sr. Carswall mandou os caçadores nos esconderijos atirarem em qualquer estranho ao alcance da visão. Alguns ladrões de caça estão em ação, ele disse, e alguns deles podem ser arrombadores também.

Edgar olhou para ele.

— Mas eles não ousariam vir até aqui.

— E o que os impede? Não temos como chamar um policial se os virmos.

A rotina das grandes propriedades me era estranha. Mas em menos de 24 horas em Monkshill-park, começara a suspeitar de que algo estava errado. A economia doméstica de um grande estabelecimento deve funcionar tão bem quanto o relógio do sr. Carswall. Um parque bem cuidado deve deixar clara em todo o canto a mão controladora do seu dono. Monkshill era uma casa formidável em um parque formidável. Não faltava dinheiro. Porém, parecia que o controle dos criados da casa não havia sido dado a nenhuma das senhoras, e que o próprio dono não se interessava pela propriedade.

Em vez disso, o sr. Carswall contratava pessoas para cuidar desses assuntos. Isso não teria importância se assegurasse que os contratados estivessem cumprindo seus deveres. Mas em toda parte havia pequenos sinais de negligência: desde as manchas de sujeira nos uniformes dos criados até o portão com a tranca quebrada na paliçada do parque. Era possível, no entanto, que o sr. Carswall não estivesse habituado às responsabilidades de um estabelecimento daquele porte. Mas eu conhecia muito bem suas habilidades para crer que ele não pudesse ter remediado essas deficiências, se assim quisesse.

No começo, fiquei intrigado. Um homem mais experiente teria entendido o motivo imediatamente. O sr. Carswall era velho; sabia que suas forças estavam em declínio; e poupava suas energias com uma intenção que, então, eu não compreendia.

40

As vésperas de Natal da minha juventude haviam me deixado com muitas memórias felizes. Meu pai era um homem frio, grave e distante, que não participava das festividades da estação. Porém, mamãe me levava para a casa de uma tia. Ela se casara com um funileiro e, embora vivesse com conforto, a família não estava em circunstâncias tão prósperas como acreditávamos que a nossa estivesse. Mas em um único Natal na casa deles havia mais alegria do que em um ano inteiro na nossa.

Na cozinha da minha tia, havia um grande ramo de visco branco, e nós meninos sempre tínhamos o privilégio de beijar as garotas debaixo dele; e, para cada beijo, um fruto era arrancado do ramo. Isso levava a contas alucinadas, pois quando todos os frutos tivessem sido arrancados, o privilégio acabaria.

Passei o Natal anterior em Rosington, na casa da minha tia. Isso foi depois da morte dos meus pais, quando eu lecionava na escola fundamental. Fanny, a filha do novo diretor da escola, havia nos visitado. Naquele dia, a beijei pela primeira vez, e foi sob o ramo de visco branco. Geralmente a lembrança dela deixava-me melancólico. Porém, não naquele ano — em vez disso, o pensamento que passou pela minha cabeça foi que, se não tivesse beijado Fanny sob o visco cinco anos antes, não estaria em Monkshill-park naquele dia.

Não que o sr. Carswall desse qualquer sinal de que era Natal em sua casa. Festividades rústicas não combinariam com aquele grande bloco de pedra, aquele monumento ao gosto moderno. Nenhuma das simples lareiras de mármore era grande o bastante para caber uma acha de Natal, mesmo se tivéssemos uma.

Naquela noite, fui mais uma vez convidado a jantar com os Carswalls, a sra. Lee e a sra. Frant. O sr. Carswall levou a conversa para o assunto da igreja.

— Recebi um recado do reitor — ele disse. — sir George está trazendo um grupo de pessoas de Clearland-court.

A srta. Carswall lançou os olhos para o teto.

— Que bom que comprei uma peliça nova antes de termos saído da cidade — ela olhou para mim através da mesa, e notei um ar de divertimento em seu rosto, e um convite para compartilhar dele. — E o capitão Jack faz parte desse grupo? E a mãe deles?

— Não sei — disse Carswall. — Creio que sim — seus olhos se deslocaram da srta. Carswall para a sra. Frant, e em seguida ele se virou para mim. — O senhor e sra. Lee ficarão conosco. Temos dois bancos de igreja. Acho que seria de bom-tom vocês se sentarem atrás de nós com os meninos.

— Sim, senhor.

— O capitão Ruispidge se destacou na Península — falou o sr. Carswall. — Se por acaso ele lhe der a honra de se dirigir ao senhor, sugiro que mantenha isso em mente.

— Sim, senhor — repeti. Nada me fazia ter mais preconceitos em relação a um homem do que a informação de que ele havia se destacado em um campo de batalha.

— Sir George possui título de padroado, não é verdade? — perguntou a sra. Frant.

Carswall grunhiu.

— Ele deve ter nomeado uns quatro ou cinco. Legalmente, o proprietário de Monkshill teria o direito de indicação em Flaxern Parva. Porém, meu predecessor, o sr. Cranmere, o vendeu ao pai do sir George.

A conversa se estendeu até fim do último prato suntuoso e tépido. As senhoras se retiraram; a toalha foi recolhida e o vinho servido com as nozes. O sr. Carswall virou a cadeira para ficar de frente para o fogo e acenou para mim, indicando que eu devia fazer o mesmo.

— Então, o que o senhor acha de Monkshill, hem? — ele interrogou, e não esperou resposta. — É uma bela casa, não é mesmo? O senhor sabe quem foi o arquiteto? O próprio sir John Soane, o homem que projetou o Banco da Inglaterra. Veja bem, Soane não custa pouco, e não custava nem mesmo cerca de trinta anos atrás. E não se economizou em nada na construção. Não que eu tenha tido que pagar por isso, nem uma moeda. Colha o que os outros plantam: esse é um ótimo lema na vida, jovem, guarde isso: e lembre-se de que o homem que tem dinheiro vivo é um rei. Não, o sr. Cranmere gastou tanto derrubando a casa antiga e construindo essa que não teve dinheiro para viver nela. Ele lutou até 1815, mas acabou tendo que vendê-la às pressas. Por uma ínfima parte do seu valor: era isso ou os meirinhos. A tolice da humanidade nunca deixa de me impressionar — Carswall se serviu de outra taça de vinho e olhou para o fogo. — Bem, embora eu seja suspeito para falar, é uma propriedade para se orgulhar, digna de qualquer cavalheiro do país; de qualquer cavalheiro do reino, para dizer a verdade.

Ele seguiu nessa toada por vinte minutos. E lá estava eu, uma platéia de um homem só, preso à minha cadeira. Aos poucos, sua voz foi ficando arrastada, e as pausas entre os períodos, mais longas, e então, o mesmo aconteceu com a pausa entre as frases e as palavras. Seus pés estavam no guarda-fogo, e os sapatos haviam caído na lareira. Suas calças estavam desabotoadas e salpicadas de manchas de vinho e molho de carne. A última coisa que ele disse antes de cair no sono ficou na minha memória, pelo simples fato de que estava completamente fora de sintonia com o que falara antes.

— Quando meu avô veio para Monkshill, ele fez uma mesura ao proprietário. Agora eu sou o proprietário. — Fitou-me com olhos semicerrados por trás das sobrancelhas desgrenhadas, como um animal em uma mata, e como se eu tivesse ousado lhe contradizer. — Então quem é o mestre agora, hã? Diga-me. Quem é o mestre agora?

41

Na manhã de Natal, discutiu-se no desjejum como faríamos para transportar nosso grupo para a igreja. Havia três veículos em Monkshill: uma carruagem grande que, em caso de absoluta necessidade, comportava seis pessoas; o cabriolé que trouxera a mim e a Charlie de Gloucester, em que cabiam três no máximo; e por fim um faeton baixo, puxado por um pônei, para as senhoras, que foi considerado bastante inadequado para a gravidade do evento. Na opinião do sr. Carswall, o cabriolé deveria ser arreado, assim como a carruagem, mas a srta. Carswall assinalou que era possível acomodar seis pessoas na carruagem sem problemas, principalmente quando dois deles eram apenas garotos. Então, ela percebeu as implicações do que havia dito, e seus olhos foram de encontro aos meus, desculpando-se silenciosamente.

O cálculo era incontestável: sr. Carswall, sra. Lee, sra. Frant, srta. Carswall e os dois meninos eram seis. Não havia lugar para mim. Era uma confirmação perfeitamente clara da minha posição em Monkshill, principalmente porque eu acreditava ser involuntária.

Seu pai disse com um leve ar de frustração:

— Creio que teremos que nos contentar com a carruagem apenas. Mas não gostaria que parecesse que isso é tudo que temos a nossa disposição.

— Papai, não acredito que seria o caso.

— Está um dia tão bonito — disse a sra. Frant. — Tenho certeza de que os meninos gostariam de andar.

— Sem dúvida — exclamou a srta. Carswall. — Isso resolveria tudo. Creio que eles iriam gostar, e não teríamos que ficar apertados na carruagem — ela se virou para mim novamente. — Isto é, sr. Shield, se o senhor tiver a bondade de acompanhá-los.

Assenti com uma mesura.

— E a que distância fica Flaxern Parva?

— A cerca de 2 quilômetros e meio daqui — ela respondeu. — São quase três, se for pela via e pela estrada, mas há um caminho que corta o parque, e a igreja fica no lado esquerdo da vila — ela bateu as mãos. — Que inveja do senhor. O ar está tão revigorante.

Mais tarde naquela manhã, eu e os meninos ficamos nos degraus da porta da frente e observamos a carruagem do sr. Carswall dando a volta até a frente da casa, subindo e descendo em suas molas, como um navio no mar, e brilhando como um gigante e bem polido brinquedo de criança. Havia um brasão em cada porta. Um emblema brilhava em prata de cada parte dos arreios em que fosse possível colocar um emblema. O cocheiro usava um chapéu de três bicos, suntuosamente enfeitado com rendas, e uma peruca encaracolada cor de milho. Dois criados uniformizados, Pratt entre eles, iam pendurados na boléia traseira, carregando buquês e bengalas com pontas de ouro.

Carswall saiu da casa e olhou com uma alegria infantil para o seu brinquedo.

— Comprei a máquina por 150 guinés quando Cranmere vendeu tudo — ele disse, batendo a virola de cobre de sua bengala contra o degrau de pedra. — Uma pechincha, hã? Tinha só um mês de idade. Ele nem havia pagado ainda.

Os meninos e eu começamos a cruzar o parque frio. O céu era de um azul escuro e límpido e o ar tão frio que poderia descer cortando a garganta como um bom destilado. Nosso caminho passava pelo lago que havíamos visitado no dia anterior. Os meninos saíram correndo na frente para deslizar no gelo. Um sino de igreja soou além das árvores do outro lado do lago.

— Vamos — ordenei —, temos que nos apressar. O sr. Carswall vai ficar contrariado se nos atrasarmos.

Eles entenderam isso como um convite para atravessarem até a outra margem do lago, a que ficava mais perto das árvores, e corri pela borda atrás dos dois. Charlie saiu do lago e se lançou no caminho que passava por dois esconderijos. Esperava que ninguém estivesse por perto para observar o comportamento deles: era muito impróprio que dois jovens cavalheiros se portassem de modo tão indigno a caminho do ofício divino de um dos mais sagrados dias do calendário eclesiástico.

Seguimos às pressas por um caminho que cortava o bosque. Charlie nos alertou com um prazer macabro para não nos aventurarmos pelas árvores sem a companhia de um dos caçadores, pois o sr. Carswall colocara armadilhas entre os arbustos para os ladrões de caça.

Por fim, o bosque terminou. Para meu alívio, vi a igrejinha a menos de 300 metros. Possuía uma torre baixa feita do arenito cor de ferrugem local, e uma cobertura inclinada, com telhas de pedra rachadas e manchadas de líquen. O pátio estava apinhado de aldeões em suas melhores roupas domingueiras.

O caminho levava diretamente para um pequeno portão colocado no muro do adro. Dois cavalariços guiavam uma carruagem e um cabriolé para cima e para baixo da pista adjacente. Charlie, com uma confiança que eu invejava, foi na direção do grupo de fidalgos próximo ao pórtico.

Naquele momento, a carruagem do sr. Carswall irrompeu o campo de visão. Com uma barulheira de cascos, estrondo de rodas e estalar de chicotes, ela seguiu pela estrada, forçando um grupo de aldeões a grudar as costas no muro do adro para não ser atropelado. O cocheiro parou em frente ao portal. Ele foi habilidoso ao apertar mais os arreios dos cavalos, de modo que eles mordiam os freios e arqueavam os pescoços como se fossem de uma raça melhor.

— Minha nossa — disse um jovem cavalheiro virado de costas para mim. — Viajando *en prince*, hã? Devo dizer que...

Um segundo homem, um pouco mais velho que o seu colega, nos viu no caminho e interrompeu o que estava falando no meio da frase botando a mão em seu braço. Eles observaram — nós observamos — quando os criados desmontaram em uma velocidade estonteante, abriram a porta e baixaram os degraus, e Carswall emergiu, centímetro a centímetro, como um grande caracol saindo de sua concha cintilante, seus olhinhos brilhantes indo de um lado para o outro para marcar quem estava olhando.

Quando o velho alcançou a segurança do chão, virou-se, vacilando, apoiando-se pesadamente em sua bengala, e estendeu o braço para a sra. Lee, em um gesto que se pretendia cortês, mas parecia apenas teatral. A velha senhora desceu os degraus, piscando sob a luz do sol. Em seguida, veio a sra. Frant, e ouvi um dos cavalheiros na minha frente prender a respiração. Finalmente, a srta. Carswall apareceu na porta da carruagem. Ela parou por um instante, olhando ao redor como uma atriz avaliando a platéia, e sorrindo para a multidão no adro com uma imparcialidade deslumbrante. Então, desceu farfalhante os degraus e pegou o braço da sra. Frant.

O sino soou. Os aldeões se retraíram para ambos os lados do caminho enquanto o grupo do sr. Carswall seguiu lentamente em direção ao pórtico. Ao meu lado, os dois cavalheiros tiraram os chapéus e fizeram uma mesura. Havia um contraste marcante entre a elegância discreta de suas roupas e a pompa das de Carswall.

— Sir George! — Carswall exclamou quando eles se viram diante do mais velho dos dois. — Os bons votos da estação para o senhor. E para o senhor também, meu caro — ele acrescentou, virando na direção do segundo cavalheiro. — Como está a sra. Ruispidge? Espero que ela esteja bem.

— Sim — disse sir George. — Ela já está na igreja.

Ele e o outro cavalheiro, que eu imaginava ser seu irmão, fizeram outra mesura para as senhoras. Carswall apresentou Charlie e Edgar, e o grupo entrou no pórtico, que estava repleto de folhagens natalinas penduradas no estilo antiquado do interior. Dentro da igreja, membros da pequena orquestra afinavam os instrumentos na galeria. A srta. Carswall virou-se para olhar para mim e fez como se fosse pôr as mãos nos ouvidos, erguendo as sobrancelhas em um pastiche de aversão.

Os Ruispidges ocupavam dois bancos de igreja separados do resto da congregação em um anexo no canto direito, diante do púlpito. Carswall ficara com os dois bancos de frente para a nave, e na extremidade sul: o que nos deixava imediatamente à esquerda de sir George e de sua família.

Os irmãos Ruispidge se juntaram às duas damas que já estavam nos bancos da família. Uma era idosa, vestida de preto e dona de um rosto ossudo que parecia o de um cavalo, como de hábito no caso dos rostos de humanos abastados uma vez que o viço da juventude se esgota. A outra era muito mais jovem, e quando a vi um choque de reconhecimento me atravessou.

Era Fanny!

Um instante depois, percebi que havia me enganado. Ainda assim, a dama me lembrava da menina que eu beijara em uma outra época e em outro lugar sobre o visco da cozinha da minha tia. Ela tinha a mesma pele corada, o mesmo cabelo preto e lustroso, e o mesmo corpo bem-feito. Lembrava-me também de outra pessoa, uma dama que eu vira mais recentemente, mas não conseguia de maneira alguma me lembrar quem ou quando.

Depois de um tempo, a missa começou. O sacerdote era um homem forte e de rosto vermelho, cujo lugar não parecia ser o púlpito, e sim sobre um cavalo com uma raposa e um bando de cachorros ruidosos à sua frente. Isso me fazia esperar que o sermão fosse curto, franco e sem rodeios. No entanto, as aparências enganaram, pois o que se seguiu foi um ramerrame detalhado e insosso de mais de cinqüenta minutos sobre como devíamos celebrar as cerimônias do Natal, e sobre a importância de encararmos a festa não só como um dia de graças, mas também como de regozijo. Isso era simples o bastante, mas ele sustentava a retidão de suas opiniões com referências freqüentes e longas à obra dos Padres da Igreja. Ficamos sentados em um silêncio infeliz absorvendo a sabedoria de Teófilo de Antioquia e de São Crisóstomo.

Minha atenção se dispersava. Os Ruispidges estavam quietos e atentos. A dama de cabelos pretos, no entanto, olhava às vezes para a esquerda, para a nave em que o restante de nós estava sentado, e uma vez seus olhos encontraram os meus. Houve um instante de bem-vinda pausa quando o violoncelo caiu no chão da galeria fazendo um estrondo, certamente porque o seu dono caíra no sono. Sinto em dizer que também o sr. Carswall cochilou e teve que ser trazido de volta à consciência por uma cutucada do cotovelo de sua filha.

Abafei um bocejo, e outro em seguida. Em busca de distração, olhei para as duas placas na parede ao meu lado. A primeira registrava a morte da Honrada Amelia, filha do primeiro Lorde Vauden e esposa de Henry Parker, Esq., de Monkshill-park, em 1763. Embaixo dela, havia outra placa comemorando as numerosas virtudes da filha de Parker, Emily Mary, que morrera em 1775.

Subitamente, despertei de todo. Com uma sensação de mau agouro tomando conta de mim, reli a inscrição na segunda placa.

Emily Mary, amada esposa de William Frant, Esq., de Monkshill-park.

Os Frants já haviam sido donos da casa do sr. Carswall?

42

Quando a missa finalmente terminou, os Ruispidges foram os primeiros a sair em fila da igreja para a luz do sol, com o grupo do sr. Carswall em seu encalço. O restante da congregação nos seguiu para fora, e um ar de festa e liberdade encheu o pequeno adro. Os aldeões eram como crianças dispensadas da escola. Até os cidadãos mais respeitáveis ganharam um quê de feriado. Charlie e Edgar brincavam discretamente de pique entre as lápides. Não tive coragem de mandá-los parar.

O sr. Carswall mancou o mais rápido que pôde atrás do baronete e conseguiu encurralá-lo em um canto entre o muro da igreja e um pilar.

— Sir George — ele exclamou. — Mas que sermão edificante, não?

Sir George assentiu, e notei que seus olhos se afastavam do sr. Carswall em direção à sra. Frant e à srta. Carswall, que conversavam com a mãe dele, Lady Ruispidge, e com a dama de cabelos negros que estava no banco da família. O capitão Ruispidge rondava graciosamente as duas mulheres mais jovens.

— Ficaríamos muito felizes de recebê-lo em Monkshill, sir George, o senhor e o capitão, e Lady Ruispidge também, se ela não considerar a viagem muito cansativa.

Sir George comentou que era muita bondade do sr. Carswall. A srta. Carswall dissera que sir George era considerado bonito, como talvez sempre o sejam os baronetes, mas a mim ele parecia um cão faminto. Dominava a arte de fazer observações corteses sem calor e substância.

— Acredito que o senhor ainda não conheça a sra. Frant, minha prima — prosseguiu o velho. — Rogo-lhe que me permita retificar a omissão.

Sir George fez uma mesura.

— Obrigado, ficarei encantado em conhecê-la — ele acrescentou, sua voz e expressão calculadamente neutras. — Conheci seu marido, o falecido sr. Frant, quando éramos meninos.

O sr. Carswall fez uma mesura acentuada, como se agradecesse essa extraordinária condescendência. Conduziu o baronete em direção ao grupo de mulheres. Por acaso, eu estava ao lado do caminho, empenhado em parte em ouvir a conversa, em parte em ficar de olho nos meninos, e em parte em tentar digerir as implicações da inesperada informação sobre Henry Frant que acabara de adquirir. Carswall tinha a cabeça virada para o baronete, mas estava ciente da minha presença. Com o braço, ele me empurrou para o lado, tirando-me do caminho e jogando-me para a grama. O fez com desatenção, e sem malícia, como quem afasta um cachorro em frente à porta de um quarto, ou enxota um gato de uma cadeira. Não olhou para mim, e não interrompeu o fluxo de observações que fazia a sir George.

Admito que fiquei com raiva e talvez magoado, especialmente por ter sido tratado daquela forma diante das quatro mulheres, dos cavalheiros Ruispidge, dos meus dois alunos e, ao que parecia, de toda a população de Flaxern Parva. Senti minhas faces corarem. Observei Carswall e sir George se juntarem aos demais, e as apresentações serem feitas. A srta. Carswall já conhecera os Ruispidges, mas ninguém do outro grupo conhecia a sra. Frant.

— Ora, sra. Johnson — disse a srta. Carswall para a dama de cabelos negros. — A senhora tem notícias do galante tenente? Ele ainda está no posto das Índias Orientais?

— Sim — falou a dama, e fez menção de dar as costas.

— Eu não a vi na cidade algumas semanas atrás? — perguntou a srta. Carswall, naquela vozinha inocente que usava quando tinha alguma travessura em mente. — Pensei tê-la visto em Pall Mall há algumas semanas, a senhora estava entrando na Payne and Foss, mas a multidão era tanta que não pude ter certeza, e então a carruagem seguiu caminho e era tarde demais.

— Não — respondeu a sra. Johnson. — A senhorita deve ter se enganado. Não fui além de Cheltenham nos últimos seis ou sete meses.

Então, recordei quando e onde poderia ter visto a sra. Johnson antes. Mas, veja bem, não estava plenamente convencido, não naquele momento.

— A senhora não deve hesitar em sair do seu jardim para o parque, madame — interrompeu Carswall, dirigindo-se à sra. Johnson. — Deve pensar nele como seu. É o que eu digo à minha família. Porém, tenha cuidado: fique longe dos esconderijos. Temos sido de tal forma assolados por ladrões de caça nos últimos meses que tive que espalhar algumas surpresas pela floresta. Não quero que uma pessoa amiga seja vítima de uma delas.

A sra. Johnson fez uma mesura. Um instante depois, vi que ela observava o sr. Carswall à medida que ele se voltava para sir George e, por um momento, flagrei em seu rosto uma expressão de repugnância que chegava às raias do ódio.

— Veja, George — disse o capitão Jack, que até então estivera conversando com a sra. Frant e a srta. Carswall —, eu conheci o pai da sra. Frant. Ele foi muito gentil comigo quando viajei para Portugal em 1809. Coronel Marpool do 97º regimento, embora na época tivesse sido transferido para o exército português. Um oficial notável. Teve um papel importante na retomada da cidade do Porto, e deu uma sova no próprio Masséna em Coimbra.

O sr. Carswall abriu um sorriso, como se as façanhas do pai da sra. Frant fossem, de alguma forma misteriosa, suas. Tirou seu relógio do bolso e mostrou para a comitiva.

— Acho muito provável que Masséna tivesse um relógio da mesma oficina que produziu este. Dizem que o próprio Napoleão era um dos mecenas de Breguet.

— Perdoe-me, senhor? — disse sir George, sua testa enrugando. — Mas quem é Breguet?

— Abraham-Louis Breguet, senhor. O melhor relojoeiro do mundo — o sr. Carswall olhou com afeto para o relógio na palma de sua mão. — Sabe-se com certeza que alguns dos oficiais de Napoleão tinham esses relógios, pois eles possuem precisão de décimo de segundo, são à prova de choques abruptos e capazes de funcionar por oito anos sem precisar de conserto e sem atrasar. Dizem, e estou certo de que o capitão Ruispidge pode me corrigir se eu estiver errado, que muitas das vitórias do Imperador podem ser atribuídas à genialidade da cronometragem, e não é exagero imaginar que essa exatidão tenha dependido de um relógio Breguet.

E assim prosseguiu o velho, para uma platéia de rostos sem vida. Fiquei mortificado em seu lugar, apesar do seu desrespeito para comigo, e me virei para procurar os meninos. Não os vi em nenhuma parte do adro, então fui andando de volta para o pórtico, no intuito de dar a volta na igreja até encontrá-los.

— Sr. Shield — disse a srta. Carswall, logo atrás de mim.

Surpreso, dei meia-volta. Ela se separara dos demais e estava ao meu lado.

— O senhor teria a bondade de me fazer um favor?

— Claro, srta. Carswall.

— Cometi a bobagem de esquecer meu lenço na igreja, no banco em que estávamos sentados.

— Então me permita buscá-lo para a senhorita.

Entrei na igreja atravessando o pórtico e fui até a nave. Um instante depois, ouvi a porta se abrir novamente às minhas costas. Olhei por sobre os ombros. Era a srta. Carswall, sorrindo.

— Sr. Shield, perdoe-me. Estava no meu regalo o tempo todo — ela ergueu a tira de seda bordada. — Fiz o senhor perder o seu tempo.

Refiz meus passos.

— Não tem importância.

Ela ficou esperando na soleira, a mão na porta.

— Oh, tem sim — ela falou baixinho. — Especialmente quando eu sabia que ele estava no meu regalo o tempo todo.

— Não entendo.

— É muito simples. Queria me desculpar pelo comportamento de papai.

Senti que corava mais uma vez e virei o rosto.

— Sei que não deveria falar assim do meu pai, mas não consigo ignorar o fato de que às vezes ele age de uma maneira que...

— A senhorita não deve se afligir, srta. Carswall. Não tem importância.

Ela bateu o pé.

— Ele o trata como um criado. Não é justo. Eu o vi empurrando o senhor do caminho dele. Queria que o chão se abrisse e me engolisse. Ou, melhor ainda, que *o* engolisse.

— Rogo-lhe que não se inquiete por minha causa.

Ela virou a cabeça, como se fosse partir, mas então voltou o olhar para mim.

— Por favor, não me entenda mal por falar dessa forma. O senhor deve me achar muito indiscreta. Por favor, perdoe-me.

— Pelo contrário, acho a senhorita muito atenciosa aos sentimentos de um subalterno.

— Oh? — a srta. Carswall esperou que eu prosseguisse. — Isso é tudo?

— Eu a respeito por isso.

— Oh! — ela disse com uma inflexão diferente, e seguiu às pressas para o pórtico.

Eu a segui por sob a abóbada de folhas verdes e galhos. Ela parou no meio do pórtico e olhou para mim. Além da arcada que dava para o adro, vi o verde da grama, o cinza das lápides e o azul do céu. O caminho que vinha do portão fazia um ângulo reto ao virar na direção do pórtico. Ouvia as vozes de outras pessoas, mas não via ninguém além da srta. Carswall; e ninguém podia nos ver.

— Na igreja — eu disse —, havia uma placa na parede que...

— Shh.

Flora Carswall pousou a mão no meu braço, ficou na ponta dos pés e beijou meu rosto.

Alarmado, dei um pulo para trás, batendo com o cotovelo contra o grande trinco de ferro da porta. O perfume dela preencheu minhas narinas e o calor dos seus lábios queimou minha pele como um ferrete. Ela sorriu e, dessa vez, seu rosto estava repleto de brejeirice.

— Esta é a hora e o lugar em que tais liberdades são permitidas, senhor, ou ao menos perdoadas — ela disse em uma voz pouco mais alta que um sussurro. — Veja.

Apontou para cima e vi que, pendurado na abóbada, havia um grande ramo de visco apinhado de frutos brancos. Meu coração ribombou no peito.

— Agora você tem que pegar um dos frutos — ela disse no mesmo tom carinhoso. — Mas ainda têm muitos sobrando.

Deu meia-volta e adentrou o sol ofuscante da manhã de Natal.

43

O clima continuou bom, frio e limpo. Na manhã do dia de São Estevão, os membros da família voltaram à igreja. Nessa ocasião, Carswall pediu tanto o cabriolé quanto a carruagem, e nos deslocamos em procissão pelos caminhos tortuosos para Flaxern Parva. Infelizmente, o sr. Carswall estava fadado a se desapontar. Os bancos dos Ruispidges estavam vazios.

Quando voltamos à mansão, os meninos estavam agitados, em parte por conta do feriado, em parte pela falta de exercício. Aceitaram de bom grado quando propus uma caminhada.

— Vocês deveriam levar o sr. Shield para ver as ruínas da nossa abadia — sugeriu a srta. Carswall, erguendo os olhos da escrivaninha; embora fosse domingo, ela estava trabalhando em suas contas. — É um lugar muito romântico, e muitas vezes se vê vultos encapuzados passando rapidamente entre os pilares.

Ela se debruçou sobre o livro de contas. Não havíamos conversado em particular desde o que acontecera entre nós no pórtico da igreja no dia de Natal. Não sabia o que pensar sobre os sentimentos dela, ou mesmo sobre os meus. Tinha consciência de que ambos havíamos agido impropriamente, porém, de alguma forma, conseguia não me preocupar com esse aspecto da questão.

— Sim, senhor — atalhou Charlie —, por favor, vamos para a abadia. Edgar, dizem que os monges enterraram tesouros lá.

A sra. Frant, que escrevia uma carta em uma mesa próxima à janela, ergueu os olhos ao ouvir isso.

— Não encha a cabeça de Edgar com essas bobagens, Charlie. É só uma história boba que o povo do interior conta.

Olhei para ela, sentada no sol frio de inverno, e disse:

— As ruínas são extensas, senhora?

— Eu não as vi, sr. Shield. Minha prima pode informá-lo melhor.

— Prepare-se para se decepcionar — falou a srta. Carswall. — Não passam de algumas pedras. Nem mesmo é uma abadia de verdade.

O reitor contou a papai que toda a terra daqui era propriedade dos monges de Flaxern Parva, que fica para além do rio. Ele acredita que nossas pequenas ruínas marcam o local de uma das fazendas afastadas dos monges. Papai ficou muito contrariado. Ele queria uma abadia autêntica, não uma casa de fazenda caindo aos pedaços.

— Mas os monges moraram lá. Então deve haver fantasmas — disse Charlie, com o ar de quem balançava uma isca a mais. — E tesouros. É mais provável que eles tenham escondido lá do que na abadia, não é? Seria o primeiro lugar onde as pessoas procurariam.

A sra. Frant sorriu para ele.

— Quando o parque foi construído, creio que algumas moedas de prata foram encontradas entre os alicerces. Talvez isso tenha originado a história do tesouro. O povo do interior é muito ingênuo.

— Onde elas foram encontradas?

Ela se pôs a dobrar a carta.

— Não sei, Charlie.

— Então quem lhe contou sobre as moedas? Posso perguntar se ele sabe onde elas foram desenterradas.

— Infelizmente você não vai poder perguntar a ele. Foi o seu pai — ela olhou para o filho. — Quando era garoto, ele morou aqui, não nesta casa, mas na casa antiga que havia aqui antes. O avô dele construiu o parque. Seu nome está no obelisco.

— Nós já moramos aqui? Monkshill era nosso?

A sra. Frant corou.

— Nunca foi nosso, meu amor. Seu avô vendeu a propriedade para o sr. Cranmere há muitos anos.

Charile recostou no respaldo da cadeira e teve o bom senso de mudar de assunto.

— Venha conosco, mamãe. A senhora pode nos mostrar onde o tesouro foi encontrado.

— Não *havia* tesouro — ela disse.

— Mas havia dinheiro — falou a srta. Carswall. — Moedas de prata. Isso não é tesouro?

A sra. Frant riu, assim como todos nós.

— Suponho que sim.

— Então — disse Charlie. — Pode haver mais. Não vamos encontrá-las se não procurarmos.

A sra. Frant olhou pela janela, para a extensão prateada do parque sob a cúpula azul-escura do céu.

— Creio que me fará bem tomar um ar. Quer se juntar a nós, Flora?

A srta. Carswall disse que preferiria ficar sentada diante da lareira. Tentei ver seus olhos, mas ela voltara às contas.

Quinze minutos depois, os meninos corriam pelo caminho enquanto a sra. Frant e eu os seguíamos em um ritmo mais sossegado, embora andássemos depressa por conta do frio. O ar trouxe manchas de cor às faces geralmente pálidas da sra. Frant. Examinamos o obelisco, encontramos a inscrição que registrava as virtudes do bisavô de Charlie e pegamos um caminho que levava a um vale raso ao leste. Os meninos foram na frente em disparada e logo já não podíamos ouvi-los. Àquela altura, qualquer constrangimento causado pela menção ao nome do sr. Frant já havia se dissipado por completo.

— Espero que não nos considere muito enfadonhos — disse a sra. Frant. — Suponho que o senhor esteja acostumado a lidar com muito barulho e agitação. Charlie me contou que o senhor vivia em Londres antes de entrar na escola do sr. Bransby, e que antes disso era um soldado.

— Uma razão a mais para apreciar a calma do campo.

— Talvez — ela me fuzilou com um olhar. — Meu pai também serviu no exército. Coronel Francis Marpool; o senhor o conheceu?

— Não. Alistei-me no exército somente em 1815. Como soldado raso.

— O senhor lutou em Waterloo?

— Fui ferido lá, senhora.

Ela me lançou um olhar de admiração que me encheu de vergonha.

— Porém, não dei um único tiro. Fui ferido no começo da batalha, e então um cavalo caiu em cima de mim, o que impediu que eu me movesse. Fui um soldado inglório.

— Respeito sua franqueza, sr. Shield — ela falou. — Se eu fosse um homem no campo de batalha, tenho certeza de que ficaria aterrorizada.

— Para ser sincero, eu *fiquei* aterrorizado.

Ela riu como se eu tivesse dito algo maravilhosamente espirituoso.

— Isso serve para confirmar meu palpite de que o senhor é um homem sensato. O senhor não fugiu: isso já não é bastante glorioso?

— Eu não podia fugir. Ter um cavalo morto caído em cima de você é um argumento forte contra qualquer tipo de movimento.

— Então o senhor deve agradecer pela Providência ter lhe concedido essa proteção. Mesmo na forma de um cavalo morto — ela apontou o cume do morrinho que estávamos subindo. — Quando chegarmos ao topo, veremos as ruínas lá embaixo.

Os meninos apareceram na linha do horizonte quando chegaram à borda do declive. Gritando como uma dupla de selvagens, desceram correndo o lado esquerdo.

A sra. Frant e eu alcançamos o topo. O terreno descia até um pequeno vale, cujo solo continha as ruínas de vários muros de pedra. Um pouco além daqueles escassos sinais de habitação havia uma fileira de paliçadas que demarcavam parte do limite norte da propriedade. Viam-se os telhados cinzas de uma cabana de tamanho considerável do outro lado da cerca.

— Oh! — exclamou a sra. Frant, colocando a mão no quadril. — Eles vão acabar se matando!

Ela desceu correndo o morro. Os garotos trepavam como macacos no mais alto dos poucos muros remanescentes das ruínas, que não chegava a 2,5 metros.

— Charlie! — ela gritou. — Tome cuidado!

Charlie a ignorou. Edgar, menos acostumado ao nervosismo da sra. Frant, parou de escalar e olhou por sobre o ombro.

O pé dela ficou preso em um tufo de grama e ela tropeçou.

— Sra. Frant! — gritei.

Ela recuperou o equilíbrio e continuou correndo.

Das ruínas, veio o som de um berro. Tirei os olhos dela. Charlie estava montado no ponto mais alto do muro, gritando a plenos pulmões. Não era possível ouvir as palavras, mas sua agitação era evidente. Logo depois, vi Edgar, uma figura dobrada no chão sob o muro.

Desci em disparada o declive até as ruínas, ultrapassando a sra. Frant no caminho. Em um instante, já me debruçava sobre Edgar. Seus olhos estavam fechados, e ele respirava pesadamente. Uma procissão de calamidades em potencial passou pela minha cabeça, desde a perda do meu emprego até a morte do menino.

Charlie aterrissou ao meu lado com um baque.

— Ele está respirando, senhor? Vai sobreviver?

— É claro que vai sobreviver — vociferei, o medo trazendo raiva consigo.

Tomei o pulso de Edgar.

— Há pulso. Forte.

— Graças a Deus — murmurou a sra. Frant, tão perto de mim que senti seu hálito roçar minha face.

Edgar abriu os olhos e olhou para os nossos rostos pairando sobre ele.

— O quê... o quê?...

— Você caiu — falei. — Está a salvo.

Esforçou-se para sentar, mas então soltou um grito e caiu para trás.

— O que foi? — disse a sra. Frant. — Onde dói?

— Meu tornozelo, senhora.

Tateei o membro ferido e movi os dedos com cuidado para cima e para baixo.

— Não sinto uma fratura. Talvez você o tenha torcido ao cair, ou distendido.

Ergui-me e ajudei a sra. Frant a se levantar. Ela me afastou um ou dois metros dos meninos.

— Tem certeza de que o tornozelo não está quebrado, sr. Shield?

— Creio que não, mas não posso ter certeza. Porém, aprendi um pouco sobre o assunto ajudando meu pai com os pacientes. Ocasionalmente, ele atuava como médico além de boticário. Ademais, se o tornozelo estivesse quebrado, acredito que o menino sentiria mais dor.

— Que idiotice minha. Se eu não tivesse gritado ele...

— A senhora não deve pensar assim. Ele poderia ter caído de qualquer maneira.

— Obrigada — os dedos dela apertaram meu braço e então o soltaram. — Temos que levá-lo de volta para casa.

— Devemos carregá-lo — calculei a distância de cabeça, e sabia que não conseguiria suportar bem o peso de Edgar por todo o caminho. — É melhor buscarmos ajuda. Ele não deve apoiar o peso do corpo no tornozelo até determinarmos a extensão do ferimento. Sem contar que ficaria mais confortável em uma carruagem.

— Vejam — falou Charlie. — Alguém está vindo.

Olhei para onde ele apontava. Além das ruínas, próxima às paliçadas, havia uma mulher, a capa preta agitando-se ao seu redor à medida que ela vinha em nossa direção. A sra. Frant virou a cabeça para olhar. Expirou com um som que sugeria dor ou talvez irritação.

— Creio que seja a sra. Johnson — ela disse em uma voz baixa, inexpressiva.

Observamos em silêncio ela se aproximar. A sra. Johnson era inegavelmente uma mulher bonita, mas havia algo de predatório em seu semblante que me levava a imaginar se o marido dela não estaria mais acostumado a receber ordens do que a dá-las.

— Bem! — disse ela. — O menino levou um tombo feio, sra. Frant. Será que ele consegue andar sozinho? Temos que levá-lo para a cabana e chamar ajuda.

Limpei a garganta.

— Sugiro que Charlie volte correndo pelo parque.

— Oh, sim — ele gritou. — Irei voando.

— É muita gentileza sua, senhora — disse a sra. Frant. — Mas não poderíamos lhe dar tanto trabalho.

— Não é trabalho algum — respondeu a sra. Johnson. — É apenas uma questão de bom senso.

— Então eu a agradeço — as faces da sra. Frant estavam coradas, e sabia que ela estava nervosa, mas não sabia por quê. — Charlie, você vai enviar meus cumprimentos à prima Flora, explicar que Edgar machucou o tornozelo e que a sra. Johnson nos convidou para a cabana dela, e pedir que ela mande o cabriolé com Kerridge.

Os olhos grandes, castanhos e levemente protuberantes da sra. Johnson examinaram-me dos pés a cabeça.

— Este... este cavalheiro não poderia ir? Certamente chegaria a casa antes do seu filho.

— Creio que não adiantaria. Precisaremos do sr. Shield para carregar Edgar.

A sra. Johnson voltou os olhos para sua própria casa.

— Eu poderia mandar alguém para a vila para...

— Rogo-lhe que não se incomode, senhora. Se o sr. Shield nos fizer essa gentileza, conseguiremos resolver tudo muito bem. Não desejo dar-lhe mais trabalho do que o necessário. Por sinal, creio que a senhora não conheça o tutor do meu filho. Permita-me lhe apresentar o sr. Shield. Sr. Shield, sra. Johnson, nossa vizinha.

Ambos fizemos uma mesura.

Logo depois Charlie saiu correndo para buscar ajuda. Coloquei Edgar nas costas e me arrastei vale abaixo até as paliçadas, onde um portão levava direto para o jardim descuidado da sra. Johnson. Ela nos conduziu até a entrada da casa. Não era grande — na verdade, mal podia ser considerada a residência de um cavalheiro — e estava claramente mal-conservada.

— Bem-vindos a Grange Cottage — disse a sra. Johnson com uma inflexão dura e irônica na voz. — Por aqui, sr. Shield.

Ela escancarou a porta da frente e nos conduziu até um corredor baixo e escuro. Uma maleta e uma arca fechada estavam ao pé da escada.

— Ruth! Ruth! Venha aqui.

Sem aguardar resposta, a sra. Johnson nos levou até uma saleta iluminada por uma janela em arco. Um fogo baixo queimava na grade da lareira.

— Por favor, coloque o menino na poltrona. O senhor encontrará um banquinho perto da escrivaninha. Talvez pudesse ter a bondade de pôr mais carvão na lareira. Se formos aguardar a empregada, vamos esperar um século.

Encolhendo-se e murmurando um agradecimento, Edgar sentou-se na poltrona. Estava muito pálido, a pele quase transparente. A sra. Frant se ajoelhou ao lado dele, ajudou-o a tirar o paletó e esfregou suas mãos. A criada surgiu quase imediatamente, a despeito do mau juízo de sua patroa, e a sra. Johnson pediu cobertores, travesseiros e sais aromáticos.

— Talvez devêssemos mandar buscar o médico — sugeri.

— O médico mais perto fica a 3 ou 5 quilômetros de Flaxern Parva — disse a sra. Johnson. — O melhor plano seria vocês voltarem a Monkshill e então mandar um criado buscá-lo.

— Sinto muito por causarmos tanto incômodo a senhora — falou a sra. Frant.

A sra. Johnson não respondeu. O silêncio se estendeu por mais tempo do que permitiam as boas maneiras. Joguei o peso do corpo de um pé para o outro, e um taco rangeu no chão. O som pareceu servir de gatilho.

— De forma alguma, sra. Frant — disse a sra. Johnson com suavidade. — É um prazer ser útil para um vizinho. Na verdade, tiveram sorte de me encontrar aqui ainda — Lady Ruispidge pediu que eu ficasse por uma ou duas semanas; a carruagem dela vem me buscar hoje à tarde.

Houve outro silêncio, mais curto.

— E como estava o tenente Johnson quando a senhora teve notícias dele pela última vez? — falou a sra. Frant.

— Não no melhor dos humores — disse a sra. Johnson bruscamente. — Ele não gosta da base das Índias Ocidentais, e desde a Paz há pouca esperança de promoção ou gratificação.

— Fui informada de que muitos oficiais da marinha estão recebendo meio-soldo no momento, mas não ele. Então o Almirantado deve ter seus serviços em alta conta.

— Ele gostaria de pensar assim — a sra. Johnson se sentou. — Qualquer emprego, ele diz, é melhor do que emprego nenhum. Mas o navio é velho, e é provável que seja vendido ou desmantelado. De modo que ele terá que encontrar outro capitão que precise de um primeiro-tenente.

— Tenho certeza de que os seus méritos devem lhe render muitos amigos.

— Temo que seu otimismo esteja equivocado. É influência, e não mérito, o que conta. Ainda assim, ele não deveria se queixar. Afinal, o mundo é duro, não é mesmo, sra. Frant?

As faces da sra. Frant coraram.

— Existem muitos menos afortunados do que nós, sem dúvida.

— A senhora deixou sua casa na cidade, eu presumo?

— Sim.

— Era em Russell-square, não era? Não conheço essa parte de Londres.

Lancei um olhar penetrante para a sra. Johnson. Ela olhava para a sra. Frant com uma expressão estranhamente fixa, quase como se a desafiasse a discordar.

— É muito agradável — disse a sra. Frant. — É mais tranqüilo do que o West End, e menos populoso.

As palavras das mulheres eram de uma cordialidade escrupulosa, mas seus silêncios e expressões contavam uma história diferente, com subtons mais sombrios. Embora possa parecer absurdo dizer isso, elas agiam como dois cachorros esperando a oportunidade de voar no pescoço um do outro. Como muitas vezes na minha convivência com os Carswalls e os Frants, tive a sensação de que todos sabiam mais do que eu, uma sensação cuja familiaridade não tornava menos desagradável.

E este também não era o único mistério que envolvia a sra. Johnson. Enquanto ela e a sra. Frant trocavam platitudes incisivas, lembrei-me dos comentários da srta. Carswall em frente à igreja no dia de Natal sobre tê-la visto em Pall Mall, e da sra. Johnson negando com veemência ter estado na cidade no outono. Ela protestou demais, da mesma forma que Fanny o fizera.

Da mesma forma que Fanny...

O pensamento da garota que um dia amara, e que naquele momento me sentia aliviado por não ter conquistado, trouxe outra lembrança. Recordei da moça de cabelos negros que vi entrando em uma carruagem na Southampton-row em outubro quando fui a Russell-square levar Charlie Frant para a escola. Ela também tinha feito eu me lembrar de Fanny, assim como a sra. Johnson; e quanto mais pensava no assunto, mais acreditava ser ao menos possível que a moça tivesse sido a própria. Southampton-row desembocava na Russell-square. Porém, ela havia se dado o trabalho de negar conhecer o bairro.

— Ruth está ficando velha — disse a sra. Johnson depois de outra pausa na conversa. — Que conveniente deve ser ter vários criados bem-treinados à disposição.

— Estou certa de que estamos lhe dando bastante trabalho extra — a sra. Frant pigarreou. — Foi muito agradável conhecer o capitão Jack Ruispidge ontem. Ele falou coisas muito gentis sobre o meu pai.

— Sim, meu primo Jack é extremamente amável — a sra. Johnson hesitou como um esgrimista, calculando seu golpe à perfeição. — Se tem um defeito, é o de gostar de ser admirado, especialmente pelas mulheres.

Neste instante, a criada surgiu com os cobertores, travesseiros e sais aromáticos. Para dar a ela espaço para se aproximar da poltrona, levantei-me e recuei até a reentrância formada pela pequena janela em arco. Olhei para fora. Um arbusto pequeno e cheio crescera até perto daquela parede da cabana, e suas folhas verde-escuras se amontoavam contra o meu lado da janela.

Uma exclamação involuntária saltou dos meus lábios. Por um instante, em meio àquela folhagem emaranhada, vi um rosto nos observando.

— O que foi, sr. Shield? — perguntou a sra. Frant.

44

Como eu poderia saber que a sra. Johnson, apesar de toda a sua pobreza e solidão, era uma pessoa de grande importância no drama que se desenrolava à minha volta? Verdade seja dita, ela era uma daquelas criaturas que têm dificuldade em dissimular seus sentimentos. Já suspeitava que ela não gostava do sr. Carswall. Depois da visita a Grange Cottage com Edgar, estava convencido de que ela também não gostava da sra. Frant a ponto de odiá-la. Mas àquela altura não fazia idéia do motivo. De fato, atravessei às cegas toda essa história em estado de ignorância quase do começo ao fim.

Assim que a sra. Kerridge e Charlie chegaram no cabriolé, nos despedimos da nossa anfitriã com uma pressa quase indecorosa. Mesmo com o assento do meio desdobrado, o veículo não comportava mais do que três pessoas, então Charlie e eu andamos até a casa pelo parque. No caminho, olhei de volta para a cabana em seu jardim mal-cuidado.

— O que está procurando, senhor? — perguntou Charles.

— Pensei ter visto um homem no jardim enquanto estávamos na cabana — falei, sabendo que teria que ser franco, pois Edgar contaria a ele o que tinha acontecido. — Mas a sra. Johnson garantiu-me que eu estava enganado, e disse que não havia um homem no local desde que despedira o jardineiro em outubro. Vi somente um pedaço de um rosto, e só por um instante. Poderia até ter sido uma mulher.

— Um arrombador? — sugeriu Charlie. — Não poderia ser alguém pregando uma peça, senhor?

— É pouco provável que fosse um arrombador à luz do dia, e com visitas na casa — baixei a cabeça e sorri para ele. — Provavelmente era um mendigo.

Quando chegamos à mansão, encontramos Edgar e as senhoras na sala de estar. Ele estava acomodado no sofá com a sra. Lee e a sra. Frant paparicando-o, enquanto a srta. Carswall estava sentada diante da lareira observando por cima de um jornal. Alguém fora buscar o médico, mas a sra. Lee acreditava, como eu, que a lesão no tornozelo não passava de uma distensão; ela despejou um monte de histórias sobre os infortúnios de seus filhos, irmãos, sobrinhos e primos para apoiar o diagnóstico. O menino tinha certamente uma aparência melhor — estava corado novamente e o rosto que virou para Charlie e eu estava quase tão vívido quanto antes.

— Gostaria que elas não me paparicassem tanto — ele murmurou para Charlie. — Meu tornozelo quase não está doendo mais se eu não pisar com ele. E nós nem começamos a procurar pelo tesouro.

Passei o dia inteiro agitado. Não conseguia esquecer do rosto que vira na janela da Grange Cottage. Tentei me convencer de que não havia passado de uma ilusão produzida pelas folhas e pela luz. Lembrei-me de que tivera apenas o mais breve vislumbre, e que a sra. Johnson era uma mulher racional sem motivos para mentir.

Remoí na minha cabeça se deveria ou não mencionar minhas suspeitas, por mais inconsistentes que elas fossem, ao sr. Carswall. Em Londres, ele sugerira a possibilidade de que Henry Frant ainda estivesse vivo, embora o cadáver em Wellington-terrace tivesse sido identificado como sendo dele no inquérito e estivesse naquele momento apodrecendo sob seu nome no cemitério de St. George, o Mártir. No entanto, mesmo se tivesse sobrevivido, ele não podia correr riscos — era responsável por uma falência, cometera peculato e, muito possivelmente, assassinato também. Mas não havia a menor prova de que ainda estivesse vivo.

Prova alguma: apenas sombras vislumbradas com o canto do olho, pistas entreouvidas, um dedo amarelento em uma bolsa deixada na porta de um tira-dentes. Mas ainda restava a possibilidade de que o homem na janela tivesse sido Henry Frant. Surpreendi-me andando para um lado e para outro no hall.

A porta da biblioteca abriu alguns centímetros. Ouvi os tons ásperos da voz do sr. Carswall, falando tão baixo que não pude identificar as palavras, e uma resposta em uma voz mais aguda e branda que reconheci com um tremor de interesse como sendo a da sra. Frant. Não tinha intenção de ficar escutando e estava prestes a me retirar quando, de repente, eles começaram a falar mais alto.

— Tire suas mãos de mim, senhor — gritou a sra. Frant, e suas palavras foram seguidas pelo som de um impacto surdo, talvez um tapa. — Não considerarei isso nem por um segundo.

— Então a senhora é uma tola — disse Carswall. — Pense bem quem lhe comprou esse vestido, quem coloca comida na sua barriga, quem paga para seu filho se tornar um cavalheiro quando crescer.

Recuei para a reentrância do batente de uma porta. Já não tinha vontade alguma de confidenciar minhas suspeitas ao sr. Carswall. Sophia Frant saiu da biblioteca, o rosto em chamas. Atravessou a passos rápidos o hall. No pé da escada, ela parou e olhou para trás. Viu-me parado ali. Quis dizer: Não estava ouvindo de propósito, não pretendia bisbilhotar. Desejei também poder ajudá-la, pois ouvira o suficiente para entender a natureza da conversa.

Ela olhou para mim. Seus lábios estavam um pouco separados, sua mão descansava no pilar do corrimão. Era uma pose graciosa, e curiosamente formal, como se os membros tivessem sido dispostos com o capricho de um retratista. Deu um pequeno e estranho soluço, virou-se, e subiu as escadas tamborilando os pés e saindo de vista.

45

O dia seguinte, a primeira segunda-feira depois do Natal, trouxe notícias inesperadas. Um dos criados foi de carruagem pegar o saco de correspondências, retornando logo depois do meio-dia. O saco foi levado para o sr. Carswall na biblioteca, mas sua chegada gerou uma onda de ansiedade na casa. Alguns minutos depois, o sr. Carswall entrou na sala de estar das senhoras.

— Tenho aqui uma carta do sr. Noak, minha querida — ele disse para a srta. Carswall. — No momento, ele está banhando-se nas águas termais do Cheltenham Spa, por recomendação do sr. Allan. Pretende viajar para South Wales na semana que vem, onde está interessado em algum tipo de maquinário para mineração. Ele pergunta se seria conveniente nos visitar, já que estará passando tão perto — olhou para os dois meninos, que tentavam ficar do menor tamanho possível no canto da sala. — E também prometeu à sra. Allan que enviaria notícias de Edgar se possível.

— Com certeza ficaríamos encantados em vê-lo, papai — respondeu a srta. Carswall. — Se ele for jantar conosco, sem dúvida o senhor gostaria de oferecer-lhe uma cama para a noite?

— Não é de se esperar que ele viaje pelas nossas estradas nessa época do ano, e com esse clima, depois do pôr do sol. Não, acredito que devemos convidá-lo a passar alguns dias conosco. Ele é um homem muito importante em seu meio, e eu não gostaria de deixar de mostrar uma perfeita civilidade — ele olhou para a folha de papel em sua mão e em seguida para mim. — Ele escreve que está viajando com o assistente. Lembra-se dele, sr. Shield? O negro.

Fiz uma mesura.

O sr. Carswall deu uma volta na sala enquanto o restante de nós aguardou em silêncio. Havia uma certa agitação nele que eu achava difícil de explicar. Naquele instante, lembrei-me da primeira vez que vi o sr. Noak, quando ele chegara à casa dos Frant na Russell-square e o criado tentara impedi-lo de entrar até ele escrever o nome de Carswall em seu cartão e mandar que o entregassem ao sr. Frant.

— Mamãe — disse Charlie de repente —, cavalos estão vindo pela estrada.

Essa informação causou um alvoroço. O sr. Carswall se juntou aos meninos na janela, seguido quase imediatamente pela srta. Carswall. Instantes depois, um cabriolé entrou no campo de visão.

— É sir George e o capitão Ruispidge — gritou a srta. Carswall. — Meu Deus, não estou arrumada! — ela se afastou do grupo à janela. — Meu vestido! E tenho que frisar o cabelo. Preciso de Kerridge, se importa de me emprestá-la, Sophie?, minha criada é tão sonsa que vai demorar uma eternidade. Não os deixem ir embora sob nenhuma hipótese.

Abri-lhe a porta. Ela ergueu os olhos e sorriu para mim ao sair da sala, e juro que uma de suas pálpebras baixou, sugerindo uma piscadela. Convidava-me a participar do pastiche da sua própria vaidade; ela possuía o talento de transformar o homem que queria agradar em seu cúmplice. E não pude deixar de retribuir o sorriso. Ao fazê-lo, vi por sobre seu ombro que a sra. Frant tinha levantado a cabeça e olhava para nós.

O sr. Carswall estava quase tão empolgado quanto a filha. Sir George havia enviado um criado para perguntar como estava Edgar depois do acidente, mas aquela era a primeira vez que nos honrava com uma visita em pessoa a Monkshill. A condescendência era ainda mais marcante pelo fato de o capitão Ruispidge estar acompanhando. O sr. Carswall ficou muito irritado quando lembrou que a lareira da sala de estar não tinha sido acendida naquele dia por economia. Tocou a sineta.

— Temos que preparar a lareira. Vamos acendâ-la.

— Mas não seria muito mais natural recebê-los aqui, senhor? — disse friamente a sra. Frant. — Eles não querem que façamos uma cerimônia, não por conta de uma visita matinal de vizinhos. Vão se sentir muito mais à vontade se nos encontrarem aqui, ocupados com nossas atividades habituais. Além do mais, a sala de estar vai demorar séculos para se aquecer.

Carswall lançou-lhe um olhar penetrante, mas então assentiu.

— Creio que a senhora saiba do que está falando. Muito bem.

Instantes depois, sir George e o capitão Ruispidge foram anunciados. Primeiramente, asseguraram-se de que o tornozelo, o pretenso motivo da visita, estivesse tão bem quando o esperado; graças à sra. Johnson, a notícia do acidente do menino havia alcançado Clearland-court. Lady Ruispidge, ao que parece, interessou-se pelo caso, e perguntou particularmente por Edgar.

— Ela recomenda que a junta seja banhada com vinagre, ou álcool canforado —, informou sir George à sra. Frant. — Se a dor for muita, deve-se adicionar algumas gotas de láudano. O tratamento deve ser repetido várias vezes. E, é claro, a parte lesionada deve ser mantida em estado de repouso.

— É muito gentil da parte dela — disse a sra. Frant. — Rogo-lhe que a agradeça pelo conselho.

O capitão Jack se pôs a elogiar o parque — elogiou a casa — elogiou a mobília — comparou-a favoravelmente com Clearland-court — pelo menos, após olhar para o irmão, em alguns aspectos. Então, de alguma forma, conseguiu sentar-se ao lado da sra. Frant e puxou conversa. Eu estava longe demais para ouvir o que diziam, porém, uma ou duas vezes, vi o rosto grave dela se abrir em um sorriso.

Enquanto isso, sir George e o sr. Carswall começaram a discutir questões agrícolas. Dada a ignorância do sr. Carswall sobre o assunto, passaram rapidamente do preço do milho à política. No entanto, quando a srta. Carswall retornou, tendo arrumado o cabelo e trocado de vestido, a atenção de sir George se desviou do seu pai para ela. O diálogo do casal teve a pomposa invariabilidade de uma dança antiquada do interior. Ele perguntou se ela preferia o campo à cidade, ao que ela respondeu que ambos tinham muito a lhe oferecer. Ele descobriu que ela tocava um pouco de piano e pintava um pouco. Ele quis saber se ela se interessaria em conhecer algumas músicas de sua mãe. Em seguida, depois de ela se mostrar devidamente encantada pela proposta, ele sugeriu que, quando o clima estivesse mais quente, talvez ela gostasse de esboçar as ruínas da abadia de Flaxern além do rio. Ele poderia mostrar-lhe vários pontos de vista particularmente bons.

Então ele passou para o mundo da literatura. Eu já sabia que a srta. Carswall gostava de suspirar debruçada sobre romances e as mais sentimentais vertentes da poesia moderna e que, diferentemente da maioria das pessoas do seu sexo, lia os jornais com assiduidade. Contudo, logo ficou claro que os gostos de sir George eram de modo geral mais sérios. Felizmente, ele não examinou a fundo as leituras da srta. Carswall; em vez disso, expôs suas próprias opiniões e as diversas vantagens que adviriam àqueles que dessem ouvido a elas. Recomendou várias obras religiosas de proselitismo evangélico e explanou sobre as belezas morais da poesia de Cowper. A srta. Carswall cumpriu seu papel corajosamente, mas não creio que tenha sido fácil para ela.

Os meninos e eu falamos pouco. Não havia papéis para nós na troca de gentilezas entre os Carswalls e os Ruispidges. Permaneci esquecido no meu canto. Charlie e Edgar foram chamados para conhecer o capitão Jack, mas a conversa não demorou muito. Logo ficou claro que os meninos estavam entediados.

Edgar assumiu o controle da situação. Era um garoto obstinado, diferentemente do maleável Charlie, e convenceu a sra. Frant a permitir que nós três nos retirássemos sob o pretexto de que um exercício leve ajudaria a curar-lhe o tornozelo. Uma vez fora da casa, Edgar recusou o meu braço, mas aceitou uma bengala. Andamos até a horta e voltamos. No caminho, descobri que os meninos não haviam desistido da idéia de procurar pelo tesouro dos monges.

— Eles não o esconderiam na granja — disse Edgar. — Pelo mesmo motivo que não esconderiam na própria abadia. Seriam os primeiros lugares que os homens do rei Henrique procurariam.

— Talvez tenham enterrado em algum lugar perto — sugeriu Charlie.

— Ou encontrado uma caverna. Mas acho muito provável que tenham escondido aqui em Monkshill em vez de lá na abadia. Seria muito mais seguro.

Enquanto voltávamos para a casa, ouvimos o som do cabriolé se afastando no caminho. Encontramos o restante do grupo ainda na sala de estar. O sr. Carswall estava de pé diante da janela e esfregava as mãos com prazer.

— Eles se comprometeram em jantar conosco quando o sr. Noak estiver aqui — ele me disse, pois precisava contar a alguém que ainda não sabia. Voltou-se para a srta. Carswall. — Precisamos entretê-los, Flora. Somente o melhor. Se ao menos Lady Ruispidge também pudesse aceitar o convite.

Ele seguiu naquela toada pela maior parte do dia. Chegou uma hora em que a srta. Carswall e a sra. Frant haviam saído da sala; eu esperava os meninos descerem com seus livros; e o sr. Carswall se estendia em seus planos sobre o jantar com a sra. Lee. Ela era a interlocutora ideal, pois raramente falava algo importante, mas dominava a arte de inserir no fluxo de palavras aquelas pequenas frases de assentimento e interesse que são tão agradáveis e encorajadoras para a outra parte.

— Estou quase decidido a convidar também a sra. Johnson — falou Carswall em sua voz áspera e carregada. — Afinal de contas, foi ela quem foi gentil com Edgar. Ademais, seria uma convidada muito apropriada: é prima dos Ruispidges, além de vizinha. E seria muito estranho se não a chamássemos, especialmente ela ainda estando em Clearland.

A sra. Lee pigarreou alto, um ato tão inesperadamente enfático que o sr. Carswall olhou para ela surpreso.

— Não sei se o senhor está inteirado de um certo acontecimento triste na vida recente da sra. Johnson — ela disse em tom baixo. — Talvez seja prudente considerar com atenção a sensatez de um convite como esse.

— O quê? Fale com clareza, senhora. Não posso entendê-la se falar por enigmas.

A sra. Lee recostou na cadeira, e os traços do seu rosto tremeram. Mas sua voz era perfeitamente firme, embora ainda mais baixa do que antes, tão baixa que tive que me esforçar para ouvir:

— É o senhor quem deve julgar. Fiquei apenas imaginando se está ciente de que, antes de a sra. Johnson se casar, houve, ou melhor, acredita-se que houve, o que as pessoas chamam de um envolvimento entre ela e o sr. Henry Frant.

46

A chegada do sr. Noak estava marcada para segunda-feira, dia 3 de janeiro. Os Ruispidges foram convidados para o jantar no dia seguinte. O clima continuava muito frio — conforme mencionei, o inverno daquele ano foi excepcionalmente rigoroso.

Não posso dizer que formávamos um lar alegre. Por sua própria natureza, o sr. Carswall engendrava uma tensão doméstica que nos afetava a todos, até mesmo os meninos, até mesmo os criados. Após o diálogo que ouvi na biblioteca, descobri mais uma fonte específica de discórdia. Observei e não disse nada. Notei que a sra. Frant evitava romper abertamente com o sr. Carswall, mas quase nunca falava com ele, ou se permitia ficar só em sua companhia. Uma vez, vislumbrei uma expressão de desespero em seu rosto quando a vi andando no jardim na crença de que ninguém a observava. Certa noite, ouvi soluços ao passar pela sua porta.

Os meninos e eu éramos mais felizes ao ar livre. Às vezes íamos até o lago e patinávamos no gelo. Eu crescera nos Fens, onde a combinação de invernos frios e um inesgotável abastecimento de água faziam da patinação uma aptidão que se adquiria quase tão cedo quanto a habilidade de andar. Os meninos não tinham essa prática precoce, e me deram um crédito imerecido pelo meu talento no gelo.

Uma tarde, vi a srta. Carswall e a sra. Frant observando-nos da margem. Naquela hora, estava patinando lentamente no lado esquerdo do lago, com um menino agarrado em cada mão. Soltei Edgar para poder erguer o chapéu para as senhoras. Seus braços se agitaram, seu corpo rodopiou, mas ele manteve o equilíbrio. A vaidade me induziu a abandonar o dever e atravessar o lago patinando a toda velocidade, e fazendo diversas graciosas piruetas, no intuito espúrio de descobrir se havia algo que pudéssemos fazer para as nossas visitantes.

— Como invejo o senhor — disse a sra. Frant com incomum animação. — Mover-se com tanta velocidade, ser tão livre.

— Tenho certeza de que é um ótimo exercício — atalhou a srta. Carswall. — Vejam só os meninos, estão com as bochechas vermelhas como maçãs.

— É até melhor do que dançar — prosseguiu a sra. Frant. — Deve ser como deslizar por um outro elemento, como voar.

— Deve haver mais patins na casa — falou a srta. Carswall. — Talvez possamos encontrar pares que nos sirvam.

Sua prima estremeceu um pouco.

— Não precisa fazer essa cara — disse a srta. Carswall, rindo. — Nem sempre se pode ter coisas novas. Além do mais, acredito que a família do sr. Cranmere tenha sido toda extremamente refinada.

Ao falar, ela crispou o rosto em uma expressão dolorosamente afetada. A sra. Frant e eu explodimos em risadas.

— Mas como aprenderíamos? — objetou a sra. Frant. — Deve ser muito difícil.

— Se a senhora quiser, podemos trazer uma cadeira — sugeri. — E então eu poderia empurrá-la pelo gelo.

— Mas não quero ser empurrada — ela falou com um sorriso. — Quero patinar sozinha. Estou certa de que minha prima também.

— Então, se me permitirem, posso ensiná-las, da mesma forma que venho ensinando os meninos — olhei de uma para outra. — Embora seja mais uma questão de aprender sozinho. A maior dificuldade, no começo, é manter o equilíbrio. Assim que se consegue isso, o resto é simples.

Como se ilustrassem meu argumento, os meninos atravessaram ziguezagueando as águas congeladas na nossa direção. O avanço deles era lento, e não se podia chamá-lo de elegante, mas era um avanço.

A srta. Carswall tirou uma das mãos enluvadas do regalo e pousou-a na manga da prima.

— Oh, por favor, vamos tentar, Sophie. Estou certa de que os meninos e o sr. Shield vão garantir que não nos machuquemos.

As aulas de patinação das senhoras começaram naquela mesma tarde. O cavalheirismo ditava que eu deveria segurá-las pela mão, da mesma forma que fiz com os garotos, uma à minha esquerda, a outra à minha direita. E lá estávamos nós, no ar muito seco e muito frio, sem som algum além do chiar e raspar das lâminas sob nossos pés, da nossa respiração pesada e das ocasionais risadas. O esforço físico pode agir como uma espécie de embriaguez, assim como a excitação; e por vezes me pareceu que eu estava duplamente intoxicado.

A sra. Frant caiu duas vezes, a srta. Carswall, cinco. Para ajudar uma dama a levantar, tem-se que pôr os braços ao redor dela, para sentir o seu peso. Não posso negar que apreciei esses contratempos, e suspeito que a srta. Carswall tenha caído mais do que o necessário. Em resumo, as horas que passamos juntos no gelo foram peculiarmente íntimas — não indecorosas, mas, por outro lado, não era algo que discutíssemos aos ouvidos do sr. Carswall.

Nos intervalos entre as patinações, os meninos continuavam sua busca pelo tesouro dos monges. Andaram por todo o parque, explorando cada canto que encontravam. Tentaram escavar uma das hortas, mas o jardineiro-chefe não compartilhava do mesmo entusiasmo arqueológico e, de qualquer forma, o solo era muito duro para as suas pás.

Os caçadores de tesouros estavam esperançosos em relação a uma gruta de corais à margem do lago. A gruta tinha a forma de um túnel curto e abaulado que terminava em uma abside, onde havia uma fantasmagórica estátua de Afrodite. Orvalho pingava do teto e brilhava nos corais que cobriam o interior. Se você erguesse uma lamparina, era como se estivesse diante de uma bela e seminua mulher em uma caverna fria de diamantes reluzentes. As esperanças dos meninos foram desfeitas quando o sr. Carswall, ao ouvi-los conversando empolgados sobre o assunto, contou-lhes que, de acordo com os registros da propriedade, a gruta fora construída por ordens do sr. Cranmere há menos de 15 anos.

Durante aquele período, sir George Ruispidge e seu irmão nos visitavam com freqüência. Muitas vezes, mas não sempre, vinham juntos a cavalo ou de carruagem. O menor pretexto justificava uma visita — perguntar mais uma vez sobre o tornozelo de Edgar; devolver um livro emprestado; trazer um jornal recém-chegado de Londres. A conduta dos irmãos para comigo não encorajava excesso de intimidades.

Em uma ocasião, eles vieram até o lago. Sir George ficou na margem, mas o capitão Ruispidge pediu meus patins emprestados e logo se mostrou um patinador de talento. Assumiu meu lugar ao lado das senhoras, e supus que ele se esforçava em ser mais agradável do que exigia a mera cortesia.

Durante todo esse tempo, continuei remoendo os acontecimentos das poucas semanas anteriores que poderiam sugerir que Henry Frant ainda estivesse vivo. A informação da sra. Lee sobre um antigo envolvimento entre ele e a sra. Johnson naturalmente levantara minhas suspeitas. A sra. Johnson negou ter visitado Londres recentemente, mas havia motivos para crer que ela o tinha feito pelo menos uma vez. Por fim, considerei o homem que tinha visto de relance na janela da Grange Cottage.

Mesmo essas circunstâncias sendo tão enigmáticas e até mesmo suspeitas, seria possível deduzir delas que a sra. Johnson estava protegendo seu antigo amante? Quanto mais submetia a possibilidade à análise racional, menos plausível ela me parecia. Em primeiro lugar, um envolvimento na juventude, por mais ardente que tivesse sido, não era garantia de um envolvimento no presente, conforme demonstrava a minha própria experiência. Em segundo lugar, se Henry Frant ainda estivesse vivo, certamente evitaria Monkshill-park, onde tantas pessoas que o conheciam na intimidade haviam se reunido.

Se Frant forjara seu próprio assassinato, seria com a intenção de criar uma nova vida em algum outro lugar, sob um novo nome. Para poder fazer isso com alguma segurança, seria necessário fugir para o estrangeiro. Era um homem público demais para passar desapercebido em seu país de origem.

Certa manhã, quando os meninos estavam examinando as ruínas da granja dos monges, meus olhos derivaram para a cabana da sra. Johnson. As crianças estavam entretidas em um jogo de faz-de-conta, de modo que fui andando pela paliçada e atravessei o portão. A casa e o jardim pareciam ainda mais abandonados do que na minha primeira visita. As persianas estavam baixadas nas janelas do primeiro andar. Não saía fumaça das chaminés. A sra. Johnson ainda estava em Clearland-court, e até sua criada tinha ido embora.

Dei a volta na casa. Nos fundos havia um pequeno estábulo e uma fileira de dependências. Voltando pelo jardim, notei uma pegada congelada no trecho de lama ao lado da bomba. A julgar pelo tamanho, era de um homem.

Retornei ao parque. Sabia que existiam dezenas de explicações perfeitamente inocentes para aquela pegada. Ainda assim, a visão dela foi suficiente para alimentar o estado de incerteza que se tornara tão desconfortavelmente familiar para mim.

Quando cheguei às ruínas, os meninos já não estavam lá. Subi a encosta, gritando seus nomes. Estava perto do lago, aproximando-me pelo leste, quando ouvi um grito de resposta vindo da beira do bosque entre a água e Flaxern Parva. Lembrando-me das armadilhas, corri e atravessei deslizando o gelo até a margem ocidental do lago. Encontrei os meninos não entre as árvores, mas em um desfiladeiro que adentrava o flanco da serra a menos de 50 metros do lago.

A boca do desfiladeiro fazia um ângulo oposto ao lago e apontava para o norte, na direção da massa negra do bosque. Era ligado por um caminho à trilha que dava a volta nas margens. Tanto o caminho quanto a entrada do desfiladeiro estavam em parte ocultos por um monte de pedras, terra solta e várias árvores caídas, uma delas um castanheiro de tamanho considerável. As crianças estavam cavando como uma dupla de texugos nos despojos ao redor de uma árvore desenraizada. Minha raiva evaporou.

— Não creio que encontrarão o tesouro aqui — observei com brandura.

— Por que não, senhor? — disse Edgar. — Pode-se esconder qualquer coisa aqui dentro.

— É um excelente lugar — atalhou Charlie com lealdade.

— Pode ser que sim. Mas não acredito que os monges tenham feito isso. Esse castanheiro não pode estar caído aí há mais de um ou dois meses. Vejam, ainda tem algumas folhas.

Edgar parou de cavar. Estava sujo como um cigano.

— Tem também aquele portal, senhor — ele apontou para um arco de pedra que bloqueava o fim do desfiladeiro. — Não parece mais velho do que as Cruzadas?

— Muito provavelmente é a entrada para um depósito de gelo.

— Talvez seja agora — ele falou. — Mas quem sabe o que havia lá antes?

Passei por cima dos detritos na direção dele, com os meninos seguindo-me aos saltos. A porta dentro do arco tinha duas camadas, construída de madeira maciça e reforçada com ferro. Charlie pegou a aldrava e a chacoalhou. A porta mal se moveu em sua moldura.

— Talvez haja outra entrada — sugeriu Charlie.

— Vamos dar a volta no morro até encontrá-la — disse Edgar. — Aposto corrida com você.

As crianças saíram trotando do desfiladeiro e logo estavam fora do meu alcance de visão. Segui mais lentamente. Quando dobrei o lado da serra que ocultava a boca do desfiladeiro do lago, vi no caminho abaixo um homem e uma mulher, de braços dados, andando lentamente com as cabeças coladas em direção à gruta de corais e do obelisco. Com um choque de tristeza, os reconheci como sendo o capitão Jack Ruispidge e Sophia Frant.

47

Na tarde de segunda, o sr. Noak chegou de Cheltenham em uma carruagem alugada. Carswall o recebeu muito bem — na verdade, creio que o campo o estava entediando e ele acolheu com prazer o estímulo de uma companhia; não era um homem que se habituava bem à vida em um local afastado.

Salutation Harmwell veio com o sr. Noak; e, no mesmo dia, a sra. Kerridge apareceu com um vestido novo. Talvez, murmurou a srta. Carswall para mim, os dois fatos tenham alguma ligação.

Na manhã seguinte, Charlie veio a mim depois do desjejum, pedindo que o começo das nossas aulas fosse adiado.

— A sra. Kerridge precisa ir ao depósito de gelo, senhor, e disse que Edgar e eu podemos acompanhá-la. E o senhor também, se quiser. Tenho certeza de que os romanos e os gregos tinham depósitos de gelo, então será muito educativo. Podemos, senhor? Não levaria mais do que vinte minutos.

Sabia que o passeio levaria pelo menos quarenta minutos, talvez uma hora, mas a manhã estava bonita e a possibilidade de uma caminhada era tentadora. De modo que fomos encontrar a sra. Kerridge no hall lateral. Harmwell estava presente, carregando a cesta e a lamparina.

— O sr. Harmwell tem grande interesse na construção de depósitos de gelo e gostaria de visitar o nosso — explicou a sra. Kerridge. — E, se ele nos acompanhar, não precisarei achar um jardineiro. Além do mais, eles falam de um jeito tão estranho por essas bandas que mal consigo entender uma palavra do que dizem.

A presença de Harmwell esclareceu um pequeno mistério: porque a sra. Kerridge, uma criada de quarto muito ciente da dignidade da sua posição, havia se voluntariado para prestar um serviço para o cozinheiro. Os meninos e eu fomos na frente, enquanto os outros dois nos seguiram mais lentamente, imersos em uma conversa. Viramos à esquerda no obelisco e pegamos o caminho que levava ao lado oeste do lago. Depois da gruta de corais, subimos a pequena encosta até o desfiladeiro onde ficava o depósito de gelo. Os meninos correram até a porta e chacoalharam a maçaneta.

— Temos que espantar os fantasmas! — gritou Edgar, e Charlie repetiu:

— Espantar os fantasmas!

A sra. Kerrige tirou uma chave grande e a enfiou na porta. O sr. Harmwell se agachou para acender a lamparina. As duas camadas abriram para fora com o ranger das dobradiças. Os meninos tentaram se lançar na escuridão como *terriers* descendo a toca de um coelho. A sra. Kerridge esticou um braço para impedi-los.

— Por favor, querida sra. Kerridge, deixe-nos ir na frente — disse Charlie. — Edgar e eu temos um motivo muito especial para entrarmos primeiro.

— Vocês vão esperar e fazer o que mandarmos — falei. — Ou então voltam direto para a aula.

A sra. Kerridge cheirou o ar.

— O lugar fede como um ossuário.

— O cheiro está mesmo muito ruim — concordou Harmwell. — Embora poucos depósitos de gelo cheirem bem nessa época do ano.

— Dizem que o dreno está bloqueado.

— Então a água derretida não tem como sair? — olhou por sobre os ombros para a extensão de terra. — Suponho que ela escoe para o lago, de modo que a saída deve estar congelada.

— Não, senhor, eles acham que o próprio dreno está bloqueado mais acima.

— E não podem limpá-lo?

— Não têm como alcançá-lo sem cavar — a sra. Kerridge gesticulou na direção dos pedregulhos e árvores caídas que atravancavam as encostas do desfiladeiro. — As tempestades de outubro causaram estrago ao parque, e nem tudo foi consertado ainda.

Harmwell já havia acendido a lamparina àquela altura. A pedido da sra. Kerridge, ele nos guiou pelo caminho estreito que adentrava o lado do morro. Depois de menos de dois metros, chegamos a mais uma porta, com duas camadas feitas de tábuas de madeira de pinho e as beiradas revestidas de couro para garantir a vedação. Além dela, havia outra passagem que terminava em um grande monte de palha de cevada.

O cheiro piorou. Harmwell e eu puxamos de lado a palha protetora, viscosa de podridão, e a empurramos para dentro das reentrâncias nos dois lados da passagem. Havia ainda outra porta de duas camadas, que fazia um pequeno ângulo em relação à perpendicular. Era necessária outra chave para abri-la.

— Disseram-me que existe um gancho para a lamparina aí dentro — disse a sra. Kerridge. — À esquerda.

Harmwell puxou a porta. Cobrindo o nariz e a boca com um lenço, me movi para frente para poder olhar por sobre seu ombro. Iluminada pela luz amarela vacilante da lamparina, havia uma cúpula cujo ponto mais alto devia estar meio metro acima do teto do corredor. No geral, a câmara parecia o interior de um ovo gigante, com a extremidade mais larga no topo. Continha uma fossa e um poço, ambos revestidos de pedra talhada brilhando de umidade. Vários pacotes estavam pendurados nos ganchos na lateral da cúpula. Agachei-me e olhei para dentro do poço. Cerca de dois metros abaixo, havia uma massa escura de gelo, água e palha. Contei pelo menos vinte pacotes meio submersos.

— Sim, o dreno está bloqueado — disse Harmwell. — Nada é mais nocivo para um depósito de gelo do que umidade. O gelo derrete mais rápido em um porão úmido do que sob o mais quente sol.

— Ele vai se livrar desse cheiro horrível? — perguntei.

Seus dentes brilharam na escuridão.

— Deve-se esvaziar a câmara sem demora. Então, neste clima, eu deixaria as portas abertas para arejar o local. É bom colocar também cal virgem, pois ela absorve a umidade.

— O patrão teve um desejo repentino por carne de veado — disse a sra. Kerridge. — É tudo o que precisamos. Deve haver uma peça em um dos sacos da esquerda. Estão todos rotulados.

— Há quanto tempo a carne está aqui? — perguntou Harmwell.

— Creio que há dois meses ou mais.

— Então temo que ela esteja apodrecendo nesse ambiente, senhora.

— Isso não é da sua conta, sr. Harmwell. Vamos deixar o cozinheiro decidir, sim? Esses degraus suportam o seu peso? Por favor, tenha cuidado.

O negro entrou na câmara. Degraus para os pés e apoios para as mãos haviam sido afixados na lateral da cúpula, com uma fileira de ganchos acima. Ele se moveu lentamente entre o grupo de sacos e examinou os rótulos em seus fechos, virando-os para que a luz batesse neles, enquanto a sra. Kerridge não parava de dar palpites. Finalmente, encontrou o veado, tirou o saco pesado do gancho e voltou andando de lado em nossa direção. Deu-me o pacote. Àquela altura, o mau cheiro era esmagador. Os meninos voltaram para o ar livre.

— Meu Deus — falei, lutando contra a vontade de vomitar.

— O que o patrão quer — murmurou a sra. Kerridge para Harmwell —, o patrão consegue.

Ela cerrou os lábios e ficou calada. O sr. Carswall não era popular entre seus criados. Era ríspido e tirânico por natureza e, além disso, ostentava uma espécie de petulância, um hábito de fazer pedidos impraticáveis por capricho, que talvez fosse sintoma de sua idade avançada. O desejo repentino por carne de veado era claramente um exemplo disso. Mas eu imaginava se não havia um motivo mais profundo para o ressentimento que a sra. Kerridge nutria por ele. Embora Carswall estivesse pagando seu salário no momento, ela servira a sra. Frant por anos. Talvez tivesse ficado ciente das intenções do sr. Carswall no que dizia respeito à sua patroa.

Apesar do cheiro, Edgar quis prosseguir sua busca fazendo uma ronda no interior do depósito de gelo. Recusei-me a consentir com esse plano intrépido, mas permiti que os meninos ajudassem a empilhar a palha de volta em frente à porta interna. Depois da tarefa, estavam molhados e imundos, o que os deixou imensamente satisfeitos.

Enquanto andávamos de volta para a casa, descobri pela conversa dos meninos que a questão do tesouro dos monges ainda estava na cabeça deles. Charlie fez a nada despropositada observação que o depósito de gelo era uma construção tão moderna que não poderia ter sido usada pelos monges há quase trezentos anos. Porém, Edgar respondeu com a engenhosa sugestão de que o depósito tinha sido construído naquele local porque já havia lá uma cavidade, acrescentando para sustentar essa teoria a observação de que a pedra que cobria o interior do depósito era muito semelhante às pedras usadas nas ruínas da granja dos monges próxima à cabana. Não tive coragem de dizer a eles que quase todas as construções de todos os tipos em um raio de 8 a 16 quilômetros em Monkshill eram feitas do arenito local, da cor de uma mancha apagada de clarete, de modo que esse fato não tinha necessariamente importância alguma no que dizia respeito à data da construção.

Os meninos e eu andávamos rápido. Harmwell e a sra. Kerridge, acompanhados da peça apodrecida de carne de veado, demoravam-se. Ao olhar para trás quando nos aproximamos da entrada das hortas, descobri que uma curva do caminho os havia tirado de vista.

Um instante depois, a casa se ergueu diante de nós como um grande penhasco de pedra. Atravessamos o pátio em direção à entrada lateral. Olhei para a janela da sala de estar das senhoras. Alguém estava de pé do outro lado do vidro, sombrio como um fantasma. A silhueta me convenceu de que era uma mulher. Não podia ser a sra. Lee, pois ela sofria de uma doença na coluna que a fazia se encurvar e lhe causava muita dor. O vulto desapareceu, retirando-se para o interior escuro do aposento.

A srta. Carswall ou a sra. Frant, pensei: essa era a questão. De fato, naqueles dias, essa era sempre a questão.

48

O sr. Carswall raramente recebia visitas no campo, e jamais havia sido honrado por convidados como os Ruispidges. À medida que o dia do grande jantar se aproximava, sua voz era ouvida por toda a casa, erguendo-se em repreensões. Com as caras amarradas, os criados se apressavam em seus uniformes manchados e puídos, cumprindo ordens que cinco minutos depois seriam revogadas.

O fato de as pessoas ao redor da mesa estarem igualmente distribuídas entre os sexos combinava com o senso de decência do sr. Carswall. Haveria cinco mulheres — além das três de Monkshill-park, tanto Lady Ruispidge quanto a sra. Johnson haviam aceitado o convite. (Depois da revelação da sra. Lee sobre a sra. Johnson, Carswall ponderou demoradamente se deveria ou não convidá-la; foi obrigado a fazê-lo por ela ainda estar com os primos em Clearland-court.)

Cinco cavalheiros estariam presentes, de modo que cada dama teria um braço para se apoiar quando chegassem ao jantar: o próprio sr. Carswall, o sr. Noak, sir George e o capitão Ruispidge e, de acordo com o plano original, o reitor de Flaxern Parva, que era providencialmente viúvo e então não tinha uma esposa para desequilibrar os números. Porém, depois do café-da-manhã, o reitor enviou um criado com um bilhete.

— Maldito seja — Carswall falou para mim, já que eu era a única pessoa na sala. — Ele está de cama com hemorróidas. Confia na misericórdia de Deus Todo-Poderoso, na aplicação de vapores à parte afetada e em um preparado que serve de laxante suave. Espero que Deus Todo-Poderoso lhe dê uma infecção intestinal. Isso lhe servirá de lição — ele amassou a carta e a jogou no fogo. — O senhor terá que se sentar conosco, sr. Shield, não há outro jeito. Poderia ser pior. A sra. Frant me contou que o sr. pretendia entrar para a Igreja: isso é verdade?

— Sim, senhor.

— E com o seu melhor paletó, o senhor parece um cavalheiro. Não precisa falar muito. Seja prestativo para com as senhoras, e não atrapalhe os cavalheiros — o velho hesitou, de costas para a lareira na biblioteca, levantando as abas do paletó para o calor entrar. — Ou talvez eu deva chamar Charlie. Ele um bom menino, da família, e as mulheres gostam de ter um rapaz para paparicar — coçou a coxa com uma unha no formato de garra. — Não, não adiantaria. Se Charlie jantasse conosco, e Edgar não, Noak poderia não gostar. Ele e Allan são muito íntimos, e têm aquele maldito orgulho ianque. Além do mais, crianças são imprevisíveis, sempre é possível que estejam entusiasmadas demais. Nesse caso, a primeira idéia é a melhor. Então, espero o senhor na sala de estar antes do jantar.

Quando me juntei ao grupo na sala de estar mais tarde naquele dia, sir George e o sr. Carswall falavam sobre o tempo enquanto ao redor deles a conversa entre os outros membros ardia e espocava como fogos de artifício úmidos.

— Não me envergonho em dizer, senhora — falou o sr. Carswall para Lady Ruispidge, enquanto a conduzia para a sala de jantar. — Não tenho pratos estrangeiros extravagantes em minha mesa.

Nada melhor do que comida e bebida para preencher silêncios constrangedores. Na entrada, foram servidos capão e carne cozida, um quarto de carneiro e uma cabeça de bezerro, ostras e cogumelos. Em seguida, filé de vitela recheado e assado, lebre ensopada, perdiz, mocotó, pombo e aspargo. Procurei em vão pela carne de veado.

Lady Ruispidge ficou bastante animada no decorrer da refeição, e quando provou a perdiz, disparou a falar:

— Esse é um pássaro jovem, imagino — disse ela em uma voz alta e estridente. — O senhor sabe reconhecer as características que a idade confere a uma perdiz? É preciso examinar o bico e as pernas. Se o bico estiver branco e as pernas tiverem um tom azulado, o pássaro é velho. Se o bico estiver preto e as pernas amarelas, ele é jovem. Deve-se também observar a cloaca. Se estiver apertada, o pássaro é jovem, se estiver aberta e verde, pode ter certeza de que ele é velho.

— Fico feliz que esteja ao seu gosto, senhora — disse Carswall. — Posso lhe servir um pouco de lebre?

Ela entendeu o gesto, mesmo não tendo ouvido as palavras.

— É um lebrecho? — ela perguntou. — Prefiro lebrecho à lebre, o sabor é mais suave. Para descobrir se é um verdadeiro lebrecho, é claro, deve-se apalpar embaixo da pata dianteira, se houver um calombo, ou um pequeno osso, é um lebrecho. Mas se não tiver, é provável que seja uma lebre.

Carswall tentou gracejar, mas perdera o ânimo. Lady Ruispidge estava convencida de que deveria compartilhar com ele seu interesse pela preparação e consumo dos alimentos. A surdez dela frustrou todas as tentativas do sr. Carswall de introduzir outros tópicos. Ela os ignorava e passava a falar sobre a melhor maneira de salgar pernis à moda de Yorkshire e o critério para se escolher um linguado.

Eu estava sentado entre a sra. Johnson e a sra. Lee. Nenhuma das duas me deu muita oportunidade de iniciar uma conversa. A sra. Lee comia sem parar, como sempre; era uma mulher que dava muita importância à comida, e não gostava de conversar à mesa. Quando a sra. Johnson falava, se dirigia principalmente ao sr. Carswall, que estava à sua direita. Estava muito atraente naquela noite em um vestido de seda amarelo-claro, e a luz de velas amaciava a dureza de seus traços e aumentava o brilho de seus olhos pretos.

A srta. Carswall sentava-se entre sir George e o sr. Noak. Em um intervalo na conversação geral, ouvi sir George dizer a ela:

— E a senhora irá nos honrar com a sua presença na festa da próxima semana, srta. Carswall?

— Haverá um baile? — ela falou com tanta afetação que suspeitei de imediato que a informação não era surpresa.

— Sim, de fato. Temos um baile por mês durante os meses de inverno, na Bell Inn, em Gloucester. Estou certo de que posso conseguir ingressos.

A srta. Carswall se virou para o pai.

— Oh, papai, podemos ir?

O velho ergueu os olhos do prato.

— O quê?

— Eles são perfeitamente respeitáveis, senhor — disse o capitão Ruispidge. — Não são, George? Vamos a um ou dois deles todos os anos, e, às vezes, os Vaudens também. Mas é claro que a sra. Frant...

— Rogo-lhes que não se preocupem comigo — disse ela. — Não poderia impedi-los de se divertir.

— Mas seria apropriado que papai e eu fôssemos a um evento social? — a srta. Carswall perguntou a sir George, com uma tocante confiança em seu juízo. — O sr. Wavenhoe era primo de papai, e ele morreu há menos de dois meses.

Ele sorriu para ela:

— A senhorita não deve se preocupar com isso, srta. Carswall. Afinal, eles não eram próximos, e nunca poderíamos ver ninguém no interior se permitíssemos que o meio-luto nos impedisse.

— É uma viagem consideravelmente longa para o inverno — disse o sr. Carswall lentamente. — E à noite... lá de Gloucester até aqui. E se nevar? Parece-me muito provável que vá nevar.

— Os que vêm de longe geralmente planejam passar a noite — disse sir George.

— Imagino que conheceríamos toda sorte de pessoas interessantes — atalhou a srta. Carswall.

— Talvez, talvez — Carswall assentiu com sua cabeça pesada. — É muito gentil da sua parte nos convidar, sir George.

— A senhora iria, madame? — perguntou a srta. Carswall a sra. Johnson.

— Sim — ela disse, a voz ríspida e rouca como se houvesse gritado. — Lady Ruispidge teve a gentileza de me pedir que a acompanhasse.

— Ainda deve haver quartos desocupados na própria Bell Inn em que a senhorita poderia ficar — disse o capitão Ruispidge. — Não que eu recomende. Seria muito conveniente para ir ao baile, mas o estabelecimento estará em polvorosa por conta dele — ele se virou para a sra. Frant e disse em uma voz mais baixa. — Sinto muito que a senhora não possa nos honrar com a sua presença.

A sra. Frant inclinou a cabeça.

— Sim — falou o sr. Carswall, brandindo o garfo. — Talvez devêssemos ir ao baile. Um pouco de diversão nos faria bem.

— Dançar é um exercício saudável, senhor — acrescentou o capitão.

— E os meninos devem ir também — gritou o sr. Carswall, ficando mais entusiasmado com o projeto a cada segundo.

— Temo que Charlie deva pedir para ser dispensado, senhor — disse a sra. Frant. — Pelo mesmo motivo que eu.

— Hem? Ah... sim, é claro.

— É uma pena — disse o capitão Ruispidge. — Estou convencido de que os meninos iriam adorar. São festas interioranas... nada cerimoniosas — ele fez uma mesura para a sra. Frant. — Charlie estará presente em uma outra oportunidade, tenho certeza. E sua mãe também.

— Meninos? — disse Lady Ruispidge em voz alta, a mão em concha sobre a orelha direita, improvisando uma corneta acústica. — Meninos? Umas pestes, concordo — ela se virou para o sr. Noak, que estava à sua direita — O senhor tem meninos?

Ele terminou de mastigar e engoliu.

— Tive um filho, senhora — ele disse com calma. — Mas ele morreu.

— Comeu? Ele já comeu?

— Morreu, mamãe — disse sir George, erguendo a voz —, morreu.

— Ah — ela respondeu —, sim, como eu disse, umas pestes. Nunca se sabe o que vão aprontar.

O baile serviu de assunto para a conversa até a hora de as senhoras se retirarem. Segurei a porta para elas. A srta. Carswall se deteve ao passar por mim.

— Por favor, peça ao papai para não demorar — ela murmurou. — Vamos jogar cartas. Ele adora cartas.

A toalha foi retirada. O sr. Carswall, que bebera ininterruptamente durante a refeição, reabasteceu a taça.

— Sir George — ele gritou —, beba uma taça de vinho comigo.

— Obrigado, senhor.

— Encha o seu copo primeiro — disse Carswall. — Posso ver o ar dentro dele. Vamos beber com as taças cheias.

Sir George derramou algumas gotas a mais em sua taça, e os dois homens beberam.

— Ouvi dizer que seus guardas apanharam uma dupla de ladrões de caça um dia desses — falou Carswall.

— Uns desesperados — respondeu sir George. — Cada vez aparecem mais deles na nossa frente. Desde a Paz, qualquer fulano acha que tem o direito de roubar minha caça.

— Digo ao meu pessoal para atirar assim que os virem — disse Carswall. — O senhor usa outras defesas, além da vigilância dos seus guardas?

— O senhor quer dizer armadilhas? Ou espingardas?

— Sim. Vi as duas serem usadas com ótimos resultados nas Índias Orientais. Lá, naturalmente, os plantadores preferem as armadilhas, pois com a arma existe um grande risco de se matar o ladrão. Um escravo morto não serve para nada, mas um aleijado ainda pode render anos de trabalho.

— Uso ambos os dispositivos nos meus esconderijos, e faço questão de que todos saibam disso. Na minha experiência, eles servem de profiláticos. Um ladrão pode muitas vezes saber onde estão os seus guardas e evitá-los. Mas é mais difícil para eles descobrir onde está uma armadilha bem localizada, ou uma espingarda escondida com astúcia.

— É verdade, senhor — grunhiu o sr. Carswall. — Guarde bem, elas devem ser mudadas de posição com freqüência.

— Vale a pena o esforço. É preciso ter em mente que quando se pega um ladrão no ato do crime, o efeito em toda a vizinhança pode ser muito saudável.

Carswall riu.

— Apanhamos um sujeito da vila há algumas semanas. A coisa quase arrancou a perna dele — ele ergueu a taça, viu que estava vazia, e disse ao sr. Noak:

— Beba uma taça de vinho comigo, senhor.

— Com todo o prazer — disse educadamente o sr. Noak. Havia bebido mais do que o normal, e falava menos.

— Usam-se armadilhas nos Estados Unidos, senhor? — sir George perguntou ao americano.

O sr. Noak passou uma das mãos pela testa, como se afastasse pensamentos indesejáveis.

— Não são raras no sul. Sou mais familiarizado com as feitas para presas menores.

— São parecidas com as nossas? — perguntou sir George. — Ativadas por molas, quero dizer, e com mandíbulas que fecham?

— Exatamente. É preciso habilidade para usá-las, mais ainda quando se está usando-as para capturar animais na floresta em vez de humanos fora-da-lei. Harmwell, meu assistente, se tornou um especialista nelas quando estava no Canadá. As usamos para martas, zibelinas, lontras e castores, principalmente, e também para ursos.

— Já vi um homem ser atraído para uma armadilha — disse o sr. Carswall. — É simples: basta deixar uma isca. A natureza do chamariz varia com a circunstância. Nesse caso, foi um barco na margem de um rio.

— Técnicas semelhantes são usadas para espécies menores, senhor — o sr. Noak cheirou o vinho. — Embora com elas o caçador tenha uma quantidade maior de expedientes à disposição. Em muitos casos, não há necessidade de algo tão grosseiro quanto uma isca. Em vez disso, o caçador fia-se no olfato apurado do animal.

— Ah — disse sir George, parecendo interessado. — Ouvi dizer que se usa óleo de peixe para lontras.

— Sim, senhor, o óleo de peixe é um dos nossos favoritos também. Além dele, usamos castóreo, almíscar, assa-fétida e óleo de anis.

— É de fato engenhoso — disse o capitão Ruispidge. — Transformar a força de uma criatura em sua fraqueza, seu calcanhar-de-aquiles.

— Beba uma taça de vinho comigo, capitão — exclamou o sr. Carswall. — Vamos, encha sua taça. Shield, sirva um pouco de vinho ao capitão.

— Então, os senhores não usam cães? — perguntou Noak para toda a mesa.

— Não nos esconderijos, senhor — respondeu sir George. — Não há como garantir que vão deixar a caça em paz, e sempre existe o risco de caírem nas armadilhas.

Carswall assentiu.

— Mantemos os cães longe dos esconderijos também. Mastins são animais valiosos, ninguém quer vê-los feridos.

Engoliu outra taça de vinho, e seu rosto escureceu ainda mais. Por um instante, todos ficaram calados. Então, Noak se voltou para Carswall.

— O senhor já visitou a América do Norte inglesa?

— Nunca. Tenho certeza de que é um país de muitas oportunidades, mas nunca estive ao norte de Nova York.

— Porém, sei que o senhor tem negócios naquela parte do mundo — disse gentilmente Noak. — Durante a guerra, o banco Wavenhoe não era um tanto ativo lá? E certamente como sócio o senhor deve...

— Bah — quanto a isso, sei muito pouco — Carswall jogou-se para trás na cadeira com tanta violência que as juntas rangeram. — Sim, senhor, creio que tínhamos negócios com o Canadá, mas o senhor deve entender que eu não estava envolvido na direção do banco ou em qualquer um dos seus assuntos. O pobre George Wavenhoe se encarregava disso. Eu era apenas o sócio inativo, como dizem os homens de negócio.

— Mas certamente o sr. Wavenhoe não iria para o Canadá sozinho — disse Noak. — Ele deve ter tido um subordinado lá, imagino, alguém para lidar com as questões práticas do negócio.

— Muito provavelmente — concordou Carswall.

— Neste caso, pode ter sido alguém que conheci — observou o sr. Noak. — Passei algumas semanas lá resolvendo questões de família imediatamente depois da guerra.

— Não consigo recordar quem nos representou. Se é que um dia soube — os olhos de Carswall se afastaram do sr. Noak e deslizaram rapidamente pela mesa. Fosse pelo calor ou pelo vinho, seu rosto brilhou de suor. — Como disse, eu deixava todos os assuntos desse tipo nas mãos do meu primo Wavenhoe. Talvez tenha se valido de alguém do local — Carswall gesticulou para mim. — Vamos, sr. Shield, beba uma taça de vinho comigo.

Não acreditei nem por um instante no que Carswall contou ao sr. Noak. Ele e eu bebemos solenemente e então o sr. Carswall e sir George caíram em uma conversa exaltada sobre a ingratidão dos inquilinos.

O sr. Noak olhou para o capitão Ruispidge.

— O senhor por acaso não conheceria algum dos oficiais do 41º regimento?

— Não, senhor. Nunca estive na América do Norte, ao passo que o 41º regimento passou a maior parte do tempo lá.

— Entendo — Noak fixou o olhar do capitão Jack e, quando voltou a falar, seu tom estava um pouco mais alto. — Não tem importância. Apenas me ocorreu que o senhor poderia ter conhecido meu filho.

— Ele serviu no 41º Regimento?

O sr. Carswall interrompeu pela metade o que dizia para sir George e estendeu a mão para o vinho.

— Sim, senhor — o sr. Noak pegou uma laranja e a apertou suavemente. — Quando morreu, era tenente.

— Tenente Noak — disse o capitão Ruispidge. — Se encontrar com algum oficial do 41º Regimento, perguntarei por ele. Pode contar com isso, senhor.

— Eles não terão ouvido falar de um tenente Noak — disse Noak com a voz mais áspera do que nunca. — Ele era conhecido como Saunders.

Ele começou a descascar a laranja com os dedos pequenos e delicados, demorando-se em cada saliência e reentrância. Porém, olhava o tempo todo para Carswall.

— Saunders, senhor? Saunders? — Carswall abandonou o fingimento de que não estava escutando. — Não pude deixar de ouvir. Espero que o senhor não se importe com a pergunta... mas... mas... o fato não é um tanto inusitado? O filho de um proeminente cidadão americano servindo o exército inglês? Em uma época em que os dois países estavam em guerra.

Era uma coisa terrível de se dizer, e duvido que mesmo Carswall a teria dito se não estivesse bêbado. Sir George contemplou o conteúdo da taça de vinho, enquanto o capitão Ruispidge tamborilou os dedos na beirada da mesa.

— A explicação é muito simples — respondeu o sr. Noak, os olhos ainda fixos no rosto do sr. Carswall. — O nome da minha falecida esposa era Saunders. Na Guerra da Secessão, o irmão dela lutou ao lado dos legalistas, e quando a guerra chegou ao fim, emigrou, juntamente com muitos outros, para o Alto Canadá. Ele e a esposa não tinham filhos, e alguns anos mais tarde, ofereceram-se para adotar o meu como herdeiro, sob a condição de que ele assumisse o nome da família.

— Uma prática bastante comum, sem dúvida — disse sir George. — Sem ela, metade dos grandes nomes da Inglaterra teria desaparecido há gerações.

Arrisquei olhar para o sr. Carswall. Ele estava recostado na cadeira, as mãos erguidas na altura do rosto, sua pele corada salpicada de manchas de um branco sujo.

— Meu filho gostava da vida militar — prosseguiu Noak calmamente —, e o sr. Saunders conseguiu-lhe um posto. Ele havia servido no 41º Regimento quando jovem. Esteve presente na captura da Martinica e de Santa Lúcia.

— O próprio Wellington não serviu no 41º Regimento? — perguntou o capitão Ruispidge.

Noak assentiu seu consentimento à pergunta, e talvez ao tato do capitão também.

— Creio que por cerca de um ano, em 1788 ou 89. Meu cunhado se orgulhava da ligação.

Carswall olhou de um lado a outro da mesa. Parecia ter encolhido um pouco dentro de suas roupas. Estava ciente, creio eu, em algum lugar de sua mente encharcada de bebida, que sua curiosidade havia passado do limite. Mas haveria algo mais? Ele olhou para mim como se tivesse recebido um golpe, ou pelo menos um choque.

— Perdoe-me, senhor — ele disse lentamente. — Perdoe-me, quero dizer, se a pergunta que fiz há pouco foi indelicada.

Noak se virou para ele e inclinou a cabeça com educação.

— De forma alguma, meu caro senhor — levou um pedaço de noz à boca e mastigou devagar.

— E agora, talvez — prosseguiu Carswall, falando mais rapidamente e atropelando as palavras —, seja hora de nos juntarmos às senhoras. Prometi a elas que jogaríamos cartas.

Cadeiras se arrastaram para trás nas tábuas enceradas. Carswall cambaleou ao levantar, e foi obrigado a se apoiar no respaldo da cadeira. Segurei a porta para que os demais passassem. Em seguida, enquanto atravessava o hall, o capitão Ruispidge conteve o passo e eu o alcancei.

— O senhor é um homem sensato, sr. Shield. Escuta bastante e fala pouco.

Ele falou com um sorriso e eu o retribuí.

— A sra. Frant me contou que o senhor freqüentou Cambridge.

— Sim, senhor. Mas não concluí o curso.

— Nem sempre se pode terminar o que se começa. O senhor se arrepende?

— Imensamente.

— Às vezes a pessoa começa algo sem saber como vai terminar. Ou, em outras palavras, uma ação, talvez em princípio inocente, pode levar a uma conseqüência indesejável.

Fitei seu rosto brando, que flutuava sobre a brancura perfeita do lenço do pescoço e do colarinho engomado.

— Temo não estar entendendo, senhor.

— Imagino que o senhor não se oporia a um conselho — ele murmurou. — Eu o vi no gelo, alguns dias atrás... com as jovens damas. Notei uma... como direi?... uma certa intimidade, que poderia ser malinterpretada. A reputação de uma dama é uma coisa tão delicada.

— Senhor, garanto-lhe que...

— Estou certo de que não preciso dizer mais nada. *Verbum sap*, hem, *verbum sap*?

O capitão Ruispidge inclinou a cabeça de um modo amável e entrou antes de mim na sala de estar, onde o sr. Carswall pedia café. Logo, o lugar estava agitado como uma colméia, com os criados posicionando as mesas de carteado e trazendo café e chá; o sr. Carswall falando alto e com empolgação sobre nada em particular; e as senhoras muito animadas, como se aliviadas por não estarem mais sozinhas.

A srta. Carswall chamou-me para perto.

— Obrigada — ela murmurou. — O senhor nos salvou, e a meu pai também, imagino.

— Gostaria de poder assumir o crédito, srta. Carswall. Mas não fiz nada.

Ela abriu o sorriso para mim.

— O senhor é muito modesto, sr. Shield. É sempre muito modesto.

Quando as mesas estavam prontas, o sr. Carswall bateu palmas.

— Temos tempo para uma melhor de três, não? Mas não temos como fazer dois grupos de quatro com dez, então, dois têm que ficar de fora — ele atravessou a sala até a cadeira do sr. Noak e agigantou-se sobre o pequeno americano solitário. — O senhor irá se juntar a nós, espero?

— Não, obrigado. Jamais jogo cartas.

— Não. Bem, como quiser, senhor. Tinha a esperança de colocálo junto de Lady Ruispidge.

— Não se preocupe, papai — disse a srta. Carswall. — Lady Ruispidge me dizia que, se possível, nunca joga com outro parceiro que não seja a sra. Johnson. Imagino que elas tenham um método.

Em alguns instantes, os jogadores estavam dispostos em suas mesas: em uma delas, a srta. Carswall e sir George jogariam contra Lady Ruispidge e a sra. Johnson; em outra, o capitão Ruispidge e a sra. Frant jogariam contra o sr. Carswall e a sra. Lee.

— Estou indignada que papai não o tenha convidado — disse a srta. Carswall. — O senhor pode ficar no meu lugar, se quiser.

— De maneira alguma.

Neste instante, sir George pairou sobre mim com um ar de propriedade, pronto para conduzi-la para a mesa. O sr. Noak pegou um livro. Eu coloquei um jornal sobre o joelho e imaginei se deveria me retirar. Alguns minutos depois, a sala estava quase completamente em silêncio, fora o estalar da lenha e o tilintar das porcelanas. Ruminei o conselho do capitão Ruispidge e fiquei pensando qual reputação havia colocado em risco com a minha intimidade indevida.

De quando em quando, o sr. Noak erguia os olhos da página, a unha marcando o lugar onde parara, e olhava para o fogo. A sala estava bem iluminada e parecia-me que seus olhos ficavam especialmente brilhantes sob a luz de velas. Ofereci-lhe um pouco mais de café. A princípio, ele não me ouviu. Então, sobressaltou-se e olhou para mim.

— Perdoe-me — ele disse. — Estava a mil quilômetros de distância. Não, mais longe que isso.

— Posso lhe servir mais uma xícara de café, senhor?

Ele agradeceu e entregou-me a xícara. Ficou observando enquanto eu a enchia novamente.

— Perdoe-me se pareço um pouco melancólico esta noite — disse quando lhe passei o café. — Hoje seria o aniversário do meu filho — ele estudou meu rosto. — O senhor se parece um pouco com ele, se me permite dizer. Notei a semelhança assim que o vi.

Caiu em silêncio e, para preencher o vazio, arrisquei-me a sugerir que deveria ser um consolo saber que o filho morreu a morte de um soldado.

— Nem mesmo isso, sr. Shield, nem mesmo isso — balançou a cabeça lentamente, como se tentasse tirar a dor de dentro dela. — Sinto dizer que estávamos afastados há muitos anos. Ele adotou os princípios da família da mãe, na política e em todo o resto. Frank era um bom menino, mas tinha uma lamentável tendência à teimosia — ele encolheu os ombros magros, pequenos demais para o paletó. — Não sei por que o aborreço com meus assuntos. Rogo-lhe que me perdoe.

— Não há nada para se desculpar, senhor — pensei que talvez o vinho que o sr. Noak bebera no jantar houvesse deprimido seus ânimos ao passo que diminuíra sua habitual discrição.

— Eu teria suportado a morte de um soldado, mesmo a serviço do rei George — prosseguiu o sr. Noak com a voz pouco mais alta que um sussurro. — Ou mesmo se uma doença o tivesse ceifado na flor da idade. Mas isso não: com a cabeça enfiada em uma sarjeta em Kingston; dizem que ele se afogou durante a embriaguez — virou a cabeça bruscamente e me olhou com os olhos brilhando de lágrimas. — Foi duro suportar isso, sr. Shield, foi duro. Saber que o mundo considerava meu filho um bêbado que morreu inutilmente por conta dos seus excessos. Isso já seria ruim o bastante, o senhor deve pensar. Sim, mas o pior ainda estava por vir, algo muito pior — ele pareceu se recompor de repente e parou de falar. — Mas não devo cansá-lo com os pormenores das desgraças do meu filho.

Deu-me um sorriso tenso e voltou ao livro. As pontas de suas orelhas estavam rosadas. Beberiquei o resto do meu café. Não tinha dúvidas de que a dor do sr. Frank fosse genuína, porém, não estava convencido de que sua franqueza fosse tão natural quanto parecia.

Os jogadores estavam envolvidos na comunhão tácita que lhes é familiar. O capitão Ruispidge colocou uma carta na mesa e puxou as que havia ganhado para si. Olhou através da mesa para a sra. Frant, sua parceira. Ela ergueu os olhos e sorriu seu consentimento. Desespero se revolveu dentro de mim. Como é íntimo o laço entre os parceiros de um jogo de cartas, como é reservada a solidão que o jogo cria. Bebi o café até a borra amarga e forcei minha mente a considerar um assunto menos doloroso.

O que, imaginava, Noak quis dizer? O que poderia ser pior para um pai do que saber que seu filho morrera afastado dele e por conta de um acidente devido à embriaguez e do qual era o único culpado? A descoberta de que o filho tinha se envolvido em uma atividade criminosa?

Frank era um bom menino, mas tinha uma lamentável tendência à teimosia.

Era um epitáfio que sugeria que o tenente Saunders havia herdado ao menos uma qualidade do pai. Porém, não sugeria que houvesse algo de criminoso ou pecaminoso a respeito dele. Assim sendo, o que seria pior do que o seu filho — *um bom menino* — ter morrido por conta de um acidente como aquele?

Ora, isso só podia significar que ele morrera por outro motivo. Não era doença, aparentemente. De modo que poderia ter sido morto. Mas se fosse o caso de uma morte lícita, ela não seria considerada acidente. Assim, teria o filho do sr. Noak sido morto ilicitamente?

Em outras palavras, teria o tenente Frank Saunders sido assassinado?

49

Sir George, muito prestativamente, veio nos visitar na quinta-feira com a notícia de que um conjunto de aposentos em uma casa em Westgate vagara para a noite da festa. Lorde Vauden e seu grupo ficariam com eles por várias noites, mas a súbita doença de um amigo de quem aguardava notícias o forçou a ir embora. Sir George tomou a liberdade de reservar os aposentos em nome do sr. Carswall, sendo que o acordo poderia ser desfeito em um instante caso não fosse satisfatório, pois o capitão Ruispidge tinha um jantar marcado em Gloucester naquela mesma noite.

Este era o encorajamento de que o sr. Carswall precisava. Não só sentiu-se lisonjeado pela gentil atenção de sir George, como a sugestão removeu o principal obstáculo prático do programa. Sir George acrescentou que sua mãe estava ansiosa para reencontrar a srta. Carswall e a sra. Frant. Quando estávamos sentados na sala de estar depois do jantar, o sr. Carswall retornou a essa condescendência da parte de Lady Ruispidge.

— Mas, papai — disse a srta. Carswall —, o senhor sabe que Sophie não pode ir ao baile.

— É claro que não. Mas não existe motivo para ela não ir a Gloucester conosco, ou existe? — ele se virou para a sra. Frant, que estava sentada na mesa de chá. — Imagino que a senhora gostaria de ir às compras, não é mesmo? Estamos muito enfurnados aqui em Monkshill, e uma mudança de ares vai nos fazer bem.

— Sim, senhor — ela disse.

Gemendo com o esforço, ele se inclinou sobre a mesa e deu batidinhas na mão dela com sua pata grande.

— A senhora não pode se lamentar para sempre, minha querida. Deveria comprar alguma coisa bonita. E algo para o menino também, talvez.

A sra. Frant puxou a mão de volta e começou a juntar os utensílios do chá.

— Sir George trouxe um bilhete da sra. Johnson hoje — disse a srta. Carswall com animação. — Ela anexou uma receita de sopa de enguia de Lady Ruispidge. Tão prestativo da parte dela. Fico pensando quantos vamos para Gloucester, e quantas camas estão reservadas. Ninguém gosta de ficar amontoado ou no mesmo lugar de pessoas que não gosta.

— Não — disse a sra. Frant. — Não consigo imaginar nada pior.

O baile na Bell Inn era na quarta-feira, dia 12 de janeiro. Ele foi o principal assunto das conversas em Monkshill-park na semana anterior. Onde nosso grupo ficaria hospedado, o que deveria vestir, quem encontraria e quem gostaria de encontrar. Os meninos e eu ficaríamos em Monkshill.

Na segunda-feira, dois dias antes do baile, entrei na pequena sala de estar procurando os meninos e encontrei a srta. Carswall com o nariz enfiado em um livro na poltrona em frente à lareira. Expliquei minha incumbência.

— Por que não os deixa livres essa manhã? — ela bocejou, expondo seus dentes muito brancos e muito afiados. — Não há nada mais cansativo do que uma página impressa, na minha opinião.

— O que a senhorita está lendo?

Ela me estendeu um volume em duodécimo encadernado em pano.

— *Culinária Doméstica e Livro de Receitas Úteis* — ela disse. — É um tesouro de informações valiosas. Ele ensina a preparar um pernil de carneiro, o que parece uma tremenda contradição ao meu ver, e provavelmente ao paladar também. E aqui temos duas páginas e meia dedicadas exclusivamente à lavadeira e a suas obrigações. Não sabia que existia tanto conhecimento útil no mundo. Parece não ter limites, como o Oceano Pacífico.

Disse algo cortês em resposta, alguma coisa sobre como tinha certeza de que uma aluna tão competente quanto ela logo teria todo o conhecimento de que precisasse.

— O estudo dos livros não é fácil para mim, sr. Shield. O senhor não deve achar que sou uma intelectual, longe disso. Mas papai acredita que toda mulher deve entender de economia doméstica — suas pálpebras se agitaram. — Ele pede que eu me espelhe em Lady Ruispidge nesse sentido — sua mão precipitou-se para o olho esquerdo. — Oh!

— O que foi, srta. Carswall?

— Parece que entrou alguma coisa no meu olho — a srta. Carswall levantou-se trêmula, fazendo um beicinho de aborrecimento, e examinei seu rosto no espelho sobre a lareira. — Não consigo achar nada nele, mas a luz é tão ruim aqui. Que coisa *irritante.*

— Devo tocar a sineta?

— Eles vão levar um século para vir, e então vão ter que procurar a criada. Não, sr. Shield, o senhor faria a gentileza de vir comigo até a janela e ver se consegue enxergar? O que quer que seja. É pouco provável que seja um inseto a essa época do ano. Talvez seja um grão de fuligem ou um pêlo. Mesmo um cílio errante pode ter um efeito tão profundo e desproporcional na felicidade humana.

Eu a segui até a janela onde ela se virou e ergueu a cabeça para mim. Aproximei-me e fitei dentro do seu olho esquerdo. Quando você se aproxima de uma mulher, sente o seu cheiro, não só o perfume que ela estiver usando, mas toda a sua natureza olfativa — uma mistura do perfume, do cheiro das roupas e do odor animalesco e natural sob tudo isso.

— Por favor, vire sua cabeça um pouco para a esquerda — falei. — Assim... assim está melhor.

— Está vendo alguma coisa? No canto.

— Qual canto?

Ela deu uma risadinha.

— Não estou pensando direito. No canto de dentro.

Aproximei um pouco mais para ver melhor e, ao mesmo tempo, ela ficou na ponta dos pés e virou o rosto alguns centímetros para a esquerda. Seus lábios roçaram os meus.

Dei um grito de susto e pulei para trás.

— Sinto muito, sr. Shield — ela disse com total compostura.

— P... perdoe-me — murmurei, descontrolado, meu coração rufando como um tambor.

— Não tem importância. Por um momento, achei que o pêlo tinha saído, mas acho que ainda está lá. Seria muito incômodo para o senhor olhar mais uma vez?

Ela ergueu o rosto para mim mais uma vez e sorriu. Desci minha boca até a dela e senti seus lábios se moverem e, por um momento, abrirem-se contra os meus. Então ela agarrou minhas mãos e deu um passo para trás.

— Saia de frente da janela — murmurou e, como dançarinos, demos alguns passos juntos, como se fôssemos uma só criatura, e voltamos a nos beijar. Ela pousou as mãos nos meus ombros e eu acariciei seus quadris. O calor dela me envolveu como uma chama.

Trinta segundos? No máximo um minuto. Ouvimos um barulho do outro lado da porta. Nos separamos com um salto. Em um instante, eu contemplava a vista do pátio até o rio distante, enquanto a srta. Carswall estava sentada na poltrona, virando as páginas de *Culinária Doméstica* com uma expressão de absoluta concentração. Uma criada roliça com um rosto vermelho e suado carregou um balde de carvão para dentro da sala. Acendeu o fogo e limpou a grade. Enquanto ela ainda brandia os ferros da lareira, os meninos entraram correndo.

— O sr. Harmwell vai nos mostrar como pegar coelhos — disse Charlie com orgulho. — Não é supimpa? Se fôssemos náufragos, sabem, como Robinson Crusoé, poderíamos nos empanturrar de coelhos.

— Que gentileza do sr. Harmwell — disse a srta. Carswall.

— Ele é um homem muito gentil — disse Charlie simplesmente. — Edgar falou que ele é muito diferente dos negros que eles têm em casa.

— E por quê? — perguntei.

— A maioria dos que temos em Richmond é escrava, senhor — disse o menino americano. — Mas o sr. Harmwell é livre como eu ou senhor.

A criada fez uma mesura e saiu da sala. Os meninos saíram em seguida, batendo a porta às suas costas.

— E que liberdade — falei.

A srta. Carswall riu.

— Uma liberdade muito justa. Eu aprovo a liberdade. Sou uma completa radical — ela se levantou e se aproximou de mim. Olhou pela janela, e a excitação deixou seu rosto. — Veja. Sophie está vindo.

Separamo-nos e recompusemos nossos membros e nossos sentimentos. A sra. Frant passou pela janela ao atravessar o pátio em direção à entrada lateral.

Tossi.

— Devo inferir pela presença de Harmwell que o sr. Noak ficará conosco por mais tempo?

— Sim, o senhor não foi informado? Pelo menos até depois do baile — a srta. Carswall riu; parecia ter suas emoções sob total controle. — Quem me disse foi Sophie, que ficou sabendo pela sra. Kerridge, que ouviu do próprio Harmwell. O senhor não se lembra que Kerridge e Harmwell estão apaixonados? É comovente, não é mesmo? Especialmente a essa altura da vida. De qualquer forma, de acordo com Harmwell, o sr. Noak está pensando em adquirir uma propriedade de papai. Um armazém em Liverpool, ou algo do gênero. E fala-se sobre outros investimentos. O senhor sabe como são os cavalheiros quando começam a falar dos seus investimentos. Parecem garotas falando de seus namorados, a mesma mistura de fantasia com obsessão, a necessidade de sigilo, a cobiça.

Ela havia se afastado, e sentou-se de volta na poltrona. Metade de mim se sentiu aliviada e a outra metade, enganada. Um instante depois, a sra. Frant entrou na sala e parou com as mãos estendidas diante da lareira.

— Imagino que a sra. Johnson ainda esteja em Clearland-court — ela disse para a srta. Carswall.

— Creio que sim. Sir George me disse que ela ficaria com eles até depois do baile. Por quê?

— Eu estava andado perto das ruínas e vi um homem no jardim da Grange Cottage.

— O jardineiro dela?

— Mas ela não tem mais jardineiro. Somente a criada para todo o serviço, Ruth, que não está lá no momento. Eu estava muito longe para vê-lo com clareza, mas ele pareceu me ver, e se afastou imediatamente. A senhorita acha que devo informar a sra. Johnson?

— Seria a coisa mais adequada a fazer, já que somos vizinhos — disse a srta. Carswall. — A senhora poderia descrevê-lo?

— Alto e bem constituído. Vestia um paletó marrom longo e um chapéu de abas largas. Não posso dizer nada sobre o rosto. Estava muito distante, e a gola estava levantada, e a aba do chapéu...

— Vou escrever um bilhete para a sra. Johnson — cortou a srta. Carswall. — Caso ela considere que é algo suspeito, irá consultar sir George sobre como agir. De maneira alguma gostaria de lhe causar preocupação, mas deve-se ter muito cuidado com esse tipo de coisa. Talvez devêssemos mandar alguém investigar antes de darmos o alarme.

— Se a senhorita desejar — falei —, eu poderia ir até lá agora.

Para ser franco, considerei bem-vinda a chance de escapar da intimidade daquela sala. Era-me sempre inquietante ver a sra. Frant e a srta. Carswall juntas, e poucas vezes a sensação foi tão forte quanto naquela ocasião. Não sentia orgulho dos meus sentimentos, porém, não podia fingir que não desejava as duas mulheres: embora não pelos mesmos motivos, e não da mesma maneira.

Peguei o chapéu e a bengala e saí. Fiquei surpreso com a rapidez com que cheguei a Grange Cottage. Perturbação mental e desconforto físico estimulam movimentos rápidos. De certa forma, talvez, estivesse tentando fugir às pressas dos meus sentimentos extremamente confusos.

Nada havia mudado desde a minha visita anterior. A construção tinha a aparência desolada de uma casa sem moradores — de certa forma reduzida em importância pela ausência do dono quanto um corpo pela ausência do espírito que o anima.

As cortinas ainda estavam corridas. Testei as portas: todas trancadas. Conforme fizera da outra vez, dei a volta até a horta nos fundos. Inspecionei o trecho lamacento ao lado da bomba e encontrei somente um emaranhado de regos e sulcos, com uma camada quebradiça de gelo, onde antes havia a marca da pegada de um homem.

Logo depois, retornei pelo parque, andando um pouco mais devagar do que antes. Não conseguia definir o motivo da minha agitação — se era por conta do que deixara para trás em Grange Cottage, ou do que ia ao encontro em Monkshill. Segui a margem do lago pelo caminho mais longo, ao oeste, e aproveitei a oportunidade para investigar tanto os arredores do depósito de gelo quanto a gruta de corais. Não encontrei nada fora do comum, tampouco esperava encontrar. Meu objetivo não era racional: queria apenas adiar o retorno, suponho, e aquela parte da mente que é misteriosa até mesmo para seu dono teve a bondade de sugerir justificativas plausíveis para o atraso.

Por fim, no entanto, meus poderes de inventividade acabaram. Peguei o caminho para a casa, andando cada vez mais devagar. Imagens da sra. Frant, imagens da srta. Carswall rodopiavam na minha cabeça. Não conseguia pensar com clareza, e até retirei um prazer sombrio da minha condição: não seria eu o verdadeiro paradigma de um herói romântico?

À medida que andava pelo muro das hortas, imerso em pensamentos melancólicos, os meninos saíram correndo, gritando como índios, por uma porta. Jogaram-se em cima de mim com tanta força que cambaleei e quase caí.

— Perdoe-me, senhor — disse Edgar, olhando para Charlie.

Os meninos começaram a rir. Fingi rugir para eles e eles fugiram aos gritos, simulando pavor. Persegui-os pelas hortas muradas e os agarrei pela nuca.

— Juvenal diz que *maxima debetur puero reverentia* — falei. — Traduza Edgar.

— Deve-se a mais elevada reverência a um menino, senhor.

— Mas Juvenal está errado nesta ocasião. Deve-se a maior reverência ao mestre de um menino.

Fingi esbofeteá-los e eles saíram correndo, aos guinchos. Logo ficariam mais velhos e mais sérios. O tempo da meninice estava passando. Por sinal, o tempo estava passando para todos nós, e cada vez mais rápido. Pensei no sr. Carswall e em seu relógio: por mais rico que fosse, o velho era escravo do tempo, que exercia sobre ele um poder tão absoluto quanto o que ele exerceu sobre seus negros. Quanto a mim, a estadia em Monkshill se evadia. Dentro de poucas semanas, levaria Edgar Allan de volta para Stoke Newington e deixaria para trás o que quer que estivesse acontecendo ali.

E pior, deixaria para trás Sophia Frant e Flora Carswall. Naquele momento, a possibilidade de perdê-las parecia um destino quase insuportável. Elas haviam se tornado meu prazer, minha dor e minha necessidade. Haviam se tornado minha comida e bebida, meu Alfa e Ômega. Encontrava-me escravizado por elas, dizia a mim mesmo, e pelo que representavam: e, em meu vício, não era melhor do que um comedor de ópio tamborilando uma moeda no balcão da drogaria enquanto aguarda a chegada do céu e do inferno em uma caixa de remédios.

50

No dia seguinte, o sr. Noak mandou um criado informar que ele não estava se sentindo bem. Pegara uma gripe forte. Harmwell explicou que o patrão seria obrigado a ficar de cama por pelo menos um ou dois dias. Graças a uma doença de infância, os pulmões do sr. Noak eram fracos. Era necessário ter o máximo de cuidado se quisesse evitar febre, tosse intensa e debilitante e uma possível pneumonia. A notícia se espalhou pela casa muito antes de o sr. Carswall a anunciar formalmente no jantar, o que deu a oportunidade a srta. Carswall de consultar seu volume em duodécimo marrom.

— Não precisa se preocupar, papai — ela disse quando ele deu a notícia com uma expressão aflita. — Já instruí Harmwell a medicar o sr. Noak regularmente. Prescrevi uma colher de xarope de marroio-branco em um copo de água mineral, no qual devem ser misturadas dez gotas de enxofre: tenho informações seguras de que este é um remédio capaz de curar o mais grave resfriado.

— Uma atenção muito adequada — ele disse. — Mas contava com a presença dele na nossa viagem a Gloucester — Por um instante, seus lábios formaram o beicinho que eu vira mais de uma vez no rosto da srta. Carswall. — É tão irritante.

— Suponho que o pobre homem não possa evitar seu estado de saúde.

— Não estou dizendo que ele possa — o sr. Carswall bebeu mais um gole de vinho. — Mas sentirei falta das nossas conversas. E Harmwell seria útil quando passássemos por um pedágio, e em Gloucester. Sempre há providências a tomar, coisas para serem resolvidas.

— Certamente temos ao menos uma solução parcial ao nosso alcance. Podemos convidar o sr. Shield a nos acompanhar no lugar do sr. Noak.

Carswall fez um gesto pedindo que lhe servissem mais vinho e olhou através da mesa para mim.

— Sim, isso pode resolver a questão. O senhor irá nos acompanhar sr. Shield. Não ao baile, no entanto, não há necessidade para tanto. Sem dúvida gostará de uma mudança de ares. Sim, será um prazer para o senhor.

Fiz uma mesura e não disse nada. O sr. Carswall gostava de dar a impressão que levar em consideração seu conforto era apenas uma forma indireta de prestar um favor à outra pessoa. Durante minha ausência, os meninos ficariam aos cuidados da sra. Kerridge.

Na manhã de quarta-feira, o sr. Carswall mergulhou em um pântano de indecisão. Consultou o relógio — olhou para o céu escuro, cinza — e profetizou que iria nevar. E se ficássemos presos em um banco de neve? E se uma roda quebrasse quando estivéssemos nos confins do campo? E se a essa época do ano um dia de viagem não fosse o suficiente, tivéssemos que passar uma noite na estrada e morrêssemos de frio? À medida que envelhecia, o sr. Carswall passava a viver em um mundo de possibilidades apavorantes, um mundo cujos perigos aumentavam na proporção de suas próprias fragilidades.

A srta. Carswall o acalmou. Haveria um fluxo constante de viajantes. A maior parte do caminho seria composta de estradas com pedágio recém-abertas à margem do rio. Nunca estaríamos longe de uma cabine de pedágio, uma fazenda ou uma vila. O sr. Shield, o cocheiro e os criados eram todos homens robustos capazes de usar uma pá ou buscar ajuda. Além do mais, ainda não estava nevando, e mesmo se nevasse, não havia motivo para temer que a estrada fosse bloqueada.

Por fim, a ansiedade do sr. Carswall diminuiu o suficiente para que pudéssemos partir. A criada da srta. Carswall e seu ajudante haviam ido antes para arrumar nossos aposentos, de modo que nós cinco viajamos na carruagem grande — as três mulheres, o sr. Carswall e eu. O esplêndido veículo do sr. Carswall só poderia ser definido como luxuoso. Deslizamos pela superfície asfaltada da estrada. As grandes rodas da carruagem e suas molas longas combinavam com a superfície perfeitamente plana, dando a impressão de movimento rápido, porém quase desprovido de esforço. Eu estava muito próximo tanto da sra. Frant quanto da srta. Carswall; cheguei a sentir, por vezes, a gentil pressão do pé da segunda sobre o meu. Havia também prazer em deixar Monkshill-park para trás, aquela prisão elegante e espaçosa.

Chegamos a Gloucester pelo Elevado, o que causou muita inquietação ao sr. Carswall, pois o rio estava subindo e a alvenaria dos arcos já estava em péssimas condições. Para seu alívio, cruzamos a Westgate Bridge e adentramos a cidade enquanto ainda havia claridade.

Ficaríamos hospedados na Fendall House, na Lower Westgate-street, perto da Igreja de St. Nicholas, com sua agulha pequena. Fazendo mesuras e reverências, o dono da casa conduziu nosso grupo até os aposentos do primeiro piso, originalmente reservados para lorde Vauden. Nada poderia ser mais adulador, e nada (imaginava) poderia ser mais caro.

As acomodações consistiam em um salão com duas janelas altas frontais, dando para o sudoeste, e quatro quartos — um para o sr. Carswall e outro para a sra. Lee, um para a srta. Carswall e para a sra. Frant e um quarto que se destinaria ao sr. Noak. Depois de acomodar o sr. Carswall em uma cadeira de braços diante da lareira, nosso anfitrião deu-lhe uma carta que o criado de sir Ruispidge havia entregado há menos de meia hora.

Grunhindo, Carswall a leu.

— Sir George está pedindo um favor — ele disse, dirigindo-se para a srta. Carswall. — Ele foi informado de que o sr. Noak não veio conosco e pergunta se a sra. Johnson poderia assumir o seu lugar. Ao que parece, o quarto que lhe havia sido reservado nas instalações deles em Eastgate foi danificado por um incêndio, e não há, no momento, outra acomodação apropriada. Ele acrescenta que a sra. Johnson ficaria muito feliz em reencontrar a sra. Frant e a srta. Carswall, de modo que a solução mataria dois coelhos com uma cajadada só.

— É um bilhete muito gentil, papai. Mas e quanto ao sr. Shield?

— Não vejo problema algum — o sr. Carswall ergueu os olhos para o senhorio, que pairava na sua frente. — O tutor dos meninos veio no lugar do sr. Noak, mas não irá ao baile e, de qualquer forma, é um homem modesto, com desejos simples e fáceis de satisfazer, não é verdade, Shield?

Fiz uma mesura.

— Tenho certeza que o senhor pode lhe arranjar uma cama, não? — disse Carswall, dirigindo-se ao senhorio.

— Sim, senhor. Temos um quarto pequeno no andar de cima, e tomei a liberdade de prepará-lo.

— Perfeito — o velho gesticulou para a srta. Carswall, como se afastasse uma objeção que ela não exprimira. — Está vendo? Imagino que Shield ficaria perfeitamente à vontade em uma rede para dormir. Na verdade, pela minha experiência, os jovens preferem acomodações mais toscas. E, além disso, ele vai gostar da liberdade, e do fato de não ser incomodado pelo restante de nós chegando tarde.

O senhorio murmurou o quão grato ele estava ao sr. Carswall, e o quão grato sir George ficaria. Lançou um olhar penetrante e de esguelha para mim, que deixou claro que compreendera minha posição na família do sr. Carswall com bastante precisão.

Um carregador atarracado e carrancudo pegou minha mala e me conduziu ao meu quarto. Fiquei pensando se conseguiria encontrá-lo novamente. Como muitas construções naquela cidade, Fendall House era um lugar confuso. A julgar pela fachada, era elegante, novo, arejado e espaçoso. No entanto, a maior parte do estabelecimento ficava nos fundos e era um covil de escadas estreitas, quartos pequenos e escuros, corredores tortuosos, tetos baixos e tábuas que rangiam.

O pequeno quarto de dormir para o qual fui levado, embora sem dúvida um sótão aninhado sob as telhas, era dignificado por uma escada própria na lateral da casa que dava para um *lobby* mal-iluminado com saída para a rua. Da trapeira via-se toda a extensão de um pequeno bosque até uma bonita e moderna asa feita de tijolos vermelhos para combinar com a fachada.

Jantamos juntos no salão do sr. Carswall, e bem cedo, por conta do baile. A sra. Johnson ainda não tinha chegado: juntar-se-ia ao nosso grupo depois do baile, pois Lady Ruispidge desejava sua presença antes, e então voltaria com os Carswalls e a sra. Lee para Fendall House.

O sr. Carswall, a sra. Lee e a srta. Carswall já haviam se aprontado. Pediu-se que a sra. Frant e eu admirássemos aqueles que iriam para o baile e, quando terminamos, eles se admiraram mutuamente. A sra. Frant parecia ansiosa e falou pouco. À nossa volta, a casa estava ainda mais agitada do que antes, pois outros aposentos, menores, haviam vagado, e seus ocupantes também iriam ao baile. Embora a porta da sala estivesse fechada, ouvíamos constantemente passos rápidos, portas batendo, pessoas cumprimentando-se aos gritos e instruções.

Quando terminamos de jantar, o tempo se arrastou. A única pessoa que parecia satisfeita era a sra. Lee: estava sentada observando o fogo, as mãos descansando no colo, um livro fechado na mesa ao lado; estava acostumada a esperar pelos outros. A sra. Frant tricotava na poltrona, falando apenas quando um dos Carswalls se dirigia a ela. Sentei-me à mesa com um exemplar da semana anterior do *Gloucester Journal* aberto diante de mim.

A srta. Carswall não ficava muito tempo parada — às vezes, corria até a janela para olhar para a rua; às vezes, disparava em direção ao espelho, às vezes voava até a sra. Frant para cochichar. Havia uma vitalidade nela que raras vezes vi em Monkshill-park. A sociedade era seu alimento e sua água, e ela resplandecia com a possibilidade de se nutrir. Não pude deixar de sentir uma angústia diante da certeza de que estava excluído.

Havia uma espécie de ansiedade alegre na inquietude da srta. Carswall. O sr. Carswall também não conseguia sossegar, e sua agitação era de natureza mais sombria. A princípio, ele tentou conversar sem sucesso com a sra. Frant. Havia um tanto de galantaria no que disse, que só podia ser ofensiva para quem a escutava. Em seguida, ainda falando, puxou o relógio e consultou a hora. Dez minutos depois, repetiu o gesto. À medida que a noite se aproximava da hora do baile, caiu em silêncio; o conteúdo da garrafa diminuiu e ele passou a consultar o relógio com mais freqüência. Por fim, deixou-o aberto na palma da mão o tempo todo e ficou olhando para os ponteiros com uma expressão de fascinação tensa no rosto.

A chegada dos utensílios do chá às sete trouxe um momento de alívio. Finalmente algo para se fazer. Mas mesmo com a maior boa vontade do mundo, não poderíamos tomar chá para sempre. Logo, aquele silêncio incômodo desceu sobre a sala mais uma vez, pontuado por breves fluxos de conversa. Até mesmo a srta. Carswall ficou em silêncio.

— Oito e meia — disse o sr. Carswall, voltando a um assunto que havia sido mencionado várias vezes naquela noite. — Creio que já não seria tão cedo.

— Papai — exclamou a srta. Carswall —, ninguém que o senhor quer encontrar estará lá a essa hora.

— Mas não deveríamos chamar a carruagem? Isso levará algum tempo. Afinal de contas, seria bom conseguirmos um lugar perto da lareira.

— Somente os comerciantes e suas famílias estarão lá — respondeu a filha com mordacidade, pois sua criação dera a ela uma melhor noção de boas maneiras do que a de seu pai. — Ainda vão estar afinando os instrumentos! Pode ter certeza de que todo mundo vai jantar muito mais tarde e, portanto, chegar depois.

Carswall deu um rosnado, sua filha se queixou; mas sabia pela maneira como a srta. Carswall batia os pés no tapete que, no íntimo, ela queria estar no Salão de Festas. No fim das contas, ela e o pai decidiram que às nove mandariam buscar a carruagem.

As mãos do sr. Carswall acompanharam os ponteiros do relógio até que os barulhos dentro da casa e na rua deixaram claro que os Carswalls não teriam a infâmia de serem os primeiros a chegar ao baile. Poucos minutos antes da hora, o vestido da sra. Frant farfalhou quando ela se levantou. Empurrei minha cadeira para trás.

— Por favor, não se incomode, sr. Shield — ela ergueu a voz, dirigindo-se aos Carswalls e a sra. Lee. — Eu... quero dizer, eu acredito que a agitação desse dia me exauriu. Perdoem-me, mas vou me recolher.

Segurei a porta para ela. Quando passou por mim, a poucos centímetros de distância, senti aquela atração familiar, como limalhas são atraídas por um ímã poderoso. Ela ergueu os olhos, e por um instante considerei — esperei — que ela tivesse sentido o mesmo. Então me abriu um sorriso, desejou-me boa-noite baixinho e foi embora.

— Pobre Sophie — disse a srta. Carswall, indo em direção à janela, atraída pelo som das carruagens que chegavam. — É tão mortificante não poder se divertir, e a pobrezinha ficará de luto por meses e meses — Ela abriu as dobras da cortina e olhou para a rua. — Oh!

— O que foi? — perguntou Carswall.

— Está nevando. Vejam, flocos enormes, do tamanho de pires.

— Pronto! O que eu disse? Nunca deveríamos ter vindo.

— Não há motivo para se afligir, papai. Aposto que a neve não vai acumular. Todos estão dizendo que está mais fraca hoje. Além do mais, aqui temos calor, comida, companhia e camas confortáveis. Se o pior acontecer e ficarmos presos por conta da neve, será pelo menos em circunstâncias agradáveis — ela voltou a olhar para fora. — Veja quantas carruagens! Oh! Lá está a nossa estacionando em frente à porta. Não seria maravilhoso se chegássemos a Bell Inn logo depois dos Ruispidges? Então poderíamos encontrá-los na passagem e entrar com eles. Ficaria muito bem, não é verdade? Daria a impressão de que viemos juntos.

A sra. Lee emergiu subitamente de seu torpor.

— Minha querida, não se esqueça de colocar o seu xale quando descermos na passagem da Bell Inn. As correntes de ar são muito perigosas. Oh, espero que tenham varrido o chão a contento dessa vez. Depois do último baile, a bainha do meu vestido ficou preta de poeira. E foi por conta da passagem, tenho certeza.

A srta. Carswall ficou na ponta dos pés e deu uma pirueta, admirando-se no espelho entre as janelas.

— Graças a Deus que trouxe esse xale. Ele realça a cor do vestido à perfeição.

Nos candelabros que flanqueavam o espelho, as chamas das velas pareceram assentir.

Murmurei:

— Ele combina com seus olhos também, srta. Carswall, se me permite dizê-lo.

Ela olhou para mim, seu rosto sério como o de uma freira, mas com os olhos cintilando.

— O senhor é muito gentil — ela disse suavemente.

— Minhas luvas, minhas luvas — exclamou o sr. Carswall. — Quem as pegou?

— Não são elas nos braços da sua cadeira, senhor? — falei.

— Espero que ainda tenha lugar diante da lareira — grasniu a sra. Lee. — Se ao menos não tivéssemos esperado tanto.

Por fim, os três partiram e fiquei sozinho. Ouvi suas vozes e passos desaparecendo pelas escadas e no hall. A porta da frente se fechou. O silêncio se deslocou no salão. Voltei a sentar-me à mesa e virei uma página do jornal.

Tentei ler. Mas o jornal me entediou. Ouvia os barulhos dos outros aposentos — os passos rápidos dos criados, a ida e vinda das carruagens na rua, vozes altas e fragmentos de músicas. A srta. Carswall tinha razão. Não há nada pior do que ficar escutando sozinho o som das outras pessoas se divertindo reunidas.

Não tinha sono. Poderia ter saído e me sentado em um canto de uma taberna ou de um café, mas não estava no clima para companhia. Em vez disso, peguei papel e pena e me pus a escrever cartas atrasadas para Edward Dansey e para o sr. Rowsell.

Devo ter passado mais de uma hora escrevendo. Não poderia ser completamente sincero, é claro, com nenhum dos dois homens, embora por motivos diferentes. Mas havia muito assunto para minha pena na descrição do esplendor de Monkshill-park e das personalidades dos seus principais habitantes. Estava quase no fim da segunda carta quando ouvi uma batida na porta. Ergui os olhos, esperando ver uma criada. Em vez disso, era a sra. Frant, ainda com o vestido que usara no jantar.

— Perdoe-me, sr. Shield — ela disse apressadamente em uma voz um pouco trêmula. — Espero não estar incomodando.

— Estou completamente ao seu dispor, senhora.

— Gostaria de consultá-lo sobre um assunto um tanto... um tanto delicado.

Arrastei uma cadeira para perto da lareira.

— Por favor, sente-se.

— Há pouco, fui até uma das janelas do nosso quarto — ela começou a falar com a voz baixa. — A vidraça estava batendo e fui calçá-la. A janela daquele lado dá vista para a travessa que sobe até a Westgate-street. Olhei para baixo e vi uma mulher — ela hesitou. — P... preciso pedir-lhe que trate o que vou dizer como uma confidência, sr. Shield.

— É claro, senhora.

— Sabia que poderia confiar no senhor — ela ficou mais calma, com as emoções sob controle. — A questão é a seguinte: um feixe de luz saído de uma taverna iluminou a travessa e revelou-me o rosto da mulher. Era a sra. Johnson.

— Mas pensei que ela estava com os Ruispidges, na festa.

— Eu também. Mas espere, há mais. A sra. Johnson usava um manto com capuz. Porém, o capuz caíra de cima da sua cabeça. Ela não estava usando chapéu, e o cabelo estava bastante solto, desgrenhado sobre os ombros. Eu... eu a observei subir até a Westgate-street. Ela cambaleou de um lado para o outro, e uma hora escorregou e quase caiu. Um homem saiu da taverna e pôs a mão em seu braço e ela o empurrou para longe. Então dobrou a esquina e não a vi mais. E o homem a seguiu.

— Ela estava indisposta? — Era minha vez de fazer uma pausa. — Ou...

— Ou algo pior — a sra. Frant terminou a frase para mim. — É possível que ela tenha entrado na casa depois que a perdi de vista. Fui até o quarto reservado para ela — é vizinho ao nosso. Sua bagagem estava lá, mas não havia sinal dela. Não que eu achasse provável, pois a teríamos escutado bater na porta.

— Ela poderia estar no andar de baixo?

— Não, não está — chamei a criada e perguntei se ela havia visto a sra. Johnson esta noite. Fingi que tinha um recado para ela, não quis dizer a verdade. Não sei se as pessoas daqui são confiáveis. E se a sra. Johnson estiver alterada... — sua voz sumiu.

— Não... — falei. — Entendo onde quer chegar, senhora. Sugiro que eu vá em busca da sra. Johnson. Pegarei meu chapéu e casaco em um instante. A parte da casa em que estou hospedado tem um lance separado de escadas que vai até uma entrada lateral. Tenho certeza de que posso sair sem chamar atenção.

— Vamos esperar que sim — a sra. Frant se levantou. — Fico imensamente agradecida, sr. Shield. O senhor me daria dois minutos?

— Senhora... não acho que deva me acompanhar.

— Por que não?

— Não seria apropriado. Se for vista.

Ela já estava na porta.

— Eu não serei.

— Ainda está nevando, senhora.

— Um pouco de neve não vai me fazer mal. Também tenho um manto com capuz. Pense nos sentimentos da sra. Johnson caso suspeite de que um homem a está perseguindo a essa hora da noite. Especialmente se estiver perturbada.

— Mas ela me conhece.

— Não o conhece bem. Não sr. Shield, estou decidida. Estarei em perfeita segurança sob a sua proteção. E se encontrarmos, e vamos encontrar, a sra. Johnson, ela não se sentirá aflita se for abordada por uma mulher.

51

Tratando-se de pontualidade, a sra. Frant mantinha sua palavra. Com o manto e o capuz, e segurando um par de tamancos, ela me encontrou no corredor. Não passamos por ninguém ao cruzarmos os andares de cima da casa até o lance de escadas que descia ao *lobby* e à porta lateral. Ansiosa para sair, ela desceu na frente em direção ao hall embaçado, que era iluminado por uma lamparina apenas.

A porta estava fechada, mas não trancada. Abriu-se para um beco estreito no lado da casa oposto à travessa onde ficava a taverna. A sra. Frant calçou os tamancos e enlaçou meu braço. Saímos da penumbra para as luzes da Westgate-street.

Ainda havia pessoas na rua. Ambas as calçadas estavam revestidas por uma fina camada de neve; as pedras do calçamento, cobertas de lama cheia de sulcos e parcialmente congelada. Não vimos ninguém parecido com a sra. Johnson em nenhuma direção.

— Vamos até a encruzilhada — sugeriu a sra. Frant. — Se ela não voltou para casa, devemos supor que foi naquela direção.

Então, seguimos adiante, espiando as entradas escuras de portas e becos, olhando para dentro de tavernas bem iluminadas, examinando cada transeunte. Não conversamos. O capuz do manto da sra. Frant cobria seu rosto, de modo que não se via nada além de um par de olhos. Temia que ela pudesse cair, pois havia pedaços de gelo negro escondidos sob a neve. Escutava ansiosamente o som de seus tamancos tinindo e raspando na calçada, preparado para segurá-la com mais força caso ela escorregasse.

Passamos pela Igreja de St. Nicholas. Poucos metros adiante, havia outra das principais pousadas da cidade, a King's Head, na esquina da Three Cocks-lane. Dois criados estavam parados na entrada, sem dúvida esperando para iluminar o caminho de casa para seus patrões. Fumavam e, apesar do frio, pareciam estar à vontade. Perguntei se tinham visto uma dama nos últimos 15 minutos, talvez não aparentando estar muito bem, e vestindo um manto longo.

— Ouviu isso, Joe? — O cavalheiro aqui está procurando por uma dama — ele apontou o cabo do cachimbo na direção da sra. Frant, que aguardava a alguns metros de distância. — Outra dama.

Joe riu.

— E não estamos todos? Pode estar com sorte. Temos um monte de damas esta noite. Se o senhor não for muito exigente.

Tateei o bolso e tirei um xelim.

— Uma dama vestindo um manto. Veio da travessa atrás da Fendall House. Sabe onde fica? — O xelim estava na palma da minha mão e deixei a luz cair sobre ele, vinda do lampião ao lado da porta. — Ela não está bem; estamos procurando por ela.

Joe pegou o xelim da minha mão.

— Sim, senhor. Uma dona veio de lá... mal, o senhor disse? Eu diria que ela estava bêbada. Escorregou no gelo, caiu de bunda na sarjeta e xingou até dizer chega.

— Para que lado ela foi?

— Eles subiram a Westgate.

— *Eles*? — disse a sra. Frant logo atrás de mim. — Ela não estava sozinha?

— Não, senhora — Joe a examinou e teria chegado mais perto se eu não tivesse dado um passo à frente para evitar. — Um cavalheiro veio correndo quando ela caiu, a ajudou a levantar e deu-lhe o braço.

— Como ele era?

— Não sei. Um sujeito grande. Forte. Imagino que o senhor o conheça, não? Imagino que ele seja amigo dela também.

O descaramento era evidente, embora tenha sido expressado de uma maneira que não se podia protestar contra ele. O xelim não bastou para comprar além da informação, respeito.

A sra. Frant voltou a enlaçar meu braço e descemos a passos rápidos a rua, que subia levemente até a antiga encruzilhada no centro da cidade. Uma explosão de gargalhadas indecentes nos acompanhou.

— Homens repugnantes — ela murmurou.

— Repugnantes não — falei. — Apenas comuns.

Senti sua mão apertar meu braço, mas ela ficou calada. Sabia que estava transtornada. Joe e seus amigos criados podiam sim ser homens comuns, mas não eram o tipo de homem comum a que a sra. Frant estava acostumada. Foi um choque para ela descobrir que a sra. Johnson havia se degradado a ponto de se tornar motivo de piada, uma bêbada a ser ridicularizada ao cair na rua, em vez de receber ajuda; uma mulher cuja moral talvez já fosse suspeita de qualquer forma — ao menos na opinião daqueles homens comuns.

Os flocos de neve ainda caíam silenciosamente da grande escuridão do céu, embora menos céleres do que antes. Fazia um frio de doer. Seguimos depressa, o mais rápido que nossa ousadia permitia. Chegamos até a encruzilhada, e nos demoramos por um instante na esquina, em frente ao Tolsey, o prédio onde as transações comerciais da cidade eram feitas.

— O que devemos fazer? — disse a sra. Frant. — Ela pode estar em qualquer lugar. Devemos prosseguir?

— Mas em que direção?

— Temo pela segurança dela.

— Pelo menos ela não está sozinha.

— Algumas companhias podem ser piores do que a solidão.

— Creio que devemos refazer nossos passos — falei. — Não é mais provável que eles tenham entrado em algum dos becos pelos quais passamos? Ou em uma das pousadas ou cervejarias?

A sra. Frant estremeceu.

— Não podemos abandoná-la. Temos que tentar alguma coisa. Qualquer coisa pode ter acontecido a ela. Não seria melhor procurarmos um policial?

— Se não a encontrarmos, sim.

— Tremo só de pensar no escândalo.

— Ouça — falei.

Alguém próximo de nós estava chorando baixinho. A sra. Frant apertou meu braço. De repente, um homem irrompeu de uma porta do outro lado da Westgate-street. Atravessou correndo a rua, escorregando no calçamento, e pegou uma travessa sob o Fleece. O choro continuava. A sra. Frant puxou o braço, tentado se libertar de mim, mas não a soltei.

— Espere — eu disse. — Deixe-me investigar primeiro.

— Devemos ir juntos — ela falou, e tive a certeza de que nada além da força bruta a faria mudar de idéia.

Atravessamos cautelosamente a rua. Os soluços vinham de uma casa velha usada como um banco. Aproximamo-nos. Os andares de cima se projetavam para a rua, e havia luz o bastante para se ler as seguintes palavras sob as janelas do primeiro piso:

FIRE OFFICE
AGÊNCIA DE SEGURO DE VIDA

— Tem alguém aí? — disse a sra. Frant.

O choro parou. Meus olhos divisaram um vulto mais escuro em meio às sombras ao longo da calçada da fachada do banco. Ouvi um soluço.

— Sra. Johnson — falei. — É a senhora?

— Deixe-me em paz, droga — sua voz estava tão grossa e esgotada que era quase impossível reconhecê-la. — Deixe-me morrer.

A sra. Frant libertou o braço do meu com um puxão e se ajoelhou ao lado da pobre mulher, que estava enrolada de lado no chão da porta do banco, com o manto manchado de neve.

— Sra. Johnson, estávamos lhe procurando.

— Não quero ser encontrada. Quero ficar aqui.

— Mas não deve. Vai morrer de frio. A senhora está ferida?

Não houve resposta.

— Venha, senhora, o sr. Shield está aqui também, e pode se apoiar em meu braço de um lado e no dele de outro.

— Deixe-me em paz — murmurou a sra. Johnson, mas, daquela vez, o tom era mais de repetição do que de convicção.

— Não, de forma alguma — disse a sra. Frant animadamente, como se a sra. Johnson fosse uma criança doente e tola. — Lady Ruispidge ficaria preocupada, e todos nós também, e isso não pode acontecer. Deixe-me ajudá-la a se levantar.

Juntos, a sra. Frant e eu levantamos a sra. Johnson e a escoramos na porta. Sua cabeça pendeu contra meu braço e ela murmurou algo que não pude distinguir. Misturando-se com os odores desagradáveis da rua, havia o cheiro forte de conhaque.

— Quem era o homem que fugiu? — perguntou a sra. Frant.

— Não sei — disse a sra. Johnson. — Que homem? — ela bateu com o cotovelo nas minhas costelas com uma força inesperada. — Este homem? Quem é você?

— Meu nome é Shield, senhora. Eu...

— Ah, sim... o maldito tutor — a voz saiu engrolada, mas a maledicência era clara como uma praga. — O senhor não presta. Não, não, não.

— Logo a senhora estará mais confortável — disse a sra. Frant, ignorando aquilo. — Seja como for, não quis dizer o sr. Shield, e sim o homem que fugiu quando nos aproximamos. Quem era ele?

Por um instante, a sra. Johnson não respondeu. E então:

— Que homem? Não havia homem algum. Não, não, a senhora deve ter se enganado. Oh, meu Deus, sinto-me tão mal. Tão terrivelmente mal.

Começou a chorar com muita força. Um instante depois, passou a golfar, então gemeu alto e vomitou. Saltei para trás a tempo de evitar que ela sujasse meu casaco.

— Temos que levá-la para Fendall House — falei. — Dois homens talvez consigam carregá-la para dentro, se não encontrarmos uma carruagem ou uma liteira.

— Não — disse a sra. Frant. — Isso não. Ela... ela está muito mal para ser vista neste estado. Além do mais, um pouco de exercício pode fazer bem. Acredito que se a ampararmos...

— Assassinato — disse a sra. Johnson baixinho. — Não, não.

— O que foi, senhora? — exclamou a sra. Frant. — O que quer dizer?

— O quê?... eu estava sonhando? — a sra. Johnson tentou se levantar. — Oh, por favor, leve-me para casa, sra. Frant. Não estou me sentindo nada bem.

A sra. Frant deu o impulso e eu a ergui; juntos, colocamos a sra. Johnson de pé. Por um instante, ela cambaleou. Mas seus joelhos se firmaram e ela ficou ereta, apoiando-se nos nossos braços.

— A senhora se sentiu indisposta — disse a sra. Frant com firmeza. — É isso que devemos dizer se encontrarmos alguém no caminho de volta. A senhora se sentiu indisposta e é somente por isso que não foi ao baile. Sugeri que ar fresco poderia ser o melhor remédio e o sr. Shield teve a bondade de nos acompanhar enquanto demos um passeio pela rua. O seu estômago está embrulhado, e há a possibilidade de ser uma infecção intestinal.

A sra. Johnson grunhiu.

— Compreendeu? — disse a sra. Frant. — Se encontrarmos alguém, por favor, fique quieta. O sr. Shield e eu diremos tudo o que precisa ser dito.

Admito que o comportamento da sra. Frant ao mesmo me surpreendeu e impressionou. Não esperava tanta firmeza de caráter, tanta presença de espírito em uma crise. Seguimos devagar, penosamente, de volta para Fendall House. A sra. Johnson se apoiou muito nos meus braços, mas não caiu. Aos poucos, o ar fresco e o movimento a reavivaram um pouco, e ela passou a sustentar mais o próprio peso. Olhei para ela ao passarmos pelo halo de um lampião, e vi seu rosto abatido, seu cabelo desgrenhado e, por sob o manto sujo, um vestido de baile esfarrapado. Porém, ela não trocara os sapatos: em outras palavras, jamais chegara ao salão de festas na Bell Inn: o que sugeria que ela havia planejado ir ao baile, mas algo, ou alguém, a desviara desta intenção.

Andamos, ou melhor, manquejamos, em silêncio pela maior parte do caminho, nossos pés se arrastando nas pedras três vezes mais traiçoeiras por conta da camada de neve e dos pedaços de gelo. Felizmente, os criados não estavam mais vadiando em frente à King's Head, de modo que fomos poupados de suas troças. As únicas pessoas nas ruas pareciam estar tão bêbadas quanto a sra. Johnson. Elas nos evitaram, e nós as evitamos. Os flocos de neve caíam mais grossos do que antes, o que era uma bênção, pois os transeuntes mantinham seus rostos cobertos por conta do frio.

Na Fendall House, enfrentamos outra dificuldade, a de evitar os criados. Guiamos nosso instável fardo até o beco em forma de túnel. A portinha ainda estava destrancada. O *lobby* estava vazio, embora ouvíssemos vozes em algum lugar nos fundos da casa. Nas escadas, a sra. Frant puxou, eu empurrei e a sra. Johnson mostrou-se inclinada a desmaiar.

— A senhora não pode — silvou a sra. Frant. — Vamos, são só mais alguns degraus.

— Por que não posso? — gemeu a sra. Johnson. — Que diferença faz?

— Precisa subir porque senão vou lhe beliscar até a senhora gritar — respondeu a sra. Frant com tanta determinação que a sra. Johnson juntou as saias e subiu trotando os degraus restantes.

A explosão de energia não durou. Ela se agarrou a nós enquanto a guiávamos pelo labirinto de corredores até a frente da pousada, onde os aposentos dos Carswalls estavam situados. Ela gemeu quase continuamente, um zumbido baixo e choroso, estranhamente irritante. Em um determinado momento, murmurou:

— Queria estar morta. Queria estar morta.

— Logo, todos estaremos mortos — disse-lhe a sra. Frant.

— Mulher fria, insensível! — sussurrou a sra. Johnson. — Não me surpreende que...

— Enquanto isso, no entanto — interrompeu a sra. Frant —, estou convencida de que a senhora estará se sentindo melhor pela manhã.

Tivemos a sorte de não encontrar ninguém. Por fim, alcançamos a nossa parte da casa. Lamparinas queimavam no corredor, porém, quando abrimos a porta do aposento onde a sra. Johnson iria dormir, encontramos o quarto iluminado apenas pelo brilho laranja e modorrento da lareira. Ajudei a sra. Frant a deitar a sra. Johnson na cama e fui em busca de velas. Quando voltei, um instante depois, encontrei a sra. Johnson deitada de costas, ressonando, ainda em suas roupas de festa ensopadas.

— O senhor teria a bondade de atiçar o fogo, sr. Shield? — disse a sra. Frant. — A sra. Johnson está com muito frio.

Assim como eu também estava. Cutuquei o fogo com um atiçador, acrescentei mais alguns carvões, e logo havia uma boa chama na grade. Logo depois, a sra. Frant se juntou a mim e ficamos diante do fogo, aquecendo as mãos. Poucos metros às nossas costas, o ar entrava e saía ruidosamente dos pulmões da sra. Johnson. Olhei para a sra. Frant, cujas faces pareciam coradas à luz do fogo.

— A senhora quer que eu vá chamar um médico?

— Creio que não — ela se virou e olhou para mim. — É preciso trocar as roupas dela, mas o melhor remédio para o seu estado é descanso e calor. Sei que não preciso pedir que o senhor seja discreto.

Inclinei a cabeça.

— Tivemos sorte de não encontrar ninguém — ela se sentou na cadeira diante do fogo e passou a mão pela testa. — Mas ainda não estamos seguros.

— Lady Ruispidge mandou uma criada com ela?

— Duvido. Se ao menos Kerridge estivesse aqui.

— Então temos que chamar a criada da srta. Carswall.

— Há o risco de escândalo... — começou a sra. Frant.

— O risco será maior se ela não for deixada à vontade. Devemos confiar a sra. Johnson aos cuidados de alguém, não? Ela não pode ser encontrada assim, e a senhora não pode se trancar aqui sem levantar especulações. Devemos dizer à criada que a sra. Johnson está indisposta, e isso é tudo.

— O senhor tem razão. Eu... eu vou dizer a ela, à criada, quero dizer, que mais cedo nesta noite a sra. Johnson tentou se reavivar com uma taça de conhaque.

— Boa idéia.

Nossos olhos se encontraram. Uma faísca de divertimento saltou entre nós.

— Vamos dizer que o senhor saiu para dar um passeio — ela prosseguiu —, acabou encontrando-a na Bell Inn, e se ofereceu para acompanhá-la de volta. Ela se sentiu indisposta e precisava de ar. O senhor a trouxe para cá e entrou pela porta lateral, para não incomodar os criados.

— Isso bastará, senhora. E os Ruispidges?

— Escreverei diretamente para Lady Ruispidge.

— Se a senhora quiser, posso entregar o bilhete nas acomodações deles pessoalmente. Naturalmente estarão apreensivos.

Sabia que tínhamos nos entendido perfeitamente. Deixei a sra. Frant cuidando da inválida, voltei para o salão e chamei a criada. Não estava completamente surpreso pelo rumo que os acontecimentos da noite tinham tomado. Mesmo nas menores vilas, é possível ver os efeitos que a dependência nociva do álcool exerce sobre as mulheres e também sobre os homens. Se uma mulher pode beber nas cercanias da Strand ou em Seven Dials, sua irmã mais abastada também pode fazê-lo em Belgrave-square ou mesmo em Clearland-court. Notei a vermelhidão da pele da sra. Johnson na primeira vez que a vi, e percebi que sua voz era um tanto arrastada; e ela se irritava com os criados sem motivo aparente.

Mas ainda havia muitas coisas intrigantes. Por que a sra. Johnson deixara os Ruispidges tão cedo se, a julgar pelo vestido, ela pretendia claramente acompanhá-los ao baile? Por que achou necessário beber tanto em tão pouco tempo? Por que havia deixado o conforto e a segurança da

Bell Inn ou do alojamento dos Ruispidges? E, mais importante, estaria seu comportamento extraordinário relacionado ao homem que fugiu quando nos aproximamos do canto em que ela estava caída? Caso estivesse, quem era o estranho?

Por fim, a criada chegou, sua touca torta, seu rosto insolente afogueado e o hálito cheirando à bebida. Disse-lhe que a sra. Johnson não estava se sentindo bem, que a sra. Frant estava fazendo-lhe companhia e que ela deveria assumir seu lugar e arrumar a sra. Johnson para a noite. Adociquei essa informação com meia coroa que eu mal podia gastar, o que fez com que a expressão da mulher abrandasse.

Guiei a criada pelo corredor e bati na porta da sra. Johnson. Assim que a servente entrou, a sra. Frant entregou-me um bilhete escrito a lápis para Lady Ruispidge. Um instante depois, deixei a casa pela porta lateral e subi rapidamente a Westgate-street até a encruzilhada. A música da Bell Inn soava alta e clara no ar noturno e havia uma multidão de pessoas e carruagens em frente à pousada.

As acomodações dos Ruispidges ficavam em uma bela mansão com fachada de silhar no fim da Eastgate-street. Expliquei o motivo da minha vinda e pedi para chamarem a criada da sra. Ruispidge. Ela chegou literalmente correndo no hall.

— Graças a Deus que o senhor veio — ela disse apressadamente, seu rosto brilhante e lustroso como uma maçã. — A sra. Johnson está bem? Eu estava aflita, sem saber o que fazer.

O alívio deixou a mulher falante, e ela quase não precisou de incentivo para contar a história. A falta de consideração da sra. Johnson emprestou rancor à sua narrativa. Um menino lhe havia trazido uma carta logo depois do começo da festa em Gloucester, e seu conteúdo a desanimou. A criada imaginou que fosse uma conta, uma vez que esse tipo de coisa não era incomum na vida da sra. Johnson. Ela escreveu uma resposta às pressas, que o menino levou, e ficou acabrunhada daí em diante.

O grupo de Clearland-court reuniu-se para jantar antes do baile. A sra. Johnson reclamou de cansaço e dor de cabeça e decidiu descansar na poltrona, o que não agradou aos criados, que também queriam algumas horas de descanso. Os Ruispidges foram ao baile sem ela, acreditando que a sra. Johnson se juntaria a eles mais tarde. Sua bagagem já tinha sido enviada para Fendall House.

Uma hora depois, um criado da casa foi atiçar o fogo e não a encontrou mais. Não se importou em mencionar o fato, pensando que ela havia seguido os demais até o baile. A criada de Lady Ruispidge só descobrira o desaparecimento da sra. Johnson vinte minutos antes da minha chegada.

— Não sabia ao certo o que fazer, senhor. Ela poderia ter ido até a Bell Inn. Não havia como ter certeza. Os criados estão para lá e para cá hoje à noite, e não tinha como perguntar a todos se a haviam levado ou chamado uma liteira para ela. E sei que a senhoria ficaria contrariada se eu desse o alarme à toa.

Gostaria de ter feito mais perguntas à mulher, mas não quis correr o risco de levantar suspeitas; ela já estava disposta a pensar o pior da sra. Johnson. Desejei-lhe boa-noite e voltei andando para Fendall House.

Não esconderei o fato de que estava muito agitado. Quando cheguei às nossas acomodações, pensei em bater na porta do quarto novamente e pedir a sra. Frant para descobrir se a sra. Johnson ainda estava com a carta. Por alguns instantes, andei para um lado e para outro no corredor sofrendo com a indecisão. Por fim, voltei para o salão.

Importava-me pouco com a sra. Johnson ou com suas agruras: para ser completamente franco, teria que admitir que minhas razões para ajudá-la eram inteiramente egoístas: por um lado, desejava ganhar a simpatia da sra. Frant, e por outro, queria evitar a possibilidade de um escândalo, pois suspeitava que, se o sr. Carswall precisasse de um bode expiatório, não hesitaria em me escolher para o papel. Não, para mim, a sra. Johnson podia ir às favas.

Infelizmente, já não era mais uma simples questão de esconder um episódio de bebedeira e proteger a reputação de uma dama. O que mais me preocupava era a possível implicação dos acontecimentos da noite para a sra. Frant. Tentei convencer a mim mesmo que a carta para a sra. Johnson não passava de uma conta, e que o homem que a seguira era simplesmente um bêbado.

Mas e se não fosse esse o caso? E se a carta e o homem estivessem relacionados? E se a sra. Frant tivesse encontrado a carta e reconhecido a caligrafia como a do seu marido.

Bem, o que aconteceria, então?

52

— Mas estou muito acostumada com mulheres bêbadas — disse a sra. Frant enquanto nos sentávamos um de frente para o outro diante da lareira do salão meia hora depois. — Quando bebe em excesso, uma mulher não é diferente de um homem. Se a pessoa está embriagada, uma elevação repentina dos ânimos, ou uma depressão repentina deles, pode ter um efeito desproporcional. As emoções saem em disparada, como um cavalo.

— Tendo antes se empinado e derrubado o cavaleiro? — perguntei.

— O quê?

— Perdoe-me, arrisquei-me a estender sua metáfora. Se as emoções são um cavalo, então podemos ao menos esperar que a Razão é seu cavaleiro.

— Ah. Compreendo. Chegamos a um belo conceito juntos, não é mesmo? — Depois de uma pausa, a sra. Frant prosseguiu:

— O senhor não deve se impressionar com o meu conhecimento. Vivi no mundo e estou habituada a seus costumes. Quando eu era criança, meu pai não suportava ficar longe de mim, especialmente após a morte de mamãe, então o segui de lugar em lugar.

Ia prosseguir, mas escutamos passos no corredor e ela se calou. Um instante depois, alguém bateu na porta. A criada da srta. Carswall entrou.

— Com licença, senhora, a sra. Johnson está dormindo feito um bebê.

— Se eu já tiver me retirado quando a sua patroa chegar, certifique-se de dizer a ela que a sra. Johnson não está bem. Acrescente também que não parece haver motivo para preocupação.

— Sim, senhora.

A mulher nos deixou sozinhos. Uma das velas derreteu e observamos sua chama se agitar até morrer, deixando a sala subitamente mais escura.

A sra. Frant murmurou:

— O que me preocupa é o que, além do conhaque, pode ter causado isso.

— O que a teria levado a correr tais riscos?

— Exatamente. Mas jamais saberemos a não ser que ela decida nos confidenciar, o que é pouco provável. O senhor não acredita que... sua mente possa estar desequilibrada?

— É possível — incentivei de bom grado essa linha de raciocínio, embora achasse que a sra. Johnson fosse tão sã quanto a sra. Frant. Fiquei aliviado também. Não acreditava que a sra. Frant falaria com tanta tranqüilidade se tivesse descoberto uma carta com a caligrafia do marido de posse da sra. Johnson.

Então ela me surpreendeu, como de hábito:

— Espero não ser eu a causa do comportamento dela.

— Mas como isso seria possível?

— Temo que ela não goste de mim — a sra. Frant ergueu a mão para evitar que eu a interrompesse. — O senhor deve ter notado. Em Grange Cottage, por exemplo.

— Sim — falei. — Havia sem dúvida uma frieza.

— Mais do que isso — ela virou o rosto. — Na verdade, ela me odeia. Não há motivo para que não saiba a verdade. O senhor a merece depois desta noite. Muito antes do meu casamento com o sr. Frant, ou da sra. Johnson casar-se com seu esposo, houve um envolvimento entre eles.

— Enquanto o sr. Frant vivia em Monkshill?

— Não, a família deixou Monkshill quando o sr. Frant tinha mais ou menos a idade de Charlie. Depois disso, ele viveu a maior parte do tempo na Irlanda, quando não estava na escola, até começar a trabalhar no banco Wavenhoe. Mas sua mãe era ligada por matrimônio aos Ruispidges e, durante as férias, ele às vezes ficava em Clearland-court. A sra. Johnson foi criada em Clearland, praticamente como membro da família. De modo que eles passavam muito tempo juntos — ela hesitou. — Ambos eram muito pobres. Se não fosse assim, certamente teriam se casado — ela fez outra pausa e acrescentou com tristeza. — Eu... eu não tenho motivos para duvidar do meu informante neste sentido.

Olhei para ela, e seus olhos grandes brilharam com lágrimas contidas. Suspeitei que o próprio sr. Frant tivesse lhe contado a história, que a houvesse insultado com seu caso amoroso anterior.

— Quem sabe? — ela murmurou. — Talvez ela me considere responsável pelo que aconteceu ao sr. Frant.

— Mas isso não faria sentido, senhora.

— Não é possível pensar com clareza quando se está com a mente atribulada — a voz dela tremeu. — O assassinato dele pode ter abalado seu tino. Deus sabe que ele já era medonho o bastante quando em perfeitas condições, e a incerteza piorou as coisas, isso e o medo de que algo ainda mais terrível ainda possa... eu mesma senti isso... — ela se interrompeu novamente e desviou a cabeça da minha direção. Em um instante, reassumiu um tom mais calmo. — Diga-me, o senhor alguma vez sentiu não estar totalmente de posse do seu juízo?

— Sim.

Um carvão incandescente caiu da grade para dentro da lareira, espalhando faíscas. Agachei-me para pegá-lo com as tenazes. A pergunta da sra. Frant me abalara. Éramos as mesmas pessoas do começo da noite. Mas algo havia mudado, algo invisível e profundo, e podia tão somente imaginar sua natureza e implicações.

Ergui a cabeça.

— Quando estava ferido, parecia-me que a ferida se estendia pela minha mente e não só pelo meu corpo.

Ela assentiu.

— Meu pai me disse uma vez que na guerra um homem vê tantas coisas terríveis que pode continuar vendo-as para sempre — ficamos um instante em silêncio.

— O que aconteceu?

— Meu corpo se recuperou mais rápido do que a minha mente. Por vários meses, nada me importava de verdade, e sentia muita raiva. Raiva por ter sido ferido, e por conta de todos aqueles homens terem morrido, e por não ter feito nada e ainda estar vivo. Desprezava a mim mesmo — depois de hesitar, acrescentei:

— E havia os sonhos, sonhava todas as noites. Creio agora que sentia tanto medo quanto raiva. Ou talvez raiva e medo sejam dois lados de uma mesma moeda — pensei brevemente em Dansey com seu rosto de Jano. — Mas não devo aborrecê-la com isso.

— Na primeira vez que o vi, o senhor parecia doente. Não, essa não é bem a palavra: parecia haver uma camada de vidro entre o senhor e o resto do mundo. E que se o vidro se quebrasse, o senhor também quebraria.

Eu disse, arrancando as palavras uma a uma do silêncio:

— Caí em um desespero tão profundo naquele dia que perdi a razão. Somente por um instante, mas foi o suficiente. Atirei uma medalha em um oficial no Hyde Park. O cavalo dele empinou e ele caiu. Prenderam-me. Temi que me deixassem na cadeia para sempre, ou me exilassem. Porém, tive sorte: apresentei-me diante de um magistrado compassivo, que decidiu que eu sofria de loucura temporária que poderia ser curada mediante tratamento.

— Muitas vezes tenho medo — observou a sra. Frant. — Quando uma mulher tem um filho, deve temer por ele, se não por ela mesma — ficou em silêncio por um instante. Então ergueu a cabeça e prosseguiu em um súbito turbilhão de palavras. — Por que o senhor se alistou no exército, sr. Shield?

Voltei aos anos de juventude e fiquei pasmo com a minha tolice.

— Uma garota me rejeitou, senhora. Afoguei as mágoas e, durante a embriaguez, dirigi-me de forma insultuosa ao pai dela, que era também o diretor da escola em que eu lecionava. Conseqüentemente, perdi o emprego. Para mostrar ao mundo como pouco me importava, alisteime, e me arrependi assim que voltei a ficar sóbrio.

— Perdoe-me. O senhor deve pensar que sou intrometida. Não deveria ter perguntado.

— Não tem importância.

— Oh, tem sim.

Seus olhos fitaram os meus. Tive medo do que ela poderia ver — tamanho anseio, um desejo tão esmagador. Ao mesmo tempo, percebi que estava prendendo a respiração, como se, ao não respirar, pudesse prolongar o momento indefinidamente, como se o próprio tempo pudesse parar.

Então ouvimos uma batida forte na porta da rua, e o som de vozes e risadas do lado de fora. Permiti-me voltar a respirar, e fui sentar-me à mesa, retornando ao jornal que havia abandonado e que parecia estar em outra vida. A sra. Frant ficou calada.

Logo em seguida, ouvimos passos no corredor e o som da voz do sr. Carswall, erguendo-se triunfante:

— E ele não sabia que eu tinha a última carta de ouros, o tolo, pensou que Lady Ruispidge estava com ela. Não, foi um primor, por Deus, depois daquele truque, o jogo era nosso.

A porta se escancarou, chocando-se contra as costas de uma cadeira. Em um instante, o salão estava transbordando de luzes, sons, pessoas. Além do sr. Carswall, havia a srta. Carswall, a sra. Lee, sir George e o capitão. Lady Ruispidge havia se retirado, mas seus filhos insistiram em acompanhar o grupo do sr. Carswall de volta a Fendall House.

O sr. Carswall não estava bêbado, apenas ruidoso. Na ausência da sra. Johnson, Lady Ruispidge aceitara fazer par com ele e acredito que ele sentia que havia se saído bem, tanto no uíste quanto na sociedade em geral. A sra. Lee e um clérigo haviam sido seus rivais no salão de jogos, e a sra. Lee esforçou-se em parecer complacente em relação às perdas que sofreu.

A srta. Carswall, logo fomos informados, dançou quase todas as danças, muitas delas com sir George, duas com o capitão e várias outras com oficiais da milícia local. Ela estava muito bonita, corada e com a excitação atravessando-a como eletricidade. Sir George a havia levado para jantar, e todos tinham sido muito atenciosos.

Sir George estava mais calado, mas quase tão satisfeito consigo mesmo quanto os demais. Seu irmão, por outro lado, esmerava-se em dar a impressão de que havia passado a maior parte do tempo acabrunhado: primeiro, imaginando como a sra. Frant estaria se arranjando sozinha e, depois, quando foi informado sobre a indisposição da sra. Johnson, compadecendo-se da bondade da sra. Frant para com a pobre prima. De fato, ao ouvi-lo falar, pensava-se que a sra. Frant, por algum capricho da fé, era uma perfeita candidata para a canonização. Ninguém estava preocupado em demasia com a sra. Johnson — sir George observou que ela possuía uma daquelas disposições inconstantes, que variavam entre arroubos de energia intensa e períodos de depressão e debilidade generalizada. Estava convencido de que a indisposição da prima não nos daria trabalho algum. Uma boa noite de sono e ela ficaria melhor.

— Com certeza ela está ferrada no sono — exclamou o sr. Carswall. — Ora, ouvi os roncos quando passamos pela porta do seu quarto.

Era tarde — passava de uma da manhã — e, uma vez que haviam acompanhado os Carswalls de volta aos seus aposentos e feito perguntas corteses sobre o bem-estar da sra. Frant e da sra. Johnson, os irmãos Ruispidge não tinham mais motivo para ficar. Quase imediatamente depois de os dois partirem, ocorreu uma cena desagradável que me fez imaginar se Carswall não estava mais bêbado do que aparentava.

A sra. Frant se levantou, dizendo que estava cansada e iria se retirar. Eu me encaminhava para abrir-lhe a porta quando Carswall atravessou a sala de um salto e se adiantou a mim. Quando ela passou pelo batente, ele pousou a mão, que parecia uma grande pata, em seu braço e pediu o obséquio de um beijo de boa-noite.

— Afinal de contas — falou —, não somos primos? Os primos não devem se amar? — a entonação deixava bem claro que tipo de amor ele tinha em mente.

— Oh, papai — exclamou a srta. Carswall. — Por favor, deixa Sophie passar; ela está exausta.

O som da voz da filha, e não as palavras, o distraíram por um instante. A sra. Frant deslizou para o corredor. A ouvi conversando com a criada da srta. Carswall. Então, o som de uma porta abrindo e fechando.

— O quê? — falou o sr. Carswall para ninguém em especial. — Exausta? Sim, não é de se espantar... veja a hora — enfiou os dedos no bolso do colete e, em um instante, voltara a combinar as ações com as palavras. Então, deu as costas para nós e foi para a janela. — Maldição, ainda está nevando.

Nos desejou um boa-noite seco e saiu pisando forte da sala, tilintando as moedas no bolso. O restante de nós o seguiu quase ao mesmo tempo. No entanto, a srta. Carswall se demorou no corredor, ajeitando o pavio de sua vela. A sra. Lee seguiu adiante e entrou no seu quarto. A srta. Carswall virou-se para mim.

— É uma pena que o senhor não tenha ido ao baile — ela disse. — Foi apenas uma festa do interior, é claro, cheia de comerciantes e mulheres de fazendeiros, mas foi muito agradável apesar de tudo — ela baixou a voz. — E seria ainda mais se o senhor tivesse estado lá.

Fiz uma mesura, olhando para ela, e não pude deixar de admirar o que vi.

A srta. Carswall examinou meu rosto por um instante. Então ergueu a vela e deu meia-volta, como se fosse se retirar. Porém, se deteve.

— O senhor faria algo para mim?

— É claro.

— Quero fazer uma experiência. Quando o senhor for para o seu quarto, poderia parar em frente à janela por um instante e olhar para fora?

— Se é o que a senhora deseja. Posso perguntar por quê?

— Não, senhor, não pode — ela me devastou com um sorriso. — Não seria nada científico, acabaria com a minha experiência. Nós, filósofos naturais, pagaríamos qualquer preço para evitar que isso aconteça.

Logo em seguida, estava sozinho. Fiz meu caminho por entre corredores e subindo e descendo escadas até chegar ao meu quarto. A casa velha era cheia de barulhos, e encontrei vários criados cumprindo seus deveres.

Por fim, subi o último lance de escadas até minha porta. O quarto pareceu quase tão frio quanto o depósito de gelo em Monkshill-park. Meu corpo estava cansado, mas a mente estava inquieta, agitada pelos acontecimentos da noite. Coloquei o casaco e tateei a valise em busca de papel de cigarro. Abri à força metade da janela que havia sido calçada com jornal. Um instante depois, estava debruçado no peitoril e enchendo os pulmões com a fumaça doce e calmante.

Os telhados da cidade eram prateados e brancos. Em algum lugar, um relógio de igreja badalou a meia-hora e foi respondido por outros através da cidade, os sinos abafados pela camada de neve. Minha mente se encheu de um desfile de imagens, constituídas de partes tão aleatórias quanto os flocos que ainda caíam do céu.

Vi a srta. Carswall, é claro, com aquele sorriso que prometia tantas coisas, e o rosto gravemente belo da sra. Frant iluminado pela chama moribunda de uma vela e pelo brilho da lareira do salão. Vi a sra. Johnson enrolada na calçada, e um homem atravessando a rua vindo de sua direção. Olhei mais para trás, para o homem que vi de relance na janela da Grange Cottage, para o dedo seco e amarelento que encontrara na bolsa, para o cadáver mutilado no tripé em Wellington-terrace.

Dansey, também, e Rowsell juntaram-se ao desfile, e refleti tolamente sobre os motivos da bondade que eles me demonstravam. (Uma das coisas mais estranhas sobre a amizade é que, sem dúvida, em muitos casos, o objeto dela quase não a merece.) Pensei nos meninos, Charlie e Edgar, tão parecidos fisicamente, com suas testas altas, o ar de refinamento, a vulnerabilidade, mas de temperamentos tão diferentes. Conhecera o menino americano em minha primeira visita a Stoke Newington, no dia em que vi pela primeira vez Sophia Frant, e ele parecia, embora inconscientemente, ter sido a causa imediata de muito do que aconteceu. Havia trazido David Poe para minha vida e, sem David Poe, eu não teria me envolvido com os Carswalls e os Frants.

Também estava ciente de uma camada subjacente de ansiedade em minha mente, que me lembrava de algo. Depois de mais um centímetro do cigarro, fixara a recordação como uma borboleta com um alfinete: sentira-me daquela maneira nos dias anteriores a Waterloo: então, como naquele instante, havia uma sensação de mau agouro, de desastre se aproximando inevitavelmente. A diferença era essa: àquela época, eu sabia a natureza da catástrofe; naquele momento, não sabia.

Ayez peur, pensei. *Ayez peur*. Talvez o papagaio do charlatão fosse mais esperto do que imaginava.

De uma só vez, minha mente foi arrancada dessas reflexões inúteis, porém sombrias. Um triângulo longo e estreito de luz amarela surgiu no muro da asa moderna da construção, além do bosque, quase em frente à minha janela, mas vários metros abaixo. As cortinas pesadas se moviam. O triângulo de luz ficou ainda mais largo e um vulto segurando uma vela apareceu na pequena fresta entre as cortinas e o vidro. A mão esquerda cobria a vela e ocultava a identidade do seu dono. De repente, o vão da janela não era uma coisa nem outra, parecia tão ambíguo quanto um proscênio. Era como se eu estivesse em um camarote, olhando o fosso de um teatro às escuras.

A cortina ondulou para trás às costas do vulto; a mão se ergueu, e vi uma mulher de pé, estranha e intensamente irreal como uma atriz em um palco. Ela vestia um penhoar de seda bordada e cabelos dourados-avermelhados caíam-lhe sobre os ombros. Colocou a vela no peitoril e retirou algo feito de prata do bolso do penhoar. Ficou lá, de frente para a janela e olhando diretamente para mim, e começou a escovar o cabelo. Seus movimentos eram lânguidos, como se estivesse se acariciando. A frente do penhoar se abriu, e vi o vestido de baile sob ele, com seu decote.

Duvidava que a srta. Carswall pudesse me ver, mas sabia que o espetáculo era para mim, da mesma forma que sabia que a sra. Frant, de pé ou dormindo, estava no quarto atrás da cortina. Minha mente se encheu de pensamentos impuros. Dizem quem as ruivas são lúbricas. Lá estava, ao que parecia, uma farta confirmação: a srta. Carswall se revelava para mim, e tirava prazer da certeza de que eu estava observando e, talvez, do fato de que Sophie estava a poucos metros dela.

A neve continuou a cair no pátio. Minha boca estava seca, meu fôlego, curto. Mal notei como estava ficando gelado, ou que meu cigarro havia se apagado. Por fim, a srta. Carswall enfiou a escova de volta no bolso e ficou parada por um instante, olhando para fora. Lentamente, balançou a cabeça, e o movimento fez seu cabelo ondular e se agitar sobre os ombros. Seus lábios se abriram. Ela alisou o vestido de baile contra o corpo, contra o volume do seio.

Fez-me uma vaga mesura, apanhou a vela e deslizou para dentro do quarto através da fenda nas cortinas.

53

A neve havia parado pela manhã, e o céu era de um azul profundo e brilhante. Embora as principais avenidas da cidade não tardassem a virar um lamaçal marrom e frio, grande parte da neve permaneceu imaculadamente branca, tão luminosa que parecia possuir luz própria. Por uma ou duas horas, o mundo perdeu sua familiaridade.

Tomamos o café-da-manhã no salão privativo. Voltar para Monkshill-park naquele dia, anunciou o sr. Carswall, estava fora de questão. John, o cocheiro, acreditava que a estrada estaria perfeitamente segura, mas John, o cocheiro, era um tolo. A srta. Carswall estava de pleno acordo com o pai, especialmente porque queria fazer algumas compras.

— Imagino que sir George e o capitão aparecerão para saber como está a sra. Johnson — ela acrescentou com um risinho. — E, talvez, se houver tempo, eu poderia ver a propriedade que o tio Wavenhoe deixou para mim.

— Sim, por que não? — disse o pai. — Há a pousada e uma pequena cervejaria em anexo, além de uma série de cabanas.

Quando a srta. Carswall falou tão alegremente de sua herança, notei que a sra. Frant baixou os olhos para o prato e apertou os lábios. Era uma insensibilidade falar daquela maneira: não fosse por aquela estranha cena no leito de morte do sr. Wavenhoe, o legado seria da sra. Frant; embora ele talvez só servisse para desaparecer no colapso da fortuna do seu marido.

A mesa mal acabara de ser retirada quando ouvimos uma batida na porta e sir George e o capitão Ruispidge foram anunciados. Perguntaram pela prima.

— Ela ainda está dormindo — disse a srta. Carswall. — Minha criada está velando-a. Fui vê-la agora há pouco. Ela acordou à noite e estava agitada, então lhe demos uma dose de láudano logo antes do amanhecer.

— Não me surpreenderia se ela tiver sofrido uma inflamação do cérebro — disse o sr. Carswall. — Ela pode atacar muito subitamente.

Os irmãos Ruispidge disseram tudo que lhes cabia dizer sobre a bondade da sra. Frant e da srta. Carswall para com a sua pobre prima. Em seguida, eles e os Carswall ficaram livres para conversar sobre o baile, e concordar como ele havia sido encantador. O sr. Carswall descreveu várias partidas de uíste, talvez em muito detalhe, para uma platéia que diminuiu até restar apenas a sra. Lee, que cochilava diante da lareira. O capitão Ruispidge sentou-se ao lado da sra. Frant e conversou com ela em voz baixa. Sir George e a srta. Carswall afastaram-se do grupo e sentaram-se ao lado de uma janela. Entreouvi pedaços da conversa dos dois, o que sugeriu que ele estava resumindo-lhe seus planos de comprar uma escola no interior, para ser dirigida sob princípios estritamente religiosos. A srta. Carswall o escutou aparentando total interesse; não era uma mulher que fazia as coisas pela metade.

Um pouco depois, o sr. Carswall ficou chocado ao descobrir que Lady Ruispidge planejava voltar a Clearland-court com a sra. Johnson mais tarde naquele mesmo dia.

— Sem falar do tempo inclemente, meu caro senhor, e quanto à saúde da sra. Johnson?

— Ela ficará bem melhor em Clearland — disse sir George. — Além do mais, já abusamos demais da sua bondade.

A srta. Carswall bateu as mãos.

— O senhor e o capitão Ruispidge irão voltar com ela?

O rosto longo e ossudo de sir George remodelou-se em um sorriso.

— Creio que não. Na verdade, meu irmão e eu esperávamos convencer a senhorita e o sr. Carswall, e a sra. Frant, é claro, e a sra. Lee, a jantar conosco.

— Seremos somente nós, uma reunião em família — atalhou o capitão, sorrindo de forma cativante para a sra. Frant. — Se fizerem-nos a honra de aceitar, não precisam ter dúvidas quanto à conveniência de tudo.

Logo ficou claro que o termo jantar era extremamente flexível: abrangia um passeio para fazer compras e a inspeção da propriedade da srta. Carswall em Oxbody-lane. Porém, minha presença não se fazia necessária em nenhuma dessas atividades. Depois do café-da-manhã, o sr. Carswall foi dormir e não me deixou nenhuma tarefa.

Dei a mim mesmo uma folga e passei cerca de uma hora explorando a cidade. Depois de visitar os arredores da catedral e ela própria, refiz o caminho da noite anterior até o Tolsey, seguindo para a porta do banco onde a sra. Johnson se deitara; e, do outro lado da rua, para o beco que engolira o homem que fugiu. Deixei que o fluxo da multidão me guiasse, o que me levou aos muros sinistros da Prisão do Condado, depois ao reformatório e então ao cais, onde os mastros e cordames formavam um emaranhado de riscos no céu nublado de inverno.

Uma vez que começava a me cansar, tanto na mente quanto no corpo, voltei a Fendall House. Às vezes, parecia-me que não podia confiar em nada e ninguém, exceto, talvez, na amizade de Rowsell e Dansey; e mesmo a boa vontade deles poderia evaporar se a examinasse muito de perto ou confiasse demais em sua benevolência.

Subi até meu quarto. Embora não houvesse fogo, preferi a solidão dele ao calor do salão e à possibilidade de companhia. Ainda tinha que terminar a carta para Rowsell. O peitoril tinha um rebordo que eu usava como mesa. Escrevia há menos de cinco minutos quando ouvi uma batida na porta.

— Entre — gritei.

Virei na minha cadeira quando a porta se abriu. A sra. Frant estava parada, hesitante, na entrada. Saltei de pé, e, na minha agitação, derramei a tinta, borrifando gotas pretas por toda a página. Olhamos um para o outro em silêncio. Por fim, e ao mesmo tempo, disparamos a falar.

— Perdoe-me, sr. Shield, eu...

— Por favor, sente-se. Temo que...

Paramos. Geralmente, neste tipo de situação, uma pessoa sorri para a outra, pois as palavras simultâneas desfazem o constrangimento dando algo que elas possam dividir entre si. Mas nenhum de nós sorriu.

Era um quartinho insuportavelmente mínimo, uma acomodação indigna de uma dama. Estava ciente da cama desfeita, do ar abafado, do vestígio de fumaça de cigarro remanescente da noite passada. Porém, por conta do cenário, a beleza da sra. Frant resplandeceu mais ainda. Ela era como o sol sobre a neve: tão brilhante que parecia iluminar-se por dentro; tão bela que meus olhos mal podiam crer no que viam.

Em um furacão de atividade, empurrei meus materiais de escrita de lado e os cobri com um lenço. Virei a única cadeira e roguei que a sra. Frant se sentasse. Eu permaneci de pé. O quarto era tão pequeno, como a cabine de um navio, que eu poderia tocá-la se esticasse o braço. Ele baixou os olhos para as mãos e então olhou pela janela. Da sua cadeira, deve ter visto a janela do próprio quarto, o palco do espetáculo de sua prima na noite anterior. Diante da lembrança, me senti ao mesmo tempo envergonhado e excitado.

A sra. Frant se virou para mim e disse:

— A srta. Carswall me pediu que eu fosse com eles para Oxbodylane, e também sir George e o capitão Ruispidge — ela falou como se respondesse a uma pergunta, como se estivéssemos no meio de uma conversa. — Mas considerei mais sensato recusar.

— Entendo.

— Notei sua expressão quando ela propôs o passeio no café-da-manhã. A srta. Carswall não falou por mal. Ela é como uma criança quando fica animada. Não consegue enxergar além da sua empolgação.

— Certamente seria doloroso para a senhora ver a herança que o sr. Wavenhoe deixou para ela, uma herança que deveria ser sua?

Ela inclinou a cabeça.

— Tenho vergonha de admitir que sim. É apenas que... oh, do que adianta reclamar.

— Eu nunca deveria ter testemunhado aquela cláusula — falei. — Arrependo-me profundamente.

— Sinceramente, não tem importância. Se não tivesse sido o senhor, o sr. Carswall teria encontrado outra pessoa.

— Ele é um monstro — explodi. — E a srta. Carswall é...

— Acredite em mim, a srta. Carswall tem suas próprias dificuldades — disse a sra. Frant. — Ela sofreu. Não posso condená-la.

O silêncio retornou. Deixei de lado temporariamente aquele novo mistério a respeito da srta. Carswall em favor de uma questão muito mais urgente. A presença da sra. Frant no meu quarto era por demais inapropriada, tanto que mal podia acreditar nos meus sentidos. Se fôssemos descobertos, um escândalo arruinaria a ambos. Deveria aconselhá-la a ir embora imediatamente. Ainda assim, não o fiz. Sabia, naquela parte de mim que ainda era capaz de um pensamento racional, que o fato de ela estar ali significava que precisava de mim por um motivo tão esmagador que, em comparação, nada mais importava de fato.

Ela se levantou.

— Perdoe-me — ela voltou a dizer, apressadamente. — Não tenho o direito... — interrompeu-se e olhou para o peitoril, para as manchas de tinta e o lenço sujo. — Eu... eu causei tanta confusão.

— A senhora não deve me pedir desculpas — falei. — Foi um prazer recebê-la.

Então, ela olhou direto para mim. Eu não tinha mais palavras. Ainda olhando nos meus olhos, estendeu a mão, a palma para baixo, os dedos um pouco enrolados, exatamente como se fosse uma grande dama cumprimentando-me, e estendendo a mão para que eu a beijasse.

Minha mente foi inundada pela consciência de que eu finalmente chegara ao meu Rubicão: como César diante de seu rio, eu poderia voltar, ou seguir adiante. Caso retornasse, nada precisaria mudar. Se fosse adiante, adentraria o desconhecido, e a única coisa da qual podia ter certeza era de que nada mais seria o mesmo.

Lentamente, estendi minha própria mão e enlacei seus dedos nos meus. Era um dia frio, e o quarto estava frio, mas, por algum milagre, sua pele estava quente. Olhei para seus dedos finos, não para o rosto. Envolvi sua mão nas minhas. Ela sussurrou algo que não compreendi. Dei um passo adiante e inclinei a cabeça.

54

Não interessa ao leitor por que, desde aquele dia, tenho e sempre terei a data de 13 de janeiro como um aniversário particular. Nenhum lábio jamais enunciará o segredo do que aconteceu naquela tarde na água-furtada exígua e caiada da casa na Westgate-street. Mesmo as rachaduras nos vidros da janela, os borrões de tinta e as manchas em espiral no teto, marrons e úmidas, compartilharam daquela perfeição. Aquilo não esclareceu nada: foi apenas perfeito, apenas foi.

Mais tarde naquele dia, o resto do grupo jantou com os irmãos Ruispidge em uma sala particular na Bell Inn. Era tarde quando voltaram e eu já havia me recolhido, e na manhã seguinte Carswall anunciou que as estradas já estavam seguras para a viagem.

Deixamos Gloucester escoltados pelo cabriolé dos Ruispidge; os irmãos haviam feito a gentileza de atrasar sua partida até estarmos prontos para ir embora. Seguimos juntos pela estrada com pedágio até dobrarmos para Monkshill-park, o que muito contribuiu para a paz de espírito do sr. Carswall.

Os Ruispidges nos deixaram a alguns poucos metros de Monkshill. A carruagem do sr. Carswall subiu com dificuldade a estrada longa e tortuosa que contornava a extremidade norte do parque que levava a Flaxern Parva. Ao passarmos por Grange Cottage, notei que as cortinas estavam abertas, e que fumaça saía de duas das chaminés.

— A sra. Johnson deve estar chegando em casa — disse a srta. Carswall. — Talvez já tenha voltado.

Sophie olhou para mim.

— Ela se recuperou bem rápido.

— Sim. Estou certa de que Lady Ruispidge ficará aliviada. E sir George também, é claro.

Finalmente, a carruagem pegou o caminho para Monkshill-park. Carswall tirou seu relógio e estudou os ponteiros, ao mesmo tempo em que assobiava desafinada e ruidosamente. Anunciou com satisfação austera que nossa velocidade de Gloucester até lá tinha sido, em média, 1,2 quilômetros por hora, uma marca louvável considerando-se o tempo inclemente.

Paramos em frente à casa. Os meninos vieram correndo nos saudar. Vi, com uma pontada de ciúme, como Sophie — como então me permitia pensar nela — agarrou Charlie como se estivesse faminta e ele fosse um pão fresco. A sra. Kerridge e Harmwell apareceram, e Sophie perguntou imediatamente sobre o sr. Noak.

— Ele está muito melhor, senhora, obrigado — disse Salutation Harmwell com sua voz sonora.

— O que estes meninos estão fazendo? — exclamou Carswall. — Eles enlouqueceram na nossa ausência?

— Oh, papai — disse a srta. Carswall. — Estão apenas felizes em nos ver. Veja, os cachorros estão se comportando da mesma forma.

— Não posso tolerar crianças nos meus calcanhares. Além do mais, está claro que elas precisam estudar boas maneiras e não só as lições dos livros. Leve-os embora, Shield, e faça-os aprender alguma coisa. E se não forem aplicados, use a cinta.

Não falei nada. Ainda vestia meu casaco, e estava faminto, com sede e frio.

— Ande logo, homem — rugiu Carswall. — Não o pago para ficar parado olhando para as botas.

Por um instante, houve o tipo de silêncio que precede um grito, como se todos no hall estivessem prendendo a respiração. Carswall jamais falara comigo de modo tão rude: e o havia feito em público, na frente dos meninos, dos criados e das mulheres. Em Gloucester, ele passara a maior parte do tempo se comportando da melhor maneira possível, e naquela hora, finalmente, imagino, podia agir confortavelmente do seu modo: era como um homem que, quando a visita vai embora, cospe na lareira e peida na sala de estar.

Gostaria de dizer que tomei alguma atitude romântica grandiosa: que estapeei o rosto do velho com a luva e pedi satisfação, ou que ao menos deixei a casa a passos largos, jurando nunca mais cruzar aquelas portas novamente. Em vez disso, ciente de Sophie, ciente da minha situação precária no esquema do sr. Carswall e na escola do sr. Bransby, fiquei em silêncio. Enquanto subia as escadas, ouvi os passos dos meninos às minhas costas.

— Ora, ora — Carswall disse lá embaixo. — Por que estão parados aqui? Pratt! A lareira está acesa na biblioteca?

Não sei dizer se os meninos perceberam minha vergonha ou minha raiva, mas comportaram-se de modo exemplar pelo restante da tarde. Não cochicharam entre si; interpretaram e traduziram como se suas vidas estivessem em jogo. Enquanto trabalhavam, não pude deixar de pensar em Sophie e, às vezes, olhava para Charlie e tentava adivinhar os traços dela em seu rosto.

Pouco antes das cinco, cansei-me daquela diligência artificial, especialmente porque não me agradava a idéia de que os meninos sentissem medo ou pena de mim, ou talvez os dois. Perguntei o que tinham feito enquanto estivemos fora e o fluxo da conversa logo varreu para longe as barreiras de recato entre nós.

— Foi como férias, senhor — disse Edgar. — O sr. Noak ficou de cama o tempo todo, e só havia os criados por aqui.

— Então vocês ficaram livres para fazer o que quisessem?

— Oh, não, senhor — exclamou Charlie. — Bem, nem sempre. Kerridge não deixava.

— Ela ficou de olho em você?

— Ela e o sr. Harmwell. O senhor sabia que ele conhece um monte de histórias? Histórias de fantasmas de gelar o sangue.

Mas os meninos não pareciam nada assustados. Mal precisaram de incentivo para começar a contar uma das histórias de Harmwell, uma narrativa confusa sobre um tesouro de pirata situado em uma ilha no litoral da Carolina do Sul, que envolvia um fantasma perneta armado até os dentes com cutelos e pistolas. Quando um navio afundou nas redondezas, e um pobre menino foi parar na ilha, este amigável fantasma o encorajou a procurar instruções codificadas da localização do tesouro. Sendo claramente um jovem empreendedor, o intrépido herói decifrou o código e encontrou o tesouro, necessitando para tanto escavar uma pilha de caveiras e terra até descobrir primeiro os esqueletos decapitados de vários piratas e então o baú revestido de ferro que continha o tesouro.

— Guinés, dobrões, *louis d'ors* — disse Charlie.

— Cálices e crucifixos e relógios — disse Edgar.

— E o que o menino fez com tudo isso? — perguntei.

— Ora, senhor — falou Charlie —, Harmwell nos contou que ele comprou uma grande propriedade, casou-se, teve vários filhos e viveu feliz para sempre.

— Ele só falou isso para agradar a sra. Kerridge — explicou Edgar.

— Ela também estava lá?

— Ela estava quase sempre junto com Harmwell — Charlie fez uma pausa antes de acrescentar com um tom de voz casual, como se fosse tão óbvio que mal precisasse ser dito. — Creio que os dois estejam flertando.

Edgar disse;

— É fácil saber quando as pessoas estão de namorico.

— Sim — concordou Charlie. — É mesmo.

Olhei para os meninos e fiquei pensando se aquela observação escondia algo mais.

— Oh — prosseguiu Charlie. — Como eu gostaria de ser rico como o menino da história.

Eu também queria. No decorrer da noite, quis isso cada vez mais. Desci para jantar e descobri que o sr. Noak ainda não estava bem o suficiente para deixar seu quarto, o que talvez explicasse minha convocação para me juntar à família. A refeição transcorreu silenciosa e triste, com os cinco de nós ocupando-se dos seus próprios pensamentos. Depois, na sala de estar, tentei com afinco fazer com que Sophie conversasse comigo. Mas ela foi evasiva e, logo em seguida, anunciou que estava com dor de cabeça e iria se recolher cedo.

Talvez a visão de Charlie lhe tenha lembrado do que era importante e do que não era. De qualquer forma, pensei ter lido em seu rosto calado e sério a verdade dura e indesejada de que ela se arrependia do que acontecera, e me odiava pelo papel que eu havia desempenhado.

55

O dia seguinte, sábado, 15 de janeiro, foi muito frio, porém não havia mais neve. Depois das aulas, levei os meninos para uma longa caminhada no parque. Queriam visitar as ruínas novamente, pois a história de Harmwell lhes tinha dado a idéia de que poderiam encontrar o tesouro dos monges se conseguissem a ajuda de um fantasma benevolente.

— Se um monge foi queimado em uma fogueira — disse Edgar com a insensibilidade da juventude —, ele naturalmente continua vagando pela terra, preso à cena do seu tormento.

— Mas por que ele diria onde está o tesouro? — perguntei. — Se é que esse tesouro existe.

— Por que vamos tratá-lo com bondade — explicou Edgar. — Mesmo ele sendo um papista. Afinal de contas, a culpa não era dele, não naquela época.

— Ele ficará tão grato pela nossa gentileza, depois de centenas de anos de solidão e perseguição, que vai querer fazer tudo o que puder para nos ajudar — disse Charlie. — E não vai se importar que fiquemos com o tesouro. Por que se importaria? De que serve para ele agora?

Aquilo era irrespondível. Enquanto os meninos vasculhavam as ruínas mais uma vez, andei de um lado para o outro, baixando os olhos para o telhado da Grange Cottage. Um homem montado em uma égua magra e malhada subia o caminho que vinha da estrada com pedágio.

— Se ele não deixou o tesouro aqui — disse Edgar —, deve tê-lo deixado onde fica o depósito de gelo. Provavelmente era lá que ficava a cripta, ou do eremitério, ou...

— Vocês não devem procurar lá — falei. — O depósito de gelo é perigoso e insalubre.

— Além do mais — salientou Charlie no tom presunçoso da razão —, não há como. Está trancado.

Quando finalmente voltamos para a casa, descobrimos que sir George Ruispidge aparecera. Estava reunido com o sr. Carswall. Os meninos e eu nos juntamos às senhoras na pequena sala de estar. A srta. Carswall estava estranhamente calada. Dedicava-se ao seu livro de contas, no qual incluía as compras em Gloucester.

— Sir George trouxe uma carta da sra. Johnson — disse a sra. Lee para ninguém em especial. — Ele e o irmão são tão atenciosos com a pobre prima. Ele a visitou mais cedo. Sabiam que ela voltou para Grange Cottage? E estou certa de que quis escrever para expressar a gratidão pelo zelo com que a sra. Frant e a srta. Carswall cuidaram dela durante a sua doença.

Sophie se levantou e saiu da sala.

A sra. Lee continuou falando em um sussurro ruidoso, dirigindo-se à srta. Carswall:

— Pobre sra. Johnson! Nunca mais foi a mesma desde que um certo cavalheiro foi embora. Ela costumava ser tão animada. Teimosa, quase. Lembro de Lady Ruispidge contando-me que a sra. Johnson era mais cabeça-dura que seus filhos.

— Não posso crer que sir George tenha sido um dia cabeça-dura, senhora — disse a srta. Carswall. — Ele não era bom?

— O quê? Sir George bom? Oh, sem dúvida. Mesmo quando garoto, sua cabeça estava sempre em assuntos elevados. Tenho certeza de que apanhou menos do que o irmão.

Pratt entrou na sala, e a srta. Carswall estremeceu como um peixe no anzol. O sr. Carswall mandou perguntar se seria conveniente para ela juntar-se aos dois na biblioteca. Ela saltou de pé e disparou para o espelho, onde olhou com ansiedade dentro dos próprios olhos e ajeitou os cachos do cabelo. Seu olhar atravessou a sala, passando por mim, pela sra. Lee, pelos meninos, embora duvide que nos tenha visto. E então saiu.

Logo depois, o próprio sr. Carswall entrou. Fitou-nos imparcialmente, como se perguntasse o que estávamos fazendo ali, e começou a andar para cima e para baixo, zumbindo com dissonância. Ninguém se atreveu a falar com ele. Murmurei para os meninos que deveríamos voltar para os nossos livros no andar de cima, e eles me seguiram como extraordinária presteza. Não creio que o sr. Carswall tenha notado nossa saída.

No andar de cima, Charlie exclamou:

— Então, o que está acontecendo?

— Acho que sei — disse lentamente Edgar.

Os meninos trocaram sorrisos.

— Já chega — falei. — Vamos voltar a Euclides, e guardem seus pensamentos para si.

E assim voltamos a Euclides, porém sem muito proveito para nenhum de nós. Um pouco depois, ouvimos um cavalo na passagem. Fui até a janela e olhei para fora. Era sir George indo embora.

Logo em seguida, quando nos juntamos na sala de estar antes do jantar, o rosto da srta. Carswall deixou tudo tão claro quanto a luz do dia. Era como se uma vela tivesse se acendido dentro dela. O próprio Carswall estava, a seu modo, extasiado.

A notícia não tardaria a ser dada.

— Prima, me dê os parabéns — falou a srta. Carswall, correndo em direção a Sophie. — Estou noiva.

— Sir George fez a proposta?

— Sim, meu amor, e tudo foi feito dentro dos conformes. Ele conversou primeiro com papai, e perguntou se poderia fazer o pedido. Então papai me chamou e nos deixou a sós.

Esta é a hora nos romances em que as jovens damas coram. A srta. Carswall não corou. Parecia muita satisfeita consigo mesma.

Sophie a abraçou.

— Oh, minha querida, eu lhe dou sim os parabéns. Espero que seja muito feliz.

— Ele não pôde jantar conosco — atalhou o sr. Carswall. — Gostaria de ter ficado, é claro, mas sentiu-se na obrigação de voltar para Clearland e informar Lady Ruispidge do ocorrido. Muito apropriado, sem dúvida; não esperaria menos dele.

Fomos jantar, e a presença dos criados inibiu a conversa. O noivado não deveria ser anunciado até Lady Ruispidge ser informada. Não há dúvida de que os criados sabiam, pois sempre sabem, mas nem nós, nem eles, podíamos admitir. Isso deixou a srta. Carswall e o pai em uma espécie de purgatório, pois queriam desesperadamente falar sobre o assunto. Quando as mulheres saíram e a toalha foi retirada, o sr. Carswall enganchou o dedo na minha direção. O sr. Noak não descera para o jantar e os criados haviam ido embora, de modo que estávamos sozinhos na sala.

— Fique e beba uma taça de vinho comigo, Shield.

Retornei lentamente à minha cadeira, sem me importar se minha relutância era evidente.

— Agora que os criados, com suas orelhas grandes, estão fora do caminho, vamos fazer um brinde — ele disse, aparentemente esquecendo-se da distância entre nós. — Encha a taça, sim, não quero copos vazios esta noite. À minha pequena Flora, Deus a abençoe: à futura Lady Ruispidge.

Bebi a taça e então brindamos outra vez a sir George.

— Carswall Ruispidge — murmurou o velho. — Sir Carswall Ruispidge, baronete. Soa bem, não é mesmo? Sir George garante que se a união der frutos — e por que não daria, se ambas as partes são de linhagem inglesa pura? — *quando* a união der frutos, é o que digo, o primogênito se chamará Carswall. Uma beleza, não? É um prazer lidar com cavalheiros, Shield. Vou lhe ser sincero: não vou mais me meter com a ralé. Mais um brinde: ao capitão Ruispidge, que Deus o abençoe. Vamos, reabasteça sua taça.

Fosse qual fosse o humor que o possuísse, Carswall o vivia ao máximo. Houve mais brindes, mais taças cheias até a borda. Imagino que ele já estivesse um pouco mais do que alterado antes de sentar-se à mesa. Depois de uma hora, estava afundado na cadeira, os olhos brilhando de umidade e o colete manchado de vinho. Confesso que eu mesmo não estava muito bem, pois Carswall obrigou-me a acompanhá-lo taça a taça, e um humor sombrio, desesperador, se apossara de mim desde que tínhamos ficado sozinhos.

— Quando vai ser o casamento, senhor?

— Sir George e eu o marcamos para junho. Assim os advogados terão tempo para amarrar tudo do jeito mais firme possível. Então, eu darei a ele minha pequena Flora — ele grunhiu e olhou para o fogo. — Dinheiro vivo, meu garoto, esse é o segredo. Conforme lhe disse antes, o homem que tem dinheiro vivo é um rei. Pode comprar tudo que quiser.

Entendi o que ele queria dizer, embora não fosse capaz de dizê-lo explicitamente, talvez nem para si mesmo. Seu dinheiro removera a mancha da ilegitimidade de sua filha. Fez com que um cavalheiro ignorasse a falta de nobreza do sr. Carswall. E, o que era melhor, trouxe-lhe a possibilidade de se tornar imortal através de seu neto ainda não nascido e de todos os pequenos Carswall Ruispidge que poderiam descender dele e acharem-se superiores a todos.

O velho tirou o relógio mas não o abriu. Apertou o botão de repetição e ele emitiu seu pequeno som.

— Algum dos criados tagarelou sobre o meu avô? — ele disse. — Antes de ir para Londres, ele era ajudante do criado de mesa de Monkshill quando o velho sr. Frant era dono da propriedade. Vim para cá uma vez quando garoto, e fiquei entre as árvores em frente ao lago, observando os nobres — Carswall bateu com os dedos na tampa do relógio, bocejou e acrescentou com um sussurro de regozijo, infantil:

— Mas quem é o mestre agora, hem? Diga-me: quem é o mestre agora?

56

Sophie estava sozinha na sala de estar, seu rosto dourado sob a luz das velas. Desviei o olhar, desejando estar um pouco menos alcoolizado.

— O senhor quer um chá? — ela disse. — Devo preparar uma xícara para o sr. Carswall?

— Não creio que ele vá se juntar a nós — minha voz saiu mais alta do que eu esperava, e disse as palavras seguintes com especial cuidado. — A sra. Lee e a srta. Carswall já se recolheram?

— Estão na biblioteca. A sra. Lee lembrou-se de que tinha encontrado um volume com paisagens de Clearland-court. Não pensei que fossem demorar tanto.

Falei que não era nenhuma surpresa que a srta. Carswall quisesse se demorar diante dos cenários da sua futura felicidade. Peguei minha xícara de chá e sentei-me na poltrona para bebê-la. A sala era enorme e fria, construída para ser ostentada e não para dar conforto. A breve excitação do vinho diminuiu, deixando-me ainda deprimido, mas ainda longe da sobriedade. O silêncio de Sophie me irritava. Não havia formalidades, nenhuma regra de conduta, para nos orientar na situação em que nos encontrávamos.

— Sophie.

Ela olhou para mim, o rosto sisudo, até mesmo chocado, como se o que acontecera no dia anterior não tivesse significado nada, ou fosse simplesmente invenção minha.

— Preciso saber — falei. — O que aconteceu ontem significa muito para mim.

— O senhor está alterado.

— Quero me casar com a senhora.

Ela balançou a cabeça e falou tão baixo que tive que me esforçar para ouvir:

— Não é possível, sr. Shield. Tenho que pensar em Charlie. O passado é o passado. Sinto muitíssimo, mas infelizmente tenho que lhe pedir que nunca mais toque nesse assunto.

Ouvimos a voz da srta. Carswall no hall, dirigindo-se à sra. Lee.

— A ala oeste é pequena demais para uma casa como Clearland. Terá que ser reconstruída. Falarei em breve com sir George.

Assim, enquanto as mulheres bebiam chá e conversavam sobre Clearland-court, tive a certeza de que fui justamente recompensado tanto pela minha presunção quanto pela minha falsidade. Em primeiro lugar, a presunção: uma dama como Sophie esquecer de si mesma por uma ou duas horas em uma tarde de inverno era uma coisa, casar-se com o filho de um boticário que ganhava seu pão em uma escola particular era outra completamente diferente. E minhas amargas reflexões não pararam por aí. A bem merecida recusa de Sophie à minha proposta reacendera o ciúme que sentia do capitão Ruispidge, e deu-lhe força redobrada.

Em segundo lugar, a falsidade: eu não havia sido sincero com ela sobre várias coisas, especialmente sobre a suspeita de que o sr. Henry Frant ainda estava na terra dos vivos; de que ele era um assassino e também um defraudador; e, até que se provasse o contrário, de que estava a poucos quilômetros de nós. Meu desejo por ela era tão grande que submeti a inocente Sophie ao risco de cometer bigamia, um crime tanto aos olhos de Deus quanto do homem.

Oh, sim, minha pena era justa. Até mesmo eu percebia aquilo.

O dia seguinte foi um domingo, e fomos até Flaxern Parva para a missa. O sr. Noak e o sr. Carswall não se sentiam dispostos para a viagem e fizeram companhia um ao outro diante da lareira da biblioteca. Os irmãos Ruispidge estavam na igreja, mas não as mulheres. Embora tivéssemos nos sentado em bancos separados, mais tarde tive a chance de ver a srta. Carswall e sir George, Sophie e o capitão, trocarem gentilezas novamente.

Durante a volta, na carruagem, a srta. Carswall disse:

— Pobre sra. Johnson!

— Ela não está bem? — disse Sophie.

— Sir George disse que ela está com angina. A garganta está tão inchada que mal consegue falar. Ela esperava estar bem o suficiente para nos visitar dentro de um ou dois dias, disse sir George, mas não poderá vir até melhorar. Os criados receberam ordens para não permitir visitas.

A carruagem seguiu aos trancos, os cavalos derrapando e o veículo balançando perigosamente enquanto chacoalhava nos sulcos incrustados de gelo da estrada. A srta. Carswall disse:

— Graças a Deus papai não está aqui. Imaginem só se estivesse.

Ninguém respondeu, e ninguém falou durante o restante da viagem.

Sophie evitou minha companhia o dia todo. Quando as circunstâncias nos uniram, ela não me olhou nos olhos. Ralhei com os meninos e fui grosseiro com os criados. É muito nobre dizer que se deve suportar as desgraças com ponderação, porém, na minha experiência, quando a desgraça entra por uma porta, a ponderação sai pela outra.

57

O tempo ainda estava bom na segunda-feira. Depois das aulas, os meninos pediram-me que os levasse até o lago com os patins. No caminho, encontramos o sr. Harmwell e a sra. Kerridge voltando para casa.

— Patinação? — disse a sra. Kerridge. — Aproveitem enquanto podem.

— Por quê? — perguntou Charlie. — O lago vai degelar?

— Não é isso. Os homens estão limpando o depósito de gelo. Assim que começarem a enchê-lo, vocês não vão poder patinar por um bom tempo.

— Na minha opinião — disse Harmwell —, é uma saída muito insalubre.

A sra. Kerridge voltou-se para ele.

— E por que, senhor?

— O problema aqui é que o lago serve a muitos propósitos — não é somente ornamental, mas também fonte de peixes e usado para patinar no inverno e andar de barco e nadar no verão. O jardineiro me informou que ele não tem nem mesmo seis metros de profundidade perto do centro. Isso torna o gelo difícil de extrair, e até mesmo arriscado para os homens encarregados de fazê-lo. E a qualidade do gelo é inevitavelmente ruim, tendo em vista que será usado para cozinhar. Muitas vezes contém plantas apodrecidas, por exemplo, e cadáveres de pequenos animais. Não, acredito que o método holandês...

— Meu Deus, sr. Harmwell — interrompeu a sra. Kerridge. — O senhor fala como um livro.

— E quanto ao gelo? — perguntei. — Eles vão começar a quebrá-lo hoje?

— Creio que não — ele disse. — De modo que não vejo motivo para não patinarem. Enquanto podem — ergueu a bengala e apontou na direção da parte sudoeste do céu, onde nuvens se juntavam. — A neve está vindo.

Separamo-nos. Os meninos correram na frente. Quando alcancei o lago, eles estavam fora de vista. Contornei a margem até o desfiladeiro que levava ao depósito de gelo. Edgar e Charlie estavam empoleirados no tronco de uma árvore caída. Meia dúzia de homens esvaziava e limpava o depósito. Por alguns instantes, observamos enquanto eles carregavam baldes de gelo e palha enlameada pela passagem até um barranco onde jogavam sua carga malcheirosa.

O capataz tocou o chapéu e perguntou se gostaríamos de ver o local onde estavam trabalhando. Eu o segui pelo corredor, com os meninos atrás de mim. A câmara estava iluminada por meia dúzia de lampiões amarrados na abóbada. Dois homens trabalhavam no poço, enchendo baldes com pazadas de lama. Enquanto olhávamos, um deles decapitou com destreza um rato com a pá.

— Está fedendo mais do que o normal, senhor — disse o capataz. — O dreno estava bloqueado.

Olhei para além da beirada.

— Parece desimpedido agora.

— Nós o desentupimos, e está escoando devagar. Mas não como devia. Se não conseguirmos limpá-lo a contento deste lado, talvez tenhamos que esperar até a primavera.

— Como assim?

Ele apontou para fora com o polegar.

— A água passa por uma fossa e então segue por um dreno até o lago. Mas ele entope com facilidade por conta das grades que mantêm os ratos do lado de fora. Existe um túnel no dreno para a limpeza. Veja, é um dreno grande, dá para rastejar até a fossa. Mas tivemos uma tempestade terrível no outono, e as árvores desabaram, e metade da margem ainda por cima. Vamos ter que desenterrar a entrada do túnel mais uma vez.

— O solo está muito duro no momento?

— Sim. Como ferro — ele cuspiu, quase acertando um de seus homens, e apertou os olhos na minha direção. — Devíamos tê-lo desenterrado antes.

Voltei para fora e enchi os pulmões de ar fresco. Os meninos conversavam com outro trabalhador e saltitavam de frio e empolgação. Quando me aproximei, ficaram quietos. Esses sinais deveriam ter me deixado desconfiado; mas estava imerso demais em meus pensamentos para dar a eles a atenção que mereciam. Logo depois, andamos de volta para o lago, onde os meninos patinaram lentamente para cima e para baixo, conversando em particular.

Naquela tarde, meus ânimos estavam deprimidos, e cheguei perto de me desesperar. Questionei-me, dizendo a mim mesmo que era o cúmulo da tolice alimentar quaisquer esperanças em relação a Sophie; lembrando-me de que o que aconteceu em Gloucester foi algo excepcional, que jamais ocorreria novamente; e aconselhando-me a tirar o incidente e ela da minha cabeça de uma vez por todas.

O sr. Carswall chamou-me para a biblioteca para ditar-me correspondências e fazer cópias. Estava escrevendo outra carta para um de seus advogados, daquela vez, sobre as negociações em relação à possível venda de seus armazéns em Liverpool para o sr. Noak. Compreendi pelo teor da resposta que o advogado londrino do sr. Noak levantara uma série de questões com o empregado do sr. Carswall. O trabalho era mecânico, o que deixou minha mente à mercê de uma sucessão de pensamentos sombrios.

Entretanto, retornando àquelas poucas horas da tarde de segunda, à medida que o céu se tornava cada vez mais escuro no sudoeste, compreendi a verdadeira natureza do clima: ele era a calmaria antes da tempestade que estava prestes a desabar sobre nossas cabeças. Pensando em retrospecto, posso precisar o exato momento em que vi o mensageiro da tempestade se aproximando.

O sr. Carswall havia interrompido seu fluxo de palavras implacável e atropelado e eu olhava pela janela da biblioteca. Um movimento chamou minha atenção no crepúsculo que caía. Um cavaleiro solitário vinha pelo caminho.

58

O capitão Ruispidge foi conduzido à biblioteca, e não à pequena sala de estar onde estavam as mulheres. Fiquei em silêncio junto à janela enquanto ele e o sr. Carswall se cumprimentaram. Depois de exporem que as respectivas famílias estavam bem e que provavelmente nevaria mais, o capitão pediu o obséquio de uma palavra em particular.

Carswall arregalou os olhos.

— Pode se retirar, Shield — ele disse sem olhar para mim. — Não se afaste muito; posso precisar do senhor novamente. Espere no hall.

Assim, fiz hora diante da lareira no hall, observado com insolência mal dissimulada pelo criado de rosto magro. Poucos sons atravessavam a porta pesada da biblioteca. Ocasionalmente, ouvia-se um murmúrio indecifrável de vozes e, uma vez, o zurro da risada de Carswall.

Cerca de dez minutos depois, o capitão Ruispidge saiu, e as pontas de cima de suas orelhas estavam rosadas. Não quis esperar para cumprimentar as senhoras, pedindo imediatamente o cavalo. Seus olhos pousaram em mim.

— Por que está parado aí? — inquiriu. — O que está olhando?

— O sr. Carswall pediu que eu esperasse.

Seus lábios crisparam. Toda a afabilidade desaparecera. Sem dizer outra palavra, levantou a gola do casaco e, apesar do frio, saiu para esperar que trouxessem o cavalo.

Carswall chamou-me de volta à biblioteca. Não falou sobre a conversa recente, e continuou com a carta. A escuridão ficava cada vez maior à medida que eu escrevia e, por fim, Carswall pediu velas. Depois da visita do capitão Ruispidge, ele ficou agitado, sem conseguir se concentrar na carta ou ficar quieto na cadeira. Nos intervalos entre as torrentes de palavras, via às vezes seus lábios se mexendo, como se falasse baixinho com outra pessoa, ou consigo mesmo.

Quando os primeiros flocos de neve começaram a cair, Carswall disse que já bastava por aquele dia e mandou-me tocar a sineta para chamar o criado. Enquanto juntava meu material de escrita, o ouvi ordenar que Pratt fechasse as cortinas e fosse até a sala de estar das senhoras chamar a sra. Frant. Eu não queria ver Sophie sem necessidade — serviria apenas para aborrecê-la e aumentar minha humilhação —, então saí às pressas.

Mais tarde naquele dia, quando desci para jantar, encontrei a sala de estar vazia, a não ser pela srta. Carswall, que estava sentada à mesa folheando seu *Culinária Doméstica*. Ela ergueu os olhos quando entrei e deu-me um amplo sorriso.

— Sr. Shield, que bom que o senhor apareceu. Estava começando a imaginar que tinha sido abandonada em uma ilha deserta e jamais voltaria a ouvir o som de outra voz humana.

Olhei para o relógio sobre a lareira.

— Estou surpreso que ninguém tenha descido ainda.

— Papai postergou o jantar em 15 minutos. Parece que somos os últimos a saber — o sorriso brilhou novamente. — Ainda assim, devemos fazer companhia um ao outro. O senhor se importa?

— Pelo contrário — devolvi o sorriso, pois era difícil resistir à srta. Carswall quando ela estava naquele humor. — Não será suplício algum, pelo menos não para mim.

— O senhor é muito gentil. Por favor, sente-se e me entretenha. Creio que será uma noite muito aborrecida.

Sentei-me.

— Por quê?

Ela se inclinou para perto de mim, de modo que senti seu perfume e seu calor.

— O senhor não está sabendo? O capitão Ruispidge veio visitar papai. Pensei que a casa inteira soubesse.

— Soube que o capitão esteve aqui. Eu estava com o sr. Carswall na biblioteca quando ele foi anunciado.

— Ah... mas o senhor sabe o motivo da visita?

Balancei a cabeça.

A srta. Carswall aproximou ainda mais a cabeça e baixou a voz.

— Se eu não contar, outra pessoa vai fazê-lo. Ele veio pedir a mão de Sophie em casamento.

Um arrepio me atravessou. Afastei-me da srta. Carswall e olhei para ela.

— O senhor já esperava por isso, não? — ela disse. — Eu sim. Não pressentiu o que estava no ar? Ele a estava cortejando enquanto sir George... oh, é tão irritante. Eu adoraria ter Sophie como irmã. Teria sido perfeito para os dois.

— Então a sra. Frant não aceitou?

— Ela não teve a oportunidade.

— Não entendo.

— Ele não fez a proposta na ocasião.

Tentei sorrir e assenti.

— Ele está muito apaixonado por Sophie — prosseguiu a srta. Carswall, com seus olhos castanhos calmos fixos no meu rosto —, quem não estaria, mas é o filho caçula e não pode ter uma esposa sem um tostão, especialmente se ela já tiver um filho. E, embora a família de Sophie seja perfeitamente respeitável, há a questão delicada do falecido sr. Frant. Mesmo que volte a se casar, Sophie não necessariamente será bem-vinda em qualquer lugar.

Isso explicava o comportamento do capitão no hall. Havia sido a petulância de um homem frustrado.

— Mas se ele a amasse de verdade, isso teria importância?

— Vejo que o senhor tem um coração romântico — ela sorriu para mim. — Suponho que o capitão Jack sentiu que merecia alguma recompensa pelo seu sacrifício. O amor em uma cabana é muito bonito, sr. Shield, mas não paga as contas.

— Imagino que o capitão Ruispidge tinha esperança que o sr. Carswall oferecesse algum dote.

— Creio que sim. Mas papai se recusou, embora, é claro, com muito pesar. Pobre Sophie. Fiquei um pouco deprimida depois que ela me contou, e obviamente os ânimos dela estão ainda piores.

Eu disse:

— Embora o sr. Carswall tenha dado um teto à sra. Frant, ele não é obrigado a sustentá-la.

— Não: mas a questão não é apenas o dinheiro. Quando sir George e eu nos casarmos, papai precisará de alguém para fazer-lhe companhia durante a noite. Ele detesta a solidão. Se Sophie também for embora ele ficará muito sozinho.

A srta. Carswall lançou-me um olhar frio e inteligente. Já não havia nela nenhum flerte. Ia dizer mais quando ouvimos passos no hall e a porta se abriu. Monkshill-park era um lugar de conversas interrompidas, onde nada poderia ser terminado a contento.

59

Éramos seis à mesa naquele dia, pois o sr. Noak desceu para jantar. Estava se recuperando rápido, ele disse, e esperava continuar abusando da hospitalidade do sr. Carswall apenas até o fim da semana. Como resposta, o anfitrião bufou e protestou que seria um prazer se o sr. Noak ficasse para sempre.

Foi uma refeição aborrecida. Noak não tinha o hábito de iniciar conversas. Carswall parecia ansioso e estranhamente submisso, o que me fez imaginar que as negociações da venda da propriedade em Liverpool talvez não estivessem correndo tão bem quanto o esperado. Sabia por conta da correspondência que havia algo de errado, mas não sabia ao certo o quê.

A srta. Carswall cutucou a comida e reclamou de dor de cabeça. A sra. Lee falou pouco, mas comeu muito. Sophie olhou para o prato e raras vezes abriu a boca. A perda do pretendente deve ter sido um golpe pesado. Eu havia suspeitado que ela gostava do capitão Ruispidge, mas não sabia que seu afeto era tão profundo. Era duro para mim aceitar aquilo.

No decorrer do jantar, Carswall bebeu cada vez mais e falou cada vez menos. Quando as mulheres nos deixaram, ele já havia caído em um silêncio acabrunhado. Mas depois que os três que sobramos levamos as cadeiras para perto do fogo, ele se voltou para o sr. Noak e esforçou-se para ser cortês. Logo notei que havia um motivo para aquilo. O sr. Carswall esperava concluir a transação de Liverpool antes que o sr. Noak fosse embora. Ele falou sobre as vantagens de se fazer negócios cara a cara, em vez de a distância e através de intermediários. Acenou abaixar um pouco o preço em troca de um arremate veloz. Era uma boa coisa para a srta. Carswall casar-se com um baronete com esplêndidos rendimentos, assim como uma bela receita de suas minas de carvão, porém, o matrimônio de duas riquezas sempre acarreta muito trabalho. Ele se preocupava com as questões legais.

Noak ouviu tudo aquilo, assentindo ocasionalmente, e bebendo goles muito pequenos de vinho. Carswall o incentivou a beber brinde após brinde, mas Noak alegou como pretexto sua saúde e disse que um gole deveria contar como uma taça. De fato, ele não parecia bem. Embora o ímpeto de persuasão do sr. Carswall não desse sinal de se esgotar, o sr. Noak pediu para se recolher dizendo que precisava dormir cedo.

Toda aquela conversa entre eles, em boa parte já bastante reservada por natureza, foi conduzida sem que me fosse dada a mínima atenção. Para o sr. Carswall, eu era um homem cujos serviços ele havia contratado e, portanto, não deveria ter mais sentimentos do que os cavalos que puxavam sua carruagem, ou a cadeira na qual se sentava, ou a criada de cozinha que descascava os legumes. Enquanto os dois falavam, fiquei sozinho com meus pensamentos, que seguiam um caminho apreensivo e até mesmo culposo.

Depois que o sr. Noak foi embora, o sr. Carswall e eu nos juntamos às senhoras na gélida sala de estar. Sophie estava lendo em um canto, separada dos demais. A sra. Lee servia o chá. A srta. Carswall convidou-me para jogar gamão. Arrastamos uma mesa, preparamos o tabuleiro e jogamos duas partidas em um silêncio agradável. Fiquei grato pela distração.

A sra. Lee começou a roncar em sua cadeira diante da lareira.

Na metade da terceira partida, Sophie se retirou. Com incomum cavalheirismo, o sr. Carswall se levantou e abriu-lhe a porta. Ele a seguiu para fora da sala.

— Sua vez — disse a srta. Carswall.

Os dados rolaram no tabuleiro. Levantei a cabeça, prestes a fazer um movimento para comer uma peça da srta. Carswall, sabendo que o jogo já estava vencido. Ergui os olhos e vi que ela olhava para mim enquanto brincava com um cachinho ruivo. A ponta de sua língua apareceu por um instante entre os lábios e se recolheu em seguida. Enrolou o cacho nos dedos e minha mente se encheu daquela indigna lembrança de quando ela escovou o cabelo ruivo em seu penhoar. Sabia que ela queria que eu me recordasse do papel de libertina que desempenhara diante da janela na Fendall House.

Naquele momento, ouvimos um grito.

Todo e qualquer traço de flerte sumiu do rosto da srta. Carswall e vi espelhado em sua expressão o choque que eu mesmo senti. Empurrei para trás a cadeira dourada com tanta força que ela caiu. A sra. Lee se agitou, seu ronco vacilou e então voltou ao ritmo sereno. Corri até a porta e a escancarei.

No hall, Stephen Carswall assomava-se como um urso desgrenhado sobre Sophie. Enlaçava com um braço sua cintura e inclinava a cabeça em direção à dela.

— Um só — disse Carswall em uma voz arrastada. — Um só por agora, meu anjo.

Sophie me viu e sua expressão mudou. Enquanto falava, Carswall já se afastava dela. Corri em sua direção e o agarrei pela gola e pelo braço. Puxei-o, mas ele não soltava. Seu rosto escureceu, assumindo um tom roxo tão escuro que parecia quase preto.

— Seu maldito canalha — ele rugiu para mim. — Não vê o que eu estava fazendo? A sra. Frant teve um acesso de tosse, e teria se engasgado se eu não tivesse batido nas costas dela.

Suas palavras eram tão disparatadas que me calaram por um instante. Tirei as mãos dele. Ele soltou Sophie, que abriu a boca como se fosse dizer algo — estava corada e respirava rápido. Carswall virou-se para ela.

— Não é verdade, minha querida? Agora, não vou impedi-la de dar boa-noite a Charlie. O nosso querido Charlie, hã? Ele deve estar esperando.

A ameaça implícita era óbvia. Os olhos de Sophie se arregalaram. Sem dizer palavra, ela se virou e subiu correndo as escadas.

— Perdoe-me, senhor — disse rapidamente. — Ouvi um grito e pensei... pensei que o senhor estivesse se sentindo mal.

Respirando pesado, ele me fuzilou com o olhar.

— E agora, sr. tutor, nós temos que conversar.

Por sobre o ombro dele, vislumbrei a srta. Carswall fechando a porta da sala de estar. O quanto ela teria visto ou ouvido? Segui o sr. Carswall até a biblioteca, onde ele se afundou em uma cadeira de braços diante da lareira. Estava tão bêbado quanto antes, mas sua luxúria havia sido substituída por uma raiva fria e calculada. Chamou-me para frente dele como um juiz a um ladrão.

— Não irei tolerar que meus criados coloquem suas mãos imundas em mim — falou. — O senhor passou dos limites. Sou o seu mestre. Está entendendo? O seu *mestre*.

Abandonei qualquer tentativa de manter a compostura com uma mentira conciliadora.

— O senhor não estava agindo como um cavalheiro.

— Acha que pode me ensinar como agir? — disse Carswall. — Não irei tolerar isso, está me ouvindo? — ele me encarou, mastigando os lábios. — Não fosse pelo escândalo, entraria com uma ação contra o senhor por agressão. Infelizmente, uma medida dessas aborreceria ainda mais as senhoras, e o senhor já as aborreceu o suficiente esta noite. Irá deixar esta casa amanhã de manhã, está claro, Shield?

— Com Edgar?

— Não! — ele rugiu. — O senhor acha que eu lhe confiaria o filho do sr. Allan depois disso? Quando escrever para o sr. Bransby, direi a ele o quanto de uma forma geral sua conduta deixou a desejar em Monkshill. Já vinha me preocupando com isso há algum tempo.

Não disse nada. O que dizer a um tirano?

— Um criado o levará para Gloucester. Darei ordens para que jamais seja admitido em nenhuma casa minha. Se tentar fazê-lo, mandarei os empregados soltarem os cachorros.

Andei lentamente para a porta.

— Fique — ainda não lhe dei permissão para sair.

Voltei-me na direção dele. Eu tremia de raiva, mas sabia que não podia perder o controle. Pelo bem de Sophie e pelo meu. Já conhecia os efeitos de um soco impensado ou de uma palavra impensada: lembrei-me do sargento recrutador, com a taça de conhaque em uma mão e o alistamento em outra; vi a medalha de Waterloo brilhando e rodopiando no ar antes de acertar o rosto do oficial no Hyde Park. Talvez tivesse aprendido alguma coisa, no fim das contas.

— Se já não sou seu empregado, senhor, não tenho mais que esperar que me dê permissão para sair — fiz uma mesura. — Desejo-lhe boa-noite.

60

Enquanto arrumava meus poucos pertences naquela noite, as reflexões que povoavam minha mente eram extremamente amargas. Não conseguia de forma alguma ver que outra atitude poderia ter tomado. Como poderia não agir enquanto Carswall atacava Sophie? Mas o que alcancei com a intervenção?

Ouvi uma batida na porta. Pratt enfiou o rosto pequeno e fino no quarto e disse-me que um criado estaria esperando com o cabriolé às oito em ponto da manhã seguinte. Sua expressão era uma mistura de empolgação maliciosa e alegria, e soube de imediato que ele havia sido informado da minha desgraça. Não se pode esconder segredos por muito tempo em uma casa como Monkshill-park.

Quando Pratt foi embora, escancarei as janelas. Flocos de neve flutuavam da escuridão. Eu fora expulso de Monkshill; quase certamente perdera meu emprego na escola do sr. Bransby; e, assim que a srta. Carswall se casasse, Sophie ficaria à mercê do sr. Carswall — sabia de todas essas coisas, mas minhas emoções estavam muito entorpecidas para senti-las. Joguei um cobertor por sobre os ombros, acendi um cigarro e debrucei-me no peitoril para fumar. Nem um instante havia se passado quando ouvi mais uma batida na porta. Com o cigarro na mão, a abri e, para minha consternação, deparei-me com a própria Sophie. Recuei, confuso.

— Sophie — eu disse, atirando a guimba acesa pela janela. — Sophie, minha querida, a senhora não deve...

Ela me interrompeu com um aceno. Seu rosto estava muito pálido e os olhos, enormes. Vestia uma capa que a cobria do pescoço aos tornozelos.

— Os meninos — ela disse em um sussurro urgente. — O senhor os viu?

— Eles não estão na cama?

— Estavam. Mas fui olhar alguns minutos atrás e eles tinham sumido. Kerridge e Harmwell estão vasculhando a casa, porém, creio que estejam lá fora, pois levaram seus paletós e chapéus, e também as botas

— ela apertou a mão contra o peito, como se para acalmar as batidas do coração. — Os cães estão soltos.

— Os mastins os conhecem bem, Charlie os transformou em animais de estimação. Eles não vão ferir os meninos, eu garanto. Quem mais sabe que eles sumiram?

— A maioria dos criados já foi para a cama. Tentei avisar o sr. Carswall, mas ele está... está dormindo na biblioteca. Kerridge estava no meu quarto esperando para tirar minhas roupas, e, felizmente, sabia que o sr. Harmwell ainda estava lendo no hall dos empregados.

Assenti.

— Pode contar que os meninos estão fazendo uma travessura qualquer. Tenho certeza de que estão seguros.

— O senhor não é a mãe deles, Tom — ela desviou o rosto de mim. — Oh, onde eles podem estar?

— Espere. Se não estão na casa, tenho um palpite para onde podem ter ido.

Ela ergueu os olhos para mim, o rosto vivo de esperança.

— Já ouviu falar do monge e do tesouro?

— O quê?

— Os meninos inventaram uma história envolvendo as ruínas. Imaginam que quando a abadia foi demolida, um dos monges de Flaxern enterrou o tesouro do monastério no parque. Eles andam procurando por ele.

— Mas isso é só uma brincadeira de criança.

— É claro que sim. Mas os dois têm uma imaginação fértil e creio que a brincadeira tenha se tornado quase real para eles. Na verdade, às vezes chegam a esquecer a diferença entre ficção e realidade. Parte da história é que o monge que escondeu o tesouro agora é um fantasma, e se você encontrá-lo e falar com ele da maneira certa, ele lhe mostrará onde fica o tesouro.

— Isso é um absurdo.

— Não para eles.

— Mas não podem ter ido até as ruínas em uma noite dessas — ela protestou, buscando apoio na porta. — Está escuro como breu e ainda está nevando.

— Isso não necessariamente impediria dois garotos serelepes. Se não estão na casa, o próximo local a procurar seria as ruínas e então o depósito de gelo.

— O depósito de gelo?

— Ele fica escondido na lateral da colina próxima ao lago. Os meninos acham que é um lugar bastante apropriado para o tesouro. Vou diretamente para lá, e se não encontrá-los, descerei até as ruínas.

— Harmwell irá com o senhor.

— Muito bem. Encontrarei com ele em frente à porta do pátio.

— Kerridge e eu vamos acompanhá-los.

— Seria melhor ficarem na casa — falei rapidamente. — Talvez ainda estejam aqui. Ou podem voltar por um caminho diferente.

Sophie saiu para tomar as providências necessárias. Não demorei a vestir minhas roupas sociais e descer. A sra. Kerridge e Sophie chegaram, seguidas logo depois por Harmwell, que trazia dois lampiões. Sophie empurrou um cantil de conhaque para a minha mão, e a sra. Kerridge trouxera um manto sobressalente.

— Se conheço meninos — ela disse —, um deles, ou os dois, devem ter encontrado um jeito de se molhar.

Harmwell e eu saímos para o pátio. Ainda nevava, embora não tão forte quanto antes. Não obstante, alguns centímetros de neve cobriam o chão, e mais onde o vento a havia acumulado: neve virgem, branca e pura, um inferno para se andar quando se está com pressa.

Não só estava escuro, mas a neve havia coberto o caminho e apagado vários pontos de referência familiares. Demos a volta na casa até o caminho que levava ao lago. Harmwell descobriu o que poderiam ser pequenas pegadas; mas as subseqüentes quedas de neve as haviam embaralhado de tal forma que era impossível ter certeza.

Em silêncio, nos arrastamos sob o abrigo do muro das hortas. Não tardamos a topar, literalmente, em nossa primeira descoberta indesejada. Lá, caído próximo à porta onde Edgar e Charlie haviam preparado a emboscada para mim em uma tarde fria e límpida, havia uma sombra negra contra a neve.

Harmwell praguejou. Agachamo-nos sobre o que descobrimos ser o corpo de um dos mastins. Abaixei-me para examiná-lo o melhor que pude, pois o cachorro era tão pesado que não havia como movê-lo. Averigüei apenas que ele estava morto e que não havia marcas à vista, apenas gotas do que parecia espuma ou vômito ao redor da boca e na neve em que estava deitado.

Meu companheiro rosnou:

— Veneno?

A descoberta dava um novo tom à aventura daquela noite. Seguimos adiante o mais rápido possível. Não encontramos sinal do outro mastim, vivo ou morto. De vez em quando, gritávamos os nomes dos meninos. Por fim, tivemos certeza de que estávamos no caminho certo, pois achamos marcas de pegadas mais claras. A caminhada era dura o bastante para dois homens feitos, imagine para dois meninos? Minha mente se adiantava a mim: se não os encontrássemos, teríamos que acordar a casa e organizar um grupo para vasculhar o parque. Sem abrigo, eles morreriam de frio.

Chegamos ao obelisco, o local onde os caminhos convergiam na extremidade norte do parque. Um pouco adiante, os galhos proeminentes de uma castanheira protegiam o chão da maior parte da neve. Lampião em punho, Harmwell ficou de cócoras e deu alguns passos desequilibrados de lado como um caranguejo.

— O que diabos está fazendo? — eu disse, batendo os dentes.

— Olhe lá... — ele entortou o facho de luz e ele caiu sobre uma determinada parte do solo. — Está vendo?

Agachei-me ao lado dele. Na camada fofa de neve havia uma pegada diminuta de contornos perfeitos. Harmwell moveu minimamente o lampião e o facho se deslocou, revelando mais uma.

— Como devemos interpretá-las? — perguntei. — Elas levam ao lago ou às ruínas?

— Creio que ao lago. Apontavam para o oeste, e não para o leste.

— Para o depósito de gelo?

— Talvez — ele começou a andar. — Maldita hora em que contei a eles sobre o tesouro.

— Não há motivo para se repreender, sr. Harmwell. Eles começaram a falar sobre o tesouro assim que viram as ruínas do monastério, e isso foi muito antes de o senhor e de o sr. Noak chegarem.

— Eu piorei as coisas.

— Bobagem. Não há como impedir meninos de agirem como meninos.

Caminhamos em silêncio até chegarmos às margens do lago. Lá, Harmwell voltou a se agachar e começou a examinar o solo com seu passo de caranguejo.

— Sim, aqui estão elas.

— Indo ou voltando?

Ele se ajeitou.

— Não tenho certeza. Mas não creio que tenham voltado. Se estivermos com sorte, eles não estão muito longe.

Havíamos subido apenas alguns metros do caminho quando um som estranho saiu da escuridão. Embora abafado pela neve, era indiscutivelmente metálico. Calculei que vinha de menos de meio quilômetro de onde estávamos. Mas o silêncio era tanto que escutamos perfeitamente.

— A porta do depósito de gelo? — falei ao meu companheiro. — Ou talvez uma pá ou picareta?

— Creio que não, sr. Shield — o rosto de Harmwell estava invisível, e sua voz profunda veio a mim da escuridão e parecia fazer parte dela. — Pareceu-me o som que fazem as mandíbulas de uma armadilha quando batem.

— Meu Deus! Os meninos!

— Duvido. Por que teriam ido para a floresta?

— Mas não podemos ter certeza de que não foram.

Harmwell falou casualmente:

— Eles não têm motivo para isso. Além do mais, se uma criatura viva tivesse caído em uma armadilha, quase certamente teríamos ouvido os gritos.

Ele marchou adiante incansavelmente com passos largos e silenciosos, a perna ligeiramente dobrada à altura do joelho. Manquejei em seu encalço, pensando nos motivos para um menino não gritar quando apanhado por uma armadilha: havia desmaiado de dor, havia perdido a voz, estava morto. A imagem da armadilha encheu minha mente até se tornar um símbolo de tudo que era frio, implacável e desumano, tudo que subjugava os fracos, os pobres e os desafortunados. A neve abrandou e, por fim, diminuiu até só restarem poucos flocos. Ao leste, algumas estrelas surgiram sobre o lago, embora a maior parte do céu permanecesse nublada.

— Como o senhor sabia que era uma armadilha? — perguntei com a voz trêmula.

— Quando se está habituado a elas, o som que produzem se torna bastante familiar.

— O senhor fala com experiência de caçador?

Ele fez uma pausa antes de responder.

— E de caçado.

Algum tempo depois, chegamos à boca do desfiladeiro que levava ao depósito. Nosso progresso se tornou cada vez mais lento. O chão estava repleto das conseqüências dos temporais de outono, pedaços de rocha, árvores desenraizadas e galhos, todos encobertos pela neve e ainda mais ocultos por conta da escuridão. Também não estávamos tão bem protegidos lá quanto eu havia esperado, pois o vento mudara de direção no decorrer da noite e soprava pelo lago até o depósito de gelo. E o vento trazia a neve.

Alguns passos à minha frente, Harmwell voltou a se agachar e examinou o solo.

— Alguém esteve aqui recentemente — ele disse por sobre o ombro. — Talvez mais de uma pessoa.

Aproximei tanto a boca do seu ouvido que senti o frio de sua pele.

— O senhor quer dizer os meninos?

— Creio que adultos. Mas não posso ter certeza, não com essa luz. As pegadas estão misturadas.

Seguimos às pressas pelo desfiladeiro até finalmente chegarmos ao depósito de gelo. As portas duplas estavam escancaradas.

— Eles estão aqui! — exclamei.

— Não necessariamente — disse Harmwell. — O lugar foi deixado aberto. Os trabalhadores quiseram arejá-lo à noite.

— Mas alguém esteve aqui — falei. — Veja a neve na entrada.

Enquanto eu falava, adentramos no corredor. A catinga familiar de podridão, menos forte do que antes, veio ao nosso encontro. Harmwell passou por mim bruscamente e, segurando alto o lampião, entrou na minha frente na câmera. Botei o cachecol sobre o nariz e a boca e o segui.

As portas internas se abriram. Olhamos para as profundezas negras do poço. A luz dos lampiões, por mais fraca que fosse, corria como água na escuridão.

— Oh, Deus — murmurei. — Oh, bom Deus.

Harmwell estalou a língua contra o céu da boca.

— Quem é? — perguntou.

Não respondi. Deitado no fundo do poço estava o corpo de um homem, de bruços, a cabeça escondida por um chapéu. Usava um casaco longo com gola alta. Seus braços estavam abertos, e o corpo envolvido pela fina camada de palha suja e lama.

— Quem é — Harmwell voltou a perguntar, e havia um tremor de urgência em sua voz. — Pelo amor de Deus, homem, quem é?

61

Existem lembranças que assombram minha mente como fantasmas: algumas benignas, outras não. Porém, seja como for, não há como evitá-las, ou fingir que não existem. Assim, embora não goste de me deter no que aconteceu em seguida, devo registrá-lo aqui, em seu devido lugar.

Primeiramente: a luz. A única fonte de iluminação, é claro, eram os nossos lampiões. Um brilho débil e lúgubre encheu a câmara, tão perturbador quanto fogo-fátuo, tornando o ar sólido e insalubre. As pedras, a alvenaria, a lama no chão, a coisa que jazia no fundo do poço — tudo cintilava com gotas de umidade que refletiam toda e qualquer luz que havia.

Olhei para Harmwell, que segurava o batente da porta com uma das mãos e olhava para o corpo lá embaixo. Notei um brilho viscoso em sua face negra. Ele murmurava algo, um balbucio contínuo, talvez uma oração.

— Quem é? — ele repetiu, falando baixo, mas sua voz forte e profunda deslizou por todo o depósito de gelo e voltou na nossa direção, com a luz dos lampiões.

— Não sei.

Mas eu sabia. Era aquilo que tornava tudo infinitamente pior. Agarrei o suporte na parede, coloquei a lanterna na soleira da porta, e lancei meu peso no vazio. Meu pé se encaixou em um degrau da escada de ferro. Desci passo a passo, lentamente por conta da bainha úmida e esvoaçante do meu sobretudo. O odor fétido subiu para me receber, ficando mais forte e espesso a cada degrau.

— Devo baixar a lanterna? — falou Harmwell.

O frio era intenso: parecia penetrar nos ossos e se alojar neles.

— Sr. Shield? Sr. Shield?

Olhei para cima e vi o rosto de Harmwell, o branco dos olhos de um brilho impressionante, pairando sobre o poço. Balancei levemente a cabeça; não queria falar, pois teria que abrir a boca e permitir que mais daquele ar podre entrasse. Desci o pé para o degrau seguinte. Não precisava do lampião, pois já sabia o que iria encontrar no fundo: um pesadelo que envenenaria todas as nossas vidas, que preencheria cada canto de nossas existências, como o próprio ar.

Minha bota direita mergulhou no lodaçal de palha e água gelada que cobria o chão. O corpo, um pacote negro e molhado, jazia com a cabeça próxima à base da escada, os pés voltados para o centro da câmara. Apoiada no muro havia uma roda. Olhei para ela como um idiota, tentando imaginar o que fazia ali, onde nenhuma carroça jamais chegaria. Tirei minha luva direita e estendi o braço em direção a ela. Meus dedos esperavam madeira, mas encontraram a superfície fria e áspera do ferro coberto de ferrugem.

— Sr. Shield — chamou Harmwell, e havia uma estranha intensidade, quase uma excitação, em sua voz. — Sr. Shield, o que o senhor encontrou?

— Parece uma... uma roda de carroça.

— Vai servir de grade para o dreno — disse Harmwell.

Meus olhos correram pela superfície do corpo até o vão circular, de cerca de um metro de diâmetro, no meio do chão. Um dos pés do cadáver pendia sobre ele. Agachei-me e toquei o casaco longo e preto com a ponta do dedo. O homem ainda usava um chapéu de copa mole e abas largas, preso à cabeça por um lenço amarrado no queixo e jogado para o lado pelo impacto da queda.

Em um primeiro momento, tivera quase certeza de que o homem no poço estava morto. Mas então vi que não podia ser de outra forma: sua boca e nariz estavam submersos no lamaçal. Conforme o sr. Noak aprendera pelo exemplo do seu infeliz filho, um homem pode se afogar em uma poça — quero dizer, se já não estiver morto antes de cair nela. Movi a mão até o pedaço de pele nua sobre o cachecol. Era como tocar um faisão morto, úmido e depenado.

— Ele ainda está respirando? — perguntou Harmwell, sua voz um sussurro urgente. — Espere, vou descer o lampião.

A náusea queimou minha garganta.

— Pelo amor de Deus, é claro que ele não está respirando.

Travas rasparam os degraus de ferro. A luz balançou para frente e para trás: e, por um instante, minha mente saiu à deriva, como nos dias em que me aquietaram com láudano, e pensei que era o poço que oscilava, não a lamparina; que toda a câmara era como uma gaiola de pássaro fria, coberta com uma manta e indo de um lado para o outro em um vácuo negro. O vulto preto do corpo afastou-se nas sombras e então voltei a enxergá-lo.

Ayez peur, disse o pássaro em Seven Dials. *Ayez peur*.

Eu estava cheio de temor por todos nós naquele momento, e especialmente por Sophie.

— Pobre homem — Harmwell segurou a lanterna sobre a parte superior do corpo. — Temos que virá-lo.

Agachamo-nos sobre o cadáver. Segurei o ombro esquerdo e o antebraço, enquanto Harmwell enganchou a mão enorme no quadril e nas pernas. Puxamos. Ele não se moveu. O corpo molhado e inerte parecia muito pesado. Puxamos com mais força e, finalmente, a lama fez um som de sucção e ergueu-se ao se ver livre do peso. O corpo caiu de costas, espirrando água para cima. Harmwell e eu saltamos de pé. Houve um instante de silêncio, quebrado apenas pelas batidas e ruídos da água agitada. A luz dos lampiões caiu sobre o rosto.

— Não — eu disse. — Não, não, não.

— Não o quê? — Harmwell falou com rispidez no meu ouvido.

Não, não era Henry Frant que jazia ali. Em seu lugar, estava a mulher que o amara.

62

— Temos que achar os meninos urgentemente — eu disse ao subir a escada atrás de Harmwell.

Ele estava de pé diante da porta interna que dava para o corredor.

— O senhor conhece os lugares que eles podem estar melhor do que eu. Se quiser, posso ficar aqui velando o corpo.

— Encontraremos mais rápido os meninos se procurarmos juntos. E quando os encontrarmos, talvez eles precisem de ajuda.

— É verdade — o rosto de Harmwell estava coberto pelas sombras. — Por outro lado, não podemos deixar a sra. Johnson sozinha. Não seria adequado.

— Ela não vai se importar, senhor, não agora. Os meninos são mais importantes. Devemos procurar nas ruínas.

A persistência dele me intrigou, mesmo com a segurança das crianças pesando em minha cabeça. Lembrei-me do que o capataz me contara na manhã anterior sobre o dreno bloqueado do depósito de gelo, e ocorreu-me de repente que aquela era uma das poucas noites que o lugar estaria não só destrancado, como também vazio — em outras palavras, com fácil acesso ao fundo e à fossa subterrânea. Teria o mesmo pensamento ocorrido ao meu companheiro?

Passei por ele e desci o corredor até a porta de saída. Os acontecimentos daquela noite terrível não haviam chegado ao fim. O mastim envenenado e o som da armadilha estavam frescos na minha memória. Harmwell seguiu-me até o ar livre.

— A pobre dama está além de qualquer perigo mortal — ele observou naquela voz profunda, de pregador. — O senhor tem razão; devemos procurar pelos vivos.

Descemos lentamente o desfiladeiro e chegamos ao caminho que contornava a margem do lago. Lá, seguimos mais rápido. Ao intervalo de alguns poucos passos, um de nós gritava pelos meninos. O timbre grave e retumbante de Harmwell misturando-se ao meu barítono. Por fim, alcançamos a crista da serra que descia até as ruínas e, mais adiante, até Grange Cottage. O peso sufocante da escuridão oprimia a terra adormecida. À nossa esquerda, estavam as sombras densas do esconderijo leste.

— Espere — disse Harmwell. — O senhor ouviu? Chame de novo.

Um instante depois, também escutei — uma resposta aguda e distante aos nossos chamados, vinda de algum lugar abaixo. Sem nos preocuparmos com os perigos, descemos aos tropeços e deslizamos pela encosta coberta de neve. Enquanto mergulhava no escuro, lembrei-me da tarde límpida e fria do dia de São Estevão, quando Sophie e eu corremos juntos em direção aos meninos.

Uma voz solitária gritava repetidas vezes:

— Aqui, senhor! Aqui!

Encontramos os meninos encolhidos ao sotavento da parte mais alta das ruínas. Haviam se abrigado na reentrância feita por uma porta bloqueada. A neve cobrira a parte inferior de suas pernas. Charlie estava enfiado no vão da parede e Edgar o segurava nos braços.

— Oh, senhor — disse o pequenino americano, batendo os dentes. — Que coisa boa. Charlie estava tão angustiado, e então adormeceu, e pensei em ir buscar ajuda, mas não queria deixá-lo e também não sabia para onde ir.

— Você fez muito bem. Sr. Harmwell, sugiro que os enrolemos como dois pacotes e os levemos para casa.

Charlie se agitou quando mexemos nele e começou a choramingar. Nós o cobrimos com o manto sobressalente. Tirei meu casaco e usei-o para envolver Edgar. Demos a cada um uma gota de conhaque e então bebemos um tanto mais nós mesmos. Em seguida, gemendo com o esforço, coloquei Edgar nas minhas costas; Harmwell ergueu Charlie; e começamos a lenta e infinitamente árdua subida.

Sabia que nossos problemas não tinham acabado. A melhor saída era voltar para a mansão, pois quem sabia o que nos esperava na Grange Cottage? Mas não seria fácil carregar os meninos por mais de um quilômetro, especialmente com aquele tempo. Atravancados pelos nossos fardos, não podíamos usar os lampiões para nos ajudar. Eu também estava preocupado com os meninos, especialmente com Charlie, que mal parecia compreender o que estava acontecendo, e não conseguia afastar muito da cabeça a possibilidade de geladuras.

Porém, assim que chegamos à beira da serra, ouvimos o som de vozes gritando próximo ao lago, e vimos à distância as luzes oscilantes de uma dúzia de lampiões e tochas. Virei-me para Harmwell, para compartilhar do meu alívio, e o encontrei olhando para o caminho pelo qual tínhamos vindo com uma das mãos em concha sobre a orelha.

— Ouça, sr. Shield, ouça.

Um instante depois, também escutei. Em algum lugar abaixo de onde estávamos, talvez no caminho próximo a Grange Cottage, veio o som de cascos, abafado pela neve e movendo-se muito devagar.

— Vamos — falei. — Os meninos estão ficando mais frios.

Sem mais palavras, seguimos mancando em direção aos nossos salvadores, Charlie inerte e quieto no ombro de Harmwell à medida que nos arrastávamos para as luzes que dançavam na escuridão.

— O monge fugiu de nós, senhor — sussurrou Edgar. — Nós não o vimos, mas escutamos sua voz.

— O quê? — Disse Harmwell. — O que foi?

— Fique quieto — respondi, pensando no som dos cascos. — Temos que economizar fôlego.

Depois do que pareceram horas, o grupo de resgate nos alcançou, e mãos solícitas assumiram nossos fardos. Tínhamos homens de sobra — Sophie e a sra. Kerridge haviam acordado a srta. Carswall, e juntas elas chamaram os criados da casa e da estrebaria. No lago, nos dividimos em dois grupos. Um deles levou os meninos de volta para a mansão. Harmwell e eu guiamos os cinco homens restantes ao desfiladeiro e até o depósito de gelo. A visão da sra. Johnson de calças pareceu chocar alguns deles mais do que a sua morte. Nós a tiramos do poço da câmara — uma tarefa difícil que necessitou da participação de todos, a deitamos em uma das camadas das portas do depósito, cobrimos-lhe o rosto com seu manto por uma questão de decência e a tiramos de lá no esquife improvisado.

Quando chegamos à mansão, que estava repleta de luzes, os criados carregavam os meninos para a cama, com a srta. Carswall, Sophie e a sra. Kerridge borboleteando ao redor deles nas escadas. Sophie voltou correndo para o hall por um instante e apertou a mão de Harmwell e a minha.

— Mandem os criados trazerem-lhes o que quiserem; sr. Harmwell, sr. Shield, os senhores devem estar gelados até os ossos. Vou ver como estão os meninos.

— Aqueça-os aos poucos — eu disse, pois meu pai costumava tratar de geladuras nos invernos dos Fens. — Envolva-os com cobertores. Um aquecimento abrupto é prejudicial.

Carswall surgiu, pisando forte no hall em seu roupão, pronto para ralhar e esbravejar. Mas a visão da sra. Johnson sob o manto negro fez com que ele se calasse. Sophie nos deixou e subiu correndo as escadas sem dizer mais uma palavra.

— Descubra-a — ele disse a Pratt, que havia carregado Edgar para o andar de cima e acabara de voltar.

Carswall examinou a sra. Johnson por um instante, enquanto ela jazia de bruços, a pele cinza e macilenta, o corpo grande desgracioso naquelas roupas impróprias, o chapéu amarrado no queixo, como se ela tivesse se deitado para morrer e não quisesse ser encontrada de boca aberta. Ele ergueu os olhos, me viu parado ao pé da escada e imediatamente desviou o olhar para Harmwell.

— Ela estava vestida assim quando o senhor a encontrou? — ele perguntou.

— Sim, senhor.

— O que diabos deu nela?

Harmwell deu de ombros.

Carswall mandou Pratt cobrir-lhe o rosto novamente.

— Leve-a até o Quarto Azul e deite-a na cama. Leve Kerridge consigo e faça isso de forma decente. Então tranque a porta e traga-me a chave.

Ele deu meia-volta e entrou na biblioteca, chamando alguém por sobre os ombros para acender a lareira.

Uma criada se aproximou de mim e disse que sopa, vinho, sanduíches e um bom fogo nos esperavam na pequena sala de estar. Comemos e bebemos em silêncio, um de frente para o outro diante da lareira. A srta. Carswall entrou assim que terminamos.

— Não, não se levantem. Vim dizer-lhes que Charlie e Edgar estão muito bem e dormem agora o sono dos injustos. Os senhores estão recuperados do suplício? Os criados trouxeram tudo o que queriam? — ela era a gentileza em pessoa, porém, sua curiosidade não tardou a mostrar o rosto. — Pobre sra. Johnson! Estou certa de que nenhum de nós vai dormir um segundo pensando neste horror. Diga-me, há alguma pista do motivo para ela estar lá e de como caiu no poço?

Garantimos-lhe que não havia pista alguma.

— Sir George deve ser avisado o mais rápido possível. Além do parentesco, ele é o magistrado mais próximo. O sr. Carswall ordenou que um criado fosse até Clearland-court na primeira hora da manhã.

Ela nos desejou boa-noite, e Harmwell se retirou na mesma hora, deixando-me com meu vinho e com minhas reflexões, que não eram alegres. O relógio sobre a lareira batia as três da manhã quando me levantei para sair. No hall, peguei minha vela de cima da mesa. Pratt aguardava lá, e tossiu quando me aproximei.

— O sr. Carswall envia seus cumprimentos, e diz que não haverá necessidade de o senhor partir amanhã.

Naquela noite, eu mal dormi e, quando o fiz, o sono foi agitado, repleto de lembranças e medos que se misturavam uns aos outros e se fantasiavam de sonho. Em um deles, a escuridão era total, e eu ouvia novamente o som das mandíbulas de uma armadilha se fechando; porém, daquela vez, o som foi acompanhado de imediato por outros dois, primeiro, um grito alto, que subia depressa de tom e volume, e, então, cascos batendo no caminho próximo a Grange Cottage.

O que um homem e um cavalo estariam fazendo de bom fora de casa em uma noite como aquela?

63

De manhã cedo, o som do cavalo do criado na passagem trouxe-me de volta a consciência de súbito, embora parecesse também eco das batidas dos cascos no meu sonho. Em um instante, os acontecimentos da noite anterior perderam o aspecto fantástico e desfilaram pela minha mente tão negros e sóbrios quanto uma procissão funerária.

Passei aquele dia em um limbo. Não tinha ordens a cumprir. Mas não podia ir embora. A sra. Frant mandou avisar que ficaria com os meninos, e que Charlie, embora se recuperasse rápido do suplício, passaria pelo menos a manhã na cama.

Pouca coisa me mantinha dentro de casa. A presença silenciosa no Quarto Azul lançava sua sombra por sobre a casa. Mas a manhã estava bonita e a temperatura subira alguns graus. Depois do café-da-manhã, decidi satisfazer minha curiosidade, uma vez que não havia nada melhor a fazer. Peguei o caminho que levava ao lago, refazendo a rota da noite anterior. Um grupo de homens estava parado diante da porta que levava às hortas. Ao me aproximar, reconheci dois jardineiros assistentes e um dos guarda-caças.

Minha chegada fez com que eles se mexessem. Todos se agacharam e pegaram uma perna do mastim morto. A porta para a horta estava aberta. Logo na entrada havia um tapume. Murmurando xingamentos, içaram o pobre animal para cima dele.

— Os senhores encontraram seu companheiro?

O guarda-caça se virou e tocou educadamente o chapéu, o que me revelou que a notícia da minha desgraça não chegara a ele.

— Sim, senhor. Na gruta de corais. Tão morto quanto o irmão dele.

— E pela mesma causa?

— Veneno — ele disse categoricamente.

— Tem certeza?

— Ele tinha um osso de carneiro que ainda estava com um pouco de pó em cima. Veneno de rato, eu diria.

Fiz um gesto para que ele se afastasse.

— O sr. Harmwell e eu estivemos aqui fora na noite passada.

— Eu sei, senhor — ele observou os outros homens levarem o tapume pelo caminho, as botas pesadas derrapando e chapinhando nas camadas de neve.

— Encontramos o cachorro. E aconteceu mais uma coisa. Quando passávamos pelo lago, ouvimos um barulho distante. O sr. Harmwell achou que era uma armadilha se fechando.

O homem esfregou o queixo com a barba por fazer.

— Ele estava certo. Uma das grandes foi acionada no esconderijo leste na noite passada.

— No bosque depois do lago?

— Sim — ele cuspiu. — Aquele ladrãozinho teve uma sorte dos diabos. Os dentes pegaram o casaco, arrancaram um pedaço. Alguns centímetros para a esquerda e teria sido a perna.

— Um ladrão de caça? Um ladrão de caça pode ter sido o responsável pelo envenenamento dos cachorros.

Ele olhou para além dos meus ombros para a pequena procissão que descia o caminho principal da horta, a respiração ofegante e ruidosa dos homens alta no silêncio que nos cercava e os carregadores do tapume escorregando no chão congelado.

— Quem mais poderia ser, senhor?

— Onde exatamente estava a armadilha? — perguntei.

Ele pareceu desconfiado.

— Já lhe disse, senhor, no esconderijo leste. Temos um monte delas lá, o patrão mandou colocá-las no outono, mas essa estava perto de um lugar que chamamos de Five Ways, onde cinco caminhos se encontram. Mas nós as espalhamos. Não adianta deixá-las em um lugar só, não é? Não se pega ninguém desse jeito, nem mesmo aqueles tapados de Flaxern Parva.

Deixei-o e fui embora. Esconderijo leste, o maior dos dois cercos próximos ao lago, à direita do caminho largo que leva a Flaxern Parva e à igreja. Do outro lado do bosque, fica o sinuoso campo aberto que desce até as ruínas do monastério, com a Grange Cottage à esquerda. Se a sra. Johnson quisesse fazer o caminho mais curto da Grange Cottage até a boca do desfiladeiro que levava ao depósito de gelo, a melhor maneira seria passar pelo meio do esconderijo, considerando que ela não se importasse com as armadilhas e os guarda-caças armados. Gostaria de examinar eu mesmo as trilhas do bosque e a própria armadilha, mas não me sentia intrépido o suficiente para ir sem um guarda-caça; e não ousava deixar meu interesse tão óbvio, caso o sr. Casrwall ficasse ciente dele.

Mas havia algo de errado naquilo: nos aproximávamos do lago quando ouvimos o barulho das mandíbulas da armadilha fechando. Se a armadilha tivesse sido acionada pela sra. Johnson, não creio que ela teria tempo de atravessar o esconderijo, contornar a margem norte do lago, vencer o desfiladeiro e cair em direção à morte na câmara do depósito de gelo. Se fosse o caso, teríamos ouvido seus movimentos, especialmente quando cruzasse o terreno acidentado do desfiladeiro. Além disso, se tivesse passado por lá tão recentemente, encontraríamos rastros na neve. E o corpo ainda estaria morno ao toque.

Não havia como escapar da conclusão: outra pessoa acionou a armadilha. Lembrei-me do som dos cascos que ouvi na noite anterior, depois de encontrarmos os meninos, o som que foi parar nos meus sonhos. Quem estaria fora de casa, à cavalo, tão tarde? Não havia lua, o solo estava traiçoeiro por conta da neve e do gelo.

Aproximei-me com cautela do depósito de gelo, atento à possibilidade de o sr. Carswall ter posto guardas nele. Porém, não havia ninguém a vista, e as portas estavam escancaradas. Remexendo o bolso do sobretudo em busca do cotoco da minha vela de quarto, entrei no corredor. Ouvi imediatamente o som de movimentos furtivos na câmara. Segui adiante na ponta dos pés e olhei para baixo. A luz de um lampião bruxuleava no teto abobadado. Harmwell estava no poço, lampião em punho. Devia ter ouvido algo, pois olhava diretamente para mim, o branco dos olhos muito brilhantes.

— Ora, sr. Shield. O que o traz aqui?

— Muito bom-dia, sr. Harmwell. Eu poderia fazer a mesma pergunta.

Ele agitou os braços.

— Como o senhor sabe, eu estudo a construção dos depósitos de gelo. Estou particularmente interessado no uso comercial deles. Gelo cristalino em blocos, é disso que o mundo moderno precisa — apontou para a lama no chão —, e não esse substituto lastimável e poluído tirado daqui por um dreno qualquer, congelado porém imundo. Uma sociedade não pode se considerar civilizada enquanto permitir um gelo tão deplorável em sua mesa.

Enquanto ele falava, girei o corpo para a escada e desci até o fundo da câmara de gelo.

— O senhor é persuasivo na defesa de suas idéias. Porém, confesso que ainda não entendo por que está aqui.

Harmwell afastou-se de mim e recostou-se no muro, afetando uma indiferença que eu não achava ser verdadeira.

— A explicação é muito simples: está lá.

Ele apontou para o grande dreno circular no meio da câmara. A roda de carruagem que servia de grade ainda estava apoiada no muro e a abertura da fossa era um grande disco negro.

— Não entendo, senhor.

— O depósito de gelo tem um dreno particularmente eficiente, ou pelo menos assim deveria ser. O homem que o projetou sabia o que estava fazendo — ele ficou de cócoras e segurou o lampião sobre a fossa. — Está vendo, a fossa comporta um homem agachado com facilidade. E o dreno que se segue a ela é extraordinariamente largo. Imagino que possua muitas outras grades, bem mais finas do que esta roda, para manter do lado de fora ratos e outros invasores indesejáveis. É possível ver a primeira delas lá embaixo, como um portão de ferro, dividindo a fossa do dreno propriamente dito. À medida que palha e outros detritos descem até a fossa, as grades ficam bloqueadas, e a água derretida volta para a câmara. Daí, o mau cheiro do ar.

— Creio que me lembro da sra. Kerrigde mencionando um túnel.

Ele se ergueu até ficar completamente ereto, e sua sombra se avolumou por quase toda a câmara.

— O senhor tem toda razão. Um túnel, que dá acesso externo ao dreno e que sem dúvida também serve de ventilação. Fui informado de que, infelizmente, ele se encontra bloqueado no momento, mas a idéia é boa: permite que tanto o dreno quanto a fossa sejam periodicamente limpos, mesmo quando o depósito está cheio. Um refinamento desta natureza é muito incomum.

— Então este é um depósito de gelo verdadeiramente sem precedentes?

— Exatamente. Eu tinha esperanças de poder ver a planta original, mas o sr. Noak me contou que o sr. Carswall não tem como consegui-la.

— Confesso que não tinha idéia de que havia tanto a aprender sobre o assunto.

— Espero não ter me estendido a ponto de entediá-lo, senhor. Perdoe-me. É uma espécie de mania, confesso, e um dia, talvez, possa se tornar algo mais: creio que a produção e comércio de gelo ainda vão fazer fortunas, especialmente na América.

Agachei-me ao lado da fossa. O sr. Harmwell fez a gentileza de baixar o lampião, de modo que seus raios iluminaram as profundezas. Não tinha a mínima dúvida que o interesse dele na produção de gelo fosse sincero — porém, conforme já comentara com o sr. Carswall, um homem pode agir de acordo com mais de um motivo. Harmwell havia desejado ficar mais tempo no depósito de gelo na noite anterior, e aproveitara a primeira oportunidade para voltar quando ele estava vazio. Antes, presumira que ele queria investigar o corpo da sra. Johnson: naquele instante, imaginava se o seu verdadeiro objetivo não seria investigar o próprio depósito.

— Veja — falei. — Aquilo à esquerda não é uma cavidade?

O efeito das minhas palavras me surpreendeu. Falei quase aleatoriamente, apenas para dar continuidade à conversa, para evitar um silêncio desconfortável. No entanto, Harmwell se atirou imediatamente na fossa. Era uma queda de cerca de um metro e meio. Ele apontou o lampião para o pequeno retângulo de sombra que indiquei com o dedo.

— Que curioso — ele disse. — Não havia notado. Parece que dois tijolos se soltaram — ele colocou a mão na cavidade e inspirou.

— O que foi?

— Sim... que... que coisa mais estranha — retirou a mão e revelou um pequeno objeto que esfregou contra o casaco e, em seguida, examinou à luz do lampião. Ergueu os olhos para mim e mais uma vez o branco de seus olhos reluziu. — Bem, acredito que seja um anel. Veja o senhor mesmo.

Enquanto Harmwell se içava de dentro da fossa, examinei o anel. Limpei-o com o lenço e notei primeiro o brilho do ouro e, depois, o cintilar de um diamante. Seria possível que aquela descoberta tivesse sido tão fácil? O anel não teria sido colocado lá alguns minutos antes de Harmwell fingir tê-lo encontrado?

Meu companheiro pigarreou.

— Talvez a sra. Johnson o tenha deixado cair.

— Talvez — sabia tão bem quanto ele que aquela sugestão era absurda: para começo de conversa, por que a sra. Johnson deixaria cair um anel na fossa, e por que ele ira saltar, voar com precisão para o canto de uma fenda e cobrir-se de lama, contrariando todos os princípios da física? — Devemos levá-lo para o sr. Carswall.

— Oh, sim — o sr. Harmwell fez uma mesura, como se admitisse minha sensatez. — Depois do senhor.

Assim, deixamos o depósito de gelo e andamos rapidamente de volta para a mansão. Ao nos aproximarmos da entrada lateral, a srta. Carswall surgiu, vinda da frente da casa.

— Sr. Shield, sr. Harmwell. Imagino... ora, sr. Harmwell, o senhor está ensopado!

— Não foi nada, senhorita. Apenas um pequeno acidente.

— Fomos até o depósito de gelo — falei, escolhendo omitir o fato de que havíamos retornado juntos, mas nos encontrado por acaso. — Descobrimos algo no dreno no fundo da câmara.

Considerei prudente compartilhar a descoberta com o maior número de pessoas possível. Tateei o bolso, peguei o anel e o entreguei a srta. Carswall. Pela primeira vez, o vimos claramente, à luz do dia. Depositei-o na palma de sua mão enluvada, a pedra grande crepitando para nós sob o sol. Embora o anel propriamente dito fosse de ouro, a beirada externa era esmaltada de branco e trabalhada com esmero, de modo que aparentava ser um anel feito de fitas entrelaçadas, e não de ouro.

— É um anel de luto — disse a srta. Carswall de repente. — Vejam, tem uma inscrição: e olhem só, debaixo da pedra há uma mecha de cabelo.

Ela segurou o anel contra a luz para que pudéssemos ver. Por sob o diamante, divisei um retângulo de cabelos castanhos crespos.

— O que está escrito na beirada?

A srta. Carswall o aproximou mais dos olhos e leu em uma voz titubeante:

— *Amelia Jane Parker ob: 17 de abril de 1763.*

— Conheço o nome — falei.

A srta. Carswall ergueu os olhos para mim por sob os cílios e sorriu.

— Ela não está enterrada na igreja de Flaxern Parva? Creio que os Parkers eram donos de Monkshill antes dos Frants. Ela deve ter sido um dos antepassados de Charlie.

64

A srta. Carswall nos carregou junto com ela para dentro da casa e levou-nos não para a biblioteca, onde o sr. Carswall estava, mas para a sala de visitas. A sra. Lee cochilava diante da lareira e Sophie lia para os meninos, que estavam, a contragosto, passando o dia no papel de inválidos.

— Quanta agitação, minha querida! — exclamou a srta. Carswall. — O sr. Harmwell e o sr. Shield encontraram um anel no depósito de gelo. É um anel de luto para Amelia Parker. Acreditamos que ela seja um dos antepassados de Henry.

Por um instante, o único som na sala foi o tique-taque do relógio sobre a lareira. A cor desapareceu do rosto de Sophie, e seu peito arfava.

— Tesouro! — Edgar deixou escapar em um sussurro veemente para Charlie. — Aí está. Eu não disse?

A srta. Carswall empurrou o anel para Sophie.

— Ele é tão bonito — ela prosseguiu, aparentemente sem notar o constrangimento que causara —, mas tão mórbido também; e o diamante está lapidado daquela maneira tosca, antiga; e o engaste é terrivelmente antiquado. Já o tinha visto antes?

Sophie ergueu os olhos, seu rosto pálido, mas sereno.

— Não. Mas sei quem foi Amelia Parker. A filha dela se casou com o avô de Charlie. Foi assim que Monkshill entrou na vida dos Frants.

Charlie se debruçou no braço da cadeira da mãe e ela o deixou pegar o anel.

— Mamãe, ele vai ficar conosco?

— Duvido, querido. Anéis de luto geralmente são feitos para a família e os amigos de uma pessoa, às vezes dezenas ou mais. Não há motivo para termos direito a esse.

Ele o soltou na palma da mão de Sophie.

— Mas ela era minha parenta.

— Que pena que sir George e o capitão ainda não tenham chegado — disse a srta. Carswall. — Poderíamos lhes perguntar se eles já o viram antes. Ainda assim, estou certa de que voltarão depois de inspecionar a Grange Cottage.

— Enquanto isso, não devemos entregá-lo ao sr. Carswall? — perguntei.

A srta. Carswall olhou para mim.

— Sem dúvida, o senhor tem razão, sr. Shield. Imagino se a sra. Johnson não o teria deixado cair nos seus últimos momentos. Mas isso não tem importância. Por si só, deve ser um anel bastante valioso, a julgar apenas pela pedra, e papai deve vê-lo. Porém, deixe-me primeiro anotar a inscrição. Estou certa de sir George se interessará por ela — ela se sentou à mesa, pegou papel e lápis e começou a copiar as palavras. A ponta do lápis quebrou. — Oh, que irritante!

— Permita-me apontá-lo para a senhorita — falei.

Ela me observou com interesse lisonjeiro enquanto eu afiava a ponta com meu canivete. Em seguida, pediu que eu verificasse se havia transcrito com exatidão. Depois de me agradecer graciosamente, saiu da sala.

— Sir George e o capitão Ruispidge se reuniram com o sr. Carswall — disse baixinho Sophie. — Eles também viram a pobre prima. Então voltaram para Flaxern.

— Pretendem retornar hoje?

— Depois de visitarem a Grange Cottage, voltarão pelo parque.

Um instante depois, a srta. Carswall reapareceu e disse que o pai queria ver o sr. Harmwell. Os meninos saíram correndo da sala atrás dele, deixando-me sozinho com as três mulheres.

— É uma pedra tão bonita — disse a srta. Carswall. — Sempre se pode relapidá-la e reencravá-la. Aliás, sr. Shield, fui informada de que o senhor se desentendeu com meu pai.

Fiz uma mesura.

— Sinto dizer que o ofendi involuntariamente.

— Oh — ela esperou que eu prosseguisse, embora devesse saber como o havia ofendido e como o assunto era delicado. Uma vez que permaneci em silêncio, desviou os olhos para Sophie e então voltou a olhar para mim. — O senhor gostaria que eu falasse com ele?

— A senhorita é muito gentil, mas não creio que irá adiantar. Além disso, talvez o sr. Carswall tenha razão: é melhor que eu vá embora.

Sophie ergueu os olhos.

— Quando o senhor vai partir?

— Eu iria hoje pela manhã, mas a morte da sra. Johnson fez com que minha partida fosse postergada.

— Eu gostaria que... — ela começou; porém, jamais saberia o que ela gostaria, pois, naquele momento, a porta se abriu e lá estava o sr. Carswall em pessoa.

— Shield — ele disse. — Uma palavra com o senhor — acenou para que eu o acompanhasse até o hall, e depois até a biblioteca. — Feche a porta. Harmwell me contou que foi ele quem de fato botou as mãos no anel, mas que foi o senhor quem viu o local onde ele estava escondido primeiro.

— Sim, senhor.

— Ele disse que o senhor o encontrou por acaso no depósito de gelo, e que ele se interessa por aquele tipo de construção, e que este era o motivo pelo qual estava lá: isto está correto?

— Foi o que ele me disse. Não posso opinar se é verdade ou não.

Carswall grunhiu.

— Sir George pode querer vê-lo: o senhor deve ficar dentro da casa pelo resto do dia. Porém, não irá jantar conosco. Pode se retirar.

Abri a porta para deixar a biblioteca, mas ele me chamou.

Baixou a cabeça e olhou para mim por entre as sobrancelhas emaranhadas.

— Considero o senhor diretamente responsável pela fuga desajuizada dos meninos na noite passada. Eles poderiam ter se ferido gravemente, ou pior. O sr. Bransby será informado disso.

Suas palavras podiam ser ouvidas com clareza por qualquer pessoa no hall, tanto por Harmwell quanto pelos dois criados. Não tentei refutar aquela acusação tão injusta, pois sabia que de nada adiantaria. Em vez disso, fiz mais uma mesura e fechei a porta naquele rosto cruel e pelancudo.

Evitei olhar nos olhos de Harmwell. Subi até a sala de aula. No caminho, apanhei os meninos ajoelhados diante da porta do Quarto Azul, com Charlie olhando pelo buraco da fechadura enquanto Edgar não parava de falar.

— Não, seu bobão, olhe para a esquerda e você vai ver o canto da cama, e um pedaço de pano preto, que acho que pode ser o...

Ele se interrompeu, virou a cabeça e me viu. Os dois saltaram de pé.

— Nós... nós vamos ter aulas hoje? — perguntou Charlie.

— Não, creio que não — percebi que ninguém se importara em informá-los de que eu jamais daria aulas para eles naquela casa novamente. — Na verdade, eu os deixarei em breve.

— O senhor vai voltar para a escola do sr. Bransby? — perguntou Edgar.

— Provavelmente — embora por quanto tempo, não podia saber. — Você ficará aqui, Edgar, pelo menos por enquanto. O sr. Carswall irá escrever para o sr. Allan. Então, a não ser que o sr. Carswall encontre outro tutor, vocês ficarão livres para fazer o que quiserem por uma quinzena.

Meninos são criaturas estranhas. Eles ficaram me olhando em silêncio por um instante, seus rostos curiosamente parecidos, tanto na expressão, quanto nos traços. Então, sem dizerem palavra, deram meia-volta e saíram correndo pelo patamar.

O crepúsculo caiu mais cedo naquela tarde, as cores e as formas desaparecendo ininterruptamente, como se uma névoa de sombras se alastrasse pela casa em busca de alguém ou de algo. Mais de uma vez, me surpreendi imaginando se teriam acendido um lampião no quarto onde estava a sra. Johnson.

Passei o resto do dia diante de uma pequena lareira na sala de aula. Àquela altura, a notícia da minha desgraça já havia se espalhado por todo o canto. Havia de certa forma esperado que os criados se regozijassem com a minha derrocada, porém, para minha surpresa, eles pareciam tristes por me perderem. A governanta cuidou que minha camisa sobressalente fosse lavada e passada. A pequena criada que me viu na sala de aula ofereceu-se para escovar e limpar minhas roupas sociais, que haviam sido castigadas pelas aventuras da manhã e da noite anterior.

Durante a tarde, ouvi o barulho de visitas chegando no andar de baixo. Sir George e o capitão Ruispidge haviam voltado. A menina que trouxe minhas roupas contou-me que os irmãos iriam jantar em Monkshill e passar a noite. Também trazia uma mensagem de Pratt para mim, já muito importante para servir um mero tutor pessoalmente: um criado me levaria para Gloucester pela manhã; o cabriolé usado pelos empregados estava reservado para as oito. Deduzi desta informação que sir George, em sua posição de magistrado, não viu motivos para me deter por mais tempo.

Jantei cedo com o sr. Harmwell. Ele relutou em falar dos acontecimentos recentes, e passamos a maior parte da refeição imersos em pensamentos. Mais tarde, ele apertou minha mão e disse que ele e o seu patrão também partiriam logo de Monkshill.

— Os senhores vão para South Wales? — perguntei.

— Creio que o sr. Noak tenha mudado de planos. Provavelmente voltaremos para Londres — deu um sorriso inesperado. — Como quero voltar para a América.

Desejamos boa viagem um para o outro. Retornei para a sala de aula e tentei ler. Pouco depois, a criada trouxe minha camisa limpa.

— Com licença, senhor — ela disse, atropelando as palavras e corando —, mas o sr. Pratt disse que viu o seu canivete na sala de visitas.

A menina não tinha permissão de entrar na sala de visitas, mas gostaria que Pratt tivesse tido a gentileza de dar-lhe o canivete para que ela me devolvesse. Deixara-o em cima da mesa depois de apontar o lápis da srta. Carswall.

Esperei a família ir para o jantar e retornei ao andar de baixo. Entrei na conhecida sala quase tão sorrateiramente quanto um ladrão. Embora estivesse vazia, um fogo queimava alto na grade, e velas estavam acesas nas arandelas da parede.

Encontrei meu canivete e estava pronto para sair quando notei em cima da mesa ao lado, em um pratinho esmaltado, o anel de luto que acháramos mais cedo. O descuido de Carswall me surpreendeu. Peguei-o por um momento e o segurei contra a chama da vela mais próxima. A mecha do cabelo de Amelia Parker era uma mancha preta atrás do diamante. Não me interessava em preservar lembranças dos mortos. Porém, não pude deixar de conjeturar sobre a avó de Henry Frant, que vivera em Monkshill sessenta anos antes.

Coloquei o anel de volta no prato. Ao atravessar o hall em direção às escadas, ouvi o zurro da risada de Carswall vindo da sala de jantar. Os meninos esperavam-me na sala de aula, pulando de um pé para o outro de agitação. Dispararam a falar quando me viram.

— Sentimos muito que esteja partindo, senhor — começou Charlie.

— ...e ficaríamos gratos se nos fizesse a honra... — interrompeu Edgar.

— ...de aceitar este pequeno presente, como prova do nosso afeto...

— ...e gratidão.

Charlie estendeu um grande lenço vermelho com bolinhas brancas. Tinha sido lavado, passado e dobrado em um quadrado perfeito.

— Espero que não se incomode em receber um presente nosso, senhor — ele disse. — Estávamos preocupados que não fosse a coisa ideal. Mas mamãe disse que seria perfeitamente apropriado.

Fiz uma mesura.

— Então tenho certeza que é, sim.

O presente mexeu inesperadamente com minhas emoções. Os meninos explicaram que um lenço daqueles tinha várias funções. Se o usasse em volta do pescoço, disse-me Edgar, faria com que eu parecesse um camarada esportivo, ou até um cocheiro. E além disso, Charlie observou, poderia servir para embrulhar meu pão e queijo, ou ser usado como guardanapo na mesa, ou talvez para assoar o nariz. Subitamente acanhados, eles deram a implausível desculpa de que era hora de ir para a cama, e foram embora com uma pressa indecorosa.

Sentei-me. Meus pertences já estavam arrumados. Passei o tempo esboçando um memorando sobre o que se passou durante minha estadia em Monkshill-park, especialmente sobre os acontecimentos dos últimos dias. Escrevi em minha agenda por quase uma hora, sendo interrompido apenas pela criada que trouxe de volta minhas roupas escovadas. Estava envolvido nessa tarefa, sentado na pequena mesa arrastada quase para cima da lareira, e escrevendo à luz de uma única vela, quando ouvi uma batida na porta.

A srta. Carswall entrou, usando um vestido preto em cortesia à sra. Johnson, ou então a sir George, de quem ela havia sido prima, e um xale de caxemira jogado apropriadamente por sobre os ombros. Saltei de pé. A coragem dela me assombrava.

— Meu pai disse que o senhor vai partir de manhã cedo — ela disse. — Espero não estar incomodando, mas queria dizer adeus.

Arrastei uma cadeira para ela diante da lareira e ela se sentou, deslocando o ar, o movimento enviando uma lufada de seu perfume às minhas narinas. Imaginava se ela sabia o motivo da minha dispensa.

— Os cavalheiros ainda estão tomando vinho — ela disse. — Passamos a noite inteira falando sobre a desgraça que acometeu a sra. Johnson. Gostaria que o senhor não tivesse sido obrigado a descobri-la na noite passada. Deve ter sido horrível.

Confirmei sua colocação com uma mesura.

— Por favor, sente-se, sr. Shield — a srta. Carswall apontou a cadeira que eu acabara de vagar. — Sim, um acidente terrível. Sir George disse que talvez ela também estivesse bêbada — ela se interrompeu, a mão saltando para a boca, e os olhos fixos no meu rosto. — Oh, não devia ter falado isso. Às vezes tudo que preciso fazer é abrir a boca para as coisas mais absurdamente indiscretas saírem dela.

— Já havia escutado algo do gênero, de modo que a senhorita não revelou nenhum segredo.

— O senhor escutou? — ela parecia desapontada. — Todos sabem?

— Isso eu não sei dizer, srta. Carswall.

— Dizem que ela bebia demais porque era infeliz. Todos dizem que o tenente Johnson é um palerma.

Assenti, e a srta. Carswall sorriu. Nossas cadeiras estavam separadas por cerca de meio metro. A sala estava iluminada apenas pelo brilho débil da lareira e pela vela solitária na mesa. A circunstância criava a ilusão de intimidade que talvez a encorajasse a me presentear com a fofoca dos criados. É verdade que havia nela um imenso quê de vulgaridade, mas ele fazia parte do seu charme: ela não se dava ao trabalho de fingir uma comiseração que não sentia.

— Havia um frasco de conhaque em seu casaco. O senhor sabia que ela estava usando as roupas do marido? Sem dúvida eram muito práticas em uma noite tão fria, mas que atrevimento! Não entendo como ela suportou usá-las — os olhos da srta. Carswall cintilaram com o reflexo da chama da vela. — Imagino que seja uma sensação muito estranha — ela acrescentou em voz baixa. — No entanto, sem dúvida o coronel não vai ficar sabendo de muita coisa. Sir George vai cuidar disso.

— Então qual será o veredicto?

— Que a pobre senhora morreu por conta de um acidente. Que outro veredicto poderia haver? Ela estava doente, muito possivelmente febril, a mente transtornada pela longa ausência do marido, e, sem dúvida, também se sentindo solitária na cabana, pois a criada não estava lá. Aproveitou-se da gentil sugestão de papai que ela passeasse pelo parque, porém, a noite caiu cedo e a pegou de surpresa; então a neve começou, e ela buscou abrigo no depósito de gelo, que ficou aberto depois de os homens irem embora. Ela entrou aos trambolhões, sem saber o caminho e caiu direto no poço vazio da câmara. Que terrível! E então, por um incrível azar, bateu com o lado da cabeça na enorme grade de ferro. Sir George diz que foi a pancada que a matou. Ou foi isso que o sr. Yatton contou a ele; ele é o médico de Flaxern.

— E os mastins, srta. Carswall?

Ela arregalou os olhos.

— Shh! Papai espalhou que foram os ladrões de caça da vila. Isso é tudo o que sei, como dizem os criados. E não diga a vivalma, mas sir George e o capitão Ruispidge encontraram uma grande quantidade de arsênico na despensa da Grange Cottage.

— Eles acreditam que a sra. Johnson envenenou os cachorros?

— Sei que é difícil de acreditar, mas quem mais poderia ter sido?

— Por que ela faria uma coisa dessas?

— Por que queria andar pelo parque à noite, quando os cães estavam soltos, e eles não deixariam. Já está acertado que isso não será mencionado no inquérito, seria muito indelicado. Sir George acredita que ela nutria um ódio inveterado e completamente irracional pelo meu pai. Ela... ela o considerava de certa forma responsável pela ruína do sr. Frant — ela hesitou. — O senhor está ciente deste aspecto da questão?

Assenti.

— Fui informado de que a sra. Johnson e o sr. Frant foram namorados na infância.

A voz dela estava ficando cada vez mais baixa, mas então chegou a um sussurro agitado.

— Foi a maior paixão da vida dela. A sra. Lee diz que ela nunca o esqueceu. O anel confirma isso, é claro. O sr. Frant deve ter dado a ela quando os dois eram jovens, como uma lembrança do amor que sentiam. Sophie nunca o tinha visto.

— Ainda não entendo por que ela achou necessário entrar no parque.

— Quem sabe que caprichos alucinados passavam pelo cérebro da pobre mulher? Até onde sabemos, ela poderia querer nos matar a todos enquanto dormíamos. Sir George está certo, o senhor não concorda? É a coisa mais digna para todos, incluindo a sra. Johnson e, sem dúvida, o pobre tenente, dizer que a morte não passou de um terrível acidente. O que obviamente foi o caso, deixando de lado a questão dos motivos dela para estar lá.

Ela olhou para mim e deu um sorriso alegre — a srta. Carswall tinha um sorriso que poderia encantar o próprio Grande Inquisidor. Achava que compreendia onde ela queria chegar. A morte da sra. Johnson em Monkshill-park já era ruim o bastante, e não poderia ser escondida, mas ela não queria que mais escândalos ofuscassem suas futuras núpcias. Naquela noite, viera se certificar de que eu entendia sua posição: e este era o motivo da visita. Apesar de toda sua aparência de candura, ela me contara poucas coisas que eu já não sabia ou imaginava.

A srta. Carswall se levantou.

— E agora, devo deixá-lo. Logo, os cavalheiros vão querer o café — tirou algo da bolsinha que carregava no braço. — Sr. Shield, rogo-lhe que não se ofenda, mas creio que meu pai esteja tão preocupado com outros problemas que pode ter se esquecido dos seus honorários.

— Srta. Carswall, eu...

Ela afastou com um gesto minha tentativa de protesto.

— Por favor, considere isto um empréstimo. Gostaria de pensar que o senhor vai viajar de volta para a cidade com algum conforto. É uma época do ano tão pouco propícia para viagens.

Ela estendeu uma nota de cinco libras e não permitiu que eu a recusasse. Não protestei muito, pois quase não tinha dinheiro comigo em Monkshill. Porém, pareceu-me um suborno, ou um pagamento, uma transação a ser registrada em seu livro de contas.

— Bem, adeus, sr. Shield. Espero que nos encontremos novamente.

Peguei sua mão, ela se aproximou um passo, ficou na ponta dos pés e beijou meu rosto.

— Pronto — ela disse, sorrindo da minha perplexidade. — Considere isto um pagamento de juros pelo meu empréstimo.

A srta. Carswall deu meia-volta e esperou que eu abrisse a porta. Fiquei parado no batente e a observei atravessar o patamar até o topo da escada. Seus lábios se mexiam à medida que andava, um movimento fluido e gracioso que me fez lembrar de uma cobra que vi em uma feira, balançando ao som da flauta do seu mestre hindu.

Porém, não estávamos sozinhos. Sophie estava na outra extremidade do patamar, diante da porta do quarto que os meninos dividiam, e tinha os olhos fixos no meu rosto.

65

Na manhã seguinte, quarta-feira, soube que a temperatura havia subido porque a água da minha bacia não havia congelado e o gelo estava menos espesso no vidro da janela. Às oito, fui levado até o pátio da estrebaria, onde encontrei um criado esperando impaciente com o cabriolé.

Logo descíamos ruidosamente o caminho dos fundos, nosso progresso dificultado pela neve e pelo gelo. Uma chuva fina e persistente começou a cair, ganhando uma periódica virulência através de rajadas de vento. Estiquei o pescoço para olhar uma última vez para as janelas negras de Monkshill-park. Nossa velocidade aumentou um pouco quando alcançamos a estrada, mas não havia nenhum outro motivo para alegria. Encolhidos em nossos impermeáveis, tínhamos uma viagem úmida e desagradável pela frente. O criado não disse praticamente nada, respondendo com monossílabos e silvos minhas tentativas de diálogo. O que mais se destacava nele era o pescoço, um tronco largo encimado por uma cabeça quase do mesmo diâmetro, o que lhe dava uma aparência híbrida: dos ombros para baixo, era um homem; mas o restante lembrava mais um réptil.

Finalmente, as agulhas e torres de Gloucester surgiram no campo de visão, os telhados cobertos de neve das construções brilhantes mesmo à luz sombria daquele dia de janeiro: nem mesmo a própria cidade celestial me seria tão bem-vinda. Na Westgate-street, passamos pela Fendall House, sua fachada moderna ocultando o pequeno quarto em que a cena mais feliz da minha vida havia transcorrido. Mais adiante, vi a entrada do banco onde Sophie e eu encontramos a sra. Johnson em estupor etílico na noite do baile.

A rua ficou cada vez mais atravancada à medida que nos aproximamos da encruzilhada, e o criado murmurava continuamente, enquanto esperávamos para virar na Southgate-street. Por fim, paramos no pátio da Bell Inn. O homem ficou parado, olhando fixamente para a cabeça do cavalo, deixando que eu mesmo chamasse um servente ou carregasse a bagagem sem ajuda. Acenei para um menino, que veio correndo e desceu minhas malas. Perto delas, havia uma grande bolsa de couro.

— Deixe isso aí — o criado falou com rispidez para o menino. — É meu.

Uma vez que não queria ficar na Bell Inn, onde Carswall e seu grupo geralmente se hospedavam, desci até a Black Dog na Lower Northgate-street, com o pequeno carregador coxeando atrás de mim. Alguns minutos depois, já havia reservado um quarto e fumava com tranqüilidade diante de uma lareira. Senti-me melhor depois de jantar. É muito mais fácil refletir sobre um futuro incerto com o estômago cheio do que faminto.

Mais tarde, descobri que havia deixado o pacote com minha camisa limpa no cabriolé. Fui andando rapidamente até a Bell Inn, na esperança de que o criado ainda não tivesse retornado para Monkshill, e acalentando uma suspeita de que ele havia deixado que eu partisse sem ela de propósito. Porém, eu estava errado. O cabriolé ainda estava parado em um canto da grande cocheira da hospedaria, e o pacote estava onde o havia deixado, enfiado debaixo do assento para protegê-lo da chuva. O criado havia desaparecido.

— Alugou um cavalo e foi embora — disse-me um cavalariço. — Vai se molhar — ele cuspiu e sorriu para mim. — Não tem como ele ficar mais azedo do que já é, não é verdade? Aquela cara poderia estragar leite.

Mais tarde naquele mesmo dia, fui para a estação de carruagens na Both-Hall Inn. Tive a sorte de conseguir um assento interno no *Regulator*, a carruagem diária para Londres, que sairia na manhã seguinte às quinze para as seis, e chegaria a Fleet-strett às oito da noite. Deitei-me cedo, pedindo para ser acordado às cinco da manhã. Caí em um sono profundo e sem sonhos do qual acordei com as várias batidas na porta do meu quarto.

O *Regulator* era uma carruagem de baldeação leve, daí a sua velocidade e o fato de que carregava apenas quatro passageiros no seu interior. Felizmente, meus companheiros estavam tão pouco inclinados a conversar quanto eu — um fazendeiro corpulento que iria até Northleach, um clérigo que voltava ao seu colégio em Oxford e uma senhora idosa com uma boca afetada e um par de agulhas de crochê que nunca ficavam paradas. Os demais passageiros entravam e saíam, mas a senhora do crochê e eu seguiríamos até Londres. Passei a viagem lendo, cochilando e olhando pela janela.

Os acontecimentos recentes em Monkshill voltaram a se exibir no teatro da minha mente, à medida que a carruagem seguia pela paisagem sem vida de inverno. Tinha uma profunda e paralisante sensação de perda. Pela primeira vez, me permiti olhar longa e seriamente para o futuro, e o que vi era desolador. Mas não havia jeito. Ao menos tinha um emprego, disse a mim mesmo, um teto sobre a cabeça e a perspectiva de comida no estômago.

A última luz do dia havia desaparecido quando chegamos a Londres. O fedor e o gosto familiar da metrópole escoou para dentro da carruagem. O brilho dos lampiões a gás no West End assomava-se da neblina. A senhora do crochê saltou em Piccadilly. Deixei que o *Regulator* me levasse pouco menos de dois quilômetros na direção leste até a Bolt-in-Turn, o ponto final dele na Fleet-street.

No pátio da hospedaria, enquanto os empregados desciam minha bagagem de cima da carruagem, senti uma batida no ombro. Ao me virar, reconheci surpreso o rosto de Edward Dansey.

— Como estou feliz em vê-lo — falei. — Como está você?

— Muito bem, obrigado. Esta é toda a sua bagagem?

— Sim — àquela altura estava intrigado, pois a estranheza da situação ficara clara para mim. — Como sabia que eu estava viajando nesta carruagem?

— Não tinha certeza — ele disse. — Era uma possibilidade, não mais que isso.

— Eu... eu não entendo.

Dansey revelou-me o mais austero e grave lado do seu rosto de Jano.

— Precisamos conversar, Tom. Mas não aqui.

Deixei para pegar a bagagem na estação e segui Dansey, adentrando a agitação lúgubre da noite. Ele pegou meu braço e me guiou pela neblina até um restaurante cheio de escriturários em uma das ruas que davam para a Chancery-lane. Não o enxerguei bem até estarmos sentados em um reservado e esperando ser atendidos. Fiquei imediatamente surpreendido como seu rosto tinha ficado pálido e abatido. As duas linhas verticais que lhe riscavam a testa estavam mais fundas do que recordava.

Tínhamos bastante privacidade na mesa, e o zumbido das conversas nos isolava do resto do mundo. Apesar da minha curiosidade, pedi sem demora bifes e cerveja. Almoçara na estrada logo depois do meio-dia, mas meu estômago ainda estava obedecendo aos horários da casa do sr. Carswall.

— E agora — falei —, como você me encontrou? Não que eu não tenha gostado, longe disso, nada pode ser mais agradável do que ver um rosto amigo no fim de uma viagem.

Dansey olhou através da mesa com uma carranca.

— Temo que esse encontro não nos traga muito prazer.

— Não compreendo.

— O sr. Bransby recebeu uma carta hoje de manhã. Foi trazida por um dos mensageiros do sr. Casrwall.

— De Monkshill?

Ele assentiu.

— De onde mais? O homem viajou a noite inteira. Mal se agüentava em pé quando chegou a Stoke Newington. Por sinal, foi ele quem nos disse que você estava vindo de Gloucester, e em qual carruagem deveria estar. Mas o...

Ele se calou quando nossas bebidas chegaram.

Quando voltamos a ficar sozinhos, eu disse:

— O homem de Carswall era um criado? Um sujeito de pernas tortas com uma cabeça pequena e pescoço grosso?

— Sim. Você o conhece?

— Deve ser o mesmo homem que me levou a Gloucester ontem pela manhã.

— Muito provavelmente — Dansey puxou a peruca para trás e coçou o couro cabeludo. — Tom, não existe um jeito fácil de dizer isso. Quando o sr. Bransby leu a carta, ele se encolerizou imensamente, e começou a gritar tão alto que pude ouvi-lo do outro lado da escola. Por fim ele me chamou: e deu-me a carta.

Fiquei imóvel, observando-o. Não falei nada, pois não havia o que dizer.

— Ele, quero dizer, o sr. Carswall, o acusa de negligenciar constantemente suas obrigações e diz que, quando estava com os meninos, quase nunca os ensinava, e sim se juntava às brincadeiras deles, fazia tolices e os encorajava a agir da mesma forma — Dansey ergueu a mão para impedir que o interrompesse. — Ele alega que você estava muitas vezes bêbado.

— Meu caro Ned...

— Há mais, e pior: ele diz que você tomou liberdades impróprias com as damas, tanto com a srta. Carswall, quanto com a sra. Frant.

— Isso é uma mentira — explodi. Mas minha voz soou falsa até para mim mesmo, e senti minhas faces ficarem quentes.

Dansey me olhou friamente por um instante, e então prosseguiu:

— Deixei o pior para o final, Tom. O sr. Casrwall diz que, logo antes de você partir, descobriu que um anel valioso havia desaparecido, uma relíquia de família.

— Sem dúvida esse anel existe — falei. — Um anel de luto em memória de uma senhora chamada Amelia Parker, a avó de Henry Frant. Ajudei a encontrá-lo um dia antes de partir junto com o assistente do sr. Noak. As circunstâncias da descoberta foram...

— Não interessa como ele foi encontrado — cortou Dansey. — Nossa preocupação é como ele desapareceu em seguida. Quando você o viu pela última vez?

— Na noite do mesmo dia. Na pequena sala de estar em Monkshill.

— O sr. Carswall alega que, enquanto ele e os demais jantavam, você entrou às escondidas na sala onde estava o anel e o roubou — ele fez uma pausa e passou a língua pelos lábios. — Era também uma sala na qual o senhor não devia estar, ele disse, mas um dos criados o viu saindo dela, e ninguém mais viu o anel depois disso.

Balancei a cabeça.

— O criado que entregou a carta a vocês levou-me a Gloucester: em outras palavras, o sr. Carswall não poderia ter descoberto a perda do anel depois da minha partida. Se a história dele for verdade, o roubo teria vindo à tona antes. E, se levarmos em consideração esse fato, a história toda se torna duvidosa

Algo parecido com esperança se acendeu e apagou-se em seguida no rosto de Dansey.

— Você está partindo do princípio de que foi o mesmo criado. Porém, mesmo que tenha sido o mesmo homem, o sr. Carswall possui motivos óbvios para não o ter acusado imediatamente do crime. Não é possível que ele tenha desejado poupar as mulheres do escândalo? E também deveria levar em consideração o sr. Bransby, isso sem mencionar os meninos e o sr. e a sra. Allan. Não, quanto mais penso, mais a conduta dele demonstra a mais apropriada discrição.

— Então é evidente que você não conhece o sr. Carswall.

— Isso foi desnecessário, Tom. E indelicado.

— Mas é verdade.

Os lábios de Dansey se retesaram. Seu rosto assumiu a mesma expressão de quando estava prestes a bater em um menino. Ele disse baixinho:

— Há mais um detalhe. De acordo com a carta, quando descobriu a perda, o sr. Carswall começou imediatamente a fazer perguntas; e um criado disse que havia visto você remendando seu sobretudo com agulha e linha naquela noite, o que ele achou estranho: normalmente, pensou, um homem da sua posição teria pedido a uma das criadas. E mais, o criado afirmou que você pareceu embaraçado de ter sido pego com a agulha na mão e atirou o remendo para longe.

Bati com a palma da mão contra a superfície da mesa.

— Isso é uma invenção tramada por aquele canalha do sr. Carswall com a ajuda de um criado igualmente canalha. Bem que desconfiei da bondade dos serventes para comigo na minha última noite lá.

— O sobretudo, Tom — falou Dansey com a voz baixa.

— O que tem ele? Está pendurado ali.

— Traga-o aqui.

Olhei para ele em silêncio, enquanto pensamentos corriam em uma torrente raivosa pela minha cabeça. Um instante depois, peguei o sobretudo do gancho e, ainda sem dizer palavra, joguei na mesa que nos separava. Seus dedos pararam quando ele alcançou um local no fundo do sobretudo, perto de onde uma costura descia da cintura até a bainha. Ele ergueu a cabeça lentamente e olhou para mim.

— Tem alguma coisa aqui.

— É possível. Mas isso não quer dizer que a coloquei aí — disse as palavras erradas: elas deram a impressão de que eu estava na defensiva, como um animal acuado. Prossegui rapidamente. — Aqui — pegue meu canivete, veja o que é.

Dansey pegou o canivete e cortou os pontos da costura com a ponta da lâmina. A linha era preta, mas alguns pontos eram mais escuros, como se tivessem sido reforçados recentemente. Ele meteu os dedos no buraco e desdobrou o forro.

— Parece que está enfiado na própria bainha — ele disse. — Alguns pontos foram cortados para formar um bolsinho.

Ele retirou um papel dobrado em um quadrado compacto. Colocou-o na mesa e o abriu. Vi algumas letras escritas no papel, letras minhas; e, finalmente, o anel em toda a sua glória. Lancei minha mão através da mesa e o apanhei. Dansey não tentou me impedir. Minha cabeça rodava.

— Sim, Ned: este é o anel que o sr. Casrwall descreveu. Sob a pedra há uma mecha do cabelo da sra. Parker. Está vendo? — Larguei-o na mesa.

Ele o deixou onde estava.

— É a sua letra, não é?

— Sim, é — peguei o papel e o examinei sob o lampião. *César mandou suas legiões marcharem até o quartel de inverno.* — Sim é parte de uma tradução que pedi para Charlie e Edgar fazerem, umas das últimas lições que passei para eles. Veja, o papel está amassado. Quando terminaram, devem ter jogado fora.

— Está sugerindo que alguém o encontrou e usou para embrulhar o anel, sabendo que isso o incriminaria ainda mais?

— Não consigo pensar em outra explicação.

O criado de mesa se aproximava. Dansey largou a luva em cima do anel. Não falamos até os pratos serem servidos e o homem ir embora.

— O sr. Carswall pediu ao sr. Bransby para examinar seu sobretudo quando chegasse na escola — falou Dansey. — Se o anel fosse encontrado, escreveu, infelizmente seria obrigado a prestar queixa. Ele acrescentou algo no sentido de que se certificaria que nem o sr. Bransby nem a escola sairiam prejudicados.

A comida esfriou nos nossos pratos. À nossa volta, o barulho aumentou e era como ondas quebrando em uma praia. Carswall urdira uma bela trama. Colocar o sr. Bransby ao seu serviço era particularmente astucioso. Quem duvidaria da palavra de um clérigo que, ainda por cima, havia tido a benevolência de me oferecer um cargo como favor a minha tia, uma antiga servente. E se o resultado fosse um escândalo público, ele viria de Stoke Newington, e não de Monkshill-park.

— Carswall é um tirano e um devasso em sua própria casa — falei. — Especialmente quando bêbado. Algumas noites atrás, impedi que ele abusasse da sra. Frant.

Dansey cortou sua carne.

— Houve testemunhas?

— Não que eu saiba, a não ser a sra. Frant. É possível que a srta. Carswall e alguns dos criados tenham ouvido nossa discussão, mas isso de nada adiantaria.

— A sra. Frant confirmaria essa história?

— Eu não pediria isso a ela. Não poderia, Ned, você tem que entender. Além do mais, ela e Charlie devem a Carswall a roupa que vestem e o teto sobre suas cabeças.

— Compreendo.

Peguei meu canivete. Por alguns minutos, comemos em silêncio. Se o caso chegasse ao tribunal, e a decisão fosse desfavorável para mim, eu poderia ser deportado, ou acabar na forca. Meu destino estava nas mãos de Edward Dansey.

— O que pretende fazer? — perguntei.

Ele continuou mastigando, devagar, estudadamente. Dansey era um sujeito melindroso. Não era possível apressá-lo e não se podia persuadi-lo. Ali, do outro lado da mesa, estava sentado meu juiz e júri: e tudo o que eu podia fazer era ouvir o veredicto e a sentença.

— Vou ser sincero, Tom, a coisa está feia.

— Não sou um ladrão.

O rosto de Jano mostrou seus dois lados.

— O sr. Carswall é um cidadão respeitável, um homem de posição considerável no mundo — falou Dansey. — E o sr. Bransby é ao mesmo tempo um eclesiástico e o seu empregador.

— O sr. Bransby está ansioso para agradar o sr. Carswall.

Dansey não respondeu. E, de súbito, compreendi que poderia ter acrescentado: *E você, por sua vez, está ansioso para agradar o sr. Bransby.* Lá estava finalmente o nó da questão: Dansey não queria arriscar seu emprego; por outro lado, sua consciência era um órgão sensível e, apesar do anel que jazia sob sua luva, não podia ter certeza de que eu não falava a verdade. De fato, imagino que ele queria acreditar em mim.

— O sr. Bransby não sabe que você está aqui?

Ele balançou levemente a cabeça.

— Se o sr. Carswall der queixa contra mim, tudo dependerá do anel — falei. — Sem o anel, não haveria caso.

— Muito provavelmente — Dansey afastou o seu prato. — Acredite-me, Tom, não sei o que pensar.

— Você quer dizer em quem acreditar.

Ele lançou um olhar implorativo para mim.

— Se soubesse, seria muito mais fácil.

— Então deve fazer o que considerar certo.

Ele tirou a carteira e largou algumas moedas na mesa. Apanhou as luvas e deslizou pelo banco, saindo do reservado. Não me olhou uma só vez, mas eu o observei. Colocou o casaco e chapéu e passou o cachecol em volta do pescoço. Por fim, botou as luvas, acenou para o criado de mesa e partiu.

Meus olhos queimavam, e poderia ter chorado pela injustiça de tudo aquilo. Em vez disso, fechei a mão sobre o anel e o arrastei na minha direção.

66

Dormi — ou melhor, deitei-me — naquela noite em uma hospedaria em um beco que começava na Fetter-lane. Era um labirinto intrincado de aposentos que pareciam guarda-louças fedorentos, mas paguei para ter um quarto só para mim e usei a cama com colchão de palha para bloquear a porta. Os únicos intrusos eram ratos e insetos, embora a casa ao meu redor nunca ficasse sem movimento ou silenciosa.

Minha mente estava igualmente agitada. Mesmo de posse do anel, não acreditava que fosse sensato voltar a Stoke Newington. O sr. Bransby não era um homem corrupto, mas era zeloso no que dizia respeito a atender aos desejos de pais e guardiões ricos. Eu tinha poucas dúvidas de que ele iria me despedir; desconsiderando a acusação de roubo, qualquer uma das demais era grave o bastante para justificar meu afastamento.

A conduta de Dansey me entristeceu, embora ao me avisar do que estava acontecendo tivesse me salvado de uma prisão quase certa. Sentia-me grato pela sua bondade, mas confesso que sua relutância em confiar em mim me irritava. Não esperava que agisse dessa forma. Apesar de toda a gentileza, parecia haver uma certa má-fé em seu comportamento.

Naquele momento, como talvez mais do que nunca, necessitava do conselho de um amigo desinteressado. À medida que a noite se esvaía, fiquei cada vez mais convicto de que o melhor a fazer era procurar o sr. Rowsell o mais rápido possível e revelar-lhe toda a situação — ou quase toda, pois não queria me estender sobre o que havia acontecido entre mim e Sophie, ou mesmo entre mim e a srta. Carswall. Sendo advogado, ele estaria em posição de me aconselhar e, como amigo, sempre me tratara com gentileza.

Portanto, na manhã de sexta-feira, lavei-me da melhor maneira possível e vesti roupas limpas. Deixei a hospedaria, tomei o desjejum em um quiosque e fui ao barbeiro fazer a barba. Alimentado e respeitável, fui para a Lincoln's Inn. Atkins, o escriturário do sr. Rowsell, estava copiando um documento na sala externa. Cumprimentou-me friamente — Atkins nunca gostara de mim; creio que sentia ciúmes da amizade que o patrão me dedicava. Perguntei se, por gentileza, não poderia trocar algumas palavras com o sr. Rowsell.

— Infelizmente ele não se encontra, senhor.

— Viajou a negócios?

— Ele não está bem: sentiu palpitações no coração ontem e a sra. Rowsell o fez ficar em casa para ser submetido a uma sangria. Acredito que ele esteja recuperado, mas mandou avisar esta manhã que ficaria afastado até segunda-feira.

— Ele se incomodaria se eu o visitasse em casa?

A boca de Atkins se contraiu no círculo pálido que era seu rosto.

— O sr. Rowsell é um cavalheiro que gosta de companhia, senhor.

Agradeci e caminhei até a Northington-street. Quando toquei a campainha, a porta foi aberta por uma servente, mas a sra. Rowsell estava descendo as escadas, com um bando de crianças atrás de si. Antes que pudesse abrir a boca, ela empurrou de lado a criada e pôs-se diante de mim na entrada. Arranquei o chapéu e fiz uma mesura.

— Sr. Shield — ela disse, o rosto corando. — O senhor não é bem-vindo nesta casa.

No silêncio cortante, as crianças olharam para mim. A criada bisbilhotou por sobre o ombro da patroa. Bransby sabia da minha relação com Rowsell, mas não previ que ele agiria contra mim com tanta rapidez: devia ter escrito no dia anterior, assim que recebera a carta de Carswall. Também não esperava que Carswall fosse maledicente a ponto de me perseguir tão longe, ou tão depressa, ou que meus amigos contassem tão pouco contra o seu poder.

— Madame — comecei a falar —, espero não ter feito nada que ofendesse...

— Vá embora — ela ordenou e projetou o braço direito, como se me varresse para longe da entrada. — O sr. Rowsell não irá mais recebê-lo aqui ou na Lincoln's Inn. E eu tampouco. Vá, sr. Shield, e nunca mais volte.

Fiz uma mesura, coloquei o chapéu de volta e fui embora. A porta bateu. Vaguei, deixando minhas pernas carregarem-me de acordo com a vontade delas por ruas cheias de lodo, lama e multidões inquietas. Havia perdido meu emprego, meu bom nome e até mesmo meus amigos. Perdera Sophie — teria ela sido um dia minha de fato? Em meio ao bando de gente, estava tão sozinho quanto um náufrago em uma ilha deserta.

As correntes da cidade levaram-me de um lugar para o outro e, por fim, largaram-me entre as carruagens e carroças no pátio da Bull and Mouth, em St. Martins-le-Grand. Hesitei em abrir a porta do café, os odores agradáveis lembrando o meu estômago que eu estava faminto. Porém, uma vez que estava sem amigos, sabia que devia economizar meu pouco dinheiro; e devia tanto à minha tia quanto a mim mesmo preservar intactas minhas pequenas economias nos Fundos pelo maior tempo possível.

Um homem roliço estava de pé na entrada, discursando para uma platéia oculta lá dentro. Ele também pensava em dinheiro.

— Seis xelins por dia! Onde já se viu uma coisa dessas? Maldição, estão achando que sou Creso? Seis xelins por dia!

Naquela mesma hora, uma senhora se debruçou em um dos balcões que davam a volta no pátio e se comunicavam com os quartos. Ela chamou a criada, que levava um pacote até a carruagem para Cirencester.

— Por que não colocou as pérolas na bagagem? — ela gritou. — Sua tolinha. Você sabe que sempre levo minhas pérolas.

Seis xelins. Pérolas.

As palavras se juntaram e ativaram minha memória. Um trocadilho tolo e infantil surgiu. Sra. Jem, eu tinha dito no dia em que o sr. Rowsell me informara da herança que a tia Reynolds deixara para mim, sra. Jem, a senhora é mesmo uma jóia rara. Ela vivia na Gaunt-court número três, e ainda me devia seis xelins pela compra dos pertences da minha tia.

67

Uma semana depois, no dia 29 de janeiro de 1820, o velho rei morreu: o pobre louco Jorge III finalmente abriu caminho para o filho gorducho e depravado: e o mundo deu de ombros e seguiu seu caminho. Àquela altura, eu já começava a entrar em um outro estilo de vida — por sorte, não por vontade própria. Quando se está completamente à deriva, às vezes o mais sensato é não se debater, e sim ficar parado e confiar na benevolência da maré.

À maneira deles, os Jems eram de fato a benevolência encarnada. Viviam em uma casa alta e estreita muito próxima à Strand. Gauntcourt número três fazia parte de um grupo de casas depredadas que se amontoavam em volta de uma quadra suja como senhoras de idade empobrecidas, afastadas do mundo e que encontram segurança e distração na companhia de seus pares. Quando vim buscar meus seis xelins, vi um cartaz na janela anunciando um quarto para alugar. Os degraus da porta da frente haviam sido varridos recentemente, e alguém tentara limpar a aldrava, mas sem grande sucesso.

A sra. Jem se lembrou de mim. Sem que eu pedisse, destrancou uma gaveta do armário da cozinha e retirou um envelope com os seis xelins. Perguntei sobre o quarto: ela subiu as escadas e mostrou-me um sótão com uma cama estreita. Tinha quase certeza que a sra. Jem não deixaria ninguém roubar meus pertences. Em alguns minutos, chegamos a um acordo mediante pagamento de uma semana de aluguel adiantado, com refeições e roupas lavadas à parte.

O acordo precisava ser aprovado pelo sr. Jem, um homem imensamente gordo que passava a maior parte do dia na cama, mas isso era apenas uma formalidade, como o envio de um projeto de lei por parte do Parlamento para o monarca para obter o Assentimento Real. O sr. Jem havia sido um carpinteiro, com homens trabalhando sob suas ordens, mas um acidente com uma serra lhe custara a mão direita.

— Um professor? — ele arquejou. — Tenho uma carta para escrever. Ficaria muito agradecido se o senhor me ajudasse, muito agradecido — ele brandiu o gancho na minha direção. — Não consigo escrever direito, senhor, não agora, e não tão bem quanto gostaria.

Duvido que já tivesse conseguido escrever algo além do nome. A carta era uma petição para um homem para o qual trabalhara. Na noite seguinte, tentei sem muito sucesso mostrar à sra. Jem como fazer contas no papel da mesma forma que na sua cabeça. Depois de alguns dias, e sem que o desejasse conscientemente, me tornei parte de uma minúscula comunidade composta pelos Jems e seus locatários. A nossa pobreza nos mantinha unidos, assim como a necessidade dos serviços uns dos outros.

Jem, a sra. Jem e todos os pequenos Jems ocupavam o porão e o primeiro piso, exceto pelo salão da frente, que era alugado para um homem que fazia réplicas de bandolins napolitanos e enchia a casa de um cheiro de serragem e verniz. Nos quartos do andar de cima, ficavam os demais inquilinos, não amontoados como nas Pocilgas de St. Giles, mas com um espaço decente entre as acomodações. Lembro-me de uma viúva que lavava roupas e de um homem que tinha uma barraca de café na Fleet-street; de um marinheiro perneta que fazia o papel de uma gentil e infinitamente prestativa babá para os pequenos Jems; um casal russo que falava apenas algumas palavras em inglês, vivia com medo da polícia e estava sempre disposto a oferecer uma xícara de chá; e um escriturário falido que trabalhara na City antes de ficar doente. Quanto a mim, ajudava a calcular quem devia o quê a quem, tentava alfabetizar os Jems mais jovens e escrevia cartas para qualquer um que pagasse por elas.

Não, Gaunt-court não era St. Giles: há mais de uma maneira de ser pobre. A sra. Jem fazia muita questão que sua casa fosse respeitável. Nos domingos, quando possível, levava os pequenos Jems duas vezes à igreja, e o sr. Jem também. Ela governava seu reino com uma severidade de amazona. Quando via a costureira do segundo andar de frente desfilando em suas melhores roupas no Haymarket na noite de sexta-feira, ela atirava a pobre mulher e seus pertences na rua. Para ser ao mesmo tempo pobre e respeitável, é preciso ser também implacável.

A sra. Jem e eu nos dávamos bem. Ela confiava em mim: tudo que sabia era que minha tia havia sido uma mulher decente e que eu era um acadêmico com muito conhecimento das coisas dos livros. Disse a ela que acabara de voltar de Londres, tendo perdido o emprego de professor, embora não por culpa minha. Não entrei em detalhes, e não haveria motivo para tanto desde que minha conduta continuasse sendo satisfatória.

Com o passar do tempo, a sra. Jem, cuja teia invisível de influência se espalhava para muito além dos limites de Gaunt-court, conseguiu-me pequenos trabalhos como professor aqui e cartas para escrever acolá entre seus amigos e conhecidos. Como o velho David Poe, tornei-me um escriba, um modesto escrevedor de cartas de outras pessoas.

Assim, no fim das contas, minha vida era consideravelmente confortável. Era pobre, mas não indigente. Tinha um trabalho útil, mas não em excesso. Não comia pratos finos, mas meu estômago estava sempre cheio. Tinha um teto sobre a cabeça e pessoas que me viam de uma maneira remota, mas não hostil, como um deles. Da janela do meu quarto, nos dias claros, via telhas, chaminés e pombos; e, à noite, as luzes do West End emprestavam ao céu um brilho de um amarelo insalubre.

O tempo passou rápido. Fevereiro se tornou março. Sentia um certo orgulho da minha sobrevivência, pois sabia que mesmo um ano atrás, mesmo seis meses atrás, tamanha independência e auto-suficiência teriam parecido um sonho impossível. Eu havia mudado. Minha mente estava sã novamente.

Não podia dizer o mesmo do meu coração. Não se passava um só dia sem que pensasse em Sophie. A monotonia da minha existência deixava espaço de sobra para reflexões, e para sonhos. Revivi aquela tarde em Gloucester cem vezes, mil vezes. Tentei recordar cada palavra, cada gesto que havíamos trocado, desde a primeira vez que nos encontramos em frente à escola do sr. Bransby até aquele momento cruel na minha última noite em Monkshill, quando Sophie vira a srta. Carswall saindo às escondidas da sala de aula.

Quase todos os dias, tinha a oportunidade de ir a uma taverna ou café e ler um dos jornais. Desta forma, topei com uma pequena matéria no *Morning Post* sobre o inquérito da sra. Jonhson. Sir George conduzira o caso muito bem, e com grande discrição. Soube que a sra. Johnson, esposa de um oficial da marinha que servia na estação das Índias Orientais, sofrera uma malfadada queda, devido, em parte, ao mau tempo, no depósito de gelo de uma propriedade vizinha. Havia batido com a cabeça em uma grade e morrera instantaneamente. O júri do Magistrado Provincial deu o veredicto de morte por acidente. O relatório era bastante preciso nas suas informações, porém, não dava informação quase nehuma.

Assim partia uma vida, bem empacotada e despachada para o esquecimento. No começo de março, depois de um intervalo decoroso, o noivado entre a srta. Carswall e sir George Ruispidge foi anunciado nos jornais de Londres. Poucos dias depois, vi uma notícia dizendo que o sr. Carswall e sua família tinham vindo para a cidade, onde haviam readquirido a casa na Margaret-street.

Teriam Sophie e Charlie voltado com eles? Edgar voltara à escola do sr. Bransby? O novo período em Stoke Newington começara no primeiro dia de fevereiro. Teria gostado de saber se a srta. Carswall estava otimista em relação a sua futura felicidade. Um gatuno é sempre um gatuno, mesmo se tiver um baronato e uma fortuna aos seus pés.

Durante aquele período, entrei em contato apenas uma vez com meus antigos conhecidos. No último dia de janeiro, escrevi para Edward Dansey, agradecendo-o pela sua bondade, sem especificar a natureza dela, e pedindo que retirasse e guardasse minha bagagem até que eu tivesse condições de recebê-la. Anexei algum dinheiro para custear as despesas. Porém, não dei meu endereço, embora tenha acrescentado que ficaria honrado em lhe escrever novamente quando estivesse em uma residência mais fixa. Nesta carta, incluí um bilhete para o sr. Bransby, lamentando que as circunstâncias tivessem me forçado a abandonar o emprego de imediato e rogando-lhe que aceitasse o salário que me devia no lugar do aviso prévio.

Obviamente, eu tinha outro motivo para ler os jornais. Para meu indizível alívio, não houve menção ao anel roubado, tampouco a Thomas Shield. Forcei-me a considerar a crença — ou ao menos a esperança — de que, tendo me assustado e me privado do meu sustento, Stephen Carswall decidira me deixar em paz, talvez porque o prazer de qualquer vingança a mais contra mim não valesse o perigo de um escândalo naquela fase delicada da vida de sua filha. Ele não queria pôr em risco a própria existência do seu neto, o hipotético Carswall Ruispidge, e seu futuro brilhante.

O único objeto que me vinculava ao passado era o anel de luto de Amelia Parker. Não conseguia me obrigar a atirá-lo no Tâmisa, o que teria sido a coisa mais sensata a fazer, pois ele era tudo que ainda me ligava a Sophie Frant. Mas eu o teria devolvido ao seu dono, se soubesse quem ele era. Por ora, o escondi na fenda profunda de uma das madres que atravessavam o meu quarto de ponta a ponta. Ocultei sua presença enfiando argamassa solta até o fundo da fissura; e, com o tempo, uma aranha teceu sua teia sobre ela e dias se passavam sem que eu me lembrasse da existência do anel.

Havia cortado os laços com minha própria vida. Não era feliz naqueles dias, porém, me considerava seguro.

68

A bolha explodiu em uma terça-feira de abril. Fazia um dia bonito, quase tão quente quanto um dia de verão, e pela manhã fui andando até a bela vila de Stanmore, onde a sra. Jem tinha uma amiga que queria escrever uma longa e bem redigida carta de reclamação ao testamenteiro do pai. Quando voltei às minhas instalações no fim da tarde, encontrei uma das pequenas Jems esperando por mim na escada.

— Mamãe quer falar com o senhor — anunciou. — Sr. Shield, eu sou bonita igual a Lizzie? Ela disse que não. Ela é uma mentirosa, não é?

— Você e sua irmã são ambas incomparavelmente bonitas, cada uma do seu jeito especial.

Dei-lhe um *penny* e desci ao porão, onde a sra. Jem geralmente ficava sentada em uma cadeira de braços posicionada entre o fogão e janela da frente, que dava vista para os degraus da porta de entrada. Seus olhos apertados e pretos fitaram-me através de suas bolsas de gordura.

— Um homem veio procurar o senhor antes do almoço — ela disse.

— Ele queria escrever uma carta?

— Não queria nada. Apenas saber se o senhor morava aqui.

— E a senhora lhe disse que sim?

— As meninas disseram. Estavam brincando na escada, as pestinhas. Então eu subi e o mandei cuidar da vida dele — ela estudou o meu rosto. — O que o senhor aprontou?

— O que quer dizer, senhora?

— Não tente me enganar. Manjei o senhor há muito tempo. Um homem do seu nível deve ter um motivo para querer viver em um lugar como esse.

— Senhora, eu lhe disse...

— Sei o que o senhor me disse, e não há necessidade de repetir — ela alisou o avental. — O senhor vai falar que não é da minha conta, e normalmente não seria, não se não houvesse problemas. Mas ele não era o tipo de homem que quero ver fazendo perguntas sobre meus inquilinos. Um sujeitinho esperto, com um terrível ar de sabichão. Tentou me ameaçar também.

Sorri para ela.

— Isso eu gostaria de ter visto.

A sra. Jem não retribuiu o sorriso.

— Talvez já tenha sido um investigador da polícia, e agora trabalhe como detetive particular. O tipo que você encontraria bisbilhotando os criados em busca de pistas de adultério.

— Garanto, senhora, que este não é o caso — não obstante, senti que corava: se Henry Frant estivesse vivo, o que se passou entre Sophie e eu naquela tarde em Gloucester poderia de fato contar como adultério — Não... não consigo imaginar o que ele queria.

— Queria o senhor — disse a sra. Jem. — Simples assim. Vou lhe avisar com sinceridade: não quero perdê-lo, sr. Shield, o senhor é correto, prestativo e paga o aluguel. Mas não vou tolerar aborrecimentos nesta casa. Tenho que pensar nas minhas meninas.

Fiz-lhe uma mesura.

— Por Deus, não desperdice suas boas maneiras e galantarias comigo. Apenas certifique-se de que aquele homem não venha nos importunar novamente — porém, ela sorriu ao falar, e fez um gesto para que eu fosse embora, como se afastasse uma de suas crianças.

Subi depressa as escadas até o meu sótão. Não tinha dúvidas quanto ao que significava aquela visita: Carswall descobrira meu endereço. Amaldiçoei meu excesso de confiança. Sabia desde o início que ele era um homem impetuoso, capaz de um ódio duradouro. Desejei de todo o coração que não tivesse escondido o anel no quarto. Ainda haveria tempo de me livrar dele?

Ouvi uma batida forte na porta da rua, seguida de vozes no hall e, então, o tamborilar de pequenos pés subindo correndo as escadas. Lizzie e Lottie irromperam juntas no quarto.

— Oh, senhor — começou a falar Lottie.

Lizzie empurrou a irmãzinha contra o batente da porta, silenciando-a temporariamente.

— Um outro homem está procurando o senhor, não o...

Lottie interrompeu a irmã com um bem dado chute no tornozelo.

— Não, senhor, por favor, senhor, ele pede o obséquio de uma palavra com o senhor.

Assim que conseguiu pronunciar aquelas últimas palavras, um sorriso convencido se espalhou pelo seu rosto sardento. A irmã puxou-lhe o cabelo. Separei a briga, como havia feito várias vezes anteriormente, colocando o corpo entre as duas, e as fiz descerem as escadas. De certa forma, fiquei feliz que tivesse sido daquela forma: as decisões foram tomadas por mim; não havia necessidade de me perguntar se deveria ficar ou fugir, apanhar o anel ou deixá-lo onde estava. Na descida, as crianças tagarelavam comigo, uma aparentemente esquecida da presença da outra. Minha boca estava seca e me sentia tonto.

No hall, um homem de casaco preto estava esperando. Estava de costas para mim, e parecia estudar os respingos de sangue seco nas tábuas do chão que marcavam o local onde Lottie e Lizzie haviam brigado por um doce na tarde de domingo. Quando cheguei ao pé da escada, ele se virou para me cumprimentar. Reconheci o rosto branco e gordo de Atkins, o escriturário do sr. Rowsell.

— Sr. Shield, espero que o senhor esteja bem.

Enquanto trocávamos as habituais gentilezas, ainda que sem entusiasmo de ambas as partes, ele me examinou com mal-disfarçada curiosidade. Imaginava ser possível que tivesse ficado sabendo da recepção que me aguardava na casa do sr. Rowsell, mas decidira não me informar. Enfiou a mão o bolso do peito e retirou uma carta.

— O sr. Rowsell pediu-me para lhe entregar isto. Disse-me que se o encontrasse aqui, deveria esperar uma resposta.

Virei de lado, abri o lacre e desdobrei a carta.

Meu caro Tom,
Lamento o mal-entendido que ocorreu quando veio me visitar em Northington-street em janeiro. O senhor teria a bondade de me permitir explicar o motivo? Ficaria muito feliz se pudéssemos jantar juntos qualquer dia desta semana, exceto sábado.
Entrementes, considere-me
Seu afetuoso amigo,
Humphrey Rowsell

Olhei para Atkins.

— Por favor, envie meus cumprimentos ao sr. Rowsell e diga-lhe que quinta-feira seria conveniente.

69

O sr. Rowsell me levou até uma taverna na Fleet-street. Bebemos a primeira garrafa de clarete durante o almoço, e depois outra. Ele agia de forma tão amigável comigo quanto antes, mas, em um primeiro momento, direcionou a conversa com obstinação para assuntos gerais. Falava intermitentemente, atropelando as palavras, como se temesse que elas lhe escapassem caso não se apressasse, e explodindo em risadas à menor oportunidade. Não que houvesse muitos motivos para alegria — lembro-me de termos conversado sobre a Conspiração de Cato Street contra o governo, que estava nos jornais, e do Massacre de Peterloo em Manchester no verão anterior. Apesar de toda sua riqueza e vigor, o país estava em convulsão.

— São tempos difíceis para a nação — disse o sr. Rowsell, enquanto abríamos a terceira garrafa. — Temo que possa haver um colapso, uma grande crise na confiança pública que fará a derrocada do banco Wavenhoe parecer um distúrbio insignificante. Então, mantenha o seu dinheiro seguro, Tom, não se arrisque a especular.

— Obrigado, senhor — fitei o rosto do meu anfitrião um pouco apreensivo, pois ele se escurecera com o vinho. — O senhor me permite perguntar o que quis dizer na carta? Ao mencionar uma explicação?

— Uma explicação? — ele fechou os olhos por um instante. — Sim, bem, em primeiro lugar, devo lhe dizer que escrevi para o sr. Bransby. Quando estava tentando localizar o senhor, naturalmente ele foi a primeira pessoa em que pensei.

— Neste caso, o senhor sabe que pedi demissão do meu cargo na escola.

— Sim, ele, bem, não quero fazer rodeios, ele fez uma série de acusações sobre a sua conduta que achei difíceis de acreditar.

— Talvez por não serem verdadeiras.

As sobrancelhas de Rowsell se ergueram.

— Folgo em saber, Tom.

— Roubo, assédio e negligência das minhas obrigações com os alunos?

Ele assentiu.

— Recordei ao reverendo cavalheiro que existe uma lei contra calúnia neste país. Ele não respondeu minha segunda carta.

— Certamente a sra. Rowsell soube da minha desgraça muito antes de o sr. Bransby lhe informar sobre ela.

— Sim, sim, a sra. Rowsell, sim, vou chegar lá — seu rosto ficou ainda mais escuro e ele bebeu o vinho com sofreguidão. — Não sabia onde o senhor estava. Não imagina como fiquei feliz quando Quintus Atkins veio a mim na segunda-feira e disse que o havia encontrado.

— Na *segunda*? Não foi na terça?

— Sim, foi segunda, tenho certeza. Quem o vê não imagina, mas Atkins tem um talento para falar com estranhos, para fazer perguntas inofensivas sem ofender, e conhece muitas pessoas. Eu não achava provável que o senhor tivesse voltado a Rosington, ou mesmo deixado a cidade. Decidi concentrar nossa busca nas cercanias da Strand. Imaginei que essa seria a parte mais provável de Londres para o senhor escolher, por ela ter feito parte da vida de sua tia por tanto tempo. Tudo que Atkins precisava fazer era andar pelas ruas e fazer perguntas por um tempo, e lá estava o senhor. Para ser preciso, ele foi apresentado a um maçom em um pub. Por acaso, o homem havia lhe pedido para escrever uma carta. Mais tarde, Atkins confirmou a história comprando uma garrafa de rum para um ex-marinheiro que aluga um quarto embaixo do seu. Devo dizer que o homem o elogiou bastante. Então escrevi o bilhete e ele o entregou.

Hesitei, querendo insistir na questão, mas sem saber qual a melhor maneira de fazê-lo.

— Perdoe-me a insistência, senhor, mas fui informado de que outro homem me procurou na Gaunt-court na terça-feira. Fico pensando se alguma outra pessoa, talvez menos benevolente que o senhor, desejava me encontrar.

— Estou certo de que Atkins deu-me a notícia na segunda — Rowsell franziu o cenho. — O sr. Carswall? Terá sido ele?

— É possível.

— O senhor se sente em condições de me dizer mais sobre o que aconteceu?

— Fui embora de Monkshill-park difamado. Não tive culpa na difamação, e o sr. Carswall me tratou com injustiça. Sua malevolência me perseguiu até Londres, pois ele escreveu para o sr. Bransby e fez acusações, aquelas que o senhor já ouviu. Forjou provas para sustentar a mais séria delas. Tinha a intenção de me privar do meu cargo, senhor, e possivelmente da minha liberdade, e talvez até mesmo da minha vida.

— Se o senhor fosse meu cliente, eu lhe aconselharia a não repetir essas acusações em público — Rowsell passou os dedos por um círculo de vinho na mesa e esboçou a cabeça de uma raposa. — O sr. Carswall é um homem rico, e dono de uma certa reputação. Pode ser um cachorro velho, mas ainda sabe morder.

— Fui avisado do plano dele por um amigo — prossegui. — Então procurei-o imediatamente, na intenção de explicar a situação e pedir conselhos.

Rowsell baixou a cabeça por sobre a taça.

— Sinto muito. Infelizmente eu não estava em condições de recebê-lo quando o senhor me visitou.

— Fui primeiro para a Lincoln's Inn, e Atkins mandou-me para Northington-street. A maneira como a sra. Rowsell me recebeu me fez concluir que o sr. Carswall o havia alcançado antes, e envenenado a sua mente e a da sua esposa contra mim.

— Naturalmente, meu caro rapaz. Porém, não foi isso que aconteceu. Somente fui informado do ocorrido quando o sr. Bransby respondeu a minha carta. Não, a conduta da sra. Rowsell veio de outra fonte. Considero-me culpado em grande parte. Temo não ter sido inteiramente sincero com o senhor, e a culpa é toda minha. As circunstâncias deixaram-me em uma situação complicada, e ainda não saí dela — ele engoliu meia taça de vinho. — Foi por isso que pedi que o senhor jantasse comigo aqui, e não na Northington-street.

— Se eu tiver aborrecido a sra. Rowsell de alguma forma, arrependo-me imensamente.

— Não, não foi o senhor que causou aborrecimento à minha esposa: fui eu. E, obviamente, também o aborreci. Diga-me, o senhor nunca parou para pensar por que a sua maravilhosa tia deixou suas finanças nas minhas mãos? Não quero parecer imodesto, porém, já deve ter lhe ocorrido que obtive um sucesso considerável no meu ramo, e que não é comum que me ocupe com tanta tenacidade das finanças de uma dama nas circunstâncias dela, por mais amável que fosse o seu caráter. O espólio da sra. Reynolds, como o senhor sabe, não era vultuoso.

— Já mencionei várias vezes sua gentileza, senhor. Posso parecer tolo, mas a atribuía à filantropia, a uma benevolência natural.

— Estou envergonhado. Gostaria que o que disse fosse verdade. Porém, a meu favor, posso afirmar que ajudei a sua tia em seus assuntos legais, e também ao senhor, sem pensar no lucro. Meus motivos foram desinteressados, mas não posso dizer que nasceram de uma natureza benevolente — Rowsell se interrompeu para servir mais vinho. Deixara de lado a comida, o que era estranho, pois ele era geralmente bom de garfo.

Falei com brandura:

— Não o culpo, senhor. Sejam quais forem os motivos, o senhor foi muito gentil comigo quando minha tia morreu e depois, e serei sempre grato por isso.

— A sra. Rowsell — ele disse, aparentemente fora de propósito — lê muitos romances.

Olhei para ele.

— Perdoe-me. Creio que não entendi bem...

— O que quero dizer é o seguinte — ele atalhou, falando baixo, rápido e se expressando de forma confusa. — A mente dela foi até certo ponto moldada pela leitura que alegra suas horas de lazer. Nada lhe é mais prazeroso do que se sentar à noite com um exemplar do último romance a aparecer na livraria. É de se desejar que... ah, não tem importância, estou digressionando — ele ficou sem palavras e enfiou a faca na carne que mal havia tocado com uma raiva incomum.

Eu disse:

— Um homem é julgado pelos seus atos, e os do senhor foram sempre generosos.

Rowsell engoliu um trago de vinho. Então esticou o braço até a outra ponta da mesa e tocou a manga do meu paletó.

— Meu caro rapaz. Às vezes, o senhor se parece tanto com sua mãe. É admirável.

Baixei os talheres.

— Minha mãe, senhor? Minha *mãe*? O senhor tem uma vantagem sobre mim: não sabia que a tinha conhecido.

— Conheci. Uma dama muito encantadora e refinada. De fato, é aí que mora o meu problema com a sra. Rowsell, a origem do meu atual problema, quero dizer, com relação à sra. Rowsell. O senhor se lembra que iria passar a ceia da noite de Natal na nossa casa, mas não pôde vir? Foi naquela ocasião que deixei escapar algumas palavras na hora errada. Estávamos ceando com duas tias e vários primos da sra. Rowsell, e sugeri que fizéssemos um brinde ao senhor na sua ausência. Pensando agora, vejo que não foi uma coisa nada sensata. Fez com que a sra. Rowsell quisesse saber mais a fundo do que antes sobre o... ah... evidente afeto que nutro pelo senhor. Mencionei que havia conhecido tanto sua mãe quanto sua tia quando moço. Eu... eu me arrisquei a explanar um pouco sobre as diversas boas qualidades da sua mãe. Percebo agora, é claro, que meu entusiasmo foi mal-interpretado. Embora a sra. Rowsell soubesse que o senhor era sobrinho de uma estimada cliente, ignorava que no passado eu tivera um envolvimento com a sua mãe.

— Quando o senhor diz "envolvimento"?...

— Quero dizer, na verdade, bem mais do que envolvimento.

Ele se interrompeu novamente, depois de dar às últimas palavras uma ênfase especial, e olhou com tristeza para mim. Àquela altura uma terrível suspeita se formava na minha mente. Servi-lhe uma outra taça de vinho e ele a engoliu como se fosse água. Tirou um lenço e secou a testa.

— Está ficando quente aqui dentro — ele esboçou um sorriso. — Imagino que não tenha mencionado que, quando jovem, passei um ou dois anos em Rosington?

Concordei que ele não havia feito menção ao fato.

— Não tive intenção de ocultar essa informação: mas a discrição me obrigou a escolher com cuidado o momento de revelá-la. Fui para Rosignton assumir um cargo de escriturário assistente em uma casa de leilões, Cutlack's: o senhor se lembra do nome?

Inclinei a cabeça.

— O velho Josiah Cutlack era, na época, o chefe da família. Foi na casa dele que tive a honra de conhecer a jovem dama que, mais tarde, se tornaria sua mãe. Ela era amiga de uma sobrinha de Josiah. Encontramo-nos em outras ocasiões e... bem, para resumir uma longa história, desenvolvi uma grande ternura por ela. E ela... ela não me via com maus olhos.

— Senhor — comecei a falar —, está me dizendo que...

Porém, Rowsell prosseguiu rapidamente, impulsionado pela correnteza de sua confissão:

— Não tinha condições financeiras de me casar. Na verdade, mal conseguia me manter, e seus avós jamais concordariam com aquela união. Então, um advogado em Clarkenwell, amigo do meu falecido pai, ofereceu-me um emprego de escriturário. Lá estava, finalmente, a oportunidade de ascensão, de alcançar um padrão de vida que me permitira casar e sustentar uma esposa. Sua mãe me incentivou a agarrar a oportunidade. Embora nenhuma das partes tenha falado sobre o assunto, confesso que guardava uma esperança de que um dia, dentro de alguns anos... mas não era para ser.

Ele virou de lado para assoar o nariz e, arrisco dizer, secar uma lágrima. Olhei para minha taça, tentando decifrar os elementos da minha própria vida, recém-envoltos em uma névoa. Era como se tivesse adquirido um passado que não queria e a possibilidade de um futuro que não desejava. Nem mesmo o meu nome me pertencia mais?

— Não nos correspondemos, é claro — prosseguiu o sr. Rowsell. — Não houve noivado; não havia a possibilidade. No entanto, um ano ou dois mais tarde, fui informado de seu casamento com o sr. Shield: um homem respeitável, tenho certeza; e, naqueles dias, dono de uma situação muito confortável. Creio que o tenha encontrado uma vez na casa do sr. Cutlack. Geralmente é muito bom para um homem ser consideravelmente mais velho do que a sua esposa. Como sem dúvida foi o meu caso com a sra. Rowsell.

— Senhor — disse com urgência na voz. — Um ou dois anos?

— O quê? — ele alcançou o vinho. — Sim, um ano e nove meses. E cada mês pareceu durar um século.

— E o senhor não encontrou minha mãe durante este tempo?

— Não, mas tive notícias dela, vez por outra. Correspondi-me por um tempo com o jovem Nicholas Cutlack, o neto do velho; está morto agora, pobre-diabo; sofreu uma queda do próprio cavalo. Foi ele quem me informou do casamento de sua mãe. Não vou fingir que não foi um golpe pesado, porém, um homem tem que olhar para frente, e não por sobre o ombro. Atirei-me no trabalho e, com o passar do tempo, meu patrão convidou-me para ser seu sócio. Ele por acaso tinha uma filha, e descobrimos que nos dávamos muito bem.

Ergui minha taça.

— Vamos beber à sra. Rowsell, senhor.

— Deus a abençoe — murmurou o sr. Rowsell, limpando uma lágrima. Quando baixou a taça, ele prosseguiu:

— Minha história não termina por aí. Muitos anos depois, vi seu nome nos jornais relacionado àquele... àquele infeliz acidente no Hyde Park. Não é um sobrenome comum, e uma notícia mencionava que o senhor era natural de Rosington. Informei-me e descobri que se tratava, de fato, do filho da minha velha amiga. Assim, apresentei-me à sua tia Reynolds, uma mulher muito respeitável, por sinal, que foi imensamente gentil comigo quando estive na Cutlack's.

— Ela conhecia o senhor? E não me contou?

— A situação era extremamente delicada, Tom — e para ambas as partes. Quis ajudar, mas não parecia haver como. Tinha que pensar na sra. Rowsell, e a sra. Reynolds foi a primeira a reconhecer isso. Sua tia era também muito zelosa no que dizia respeito à reputação da sua mãe e à sua. Se minha participação se tornasse pública, muitas pessoas se apressariam a fazer conjecturas injustas sobre os meus motivos e os da sua mãe.

— Estou em débito com o senhor.

Rowsell rejeitou o comentário com um aceno.

— Gostaria de todo o coração que isso fosse verdade. Mas a sra. Reynolds era uma mulher orgulhosa. Aceitava muito pouco de mim. Tudo que pude fazer foi aliviar o fardo legal que ela teve de carregar depois da sua prisão. E, depois, tive o prazer de ajudá-la a colocar suas finanças em ordem. Quando a hora dela se aproximou, sugeri-lhe a possibilidade de tentar conseguir um cargo de escriturário para o senhor, mas ela preferiu tentar o sr. Bransby antes. Disse que não achava certo me dever mais favores. E, logo depois, após sua morte, vim a conhecê-lo.

— Lamento ter sido fonte de aborrecimento para o senhor e a sra. Rowsell.

— A culpa não foi sua — com a ponta do dedo, ele transformou a raposa desenhada no vinho derramado em uma aranha. — Não sei bem o motivo, mas nunca tivera a oportunidade de mencionar meu antigo envolvimento para a sra. Rowsell. Não que o tenha escondido, foi mais um caso de *suppressio veri* do que de *suggestio falsi*. Afinal de contas, faz tanto tempo, e o termo "envolvimento" não faz jus à realidade. Não houve noivado entre mim e sua mãe, nem mesmo um acordo. Porém, no dia de Natal, talvez eu tenha bebido mais do que o normal, por conta da ocasião, e minha língua estava mais solta, e minha mente menos circunspecta do que o ideal.

— Talvez eu devesse escrever para a sra. Rowsell explicando a situação?

— Obrigado, mas acho que não adiantaria nada. Foi um grande azar que as tias e primos dela estivessem à mesa. A presença deles pôs sal na ferida. De qualquer forma, sinto dizer que a sra. Rowsell interpretou mal o que eu disse — muito compreensivelmente, a culpa foi toda minha — e chegou a uma conclusão errada, que não seria exagerada em um de seus romances. Foi um sofrimento inenarrável. Houve lágrimas, acusações: eu a traíra dentro de sua própria casa, estava tirando o pão da boca das nossas crianças, meu caráter era vexaminoso. A sra. Rowsell é uma mulher muito tenaz, e quando enfia uma idéia na cabeça, é difícil fazê-la mudar de opinião.

O sr. Rowsell ficou sem palavras. Minha primeira reação foi de alívio: a despeito das suas muitas virtudes, fiquei feliz em saber que ele não se transformara de repente no meu pai. Finalmente sabia o motivo da sua bondade no passado, e o respeitei por isso. O coração da minha mãe havia feito uma boa escolha, embora sua razão a tivesse vetado. Quanto a sra. Rowsell, não era de se surpreender que minha aparição na sua porta a tivesse irritado daquela maneira. Sentia pena dos dois: se a sra. Rowsell acreditava que eu fosse o filho bastardo do seu marido, trazido para dentro da casa deles como um cuco, então o seio da família já não devia ser um lugar feliz para ambos desde aquela fatídica ceia de Natal.

— Foi um imenso azar que eu estivesse preso à cama naquele dia em que o senhor foi à minha casa. Ouvi a algazarra na porta, embora não soubesse o motivo. O resto o senhor sabe. Gostaria de não ter demorado tanto para encontrá-lo. Eu o teria achado antes se tivesse contratado um detetive. Mas depois que ouvi aquelas acusações absurdas do sr. Bransby, considerei mais sensato não envolver terceiros.

— Posso ser franco, senhor? Dois homens me procuraram na Gaunt-court na terça-feira. O segundo foi Atkins, mas o primeiro...

— O senhor teme que o sr. Carswall tenha enviado um homem em sua busca?

— Não sei o que temer. O primeiro homem perguntou às crianças sobre mim. Minha senhoria o enxotou, embora não antes de ele descobrir que eu estava morando lá. Ela achou provável que fosse um detetive, talvez um ex-investigador da Bower-street trabalhando para um advogado.

— O senhor não fez nada de errado, meu caro rapaz: talvez o melhor seja simplesmente ficar onde está e deixar as águas rolarem. Por outro lado, se o sr. Carswall deseja entrar com uma ação contra o senhor, ele precisa de provas para sustentar o caso — o sr. Rowsell se inclinou para frente, sua expressão de súbito austera: tinha voltado a ser um homem de negócios, e todo e qualquer traço de amável anfitrião desaparecera. — Imagino que haja mais coisas por trás disso do que demonstram as aparências. Vi notícias nos jornais sobre uma senhora que morreu em uma queda acidental no depósito de gelo de Monkshill-park em janeiro. E, é claro, a srta. Casrwall vai se casar com sir George, sem dúvida com um dote bem generoso. Mas não consigo ver como tudo isso poderia afetá-lo, ou que motivo teria o sr. Casrwall para persegui-lo.

Abaixei-me e enfiei um dedo entre o sapato direito e a meia. Retirei um pequeno embrulho, envolvido em um pedaço de tecido, e o depositei diante de nós na mesa. Abri uma a uma as dobras do pano. Lá, brilhando aos nossos olhos, estava o anel de luto de Amelia Parker.

70

— Oh, francamente — gritou Lizzie ao abrir a porta para mim quando voltei para Gaunt-court —, estávamos observando o senhor andar até a porta. O senhor está *caindo* de bêbado?

Lottie bateu no braço da irmã.

— Que indelicadeza, Lizzie. É melhor dizer "alegre".

— Não sejam tolas — falei, e entrando no hall, tropeçando um pouco à medida que minhas pernas de alguma forma se confundiam com a bengala. — Nenhum dos dois termos é apropriado.

— Aposto que ele estava bebendo pinga — prosseguiu Lizzie. — Igual o papai. Não estava, senhor?

— Pinga é uma palavra vulgar — rosnou Lottie.

Virei-me e olhei com firmeza para as duas.

— Não tomei uma gota de álcool, crianças. E não estou embriagado. Posso parecer um pouco alterado, mas estou sóbrio como um monge.

— Oooh — exclamou Lizzie. — Não é uma graça? Ele fala igual um livro, não é?

Ouvi o barulho de pés nas escadas do porão e a sra. Jem surgiu. Ela me olhou de cima a baixo. Imagino que estivesse um pouco desalinhado por conta de um tombo na sarjeta enquanto descia a Fleet-street. Quando sorri em sua direção, ela balançou a cabeça e disse:

— Vá logo para cima. Deixe suas roupas penduradas na porta. Vou mandar alguém buscá-las.

Não há como discutir com uma autocrata. As meninas sumiram nos fundos da casa. Subi as escadas lentamente, um degrau oscilante depois do outro.

— Tome cuidado com essa vela — gritou a sra. Jem atrás de mim. — Não quero que queime a casa inteira quando estivermos dormindo.

Ao subir, minha cabeça pareceu clarear na medida em que a altitude aumentava. Tinha bebido uma boa quantidade de clarete durante e depois do jantar, mas não seguira o exemplo do sr. Rowsell, que misturou o clarete com conhaque. A verdade é que não tinha sido apenas o vinho que me embriagara, mas também o alívio.

Diferentemente de Dansey, o sr. Rowsell oferecera apoio de uma forma direta e franca. Pelo menos uma pessoa aceitou sem hesitar minha palavra contra a do sr. Carswall. É claro que não havia contado tudo a ele. Somente um canalha teria revelado o que se passou entre mim e Sophie; e não podia ser totalmente franco sobre minha relação com a srta. Carswall.

Tampouco mencionara minha suspeitas sobre a morte da sra. Johnson. Se o tivesse feito, isso sem dúvida levaria a especulações ainda mais ousadas e perigosas sobre a identidade do homem assassinado em Wellington-terrace. O sr. Rowsell me acharia louco se eu tivesse revelado que suspeitava que Henry Frant era, além de um defraudador, um assassino e que acabara de matar sua antiga cúmplice, a sra. Johnson.

Não, teria sido uma imensa indiscrição revelar meus piores medos a ele. Porém, o sr. Rowsell tirara um peso da minha mente. Em sua opinião, não havia dúvida de que o anel deveria ser devolvido ao sr. Carswall. Até que ficasse provado de forma definitiva quem era o dono, se um dia isso acontecesse, ele tinha o direito de posse. O fato de estar com o anel me tornava imediatamente vulnerável, e o sr. Rowsell ficou chocado por eu tê-lo guardado por tanto tempo.

— Deixe-o comigo — ele dissera. — Irei me certificar de que o sr. Carswall o receba de volta.

— Mas ele não pode suspeitar da sua participação, senhor.

Àquela altura, Rowsell ainda estava pensando com quase toda clareza.

— É muito simples. Se o senhor me der o endereço dele, enviarei o anel de maneira que o remetente não possa ser localizado. Não haverá bilhete algum. O endereço será escrito em letras maiúsculas. Espere, devemos dificultar as coisas ainda mais: tenho que mandar Atkins a Manchester na próxima semana: vou entregar o anel a ele e pedir que o envie de lá. De modo que o senhor não precisa ficar nem um pouco preocupado. Esqueça que o viu um dia.

Assim que cheguei ao refúgio do meu quarto, sentei-me na pequena cama, que balançava como uma rede em um barco, e tirei meu paletó, cachecol, colete e sapatos. Notei que outra emoção irrompia no meu alívio, como um broto em um canteiro: um desejo de escrever para Sophie. A possibilidade de que a devolução do anel de alguma forma se traduzisse em uma confirmação da minha culpa veio a mim, e pareceu-me urgente esclarecer, ao menos para ela, que eu não agira como culpado tampouco me via com tal.

Agora percebo — considerando a questão com frieza e sobriedade em outro tempo e lugar — que esse era um pretexto meramente racional, a justificativa mais inconsistente de todas: desejava escrever para Sophie, isso era tudo, e desejava fazê-lo sem demora. Sem parar para pensar, peguei caneta, tinta e papel e sentei-me no lavatório que também me servia de mesa.

Ainda estava sentado lá quando a própria sra. Jem subiu com dificuldade as escadas, bateu na minha porta e perguntou como eu estava, quando os sinos da igreja bateram meia hora e então uma hora. Por fim, desisti de tentar encontrar palavras que abarcassem tudo o que queria dizer, tanto explícita quanto implicitamente. Escrevi apenas o seguinte:

> *Rogo-lhe que não dê ouvidos às acusações que irá ouvir sobre mim. Em vez disso, acredite que sou, e serei para sempre, seu muito fiel amigo.*

Não datei ou assinei a carta. Dobrei o papel e lacrei-o com uma obreia. Escrevi o nome de Sophie na frente, disfarçando a letra, mas não seu endereço, pois não sabia ao certo se ela tinha vindo à cidade com o sr. Carswall. Finalmente, ergui a carta aos lábios e a beijei.

Um instante depois, atirei minhas roupas no corredor, fui para cama e dormi com a vela ainda acesa.

71

Na manhã seguinte, acordei de boca seca, mas com as idéias surpreendentemente claras. Deitado na cama, ainda envolto pelas macias teias do sono, o pensamento de Sophie preencheu minha mente com tanta intensidade que senti, esforçando-me por não mais que um instante, que poderia estender minha mão e tocar seu corpo quente e vivo.

Sentei-me na cama e vi na beirada do lavatório a carta que escrevera na noite anterior. No entanto, para que ela a lesse, era preciso encontrá-la. Embora fosse provável que ainda estivesse com os Carswalls na Margaret-street, eu não podia ter certeza. Tinha esperança de divisá-la, se andasse pelas cercanias por tempo o suficiente. Talvez — e neste momento meu coração começou a bater mais rápido — pudesse até mesmo colocar a carta em suas mãos. Cerca de uma hora depois, o sr. Carswall estaria de posse dela, pois ele via todas as cartas da casa. Considerava-o mais do que capaz de ler qualquer uma endereçada a Sophie.

Meu plano não era de maneira alguma perfeito, mas tinha dois méritos evidentes — dava-me algo para fazer, e dava-me a chance de ver Sophie mais uma vez. É fato que havia o perigo de eu ser reconhecido por qualquer outro membro da casa. Mas comprara recentemente um sobretudo verde-escuro do triste cavalheiro russo do segundo andar, uma vestimenta que seria estranha a qualquer um que me conhecia. Se usasse a gola levantada e o chapéu enfiado na cabeça, e fosse cauteloso a todo o momento, tinha certeza de que não seria pego.

Eram pouco mais de onze da manhã quando atravessei a multidão da Oxford-street na direção norte e peguei a extremidade oeste da Margaret-street. A casa do sr. Carswall ficava no lado norte, no quarteirão entre a Lichfield-street e a Portland-street. Andei às pressas pela calçada oposta, olhando para o outro lado.

Era muito cedo para alguém estar na rua, exceto criados fazendo algum serviço externo e os entregadores dos comerciantes. Na verdade, havia tão poucos transeuntes que eu mesmo me sentia conspícuo. Nunca havia pensado que um espião deve se sentir como se sua profissão estivesse estampada em sua testa em vermelho para todos verem.

Em um acesso de pânico, peguei a Great Titchfield-street e lancei-me para o sul, em direção ao rumor dos veículos na Oxford-street. Passei a hora seguinte perambulando pelos arredores da casa. Vi o traiçoeiro Pratt, cria de Carswall, em suas roupas matinais, comendo com os olhos as mulheres enquanto passeava pelo Oxford-market. Escondi-me em uma loja até ele passar.

Por fim, minha paciência foi recompensada. Na Winsley-street, notei dois meninos andando na minha frente. Reconheci imediatamente suas costas, e com uma inesperada pontada de tristeza. Não percebera até então a falta que sentia deles. Um instante depois, cutuquei o braço de Charlie.

— Nossa! É o senhor! Ei, Edgar! Pare!

Os meninos apertaram minha mão com força. Ficaram mudos por um instante, mas não pude deixar de notar a alegria em seus rostos.

— O senhor veio nos visitar? — disse por fim Charlie.

— Não. Eu... eu estava de passagem — Vi Edgar bater com o cotovelo nas costelas do amigo de maneira que ele evidentemente acreditava ser discreta. — Está um dia tão bonito. Estava tomando um ar.

— Sim, senhor — disse Charlie. — Foi o que pensei: está um belo dia, perfeito para uma caminhada — as palavras saíram atropeladas, mas sua intenção era ser gentil.

— Estou surpreso em vê-los por aqui — falei —, embora esteja muito feliz em encontrá-los, é claro. Porém, imaginava que estivessem na escola. Ou pelo menos Edgar.

— No fim das contas, o sr. Carswall disse que Charlie poderia voltar comigo — disse Edgar. — Então ainda estamos os dois na escola do sr. Bransby.

Assenti. O sr. Bransby havia sido muito prestativo para com o sr. Carswall, de modo que era compreensível que este mudasse de idéia.

— Vocês dois devem estar muito felizes. Então hoje é dia de folga para a escola?

— Para a escola não, senhor — disse Edgar. — Apenas para Charlie e eu.

— Ontem foi aniversário da minha prima Flora, senhor — disse Charlie. — Houve um grande jantar, e depois dança e cartas, e muitas pessoas apareceram. Flora pediu que fôssemos convidados; eu por ser primo dela, e Edgar por ser meu melhor amigo. O capitão Ruispidge veio nos buscar na escola. Imagine só! Ele tem um cabriolé de dois cavalos fabulosos e nos apertamos do lado dele antes de partir. Todo os nossos colegas ficaram verdes de inveja.

— Mas voltaremos para a escola hoje à tarde — atalhou Edgar. — O assistente do sr. Allan vai nos levar.

— E o pássaro também, é claro — disse Charlie.

— Pássaro? — perguntei.

— Um papagaio, senhor. O sr. Carswall o deu para mim. E vamos levá-lo para a escola. O sr. Bransby deu permissão. Estávamos indo comprar alpiste. Ele ainda não fala muita coisa, mas nós vamos ensiná-lo.

— Oh, senhor — disse Edgar, depois de uma pausa constrangedora na conversa. — Tem um homem novo na escola agora, o sr. Brown, e nossos colegas não gostam muito dele. Eles... nós queríamos que o senhor não tivesse ido embora.

— Também lamento — falei, inferindo dessa informação que Carswall e Bransby haviam omitido o motivo da minha demissão, ou até mesmo o próprio fato. Não seria vantajoso para nenhum dos dois se o escândalo viesse a público.

— Perdão, senhor — disse Charlie. — Mas houve algum desentendimento entre o senhor e o sr. Carswall? Não entendemos porque deixou Monkshill tão subitamente, e porque o sr. Carswall não deixa o seu nome ser mencionado na casa.

— Houve um desentendimento — sorri para eles. — Mas não vou importuná-los com os detalhes. Bem, não quero tomar mais o tempo de vocês.

— O senhor gostaria de ver o pássaro, senhor? — perguntou Edgar. — É muito interessante. E bastante esperto, também. Ele fica dizendo uma coisa, mas ainda não conseguimos entender direito.

— Eu adoraria, porém...

— Edgar e eu vamos andando até a casa do sr. Allan com ele hoje à tarde — falou Charlie de súbito. — O sr. Carswall não pode ceder a carruagem. Mamãe disse que não há necessidade de alugar uma para uma distância tão curta. Se quiser se juntar a nós, teríamos o prazer de mostrá-lo ao senhor.

Fiz uma mesura.

— Seria muita gentileza — senti uma pontada na consciência diante da idéia de um *rendez-vous* proibido com os meninos. No entanto, veio-me de repente um estratagema que não só respeitaria meus escrúpulos, como também seria prático. — Charlie, posso lhe pedir um favor? Tenho uma carta para sua mãe que pretendia deixar na casa quando passasse por lá, mas me esqueci. Você teria a bondade de entregá-la?

Charlie disse que ficaria encantado em ser útil. Notei que os meninos trocaram um olhar de entendimento, e tive certeza de que não havia necessidade de frisar que contava que fossem discretos. Eles estavam acostumados a viver sob tirania, fosse a do sr. Bransby ou do sr. Carswall, e ela nutre a habilidade de guardar segredos. Ficou combinado que nos encontraríamos na Bedford-square, que ficava no caminho que pegariam para a Southampton-row, uma vez que não podiam passar com segurança por St. Giles.

No ínterim, fiquei em constante movimento, pois estava repleto de uma energia vibrante, que não me deixava ficar parado por um segundo que fosse. Segui para o norte, passei pela nova igreja de St. Pancras que estava sendo construída no começo da Woburn-place até Clarendon-square. Lá, entrei em pânico ao pensar que poderia me atrasar e voltei para o sul como se o próprio diabo estivesse no meu encalço, alcançando a Bedford-square vinte minutos antes da hora marcada. Andei de um lado para o outro na praça e pelas ruas em volta até que finalmente, com dez minutos de atraso, vi dois pequenos vultos se aproximarem, andando em fila. Quando estávamos mais próximos, descobri que os meninos carregavam um pau nos ombros, com uma gaiola coberta com uma capa de sarja azul pendurada nele. Encontramo-nos na ponta da praça, e eles baixaram a carga com infinita solicitude.

— Quando a gaiola está coberta, o pássaro acha que é de noite — disse Charlie —, e pega no sono imediatamente.

Ele se agachou e ergueu lentamente a capa. Pela maneira como a gaiola balançara no pau, não foi surpresa encontrar seu ocupante acordado. Era uma criatura malcuidada, a plumagem sem brilho e em frangalhos, com um olhar malicioso. A gaiola, por outro lado, estava impecável. Charlie ainda estava na lua-de-mel dos que possuem algo. Eu estava desesperado para saber a resposta de Sophie, mas sabia que era melhor não perguntar.

— O pássaro tem nome?

— Tem dois, senhor — disse Edgar.

— O nome dele é Jackson — disse Charlie. — Em homenagem a Gentleman Jackson, o pugilista. Tenho certeza que ele seria um lutador valente, se pudesse. Mas eu falei para Edgar que ele também podia escolher um nome, pois não vejo motivo para um pássaro não poder ter dois, se uma pessoa pode.

— Sem dúvida — falei.

— Dei-lhe o nome de Tamerlane.

— É uma alcunha muito ilustre.

— Ele é um pássaro muito ilustre — disse Edgar com seriedade. — Estou certo de que é muito inteligente. Vamos ensiná-lo poesia épica.

— Ele já fala — atalhou Charlie. Enfiou um dedo entre as barras da gaiola e cutucou a infeliz ave, que se afastou depressa para a outra extremidade do poleiro. — Vamos, Jackson, fale conosco.

O pássaro continuou em um silêncio obstinado. Apesar dos pedidos dos meninos, ele fitava de modo sinistro pelas barras e se recusava a emitir um pio.

— Sinto muito, senhor — disse Charlie. — O senhor teria adorado. Ele fala com tanta clareza; é como se fosse uma pessoa de verdade, só que não é possível entender direito o que diz.

— Não tem importância. Diga-me, você conseguiu entregar a carta para a sua mãe?

Charlie ergueu os olhos para mim, sua expressão aparentemente desprovida de malícia e, como de hábito com crianças, não sabia ao certo o quanto ele notara, o quanto entendera.

— Oh, sim, senhor. Mamãe envia seus cumprimentos e diz que não há resposta.

Assenti, esperando que minha expressão sugerisse de alguma forma que era exatamente aquilo que eu esperava.

— *Ayez peur* — grasnou o pássaro desgraçado.

— O que esse... — comecei a falar, e engoli o resto da pergunta.

Edgar bateu palmas.

— Pronto! Sabia que ele ia falar. Não é esplêndido, senhor?

— Sim, sem dúvida.

— E não é idêntico a uma pessoa falando?

— Oh, idêntico.

— O senhor conseguiu entender o que ele disse? — perguntou Charlie.

— *Ayez peur* — repetiu o pássaro, e deu uma bicada no alpiste.

— Creio que sim — falei —, embora ele não tenha ainda dominado bem as consoantes. Ele não disse "Odeio cerveja"?

— *Ayez peur* — o pássaro falou pela terceira vez e defecou na gaiola.

— Sim, sem dúvida é isso — prossegui. — Ele se abstém de qualquer tipo de bebida, ou sente aversão apenas por cerveja?

Os meninos acharam minha medíocre tentativa de parecer engraçado hilariante. Conversamos por mais alguns minutos e então Edgar cutucou o braço do amigo.

— Temos que ir, Charlie — ele disse. — O sr. Allan não vai gostar se deixarmos o assistente dele esperando.

Charlie se agachou sobre a gaiola e recolocou com cuidado a capa azul.

Edgar disse, com a voz tão baixa que somente eu pude ouvir.

— Acredito que a sra. Frant vá ao cemitério hoje à tarde. Escutei-a dizer à sra. Kerridge. A lápide do sr. Frant foi colocada.

— Pronto — disse Charlie. — Já é noite novamente. Arrisco dizer que Jackson não se importa com o balançar da gaiola quando a carregamos, pois muito provavelmente o faz lembrar do balançar das árvores em sua floresta nativa.

— Obrigado — disse a Edgar, e então repeti, mais alto. — Muito obrigado por mostrarem-me Jackson Tamerlane. Tenho certeza de que logo vão conseguir ensiná-lo poemas inteiros.

Apertamos as mãos e nos separamos. Fiquei parado um instante observando a pequena procissão descendo às pressas a calçada em direção a Southampton-row. Em seguida, comecei também a ir lentamente na direção leste, embora pendesse para o norte, para não seguir os passos dos meninos.

Andei às cegas, um homem em transe, às vezes esbarrando em muros e outros pedestres, às vezes tropeçando. Os transeuntes me evitavam, lançavam-me olhares de reprovação. Sentia-me aturdido, como se tivesse acordado de um sono pesado e me encontrasse em um lugar e tempo que me fossem completamente estranhos.

Na minha cabeça, ouvia repetidas vezes o som de Jackson Tamerlane grasnando as únicas palavras que conhecia: *Ayez peur, ayez peur.*

72

Do cemitério da igreja de St. George, Bloomsbury, ouvi os gritos de crianças brincando, agudos e incompreensíveis, como a língua dos pássaros. Logo ao sul, ficavam os prédios majestosos do Foundling Hospital, margeados pelos jardins das praças Mecklenburgh e Brunswick.

Sophie não estava lá. Talvez já tivesse ido embora. Talvez Edgar tivesse se enganado sobre a hora, ou mesmo o lugar. Tentei trazer à memória seu rosto e, pela primeira vez, aquele conforto me foi negado.

Busquei consolo ocupando-me. O cemitério parecia novo em folha sob a luz do fim de tarde de um dia de primavera. Um funcionário estava parado no portão. Dei-lhe um trocado para que me levasse à sepultura que estava procurando. A lápide era pequena e simples, nua e intacta. Não havia querubins aos prantos ou inscrições bajuladoras. Talhadas na pedra, estavam as seguintes palavras e nada mais:

HENRY WILLIAM PARKER FRANT
17 de julho de 1775 — 25 de novembro de 1819
aet. suæ 44

Com seu corpo esguio, Henry Frant parecia mais jovem em vida. A data de nascimento trouxe à tona uma memória: lembrei-me de que, de acordo com a placa na igreja de Flaxern Parva, sua mãe Emily partira desta vida no mesmo ano: talvez morrera dando à luz, ou das complicações do parto. Tive a súbita visão, ao mesmo tempo inesperada, intensa e importuna, de uma criança pequena sozinha entre os criados naquela casa enorme em Monkshill; crescendo sem mãe e com um pai dedicado a buscas dissolutas que o afastavam do filho; e, quando Monkshill teve de ser vendida, de um menino afastado do conforto das coisas que lhe eram familiares e enviado para viver entre estranhos na Irlanda. Henry Frant era, ou tinha sido, um cavalheiro: mas talvez houvesse pouco a se invejar em sua vida.

Virei-me e andei para cima e para baixo nas trilhas de saibro, com o refrão daquela ave feia sempre na cabeça. Um cortejo fúnebre passou por mim e automaticamente tirei o chapéu e saí do caminho. O último dos membros do séquito passou. E lá, andando depressa por um caminho à direita da procissão, estava a inconfundível figura de Sophie Frant. Ela estava sozinha.

Fui depressa em seu encalço. As roupas de uma viúva muitas vezes jogam sobre sua dona uma camada de anonimato: mesmo quando o rosto está descoberto, o que se vê é a viúva, não a mulher. No entanto, não havia como deixar de ver Sophie. Reconheci cada linha do seu corpo; já percorrera na realidade e na imaginação a curva de seu pescoço; conhecia sua postura e a maneira como andava, com os olhos indo de um lado para o outro; pois sua mente estava sempre alerta, sempre atenta, sempre interessada.

Ela ouviu meus passos no saibro às suas costas e saiu do caminho para me dar passagem, fingindo ler uma inscrição. Aproximei-me e parei. Lentamente, ela virou a cabeça para mim.

Fiz uma mesura. Ficamos os dois calados. Lá estávamos, a pouco mais de um metro de distância um do outro. Via o *cortège* dobrando em direção a uma cova aberta muito próxima ao local dedicado aos restos mortais de Henry Frant. Fazia uma bela tarde, e outras pessoas visitavam os mortos. Ali, entre os túmulos, uma maré humana viva ia e vinha ao nosso redor.

Ela retirou o véu do rosto. Eram sempre seus olhos que me atraíam. Dei um passo à frente, então parei como se acorrentado à minha posição como um cão em um quintal. Em Monkshill, vê-la todos os dias, jantar na mesma mesa, andar pelos mesmos lugares — tudo isso gerou uma falsa intimidade, no sentido de que pareceu perfeitamente natural que uma mulher na posição dela me tratasse quase como um semelhante. Mas os últimos três meses que passamos separados dissipou essa névoa romântica de ilusão: ao vê-la novamente, não pude deixar de perceber o enorme abismo que havia entre nós: o contraste entre minhas roupas de segunda mão puídas e sua elegância negra. Não reconheci o manto, tampouco a peliça ou o vestido que vi sob ele.

— Tom — ela disse. — Eu... eu não posso vê-lo.

— Então por que não escreveu uma reposta ao meu bilhete? Por que me deixar na expectativa?

Ela se retraiu com se eu tivesse lhe batido.

— Não foi minha intenção. Pensei que uma ruptura completa e imediata seria melhor.

— Para quem?

Ela olhou nos meus olhos.

— Para mim. E talvez para o senhor. Além do mais, não seria justo com minha prima se continuássemos nos relacionando.

— Com a srta. Carswall? Mas o que ela tem a ver com isso?

— O senhor deveria saber melhor do que eu.

Senti que ruborizava.

— Sophie, minha querida: se estiver se referindo àquela última noite em Monkshill, a srta. Carswall foi à sala de aula apenas para dizer adeus e emprestar-me algum dinheiro para a viagem. Foi um gesto de cordialidade, nada além disso.

Ela virou a cabeça, e o chapéu e o véu ocultaram-lhe o rosto.

— Mesmo se isso for verdade, existe outro motivo que me impede de vê-lo ou escrever para o senhor.

— É por conta da acusação que o sr. Carswall inventou contra mim?

Ela balançou a cabeça.

— Eu sabia que aquilo não fazia sentido. Flora também.

— Ele mandou alguém costurar o anel dentro do meu sobretudo. Suspeito que tenha sido Pratt. Por muita sorte, eu o encontrei quando cheguei a Londres. Cuidei para que fosse devolvido anonimamente.

— Fiquei tão ansiosa. Não sabia onde o senhor estava, ou como estava — Sophie passou a falar mais rápido, e seu rosto estava cheio de vivacidade. — O sr. Carswall mudou de idéia quanto a tirar Charlie da escola do sr. Bransby. Mas o senhor não está mais lá, não é verdade?

Assenti.

— O sr. Bransby e o sr. Carswall chegaram a um acordo. Demiti-me antes de ser dispensado.

— E como vive?

Vi que ela me olhava, e sabia como eu lhe parecia com meu chapéu surrado e o paletó desfiado.

— Muito bem, obrigado. Não me faltam amigos.

— Fico feliz.

— E a senhora?

Ela deu de ombros.

— Vivo com meus primos, como antes. O sr. Carswall cuida de tudo. Paga o salário de Kerridge e as despesas com a escola. Não me falta nada.

— Sophie, ainda há...

— Estou procurando pelo túmulo do sr. Frant — ela interrompeu, e aquela interrupção foi uma espécie de reprimenda. — A lápide foi colocada na semana passada apenas. Achei que devia vê-la.

Apontei.

— Está logo ali.

— O sr. Carswall pagou por ela também.

Sem ser convidado, segui em silêncio ao lado dela. Indiquei a lápide e paramos. Sophie olhou para ela por um instante, o rosto pálido e imóvel. Não creio que houvesse qualquer vestígio de emoção em seu semblante. Era como se conferisse a conta em um restaurante.

— O senhor acha que ele está em paz? — Ela falou de repente.

— Não sei dizer.

— Ele estava sempre tão agitado. Creio que gostaria de estar em paz. Não ser nada. Não querer nada.

Sua mão direita fez um gesto em direção ao túmulo, e o movimento me recordou a maneira como se joga um punhado de terra sobre um caixão antes de ele ser coberto para sempre. Havia um caráter definitivo naquilo. Sem olhar para mim, ela foi embora. Recoloquei o chapéu e a segui.

— Sophie — falei, pois depois do que acontecera entre nós, não a chamaria de sra. Frant. — Pode me ouvir?

— Por favor, não diga nada — os olhos dela brilhavam. — Por favor, Tom.

— Eu preciso falar. Pode não haver outra oportunidade. A senhora não pode ficar onde está.

— Por que não? Os Carswalls são meus primos.

— O que vai acontecer quando a srta. Carswall se casar com sir George? Vai ficar sozinha com aquele velho abominável.

— Isso é problema meu, não seu.

— É problema meu, sim: não posso ficar parado e deixá-la sem proteção naquele lugar.

— Não quero sua piedade, senhor.

— Não quero lhe dar minha piedade. Quero lhe dar meu amor. Não posso oferecer muito, Sophie, mas creio que, se me esforçar, posso evitar que a senhora e Charlie passem necessidades. Se me permitir, ofereço-lhe minha mão de todo o coração.

— Não posso cogitar uma proposta dessas. Está completamente fora de questão.

— Então me deixe ajudá-la a despeito do casamento.

— Como sua amante, o senhor quer dizer? — ela disse bruscamente. — Não imaginava que...

— Não, não. Como irmã, como desejar. Minhas acomodações são perfeitamente respeitáveis, e eu a deixaria sob proteção da senhoria e me mudaria para outro lugar.

— Não, senhor, não — a voz dela abrandou. — Não seria possível.

— Sei que seríamos pobres no começo, mas com o tempo espero conquistar algum conforto. Tenho amigos, tenho disposição para o trabalho. Faria tudo ao meu alcance...

— Não duvido, Tom — ela tocou meu braço. — Mas não seria possível. Quando meu ano de luto terminar, me casarei com o sr. Carswall.

Olhei para ela por um instante, pasmo, boquiaberto como um idiota. Então agarrei sua mão e disse:

— Sophie, meu amor, não, a senhora não deve...

— Por que não? — ela se afastou, puxando a mão da minha. — É pelo bem de Charlie. O sr. Carswall prometeu dar-lhe uma quantia considerável no dia do casamento, e colocá-lo em seu testamento.

— Isso é odioso. Carswall é um monstro. Eu...

— Será uma união perfeitamente respeitável aos olhos do mundo, e aos olhos da família e dos amigos. Somos primos. Há a questão da diferença de idade, mas isso não tem importância. Não tenho dúvidas de que ficaremos muito bem. Ele cuidará das necessidades de Charlie e eu terei conforto. Não posso fingir que essas coisas não significam nada para mim. E, uma vez que aceitei o sr. Carswall como meu futuro marido, devo respeitar seus desejos. Qualquer relação entre nós dois deve terminar.

Olhei horrorizado para seu rosto pálido, decidido. Algo dentro de mim se estremeceu e quebrou. Dei as costas e corri. Minha vista ficou trêmula. Lágrimas gelaram minhas faces. Atravessei aos empurrões o séqüito que acompanhava o cortejo e precipitei-me para além dos portões do cemitério.

Uma fila de carruagens estava parada do lado de fora. Vislumbrei um rosto conhecido na janela do veículo mais próximo, um cabriolé. A sra. Kerridge esperava sua patroa.

Continuei correndo. Na minha mente, o grito daquele maldito pássaro ressoava.

Ayez peur, ayez peur.

73

Devo ter andado cerca de cinqüenta quilômetros naquele dia, de uma ponta a outra de Londres e voltando em grandes ziguezagues. Às nove da noite, me vi em Seven Dials. Começara a chover, mas eu sabia que aquilo não deteria os bêbados e as prostitutas, os mendigos e os ambulantes.

Àquela altura, a onda de tristeza que me envolvera quando deixei o cemitério já tinha há muito passado. Eu estava frio, inteiramente racional. Não mais ignorava a necessidade de autopreservação, o mais flexível dos instintos. Agarrava com firmeza a bengala, evitava passagens escuras e observava desconfiado as pessoas que encontrava.

Andara tanto com um objetivo simples em mente: acabaria dormindo, pois um corpo exaurido é o melhor dos soporíficos. Minha ida a Seven Dials também tinha um objetivo. Ao se afogar, um homem se agarra a um galho, na esperança absurda de que ele agüentará o seu peso.

Ayez peur, ayez peur.

Dobrei na Queen-street. Um instante depois, passava pela loja do sr. Theodore Iversen. A janela estava iluminada. Atravessei a rua e entrei em uma cervejaria algumas portas adiante. Pedi um copo de cerveja, atravessei a multidão aos empurrões e me recostei em um muro do lado de uma janela suja que dava vista para a outra calçada. Bebi devagar, repelindo as tentativas de conversa. Estava em um dilema. Não queria deixar muito claro meu interesse pela loja, porém, se não chegasse mais perto, não teria como descobrir o que queria. A casa do sr. Iversen logo se mostrou um lugar muito movimentado — tanto a loja quanto o corredor que levava ao quintal dos fundos, onde os homens haviam me atacado. A respeitabilidade era uma qualidade rara em Seven Dials, porém, tudo é relativo, e cheguei gradualmente à conclusão de que os fregueses da loja eram, como um todo, menos vis do que as pessoas que entravam e saíam do corredor.

No geral, os melhores fregueses da loja saíam com um pacote ou uma garrafa. À parte dos movimentos embaçados que às vezes divisava do outro lado do vidro, as únicas coisas que via com clareza se revelavam nos instantes que a porta se abria. Por mais que espreitasse, minha posição não me permitia ver os fundos do estabelecimento.

Alguém tocou meu braço. Virei o corpo para trás, fazendo uma carranca. Por um instante, achei que não havia ninguém. Então, baixei os olhos e vi, sob a luz fraca da taverna, o que a princípio me pareceu o rosto pálido e sujo de uma criança com cabelos ruivos desgrenhados caindo sobre os ombros. Logo em seguida, percebi que a forma por sob o vestido rasgado eram de mulher e a reconheci quase de imediato.

— Mary Ann — falei. — Eu... eu espero que esteja bem.

A mulherzinha muda proferiu um som agudo, como o de um pássaro, do qual me lembrava tão bem do nosso encontro no jardim atrás da casa do sr. Iversen. Seu rosto estava retorcido de medo e, talvez, de ansiedade. Ela agarrou o punho do meu paletó com as mãos imundas e me puxou em direção à porta. Resisti por um momento, temeroso de que ela estivesse me levando para uma armadilha. Uma série de notas, tão puras quanto as de uma corista, jorraram de sua boca. Permiti que me arrastasse até a rua.

— O que foi? O que quer me mostrar?

Daquela vez, o grito foi mais penetrante, talvez contendo um traço de raiva. Ela gesticulou vigorosamente com o braço direito, apontando o fim da rua, e acenando com a outra mão, como se reforçasse a urgência. Então me empurrou para longe dela e, ao fazê-lo, seus olhos cruzaram a rua até a loja. Vi medo naquele rosto, inconfundível daquela vez. Mary Ann cerrou os punhos e fingiu esmurrar meu peito repetidas vezes, socos leves, de mentira, sem intenção de machucar, e sim de me dizer algo.

— Estão vindo atrás de mim? — perguntei. — Querem me ferir?

Sua boca se abriu em um grande "o", revelando dentes podres. Os gritos ficaram mais altos. Ela passou a mão aberta pela minha traquéia.

Degolação.

— Diga-me uma coisa antes de eu ir — tateei o bolso em busca da minha carteira. — O sr. Iversen ainda está com o pássaro dele? Aquele que diz *ayez peur*, o que ficava na loja?

Ela balançou a cabeça e me enxotou, como se eu fosse uma galinha.

— O que aconteceu com o pássaro? — Abri a carteira e mostrei-a para ela. — Onde ele foi parar?

Ela cuspiu na carteira, o cuspe espirrando na minha mão.

Amaldiçoei-me pela tolice.

— Desculpe-me. Mas onde o pássaro foi parar? Na semana passada?

Na luz mortiça da tarde, o crepúsculo lutando contra lampiões e tochas incandescentes, o rosto de Mary Ann ficou ainda mais pálido e as sardas se destacaram como marcas de tifo, Ela não olhava para mim, mas para o outro lado da rua. Dois homens pesados com paletós negros tinham surgido do corredor ao lado da loja. Um deles olhou para mim e o vi cutucar o braço do parceiro.

Na mesma hora, vi outra coisa, algo tão completamente inesperado que mal pude crer. Passando na frente dos dois homens, impedindo que atravessassem correndo a rua na minha direção, estava uma figura pequena, torta, porém extremamente poderosa. Ele abriu a porta da loja — por alguma aberração acústica, ouvi o sino soar — e desapareceu dentro dela. Mas o reconheci. Era o tira-dentes, o homem chamado Longstaff, que morava com a mãe em Lambert-place, um bairro muito diferente de Seven Dials; o homem que me dera a bolsa contendo o dedo mutilado.

Mary Ann guinchou e desceu correndo a rua. Fui andando a passos largos na direção oposta, para a encruzilhada que dá nome ao bairro. Olhei para trás e vi os homens atirando-se na rua para atravessá-la, indiferentes ao tráfego. Abandonei a dignidade e disparei a correr.

Pelos quinze minutos seguintes, brincamos de gato e rato, e segui o tempo todo para o sul e para o oeste. No final, os despistei entrando em um beco na Gerrard-street e me esgueirando pelos fundos dos prédios até sair na extremidade leste da Lisle-street. Diminui o passo para um ritmo mais confortável e andei devagar por entre as luzes mais brilhantes da Leicester-square. Não acreditava que fossem me atacar ali, mesmo se tivessem conseguido me seguir. Dei duas voltas lentas na praça, o que bastou para me convencer que eles tinham ficado para trás.

Por fim, voltei para a Strand e para Gaunt-court. Estava exausto e fraco de fome, pois não comera desde muito antes de encontrar Sophie.

Muito pior do que o cansaço e os pés doloridos era a ansiedade que assolava meus ânimos.

Uma carruagem esperava na entrada para a Gaunt-court, o motorista estava encolhido em seu sobretudo na boléia. O vidro estava baixado e o odor de charuto pairava no ar da tarde, sua fragrância sobrepujando momentaneamente os cheiros da rua. Vislumbrei dois olhos, o branco deles um tanto inquietante à meia-luz do crepúsculo, e ouvi uma voz profunda e familiar.

— Saudações, sr. Shield — disse Salutation Harmwell.

74

Nas instalações do sr. Noak na Brewer-street, Salutation Harmwell ofereceu-me um sanduíche e uma taça de vinho madeira. O lanche veio em boa hora, mas seu efeito, combinado com o calor, a hora avançada, a maciez da cadeira em que me sentava e, acima de tudo, com o cansaço, foi minha ruína. Enquanto esperávamos na sala grande e mal conservada no primeiro andar, caí em um sono profundo.

Uma batida de leve na porta da frente reavivou de súbito meus sentidos. Naquele instante, equilibrado entre o sono e a vigília, um canteiro de rosas ardeu e pulsou como brasas em um fogo morrediço, e o tempo se estendeu no deserto negro e ilimitado à sua volta. Então as rosas se transformaram em tufos de lã, um carpete encardido brilhando sob a luz de lampiões: o tempo não era mais do que o tique-taque do relógio sobre a lareira e a expectativa do nascer do sol.

Ouvi passos no andar de baixo, o chocalhar de uma corrente e um ferrolho sendo retirado. Um tanto confuso, empertiguei-me e limpei a garganta. Suspeitava com apreensão que estivera roncando.

— Perdão — falei. — Acabei cochilando.

Salutation Harmwell, imóvel como um caçador, silencioso e alerta, estava sentado muito ereto no lado oposto da lareira.

— Não tem a menor importância, sr. Shield — ele disse, levantando-se da cadeira. — A culpa é nossa, por lhe trazer aqui tão tarde. Mas, pelo menos, agora sua espera chegou ao fim.

Ouvi passos na escada. A porta se abriu e o sr. Noak entrou. Veio na minha direção com a mão estendida.

— Que bom que o senhor veio, sr. Shield. Sinto muito tê-lo feito esperar tanto. Fui a um jantar com um ministro americano e descobri que ele havia convidado vários cavalheiros que vieram exclusivamente para me conhecer. Não tinha como deixar a Baker-street com dignidade sem antes falar com todos eles.

Afirmei automaticamente que não havia sido inconveniente algum, estranhando um pouco a sua cortesia. O sr. Noak fez um gesto para que eu me sentasse de volta na cadeira. Ele, por sua vez, tomou o lugar que Harmwell vagara. O assistente permaneceu de pé — respeitoso para com o sr. Noak, mas nunca subserviente —, suas roupas e pele negras misturando-se às sombras afastadas do círculo de luz em torno da lareira.

Falei, mais abruptamente do que queria:

— Posso lhe perguntar como descobriu meu endereço, senhor?

— O quê? Oh, meus advogados londrinos recomendaram um investigador que faz esse tipo de trabalho — olhou para mim por sobre os óculos. — O senhor não lhe deu muito trabalho.

Pensei ter notado um vestígio de interrogação naquelas palavras, mas decidi ignorá-lo. Disse:

— Quando ele me encontrou?

— No começo desta semana — depois de uma pausa, ele acrescentou, a voz subitamente ríspida. — Por que a pergunta?

— Ele foi notado na casa em que estou morando.

— Sim. Não voltarei a usá-lo. Ele era menos discreto do que o desejado — Noak hesitou e então prosseguiu. — Veja bem, quando o mandei achá-lo, não sabia bem quando, ou se, queria ver o senhor. Porém, uma série de acontecimentos fez com que reencontrá-lo se tornasse uma questão urgente.

— Para quem?

— Oh, para nós dois — o americano recostou na cadeira e um espasmo de dor cruzou seu rosto. — Na minha opinião, quero dizer. É claro que somente o senhor pode julgar seus interesses.

— É difícil julgar alguma coisa quando não se faz idéia do que está acontecendo, senhor.

Ele inclinou a cabeça, como se reconhecesse a força do meu argumento e disse em sua voz monótona e baixa:

— Assassinato, sr. Shield. Foi isso o que aconteceu. E agora surgem as conseqüências.

— O senhor quer dizer o assassinato do sr. Frant?

Noak falou:

— Estamos indo rápido demais. O certo é: assassinatos.

A palavra no plural encheu a sala com um silêncio repentino e desconfortável. Uma coisa é articular uma teoria na privacidade da sua própria mente; ouvi-la da boca de outra pessoa, especialmente de um homem sensato, é outra completamente diferente.

Fingi ignorância.

— Perdão, senhor, não compreendo.

— O homem que jaz no cemitério da igreja de St. George perdeu o rosto, sr. Shield. A lei decidiu que ele era o sr. Frant, mas às vezes a lei pode ser estúpida.

— Se não é o sr. Frant, então quem é?

Noak me observou em silêncio por um instante. Seu rosto perfeitamente impassível. Por fim, suspirou e disse:

— Ora, ora, vamos falar sem rodeios. O senhor e Harmwell encontraram o corpo da sra. Johnson. Tanto sir George quanto o sr. Carswall tiveram motivos prementes para tratar a morte como o acidente que ela pareceu, ao menos superficialmente, ser. Mas nós dois não temos motivos para nos enganarmos. O que diabos uma senhora respeitável estaria fazendo no depósito de gelo do vizinho, na calada de uma noite de inverno, vestida com as roupas do marido? Tenho certeza de que o senhor se lembra dos cães envenenados, e da armadilha que foi acionada no East Cover. Creio que Harmwell tenha lhe chamado a atenção para o som de um cavalo, quando estavam carregando os meninos de volta naquela noite. E estou certo de que se lembra do anel que encontraram na manhã seguinte — ele emitiu um som seco e nasal, que interpretei como sinal de regozijo. — A propósito, sei julgar um caráter. Jamais acreditei nas acusações do sr. Carswall contra o senhor.

— Fico muito feliz por isso, senhor. Mas imagino que, e admito saber pouco ou nada sobre as leis, mesmo tendo havido dois assassinatos em vez de um, e mesmo que a vítima do primeiro não seja o homem que parece, não seja fácil mudar o veredicto do júri de um magistrado provincial. Pelo menos não sem uma prova irrefutável.

— Dois assassinatos? — disse ele, ignorando minha observação. — Não falei dois assassinatos. Creio ter havido pelo menos mais um — o sr. Noak se inclinou para frente, os cotovelos nos braços da cadeira, e vi a pontada de dor passar mais uma vez como uma sombra sobre seu rosto. — Esse é o motivo do meu envolvimento. Mas já lhe revelei alguma coisa sobre isso.

Ele me encarou. Demorou um instante para o significado do que ouvi ficar claro. Quando ficou, senti uma inesperada onda de pena.

— O tenente Saunders, senhor? Seu filho?

Noak se levantou. Atravessou lentamente aquele triângulo vermelho de carpete até chegar ao fogo. Estendeu a mão, pousou-a sobre a lareira e virou-se para mim. Fiquei pasmo com a mudança em seu rosto. Parecia um homem muito, muito velho.

— O senhor se lembra que falei dele em Monkshill? — ele disse. — Fiz isso em parte para ver qual seria o efeito que seu nome causaria no grupo depois que revelei o parentesco. Ele não é muito conhecido, nem mesmo na América.

Ele também dissera que eu parecia com o filho, e que aquele dia era o seu aniversário. Lembrava-me também que havia me segredado algo sobre a maneira como o jovem morreu.

— Se não me engano, o senhor me contou que ele morreu em um acidente — falei.

— Outro acidente — Noak pronunciou a última palavra de forma rancorosa, sibilante. — E muito mal forjado. Encontraram-no em um beco lamacento atrás de um hotel que não era melhor do que um prostíbulo: a cabeça enfiada em uma poça, fedendo a conhaque e afogado. Chegaram a achar uma mulher que jurou que ele havia tentado se deitar com ela. Disse que aceitara o dinheiro, mas que ele não conseguiu cumprir sua parte porque estava bêbado demais. De acordo com os oficiais colegas dele com os quais pude conversar, meu filho não bebia conhaque e não tinha negócios naquela parte de Kingston. Também não tinha fama de recorrer a prostitutas — ele fez uma pausa e lançou um olhar inquisidor para mim, na verdade, quase de súplica, que me confundiu.

— Os amigos de um jovem podem não querer contar a verdade nua e crua sobre ele para um pai.

— Estou ciente desse fato, e já o levei em consideração. Mas não acredito que meu filho tenha morrido acidentalmente. E se não morreu dessa forma, então como e por que morreu? — Noak gesticulou para as sombras à esquerda. — Harmwell está convencido de que ele foi morto para ser calado.

— Senhor, eu lamento muito a morte do seu filho. Mas perdoe-me se lhe digo que não entendo por que me procurou, ou por que me trouxe aqui a essa hora.

— O laço que nos une, sr. Shield, que liga o assassinato do meu filho àqueles outros, é o banco Wavenhoe. O banco tinha negócios no Canadá durante a guerra. O sr. Frant inspecionou as operações dele lá pessoalmente durante um ou dois anos, até 1814. Sempre há dinheiro para se fazer em um período de guerra, se você não se importar com os riscos. Um contratante se viu em dificuldades, e o banco o salvou, cobrando um preço por isso. A instituição comprou a empresa, e o sr. Frant assumiu a direção. Originalmente, o contrato era de fornecimento de ração para cavalos de artilharia, pelo que sei, mas o banco expandiu consideravelmente a esfera de ação. E se saíram muito bem. Mas, então, a fome de lucro do sr. Frant superou tanto seu tino comercial quanto seus escrúpulos patrióticos. Vários tipos de homem vão para o exército, e nem todos são contra obter lucros pessoais, especialmente se tudo o que for necessário seja fazer vistas grossas ocasionalmente. O que eles estão defraudando, no fim das contas? Não pensam nos seus colegas, ou em qualquer indivíduo, como vítimas dos seus atos, e sim como coisas sem rosto e sem forma, como o Departamento de Guerra, ou o governo, ou o rei Jorge. Dizem a si mesmos que não se trata de roubo, e sim de uma gratificação legítima do ofício a que todos têm direito e sobre a qual ninguém fala. Então assinam o recebimento de materiais que não receberam ainda, ou de artigos danificados, ou inventam a perda da papelada necessária. E tudo isso significa que o contratante tem um belo excedente à disposição e, em muitos casos, e isso é fato, o sr. Frant encontrou um mercado favorável do outro lado da fronteira, nos Estados Unidos.

— Mas isso é traição — eu disse.

— O lucro não tem nacionalidade — respondeu Noak. — E segue uma ética própria. Acredito que assim que Frant estabeleceu um canal que ligasse a América do Norte Britânica com os Estados Unidos, descobriu que ele poderia ser usado para informações, e não só para mercadorias. Informações deixam bem menos rastros e são muito mais lucrativas.

— O senhor tem provas?

— Sei que informações foram transmitidas para os Estados Unidos e tenho certeza absoluta de que o sr. Frant teve um papel nisso — o sr. Noak se interrompeu subitamente, deu meia-volta e estendeu o braço na direção do sr. Harmwell. — O senhor sabia que, quando meu filho foi nomeado tenente do 41º Regimento, Harmwell se alistou nele? Isso foi no começo da guerra, em 1812. Conte ao sr. Shield, Harmwell, conte o que viu.

Harmwell saiu das sombras.

— O tenente Saunders deu-me a honra de ser seu confidente — ele disse sonoramente, como se lesse uma sentença em um tribunal de justiça; e seu timbre poderoso reduziu a lembrança da voz de Noak a um mero sussurro. — Ele acreditava que o intendente do regimento estava envolvido em peculato em conluio com um contratante. Dois dias antes da sua morte em 6 de maio de 1814, ele me levou para testemunhar um encontro entre o intendente e um cavalheiro em um café. Não soube o nome do cavalheiro na ocasião, mas vi seu rosto.

— Compreende? — exclamou Noak. — A possibilidade de prova. Mais tarde, Harmwell identificou o homem que o intendente encontrou como sendo Henry Frant. O senhor estava presente no momento da identificação: quando visitamos a Russell-square ao chegarmos de Liverpool, e o senhor viera levar o filho de Frant de volta para a escola.

— Mas o senhor pode provar que o cavalheiro estava envolvido na fraude? — perguntei.

— Meu filho estava convencido disso — falou Noak. — Ele contou a Harmwell.

Poderia ter argumentado que um boato está muito longe de uma prova. Em vez disso, falei:

— O sr. Frant recebeu-o bem. O senhor parecia uma visita ilustre.

— E por que não seria? Ele não sabia do meu parentesco com o tenente Saunders, ou do meu verdadeiro motivo para visitar o país. Um amigo em comum escrevera para ele avisando da minha chegada. Frant me conhecia apenas como um americano rico com dinheiro para investir e vários amigos que lhe poderiam ser úteis. Lancei mão de vários artifícios para garantir que seríamos bem recebidos.

— O senhor escreveu o nome de Carswall no verso do cartão quando mandou que o entregassem a ele.

Noak franziu o cenho.

— O senhor é observador. Fiz isso para dar a Frant um motivo a mais para me receber, e sem demora. O atrito entre os dois homens é notório, de modo que falei que gostaria de consultá-lo sobre o ressarcimento de uma dívida pendente com Carswall. Um homem vê com bons olhos alguém que possui o mesmo inimigo que ele: sempre confiei nessa premissa. E devo dizer que Harmwell o reconheceu imediatamente.

— Mas o fato de o sr. Harmwell tê-lo reconhecido não prova que ele tenha sido culpado de nada.

— É claro que não — disse Noak. — Não vou fazer rodeios, sr. Shield: acredito que o sr. Frant tenha ordenado a morte do meu filho por ele ameaçar expor as bases sórdidas dos negócios que o estavam enriquecendo. Porém, não posso provar.

— O senhor não poderia recorrer às autoridades?...

— Com base em quê? Em alegações ousadas sustentadas apenas pela palavra de um negro? Harmwell é um homem muito respeitável, mas... bem, tenho certeza de que não preciso dizer mais nada. E o senhor precisa ter em mente o fato de que sou um cidadão americano. Acredite em mim, tentei dar prosseguimento à questão pelas vias ortodoxas sem sucesso.

Não completamente sem sucesso, pensei: pois os esforços de Noak ajudaram a espalhar os boatos que Rowsell ouvira pela cidade.

— Seja como for, existem outros meios — ele notou meu olhar de espanto e prosseguiu. — Sempre dentro da lei, sr. Shield, não pretendo descer ao nível deles. Em síntese, estou plenamente convencido da culpa do sr. Frant no que diz respeito à morte do meu filho, porém, sou totalmente incapaz de prová-la. Entretanto, a investigação que fiz sobre seu caráter e atividades na Inglaterra sugeriu que ele possuía outras vulnerabilidades, que talvez fosse possível levá-lo à justiça por outros crimes. Além disso, quis vir até aqui por outro motivo, para descobrir se o sr. Frant agira sozinho no Canadá, ou sob ordens de protetor mais poderoso.

O quadro de miséria que havia sido causado pelo colapso do banco Wavenhoe no fim do ano anterior surgiu diante dos meus olhos.

— Devo entender que o senhor acarretou a queda do banco, e de todos os correntistas, em prol de uma vingança pessoal contra o sr. Frant?

— Não causei a ruína do banco, senhor — explodiu o sr. Noak. — Essa afirmação é extremamente imprecisa. A ruína era inevitável, uma vez que o sr. Carswall retirou seu capital e Henry Frant assumiu a direção. Eu somente a apressei, e me certifiquei de que Frant fosse incriminado e sua fraude, exposta.

— O senhor comprou dívidas a preços reduzidos e exigiu pagamento?

— Vejo que o senhor está muito bem informado. Sim, entre outras táticas. Por exemplo, fiz o sr. Frant crer que eu estava considerando investir pesado em um banco inglês; era isso que discutíamos na noite da morte do sr. Wavenhoe. A informação que obtive foi extremamente valiosa. Quando se tem um pouco de conhecimento, pode-se conseguir muito cochichando nos ouvidos certos. Um banco é como um balão de ar quente, suspenso pelos gases da confiança pública. Se o balão for furado, ele despenca do céu.

— Chegamos então ao assassinato do sr. Frant — eu disse secamente.

Noak me observou em silêncio por um instante.

— Muito conveniente, não? Impediu que ele e a família passassem pela mortificação de um julgamento e pelo enforcamento público que inevitavelmente se seguiria a ele. Significou também que muitas perguntas ficaram sem resposta, pois apenas Henry Frant poderia respondê-las. Por exemplo, havia uma quantia considerável em títulos que nunca foi resgatada. O assistente particular dele deu-me uma lista de notas promissórias desaparecidas que estavam de posse do banco Wavenhoe no fim de agosto.

— Arndale? Não foi ele quem identificou o corpo do patrão no inquérito?

— O senhor sugere que ele não seja uma fonte incontestável. É possível. Mas confirmei ao menos parte de sua informação com outra pessoa, e estou inclinado a pensar que ele não tem motivo algum para esconder a verdade. Mas não houve resgate dos títulos: Frant pode têlos gastado no jogo ou vendido-os a preços reduzidos antes da sua suposta morte no dia 25 de novembro. Mas não creio.

— Eles podem ser transformados em dinheiro vivo? Mesmo agora?

Noak assentiu.

— Eram todos títulos ao portador. Seria preciso saber o que se estava fazendo, e é claro que a transação deixaria rastros — ele andou de volta para a cadeira e sentou-se lentamente. — Duas semanas atrás, uma das notas promissórias na lista foi apresentada para pagamento em Riga.

A quantia chegava a quase 5 mil libras. Não foi apresentada diretamente, mas por um intermediário local.

— Quase seis meses depois da morte do sr. Frant — observei.

— Ou desaparecimento — Noak olhou para Harmwell, que se recolhera às sombras. — Mas acho provável que Frant não tinha os títulos à disposição até meados de janeiro desse ano — ele fez uma pausa e fixou o olhar em mim.

Eu disse:

— O senhor acredita que ele os escondeu em Monkshill?

Noak me encarou, impassível.

— Ele conhecia Monkshill e seus arredores intimamente — prossegui. — Como somente alguém que cresceu lá poderia conhecer — olhei de volta para Noak, e achei ter visto sua cabeça se mover em um assentimento quase imperceptível. — A cavidade na fossa do depósito de gelo. É o tipo de esconderijo que um menininho curioso encontraria.

— Quantos anos tinha Frant quando deixou Monkshill, o senhor sabe?

— Dez ou 11 — lembrei-me de Sophie contando-me na noite do baile, quando estávamos os dois sentados diante da lareira na Fendall House. Ansiei com uma súbita urgência que ela estivesse ao meu lado naquele momento. — Minha fonte é incontestável. Ou talvez ele o tenha descoberto mais tarde. Quando freqüentava a escola na Inglaterra, ficava muitas vezes com os Ruispidges em Clearland-court. Não fica longe para um jovem cheio de energia. Ele poderia muito bem ter revisitado os cenários da juventude.

— Ah — Noak retraiu os lábios, expondo as gengivas. — Então, se considerarmos essa hipótese, por que Frant não resgataria os títulos antes de janeiro?

— Por que quando os escondeu, deve ter chegado à fossa pelo dreno. O depósito de gelo estava cheio e ele não poderia alcançá-la pela câmara superior. Não podia prever o acidente dos temporais de outono, ou o desmoronamento que bloqueou o túnel na saída do dreno.

— Exatamente, sr. Shield. E por que Monkshill? Por que Monkshill em vez de qualquer outro lugar do mundo?

Sorri para o sr. Noak, pois percebi de repente que sabia tanto quanto ele, que finalmente estávamos em pé de igualdade.

— A sra. Johnson.

— Ela era sua comparsa — disse Noak secamente. — Não tenho a menor dúvida quanto a isso.

— Eu a vi em Londres, em outubro, perto da Russell-square. A srta. Carswall a viu de relance em Pall Mall. Mas em Monkshill ela negou ter estado na cidade.

— Acredito que a mulher fosse amante dele. — Havia um raro vestígio de cólera na voz de Noak, como se o adultério lhe fosse mais repugnante do que roubo ou assassinato. — Quando Frant viu a ruína se aproximar, suspeito que separou uma série de bens móveis para que ele ou a sra. Johnson os escondessem em Monkshill. É possível que os tenha entregado a ela no dia em que o senhor a viu, para que os levasse ao esconderijo. Sem dúvida a intenção era esperar a poeira baixar e então fugir para o exterior sob nomes falsos. Quando o entupimento do dreno impediu que fizessem isso, foram obrigados a esperar a limpeza do depósito, quando a fossa estaria acessível da própria câmara. Na noite em questão, envenenaram os cães e seguiram da Grange Cottage para o depósito para recuperar o que estava escondido. Então, algo saiu errado, uma discussão entre amantes que acabou mal, talvez, ou mesmo um simples acidente, e a sra. Johnson morreu, deixando Frant sem escolha senão pegar o que tinha vindo buscar e garantir sua fuga. De qualquer forma, ele seria enforcado se fosse apanhado.

— Isso é especulação, senhor.

— Não de todo: e o que é especulação é bem sustentado por provas. Meditei sobre os acontecimentos dos meses anteriores.

— Isso não explica o seu interesse no sr. Carswall — minha voz estava rouca, e ainda estava cansado e ficando com fome. — Tampouco seu interesse em mim.

— O sr. Carswall — Noak cerrou os lábios à medida que organizava os pensamentos. — Minhas investigações tanto aqui quanto na América do Norte revelaram sem sombra de dúvida que, até alguns anos atrás, Frant era cria de Carswall. Quando Frant foi para o banco Wavenhoe na juventude, não tinha nada a seu favor além da origem, e mesmo isso estava manchado pelos excessos do pai. Ainda assim, ele prosperou, e com imensa rapidez, pois encontrou um protetor em Carswall, que era então sócio ativo do banco. Carswall vendeu sua participação nas Índias Ocidentais logo antes da abolição do Tráfico e investiu grande parte do capital no banco. Já naquela época, George Wavenhoe não era mais o homem de outrora, embora a reputação do estabelecimento ainda fosse sustentada pela sua notória integridade, tanto moral quanto financeira. Na teoria, foi George Wavenhoe quem enviou Frant para o Canadá durante a guerra, para inspecionar e expandir os interesses do banco naquele país. Na prática, porém, não tenho dúvidas de que a decisão foi de Carswall. O assistente de Frant disse-me que tinha certeza disso.

— Então a questão é: Carswall tinha conhecimento das atividades de Frant no Canadá e do assassinato do tenente Saunders?

— Exatamente. Minhas investigações levavam sempre a Carswall, mas não tenho provas. E quero justiça, sr. Shield, não vingança: dentro da lei, sempre dentro da lei — o sangue lhe subira às faces e suas mãos se agarravam convulsivamente aos braços da cadeira. Ele ficou calado por um instante e então prosseguiu em uma voz mais baixa, subitamente cansada. — O senhor se lembra que Carswall e eu estávamos negociando alguns depósitos em Liverpool. Isto serviu a dois propósitos. Por um lado, deu-me um motivo para prolongar nossa estadia em Monkshill-park e, por outro, permitiu que meus advogados examinassem os registros dos depósitos. Eles são propriedades pessoais de Carswall: e não resta dúvida de que as mercadorias destinadas aos contratantes de Frant na América do Norte Britânica passaram por eles, e que Carswall cobrou um preço alto pelo privilégio. Mas isso obviamente não serve de prova de que houvesse conluio com Frant, ou mesmo corrupção. E a questão se complica imensamente pelo fato de que Frant e Carswall se desentenderam quando o último retirou seu capital do banco cinco anos atrás, depois que Frant havia voltado do Canadá e se tornado sócio da instituição. A saída de Carswall fez com que a quebra do banco fosse quase inevitável, graças, especialmente, ao estilo de vida dissoluto e perdulário de Frant. Ele tentou prevenir sua ruína através da fraude, mas ela não resolveria o problema para sempre. Então ele e a amante bolaram este plano desesperado.

— Se Frant não foi assassinado em Wellington-terrace, quem foi?

Noak deu de ombros.

— E isso tem importância? Montes de homens desaparecem em Londres todos os dias. Sem dúvida Frant encontrou algum infeliz mais ou menos da mesma idade e constituição física, contou-lhe uma história e o assassinou. Suspeito que a sra. Johnson tenha feito o papel de Lady Macbeth. A impressão que tive dela foi de uma mulher decidida, implacável. Nada a impediria de conseguir o que quisesse.

Isso era mais do que plausível. Mas Noak ainda não sabia tudo que eu sabia.

— Então, agora voltamos para o presente — ele disse, e sua voz fraca estava rouca por conta do cansaço e de tanto falar. — Uma das notas promissórias perdidas mudou de mãos. Então podemos deduzir que é quase certo que Frant esteja no exterior, vivendo sob um nome falso e indo de um lugar para o outro. Mas Carswall ainda está aqui, e o considero tão responsável pela morte do meu filho quanto Frant e quanto o homem que enfiou a cabeça dele contra a poça. Se não puder provar seu envolvimento no assassinato do meu filho, então encontrarei outra coisa que tenha feito, algo que não possa ser escondido com facilidade, como fiz com Frant. Nestes meses que precedem o casamento da filha, ele se encontra em uma situação particularmente delicada — Noak fez uma pausa, o queixo se movendo sem fazer barulho e com método, como se mastigasse o problema até transformá-lo em um bolo que pudesse digerir. — E ainda existe outra possibilidade que tornaria sua situação ainda mais precária: se pudéssemos mostrar que ele e Frant, longe de serem inimigos mortais, estivessem agindo em conluio.

— Isso é pouco provável... eles se odeiam.

Noak ignorou minha interrupção.

— Mesmo a essa altura, não é impossível matar dois coelhos com uma cajadada só. O que me dá esperança é a nota promissória que foi transferida para Riga. Investiguei as circunstâncias que a levaram a ser apresentada para pagamento, como ela passou de mão em mão. É como uma corrente, um elo ligado à nota, todos os demais correspondendo à pessoa que a passou adiante. Porém, a corrente se quebra em fevereiro. A nota desaparece e ressurge naquela lista que Arndale preparou para mim. Nenhum desses elos está relacionado a Henry Frant. Mas um deles, um tabelião em Bruxelas, tem vínculos com Stephen Carswall.

O raciocínio era muito precário para a conclusão que gerava. Disfarcei um bocejo e disse:

— O ódio inveterado entre o sr. Carswall e o sr. Frant certamente depõe contra essa hipótese, e há outros motivos também.

— Chegarei a eles oportunamente — respondeu Noak. — Enquanto isso, irei apenas observar que a necessidade cria uniões estranhas. Não me surpreenderia que Frant tivesse dificuldades em operar com o anonimato necessário, mesmo no exterior. O mercado financeiro não é tão grande: ele pode abarcar o mundo, mas conserva muitas das características de uma vila.

Balancei a cabeça.

— Não vejo por que Carswall correria riscos desse vulto por um homem que há tão pouco tempo desprezava — um homem, pensei, mas não acrescentei em voz alta, cuja esposa ele deseja com tanto ardor a ponto de fazer vistas grossas à ausência de dote e aos crimes do ex-marido.

— Ah! — Noak saltou de pé, como se diante daquela explosão de energia um esforço físico se fizesse essencial. — Aí está a beleza da coisa. Arrisco dizer que eles ainda se odeiam. Mas ambos têm algo a ganhar com a retomada da sociedade, e ambos sabem que um não ousaria trair o outro. Frant precisa transformar em dinheiro seu capital obtido injustamente; precisa encontrar um lugar para viver em segurança; e tem que evitar a qualquer custo a forca que o aguarda na Inglaterra. Carswall, por outro lado, cobraria caro pelo serviço de converter o que quer que Frant tenha salvado da falência do banco em dinheiro vivo. Mas ele não se sente tentado a trair Frant. Em primeiro lugar, também precisa de dinheiro, por mais rico que seja. Sir George Ruispidge é um belo partido para a filha bastarda, porém, um baronete como sir George custa caro. Em segundo lugar, Frant daria a ele as notas promissórias uma a uma, de modo que Carswall não teria motivo para dar um calote. E em terceiro lugar, se ficar provado que Frant está vivo, ele seria um obstáculo para o que imagino ser o maior desejo de Carswall, aquilo que ele deseja com toda a força da obsessão de um velho.

— Rogo-lhe que me esclareça, senhor — disse com frieza.

— Refiro-me, como o senhor deve saber, à sra. Frant. Aos olhos da lei, o marido dela está morto e ela está livre para se casar novamente. No entanto, se o sr. Frant assim desejar, ele pode reverter a situação com um algumas linhas escritas na segurança de um refúgio estrangeiro. Não, no atual estado de coisas, todo este arranjo complexo está em perfeito equilíbrio. Perfeito, mas precário.

Já me ocorrera há muito que o sr. Casrwall não era o único cavalheiro de idade avançada nas garras de uma obsessão. Falei da maneira mais calma que pude:

— O senhor ergueu uma construção muito impressionante. Mas não estou convencido de que as bases dela sejam firmes o bastante para sustentar seu peso.

Noak se aproximou da minha cadeira e, por menor que fosse, assomou-se sobre mim.

— Então me ajude a testar a resistência dela. — Tamanho era o seu entusiasmo, que algumas gotas de saliva salpicaram meu rosto. — Se minha hipótese estiver correta, sr. Shield, se os medos e desejos de ambos estiverem equilibrados com tanta precariedade, então a menor perturbação, o menor choque, será suficiente para tombá-los. E quem melhor do que o senhor para causá-lo?

75

Seria mentira dizer que saí correndo. Não faltei com a civilidade, embora tenha sido um pouco frio. Mas parti sem demora. Recusei-me terminantemente a ouvir qualquer outra proposta que o sr. Noak pudesse fazer, ou a escutar mais um de seus motivos bem trabalhados porque eu deveria ajudá-lo. Tampouco permiti que o sr. Harmwell chamasse uma carruagem para mim ou me acompanhasse até em casa.

Uma chuva fraca caía. Segui pelas ruas ainda repletas de farristas e dos que se aproveitam deles. Com o chapéu na mão, parei em frente ao reformatório no fim da Castle-street e olhei para onde as estrelas estariam em outro lugar. Senti a água gelada da chuva refrescar meu rosto. Foi naquele instante que por fim aceitei a verdade que deveria estar clara desde que Sophie deixou meu pequeno quarto na Fendall House: eu a perdera. Na verdade, exceto em um sentido estritamente carnal, jamais a havia possuído, de modo que não poderia dizer que ela um dia foi minha e então a perdi. Sophie cedeu-se momentaneamente a mim, por razões próprias; e, como muitos empréstimos, a transação durou um período curto e fixo, e os juros foram muito mais altos do que o mutuário tinha previsto.

Alguns minutos depois, cheguei à Strand. Andava devagar, tão cansado que mal me dava conta da fadiga, tão exausto que não me preocupei com a possibilidade de estar sendo seguido. Tinha a ilusão de estar flutuando sobre o asfalto, amortecido pela dor nos meus pés inchados, sendo que o esquerdo estava molhado, por conta de um furo na sola do sapato.

À medida que caminhava, remoía o que havia acontecido na Brewer-street. Meus pensamentos tinham a clareza enganadora que muitas vezes acompanha a fadiga. Acreditava que o sr. Noak tinha sido extremamente sincero: o que podia ser creditado à força do seu desejo fanático de vingar a morte do filho, ao desespero em apresentar avanços, à idade avançada e conseqüente declínio das faculdades intelectuais, ou a qualquer combinação desses fatos. Alternativamente, cada palavra, cada hipótese, cada confidência aparente, havia sido planejada com cuidado com o propósito de alcançar um fim desconhecido.

Os acontecimentos daquela noite eram apenas os últimos de uma longa série. Do começo ao fim daquela triste história, fui levado por uma coleira — por Henry Frant, Stephen Carswall e agora pelo sr. Noak; por Flora Carswall e talvez até mesmo por Sophie, embora minha parcialidade em relação a ela tentasse me levar a crer que ambos tivéssemos sido vítimas. Era inegável que eu chegara bem perto de aceitar a proposta do sr. Noak, uma vez que ela parecia estar em perfeito acordo com as minhas próprias intenções. Mas um dos inconvenientes do plano era o seguinte: não conseguia me livrar da idéia que se alguém tivesse um motivo para assassinar o sr. Frant, esse alguém era o sr. Noak.

Parei para recostar em uma grade. Em algum canto da minha mente, notei que uma série de passos atrás de mim também havia parado. Um instante depois, segui adiante e assim o fizeram os passos. Repeti a experiência e obtive o mesmo resultado. Londres é uma cidade agitada, mas, à noite, em alguns lugares o silêncio é tão profundo que se pode ouvir um alfinete cair no asfalto. Os passos deveriam ter me botado instantaneamente em alerta. Mas meu corpo estava muito esgotado e minha mente por demais repleta de pensamentos inquietantes para reconhecer a possibilidade de eles serem motivo de alarme.

O esquema grandiloqüente do sr. Noak para surpreender seus inimigos era o seguinte: ele queria que eu espionasse Sophie e, através dela, Carswall. A sra. Kerridge, ao que parecia, tinha prazer em passar informações ao sr. Harmwell e relatara meu encontro com sua patroa no cemitério naquela tarde. Noak também ficara sabendo através dela o verdadeiro motivo que me levou a ir embora de Monkshill-park. A partir disso e das minhas próprias observações, presumira muito corretamente o meu afeto por Sophie Frant. Deduzira também, logo que conheci o sr. Carswall, que eu havia sido contratado para assuntos confidenciais. Por este motivo, mandou Harmwell me seguir quando fui a Queen-street pela primeira vez, em busca do homem que poderia ser tanto David Poe quanto Henry Frant. Tive sorte por ele ter tomado essa providência — foi o sr. Harmwell quem me salvou quando fui atacado pelos capangas de Iversen, e agora Noak queria que eu pagasse um preço por isso.

Então, naquela noite, Noak me atiçara com uma esperança de recompensa: se conseguisse transformar Sophie em sua espiã, como ele tinha sugerido, eu poderia ter esperanças de conquistá-la para mim. Com Carswall em desgraça, ela não teria outra pessoa a quem recorrer. Noak prometeu-me que, se tudo corresse bem, cuidaria para que eu tivesse renda suficiente para ajudá-la. Porém, as promessas eram vagas e não tinha garantia de que seriam cumpridas. Imaginei que ele me prometeria tudo se eu pudesse garantir a queda de Stephen Carswall e descobrir a identidade do homem em Wellington-terrace. No fim das contas, não confiava no americano, motivo pelo qual não lhe contei sobre o dedo que fui levado a encontrar na casa do tira-dentes, ou sobre a descoberta, naquele mesmo dia, que o tira-dentes era um dos clientes do sr. Iversen.

Com imenso esforço, abandonei o apoio da cerca e desci mancando a Strand. Mover-me havia se tornado uma forma de tortura. Pior do que as mazelas do corpo, no entanto, era o desespero que assolava minha mente. A oferta de Noak me dera a possibilidade de ganhar Sophie de volta. Era uma tentação mais sedutora do que qualquer outra que já havia enfrentado. Também poderia ter sucumbido sob a alegação de que ela poderia salvar Sophie do sr. Casrwall, que eu sabia ser o pior dos homens.

Ouvi passos atrás de mim, lentos e arrastados, como se fossem um eco dos meus. Nêmesis vinha no meu encalço e sabia que não precisava se apressar.

O problema era o seguinte: nos últimos seis ou sete meses, já havia aprendido muito bem o que era se sentir manipulado por outras pessoas, não ter mais controle sobre o próprio destino do que uma marionete. Se aderisse à proposta do sr. Noak, faria de Sophie minha marionete. Ao concordar em se casar com o sr. Carswall, ela havia feito uma escolha perfeitamente racional, que pelo menos tinha a vantagem de que o mais provável era que o matrimônio não duraria muito. Para ela, não seria uma união por amor. Quanto a ele, eu duvidava que as emoções que faziam com que a desejasse tivessem muito a ver com o amor conforme geralmente o entendemos; pois o desejo de possuir, de ser senhor de outra pessoa, não é amor. Mas ambos sairiam ganhando com o acordo. Casamentos haviam sido felizes sem amor no passado, mas não sem dinheiro. Conforme afirmou Flora Carswall, o amor em uma cabana não paga as contas. Não se pode comer e beber o amor; não se pode vesti-lo e ele não vai sustentar seus filhos.

Cheguei à entrada da Gaunt-court. Não havia iluminação a gás lá, é óbvio, apenas o brilho vacilante do lampião a óleo na esquina. Nada havia mudado, disse a mim mesmo, desde que Sophie havia me dispensado naquela tarde.

Ao pé da escada, diante da porta de entrada do número três, parei e, apoiando-me na cerca, me virei para olhar para a quadra. Ouvi ao longe uma carruagem atravessar a Strand, o bater de cascos, o som de arreios e o barulho das rodas na rua. Não escutei passos. Em algum momento dos últimos minutos, haviam parado. Disse a mim mesmo que Londres é uma cidade repleta de dramas encenados todas as noites, e que não havia motivo algum para crer que aqueles passos pertenciam à minha pequena tragicomédia. Porém, quando eles pararam, me senti inexplicavelmente inquieto.

Ayez peur, murmurei para mim mesmo, *ayez peur*.

76

Na manhã seguinte, saí da casa em busca de café. Não havia me lavado ou feito a barba. Acordara tarde e minha mente ainda estava nebulosa de sono.

Uma carruagem pequena e fechada, pintada de preto e um tanto mal-conservada, estava parada na esquina, em frente ao poste de luz. Ao me aproximar, a porta se abriu e um homem escuro, com roupas pretas puídas, se debruçou na janela e perguntou-me qual era o caminho mais rápido para chegar ao Covent Garden.

Ao mesmo tempo, um segundo homem, também vestido de preto, deu a volta por trás da carruagem e agarrou meu braço. O primeiro homem pegou-me pela lapela. Juntos, me empurraram e puxaram para dentro do veículo. O segundo entrou depois de mim, fechando a porta às suas costas. A carruagem partiu com um arranco.

Com nós três dentro, quase não havia espaço para me mover, quanto mais para resistir. As cortinas estavam fechadas e quase não havia luz. O primeiro homem estava com o braço em volta do meu pescoço, empurrando minha cabeça para trás. Senti uma faca alfinetar minha garganta.

— Fique quieto, trouxa — ele murmurou. — Fique quieto ou vamos acabar tendo um acidente feio.

Enquanto a carruagem chacoalhava e saltava nas ruas tomadas pelos sons de uma manhã londrina, um ritual era encenado dentro dela. Uso a palavra ritual propositalmente. Meus seqüestradores sabiam com tanta exatidão o que estavam fazendo que havia uma calma negligente, que revelava familiaridade, em seus movimentos. O segundo homem amarrou meus pulsos na frente do meu corpo, enfiou-me um pano imundo na boca e, por fim, atou meus joelhos.

Àquela altura, estava encolhido no canto do assento, com a ponta da faca ainda na garganta. Os dois ficaram calados. O som da nossa respiração e o cheiro dos nossos corpos enchiam o espaço mínimo. Tentei, sem sucesso, fazer minha mente lidar com a situação, mas o medo inibe o pensamento racional. Amaldiçoei repetidas vezes a tolice que cometi de permanecer na casa na Gaunt-court, em vez de buscar refúgio sob outro nome e em outra parte da cidade. Mais uma vez, e em circunstâncias mais brutais do que antes, havia me tornado uma nulidade na minha própria vida.

Paramos novamente. Senti e ouvi nosso cocheiro saltar da boléia, o som de vozes e portões pesados sendo destrancados e empurrados para trás. Então, os cavalos voltaram a se mover. Neste momento, minha cabeça foi agarrada com brutalidade e uma venda colocada sobre meus olhos. A porta da carruagem se abriu. Uma corrente de ar fresco entrou. Um dos passageiros saltou. Juntos, me arrastaram para fora do veículo. Em um instante, estava ao ar livre com um homem de cada lado segurando meus braços.

Devido às cordas que amarravam minhas pernas, não podia andar. Grunhindo e praguejando, os homens me arrastaram sobre o chão de cascalhos, minhas botas saltando, e empurraram-me para dentro de um lugar que tinha um cheiro forte de serragem e verniz. Foi neste momento que o pesadelo entrou em uma fase ainda mais terrível. Sem aviso, meus pés foram erguidos do chão e senti que estava sendo içado por braços fortes, meu corpo passando da vertical para a horizontal. Fui levantado e depois baixado. Senti um golpe leve na nuca, seguido por risadas, uma alegria enérgica e genuína, totalmente inesperada naquele cenário ameaçador.

— O sujeito é muito alto — alguém disse. — Vamos ter que cortar os pés de novo.

— Não — disse outro homem. — Tire as botas dele. Isso vai bastar.

Minhas botas foram retiradas com violência. Estava deitado de costas, com os ombros, o topo da cabeça e a sola dos meus pés com meias encostados em superfícies duras. Um objeto pesado caiu na minha perna. Contraí-me involuntariamente. Uma outra coisa caiu do lado dele e, em seguida, um terceiro item. Estiquei as mãos amarradas e reconheci o formato do salto de uma bota.

— Ei, rapaz — disse a voz do primeiro homem. — Aqui tem buracos para respirar. Mas não são muito grandes. Se for idiota o bastante para fazer estardalhaço, vai precisar de mais ar, e não vai conseguir, não é mesmo? Então é melhor ficar quietinho.

A princípio não entendi o que ele disse, pois havia bastante ar, embora estivesse carregado do cheiro de serragem e verniz e, sob esses odores, do fedor de esterco de cavalo. Então ouvi um som alto alguns centímetros acima da minha cabeça e notei de súbito que estava encerrado, que a luz diminuíra. Logo em seguida, uma barulheira começou ao meu redor. Sons de martelada encheram meus ouvidos, tão próximos que era como se os pregos estivessem sendo enfiados em mim. Dois ou três dos homens deviam estar empunhando martelos e, naquele espaço mínimo, que funcionava como um tímpano, parecia uma multidão. Estavam me fechando em uma caixa do tamanho de um caixão.

A terrível verdade me invadiu de imediato. Relembrei o que sabia das dimensões da caixa e juntei a informação com a carruagem preta e as roupas negras e velhas dos dois homens. Compreendi que ela não parecia com um caixão: era um caixão.

77

Eu seria enterrado vivo. Não tinha a menor sombra de dúvida. Encarei a possibilidade de uma morte lenta e horrível.

Meus seqüestradores me transferiram para outro veículo, provavelmente uma carroça fechada. Seguimos pelo que pareceram horas, embora devam ter sido minutos. O tempo significa muito pouco quando não há como medi-lo.

Tentei lutar — é óbvio. Mas as dimensões do caixão, a presença das minhas botas e do chapéu, a falta de ar e, acima de tudo, as amarras apertadas, impediam quase completamente qualquer movimento. Tudo que consegui foram ganidos baixinhos com a garganta seca e batidas ineficazes com os ombros contra as laterais do cárcere. Duvido que os sons que produzi pudessem ser ouvidos por alguém que estivesse ao lado do caixão, quanto mais pelas pessoas na rua.

Minhas faculdades intelectuais estavam igualmente paralisadas. Gostaria de poder dizer que enfrentei a situação com calma. Em termos abstratos, faz todo o sentido dizer que, se não há como evitar a morte, deve-se encará-la de frente. Porém, as necessidades do momento lançavam por terra estas considerações elevadas. Continuar respirando — continuar vivo — nada mais importava.

Paramos mais uma vez. Meio que ouvi, meio que senti um barulho alto e então um solavanco. Bateram novamente na tampa da minha pequena prisão. Alguém riu, um som agudo, com um traço de histeria. O caixão se balançou, saltou e bateu. Inclinou-se violentamente para um lado. Isto, junto com uma série de baques, me fez entender que estávamos subindo um lance de escadas. O caixão ficou na horizontal e, alguns passos depois, ouvi a voz de um homem, mas não consegui entender as palavras.

O caixão rangeu e guinchou: alguém estava levantando a tampa. Correntes de ar me envolveram. Um pé de cabra entrou tão fundo que quase me escalpelou. Senti uma onda de felicidade intensa.

— Tirem a mordaça — disse um homem cuja voz me era familiar. — E a venda.

Golfei quando arrancaram o pano da minha boca seca. Tentei sem sucesso dizer a palavra "água". A mão de alguém me agarrou pelo cabelo e puxou minha cabeça para cima. Dedos desfizeram o nó da venda. A luz inundou meus olhos, tão brilhante que me fez gemer. Não via nada além de branquidão. Fechei os olhos.

— Dê a ele algo para beber — disse a voz. — E nos deixem a sós.

Alguém amparou minha nuca. Uma vasilha feita de metal se chocou contra meus dentes. De repente, havia água por todo o canto, escorrendo pelo meu rosto, descendo pela gravata e pelo pescoço, enchendo minha boca e gotejando pela garganta, me fazendo engasgar. A caneca foi retirada.

— Mais — crocitei. — Mais.

A caneca retornou. Estava tão fraco que não conseguia matar a sede.

— Deixem-nos — ordenou o homem.

Ouvi passos — duas pessoas, imagino — em um chão nu e o som de uma porta abrindo e fechando. Meus cílios estavam molhados, e não sabia se era por conta da água na caneca ou das minhas lágrimas. Meus olhos ainda estavam cerrados contra a luz. Lentamente, os abri. Tudo que pude ver foi um teto afundado, com rachaduras e as ripas expostas de um lado, onde o reboco havia caído.

— Sente-se — disse a voz.

Enganchei as mãos atadas na beirada do caixão e por fim consegui me sentar. A primeira coisa que vi foi um monte de cabelos grisalhos sob um capuz de veludo negro, como o de um juiz. Baixei os olhos até o rosto, que estava de frente para o meu. O reconhecimento me invadiu com uma sensação de inevitabilidade.

— Sr. Iversen — falei. — Por que o senhor me trouxe aqui?

— Logo o senhor ficará mais confortável — ele se inclinou para frente em sua cadeira de rodas e examinou meu rosto. — Estique seus membros o máximo que conseguir. Agora jogue o corpo para trás um pouco, agora para frente. Está se sentindo melhor. Quer mais água?

Bebi avidamente daquela vez. O sr. Iversen reabasteceu a caneca de um jarro em cima de uma mesa ao lado da sua cadeira. O aleijado estava vestido da mesma maneira que antes, com um manto preto e longo, bordado com símbolos necromânticos em linhas amarelas desbotadas. Suas muletas estavam apoiadas no fundo do caixão. Sobre a mesa, havia uma pistola de bolso.

Olhei em volta e descobri que não estávamos sozinhos. Sentado diante da janela, de costas para nós, estava outra figura vestindo um terno sujo de peças marrons e um chapéu de três bicos.

— O senhor é um tolo — observou meu anfitrião em um tom amigável. — Jamais deveria ter voltado. Deveria ter ido para muito, muito longe. Seven Dials não é um lugar seguro para curiosos. Tentei lhe dar um aviso na sua última visita. Mas imagino que não há de se esperar que ombros jovens carreguem cabeças experientes.

— Um aviso? — a raiva jorrou de mim. — O senhor chama aqueles seus brutamontes de aviso? O que quer de mim, senhor?

— A verdade. Por que o senhor voltou aqui ontem?

Tudo que ganharia com minhas palavras seria uma morte menos brutal. Estava cansado de mentiras, de modo que falei a verdade.

— Voltei por causa daquele seu pássaro — vi a compreensão saltar em seus olhos. — O que diz *ayez peur*.

— Aquela ave maldita — a ponta dos dedos de Iversen tamborilou a coronha da arma. — Eu o suportava por conta dos clientes, mas já não o agüentava mais. Espero que tenha desaparecido de vez da minha vida.

— Eu escrevi um memorando — falei. — Ele abrange todos os fatos dessa história, inclusive minhas idas a Queen Street, desde que vi pela primeira vez Henry Frant.

— Ah, sim. E uma junta de advogados o testemunhou e o senhor enviou uma cópia para o presidente da Suprema Corte. Ora, sr. Shield, não se faça de idiota. O senhor poderia ter ido aos magistrados muito antes, se tivesse a intenção de fazer algo do gênero.

Ele tinha razão. De fato começara a escrever um memorando na minha última noite em Monkshill-park. Mas ele estava incompleto no meu quarto na Gaunt-court.

— Não — prosseguiu Iversen. — Não acredito nisso nem por um instante. Mas não tem importância. Logo arrancaremos a verdade do senhor.

Ficamos os dois calados por um momento. Um odor estranho e doce pesava sobre a sala. Olhei para os dois homens diante de mim,

Iversen diante do caixão e o velho em uma cadeira de braços em frente à janela gradeada. Ouvi o som do mundo seguindo adiante como se estivesse muito distante. Também havia sons na casa, passos nas escadas, batidas no andar de baixo, uma mulher cantando uma canção de ninar. Havia vida ao meu redor, e repleta de maravilhas, uma coisa doce que eu não suportava ter que abandonar.

— Senhor — disse para o homem de marrom. — Eu lhe rogo. Eu lhe imploro, me ajude.

O velho não respondeu. Não deu sinal de ter me escutado.

— Ele está com a cabeça em outro lugar — disse Iversen.

Voltei-me para ele.

— Se deseja que eu responda suas perguntas com alguma coerência, senhor, me encontraria em melhores condições de fazê-lo se comesse alguma coisa. E ficaria agradecido se pudesse fazer minhas necessidades.

Iversen riu, expondo uma arcada de dentes falsos feitos de osso, ou talvez de marfim, e obviamente caros; eles me fizeram lembrar do tira-dentes e possibilidades estranhas se revolveram mais uma vez na minha mente.

— O senhor terá seus confortos mundanos, sr. Shield — ele se alavancou até a beirada da cadeira, impeliu-se para cima exercendo pressão sobre o braço e em um único movimento hábil, agarrou uma muleta e a posicionou sob o ombro direito. Por um instante, ficou parado, oscilando um pouco, agarrando o lado do caixão com a mão livre, com uma expressão de triunfo no rosto. Era um homem grande e assomou-se sobre mim como uma montanha. — Mas antes me permita aliviá-lo do conteúdo dos seus bolsos.

Suas mãos grandes passaram com destreza e rapidez pelas minhas roupas. Ele retirou a agenda, a carteira, o canivete e o lenço de bolinhas vermelhas que os meninos haviam me dado na noite em que fui embora de Monkshill. Examinou brevemente cada item e então os enfiou no bolso do manto. Finalmente, estava satisfeito.

— Vou mandar lhe trazerem um penico imediatamente. E algo para comer.

— Eles não esperam que eu fique aqui, neste caixão, não é?

— Entendo que isso seria inconveniente. Não vejo motivo para deixá-lo aí. Estarão de olho no senhor, de qualquer forma.

— Não vai ser fácil para mim, ou para eles, se não desamarrarem minhas mãos — observei.

— Não creio que será necessário desamarrá-lo, sr. Shield. Um pouco de incômodo para o senhor ou para eles não vai fazer diferença — o sr. Iversen apanhou a pistola na mesa e se arrastou até a porta. Olhou de volta para mim. — Até mais ver — disse com um certo floreio, um gesto que trouxe à tona um vestígio de lembrança das profundezas da minha mente.

Arrastou-se até o patamar, deixando-me só com o velho na luz mortiça de uma manhã de abril. Escutei-o atravessar mancando o patamar e descer pesadamente a escada.

— Senhor — sibilei para o velho. — O senhor não pode ficar parado e permitir que isso aconteça. Ele quer me matar. Quer ser cúmplice de um assassinato?

Não houve resposta. O homem não moveu um músculo.

— O senhor é o pai do sr. Iversen? Quer que seu filho manche a alma dele com o sangue de um irmão?

Não ouvi nada além da minha própria respiração ofegante. A sala ficou subitamente mais iluminada, pois o sol saíra. Partículas de poeira dançavam no ar em frente à janela. Uma suspeita cresceu na minha mente até se tornar uma certeza. O homem de marrom não podia ajudar ninguém.

Aguardei a oportunidade de me aliviar por bem mais que um quarto de hora, a julgar pelo soar distante de um relógio de igreja, enquanto minhas necessidades se tornavam cada vez mais urgentes.

Por fim, a porta se abriu e dois homens vestindo roupas pretas desbotadas entraram. Tinham me raptado mais cedo; e suspeitava que haviam me seguido na tarde anterior, embora não tivesse visto seus rostos claramente, então não podia ter certeza absoluta. Fiquei imaginando se eram também os mesmos que haviam me atacado quando estive na Queen-street em dezembro. O primeiro trazia o penico, balançando-o com indiferença. O outro carregava uma bandeja de madeira sobre a qual havia o bico de um pão, uma fatia de queijo e uma caneca de cerveja fraca. Colocou a bandeja no peitoril, perto do cotovelo do homem de terno marrom. Ambos estavam claramente acostumados à presença silenciosa do velho, pois não lhe deram atenção.

— Esse homem é de cera? — perguntei com a voz tremendo.

— O senhor não vai encontrar um desses na loja da sra. Salmon — o primeiro homem colocou o penico sobre a mesa. — Este é o sr. Iversen pai, ao seu dispor.

Eles me ergueram do caixão, que estava apoiado sobre dois cavaletes. Retiraram um prazer simplório e grosseiro da minha tentativa desastrada de usar o penico. Felizmente, algo que viram da janela os distraiu por um instante.

— Você não diria que a pele dela é tão branca — falou um deles.

— É por causa da distância — disse o outro, balançando um molho de chaves no bolso — Se estivesse mais perto, você veria as manchas, pode crer.

Continuaram discutindo o assunto com desapego e conhecimento de causa enquanto eu abotoava a aba do paletó da melhor maneira possível com as duas mãos atadas. Os comentários eram feitos com tanta convicção que eles poderiam ser dois críticos diante de um quadro de que não gostavam muito na Sala de Exposições na Somerset House. Ainda com os joelhos amarrados, aproximei-me um pouco mais e descobri que, olhando por sobre os ombros deles, podia ver o quintal.

Havia duas mulheres lá embaixo, uma velha e uma jovem. A mais velha era alta, com as costas curvadas como um arco. Era uma pálida sombra perto da outra, que era pequena como uma criança, e cujo vestido estava abaixo dos ombros, deixando-a nua do talhe para cima. Logo percebi que ela não era uma criança, pois notei o volume do quadril e a curva de um seio. Um instante depois, a reconheci como sendo Mary Ann, a mulher muda que vivia no casebre atrás do quintal.

— Ele fez hoje de manhã — falou um dos homens. — Eu queria ter visto.

— Ela desmaiou?

— Uma vez: mas jogaram água nela até ela acordar e começaram de novo.

Quase não pude sufocar uma exclamação de horror ao ver o emaranhado de vergões naquelas costas brancas. Mary Ann se retraía e tremia à medida que a outra mulher aplicava o que eu imaginava ser um ungüento medicinal às feridas. As costas do vestido eram uma massa de sangue, uma parte seca e a outra, fresca.

— Puta idiota — disse o primeiro homem. — Não passa de um animal.

Ele chacoalhou a janela até um dos caixilhos se escancarar. Empurrou-me de lado como se eu fosse uma cadeira e apanhou o penico. As barras eram horizontais, mas havia espaço o bastante para permitir que o penico passasse. Ele o esticou até onde o braço alcançava e o virou.

— Olha a água! — gritou, e ele e o amigo explodiram em risadas.

Eu estava muito no interior do quarto para ver o quintal, e fiquei feliz por isso. Forcei-me a pegar o pão e o queijo, sabendo que precisava me alimentar, pois a última coisa que tinha comido fora o sanduíche que o sr. Harmwell me dera. Os homens permaneceram na janela, numa alegria ruidosa. Aos poucos, os risos diminuíram e imaginei que a mulher tivesse estragado a diversão deles refugiando-se no casebre.

Aos poucos, compreendi que os dois estavam muito bêbados. O quarto estava repleto do cheiro de destilados, que abria caminho através da mistura insalubre de outros odores. Homens daquele tipo talvez estivessem sempre um pouco bêbados; porém aquele comportamento estava claramente além de uma pequena embriaguez. Um deles baixou as calças, ergueu as abas do paletó e colocou o traseiro no peitoril, sem dúvida na esperança de que as mulheres estivessem olhando. Mas enquanto um ficava cada vez mais agitado, o outro se tornava mais quieto, com a cor aos poucos deixando seu rosto marcado pela varíola. Por fim, ele murmurou alguma desculpa e saiu correndo da sala. Seu colega me levou até a janela, derrubando minha cerveja na sua pressa, e amarrou minhas mãos atadas a uma das barras com um pedaço de corda.

— Não tente fugir, queridinho — ele disse com uma voz rouca. — Tenho que resolver uma coisa, mas vai demorar só um minuto. Me avise se as mulheres voltarem, hem?

Deu um tapa nos meus ombros da maneira mais bem-humorada possível e saiu da sala, batendo a porta às suas costas e girando a chave na fechadura. Esperei um momento. O jardim estava vazio. A porta do casebre estava fechada. Muros nus de tijolos manchados de fumaça erguiam-se como penhascos em ambos os lados. O homem dissera que tinha uma coisa para resolver, e achei provável que tivesse ido buscar mais gim, talvez na taverna do outro lado da rua onde havia esperado na tarde anterior.

Flexionei as mãos. Os nós que amarravam meus pulsos estavam tão firmes quanto antes. Mas o nó mais recente, que prendia a corda que passava entre meus pulsos e dava a volta na barra da janela, havia sido feito com mais descuido. Para começar, a posição estava errada, pois a corda não tinha sido esticada, o que permitia pelo menos alguma mobilidade às mãos. Em segundo lugar, o próprio nó não era nada cego. Consegui girar uma das mãos até os dedos agarrarem parte do nó, enquanto puxava com os dentes outra parte. Atento ao som de passos do outro lado da porta, ocupei-me da corda áspera e rota que raspava minha pele como uma lixa. Os minutos preciosos passaram. Por fim, o nó afrouxou; um instante depois, soltei as mãos da barra.

Os pulsos ainda estavam atados, e com tanta firmeza que a circulação estava obstruída. Não conseguia desfazer com os dentes o nó que os prendiam. Minhas pernas ainda estavam amarradas na altura dos joelhos, com o nó preso às costas, fora do meu alcance. Conseguia me mover apenas com uma dolorosa lentidão, balançando e pulando com uma ineficiência ruidosa, poucos centímetros por vez.

Levei uma eternidade para alcançar a porta. Testei a maçaneta e tive a confirmação de que estava trancada. Baixei a cabeça até o buraco da fechadura e vi que meu seqüestrador havia retirado a chave, de modo que não havia possibilidade de empurrá-la da porta e recuperá-la do chão do patamar. Além disso, era uma porta maciça, reforçada com aço, o que me fez imaginar se Iversen não usaria a sala como caixa-forte.

Me arrastei até a janela e olhei para fora. Mary Ann havia saído do casebre e estava encolhida na porta de entrada, segurando um cachimbo de argila aceso. O caixilho ainda estava entreaberto. Ouvi passos logo abaixo de mim, o que significava que não podia me arriscar a chamá-la.

Olhei ao meu redor. Não havia lareira na sala. Fora as duas cadeiras, os cavaletes, o caixão e uma arca grande revestida de aço, não havia mobília. Finalmente, meus olhos chegaram ao corpo do pai do sr. Iversen. Ele estava sentado com as pernas um pouco abertas, o rosto amarelo e chupado virado para a janela, e suas mãos enluvadas pousadas nas coxas. O tecido do paletó estava repleto de buracos de traça, e tanto o homem quanto o terno estavam cobertos por uma camada fina de poeira. O colete aparecia por sob o paletó desfiado. Meus olhos se detiveram no bolso esquerdo do colete do velho. O toco de um lápis saltava de dentro dele.

Peguei o lápis com cuidado. Ainda havia uma ponta de grafite nele, embora rombuda. Procurei desesperadamente pelo quarto alguma coisa em que pudesse escrever. Por fim, voltei a olhar para o cadáver. Encostei o dedo na ponta do seu chapéu. Não se moveu. Agarrei-o com as duas mãos e o levantei, na esperança de encontrar uma etiqueta presa à fita. A peruca subiu alguns centímetros e então se separou do chapéu, caindo de volta sobre a careca, levantando uma nuvem de poeira. O movimento soltou algumas lascas amarelas que caíram sobre o ombro do pai do sr. Iversen.

Olhei para dentro do chapéu e descobri que ele havia sido calçado na cabeça com pedaços de papel. Estavam todos quebradiços, alguns tinham se desfeito, mas alguns ainda estavam inteiros. Peguei o pedaço maior e o desdobrei com cuidado. Era um recibo, certificando que Francis Corker, um açougueiro, havia recebido o total de 17 xelins e três *pence* e três *farthings* do sr. Adolphus Iversen, no dia 9 de junho de 1807. O verso estava em branco.

Alisei o papel no peitoril, firmando uma ponta com a bandeja e o outro lado quase inteiro com o que sobrara do queijo. Não achava possível escrever com as mãos atadas, mas o desespero é um ótimo professor. Letra a letra, palavra a palavra, rabisquei a seguinte mensagem:

Se o portador levar este bilhete ao sr. Noak ou seu assistente, o negro Harmwell, receberá o total de cinco libras. Eles estão hospedados na Brewer-st, lado norte, segunda casa a oeste da Gt Pultney-st. Estou em cativeiro na loja Iversen, Queen-street, Seven Dials.

Empurrei a janela o máximo possível. Mary Ann ainda estava sentada fumando, o rosto virado na direção oposta. Ouvi vozes vindo de baixo, embora não soubesse se do quintal próximo à casa ou de uma porta aberta; de qualquer forma, não tive coragem de gritar para chamar sua atenção. Tentei acenar com os braços de um lado para o outro, o mais perto que pude da janela, na esperança de que ela notasse o movimento com o canto do olho. Então, para o meu horror, escutei passos pesados na escada e se aproximando pelo patamar.

Não tinha nada a perder. Passei os braços pelas barras e deixei o bilhete cair dos meus dedos. Assim que o fiz, Mary Ann virou a cabeça, talvez atraída por uma explosão de risadas ou um movimento repentino na porta da cozinha dos fundos. Ao virar, me viu e arregalou os olhos. O papel saiu flutuando dos meus dedos e ela acompanhou sua queda.

A chave virou na fechadura. A porta se escancarou. O homem que havia me deixado amarrado à janela irrompeu na sala. Seus olhos injetados correram pelo aposento, assimilando as mudanças que tinham acontecido desde que fora embora. Veio curvado na minha direção e deu-me um golpe com as costas da mão que me fez cair estatelado sobre o caixão.

— Entre aí de novo, seu inútil — as palavras eram agressivas, mas ele as falou em um sussurro, como se tivesse medo de ser ouvido, que sua negligência fosse descoberta — Eu falei para entrar aí.

Ele se agachou e me jogou de volta no caixão, enfiando-me nele de lado, numa posição desconfortável. Empurrou minha cabeça para baixo, meu nariz bateu contra a madeira e o sangue começou a correr. Escutei-o andando pelo quarto com suas botas pesadas. Levantei-me, apoiado em um ombro. Ele recolocou a peruca na cabeça do cadáver, levantando outra nuvem de poeira ao fazê-lo. Não deu falta do lápis. Olhou pela janela, mas não viu nada lá fora que lhe causasse aflição.

Mas quando se virou, bateu contra a perna esquerda estendida do cadáver. O golpe deslocou a mão enluvada do morto de cima da coxa. Houve um estalo audível, como um pano se rasgando. Não foi um movimento brusco, mas bastou para a mão ficar pendida sob o assento da cadeira.

É de se esperar que um corpo embalsamado esteja rígido. Somente algum tempo depois compreendi o significado daquele movimento, do fato de ele ter sido possível quando tão pouca força foi aplicada. A rigidez do membro em questão já havia sido quebrada. Da primeira vez, não fora um acidente.

A princípio, meu seqüestrador não percebeu o que tinha feito. Sentiu a pancada, é claro, e virou para trás, olhando com curiosidade para o pai do sr. Iversen, como se suspeitasse que o velho tivesse batido nele.

A luva estava se soltando. Era claramente muito mais larga que a mão — que talvez tivesse encolhido — e caiu no chão, deixando a mão exposta. Vi a pele amarelada e macilenta, as unhas longas e manchas que pareciam tinta nos dedos. Em algum canto da minha mente, um canto que continuava afastado das minhas preocupações do momento, sabia que já tinha visto algo parecido com aquela mão antes. Então, à medida que a visão desanuviava, observei com o tipo de clareza que é quase como uma dor física que as primeiras falanges do indicador estavam faltando. Lembrei-me de imediato da taverna na Charlotte-street, do conteúdo da bolsa do sr. Poe na superfície reduzida da mesa, e da exclamação de susto da moça que me servia.

Um espécime raro de *digitus mortuus praecisus* que o próprio professor me emprestou. Mas ele já não era assim tão raro.

78

Naquela noite, os homens que me trouxeram a Queen-street reencenaram a peça da manhã, daquela vez sob a supervisão do sr. Iversen. A presença dele os deixou miraculosamente sóbrios. Quando iam fechar a tampa, ele os afastou com um gesto do caixão e baixou os olhos para mim.

— Por favor, não fique agitado — ele disse. — Vai demorar cerca de uma hora apenas. Tente descansar, sim? Dormir, sr. Shield: talvez sonhar, hã?

Deu o sinal e os homens pregaram a tampa do caixão, o som das marteladas me atravessando como fogo de artilharia. Desceram comigo a escada e colocaram o caixão dentro do veículo que estava parado na rua, provavelmente o mesmo que me trouxera até ali. Partimos, nos movendo muito mais rápido àquela hora da noite, apesar da escuridão. A princípio ouvi o barulho das ruas, embora muito fraco, e cheguei a reconhecer uma vez o grito de um guarda gritando as horas. Aos poucos, os sons morreram e ganhamos velocidade.

Éramos puxados por dois cavalos, pensei, e, a julgar pelo trajeto sem solavancos, seguíamos por uma estrada com pedágio. Isso sugeria que eu estava sendo levado ou para o norte, ou para o oeste, pois o caminho para o leste ou para o sul significaria uma viagem mais longa e lenta pelas ruas. Às vezes, o rumor de carroças penetrava a minha prisão de madeira, e imaginei que elas faziam parte das caravanas noturnas que levavam comida e combustível para o ventre eternamente faminto da metrópole.

A viagem era uma espécie de morte, uma prévia do inferno. Meus punhos e joelhos ainda estavam atados; e fora amordaçado novamente e enfiado no caixão com o chapéu e as botas. Ser privado de visão, movimento, poder de ação e mesmo de motivo para esperança — tudo aquilo significava ser reduzido a um estado muito próximo à não-existência. Enquanto sacudia naquele caixão houve momentos em que eu teria dado qualquer coisa, até mesmo Sophie, ou minha própria vida, para ser transformado em um objeto inanimado, como um saco de batatas ou um monte de pedras, ser incapaz de sentir e temer.

Meu desconforto piorou quando deixamos a estrada e trepidamos por pistas acidentadas, com muitas curvas fechadas, o mais rápido que o cocheiro tinha coragem de ir. Em um determinado momento, nosso veículo foi jogado com violência para a esquerda e parou subitamente, atirando o caixão solto para frente e para trás, até que ele também parou com um choque que me deixou mais ferido do que nunca. Imaginei que as rodas esquerdas tivessem caído em uma vala no acostamento. Rezei para que tivéssemos quebrado uma roda ou um eixo — qualquer coisa que aumentasse minhas chances de resgate. Para o meu azar, alguns minutos depois estávamos de volta à estrada.

O primeiro indício de que nossa viagem estava terminando foi quando a superfície sob as rodas passou a ser de cascalho duro e sacolejante. Diminuímos a velocidade, viramos para a direita e paramos. O fim do movimento deveria ter sido um alívio para mim: porém, ele me deixou mais ciente do meu apuro. Por mais que tentasse, não conseguia descobrir o que estava acontecendo ao meu redor. Comecei a sentir cada vez mais frio. Meu corpo estava tomado de câimbras.

Desesperado por ar, por luz, esmurrei a tampa do caixão que encimava a pequena cela. Uma lembrança veio à minha mente, de estar ferido no escuro, esmagado pelo peso de um cavalo morto, no campo de batalha de Waterloo: e gritei à medida que passado e presente andavam de braços dados como amantes inseparáveis. Pânico era o nome da criatura que me acompanhava dentro do caixão, um velho fantasma, que me sufocaria se eu permitisse. Lutei contra ele, forçando-me a respirar mais devagar, a relaxar os músculos.

Então ouvi o som abafado de uma batida, que fez meu mundo de madeira estremecer. O caixão foi arrastado para fora do veículo. Ouvi estrondos e pancadas. A náusea subiu à minha garganta. A caixa se inclinou para frente. Escorreguei para baixo e parei, ainda inclinado, com um solavanco pior do que os anteriores. Mas não tive tempo para me recuperar, pois o caixão voltou a se mover, girando e então caindo com outro golpe violento na horizontal.

Um pé-de-cabra foi enfiado entre a tampa e o caixão. Os pregos saíram da madeira. A primeira luz que via depois de horas surgiu diante dos meus olhos. Vinha de um par de velas de sebo tremeluzentes, mas para mim, por um instante, elas eram mais brilhantes do que dois sóis. À luz delas, divisei duas sombras enormes assomando-se sobre o caixão, que estava deitado no chão. Sobre minha cabeça, traves e tábuas se entrelaçavam. Ouvi um barulho ensurdecedor quando a tampa foi arrancada.

Tentei me sentar e descobri que meus membros não respondiam. Um homem riu e o cheiro familiar de gim tomou de assalto minhas narinas. Consegui me erguer de modo que pelo menos minha cabeça saísse de dentro do caixão. Encontrava-me no que parecia ser um porão baixo com paredes de tijolos. Reconheci meus seqüestradores como os homens do sr. Iversen, cada um segurando uma vela. Um deles se abaixou e apanhou o pé-de-cabra. O outro arrancou a mordaça. Então, ignorando-me, subiram, rápidos como besouros, um lance íngreme de escadas de madeira que davam em um alçapão.

— Senhores — crocitei. — Imploro-lhes, pelo amor de Deus, deixem uma vela. Digam-me que lugar é este.

Um deles parou, o que tinha retirado a mordaça. Olhou para trás:

— Você não vai precisar de vela, colega — falou. — Não no lugar para onde está indo.

O outro riu. Logo em seguida, o alçapão foi fechado, deixando-me mais uma vez sozinho no escuro.

Mas não como antes. Já não estava imobilizado em uma caixa. Não tinha dúvidas de que haviam me trazido àquele lugar abandonado para me matarem. Mas eu podia lhes dar trabalho.

Em seguida, passei por uma das mais dolorosas experiências da minha vida. Tirei o chapéu e a bota do caixão para ganhar mais espaço. Lentamente, icei o corpo para me sentar. Agarrando-me aos lados do caixão, ergui-me até ficar agachado. Balancei da esquerda para a direita com cada vez mais força até reunir impulso o suficiente para me atirar desastradamente para fora do caixão. Soluçando de dor, deitei-me encolhido de lado no que pareciam lajes úmidas e sujas.

Endireitei-me aos poucos, titubeando como uma criança dando seus primeiros passos, até ficar de joelhos. Peguei as botas e consegui colocá-las. Minha situação era quase tão desesperadora quanto antes. Temia ter sido apenas transferido de uma prisão para outra. Examinei o lugar da melhor forma que a escuridão me permitiu, o que não era fácil, tendo em mente o fato de que ainda estava com os punhos e joelhos atados. Dediquei especial atenção às escadas e ao alçapão. O último estava bem fechado, mas acreditei ter visto uma nesga de luz em um canto. Tentei levantá-lo com os ombros, mas ele não cedia.

Quando desci de volta as escadas, pisei em algo que pareceu agarrar meu pé. Com um grito abafado, saltei para longe e ouvi um barulho no chão, como se houvesse outro animal tão assustado quanto eu no porão. A razão me socorreu imediatamente. A sola do meu pé ficara presa na ponta de um prego que saía da tampa virada do caixão.

Fiquei de joelho e, com mãos frias e desajeitadas, tateei o chão até encontrar a tampa. Corri as mãos pela beirada dela, tocando as pontas afiadas e as cabeças quadradas dos pregos. Eram seis no total. Desci os pulsos atados até o mais próximo deles e comecei a serrar.

Mal sabia o que me impulsionava. A parte consciente da minha mente já havia se rendido a qualquer que fosse o destino que me aguardava. Porém, havia uma outra parte, mais profunda, do meu ser que continuava a lutar. Foi ela que me levou a ignorar a dor nos joelhos e o sangramento nos braços; a raspar e cortar a corda que amarrava meus pulsos com as pontas e os lados dos pregos.

Não tinha maneira de medir o tempo. Pode ter se passado uma hora até que eu sentisse a primeira corda se romper. Por um momento, isso fez com que eu me lançasse à tarefa com força redobrada, mas demorou uma eternidade até a outra corda ceder. Raspei as amarras na ponta dos pregos, bati com as extremidades de ferro contra os nós e, às vezes, simplesmente enfiei os dentes nos laços, na esperança de que um método fosse mais eficiente do que o outro.

Sentia tanta dor por conta das escoriações na pele e das várias vezes que enfiei acidentalmente um prego no braço em vez de na corda, que mal notei quando ela cedeu. Minhas mãos se separaram de um ímpeto. Caí sentado e chorei, erguendo os braços e os esticando ao máximo para trás, como se arqueasse um par de asas. Olhei para cima ao fazê-lo, e vi pela primeira vez uma fresta de luz passando pelas tábuas. A noite estava terminando.

Forcei-me a trabalhar nos nós que atavam meus joelhos, que não conseguia alcançar antes, uma vez que estavam nas costas. Não podia usar os pregos, e minhas mãos estavam fracas. Mal começara quando ouvi passos sobre minha cabeça.

Coxeei até os degraus e me afundei no chão contra o muro próximo ao pé da escada. Um ferrolho foi retirado. Com um rangido, o alçapão se levantou e bateu contra uma parede. A luz inundou o porão. O dia estava mais avançado do que eu imaginara. Passos pesados desceram as escadas.

A mão de alguém pousou no meu ombro e me sacudiu. Com toda a força que consegui reunir, me virei, desdobrei os joelhos e golpeei o rosto do homem que se assomava sobre mim com os dedos esticados. Ele deu um grito, pois uma das minhas unhas lhe atingira o olho, deu um passo descuidado para trás e tropeçou no caixão. Lancei-me escada acima em direção ao retângulo de luz, com o homem caído gritando imprecações atrás de mim.

— Sr. Shield — disse uma voz forte e rouca às minhas costas, enquanto minha cabeça e ombros emergiam do alçapão. — Isso não vai adiantar nem um pouco.

Virei-me. A pouco mais de um metro de mim, o sr. Iversen estava sentado em uma cadeira diante de uma mesa, com uma arma na mão. Trocara o manto de trabalho por um paletó de viagem marrom. As muletas estavam apoiadas na mesa.

— Levante as mãos, por gentileza — ele prosseguiu. — Suba as escadas devagar. Não, não Joseph — ele se dirigiu ao homem no porão —, deixe-o em paz por ora.

Subi com pulos desajeitados até o aposento mobiliado como uma cozinha, com um fogão grande em um canto e um aparador no outro. Esforcei-me para me levantar e olhei ao meu redor. O lugar estava indescritivelmente sujo. Minha aparência devia estar lastimável: sem banho, barbado, com o paletó rasgado e com os punhos da camisa e as calças ensangüentados por conta do esforço de libertar as mãos durante a noite. Virei-me na direção do sr. Iversen.

Ele já não estava na cadeira, e sim de pé, com a arma na mão, no meio da cozinha. As muletas ainda estavam apoiadas na mesa. Notou a surpresa no meu rosto e sua boca se contorceu em um sorriso.

— É um milagre, não é mesmo, sr. Shield? Que coisa mais edificante. O senhor vai encontrar uma bomba d'água no quintal. Joseph e eu iremos acompanhá-lo.

Levaram-me para um quintal atrás da cozinha, observando-me pular e tropeçar na lama até o banheiro, que fui obrigado a usar com a porta aberta. Da privada, vi por sobre os telhados dos anexos no lado esquerdo do quintal as chaminés de dois prédios grandes e modernos a 50 ou 60 metros de distância. O sr. Iversen percebeu a direção em que eu olhava.

— Ninguém conseguiria ouvi-lo — observou. — Poupe seu fôlego.

— Onde estamos?

Ele deu de ombros, evidentemente decidindo que não tinha nada a perder respondendo minha pergunta.

— Estamos ao norte da vila de Kilburn, no meio de um grande terreno reservado para construções. Esse lugar já foi uma casa de fazenda no passado e a maior parte das terras ao redor pertencia a ela. O estabelecimento mais adiante, com o conjunto de chaminés cinza e altas, é um hospício. Elas são usadas para dar vazão aos gritos e pedidos de ajuda. O prédio adjacente, está vendo? Com o campanário? É o reformatório. O planejamento é muito conveniente, na minha opinião, pois os internos podem passar de um para o outro de acordo com a determinação dos guardiões. A doutrina seguida pela paróquia é das mais racionais.

Levantei-me e abotoei as calças.

— Não entendo o que quer de mim. Imploro que me liberte.

Ele ignorou minhas palavras.

— Eles têm até cemitério próprio. Olhe pelo portão. Talvez consiga ver o muro dele atrás daquelas limeiras. Loucura e pobreza compartilham dessa característica, geralmente ambas terminam na morte mais cedo ou mais tarde. Pense nos sentimentos tenros do povo do interior, o que resta deles; pense nos habitantes das admiráveis novas ruas, praças e esquinas que um dia vão acabar debaixo da terra: eles não gostariam de aguardar o Juízo Final no mesmo cemitério que esses desgraçados, gostariam? Mas com esse cemitério particular, todos ficam felizes, é tudo muito cômodo. Maravilhoso, concorda?

— Por que o senhor me trouxe aqui?

— Tudo ao seu tempo, sr. Shield. O cemitério tem seu próprio coveiro, um ótimo sujeito, embora sem refinamento.

— E ele também consegue caixões para os seus patrões?

Iversen olhou para mim e fez que sim rapidamente com a cabeça.

Eu disse:

— Com certeza com a ajuda dos homens que me trouxeram aqui, não?

— O senhor está perfeitamente correto. Não os julgue pelas aparências — ele olhou para o homem de pé na porta da cozinha. — Hem, Joseph? No fundo, eles têm bons corações. Até ajudam o pobre coveiro a encher uma cova quando ele está muito ocupado — apontou para as limeiras. — Há um portão no muro. O coveiro e seus ajudantes podem passar sem chamar atenção para o cemitério.

Iversen permitiu que eu usasse a bomba, para jogar água no rosto e beber até matar a sede. Contou-me com muita clareza, e sem poupar palavras, que cuidou para que eu fosse enterrado em um cemitério para pobres e loucos, e eu duvidava que ele se importasse se eu estivesse vivo ou morto quando o caixão fosse baixado na cova.

— Senhor — falei quando começamos nossa caminhada lenta e vacilante em direção à casa. — Podemos conversar em particular um instante?

— Nada me daria mais prazer — ele parou e chamou Joseph para junto de si. — O outro cavalo já está selado?

— Sim, senhor.

— Vá para a cidade. Então volte de carruagem com Elijah hoje à tarde, por volta das seis. Mas, primeiro, amarre as mãos deste jovem nas costas. E então solte as pernas dele.

Joseph obedeceu e creio que teve o prazer mórbido de deixar o laço o mais apertado possível. Quando ele nos deixou, Iversen me fez entrar na cozinha cutucando-me com o cano da pistola.

— Bem? O que tem a dizer?

— Existem muitas coisas que não entendo nessa história — falei quando estávamos lá dentro, meus olhos correndo pela cozinha em busca de uma possível arma. — Na verdade, em alguns momentos duvido que entenda uma parte que seja dela. De qualquer forma, sei o bastante para me perguntar se precisamos mesmo estar em lados opostos.

Ele sorriu para mim.

— Essa é uma sugestão corajosa.

— Se for uma questão de dinheiro... — comecei a falar.

— O senhor tem muitas vantagens naturais, sr. Shield, mas não creio que riqueza seja uma delas.

— Conheço um homem que pagaria generosamente por informação, pelo tipo certo de informação.

— O ianquezinho e seu negro de estimação? — as vogais de Iversen mudaram de entonação, se tornando mais baixas e fortes. — Não, não creio que isso adiantaria — ele retornou à fala rebuscada que usara anteriormente. — Essa conversa está indo longe demais. Um homem só muda de cavalo no meio da corrida se não tiver outra escolha — apontou a arma na direção do alçapão. — Volte para o porão e fique lá por um tempo.

Não tinha escolha senão obedecer. Quando ele me trancou na escuridão, tentei sem muito empenho me libertar, mas Joseph tinha feito bem o seu trabalho. Não sei quanto tempo fiquei sentado no degrau mais baixo da escada, remoendo os muitos argumentos que poderia usar para convencer Iversen, apenas para descartá-los um a um. Ouvia passos para lá e para cá sobre a minha cabeça e, uma vez, Iversen cantou alguns versos de uma balada sentimental. Em duas ocasiões, pensei ter ouvido o barulho de cascos, mas não conseguia saber se estavam indo ou vindo, de passagem ou parando.

Por fim, ouvi passos novamente, seguidos pelo som de metal raspando e uma batida de leve no alçapão.

— Sr. Shield? Sr. Shield? — chamou Iversen. — Por favor, responda-me.

— Estou ouvindo.

— O senhor pode subir lentamente as escadas. Destranquei o alçapão. Mas sem movimentos bruscos, por gentileza.

Subi, piscando como uma toupeira, até um aposento banhado pela luz do sol. Iversen aguardava a uma distância segura do alçapão. Pediu que eu lhe desse as costas para que examinasse a corda que amarrava meus pulsos. Então, me guiou pela cozinha até um corredor e, dali, para um quarto mobiliado como uma sala de estar, de acordo com o estilo rústico do século anterior. Quando a porta foi fechada, o sol ficou do lado de fora, pois as persianas estavam baixadas e lacradas. Uma grande lareira ocupava a maior parte de uma das paredes, com lenha queimando em um braseiro. Meia dúzia de velas eram a única outra fonte de luz.

Duas outras pessoas já estavam na sala. Uma delas era Mary Ann. Estava amarrada em uma cadeira. Até sua boca estava amordaçada, a boca que não podia emitir palavras, apenas trinar como um pássaro. Ela olhou para mim com olhos enormes e tristes.

A segunda pessoa, sentada com seu relógio nas mãos em uma cadeira de madeira de espaldar alto próxima ao fogo, era Stephen Carswall.

79

— *Ayez peur* — falei, e vi Iversen lançar um olhar para Carswall.

— O senhor perdeu a razão, Shield — disse Carswall.

Iversen me empurrou para um banco em frente à cadeira e parou em frente à porta.

— A ligação entre os senhores é conhecida — prossegui, insistindo no que esperava ser a minha vantagem.

— Conhecida por quem? — falou Carswall. — Noak? Um homem pode comprar um papagaio, não pode? Para um menino que está prestes a se tornar seu enteado? — Ele deu uma ênfase especial às últimas palavras e fuzilou-me com um olhar que era uma mistura de trunfo e ódio. — Por que o senhor importunou a sra. Frant diante do túmulo do marido dela?

— Como o senhor sabe que a encontrei lá?

— Ela me contou — Carswall correu os olhos pela sala como se os lambris decrépitos fossem um platéia. — Ela deixou o senhor com uma pulga atrás da orelha, não foi?

Balancei a cabeça.

— Foi a sra. Kerridge, não foi? Ela serve a duas pessoas, ao senhor e ao sr. Noak. E não foi só isso que ela lhe contou. Também descobriu onde eu estava morando através de Salutation Harmwell e passou a informação adiante: o que explica como os capangas de Iversen me encontraram tão rápido.

Carswall deu de ombros.

— Quanto o sr. Noak sabe sobre este assunto?

— Ele não me confidenciou.

— Vamos testar a veracidade dessa afirmação. O senhor já viu a mão de um homem ser esmagada por uma porta?

Não respondi.

— Não é uma coisa bonita de se ver. É imensamente doloroso, também. Mas é simples. Segura-se a mão entre a extremidade fixa da porta e o batente, um dedo de cada vez, se assim preferir. Então, fecha-se a porta. Como qualquer mecânico poderia confirmar, não é preciso força quando se tem uma alavanca. Uma criança poderia fazê-lo, desde que houvesse alguém para segurar a mão no lugar certo.

— O senhor é um monstro.

Carswall disse:

— A necessidade desconhece as leis. Esse não é um dos seus bordões, sr. Tutor? Encaro as coisas como elas são. O senhor é uma ameaça para a minha futura esposa e para o sucesso de uma negociação.

Fiquei calado. Apertei minhas mãos atadas e pensei na carne, tendões e ossos sob a pele.

Carswall acenou com a cabeça para Iversen, que engatilhou a arma e deu um passo na minha direção.

— Não ele — disse Carswall. — A menina primeiro. Deixe-o ver o efeito do seu silêncio antes de senti-lo.

Iversen assentiu e desamarrou os punhos de Mary Ann. Deixando-a com as pernas atadas, enlaçou-lhe o braço e a arrastou em direção à porta. Ela ainda estava amordaçada, mas emitiu um som gorgolejante com o fundo da garganta que era mais dolorosamente eloqüente do que quaisquer palavras.

— Pare — eu disse. — Não há necessidade de machucar a menina.

Carswall recostou na cadeira e abriu o relógio.

— Dou-lhe um minuto para me convencer.

— Vai libertá-la?

— Talvez. Depende da sua honestidade.

Não tinha escolha. Falei:

— O sr. Noak acredita que Henry Frant foi responsável, direta ou indiretamente, pela morte do seu filho distante no Canadá durante a guerra. Acredita que o tenente Saunders morreu porque ameaçava revelar negócios corruptos por parte do banco Wavenhoe, ou melhor dizendo, por parte do sr. Henry Frant. Além disso, ele suspeita, porém ainda não conseguiu provar, que o senhor, sr. Carswall, era sócio de Frant nestes negócios e, portanto, ao menos em parte, cúmplice do assassinato do tenente Saunders.

Carswall inchou as bochechas e soltou uma lufada de ar.

— Que provas ele tem?

— Nada que confirme sua culpa. No entanto, as investigações do sr. Noak desvendaram a fraude de Henry Frant desde que ele assumiu o controle do banco. Ele tomou providências para apressar o colapso da instituição e a ruína do sr. Frant.

— Mas isso não foi tudo — disse Carswall com brandura.

— Não, senhor. O sr. Noak veio a conhecê-lo. As negociações sobre a venda dos depósitos em Liverpool o convenceram de que o senhor esteve envolvido na operação canadense, embora não tenham provado a sua participação na morte do filho — hesitei. — E então houve a questão da sra. Johnson e do depósito de gelo.

Senti a atmosfera mudar repentinamente na sala quando disse aquelas últimas palavras. Iversen soltou um pequeno suspiro.

— Foi um acidente — disse Carswall, fungando. — O legista confirmou.

— Um acidente, senhor? Mas creio que o legista não soubesse que ela não estava sozinha. Havia um homem com ela.

— Não creio que fosse a hora ou o lugar apropriados para um encontro romântico.

— Essa não era a intenção deles. Henry Frant e a sra. Johnson haviam escondido certos objetos de valor no depósito de gelo, na esperança de que pudessem construir uma nova vida juntos depois do colapso do banco; talvez no exterior e com nomes falsos.

Carswall levantou suas enormes sobrancelhas.

— Não consigo imaginar nada menos provável.

— Eles deixaram para trás o anel. Ou melhor, ele deixou.

— O anel? O anel que o senhor roubou?

— O anel que o senhor mandou um criado esconder no meu casaco, para dar vida à falsa acusação que fez contra mim.

— Falsa? Falsa, o senhor diz? Então onde está o anel?

— Isso eu não posso revelar. Entretanto, posso dizer que logo o anel será entregue na casa do senhor na Margaret-street. Mas voltando ao sr. Noak: ele obteve uma lista dos títulos que desapareceram quando o banco faliu. Entre eles, havia uma nota promissória que foi descontada recentemente em Riga.

— E como o sr. Noak explica isso?

— Ele acredita que Henry Frant forjou o próprio assassinato e ainda está vivo e que os senhores chegaram a um acordo.

Carswall limpou o pigarro da garganta.

— Rogo-lhe que me esclareça isto.

— O senhor o ajuda a converter os títulos e talvez outros itens em dinheiro vivo. O sr. Frant não ousa fazê-lo pessoalmente, mesmo no exterior, tanto por conta da questão da fraude que ainda pesa sobre sua cabeça, quanto pela questão da identidade do homem assassinado em Wellington-terrace. O sr. Noak descobriu que a nota promissória descontada em Riga passou pelas mãos de um tabelião em Bruxelas, um homem que tem negócios com o senhor.

— E sem dúvida com muitas outras pessoas. E qual a minha vantagem neste acordo ridículo?

— O senhor? — falei. — Ora, parte dos lucros, não é verdade? E a oportunidade de usufruir da esposa do sr. Frant.

A cor de Carswall, que já era escura, ficou ainda mais sombria. Ele examinou a superfície do seu relógio.

— Poucas vezes ouvi algo tão absurdo — disse, por fim.

— Tem o mérito de explicar porque estamos os quatro juntos nesta sala.

Iversen tossiu, lembrando Carswall de sua presença.

Carswall girou na direção dele e apontou para Mary Ann.

— Faça a vadia provar um pouco do seu próprio remédio.

— A troco de quê, senhor? — perguntou Iversen. — Parece-me que o jovem cavaleiro já está falante o suficiente.

— Qual é o seu problema?

— A garota é minha criada, senhor. E muito discreta por conta da sua deficiência. Se esmagar suas mãos, ela não prestará para mais nada.

Falei aleatoriamente, na urgência de distrair Carswall de sua intenção:

— Existe outra questão que o sr. Noak gostaria muito de ver respondida.

— O quê? — Carswall apertou o botão de repetição do seu relógio, que emitiu um pequeno som. — O homem é um tolo: o que ganha com essa intromissão ianque dos infernos?

— Ele quer saber se o senhor percebe o papel de palhaço que fez ao perseguir aquele baronete hipócrita com sua filha bastarda e seu dinheiro sujo. Se percebe o quanto o mundo zomba do senhor pelo seu desejo de macaquear a nobreza. Se vai morrer de causas naturais, ou ir para a forca que tanto merece.

Meu tom subiu na medida em que falava, na medida em que a cólera se elevava de algum canto escondido do meu ser. Noak não tinha respondido a essas perguntas: mas eu sim, pois não havia nada a perder que eu não houvesse perdido. Depois que terminei, um momento de silêncio total caiu sobre a sala fria. Iversen estava olhando para Carswall e o seu rosto trazia uma expressão de desprezo, quase de divertimento. Manchas pálidas de raiva surgiram nas faces do velho. Ouvi, com muita clareza, outro pequeno trinado do relógio Breguet.

Com um rugido alto, ele se ergueu da cadeira.

— Seu patife! Seu tratante! Seu plebeu miserável!

— O senhor deve saber que a sra. Frant o odeia e despreza — falei com calma. — Fico imaginado por que deseja possuí-la com tamanha intensidade. É por que ela era a esposa de Henry Frant? O senhor o odiava tanto assim? Ele fazia com que o senhor sentisse que ele era o seu mestre? Sim, senhor, o seu *mestre*.

Carswall brandiu o punho para mim; o que carregava o relógio.

— Garanto que verei o senhor sofrer. Você aí! — dirigia-se a Iversen. — Segure a mão dele na porta. Eu vou quebrar todos os ossos do corpo dele. Eu vou... Eu vou...

Ele se interrompeu à medida que uma grande descarga de cólera correu pelo seu corpo como eletricidade, fazendo-o vibrar, sacudir e se contorcer como um lençol nas mãos de uma lavadeira. Sua boca se abriu, mas sem produzir som algum. Olhou fixamente para mim, mas já não havia raiva em seus olhos: seu rosto estava intrigado, confuso, até mesmo suplicante. Então teve um sobressalto, como se sentisse uma picada de agulha. A perna esquerda cedeu e ele caiu na lareira, fazendo um barulho de metralha ao derrubar um conjunto de atiçadores.

Levantei-me com os olhos grudados no homem em síncope.

Iversen gritou.

Virei-me imediatamente em direção ao som, quase perdendo o equilíbrio. Ao fazê-lo, ouvi um barulho. A pistola caíra no chão. Por milagre, não havia disparado e ainda estava engatilhada. Em silêncio, Iversen se debruçou sobre Mary Ann, a golpeou com as mãos fechadas e então passou os braços pela cintura dela.

Joguei-me no chão, rolei e peguei a arma com as mãos atadas. Iversen empurrou Mary Ann. Ela tropeçou nas pernas de Carswall e se estatelou nas tábuas lisas, gritando alto quando suas costas, ainda feridas por conta da flagelação, se chocaram contra a perna de uma cadeira. Fechei as mãos em volta da coronha da pistola. Meu dedo encontrou o gatilho. Deslocando o braço esquerdo até ele quase sair da junta, arqueei as costas e descansei a arma no quadril direito. A boca apontava para Iversen.

— Para trás — ordenei. — Levante as mãos para o alto e vá para o canto.

Por um instante, ele olhou para mim, sem mostrar sinal de pânico ou medo. O que quer que fosse, não era nunca um covarde. Uma gota de sangue caiu nas tábuas do chão. Vi que ele estava ferido no punho e descobri que Mary Ann cuspira sua mordaça e o mordera, fazendo-o derrubar a pistola com o susto.

— Para trás, senhor — repeti. — Para trás, estou dizendo.

Lentamente, ele levantou os braços e recuou para o canto.

A inversão foi tão rápida que por um momento não soube qual a melhor maneira de aproveitá-la. Mary Ann não demonstrou a mesma hesitação. Praticamente sem olhar para mim, ajoelhou-se do lado de Carswall. Soltando arrulhos e trinados, revistou seus bolsos, atirando o conteúdo deles no chão, virando-o de um lado para o outro como se não passasse de um bebê enorme. Imagino que ele estivesse perfeitamente consciente, pois seus olhos estavam abertos e se moviam e marejavam à medida que ela se ocupava dele. Mas não podia se mexer. Ficou deitado lá: uma baleia encalhada, uma ilha de banha em um paletó elegante sujo pelas cinzas do fogo.

Mary Ann encontrou um canivete e o mostrou para mim com uma expressão no rosto como a de um cachorro que sabe que fez a coisa certa. Enquanto apontava a pistola para Iversen, ela cortou as cordas que atavam meus pulsos com a pequena lâmina, tomando cuidado para não obstruir minha linha de fogo.

Senti a dor aumentar de repente. A corda em volta dos pulsos havia rompido alguns pedaços da pele. Peguei o canivete dela com a mão esquerda e cortei suas amarras.

— Temos que chamar ajuda — sussurrei. — Os outros homens talvez ainda estejam aqui.

Ela balançou a cabeça.

— Eles voltaram para a cidade?

Ela assentiu.

Pensei rápido. Não me atrevi a chamar um policial. Assim que nos visse e ao sr. Carswall caído na lareira, ficaria contra nós.

Coloquei a mão no braço de Mary Ann e a senti dar um pulo.

— Aquela carta que eu lhe joguei ontem, quando estava no quintal da loja do sr. Iversen, você conseguiu pegá-la?

Ela assentiu vigorosamente, em seguida, fez como se franzisse o cenho, apontou primeiro para Iversen, então para si mesma e, por fim, passou um dedo pela garganta.

— Você foi pega? Foi por isso que a trouxeram aqui? Para ser morta?

— Ela está desorientada, sr. Shield — falou Iversen. — Não pode confiar em uma palavra, quero dizer, no que a pobre garota dá a entender.

Ignorei-o.

— A carta era para um cavalheiro americano que se encontra na Brewer-street. Se eu lhe der dinheiro, você levaria outra carta para ele?

Mary Ann se afastou de mim e se agachou perto da lareira. Esticou o indicador direito e escreveu a palavra NOAK nas cinzas.

— Bom Deus! Você leu o bilhete! Sabe ler e escrever?

Ela assentiu e, inesperadamente, sorriu para mim. Então, apagou o nome de Noak e escreveu no lugar: COCHE NO QUINTAL. EU DIRIJO.

— Você mesma levaria a carta para ele? Sabe guiar um cavalo?

Ela assentiu e limpou as palavras. Em seguida, escreveu: ESCREVA CARTA CRIADO NA RUA.

Essa troca entre nós foi lenta e estranha. Não só pelo meio que ela usou para se expressar, mas também por conta da necessidade de ficar de olho no sr. Iversen. Antes de continuarmos, decidi transferi-lo para o porão que antes me servira de cárcere. O sr. Iversen pareceu feliz em cooperar. Primeiro, apontei a arma para sua cabeça enquanto Mary Ann o revistava para garantir que não havia nenhuma outra arma escondida em seu corpo. Então, ao meu sinal, ele saiu antes de nós da sala, as mãos levantadas para cima, movendo-se devagar, como eu havia pedido.

— Ora, ora — ele disse enquanto descia os degraus no chão da cozinha. — Então a garota é uma intelectual. Quem poderia imaginar? Ela está conosco desde os seis meses de idade e ninguém fazia idéia. O senhor vai deixar uma vela comigo, não? Não? Bem, imagino que não deveria me surpreender.

— Onde estamos? Qual é o caminho mais fácil para a garota chegar até a cidade?

— À esquerda, saindo do quintal, à direita na encruzilhada e depois de cerca de 1,5 quilômetro chega-se à estrada principal de Kilburn para Londres.

— De quem é a carruagem?

— O sr. Carswall a alugou de uma hospedaria. Imagino que a nota esteja na agenda dele. Ele veio dirigindo, é óbvio. Se tivesse usado uma de suas carruagens, o mundo inteiro saberia o que ele estava tramando, e para onde estava indo. Tem dois cavalos no estábulo, por sinal. A égua marrom é minha.

— O senhor é muito gentil.

— E por que não seria? O senhor pode confiar plenamente nos meus conselhos, sr. Shield, afinal de contas, não tenho motivos para mentir, não agora, e tudo a ganhar ao ajudá-lo em tudo o que puder. Além disso, tenho esperança de que o senhor me dê uma vela. Não gosto nem um pouco da escuridão.

Iversen parecia estar tão determinado a suportar seu infortúnio filosoficamente que quase acedi. Mas Mary Ann cuspiu bem em cheio em sua cabeça quando ele chegou ao pé da escada, fechou o alçapão com muita força e riu ao passar o ferrolho.

Fizemos uma busca rápida pelo local. Consistia de um grande chalé com um quintal de um lado contendo vários celeiros, um estábulo e as dependências habituais, a maioria em condições deploráveis. Nunca fora um grande estabelecimento, a julgar pelas casas, que eram tudo o que restava, além dos restos de um jardim pequeno na frente, com um cercado para cavalos e um pomar coberto de vegetação. A terra ao redor era usada principalmente para pasto enquanto aguardava os empreiteiros semearem tijolos e cultivarem suas casas.

A cozinha e a sala de estar eram os únicos aposentos parcialmente habitáveis. O resto do chalé estava em um estado lastimável, com tábuas podres salpicadas de dejetos de pássaros, o reboco descascando das paredes e, no maior aposento do segundo andar, um lugar onde o teto e parte do telhado tinham desabado, revelando um céu azul. Havia três caixões guardados em um dos celeiros. A carruagem estava em outro e os cavalos no estábulo contíguo.

Não era possível mover Carswall para muito longe, por conta de seu peso. Juntos, Mary Ann e eu o tiramos da lareira. Afrouxei-lhe as calças e a gravata, amarrei-lhe os polegares para o caso de ele estar fingindo e o cobri com um cobertor de cavalo que encontrei no estábulo. Entre seus pertences, havia uma agenda e um lápis. Mary Ann arrancou várias páginas e as colocou junto com o lápis no bolso do vestido.

Mesmo naquela hora, notava que ela havia se tornado uma pessoa completamente diferente — o que ficava claro não só pelo seu comportamento, mas também pela maneira como eu me comportava com ela. Quando se exprimia apenas através de trinados e de uma linguagem de sinais primitiva, a tratei inconscientemente quase como uma idiota: como se sua inaptidão se devesse a uma deficiência intelectual mais grave. Depois que ela descobriu sua voz, descobri que a deficiência era minha.

Sentei-me na mesa da cozinha e escrevi um bilhete para o sr. Noak, explicando da forma mais concisa possível a situação em que nos encontrávamos e implorando pela sua ajuda e discrição. Ajudei Mary Ann a atrelar o cavalo à carruagem e a observei ir embora do quintal.

Voltei para a sala de estar e atirei mais uma tora no fogo. Carswall respirava pesado. Seus olhos estavam arregalados. De vez em quando, os lábios tremiam, mas não produziam palavras. Seu estojo de charutos estava entre o monte de pertences. Peguei um charuto e o acendi com uma brasa da grade.

Agachei-me e desenrolei os dedos da mão direita do velho, pois eles ainda estavam fechados em volta do relógio Breguet aberto, como se o próprio tempo fosse a última coisa que ele soltaria. Seus olhos acompanharam todos os movimentos. Coloquei o relógio contra o ouvido dele e apertei o botão de repetição. Os pequenos toques soaram.

— *Ayez peur* — falei alto. Olhei para o rosto pelancudo e decadente. — Consegue me ouvir, senhor? — perguntei. — Consegue ouvir o som do repetidor?

Não houve resposta. A inteligência dele estava aprisionada, como estivera a de Mary Ann, porém, diferentemente dela, ele não podia nem mesmo escrever nas cinzas. Fechei o relógio e o enfiei no bolso de seu paletó. Deixei-o contar os minutos, as horas, os dias e voltei para a cozinha, onde bati no alçapão.

— Sr. Iversen? Está aí?

— Sem dúvida, meu caro senhor, embora não posso ouvi-lo tão bem quanto gostaria. Se tiver a bondade de abrir um pouquinho o alçapão...

— Creio que não — falei.

— Houve muitos desentendimentos nesta triste história — disse o sr. Iversen em tom choroso. — Desentendimentos em cima de desentendimentos, pode-se dizer, amontoando Pelião sobre Ossa como Homero...

— Ficaria imensamente grato se o senhor me explicasse os desentendimentos.

— Ah, sim, sr. Shield, mas será que devo? Em uma sociedade perfeita, todos os homens seriam honestos, todos os homens seriam sinceros: mas, infelizmente, não vivemos em Utopia. Não obstante, farei o meu melhor. Sou a franqueza encarnada.

— O senhor deu o papagaio ao sr. Carswall, correto?

— Sim, dei. O menino era louco para ter um pássaro, disse o sr. Carswall, um pássaro que falasse, e eu pude ajudar. Gosto de ajudar, quando possível.

Soltei uma baforada de fumaça. Foi quando uma luz ofuscante me iluminou. Lembrei-me que, quando criança, às vezes me debruçava minutos, horas até, sobre um trecho que meu professor tivesse me mandado traduzir: então, com um semelhante choque revelador, eu via a linha do significado se desenrolar e, seguindo-a, chegava ao sentido em um instante. O mesmo ocorreu naquele instante: a pista que resolvia toda aquela história confusa era isso, o fato de que era apenas uma pequena lacuna entre um papagaio que falava francês e um espécime raro de *digitus mortuus praecisus.* Ela não surgira depois da simples observação que o sr. Iversen teria ajudado não só o sr. Carswall, como também o sr. Frant?

— Estou sentindo cheiro de tabaco? — perguntou o sr. Iversen.

Se o dedo que encontrei na bolsa havia pertencido ao corpo embalsamado do pai do sr. Iversen, então não havia motivo para supor que o corpo que vira em Wellington-terrace fosse de outra pessoa que não Henry Frant. Neste caso, apenas uma pessoa saiu ganhando com toda a confusão e incerteza.

Como qualquer ator sabe, poucas vezes examinamos o rosto das pessoas que encontramos. Lembramos delas por seus traços mais salientes, que são geralmente acessórios, e não partes essenciais. Assim por exemplo, não guardamos uma imagem mental clara do rosto de alguém: em vez disso — a título de ilustração — vemos uma barba desgrenhada, um par de óculos azuis, uma cadeira de rodas e um manto bordado com símbolos mágicos. Na minha mente, despi estes acessórios e visualizei o que sabia serem as partes essenciais.

— Acredito, senhor — disse com a voz trêmula — que tenho a honra de me dirigir ao sr. David Poe, assim como ao sr. Iversen, filho.

Esforcei-me para ouvir a resposta. Os segundos passaram. Então, por fim, escutei o som de uma risada baixa.

80

A verdade completa sobre David Poe, natural de Baltimore, Maryland e sobre o sr. Iversen, filho, natural da Queen-street, Seven Dials, não foi revelada naquela manhã. Não acredito que venha a ser conhecida um dia. A natureza pode ter concebido o sr. Poe como um homem sincero, mas a vida o ensinou a ser dissimulado.

— De que vale um nome, sr. Shield? O tempo não está do nosso lado no momento. Não vamos discutir sobre ninharias. Tenho em minha agenda um documento que...

— Mas o senhor é Poe, não é? O senhor é o pai de Edgar?

— Não posso negar nenhuma das duas acusações. De fato, já que o senhor conhece o menino, eu o desafio a encontrar um pai mais orgulhoso em toda a Cristandade. Não quero parecer importuno, porém...

— Sr. Poe — interrompi —, mesmo se Mary Ann não encontrar nenhum contratempo no caminho, iremos gozar da companhia um do outro por horas. Acredito que deveríamos nos ocupar com a sua história. Não temos mais nada para fazer.

— Há a questão do documento que mencionei.

— O documento pode esperar. Minha curiosidade sobre o senhor, não.

Sentei-me fumando em uma cadeira diante do alçapão e nunca um charuto teve um gosto tão bom. A voz forte e pausada de David Poe vinha de baixo — ora irlandesa, ora americana, ora nobre, ora *cockney*, ora sussurrante, ora declamatória. Principalmente graças àquela conversa, mas também graças a observações anteriores e informações dadas por outras pessoas, creio que por fim pude traçar um painel bastante preciso da sua vida, embora de forma alguma abrangente. Nem é preciso dizer que ele era um homem devasso e vil que não se importava o quão baixo teria que descer para alcançar seus objetivos. Mas nenhum de nós é feito de um só tecido. Como todos os homens, ele era uma colcha de retalhos feita de diversos materiais, sendo que alguns combinavam com seus vizinhos, enquanto outros, não.

Sim, ele era cruel, dissoluto e muitas vezes um bêbado. Era também, acredito, um assassino, embora no caso de Henry Frant afirmou ter agido em legítima defesa, uma alegação que pode conter alguma verdade. Atribuiu a morte da sra. Johnson a um acidente desafortunado, e nisto tive mais dificuldade de crer.

Tampouco acho provável que David Poe e o sr. Carswall pretendessem manter a mim e a Mary Ann vivos. Poe me disse que o caixão foi tão somente um método para me transportar com discrição de Seven Dials até aquele lugar, onde Stephen Carswall poderia me interrogar sem medo de ser observado. Acredito que ele serviria a outro propósito. Teria sido fácil colocar mais um ou dois caixões no cemitério particular contíguo ao reformatório vizinho; o coveiro era pau-mandado de Poe e, em um estabelecimento daquela natureza, não é incomum que se precise de uma vala aberta onde duas pessoas possam descansar tão confortavelmente quanto uma.

Mas me adiantei na história. Quando comecei a falar sobre colchas de retalho e tecidos, queria dizer apenas que o sr. Poe poderia ser uma companhia agradável se quisesse. Era um homem experiente, que viajara o mundo e observara suas loucuras e peculiaridades. Obviamente, ele tinha motivos de sobra para ser agradável comigo enquanto o mantivesse preso no porão.

Sua história, em resumo, é a seguinte. Quando jovem, seu pai o colocou para estudar direito, porém, isso não deu resultado e ele se tornou ator. Casou-se com a sra. Arnold, a atriz inglesa que deu à luz Edgar e outras duas crianças. Infelizmente, a vida de um ator é precária, e possui muitas tentações. Contou-me que era muito jovem, e que se desentendera com empresários e críticos. Bebia muito e com muita freqüência. Fracassara em administrar seus poucos recursos.

— Talvez não fosse um ator tão bom quanto pensava. Meus talentos dramáticos não brilhavam em todo o seu esplendor no tablado, senhor: adequavam-se mais ao palco maior da vida.

As bocas famintas de sua jovem família eram uma preocupação a mais. Por fim, o jovem já não conseguia suportar o fardo. À época, ele e a esposa estavam em Nova York. Um homem que conheceu por acaso em uma taverna disse que poderia lhe arranjar uma cabine em um navio para a Cidade do Cabo onde, ouvira falar, havia uma demanda tão grande por entretenimento cênico que nenhum ator que se prezasse deixaria de fazer fortuna dentro de muito pouco tempo. Não podiam perder um minuto, pois o navio partiria com a vazante da maré. De acordo com seu relato, Poe escreveu um bilhete explicando sua ausência para a esposa e o confiou a um amigo.

— Azar! Minha confiança foi mal depositada. A carta jamais foi entregue. Minha pobre Elizabeth faleceu poucos meses depois sem saber se eu estava vivo ou morto, deixando as infelizes crianças na dependência da caridade de estranhos.

Os infortúnios de David Poe mal haviam começado. A embarcação que o levaria para a Cidade do Cabo era um navio mercante navegando sob a bandeira britânica — naquela época, nossos dois países ainda não estavam em guerra. Mas o pavilhão do Reino Unido representou a desgraça para o sr. Poe, pois o navio foi tomado por um corsário francês vindo do Le Havre. O sr. Poe foi reticente sobre os meses que se seguiram, mas, no verão de 1812, chegara a Londres.

— Sei que um homem da sua sensibilidade, sr. Shield, não terá dificuldades em imaginar a minha angústia ao descobrir, por caminhos tortuosos, que minha amada Elizabeth tinha morrido. Meu primeiro impulso foi correr para a companhia dos meus filhos órfãos e dar o conforto que um pai viúvo poderia vir a oferecer. Mas, pensando melhor, vi que não havia como me dar ao luxo, diria talvez egoísmo, de ceder aos meus sentimentos paternos, não para o meu bem, mas para o bem das crianças. Conseguir uma passagem para os Estados Unidos naquela época não seria fácil, uma vez que o congresso declarara guerra à Grã-Bretanha em junho. Sabia, também, que meus filhos estavam sendo cuidados pelo mais amável dos benfeitores: na verdade, mesmo que pudesse ir aos Estados Unidos, a condição material deles pioraria de imediato. Envergonho-me em admitir, porém, houve uma pequena complicação temporária logo antes da minha partida de Nova York, na forma de dívidas não pagas. Não, embora sentimentos generosos me impelissem a correr para a companhia dos meus filhos, a sensatez me deteve — naquele instante, imaginei-o do outro lado do alçapão, ao pé da escada, com a mão sobre o peito. — Um pai deve colocar o bem-estar de seus filhos acima de seus desejos egoístas, sr. Shield, embora corte o seu coração fazê-lo.

Felizmente, o viúvo sofredor não foi obrigado a sofrer sozinho. Ele cortejara e conquistara o coração de uma certa sra. Iversen, que vivia com o pai na Queen-street, Seven Dials, e o ajudava em seus negócios.

— Ela não estava na flor da idade — contou-me o sr. Poe. — Eu tampouco. Estávamos os dois em uma época da vida em que se corteja tanto com a cabeça quanto com o coração. A saúde do sr. Iversen estava piorando, e ele estava ansioso para garantir o futuro da sua filha única depois que morresse. Ela era uma dama muito amável, com o atrativo adicional de ter trazido ao nosso lar não só a sua adorável pessoa como também um meio para que eu ganhasse a vida — através de trabalho honesto, com o suor da minha testa, mas isso não me incomodava. Não há ofício mais nobre do que curar os males do próximo. Acredito piamente que tivemos mais sucesso neste departamento do que todo o Colégio de Médicos. Curamos tanto as almas quanto os corpos.

— Lendo a sorte? — perguntei. — Dando água colorida e pílulas feitas com farinha e açúcar? Interpretando sonhos, vendendo feitiços e ajudando mulheres a abortar?

— Quem pode dizer que isso é errado, senhor? — respondeu o sr. Poe. — O senhor não acreditaria nas curas que já efetuei. Não imagina a quantidade de tristezas que abrandei. Dou às pessoas esperança, senhor, o que é melhor do que todo o dinheiro do mundo. De certa forma, sou um filantropo. Diga-me, o que é pior? Viver como vivo, como um comerciante honesto, um corretor de sonhos. Ou se aproveitar de viúvas e homens trabalhadores, abocanhar suas pequenas fortunas sem dar nada em retorno. Uma casa magnífica e uma carruagem com um brasão na porta não são garantia de probidade moral. O sr. Henry Frant e o sr. Stephen Carswall bastam para provar o que digo.

Eu acreditava nele — ou melhor, acreditava que parte dele falava com sinceridade: nenhum homem é um monstro aos próprios olhos, não por completo. E ele falava apenas a verdade: a distância entre Seven Dials, de um lado, e Margaret-street e Russell-square de outro é menor do que o mundo percebe.

Quando o velho sr. Iversen morreu em 1813, sua filha afundou-se em uma melancolia tão profunda que seu apaixonado marido temeu que ela jamais se recuperasse. Não conseguia suportar o fato de ter sido separada do pai. Por fim, o sr. Poe sugeriu que seu corpo fosse embalsamado.

— As melhores famílias fazem isso hoje em dia. E o velho, apesar da profissão, era um racionalista fervoroso. Por que desejaria a cova ou a atenção dos vermes? E, é claro, a solução era viável. Meus clientes são, de uma forma geral, supersticiosos. Não gostariam de passar a perna em um homem cujo sogro olha por ele por toda a eternidade em um quarto em cima da loja. Melhor do que um par de mastins, não? Aqueles cachorros em Monkshill foram tão inúteis quanto guardas mortos, porém, o fato de o pai da minha esposa estar morto era uma vantagem.

O sr. Poe assumiu não só o negócio do velho, mas também um pouco da sua identidade.

— Somente um americano, senhor, sabe o exato valor da tradição.

Ele passou a se chamar sr. Iversen. Vestiu a indumentária profissional do sogro — ou seja, o manto com os símbolos estranhos e o capuz; e até mesmo fingiu ser aleijado, como o sr. Iversen, pai, havia sido.

— Distinguir a vida profissional de uma pessoa da sua vida pessoal é uma questão complexa — disse o sr. Poe. — Se eu colocar uma barba e um par de óculos azuis, me transformo em um homem completamente diferente. As pessoas vêm e vão em Seven Dials. Depois de uns poucos anos, a maioria delas tinha se esquecido que houvera um outro Iversen, principalmente depois que minha pobre Polly seguiu o pai para o além-túmulo.

Ele foi compreensivelmente vago sobre a extensão exata do negócio que herdara do sogro e que fez prosperar sozinho. Na minha opinião, é provável que houvesse muito mais por trás dele do que remédios falsos e feitiços para os ingênuos. Não consigo esquecer dos capangas com suas roupas pretas encardidas, os agentes funerários que trabalhavam com tanta diligência para ele e a fazenda aos pedaços tão próxima de um reformatório, um hospício e um cemitério particular.

Era muito possível que David Poe continuasse a prosperar na Queen-street se não tivesse descoberto que o sr. e a sra. Allan estavam em Londres, com o filho adotivo, Edgar. À medida que os anos passavam, ele naturalmente ficara atento às notícias sobre a América e, em especial, aos americanos que visitavam Londres. De acordo com a sua explicação, ele foi possuído por um desejo incontrolável de encontrar o filho, que tinha visto pela última vez quando o menino tinha mais de 2 anos de idade e ainda nem usava calças.

Não vejo razão para duvidar, ao menos em parte, da veracidade disso. Como disse anteriormente, somos todos uma colcha de retalhos de emoções. Por que David Poe não poderia sentir afeto pelo filho que vira tão pouco? A ausência e a ignorância alimentam este tipo de ternura. Porém, uma atitude pode ter mais que um motivo. Conhecendo o sr. Poe, suspeito que ele também considerara a possibilidade de explorar financeiramente o sr. Allan, pois deveria saber que Allan era considerado um homem rico.

Fosse qual fosse o seu objetivo, o sr. Poe dirigiu-se a Southampton-row, onde confirmei inadvertidamente a identidade do seu filho e onde ele soube que Edgar poderia ser encontrado em Stoke Newington. Mais tarde, ele foi à vila, onde abordou os meninos e nós brigamos. Ele estava mesmo um pouco embriagado na ocasião: "mais do que ninguém eu precisava de uma bebida naquele dia." Para piorar a situação, o sr. Poe era míope, e sua visão foi ainda mais embaralhada pelos óculos: portanto, teve dificuldade em diferenciar Edgar Allan de Charlie Frant, o que gerou a suposição inicial que ele estivesse interessado não em Edgar, mas em Charlie. Foi esse mal-entendido que o levou, através de mim, a conhecer o sr. Frant.

Frant viu o que David Poe queria que ele visse: um irlandês-americano com uma queda pelo gim e sem meios aparentes de se sustentar; não representando ameaça alguma a ele ou a qualquer outra pessoa. Frant viu tudo isso, mas viu também que David Poe era aproximadamente da mesma altura, peso, idade e constituição física que ele. Deixando de lado as disparidades superficiais, Poe seria um substituto perfeito para Henry Frant no papel de vítima de assassinato. Estimulado, sem dúvida, pela sra. Johnson, ele contratou os serviços de Poe. Na tarde de 24 de novembro, uma quarta-feira, Frant atraiu Poe até Wellington-terrace com a intenção de assassiná-lo.

— Ele me disse para encontrar um cavalheiro lá, e me deu um terno seu, dizendo que eu também deveria parecer um cavalheiro, ou o plano que tinha em mente não daria certo. Por Deus, ele achou que eu fosse um idiota completo, mas na verdade era o contrário. Pediu que eu chegasse cedo a Wellington-terrace, onde me explicaria seu plano.

Então fui andando até lá pela estrada, e ele saltou na minha frente, empunhando um martelo — David Poe tossiu. — Eu já esperava aquilo. Lutamos por um tempo, e consegui arrancar-lhe a arma. Não queria matá-lo, Deus é testemunha, mas ele o teria feito se tivesse a mínima chance. Devo tê-lo atingido um pouco mais forte do que esperava. E lá estava eu, sr. Shield, em uma enrascada, o senhor não concorda?

— O senhor não queria matá-lo? — exclamei. — Sr. Poe, não se esqueça que eu vi o corpo.

— Palavra de honra, sr. Shield, não tive mais intenção de matá-lo do que tenho de matar o senhor, conforme vai entender quando eu explicar aqueles ferimentos. Quando o sr. Frant morreu, estava quase ileso, a não ser pela nuca, quero dizer. Mas eu sabia que nenhum juiz da Inglaterra acreditaria que os golpes foram dados para me defender, que não queria matá-lo. Enquanto pensava no que fazer, revistei o corpo e, por fim, encontrei a sorte nos seus bolsos. Frant planejava fugir, compreende, depois de me assassinar. Estava carregando muito dinheiro, um estojo de jóias e uma carta da sua amante em Monkshill. Ela era extremamente indiscreta, senhor, uma coisa chocante.

— Então o senhor descobriu o que os dois planejavam?

— Não naquela hora. Não tive tempo de ler a carta inteira, mas o bastante para descobrir qual era o meu papel, e para perceber que havia muito dinheiro envolvido, muito mais do que Frant tinha nos bolsos. Eu passaria por Frant, pelo cadáver de Frant, para que ele não fosse seguido. O senhor consegue imaginar uma engenhosidade tão malévola? É claro que eu precisava de tempo para pesar os prós e os contras. Seja como for, em linhas gerais, decidi que o melhor a fazer era seguir ao menos parte do plano que o sr. Frant traçara para mim. Então, castiguei-lhe o rosto e as mãos a ponto de ele não poder ser reconhecido com certeza pela própria mãe, tive que cuidar das mãos, por conta do dedo, e então fugi. Sabia que me fariam perguntas e que teria de encontrar uma forma de lidar com elas. Com a sua ajuda, sr. Shield, é claro.

O sr. Poe espalhara as pistas a serem seguidas por um investigador, pistas que levavam ao dedo na bolsa no consultório do dentista.

— Maria, na Fountain em St. Giles, é uma das minhas. Se alguém perguntasse por Frant, ela deveria direcionar a pessoa para Queen-street e se assegurar de que eu ficasse sabendo da visita. E então o senhor veio, sr. Shield, não a sra. Johnson ou um detetive, conforme eu de certa forma esperava. De modo que encenamos o nosso mistério — considerei um toque de classe fazer com que Mary Ann lhe desse o desenho que o levou ao dentista, concorda? Se não tivesse pedido para ver a garota, ela o teria abordado na saída. E lá se foi o senhor, encontrar a bolsa com o dedo.

— Foi só quando vi o seu falecido sogro na Queen-street, quando a luva caiu da mão esquerda dele, que compreendi o que tinha acontecido.

— Eu precisava de um dedo — disse o sr. Poe, um pouco encabulado. — Perdoe o trocadilho infame, mas o dele estava à mão. Lamentei ter que removê-lo, é claro, mas o resultado era tão engenhoso que não pude resistir: sugeria, não é verdade?, que o corpo em Wellington-terrace era de fato o meu, quem quer que eu fosse, e que Henry Frant estava vivo e bem, e não era apenas um defraudador, mas também um assassino.

Tendo garantido a própria segurança, na medida do possível, o sr. Poe voltou sua atenção para Monkshill-park. Àquela altura, já havia examinado a carta da sra. Johnson. Ela não só deixava claro que os dois tinham planos de fugir, e que o pé-de-meia deles estava escondido em algum lugar nos arredores do depósito de gelo em Monkshill-park, em um local que dificilmente estaria acessível antes de janeiro: também dera uma grande pista sobre o valor dele, uma soma tão vultuosa que, nas palavras do sr. Poe, "até os anjos ficariam tentados."

Assim, Poe foi até Monkshill-park, chegando no dia de são Estevão. Era dele o rosto que olhara para mim na janela de Grange Cottage no dia em que Edgar torceu o tornozelo.

— O senhor quase me matou de susto — disse ele em tom de reprovação. — No fim das contas, não foi um dia bom para mim. O senhor mal deixara a cabana quando uma carruagem chegou para a sra. Johnson e a levou embora. E eu sabia, por conta da quantidade de malas, que ela planejava ficar longe por algum tempo. A criada fechou a casa e foi andando até a vila. Explorei o jardim e as dependências e, mais tarde, fui até o parque no intuito de encontrar o depósito de gelo. Mas um guarda-caça me tomou por um vagabundo e ameaçou soltar os cachorros em cima de mim.

Algum tempo depois, o sr. Poe descobriu através de uma fofoca na cervejaria da vila que a sra. Jonhson estava passando 15 dias com os primos em Clearland, uma situação que tornava um encontro em particular com ela difícil, mas não impossível. Assuntos urgentes o fizeram voltar para Londres. Mas, depois de duas semanas, ele retornou.

— Aluguei uma carruagem em Gloucester e fui até lá. O senhor imagina como fiquei mortificado quando encontrei a cabana abandonada. Fui embora...

— Não sem antes ser avistado — falei. — Fui até a cabana pessoalmente atrás de pistas da sua presença.

— Se ao menos eu soubesse — respondeu o sr. Poe de modo cortês. — Adoraria ter reencontrado o senhor.

Ao voltar a Gloucester, porém, uma solução para as suas dificuldades se apresentou. Faltavam apenas dois dias para a festa na Bell Inn e, nada mais natural, ela era o principal assunto naquele estabelecimento. O sr. Poe jantou lá na segunda-feira e ficou sabendo que um grupo vindo de Clearland-court estava entre os que honrariam o baile com a sua presença. Ele não tardou a descobrir onde os Ruispidges se hospedariam. Testemunhou a chegada deles na quarta-feira e enviou um bilhete para a sra. Johnson, pedindo para encontrá-la.

— Mencionei na carta que tinha notícias sobre o sr. H.F. Uma questão de vida ou morte, e que era essencial que fôssemos discretos. Arrisquei-me a sugerir que nos encontrássemos no dia seguinte, mas ela respondeu insistindo que fosse naquela mesma noite. Sugeriu a varanda nos fundos do jardim da casa onde os Ruispidges estavam hospedados.

A sra. Johnson estava em um estado lastimável, sem saber se Henry Frant estava vivo ou morto. Na verdade, foi jogando com a possibilidade de que Frant ainda estivesse vivo que o sr. Poe foi capaz de induzi-la a cooperar com ele. Disse que Frant fora atacado por um credor falido; que o sr. Poe agira como Bom Samaritano e o ajudara; que Frant estava muito doente em Londres, incapacitado inclusive de escrever; e que havia implorado que o sr. Poe buscasse tanto a sra. Johnson quanto o que estava escondido no depósito de gelo.

— Foi muito cruel da sua parte, senhor — falei. — Aproveitar-se da fraqueza de uma pobre mulher.

— Eu juro, senhor — protestou o sr. Poe —, que ela recebeu apenas o que merecia. A carta que encontrei no bolso do sr. Frant me permitiu formar a opinião que a sra. Johnson foi quem bolou o plano para me matar no lugar do sr. Frant. Ambos eram desumanos e inconseqüentes, senhor, e impulsivos como crianças; porém, ela possuía uma personalidade infinitamente mais forte. Posso afirmar com segurança que foi a verdadeira culpada dos acontecimentos sinistros em Wellington-terrace.

— O senhor revelou sua identidade para ela?

— É claro que não! Isso seria o cúmulo da tolice. Para que meu esquema fosse bem-sucedido, ela precisava acreditar que eu, Poe, e não seu amante, tivesse sido assassinado, exatamente conforme o plano. A fiz achar que eu era um ex-sócio do sr. Poe, um homem com motivos para odiá-lo, um homem em quem se poderia confiar desde que fosse generosamente recompensado.

A sra. Johnson precisava desesperadamente acreditar nele, pois era a única pessoa que lhe dava a esperança de encontrar Henry Frant. Ela concordou em retornar para Grange Cottage depois do baile, e não para Clearland, o que era sua intenção; o sr. Poe a encontraria para reaver o que estava escondido no depósito de gelo. No entanto, à medida que conversavam na varanda, a sra. Johnson começou a ficar agitada e a sentir muito frio e, de acordo com o sr. Poe, sugeriu que fossem beber algo. O manto e o capuz garantiam seu anonimato, e eles escolheram um bar longe tanto da pousada dos Ruispideges quanto da Bell Inn.

— Mas a bebida lhe subiu à cabeça — exclamou o sr. Poe. — Ela chorou no meu ombro! Tornou-se irascível! Deu-me muito trabalho! E então, por fim, o senhor e a sra. Frant apareceram e temi que tudo estivesse perdido.

Felizmente para Poe, a sra. Johnson ficou calada, e ele foi até a cabana conforme o planejado. Eu mesmo o vi em sua égua malhada. A sra. Johnson foi até o lago de dia para se certificar que os homens haviam começado a esvaziar o depósito de gelo.

— O amante lhe dera uma chave para a porta, que ela escondeu em um compartimento secreto no fundo de uma pequena caixa de jóias. Agora, chego a um fato extremamente curioso, meu caro senhor: eu estava de posse da gêmea idêntica daquela caixa! Mas voltarei a isso em breve.

A princípio, tudo correra bem na noite em que foram até o depósito de gelo. De acordo com a versão do sr. Poe dos fatos, as dificuldades começaram somente depois que a sra. Johnson havia recuperado os itens da fossa. Em sua empolgação, ela pisara em falso na escada, o que causou sua queda fatal no poço. Para piorar a situação, ele mesmo quase morrera ao tropeçar em uma armadilha no caminho de volta para Grange Cottage.

— O que eu podia fazer? — exclamou o sr. Poe. — Sou temente à lei por natureza, e meu instinto foi levar toda a questão imediatamente aos ouvidos do magistrado mais próximo. Mas nada poderia trazer minha encantadora anfitriã de volta à vida. Sabia que as circunstâncias estavam contra mim. No fim das contas, pelo bem da sra. Johnson, pelo bem da reputação da ilustre família da qual ela tinha a honra de fazer parte, parecia mais sensato que eu fosse modestamente embora dali. Minha presença serviria apenas para complicar as coisas — ele riu, como se me desafiasse a discordar da sua interpretação dos acontecimentos; o sr. Poe era um grande gozador.

— Não tive chance de examinar o que o sr. Frant e a sra. Johnson tinham escondido no depósito de gelo até chegar em Londres. Esperava encontrar ouro, dinheiro vivo, mais jóias: e não me decepcionei. Também antecipara que haveria notas promissórias e outros títulos, embora com menos interesse, pois sabia que não seria fácil para um homem na minha posição descobrir qual era o valor real daqueles últimos itens. Porém, atente para a grande ironia: o objeto mais valioso de todos já estava comigo, e desde novembro. Aquela caixinha que encontrei no bolso do sr. Frant.

— Seria ela feita de mogno, por acaso? — falei, lembrando de algo que Sophie me perguntara uma vez. — Revestida de pau-rosa, com uma tampa concheada?

— Meu caro sr. Shield! Vejo que o senhor está muito bem informado! Sim, o sr. Frant deve ter mandado fazer duas delas, uma para a esposa e outra para a amante. Já havia pegado as jóias que estavam na da sra. Frant. Mas não suspeitava da existência de um compartimento secreto até a sra. Johnson revelar o que havia na caixa dela. Se ao menos o sr. Frant soubesse! Como ficaria maravilhado!

David Poe fez uma pausa e pigarreou. Além de um gozador, era um artista. Queria que eu dissesse algo, que o incentivasse a revelar o que encontrara. Bati a cinza do que restava do meu charuto e aguardei.

— O compartimento continha uma carta — disse finalmente Poe. — O que estava escrito era completamente inesperado. Compreendi de imediato que ela mudava tudo. Trazia consigo grandes possibilidades. Mas para que aquelas possibilidades vingassem, eu teria que agir, e sem demora. Os assuntos dos homens respeitam uma maré, conforme muito bem colocou o Bardo, e, se a aproveitarmos quando cheia, ela leva à riqueza.

81

A vida é uma grande confusão quando vista pelo melhor ângulo, e o segredo de David Poe não representava, de forma alguma, a vida vista desta maneira. Esta é a pior e mais triste parte tanto da história dele quanto da minha.

Você pode me imaginar, sentado diante do alçapão da cozinha de uma pequena e sórdida casa de fazenda, com uma arma em uma das mãos, um charuto na outra e o sabor acre do medo ainda revolvendo no estômago; e, o tempo todo, ouvindo o som da voz lamurienta, embora estranhamente melíflua, do sr. Poe, tão traiçoeira quanto o sibilar da serpente no Éden, atravessar as frestas das tábuas.

— Sr. Shield — disse ele —, nenhum de nós pode questionar os desígnios imutáveis da Providência. O destino o colocou de um lado do alçapão e a mim do outro. Porém, não há motivo para não discutirmos nossa situação como seres racionais. Tenho uma carta no bolso que poderia lhe trazer benefícios consideráveis. Benefícios materiais. Não me serve de nada agora. O senhor, por outro lado, poderia tirar muita vantagem dela.

— Não quero escutá-lo — levantei-me e esmaguei o charuto com o salto da bota.

— Por favor, sr. Shield — vai levar apenas um instante. Prometo que o senhor não vai se arrepender. Posso atiçar o seu interesse revelando que a carta é endereçada à sra. Frant.

— E quem é o remetente?

— A filha natural do sr. Carswall, srta. Flora Carswall. Ela escreveu a carta quando não passava de uma criança. Estava na época em uma escola em Bath, cujo endereço está no cabeçalho, assim como a data, que é importante. Outubro de 1812. O conteúdo da carta sugere que, durante o verão, ela passara várias semanas com o pai, passeando por várias das propriedades de que ele é dono, ou era dono, na Irlanda.

— Não vejo a importância disso.

A empolgação fez Poe erguer a voz.

— A carta não é do tipo que uma filha deveria escrever sobre o pai, sr. Shield. O significado dela não escaparia a ninguém que a lesse. Serei grosseiro; não há tempo para delicadezas. Pelos meus cálculos, a srta. Carswall não tinha mais do que 14 anos na época, no máximo 15. A carta sugere largamente que, em uma noite de embriaguez, o pai se aproveitou de modo terrível da sua inocência. Sim, não há outra maneira de colocar a questão. E, como conseqüência disto, ela temia carregar um filho. A órfã estava claramente perturbada e não tinha ninguém mais a quem recorrer, de modo que buscou o conselho da amiga e prima, a sra. Frant.

Por um instante, não soube onde encontrar palavras. Senti horror, é óbvio, e também uma raiva doentia contra aquele brutamontes deitado na sala de estar contígua. Mas, acima de tudo, senti pena de Flora. Se aquilo fosse verdade, deixava claro o quanto eu não compreendera antes sobre ela. Escrevo *se aquilo fosse verdade.*

— Mostre-me a carta — falei. — O senhor pode passá-la por entre as tábuas.

— Não tão rápido, meu bom amigo. Se entregá-la, estarei entregando meu único meio de negociação. Não desejo macular a reputação de uma infeliz dama, mas o senhor deve concordar que também estou em uma situação complicada.

— Carswall sabe que ela está com o senhor?

— É claro. Desde fevereiro.

— O senhor o chantageou.

— Prefiro dizer que nós chegamos a um acordo que beneficiava ambas as partes.

— Foi ele, talvez, quem cuidou para que uma certa nota promissória fosse descontada em Riga.

— Exatamente.

— O que o senhor quer? — perguntei.

— Ora, que o senhor me liberte. Não peço mais nada. Se desejar, podemos forjar uma luta e dar a impressão de que não teve escolha. A decisão é toda sua. O senhor me dá a liberdade: eu lhe dou a carta, que lhe possibilitará fazer o que quiser com Carswall, caso ele recupere o juízo e a capacidade de falar, ou com a srta. Carswall, caso isso não aconteça.

— Por que deveria fazer um acordo com o senhor? Estou em condições de forçá-lo a me entregar a carta.

— Com aquela pistola? Não creio. O senhor não me parece possuir o temperamento que permite um homem matar o outro a sangue-frio.

— Eu não precisaria chegar a tanto. Assim que a ajuda chegar, o senhor pode ser rendido e revistado sem necessidade de derramamento de sangue.

O sr. Poe riu.

— Vejo dois problemas neste plano. Em primeiro lugar, se um grupo me revistar, o senhor e o sr. Noak, aquele negro dele, talvez, a vadia, o policial e qualquer outro fulano que estiver pelas redondezas, todos lerão a carta. O nome da srta. Carswall estará sujo para sempre e sem motivo. É isso mesmo que o senhor quer? Em segundo lugar, e este argumento é ainda mais persuasivo, se não chegarmos a um acordo, posso simplesmente ameaçar destruir a carta. É apenas uma folha de papel, e pequena. No tempo que vai levar para abrir o alçapão e me alcançar, ela já estaria em pedacinhos e descendo para o meu estômago.

— Talvez isso fosse o melhor para a srta. Carswall.

— Tudo dependeria de eu ter levado adiante ou não a ameaça. O senhor não teria certeza absoluta de que engoli a carta sem me revistar e, para tanto, precisaria da ajuda dos seus amigos. E, além disso, se a carta tivesse sido destruída, o senhor não teria chance de se beneficiar dela.

— Não o compreendo, senhor.

— Eu acho que compreende sim, sr. Shield. Perdoe-me se me meto onde não sou chamado, mas não creio que o senhor tenha prosperado no passado. A carta lhe daria o poder de mudar tudo isso.

Senti-me tonto, e tão sedento quanto um homem no deserto, um homem que vê uma miragem oscilando à sua frente.

— Seria tolice deixá-lo sair sem ver antes a carta. Tenho somente a sua palavra de que ela existe.

— Ah! falou um homem sensato. Bato palmas para sua prudência. Acredito ter uma sugestão para o problema que o senhor aponta. Suponha que eu rasgue a carta em dois pedaços de tamanhos diferentes. Passarei o pedaço menor pela fresta. Ele conterá o suficiente para confirmar o que eu disse, embora, para que tenha alguma serventia, o senhor precisaria da parte maior, que eu ficaria feliz em lhe dar quando for libertado. Estarei sob a mira da sua arma o tempo todo, obviamente, de modo que não correrá perigo algum.

A audácia de Poe me surpreendia. Lá estava um homem que me raptara e maltratara, que quase certamente havia tencionado me matar, e que, naquele momento, propunha da maneira mais fria possível que o libertasse em troca de uma carta comprometedora que me possibilitaria chantagear uma dama. Passei a língua pelos lábios e desejei uma xícara de café forte.

Falei:

— Muito bem. Deixe-me ver um pedaço da carta.

Ele passou uma tira de papel para minhas mãos. Tinha quatro lados, mas apenas um deles estava inteiro, e continha alguns garranchos, a tinta manchada com o que pareciam ser lágrimas.

—as Papai foi embora
—culpa foi minha
—ser castigada por

Quando li aquelas palavras, abandonei toda a prudência. Queria a carta completa. Naquele instante, não pensava em benefício próprio. Queria a carta para evitar o perigo de que outros a lessem. Queria mostrá-la para o velho deitado na sala e chutar sua carcaça imóvel.

Abri o alçapão. O sr. Poe piscou para mim. Depois daquilo, tudo transcorreu lentamente e observei os acontecimentos como em um sonho. Um pouco depois, recordei como o sr. Poe inclinou-se de cima do cavalo e apertou minha mão com imensa cordialidade.

— Deus o abençoe, meu filho — murmurou.

Não devem ter se passado mais do que vinte minutos depois que o sr. Poe deixou o porão quando me vi de pé no quintal atrás da casa ouvindo um sino distante batendo uma da tarde. À distância, ouvia o som de cascos na estrada, se afastando aos poucos.

O sol saiu e transformou a água lamacenta no cocho dos cavalos e as poças nos sulcos do chão em coisas belas. Dei meia-volta e entrei na casa. Na sala de estar, Stephen Carswall não se mexera. Silvando e chiando à medida que o ar entrava e saía dos seus pulmões, ele jazia no chão próximo ao fogo mortiço. Os olhos estavam abertos; seguiam meus movimentos. Sabia o que eu planejava fazer.

Segurei a carta para que aquele monte de carne e osso apodrecidos pudesse vê-la à luz bruxuleante da última vela.

— Eu sei — disse. — Eu sei.

Fui até a janela, abri as persianas e escancarei os caixilhos. Olhei através do pequeno jardim que tinha sido tomado pelos espinheiros, urtigas e cardos. Havia botões nas árvores do pomar coberto de vegetação e, em algum lugar, um melro cantava.

82

Abril deu lugar a maio. Continuei na casa da sra. Jem em Gaunt-court. Ganhava o suficiente para me manter e um pouco mais. Deveria estar feliz, pois um grande medo fora tirado das minhas costas, mas não estava.

Almocei algumas vezes com o sr. Rowsell, que achava que talvez pudesse me conseguir uma vaga de escriturário através de um amigo. Seria um emprego respeitável, com possibilidade de ascensão a longo prazo. Encontrei Salutation Harmwell em várias ocasiões — andávamos pelos parques e observávamos o mundo seguir seu curso, nenhum dos dois sentindo necessidade de falar muito.

Foi Harmwell quem me contou que o sr. Carswall já não corria risco de vida. Porém, o velho não recuperara o movimento dos membros e ainda não conseguia falar. Os médicos achavam provável que a apoplexia tivesse afetado não só o corpo, mas também a mente.

— Ele se tornou um bebezão — disse Harmwell. — Fica o tempo todo no quarto de dormir. A vida acabou para ele.

— E o casamento da srta. Carswall?

O negro deu de ombros.

— Ela e sir George ainda estão dispostos, mas agora é uma questão de se chegar a um acordo e de quem irá assumir os negócios do sr. Carswall. Em outras palavras, um assunto para advogados. Assim, por enquanto, a srta. Carswall e a sra. Frant continuam na casa do velho na Margaret-street. Embora não saiba dizer quanto isso vai durar — após hesitar, ele acrescentou. — A sra. Kerridge me contou que o capitão Ruispidge está na cidade e os visitou diversas vezes.

O mundo não soube de nada do que aconteceu na casa de fazenda arruinada, depois de Kilburn. Foi dito que o sr. Carswall alugara uma carruagem e levara o sr. Noak para ver um prédio nas redondezas, para sondar a possibilidade de um investimento em conjunto. O sr. Carswall passou mal no caminho e os dois cavalheiros se abrigaram em uma casa de fazenda. Ninguém questionou a história. Ninguém tinha motivo para tanto.

No começo de maio, o sr. Noak me convidou para almoçar com ele na Fleet-street, na Bolt-in-Tun. Começou uma refeição frugal que consistia de costeleta de carneiro com molho de alcaparra, acompanhada de um clarete suave. O sr. Noak parecia aflito.

— Não há notícias do homem chamado Poe — ele disse repentinamente, empurrando de lado o prato vazio. — Mandei um policial vigiar os estabelecimentos na Queen-street e dei partida em outras investigações. O lugar está uma bagunça. Os beleguins estiveram lá. Mas o homem mesmo desaparecera. Suspeito que tenha fugido para o exterior.

— E quanto às notas promissórias roubadas?

— Não encontrei sinal delas. Devemos presumir que Poe as levou consigo. Nenhuma foi apresentada para pagamento desde aquela descontada em Riga no começo do ano. A propósito, tenho quase certeza de que sei como aquilo foi arranjado. Carswall conhece, ou conhecia, um homem de negócios em Paris. Ele tinha um escriturário chamado Froment: e foi um monsieur Froment quem passou a nota para o tabelião de Bruxelas, que então a passou para os outros homens que eu já havia rastreado. Mas é claro que Poe não possui a vantagem dos contatos comerciais de Carswall no continente. Quero dizer... — ele se inclinou sobre a mesa e falou em um tom baixo e urgente. — O senhor está plenamente convencido da identidade do homem em Kilburn?

— Sim, senhor — o desespero que detectei em sua voz me entristeceu. — Não tenho a menor dúvida. O homem com quem falei era David Poe, e não Henry Frant.

Noak se recostou na cadeira.

— É mesmo uma pena que o senhor o tenha deixado escapar.

Sorri, fingindo uma indiferença que não sentia.

— Ele me enganou, senhor. Mas talvez tenha sido melhor assim. O que importa é que o dedo que fui levado a encontrar na bolsa havia sido retirado da mão do cadáver do sogro do sr. Poe. Não há dúvida quanto a isso. De qualquer forma, foi tudo um plano para me confundir, para me fazer acreditar que era possível que o corpo em Welligton-terrace não fosse o de Henry Frant. Mas obviamente era.

— Gostaria de ter levado o sr. Frant para a forca, conforme ele merecia — disse Noak depois de um silêncio. — Sempre me arrependerei disto. O assassino do meu filho ficou impune.

Reprimi um arrepio.

— Se o senhor tivesse visto o corpo do sr. Frant, não diria que ele ficou impune. No fim das contas, o fim dele não foi feliz. Havia sido reduzido a um homem falido, um defraudador com medo da forca: e então, por fim, viveu para ver seus planos serem frustrados e, ao morrer, foi trucidado. Não, ele não teve uma morte tranqüila.

Noak fungou. Pegou um palito de dentes e brincou com ele por um instante. Em seguida, suspirou.

— Carswall também: não acho que vá pegá-lo.

— A Providência já não o julgou? Ele está vivendo aprisionado no próprio corpo, e sob uma sentença de morte.

O sr. Noak não respondeu. Chamou o criado de mesa e pagou nossa conta, contando com atenção as moedas. Achei que o tinha irritado. Porém, enquanto seguíamos para a Strand, ele parou e tocou meu braço.

— Sr. Shield, estou ciente do grande serviço que o senhor me prestou. As coisas não saíram exatamente conforme eu gostaria, mas alcancei mais do que planejava, de uma maneira ou de outra. Voltarei para a América dentro de algumas semanas. O que o senhor pretende fazer da vida?

— Ainda não sei, senhor.

— O senhor não deve demorar muito para decidir. É um jovem talentoso, e se um dia estiver nos Estados Unidos, talvez eu possa lhe arranjar algo. Escreverei antes de partirmos dando meu endereço.

Fiz uma mesura e me pus a agradecer. Mas ele deu meia-volta e, sem ao menos apertar minha mão, saiu andando depressa. Em um instante, desapareceu na multidão.

83

No fim de maio, depois de o sr. Noak ter partido de Liverpool, fui até a casa na Margaret-street. Eu estava recém-barbeado, com o cabelo cortado e comprara um belo paletó preto para a ocasião.

A porta foi aberta por Pratt. Vi a confusão incendiar seu rosto magro e pálido; talvez houvesse também um vestígio de medo. Aproveitei-me da sua hesitação e passei por ele, entrando no hall. Estendi o chapéu e as luvas e, sem pensar, ele as pegou.

— A srta. Carswall está em casa? Por favor, envie-lhe meus cumprimentos e pergunte se ela poderia me ceder alguns instantes.

Ele me observou por um momento, apertando os olhos.

— Não demore — eu disse baixinho —, ou revelarei a ela até onde o senhor estava disposto a ir para agradar o sr. Carswall.

Ele baixou os olhos e me conduziu até a sala em que o sr. Carswall me interrogara e bebera seu vinho, todos aqueles meses atrás. Embora a mobília fosse a mesma, a atmosfera mudara completamente. O aposento estava mais iluminado e arejado. A parafernália masculina de charutos, taças e jornais fora levada embora e os móveis estavam desobstruídos e recém-lustrados. Não esperei mais de dois minutos e a porta se abriu. Virei-me, esperando Pratt, mas vi Flora Carswall.

Ignorando as convenções, ela estava sozinha. Fechou a porta atrás de si e veio na minha direção com a mão estendida.

— Sr. Shield, que alegria vê-lo. O senhor está bem, espero?

Apertamos as mãos. Ela se sentou em um sofá e deu batidinhas no lugar ao seu lado.

— Por favor, sente-se aqui onde eu possa vê-lo — estava vestida com roupas cinzas sóbrias, conforme pedia a ocasião, mas não havia sobriedade alguma em seu rosto e ela aparentava uma confiança incomum. — Charlie está na escola. Ele ficará muito triste em não ver o senhor.

Ela não mencionou Sophie.

Perguntei sobre o seu pai e descobri que o quadro permanecia inalterado. A srta. Carswall informou-me também que tanto os advogados de sir George quanto os do sr. Carswall estavam otimistas que o casamento pudesse ser feito dentro dos termos concordados anteriormente.

— Quanto a papai — ela prosseguiu com uma risada —, tenho um plano fabuloso para garantir o seu bem-estar. Quando estiver casada, é óbvio, terei que me dedicar ao meu marido. Mas cuidei para que Sophie fique com ele e faça o papel de filha no meu lugar — sorriu para mim, e seus cílios tremeram muito convenientemente. — Não é um plano maravilhoso? A pobre Sophie terá um lar e Charlie também, e papai sempre a adorou — ela me lançou um olhar enviesado. — À maneira dele.

Não conseguia imaginar um plano mais perfeito para aborrecer as duas principais partes envolvidas. Falei:

— E o sr. Casrwall. Este plano o agrada?

— Não quero parecer insensível, sr. Shield, mas não faço idéia. Ele fica o tempo todo deitado, no seu quarto, sem se mexer. Três vezes ao dia, eles o levantam e lhe dão caldo de carne ou algo do gênero. Ele ainda consegue engolir. Se sabe o *quê,* ou mesmo *que* está engolindo, é outra história. É muito triste, é claro, especialmente quando lembramos o homem que ele era, tão cheio de vigor, tão determinado! — ela sorriu. — Tão amável, também. Mas devemos encarar a situação da melhor forma possível, não é verdade? Falando de assuntos mais agradáveis, fico feliz que o mal-entendido envolvendo o anel de luto tenha sido resolvido. Às vezes, papai tende a tirar conclusões apressadas, especialmente quando está agitado. Sei que ele ficou muito abalado com a morte da sra. Johnson, todos ficamos, é claro, e sem dúvida isso afetou seu julgamento.

— Vi a notícia do inquérito da sra. Johnson no *Morning Post* — falei. — Um acidente triste.

— De fato — o rosto da srta. Carswall ficou sério de repente. — A família ficou preocupada com o tenente Johnson. Ele a adorava, e sempre teve uma inclinação à melancolia. Mas sir George entrou em contato com o Almirantado e logo o pobre homem terá um barco próprio. Um bem pequeno, pelo que sei, mas já é alguma coisa, e vai servir para tirar a cabeça dele das tristezas, não é mesmo?

Ficamos em um silêncio grave por um instante. Os Ruispidges foram de uma meticulosidade admirável. Haviam tomado providências para que o capitão Johnson aceitasse a morte da mulher e o veredicto do inquérito. A próxima observação da srta. Carswall não me surpreendeu de todo.

— Estava comentando com sir George dia desses — ela disse —, que um jovem da sua erudição e caráter é muito valioso para se perder de vista. Não deixe de me dar o seu endereço antes de ir — ela se aproximou um pouco mais de mim no sofá. — Sir George talvez possa ajudá-lo.

— Srta. Carswall, posso lhe dar uma sugestão?

Ela abriu um sorriso largo.

— Mas é claro, sr. Shield.

— É sobre a sra. Frant.

Ela se empertigou.

— Não compreendo. O que o senhor tem a ver com a sra. Frant?

— A sugestão não diz respeito a mim, srta. Carswall, e sim à senhorita. Lembra-se de que no outono do ano passado eu servi de testemunha para uma certa cláusula?

Ela me olhou com uma expressão muito semelhante à do pai.

— É claro que sim.

— Ocorreu-me que seria muito digno da sua parte se a senhorita abrisse mão do seu interesse na herança do sr. Wavenhoe em favor da sra. Frant, que entendo ser a herdeira original.

— Talvez fosse digno, senhor. Mas nem um pouco sensato.

— Por que não? A senhorita agora é uma dama de grande riqueza, malgrado o nome. Logo estará casada e ficará ainda mais rica. E um gesto deste tipo não deixaria de ganhar a aprovação do mundo. Seria muito generoso.

Ela bufou.

— Posso pensar em outra palavra para isso — ela jogou a cabeça de lado. — Por quê? Por que o senhor está fazendo essa sugestão?

— Porque não estava plenamente satisfeito com as condições em que a cláusula foi assinada.

— Então deveria ter se pronunciado naquela hora.

— A situação não me era propícia. A culpa é minha, confesso. Mas ainda posso me redimir. Sei que sir George é um homem honrado. Talvez eu deva levar a questão a ele e pedir seu conselho.

— Estou surpresa, sr. Shield — ela se levantou e eu segui seu exemplo. Em sua raiva, ela demonstrou uma dignidade inesperada. — Devo pedir que o senhor vá embora.

— A senhorita não vai considerar a proposta?

— Por favor, toque a sineta. Um criado irá levá-lo até a porta.

— Srta. Carswall, rogo-lhe que pense no assunto. A propriedade de Gloucester não significaria nada para a senhorita. E seria a coisa mais importante do mundo para a sra. Frant e Charlie.

— Muito comovente — ela enrugou o pequeno nariz. — Mas o senhor não me engana, sr. Shield. Tenho certeza de que o senhor também sairá ganhando.

— Não. De forma alguma.

— O senhor a deseja — disse ela, corando. — Não negue.

— Por que ela ao menos olharia para mim?

— Eu sabia! — exclamou. — O senhor a deseja. Eu sabia desde o início.

— Srta. Carswall, creio que seria cruel e insensível deixar a sra. Frant e seu pai juntos, deixá-la como se fosse uma enfermeira contratada para cuidar dele. A senhorita sabe que ela o odeia.

— Então deve se empenhar em conter um sentimento tão indigno. Ela não é uma cristã? Então tem a obrigação de cuidar dos doentes. Além do mais, meu pai é primo dela. E talvez o senhor não saiba, mas se meu pai não tivesse caído doente, o vínculo entre os dois seria ainda mais forte.

Ignorei aquele arroubo de lógica moral.

— Se a senhorita não concordar, srta. Carswall, estará me forçando a utilizar outro argumento.

Seus lábios se suspenderam, revelando dentes brancos e afiados.

— O senhor pretende me obrigar a tocar a sineta, senhor?

Pus-me entre ela e a corda da sineta.

— Primeiro, ouça o que tenho a dizer. Devo lhe revelar que estou de posse de uma carta. Não creio que a senhorita ou sir George gostariam que ela se tornasse pública.

— Uma chantagem? Não imaginava que o senhor pudesse descer tão baixo.

— A senhorita não me deixa escolha.

— Não tente me enganar, senhor. Não existe carta alguma.

— A senhorita a escreveu para a sra. Frant — falei. — Vivia em Bath na época e ela morava na Russell-square. A carta está datada de 9 de outubro de 1812. A senhorita voltara há pouco de uma viagem para a Irlanda com o sr. Carswall. Refere-se a um incidente que ocorreu em Waterford.

— Do que o senhor está falando? — ela falou mecanicamente, na forma de uma pergunta, mas o tom não era de interrogação. Primeiro foi para a porta, como se para confirmar que estava trancada e, em seguida, parou diante da janela. Depois de um instante, virou-se para mim. — Como a conseguiu? — ela perguntou em voz baixa.

Ignorei as perguntas. Falei:

— Não desejo revelar o conteúdo dela para ninguém. Quero entregá-la à senhorita para que possa destruí-la.

— Então me dê agora.

— Irei fazê-lo assim que a senhorita tiver transferido a herança do sr. Wavenhoe para a sra. Frant. Pense bem: de um lado, desgraça certa e a possibilidade de se aferrar a uma propriedade da qual não necessita e que não merece; de outro, total paz de espírito, a certeza de que fez a coisa certa, a gratidão de seus primos e a aprovação do mundo.

Ela bateu o pé.

— Não! O senhor é enervante! Não me passe sermões!

Aguardei.

Ela prosseguiu:

— Como posso saber que está dizendo a verdade? Como posso saber que o senhor realmente está de posse desta carta? Pode mostrá-la para mim?

— Não, ela não está comigo. Se quiser, posso lhe enviar uma cópia, palavra por palavra, para que tenha certeza de que digo a verdade.

Ela engoliu em seco.

— Eu... eu não creio que será necessário, pensando melhor. Vou... vou pensar no assunto, sr. Shield, e lhe escreverei com a minha decisão.

Peguei minha agenda, escrevi o endereço do sr. Rowsell e arranquei a página. Mas, por um instante, não a entreguei para ela.

— Tenho duas pequenas condições, que devo mencionar neste momento, embora não creia que a senhorita vá ter dificuldade para cumpri-las.

— O senhor não está em posição de estipular condições — ela disse.

— Em primeiro lugar — falei —, a cessão da herança, ou qualquer que seja o instrumento jurídico necessário para transferir a propriedade, deve ser redigida por um advogado da minha escolha: um cavalheiro chamado Humphrey Rowsell, da Lincoln's Inn; a senhorita verá que ele é perfeitamente respeitável. Aqui está o endereço, pode usá-lo para escrever para mim. Em segundo lugar, não quero que a sra. Frant saiba da minha participação neste assunto. Desejo que ela acredite que a transferência se deve exclusivamente à sua natureza generosa.

Flora Carswall se aproximou de mim e parou quando nossos corpos estavam a poucos centímetros de distância. O seu peito arfava. Ela ergueu os olhos, e estávamos tão perto que senti seu hálito na minha face.

— Não o entendo, sr. Shield. Juro que não o entendo.

— Não, não creio que entenda.

— Mas se o senhor tentasse me entender... e se eu tentasse... e se...

Sua voz parecia entrar na minha mente como uma cobra sedutora. Valendo-me da minha força de vontade, me afastei dela e puxei a corda da sineta.

— Espero receber notícias da senhorita até amanhã no fim do dia.

— E se não receber?

Sorri para ela. Ouvi uma batida e Pratt entrou. Inclinei-me sobre a mão dela e pus-me a sair. No entanto, parei na porta.

— Quase me esqueci — tirei um papel de dentro da minha agenda, lacrado com uma obreia, e o depositei na mesa de lado. — Para a senhorita.

A expressão dela abrandou.

— O que é?

— O pagamento de um empréstimo. A senhorita teve a bondade de me emprestar cinco libras quando deixei Monkshill.

Logo em seguida, enquanto descia os degraus da escada da frente até a calçada, encontrei o capitão Jack Ruispidge, tão lustroso quanto o relógio de bolso de um ricaço.

— O que o senhor está fazendo aqui? — ele perguntou abruptamente, pois já não precisava bancar o cavalheiro afável e condescendente para comigo.

— E isso é da sua conta, senhor?

— Não seja insolente — ele ergueu os olhos para mim, pois eu ainda estava na escada. — Saiba que a sra. Frant tem amigos. Se a importunar novamente, o senhor irá se ver comigo.

84

No dia 23 de maio, recebi uma carta, quase rude de tão breve, endereçada a mim aos cuidados do sr. Rowsell, que me foi entregue por Atkins. A sra. Frant gostaria de informar ao sr. Shield que, quando o tempo estava bom, ela costumava caminhar no Green Park entre as duas e as três da tarde. Era um convite em forma de relatório.

Decidi imediatamente não encontrá-la. Se um homem coça a casca de uma ferida, ela reabre e começa a sangrar novamente.

Em vez disso, ralhei com as filhas da sra. Jem quando elas erraram suas lições. Mandei embora um homem que teria me pagado bem para escrever uma carta pedindo dinheiro ao tio porque o achei sovina e repugnante. Não conseguia me concentrar mais de um instante por vez em coisa ou pessoa alguma. Pensava apenas nas implicações daquele bilhete lacônico.

Logo depois do meio-dia, subi para o meu quarto. Uma hora depois, saí da casa: estava limpo, penteado e elegante e com a aparência tão boa quanto meus parcos recursos me permitiam. Cheguei ao Green Park logo depois das duas. A estação havia começado, de modo que as calçadas estavam repletas de pessoas na moda e outras nem tão na moda assim.

Vi a sra. Frant quase de imediato. Ela estava andando devagar pela margem do lago artificial na extremidade norte do parque, em frente a Devonshire House, na direção da fonte no fim do jardim público. Não estava acompanhada de uma criada. Aproximei-me, olhando-a enquanto ela ainda não sabia que estava sendo observada. Seus olhos estavam na água, que cintilava dourada e prateada sob a luz do sol. Ainda tinha que guardar luto pelo sr. Frant, mas colocara o véu de lado e suas roupas não destoavam por completo daquela aglomeração elegante. Lembro-me com exatidão da aparência dela, e de como estava vestida, pois aquilo deixava claro sem demora o abismo que havia entre nós e que sempre estaria lá.

Fui em sua direção e fiz uma mesura. Ela me ofereceu a mão, mas não o sorriso. A casca fora arrancada da ferida: ela voltou a sangrar.

Sophie sugeriu que saíssemos da agitação do Piccadilly e da multidão que passeava naquela parte do parque. Seguimos lentamente para o sul. Ela não tomou o meu braço. Quando estávamos um pouco afastados, sem que ninguém mais pudesse nos ouvir, parou e me olhou diretamente pela primeira vez.

— O senhor não foi franco comigo. Tramou pelas minhas costas.

Não falei nada. Olhei para a pele branca de seu braço entre a luva e o punho da blusa, notando a mancha da poluição de Londres.

— Minha prima Flora me devolveu a herança do sr. Wavenhoe — ela prosseguiu.

— Fico feliz em saber.

— Ela disse que não o teria feito, se não fosse pelo senhor — Sophie me encarou. — Diga-me o que fez com ela. Flora não faz nada de graça.

— Disse a ela que não estava satisfeito com as circunstâncias em que o seu tio assinou a cláusula. A senhora deve se lembrar que eu testemunhei a assinatura. A natureza generosa da srta. Carswall fez o resto.

Ela se afastou e eu a segui pela grama. De repente, ela parou e se voltou na minha direção.

— Não sou criança para ser mantida na ignorância — ela falou. — Existe algo mais. Um advogado da Lincoln's Inn veio me entregar os documentos necessários. Quando ele estava indo embora, perguntei-lhe sem rodeios se o conhecia. Ele tentou evitar a pergunta, mas eu o pressionei e, no fim das contas, confessou que sim.

— Quis que o sr. Rowsell cuidasse da transação por que confio na idoneidade dele. De modo que o recomendei à srta. Carswall.

— Isso sugere que o senhor não confia na minha prima.

— Eu não falei isso, senhora. Em se tratando de assuntos legais, é sempre útil ter os conselhos de uma pessoa desinteressada.

— Ah, que bobagem! — ela me encarou. — E desde quando o senhor estava em posição de dar ordens à minha prima?

— Não dei ordens a ela. Apenas tentei explicar as vantagens de uma determinada atitude.

— Então por que disse a ela que não queria que eu soubesse que o senhor a tinha... aconselhado, se é assim que chama o que fez? Ora, senhor, eu tenho o direito de saber por que se viu no direito de interferir nos meus assuntos.

Remoí todas as respostas que poderia dar. No fim, somente a verdade serviria:

— Não queria obrigá-la a se sentir grata.

O rosto dela se incendiou.

— O senhor é intolerável!

— O que a senhora queria que eu fizesse? — notei que havia erguido a voz. Respirei fundo e prossegui em um tom mais baixo. — Perdoe-me, mas não gostava de pensar na senhora atrelada àquele velho terrível.

— Sem dúvida a consideração do senhor é louvável. Mas não precisava ter se preocupado. Não vou fingir que a idéia de viver com ele me agradava. Mas não teria que suportar aquilo por muito tempo — ela ergueu o rosto. — O capitão Ruispidge me honrou com um pedido de casamento.

Virei de costas. Não suportava mais ver seu rosto radiante.

— O pedido foi feito antes de Flora me contar sobre seus planos de transferir a propriedade de Gloucester para mim. As intenções dele foram as mais puras.

Olhei por sobre o ombro.

— Não duvido. Espero que a senhora seja muito feliz. Ele é um homem de valor, e tenho certeza de que é uma decisão muito sensata.

Sophie se aproximou um passo, forçando-me a encará-la novamente.

— Eu fui sensata durante toda a minha vida. Casei-me com Henry Frant porque era a coisa sensata a fazer. Morei na casa do meu primo Carswall porque era a coisa sensata a fazer. Estou cansada de ser sensata. Não me faz bem.

— A senhora nem sempre foi sensata.

Olhamos um para o outro por um instante. Em minha mente, vi aquele pequeno quarto em Gloucester, vi sua figura adorada revelando-se voluptuosamente para o meu deleite. Seu rosto ficou terno por um instante. Fez menção de se afastar, mas parou e olhou para mim por entre os cílios. Uma coquete teria feito o mesmo movimento, mas ela não era uma coquete. Acredito que tenha sido acometida de uma súbita timidez.

— Não fui sensata quando o capitão Ruispidge me pediu para ser sua esposa — ela falou. — Disse que ficava imensamente agradecida pelo elogio que ele me prestou e sempre o consideraria um amigo, mas que não o amava. Ele disse que não importava e repetiu o pedido. Falei que precisava de tempo para pensar no assunto antes de me decidir.

— Então talvez ainda seja sensata, no fim das contas.

— Tive que pensar em Charlie — ela hesitou. — Ainda tenho. E então Flora me contou que iria passar a propriedade para o meu nome, e escrevi para o capitão Ruispidge revelando-lhe minha decisão. Flora ficou sabendo que eu não me casaria com ele, e foi quando ela me disse que foi graças a sua sugestão que transferiu a herança para mim. E que o senhor a pedira para manter a sua participação no assunto em segredo. Pergunto-lhe mais uma vez: por que fez isso?

— Minha resposta é a mesma: não queria obrigá-la a se sentir agradecida.

— Sou obrigada a me sentir muito mais agradecida à Flora.

— Não duvido.

— Ela transferiu para o meu nome uma renda que equivale a quase 250 libras anuais — Sophie olhou para mim. — Então... diga-me: por que não poderia ficar grata ao senhor, da mesma forma que ficaria a ela?

— Não tive a intenção de enganá-la. Quis ajudar a garantir sua independência, nada mais. Se sentisse que devia algo a mim, se soubesse que estava preocupado de alguma forma... eu... eu temi que isso pudesse afetar seu julgamento.

— A respeito de quê?

Não respondi. Como se tivéssemos chegado a um acordo, seguimos adiante, em direção a St. James Park, e me pareceu que ela andava um pouco mais perto de mim do que antes. Não conseguia ver seu rosto por causa do chapéu, apenas as plumas pendendo para frente e balançando sobre a sua cabeça. Ela murmurou algo. Fui obrigado a pedir que ela repetisse.

Ela parou novamente e ergueu os olhos para mim.

— Eu disse obrigada. O senhor demonstrou uma verdadeira consideração. Não esperava menos. Mas existem ocasiões em que a consideração se estende para além do seu objetivo. É sem dúvida uma virtude, mas nem sempre é apropriado exercê-la.

Eu disse:

— Vista assim, ela soa estranhamente como sensatez.

Ficamos parados por um instante observando três pombos se debaterem sobre um pedaço de pão e emitirem seus arrulhos roucos e irritantes, como o barulho de feijões em uma cuia.

— Como odeio pombos.

— Sim, são uns carniceiros, ladrões e desordeiros.

— Mas o senhor conhece a rima que as pessoas do interior têm sobre pombos? Um para tristeza, dois para contentamento...

— Três para uma menina e quatro...

— Três para uma menina? — ela interrompeu. — Não era assim que falavam quando eu era criança. Além do mais, quatro teria que ser menino e não rimaria com contentamento. Não, quando eu era criança, era sempre três para casar.

Os pombos se assustaram e saíram voando.

— E quatro para um nascimento — ela acrescentou com uma voz muito baixa.

— Sophie? — eu disse e estendi a mão para ela. — Tem certeza?

— Tenho — ela respondeu e pousou a mão na minha. Tenho.

APÊNDICE

9 de junho de 1862

I

O relato anterior chegou às minhas mãos após a morte da minha cunhada, Flora, a viúva Lady Ruispidge, no dia 21 de outubro do ano passado. Ela deixou vários objetos aos cuidados de advogados que haviam servido tanto a ela quanto ao seu pai.

— Não confio em bancos — ela me disse certa vez. — Mas advogados duram para sempre.

Entre os itens, estava uma pequena caixa de madeira, fechada com argolas de ferro e trancada por dois cadeados. Ela foi trazida para a minha casa na Cavendish-square para aguardar os serviços de um chaveiro. Mas não houve necessidade, pois as chaves estavam em um estojo que minha cunhada trazia sempre consigo e que estava ao lado da sua cama quando ela morreu. A caixa continha um manuscrito grosso, escrito em letra miúda, dividido em capítulos numerados. No fundo, havia uma nota de cinco libras, dentro de uma folha de papel com o nome srta. Carswall escrito nela.

Sentado diante da lareira da biblioteca depois do jantar, folheei as páginas manuscritas, sentido-me sucessivamente maravilhado, fascinado, aflito e perturbado. O tempo não cura todas as feridas e algumas até mesmo se inflamam e pioram com o passar dos anos.

A identidade do autor ficou clara para mim desde o início. Quando o conheci, nas últimas semanas do reinado do rei Jorge III, Thomas Shield era professor. Ele relata este encontro, no adro da igreja de Flaxern Parva e também a última vez que nos vimos, alguns meses depois, quando nos esbarramos na porta da casa dos Carswalls na Margaret-street. (Até o momento, não fazia idéia do motivo da sua visita. Como me arrependo por ter falado de forma tão imoderada.)

Não tardei a perceber que a narrativa de Shield lançava uma nova, e muitas vezes chocante, luz sobre o escândalo Wavenhoe e, em especial, sobre o envolvimento americano naquela questão misteriosa. Poucos se lembram disso hoje em dia, mas o escândalo foi um dos precursores da grande crise bancária do inverno de 1825-6; há mais de quarenta anos, ele abalou Londres e causou a ruína de várias famílias. O manuscrito também revela parte dos tristes desdobramentos em Gloucestershire e, mais tarde, em Londres, embora estes episódios tenham atraído pouca atenção na época.

Muitas perguntas ficaram forçosamente sem resposta até o presente momento; e algumas nunca foram feitas, embora devessem ter sido. Não é de admirar que seja assim, pois muitas informações jamais chegaram ao público. Como, por exemplo, o papel do menino americano nunca foi mencionado, na época ou posteriormente, apesar da má fama e ignomínia que sua futura carreira atraiu. Os relatos contemporâneos também ignoraram os papéis desempenhados por outros americanos, entre eles o sr. Noak, de Boston, estado de Massachusetts, e o negro Salutation Harmwell, do Alto Canadá. No entanto, sem eles, os eventos não teriam se desenrolado da maneira como aconteceu. Até este instante, imagino, nenhum boato surgiu sobre a ligação entre a falência do banco de Londres em 1819 e aquele conflito triste e desnecessário que dividiu as duas grandes nações anglófonas, a Grã-Bretanha e os Estados Unidos da América, alguns anos depois.

Em outras palavras, o escândalo Wavenhoe foi como o relógio Breguet que Stephen Carswall amava como jamais amou uma criança: bastante simples na superfície, porém, a aparente simplicidade escondia um complexo arranjo de molas, engrenagens, freios e contrapesos; organizado de acordo com princípios racionais, com certeza, mas ao mesmo tempo, uma máquina delicada e complexa demais para revelar seus segredos aos reles mortais. O relógio de Carswall está diante de mim enquanto escrevo, ainda marcando a hora com precisão, suas entranhas tão misteriosas para mim quanto no dia em que me foi dado.

Tom Shield estava certo, pelo menos em um aspecto, assim como aquele devasso chamado Voltaire. Devemos respeito aos vivos, mas aos mortos devemos apenas a verdade.

II

Como a narrativa de Thomas Shield chegou às mãos da minha cunhada? Posso afirmar com segurança que ele não a teria entregado a Flora por vontade própria. Interroguei os criados dela da maneira mais discreta possível, mas nenhum deles pôde esclarecer a questão. Não havia menção a ele em suas cartas e outros papéis. Ela não mantinha um diário. Os advogados não sabiam de nada.

O pequeno estojo ao lado da cama também continha seu livro de contas. Durante toda vida, minha cunhada registrou seus recebimentos e gastos, pois sabia o valor do dinheiro; era filha de seu pai neste sentido e em muitos outros. Encontrei em uma gaveta da sua escrivaninha uma série de livros de contas que remontavam ao seu período escolar em Bath. Ocorreu-me que talvez seus cálculos pudessem dar alguma pista sobre a procedência do manuscrito.

Eu estava certo, embora tenha levado muitas horas para encontrar seu rastro. (Mas o que mais tenho para fazer, agora que estou velho? Afinal de contas, essa história é sobre as obsessões dos velhos, e que diferença poderia fazer mais uma?) Em junho de 1820, uma série de pagamentos irregulares teve início, nunca acima de cinco guinéus. Eram identificados apenas pelas iniciais QA. Em maio de 1821, houve um pagamento muito maior de oitenta libras. Após essa data, QA continuou a receber um pagamento de sete guinéus a cada 15 dias. Este acordo prosseguiu até agosto de 1852, e então chegou ao fim abruptamente. Por vezes, os últimos pagamentos eram para "Q. Atkins", em vez de para QA.

Sem dúvida este era o elo que eu buscava! Pois havia me deparado com Q. Atkins na narrativa de Shield — Quintus Atkins, para ser exato, o escriturário de Rowsell, um homem que aparentemente não gostava de Shield. O nome é incomum o suficiente para não levantar dúvida quanto à identificação. Conforme sabia Flora, Rowsell era o advogado de Shield. Se Shield se comunicou com outra pessoa que não Sophie antes de desaparecer, essa pessoa seria Rowsell. Atkins agira como intermediário entre os dois antes, e talvez o tenha feito mais uma vez.

Temos aqui pelo menos uma base sólida para uma hipótese: que Flora tenha subornado Atkins, pagando-lhe o que os advogados chamam de sinal, para obter migalhas de informação sobre Shield e a pobre Sophie. Mais do que migalhas, imagino — em uma determinada ocasião, um verdadeiro banquete: pois não consigo resistir à conclusão de que a aquisição da narrativa de Shield pela minha cunhada esteja relacionada ao pagamento de oitenta libras a Quintus Atkins.

No seu livro de contas de 1819, Flora registrou o empréstimo de cinco libras a Thomas Shield em janeiro. Mais tarde, ela riscou a entrada e acrescentou as palavras *dívida quitada.* Mas manteve a nota de cinco libras na caixa com o manuscrito.

Eu pensava que a única pessoa que Flora amava era Sophie Frant. Estava enganado.

III

Tenho diante de mim uma cópia autenticada do registro de batismo de Thomas Reynolds Shield, registro paroquial da igreja de St. Mary, em Rosington. É estranho e perturbador pensar que Shield — ou alguém próximo a ele — tenha se mantido informado sobre minha passagem pelo mundo. Os principais acontecimentos da vida de um homem que se move na minha esfera social chegam inevitavelmente aos registros públicos. A essa altura, porém — considerando a questão apenas do ponto de vista de um atuário —, é mais provável que Shield esteja morto do que vivo. Na verdade, quase todos os envolvidos mais diretos no escândalo Wavenhoe já foram responder pela sua conduta diante do maior dos juízes.

Não sei se Shield acreditava na história que ele dizia ser, até onde sabia, a verdade. Muito do que escreve está de acordo com a minha própria, e muito mais limitada, noção do assunto. Lembro-me de vários incidentes que ele descreve, embora com muito menos detalhes e algumas divergências. Porém, posso confirmar no geral a exatidão das suas descrições.

Não obstante, talvez ele tenha tido um motivo inconfesso para escrever este relato. É impossível, a essa altura, corroborar a maioria das informações que ele oferece através de outras fontes. (Por conta de sua própria natureza, grande parte da história jamais poderá ser corroborada.) Além do mais, a própria memória pode, se não houve um esforço ou atenção consciente, cobrir a verdade nua com o manto da ficção. Afinal, por que Shield escreveu a narrativa? Para preencher os dias e semanas antes de Sophie estar pronta para ir com ele? Como um *aide-*

mémoire, caso as autoridades se interessassem mais nas atividades de Stephen Carswall, Henry Frant e David Poe?

A linguagem de Shield parece natural, porém, fico imaginando se a sua simplicidade superficial não ocultaria um elemento de maquinação, um desejo de manipular a verdade com objetivos desconhecidos. Em alguns momentos, desconfiei de uma certa falta de sinceridade, em outros, uma tendência ao exagero. Tenho dificuldade em crer que ele se lembraria das exatas palavras de tantas conversas, ou das nuances nas expressões das pessoas, ou da evolução inquieta dos seus próprios pensamentos.

Incomoda-me profundamente que tantas perguntas permaneçam sem resposta. Na primeira página, Shield mergulha o leitor *in medias res*; e, na última, o abandona quase no meio de uma frase. Por acidente — ou propositalmente? A história se interrompe neste ponto pelo simples motivo de que Atkins roubou o manuscrito?

Jamais saberei. Se a verdade é infinita, então qualquer acréscimo ao nosso conhecimento dela serve também para nos recordar do que permanece incognoscível.

IV

O relógio Breguet de Carswall continua funcionando, como tem feito há mais de meio século. No fim das contas, o tempo é sempre nosso mestre. É ele que destrói, ele que vence, ele que pára. Muitas coisas nestas páginas têm o poder de chocar uma mente moderna. É lamentável que Thomas Shield não tenha moderado um pouco seu linguajar e lançado um véu de modéstia sobre alguns pensamentos, palavras e atos que registra. Algumas passagens revelam um mau gosto que, nos piores momentos, desce às raias da impropriedade. É verdade que o relato foi escrito em uma época ao mesmo tempo mais rude e menos exigente do que a nossa, porém, muitas vezes, ele demonstra uma inclinação para a vulgaridade que serve apenas para ofender.

A publicação da narrativa de Shield, mesmo em um âmbito bastante limitado e privado, está fora de questão. Não gostaria que minha esposa ou criados a lessem. Mas não pretendo destruir a história. Meu motivo é muito simples: conforme sugere Voltaire, há ocasiões em que precisamos pesar com atenção as exigências conflitantes dos vivos e dos mortos, e os primeiros devem ter vantagem sobre os últimos.

Isso não dá a entender que, se devemos a verdade aos mortos, também não a devemos àqueles que ainda virão? Ocorre-me neste instante, ao escrever a frase anterior, que talvez a Divina Providência me enviou o relato de Thomas Shield para que eu possa acrescentar a ele.

V

A generosidade de Flora em desistir de sua herança em favor da prima foi amplamente aclamada. Até mesmo meu irmão George, que não é o mais mão-aberta dos homens, considerou a medida justa; tampouco ignorava as vantagens de estar tão intimamente ligado a um gesto tão altruísta. Ele e Flora se casaram, em uma cerimônia particular, alguns meses depois do planejado.

Àquela altura, a sra. Frant já deixara a Margaret-street. Depois de alguns meses no campo, ela se estabeleceu em uma bela cabana em Twickenham, próxima ao rio. Sua antiga criada, a sra. Kerridge, ficou para cuidar do sr. Carswall. Agora percebo que a sra. Frant deve ter descoberto a duplicidade da sra. Kerridge. A mulher havia dado informações sobre a patroa tanto para Salutation Harmwell quanto para o sr. Carswall.

Perto do fim do ano de 1820, visitei Sophie em Twickenham e me arrisquei a renovar minha proposta. Ela recusou. Na Margaret-street, tinha esperanças de que ela estivesse começando a se afeiçoar a mim. Mas isso foi antes do presente de Flora e (conforme sei agora) do fatídico encontro no Green Park.

Nada aconteceu de forma repentina. Encontrei Sophie em casa em março de 1821, porém, quando fui até a cabana cerca de três semanas depois, ela já não estava lá. A sala da frente estava trancada e a mobília coberta por panos. Uma pequena criada permanecera para cuidar da casa. A garota era muda. Agora posso arriscar um palpite sobre o seu nome e história. Ela me escreveu um bilhete com uma letra surpreendentemente bonita para dizer que a sua patroa havia partido por um tempo e que não sabia para onde. Quando voltei a passar por lá, em maio, havia outros moradores; e a sra. Frant fora embora sem deixar o novo endereço.

Não vi ou tive notícias de Sophia Frant desde aquele dia. Nos primeiros seis meses após o desaparecimento, tentei com perseverança descobrir seu paradeiro. Flora disse que não tivera notícias da prima e prometeu-me que me informaria se soubesse de algo; disse estar tão intrigada quanto eu.

Charlie havia há muito saído da escola do sr. Bransby em Stoke Newington, e não se sabia de nada sobre o seu paradeiro atual na escola que freqüentara por pouco tempo em Twickenham. Recorri ao sr. Rowsell, que me informou não ter condições de me colocar em contato com a sra. Frant ou o sr. Shield. Quando passei por Gloucester a caminho de Clearland, perguntei pela propriedade de Sophie e descobri que as terras em Oxbody-lane haviam mudado de mãos. Contratei os serviços de investigadores mais gabaritados do que eu, mas eles também não tiveram sucesso.

Não se deve concluir destes fatos que minha vida daí em diante tenha sido uma longa e agonizante queda, que não tenha feito nada além de lamentar a perda de Sophia Frant. O mais certo seria dizer que a sua falta sempre esteve presente em alguma parte do meu ser. Ruminava com muita freqüência o que poderia ter acontecido: se, por exemplo, eu tivesse tido a coragem de pedi-la em casamento em Monkshill, apesar da sua falta de dinheiro, do filho e da notoriedade do seu primeiro marido. George e mamãe se uniram para me dissuadir, apontando, embora sem usar todas essas palavras, que eu não tinha meios para viver com conforto como um homem casado, que deveria procurar uma esposa com algum dinheiro e que, de qualquer forma, dificilmente encontraria felicidade nos braços da viúva de um defraudador.

Assim, entrei para a nossa diplomacia e servi primeiro em algumas cortes alemãs e, mais tarde, em Washington, um posto que às vezes me era extremamente desagradável por conta do clima da capital americana. Enquanto estava nos Estados Unidos, voltei a encontrar o sr. Noak, cada vez mais excêntrico, mas tão rico que não podia deixar de ter uma considerável influência. Morreu um ano mais tarde e descobriu-se que ele legara a maior parte da sua imensa fortuna a várias instituições de caridade, com exceção de uma vultuosa herança para o seu ex-escriturário, Salutation Harmwell.

Minha carreira diplomática, que nunca foi digna de nota, terminou quando meu irmão morreu inesperadamente em 1833. Seu casamento não produzira filhos — e a narrativa do sr. Shield, é claro, sugere uma possível razão para tanto, assim como o faz em relação a outras qualidades da minha cunhada. Sua herança ficou para mim.

Dono de um título e de uma fortuna, tornei-me um bom partido. Casei-me com minha prima em segundo grau, Arabella Vauden, uma união considerada vantajosa para ambas as partes. Nosso casamento não foi abençoado com filhos e, quando eu morrer, o título e o espólio serão transferidos para um primo em Yorkshire. Minha esposa lamenta esta condição profundamente.

Flora não se casou novamente, embora tenha recebido várias propostas. Tinha condições de fazer o que quisesse. Passou a maior parte da sua longa viuvez em Londres, onde recebia convidados com muita freqüência, embora sem tanta sensatez, em sua casa na Hanover-square. Quando morreu de uma inflamação nos pulmões, a maior parte da sua riqueza passou para mim mediante os termos do seu acordo matrimonial. Agora, ela jaz onde a enterramos, no cemitério de Kensal-green.

Adianto-me: não devo esquecer do seu pai. Assim que a lei permitiu, Flora fechou a casa na Margaret-street e transferiu o sr. Carswall e sua enfermeira para Monkshill. A mansão estava alugada, de modo que ela os acomodou na Grange Cottage, onde a sra. Johnson havia passado os últimos anos da sua vida infeliz.

Stephen Carswall jamais recuperou a fala ou os movimentos. Eu o vi duas vezes em sua decadência e ele era tão útil quanto uma fruta apodrecendo em uma árvore. A sra. Kerridge o maltratava impiedosamente e, na época, fiquei surpreso por Flora não intervir. Ele ficou naquele estado por sete longos anos, até fevereiro de 1827. Quando de sua morte, descobriu-se que sua fortuna estava quase no fim.

Chego agora a David Poe, o sr. Iversen Júnior, de Seven Dials, pai do menino americano que, quando atingiu a idade adulta, foi abraçado pela fama e pela desgraça na mesma medida. Depois de ler o manuscrito do sr. Shield, investiguei este cavalheiro, tanto aqui quanto na América. Não descobri nenhum vestígio *exato*. Até onde sabe o mundo, ele desapareceu em 1811 ou, possivelmente, 1812.

Porém, encontrei uma pista intrigante que, muitos anos atrás, o sr. Noak tentara traçar o paradeiro de David Poe, e teria descoberto que havia algumas pessoas que preferiam deixar o passado para trás. Uma delas era o sr. Rush, que, em 1820, havia sido o ministro americano em Londres, um homem com quem Noak fez negócios quando esteve na Inglaterra e que ele certamente pressionou em busca de informações sobre David Poe.

Outro cavalheiro que desejava que David Poe continuasse incógnito — e aqui observamos a questão de um ângulo completamente diferente — era o próprio general Lafayette, o venerável herói das Revoluções Americana e Francesa. Embora, obviamente, Lafayette não tivesse residência oficial nos Estados Unidos, sua reputação e conquistas o tornavam influente nos lugares mais inesperados.

Meu correspondente nos Estados Unidos chamou-me a atenção para o fato de Lafayette e o pai de David Poe haverem combatido lado a lado na grande luta revolucionária. A ligação entre os dois homens era claramente íntima. Quando o velho general visitou os Estados Unidos para sua vitoriosa turnê em 1824, foi até Baltimore, estado de Maryland, onde dedicou especial atenção à esposa do antigo camarada, que havia morrido alguns anos antes. Poucas semanas depois, Lafayette estava em Richmond, na Virginia, onde foi designado para uma guarda de honra composta de rapazes com uniforme de fuzileiros; um deles era Edgar Allan Poe.

Estes fatos, no entanto, provam apenas que Lafayette tinha carinho pela família Poe. Mas se os considerarmos juntamente com as pistas e boatos vindos de outras fontes, é impossível ignorar a suspeita de que diversos homens de surpreendente notoriedade estavam muito satisfeitos com o fato de David Poe permanecer desaparecido.

Suponho que tenha sido muito azar que as vilanias de Henry Frant o tenham levado a um vilão pior do que ele próprio. Deus sabe que ele pagou um preço alto pelos seus vícios e crimes. Entretanto, antes de permitir que David Poe volte à obscuridade, devo registrar uma especulação que me ocorreu. Shield parece-me estranhamente bem informado sobre a vida de David Poe. Será possível que os dois homens tenham voltado a se encontrar?

VI

Chego finalmente ao menino americano. Edgar Allan Poe era como o pino de uma dobradiça — mal se podia vê-lo, ainda assim, era o ponto de rotação de toda a questão. Ele está presente em quase todas as reviravoltas da narrativa de Shield.

O menino americano bate na porta do sr. Bransby na primeira visita de Shield a Manor House Scholl. Ele é o melhor amigo de Charlie e seu defensor. É involuntariamente o motivo que levou seu pai a ser apresentado primeiro a Thomas Shield e, em seguida, a Henry Frant, levando, assim, Frant ao seu assassino. Está no depósito de gelo em Monkshill-park, desesperado para inspecioná-lo em busca de tesouros. Ele e Charlie fazem sua expedição à meia-noite até as ruínas, sem a qual os acontecimentos daquela noite teriam tomado um rumo muito diferente. Ajuda a carregar o papagaio de Charlie por Londres, o pássaro cujo grito *ayez peur* é a pista que atrai Shield de volta a Seven Dials e revela a ligação entre Carswall e David Poe. É Edgar quem sussurra para Shield que Sophie estaria visitando o túmulo do marido no cemitério de St. George, em Bloomsbury. No fim das contas, é difícil ir contra a afirmação de Shield de que o menino teria "sido a causa imediata de muito do que aconteceu".

Acompanhei com interesse a carreira subseqüente de Edgar Allan Poe como poeta e crítico. Lamentei as atribulações de sua vida posterior e sua morte. Fico imaginado se vestígios das suas experiências de infância na Inglaterra podem ser enxergados em algumas de suas obras. Com a ajuda de correspondentes americanos, cheguei a tentar explorar as circunstâncias da sua morte, que foi envolta em mistério. Fracassei em desvendá-lo. Porém, adquiri uma informação que Flora nunca teve.

Os fatos, conforme se apresentam, são os seguintes. No dia 26 de setembro de 1849, Edgar Allan Poe almoçou em um restaurante de Richmond, estado da Virginia. Amigos e colegas acreditavam que ele planejava seguir no dia seguinte para Baltimore, uma viagem de cerca de 25 horas de barco a vapor. Há controvérsias não só em relação à hora de partida, como também ao meio de transporte e à hora de chegada.

Em suma, Poe desapareceu. Ninguém confirmou tê-lo avistado entre a noite de 26 de setembro em Richmond e a sua reaparição, uma semana mais tarde, em Baltimore. Um impressor chamado Walker o reconheceu na Gunner Hall, uma taverna na East Lombard-street. A cidade amargava uma eleição que trouxe consigo uma orgia de corrupção e intimidações. Gunner Hall era um dos locais de votação.

Poe estava "muito agoniado" e pediu a Walker para chamar um amigo, Joseph Snodgrass, que chegou mais tarde com vários colegas de Poe. Presumiram que ele estivesse bêbado. "Os músculos e articulações pareciam paralisados a ponto de ele não conseguir falar", recordou Snodgrass em 1856, "e tudo o que se podia ouvir eram murmúrios incoerentes."

Cuidaram para que Poe fosse levado ao Washington College Hospital, onde ele foi tratado pelo médico residente, dr. John J. Moran. De acordo com a carta que Moran escreveu algumas semanas depois para a tia de Poe, sra. Clemm (irmã de David Poe), a princípio o paciente não estava ciente da sua condição. Depois, seus membros tremeram e ele foi acometido de "um delírio enérgico, porém não violento ou progressivo — verborragia — e conversação vaga sobre assuntos espectrais e imaginários..." No segundo dia, ele já estava calmo o bastante para escutar perguntas, porém "suas respostas eram incoerentes e insatisfatórias".

O dr. Moran tentou animar o paciente dizendo que logo ele estaria bem o suficiente para receber amigos. Edgar Allan Poe "se manifestou com muita energia e disse que a melhor coisa que seu amigo poderia fazer era estourar seus miolos com uma arma". Ele logo ficou violento e delirante — apesar da sua fraqueza, foram necessárias duas enfermeiras para contê-lo.

Poe continuou neste estado até a noite de sábado, dia 6 de outubro "quando começou a chamar por um certo 'Reynolds', o que continuou fazendo até as *três* da manhã de domingo". Então, "debilitado de cansaço", ficou mais sossegado por um curto período. Por fim, "movendo delicadamente a cabeça, disse 'Deus ajude minha pobre Alma' e morreu".

A causa exata da morte é desconhecida — não foi emitido atestado de óbito. Ninguém, na época e agora, sabe quem é ou foi "Reynolds".

Meus agentes afirmam que, embora Snodgrass e Moran possam não ser plenamente confiáveis como testemunhas, não parece haver motivo para duvidar da veracidade do essencial dos seus relatos. Eles acrescentam que Poe apareceu de bom humor em Richmond, onde havia dado uma palestra muito aplaudida e se tornara noivo. Também chamaram a minha atenção para os boatos que corriam por Baltimore que diziam que, quando Poe chegou na cidade, encontrou com velhos amigos, que o convenceram a beber um drinque para celebrar a reunião. Poe estava abstêmio há alguns meses e diz-se que ele foi vítima de *mania à potu*.

Talvez. Mas não haveria talvez outra explicação para o desaparecimento de Edgar Allan Poe e para a extraordinária prostração que levou ao seu colapso e morte? Lembremos do desespero de Poe — seu desejo de suicídio — seus chamados repetidos por "Reynolds". Lembremos que, de acordo com o registro paroquial, o nome do meio de Thomas Shield era Reynolds, o sobrenome da família de sua mãe.

Shield esteve em Baltimore em 1849?

Como homem, Edgar Allan Poe era frágil na mente e no corpo. E se ele tivesse descoberto subitamente a verdadeira história daqueles meses na Inglaterra em 1819-20? E acima de tudo, e se ele tivesse se confrontado com a terrível verdade sobre o pai.

Isso poderia levar um homem mais forte à bebida. Poderia levar um homem mais forte à própria morte.

VII

É chegada a hora de largar minha pena. Irei deixar esta narrativa aos cuidados dos meus advogados e dar instruções para que ela seja entregue ao chefe da família 75 anos depois da minha morte. Após tamanho intervalo de tempo, nem o relato de Shield nem tampouco estas observações que anexei a ele terão mais o poder de magoar ninguém.

Quanto mais velho fico, mais penso sobre Sophie. Ela está viva? Está com Thomas Shield? Se foram amantes, e acredito que agora já não há dúvida quase alguma quanto a isso, casaram-se? Que continente lhes serviu de lar? Existem filhos, netos? Ela está feliz?

O relógio do sr. Carswall me informou com seu pequeno apito que são duas da manhã. Se soprar as velas e abrir as cortinas da janela arredondada, verei quilômetros e quilômetros de nada, uma noite sem limites.

Escrevi anteriormente que a verdade é infinita, que qualquer acréscimo ao nosso conhecimento dela serve também para nos recordar do que é impenetrável. E isso, é claro, me traz de volta ao que poderia ter sido, a Sophie, para sempre impenetrável, para sempre escondido na escuridão incomensurável.

JRR

Clearland-court

NOTA HISTÓRICA SOBRE EDGAR ALLAN POE

"Os romances nascem das lacunas da História", escreveu Novalis, observação que Penelope Fitzgerald escolheu como epígrafe do seu romance sobre ele, *A Flor Azul*. A história de Edgar Allan Poe é repleta de lacunas e também recheada de mitos, especulações e contradições. Seria irresponsabilidade acrescentar intencionalmente algo a eles: daí esta tentativa de descrever onde termina a História e onde começa o romance.

O avô de Poe, David, sr., nasceu na Irlanda por volta de 1742. A família imigrou para a América, acabando por se estabelecer em Maryland. David se tornou um comerciante e construtor de rodas de fiar. Durante a Revolução Americana cuidou dos suprimentos militares em Baltimore e recebeu o posto de major. Em 1781, usou o próprio dinheiro para comprar provisões para as forças americanas sob o comando de Lafayette e diz-se que sua mulher costurou quinhentas calças com as próprias mãos para as tropas. Já velho, David Poe pode ter participado da defesa de Baltimore contra o ataque britânico de 1814, durante a Guerra de 1812.

O pai de Poe, David, jr., nasceu em 1784. Tentou em vão estudar direito, mas, em 1803, se tornou ator. Em 1806, casou-se com Elizabeth Arnold, uma viúva inglesa que estreara como atriz dez anos antes em Boston, estado de Massachusetts. Edgar, segundo filho do casal, nasceu em 19 de janeiro de 1809. Os testemunhos que sobreviveram (principalmente de críticos de teatro hostis) sugerem que David Poe era um ator medíocre, genioso e freqüentemente embriagado. Por outro lado, durante os seis anos que esteve nos palcos, interpretou 137 papéis, alguns deles importantes, o que dá a entender que ele não era incompetente ou irresponsável.

David Poe foi elogiado pelo editor de uma publicação sobre teatro de Boston em 1809. Depois disso, existem apenas boatos. Foi visto em Nova York em julho de 1810. É provável, porém de forma alguma certo, que tenha abandonado a mulher em 1811.

Elizabeth Poe morreu em Richmond, no estado da Virgínia, no dia 8 de dezembro de 1811. Ninguém sabe onde ou quando seu marido morreu, o que não impediu os biógrafos de fornecerem pelo menos três datas específicas para sua morte dentro de um período de aproximadamente 14 meses. Tudo que sabemos com certeza é que não há registros de David Poe a partir de algum momento de dezembro de 1809.

Em outras palavras, a vida de Edgar Allan Poe começou com um mistério, ainda não desvendado.

Depois da morte da mãe, Edgar caiu nas graças de um casal sem filhos, sr. e sra. Allan. Nascido na Escócia, Allan era um cidadão abastado de Richmond e sócio de uma empresa de exportadores de tabaco e outros comerciantes de artigos gerais. Embora os Allans nunca tenham adotado formalmente Edgar, ele assumiu o nome da família e era visto de forma geral não apenas como filho único do casal, mas também como seu herdeiro.

Em junho de 1815, John Allan vendeu Scipio (um dos seus escravos) por seiscentos dólares e partiu para Liverpool com a pequena família. Tinha intenção de estabelecer uma filial londrina da empresa. Durante cinco anos, entre as idades de 6 e 11 anos, Edgar Allan Poe viveu na Inglaterra. Foi o único escritor americano importante da sua geração a passar uma boa parte da infância na Inglaterra, e a experiência o marcou profundamente.

No começo, Allan prosperou. Alugou uma casa na Southampton Row — número 47; no outono de 1817, a família se mudou para o número 39. A correspondência remanescente deixa claro que a saúde da sra. Allan era motivo de preocupação constante — e talvez, para o sr. Allan, também de irritação. Os Allans visitaram Cheltenham pelo menos duas vezes, tendo se hospedado na segunda no Stiles Hotel. Lá, a sra. Allan pôde banhar-se nas águas termais e se beneficiar do ar do interior.

Enquanto estavam em Cheltenham em 1817, um papagaio encomendado pela sra. Allan foi entregue em Liverpool. Dizia-se que o pássaro falava francês e foi comprado para substituir um papagaio deixado para trás na Virginia (que era capaz de recitar o alfabeto em inglês). Em sua *Filosofia da Composição*, um Poe adulto revelou que quando planejava escrever "O Corvo", pensou primeiro que o pássaro deveria ser um papagaio.

Em algum momento do primeiro semestre de 1818, John Allan retirou Edgar da sua escola em Londres e, apesar das vicissitudes nos negócios, o transferiu para um estabelecimento mais caro, a Manor House School, na vila próxima de Stoke Newington. O diretor era o reverendo John Bransby. "Edgar é um bom menino", escreveu Allan para um de seus correspondentes em junho daquele ano, "e lê latim muito bem".

A Manor House School não existe mais há muito tempo, mas sabemos como era a sua fachada por conta de um desenho da época e de uma fotografia de 1860. Também temos a reprodução de um retrato de Bransby. Várias faturas da escola referentes ao mestre Allan sobreviveram, revelando, entre outras coisas, que Allan pagava dois guinéus extras por período para que Edgar tivesse o privilégio de uma cama individual. Outras fontes nos revelam bastante sobre a vida nas escolas particulares inglesas da época.

Acima de tudo, temos o próprio conto de Poe, "William Wilson", que contém uma versão ficcional da escola de Stoke Newington, que conta com o seu próprio "reverendo dr. Bransby". O conto é particularmente interessante, pois é sobre um menino atormentado por um colega que parece ser seu duplo.

Anos mais tarde, um ex-aluno da Manor House School perguntou a John Bransby sobre o mais ilustre estudante da escola e, em 1878, publicou um relato sobre essa conversa. O sr. Bransby relutou em falar sobre Poe, talvez por conta da maneira como foi retratado em "William Wilson". Mas ele teria dito: "Edgar Allan era uma criança perspicaz e esperta, e teria sido um ótimo menino se não tivesse sido mimado pelos pais, mas eles o fizeram, dando-lhe uma quantidade extravagante de dinheiro para gastar, o que possibilitava fazer todo o tipo de travessuras — ainda assim, eu gostava do menino — pobre criança, os pais o mimaram!" Em outra ocasião, o sr. Bransby acrescentou: "Allan era inteligente, genioso e cabeçudo."

A empresa de John Allan continuou a amargar dificuldades financeiras. No dia 2 de outubro de 1819, o senhorio da Southampton Row exigiu que ele pagasse o aluguel. Mas Allan ainda estava disposto e era capaz de pagar as mensalidades da escola de Edgar — a última remanescente é de 26 de maio de 1820. No dia 16 de junho de 1820, os Allans e seu filho adotivo partiram de Liverpool a bordo do *Martha* para Nova York. O menino americano estava indo para casa.

Lafayette visitou de fato Baltimore em 1824, ocasião em que perguntou pelo seu velho camarada e vistou a avó de Edgar Allan Poe. De acordo com um relato posterior no *Philadelphia Saturday Museum* (4 de maio de 1843), o general se ajoelhou ao lado do túmulo de David Poe, sênior, e disse: *Ici repose un coeur noble!* Poucas semanas depois, Lafayette estava em Richmond, onde Thomas Ellis, amigo de Edgar, recordou o orgulho que sentiu em ver Edgar entre os guardas de honra do ilustre visitante.

A vida de Edgar Allan Poe começou com o mistério do desaparecimento do pai e terminou com o mistério do seu próprio desaparecimento. O relato que consta no Apêndice de *O Menino Americano* é bastante preciso. Ninguém sabe onde Poe esteve entre 26 de setembro e 3 de outubro de 1849. Quando reapareceu em Baltimore, havia perdido seu dinheiro e vestia roupas de má qualidade e sujas que não eram as suas; mas ainda carregava a bengala de Malaca que pegara emprestada de um conhecido em Richmond.

Os testemunhos mais detalhados, e possivelmente mais confiáveis, são os primeiros relatos de Joseph Snodgrass, o amigo que ajudou Poe, e o do dr. Moran, o médico que cuidou dele em sua última enfermidade. Nenhum dos dois foram testemunhas imparciais. Snodgrass era um ardente partidário da abstinência e considerou a história da morte do seu amigo um exemplo dos perigos do álcool. Moran foi um dos defensores póstumos de Poe e sua história foi se tornando cada vez mais exagerada com o passar dos anos. Entretanto, ele escreveu a passagem citada poucas semanas depois da morte de Poe, que usa a linguagem mais direta de todos os seus relatos, além de mencionar os chamados de Poe por "Reynolds" e seu desejo de morte. Moran também é o primeiro a sugerir que, quando Poe chegou em Baltimore, encontrou "alguns dos seus velhos amigos".

Várias teorias foram sugeridas para explicar a enfermidade de Poe. As principais são: os efeitos do alcoolismo; uma violenta prática eleitoreira praticada na época, que consistia em embebedar os votantes e então forçá-los a votar repetidas vezes; e — uma fantasiosa especulação surgida recentemente — a mordida de um cachorro com raiva. Não passam de teorias.

Depois da morte, a reputação de Poe continou crescendo, os fatos sobre sua vida arruinada e misteriosa continuaram obscurecidos pelas exageradas modificações feitas por muitos de seus defensores e detratores. Seu trabalho conquistou admiradores em todo o mundo, entre eles, Abraham Lincoln e Josef Stalin.

A melhor opção para quem quiser saber mais sobre ele é começar pelo livro de Arthur Hobson Quinn, *Edgar Allan Poe*, publicado originalmente em 1941 e ainda a melhor biografia disponível. Uma enorme quantidade de fontes bibliográficas essenciais relacionadas a Poe foi reunida em *The Poe Log* (1987), de Dwight Thomas e David K. Jackson. Por fim, a Edgar Allan Poe Society de Baltimore, estado de Maryland, possui uma admirável página na Internet no endereço www.eapoe.org; abrangente, detalhada e bem organizada, é um prazer utilizá-la.

Romance

markgraph

Rua Aguiar Moreira, 386 - Bonsucesso
Tel.: (21) 3868-5802   Fax: (21) 2270-9656
e-mail: markgraph@domain.com.br
Rio de Janeiro - RJ